JOSEFSTADT

Astrid Sodomka wurde 1982 in Wien geboren, hat Transmediale Kunst an der Universität für Angewandte Kunst studiert und arbeitet seit 2009 als freischaffende Künstlerin. Daneben und teilweise stattdessen unterrichtet sie Deutsch als Zweitsprache, studiert Germanistik und schreibt. Astrid Sodomka hat drei Kinder.

ASTRID SODOMKA

JOSEFSTADT

Kriminalroman

emons:

Bibliografische Information der Deutschen Nationalbibliothek
Die Deutsche Nationalbibliothek verzeichnet diese Publikation in der Deutschen Nationalbibliografie; detaillierte bibliografische Daten sind im Internet über http://dnb.d-nb.de abrufbar.

MIX
Papier aus verantwortungsvollen Quellen
FSC® C083411
FSC www.fsc.org

Umschlagmotiv: Daniel Fürhapter/Pixabay.com
Umschlaggestaltung: Nina Schäfer, nach einem Konzept von Leonardo Magrelli und Nina Schäfer
Umsetzung: Tobias Doetsch
Gestaltung Innenteil: DÜDE Satz und Grafik, Odenthal
Lektorat: Carlos Westerkamp
Druck und Bindung: CPI – Clausen & Bosse, Leck
Printed in Germany 2021
ISBN 978-3-7408-1338-3
Originalausgabe

Für Vera & Maria

Die Dunkelheit darf niemals siegen!
Da die, die schweigen, immer schwiegen.
Frittenbude

Personen

Das Ermittlungsteam
Der Chefinspektor: Giorgos Hansmann
Verheiratet mit Karin, Gruppeninspektorin in Karenz
Gemeinsame Kinder: Emmi (5) und Raphi (2)

Die Gruppeninspektorin: Christina Kalsner
Der Revierinspektor: Mateo Topcic
Der Gruppenführer: Manfred Hornberg

Die Kindergruppe
Der See-the-World-Freiwillige: Amir Moghaddam

Die Obfrau: Petra Stöger
In einer Beziehung mit Hanno Emmerdingen
Gemeinsame Tochter: Flora (5)

Die Obfrau Stellvertreterin: Franziska Lasser
Verheiratet mit Stephan Lasser
Gemeinsame Kinder: Emilia (8) und Ludwig (5)

Das Neue-Eltern-Amt: Agnes Kovacs
Verheiratet mit Philipp Ebner
Gemeinsame Kinder: Severin (10), Lenz (5) und Yves (0)

Das Vernetzungsamt: Katja Bernstorff-Heinig
Verheiratet mit dem Kassier: David
Gemeinsame Kinder: Joseph (4), Otto (2) und Helmina (0)

Das Brandschutzamt: Anja Hohenfels
Verheiratet mit Marcel
Gemeinsame Kinder: Fiona (10) und Karli (6)

Das Nachhaltigkeitsamt: Thomas Langegger
Verheiratet mit dem Einkaufsamt: Verena
Gemeinsame Tochter: Taleja (6)

Das Konzeptamt: Danuta Vilutzky, dieAundO
Verheiratet mit – irrelevant
Gemeinsame Töchter: Ona (8) und Anouk (5)

Das Wäscheamt: Nadja Dolnar
Verheiratet mit Manuel
Gemeinsame Kinder: Rana (11), Freya (4) und Gaia (0)

Das Reparaturamt sowie Putzkoordination und Protokollamt: Hilde Winkler
In einer Beziehung mit Dieter
Gemeinsamer Sohn: Mio (3)

Das Reparaturamt II: Martin Kienzle
Getrennt von der Schriftführerin Stellvertreterin: Isabella Jakob
Gemeinsamer Sohn: Kolja (6)

Das Listenamt: Nina Radu
Verheiratet mit dem Freiwilligenamt: Johannes, genannt Jo
Gemeinsame Töchter: Nele (7) und Frederika (4)

Das Personalamt sowie Kassier Stellvertreter: Christian Oberleiter
Verheiratet mit Daniela
Gemeinsame Kinder: Elja (10) und Vincent (4)

Das Geschenkeamt: Barbara Schäfer
Verheiratet mit Hubert
Gemeinsame Kinder: Philipp (18), Pia (15) und Johanna (6)

Die Betreuerinnen: Ingrid, Simone, genannt Mone, Tabitha

TAG 1

Ludwigs Geburtstag

Die Obfrau Stellvertreterin hat auf dem Dach – der Dachgarten ist ein Vorteil der neuen Wohnung im achten Bezirk – eine Geburtstagstafel für die Kinder hergerichtet. Ludwig hat Anfang Oktober Geburtstag, was es wirklich nicht einfach macht, das Fest zu planen, weil das Wetter nicht immer absehbar ist (und man doch eigentlich lieber im Park feiert). Dieses Jahr wünscht sich Ludo allerdings fast nichts mehr als eine Wohnungsparty, weil seine Schwester letztes Jahr ebenfalls eine hatte.

Mit der Nonna hat sich die Obfrau Stellvertreterin beraten und einen Ablauf überlegt. Das Fest dauert drei Stunden, von drei bis sechs Uhr. In der ersten Stunde gibt es Brot, Aufstriche und Gemüsesticks unten in der Wohnung, dann übergeben die Kinder die Geschenke – Flaschendrehen mit einer Chiantiflasche. Danach leitet Stephan die Schatzsuche an. Er macht das wirklich gut: Die Hinweise führen die Kinder bis in die Crêperie gegenüber und von dort in den Schönbornpark. Damit sollte die zweite Stunde gefüllt sein. Danach, ab siebzehn Uhr, gibt es die eigentliche Geburtstagsjause und Spiele sowie für die abholenden Eltern Bier und Prosecco auf dem Dach. Die Torte gibt es zuletzt – auf diesen Einfall ist die Obfrau Stellvertreterin besonders stolz. Sie hat das aus jahrelangem Trial and Error gelernt: Nach dem Zuckerkonsum sind die Kinder immer besonders wild. Darum fängt man am besten mit was Gescheitem an und gibt die erst gegen Ende wild gewordenen Kinder gleich wieder ihren Eltern mit.

Als sie den ersten Kuchen, eine Biskuittorte mit Beerenfülle, auf die Dachterrasse bringt, merkt die Obfrau Stellvertreterin, dass etwas nicht stimmt. Der arme Amir, der ihr eigentlich helfen wollte, aber einfach nicht erschienen ist, liegt neben der Geburtstagstafel und unter den Lampions gekrümmt in einer Blutlacke.

Das Blut kommt oder kam, das kann die Obfrau Stellvertreterin nicht sagen, aus seinem Bauch, dort ist das gelbe T-Shirt unter der verrutschten Bomberjacke fast schon schwarz, zumindest sehr dunkel: nach einem weinroten Übergang glänzendes Aubergine.

Sofort stellt die Obfrau Stellvertreterin die Torte auf den Tisch, kniet sich neben Amir und ruft seinen Namen. Sie dreht Amir mühevoll auf den Rücken, überstreckt seinen Hals, kippt den Kopf zurück, und dann? Dann hört sie, ob er atmet. Tut er nicht. Und tastet seinen Hals ab. Puls hat er keinen mehr. Auch nicht am linken Handgelenk. Die Obfrau Stellvertreterin hat eine Leiche auf dem Dach und neun Kinder sowie zwei Babys in der Dachgeschoßwohnung beziehungsweise im Schönbornpark und bald wieder im Wohnzimmer. Was soll sie tun? Wenn sie jetzt die Polizei ruft, ist die Party vorbei und Ludo für immer enttäuscht.

Sie geht wieder in die Wohnung, den Kuchen nimmt sie mit. In der Küche stehen die Nonna und das Neue-Eltern-Amt mit Baby auf der rechten Hüfte beim Waschbecken und waschen die Weinviertler Zwetschken.

»Du schau mal, da ist sogar ein Wurm drin«, sagt die Nonna.

Die Obfrau Stellvertreterin nimmt das Neue-Eltern-Amt am Ellenbogen. »Komm bitte mal kurz mit.« Und führt sie aufs Dach. »Schau mal bitte.«

Das Neue-Eltern-Amt sieht den gedeckten Tisch, sieht den Freiwilligen. Schlägt die linke Hand vor den Mund. »Scheiße. Ist er tot?«

»Puls hat er keinen.«

»Die Kinder dürfen hier nicht rauf. Wen ruft man noch mal zuerst, Rettung oder Polizei?«

»Wenn jetzt die Polizei kommt, ist die Party vorbei.«

»Und was sagen wir dann den Kindern?«

»Eben.«

Beide stehen vor der Leiche und entscheiden, dass es reicht, die Polizei in ein, zwei Stunden zu rufen, wenn die Gäste gegangen sind. Der See-the-World-Freiwillige ist ja schon tot.

»Vielleicht sollten wir ihn noch irgendwie zudecken.«

Die Obfrau Stv.

Fragt man die Obfrau Stv. nach ihrer Jugend beziehungsweise ihrer Herkunft, nennt sie mal Reichenau an der Rax, mal die Josefstadt. Diese Erzählung trifft schon auf ihre Eltern zu, die ihre Zeit seit jeher auf das Haus mit Garten in Reichenau und die Wohnung in der Josefsgasse aufteilen. Genauso hat das die Obfrau Stv. auch immer gemacht, und so stammen Ex und Ehemann ebenfalls aus Reichenau. Verheiratet ist die Obfrau Stv. mit Stephan Lasser, Sohn einer Reichenauer Baumeisterfamilie. Gemeinsam haben sie zwei Kinder: Emilia und Ludwig, genannt Lia und Ludo.

Die Obfrau Stv. selbst kommt aus einer Professor_innenfamilie. Der Vater Doktor emeritus der Geschichte, die Mutter Romanistin, Schwerpunkt italienische Literaturwissenschaft. Die Wahl des Studienfachs der Mutter ist ein früher Hinweis auf deren Italophilie. Die Eltern der Obfrau Stv. haben ihre Herkunft um Italien erweitert. Man fährt jährlich nach Lignano und wird Nonna und Nonno gerufen. Die Tochter hat man nach der Wahlschwester der Nonna benannt. Für Wien und Reichenau haben sie aus Francesca Franziska, früher Franzi, gemacht.

Als die Obfrau Stv., die, zuerst nur mit Stephan und Lia, in der Krongasse wohnte, erfuhr, dass in der Josefsgasse eine Wohnung frei wäre, musste sie einfach zugreifen und einziehen. Jetzt wohnt sie schräg gegenüber von ihren Eltern, was wirklich fein ist, weil die Lia jeden Dienstag zu Mittag einfach zu ihren Großeltern gehen und eine Frittata essen kann. Auch sonst sind die Nonna und der Nonno oft zur Stelle. Zum Beispiel, wenn die Obfrau Stv. und Stephan ins Burgtheater oder zu den Wiener Festwochen gehen. Zum Beispiel auch bei Kindergeburtstagen.

Der Chefinspektor und die Obfrau Stv.

Die Tür öffnet sich, und vor dem Chefinspektor steht eine gut gelaunt gekleidete Frau mit ernstem Gesicht. Hellgrünes Oberteil, in verschiedenen Grüntönen gemusterter Rock, dazu rote Ohrstecker und gebräunte Haut. An keinem Kleidungsstück ist ein Fleck oder Loch zu entdecken. Die Obfrau Stv. wirkt tadellos und frisch, auch weil die Frisur als solche erkennbar sitzt – in ihrem Nacken wippt ein Pferdeschwanz. Anders also als bei des Chefinspektors Frau, wenn sie mit den Kindern zu Hause ist. Und es hieß doch, hier habe eine Kinderparty stattgefunden. Von den Kindern jedoch ist nichts zu bemerken. Die Gäste seien schon gegangen, und ihre zwei seien bei den Großeltern. Sie sollten das hier nicht mitbekommen.

An den Füßen der Obfrau Stv. entdeckt der Chefinspektor: Schlapfen, die ihn sofort an seine Volksschullehrerin erinnern. An – für ihn – guten Tagen trug sie Straßenschuhe, häufig die von ihm favorisierten Riemchensandalen, manchmal weiße Sportschuhe, wie er selbst sie hatte. *Tennisschuhe* sagte sein Vater dazu. An – für ihn – schlechten Tagen trug die Lehrerin genau jene Schlapfen, Typ orthopädisches Schuhwerk: Gummisohle, Korkfußbett und breiter Lederriemen mit Schnalle. Das Schuhorakel prophezeit also einen schlechten Tag beziehungsweise Abend. Franziska Lassers Schuhwahl schlägt sich sofort auf die Stimmung des Chefinspektors. Schlapfen machen ihn grantig. Sie passen auch so überhaupt nicht zu der ansonsten so sorgfältig zusammengestellten Garderobe der Obfrau Stv.

Er deutet auf die schwebende Treppe, die ins zweite Stockwerk führt, dreht sich um und wirft einen weiteren Blick auf die Füße der Obfrau Stv.

»Sie waren schon oben?«

»Ja, Herr Chefinspektor, ich habe doch den armen Amir gefunden.«

Der Chefinspektor nickt und greift in seine Jackentasche. Er entfaltet weiße Plastikfolie. Die Obfrau Stv. sieht ihm dabei zu. Die Plastikfolie wird größer, eigentlich sind es zwei idente Folien – Einwegüberzieher werden erkennbar, die sich der Chefinspektor über die Schuhe streift. Er weist zur Treppe. »Bitte schön.«

Der Pferdeschwanz der Obfrau Stv. schwingt auf und ab,

als sie die hölzerne Treppe zum Zwischenstock und dann die Wendeltreppe zur Terrasse hinauf- und dem Chefinspektor vorangeht.

»Bitte, greifen Sie möglichst nichts an.«

Die Obfrau Stv. nimmt die linke Hand vom Geländer.

Vor der Tür zur Terrasse bleibt sie stehen. »Soll ich?« Sie deutet mit dem Kinn auf die Türschnalle, der Pferdeschwanz wippt.

»Nein, warten Sie bitte.«

Die Obfrau Stv. legt ihre Hände an die Oberschenkel.

Der Chefinspektor entfaltet weiße Plastikfolie. Die Obfrau Stv. sieht ihm dabei zu. Die Plastikfolie wird größer, eigentlich sind es zwei idente Folien – Einweghandschuhe werden erkennbar, die sich der Chefinspektor über die Hände streift.

Als er am Tatort ankommt, bietet sich ihm Folgendes:

Zuerst das Parlament und die Zweierlinie von oben, und der Chefinspektor denkt: »Das würde der Karin gefallen.« Dann der Blick auf die Terrasse: Blumenbeete. Ein Tisch. Füße unter einem Tuch. Ein geschlossener Grill.

Der Chefinspektor beginnt noch einmal, diesmal im Uhrzeigersinn. Wenn er selbst auf sechs Uhr steht, beginnen ab sieben Uhr die Sträucher. Erde, darin kleinere und größere Pflanzen: übrig gebliebene grüne Tomaten an ausgetrockneten Ästen, Salat, vielleicht Stachelbeeren. Eine schwächliche Bohne auf zehn Uhr. Dem Standpunkt des Chefinspektors gegenüber, auf zwölf Uhr, der Grill. Zwischen zwei und drei Uhr ein Tisch. Der Chefinspektor steckt die Hände in den Handschuhen in die Hosentaschen und nähert sich:

Die Geburtstagstafel – gedeckt mit Tellern aus feinstem Melamin, Bechern in Pastelltönen aus Bambusfasern und Mais, Konfetti in Gold und Hellblau, hellblau und golden gestreiften Servietten und am Boden Füße, die aus einem blassroten Tuch von LeStoff herausschauen. Diese Details fallen dem Chefinspektor natürlich nicht auf beziehungsweise kennt er die feinen Unterschiede nicht. Für ihn ist Kindergeschirr Kindergeschirr und Handtuch Handtuch. Dem Neue-Eltern-Amt sind sie sehr wohl aufgefallen.

Die Amtsärztin trifft ein.

Die Tatortgruppe trifft ein, begrüßt den Chefinspektor und mustert die Obfrau Stv. beziehungsweise deren ungeschützte Füße.

»Na super.«

»Sie hat den Toten gefunden.«

Die Tatortgruppe nickt. Alles wie immer, alles wie »Tatort«. Ort auswählen, um die Taschen abzustellen, Taschen abstellen, Reißverschlüsse öffnen, Stative aufstellen, Lampen in Fassungen drehen, vorsichtig das Objektiv aus der Tasche nehmen und auf die Kamera schrauben. Fingerabdrücke sichern, Fingerabdrücke der Gelegenheitspersonen sichern.

»Frau Lasser, darf ich Sie bitten.« Leichtes Nicken in Richtung Hände der Obfrau Stv.

Der Chefinspektor folgt dem Geländer, den Beeten entlang. Die Bewässerungsanlage, das Dach, tief unten ein Innenhof, weitere Dächer, in der Ferne Weinberge, das Parlament, die Zweierlinie. Kein zweiter Aufgang, keine Feuerleiter.

Das rote Tuch liegt jetzt neben dem Toten. Ein junger Mann in Jeans und T-Shirt, das blasse Gesicht zum Himmel erhoben, liegt in einer Blutlacke. Die Hüfte ist zur rechten Seite gedreht, die Beine sind angewinkelt.

Die Amtsärztin hebt den Kopf. »Sieht nach Bauchstich aus. Ein einziger Stich, perfekt platziert. Hauptschlagader. Heute Nachmittag.«

Der Chefinspektor vervollständigt seine Runde, kommt zur Obfrau Stv. zurück und nimmt sein Notizbuch aus der Jackentasche.

In welcher Beziehung sie zu dem Toten stehe.

»Der Amir war der Freiwillige in unserer Kindergruppe.«

»Er hat also *freiwillig* in Ihrem Kindergarten gearbeitet?«

»Kindergruppe, nicht Kindergarten. Wir sind elternverwaltet.«

»Und Sie sind die Leiterin?«

»Wir sind *elternverwaltet*, das heißt, wir sind ein Verein, der die Kindergruppe betreibt, wenn Sie so wollen: *leitet*. Ich bin im Vorstand als Obfrau Stellvertreterin tätig.«

»Aha. Aber gefunden haben die Leiche schon Sie?«

»Ja. Als ich den Kuchen heraufgebracht habe. Ich hatte mich schon gewundert, weil der arme Amir doch so gern bei der Schatzsuche mitmachen wollte.«

Der Chefinspektor nickt. »Wann haben Sie denn sein Fehlen bemerkt?«

»Herr Chefinspektor! Gar nicht! Der Amir ist doch gar nicht gekommen!«

Der Chefinspektor runzelt die Stirn. »Sie haben zu Protokoll gegeben, dass er Ihnen helfen sollte.«

»Ja. Aber er ist nicht erschienen.«

Die Obfrau Stv. schaut über die Dächer Richtung Ottakring.

Pause.

Blick zum Chefinspektor. »Herr Chefinspektor. Wie ist der Amir überhaupt auf mein Dach gekommen?«

Der Chefinspektor schüttelt den Kopf. »Wie?«

»Na, ich habe ihm doch gar nicht die Tür aufgemacht.«

Wann sie den Toten entdeckt habe.

Wie gesagt, als sie den Kuchen heraufgebracht habe, es sei schrecklich gewesen, furchtbar.

»Nein, *wann*, Frau Lasser. Die Uhrzeit.«

»Um circa sechzehn Uhr.« Sie habe das bereits am Telefon zu erklären versucht. Und den uniformierten Kollegen ebenfalls. Es sei ihr nicht möglich gewesen, sofort, also in Anwesenheit der Gäste, die Polizei zu rufen.

Der Chefinspektor zieht die Augenbrauen zu einer Linie zusammen. »Sie haben schon Nerven. Normalerweise ist ein Mord unverzüglich anzuzeigen.«

Jetzt erklärt die Obfrau Stv.: Ludo, also ihr Sohn, habe bereits drei Wochen lang von nichts anderem geredet als von der Party.

Er habe sogar die Einladungskarten von Hand gezeichnet. Er, der nie zeichne! Das tue sonst nur die Schwester. Er habe auch den Fünfer geübt, denn auf jeder Einladung war mindestens ein Fünfer. Und Schreiben interessiere den Ludo sonst auch noch nicht. Außerdem sei fast die gesamte Kindergruppe da gewesen. Die wären doch alle aufs Dach gerannt, so schnell hätte man gar nicht schauen können, und hätten den armen Amir gesehen. Darum hätten sie entschieden, ihn, also die Polizei, erst so spät zu verständigen.

Sie?

Sie selbst und das Neue-Eltern-Amt hätten sich beraten. Wie sage man, nach bestem Wissen und Gewissen.

»Aha. War die Leiche so, als Sie sie gefunden haben?«

»Ja. Also, zugedeckt haben den armen Amir schon wir.«

Pause.

»Na ja, und ich habe auch versucht, ihn wiederzubeleben.«

Die Obfrau Stv. dreht die geöffneten Handflächen um fünfundvierzig Grad gegen den Uhrzeigersinn. Sie habe Amirs Kopf überstreckt und seinen Puls gefühlt.

Ja und dann?

Dann habe sie die Torte wieder hinuntergetragen.

Der Chefinspektor schüttelt den Kopf.

Die Obfrau Stv. ringt die Hände. »Der Ludo … Der Fünfer …«

Der Chefinspektor nickt. Das weiß er schon.

»Und dann, Frau Lasser?«

»Dann haben wir die Torte unten gegessen. Hier haben wir nichts berührt. Das macht man doch so an einem Tatort.«

Blick zum Chefinspektor.

Blick über die Dächer nach Ottakring.

Man habe ja zum Glück unten auch Ballons gehabt, es sei also nichts aufgefallen. Lediglich der Nonna musste erklärt werden. Sie sei kaum davon abzubringen gewesen, die Torte hinaufzubringen.

Die Obfrau Stv. schüttelt den Kopf. »Es war furchtbar, furchtbar, wir mussten dauernd an den armen Amir denken. Furchtbar. Ich sage Ihnen.«

»Es wussten also weitere Personen von der Leiche am Dach?«
Nur das Neue-Eltern-Amt, die Mutter und sie selbst.
Sie solle bitte überlegen, ob etwas anders sei, ob etwas fehle.
Da fällt es der Obfrau Stv. auf: »Mein Messer ist weg!«
Welches Messer sie meine.
Das japanische Küchenmesser aus der Zeit, also vom Abo des Wochenmagazins. Da sei die Obfrau Stv. angerufen und gefragt worden, was sie denn gerne hätte, eine Uhr, ein Messer oder ... die dritte Option habe sie vergessen. Messer könne man immer brauchen. Für Biskuit brauche man ja eigentlich kein so scharfes Messer. Sie habe es aber trotzdem aufgedeckt, weil sonst der Stephan wieder geschimpft hätte. Und nun sei es weg. Das Messer fehle.
Die Obfrau Stv. schlägt die Hand vor den Mund: Ob das Messer also die Tatwaffe sei?
Wie es denn aussah.
Sie könne dem Herrn Chefinspektor unten gern die Verpackung zeigen, in der habe sie das Messer aufgehoben. Breite Klinge mit Holzgriff.
Der Chefinspektor nickt.
Er brauche außerdem eine Liste der möglichen Zeugen, sprich eine Gästeliste.
Die Obfrau Stv. legt den Kopf schief.
Sie sei sich sicher, dass niemand etwas gesehen habe, aber zählt dennoch auf: »Sieben Kinder. Lenz, Joseph, Karli, Kolja, Freya, Taleja und Anouk. Zwei Säuglinge, zwei Mütter.« Präziser: »Die Agnes, also das Neue-Eltern-Amt, und die Katja, das Vernetzungsamt, waren mit den Babys schon am Nachmittag da.« Des Weiteren die Großeltern der Kinder: »Die Nonna und der Nonno.«
Der Chefinspektor reicht der Obfrau Stv. seinen Kugelschreiber und deutet auf sein aufgeschlagenes Notizbuch.
Ob sie ihm das aufschreiben könne.
Die Obfrau Stv. schreibt in des Chefinspektors Notizbuch und erklärt gleichzeitig: »Zum Abholen kam pro Kind ein Elternteil. Oder zwei, je nachdem: der Thomas und die Verena,

das sind die Eltern von der Taleja; die Anja kam, um den Karli abzuholen; der Martin hat den Kolja abgeholt, die Nadja die Freya. Der David, also der Mann von der Katja, war mit dem Otto da. Die Anouk ist mit der Agnes, also eigentlich mit dem Lenz mitgegangen.«

Währenddessen Fotos vom Dachgarten, Fotos von der Wohnung, Foto von der Messerschachtel. Blitzlicht.

Die Obfrau Stv. hat eine glänzende Idee. Ob sie ihm nicht einfach schnell die Adressliste der Kindergruppe mailen solle, dann habe er gleich alle Kontakte.

Die Obfrau Stv., mit dem Mobiltelefon in der Hand, tippt.

Ob der arme Amir denn an der Bauchwunde gestorben sei?

»Ihnen ist hoffentlich klar, dass vor der Obduktion die Todesursache nicht geklärt ist.«

Aber was man jetzt tun solle? Man müsse doch die Eltern informieren.

Sie werde bitte Geduld haben, bis die Obduktion abgeschlossen sei. An Geduld habe es ihr ja bisher auch nicht gemangelt.

Die Obfrau Stv. lässt den Kopf hängen.

Die Tatortgruppe packt die Teller aus Melamin, die Becher aus Bambusfasern und Mais, die Servietten und das rote Tuch ein.

»Frau Lasser, wo ist eigentlich Ihr Mann?«

Der Stephan sei so eingesetzt momentan, der habe gleich mit den letzten Gästen das Haus verlassen.

Der Chefinspektor schüttelt den Kopf.

Die Obfrau Stv. atmet aus. »Herr Chefinspektor, ich habe ihm noch nichts gesagt. Er hätte sich furchtbar aufgeregt.«

»Verständlich, oder?«

Kaum verlässt der Chefinspektor das Haus der Obfrau Stv., läutet sein Telefon. Der Gruppenführer kann nicht warten. Als es darum ging, zu entscheiden, wer den Tatort begeht, hatte er es nicht eilig und hat seinen Stellvertreter geschickt, aber den daraus resultierenden Informationsvorsprung des Chefinspektors hält er nicht aus. Den Chefinspektor und Gruppenführer Stellvertreter überrascht das nicht.

Ob er sich jetzt auskenne, der von der Streife sei ja dermaßen unklar gewesen, den habe man ja kaum verstanden. Und wer der Tote sei.

»Ein junger Mann, Amir Moghaddam, gebürtiger Afghane.«

»Ah so. Na dann warten wir bis morgen.«

Uniformierter / Telefon (Rückblick)

»Ja, also wir haben hier einen Bauchstich. Einen Amir Moghaddam, Afghane. Es deutet alles darauf hin, dass er gewaltsam zu Tode gekommen ist. Er liegt auf der Dachterrasse. Wir sind im Achten, in der Josefsgasse 1. Am Dach. Die Dame gibt an, dass er für sie gearbeitet hat. Die Dame gibt an, dass sie den Mann bereits um sechzehn Uhr aufgefunden hat. Wir sind erst um achtzehn Uhr vierzig verständigt worden. Die Dame sagt, sie hat hier eine Kinderparty gefeiert und uns deshalb nicht verständigt.«

Der Chefinspektor und das Neue-Eltern-Amt

Nicht zuletzt um sie einzuschüchtern oder zumindest um zu zeigen, wer hier ab jetzt oder eigentlich bereits seit dem Leichenfund das Sagen hat (gehabt hätte) und die Termine und Zeitpunkte vorgibt, macht sich der Chefinspektor direkt auf den Weg zum Neue-Eltern-Amt. Ohne sich voranzumelden. Aber das muss er nicht, das erledigt die Obfrau Stv.

»Du, ich glaube, der ist schon am Weg zu dir. Das ist wirklich wie im ›Tatort‹. Ich sage dir!«

Das Neue-Eltern-Amt wohnt in einem Gründerzeithaus, fünf Minuten von der Kindergruppe entfernt. Der Chefinspektor läutet, doch nichts passiert.

Erneutes Läuten bleibt ohne Effekt. Der Chefinspektor hat ein ausgezeichnetes Zahlengedächtnis und die Fähigkeit, schnell Eselsbrücken zu bauen. Er greift zum Telefon und sucht in seinen Mails die Elternliste der Obfrau Stv., findet dort die Nummer des Neue-Eltern-Amts, merkt sie sich und tippt.

Das Neue-Eltern-Amt entschuldigt sich. Die Gegensprechanlage sei seit geraumer Zeit kaputt, man habe die Hausverwaltung schon mehrfach darauf hingewiesen, es sei jedoch nichts passiert. Jeder Besucher müsse anrufen, damit sie öffnen könne. Sie öffnet.

Das Neue-Eltern-Amt wohnt im Mezzanin, kein Grund, den Aufzug zu nehmen. Wobei der Chefinspektor sowieso immer alle Treppen zu Fuß geht. Das ist eben seine Art von Sport, denn seit ein Bekannter mit vierzig an einem Herzinfarkt gestorben ist, denkt er über solche Dinge nach. Sportliche Betätigung.

An der Wohnungstür empfängt ihn das Neue-Eltern-Amt, das Baby auf die rechte Hüfte gestützt. Der Chefinspektor senkt den Blick und atmet auf: barfuß, korallrot lackierte Nägel. Da entdeckt er vierzig Zentimeter hinter dem Neue-Eltern-Amt: Schlapfen. Die braune Ausführung des weißen Modells der Obfrau Stv. Das Neue-Eltern-Amt bemerkt seinen Blick und dreht sich ebenfalls um. »Bei uns ist es immer ein bisschen chaotisch«, missinterpretiert sie des Chefinspektors Abscheu.

Sie führt ihn vorbei am Kinderwagen, an Kinderschuhen, Fahrrädern und Skateboards, durch abgeschlagene Flügeltüren in ein riesiges Wohnzimmer.

Er möge Platz nehmen, wo er sich wohlfühle.

Der Chefinspektor wählt die graue Eck-Couch. Vor ihm, auf dem Teppich, eine Lego-Baustelle, ein aufgespannter Regenschirm, darunter ein Treffen von Schleich-Tieren, wie seine Tochter sie hat, eine Kiste voll Autos oder was davon übrig ist sowie ein leerer Umzugskarton. Neben der Couch ein unaufgeräumter Schreibtisch, am Ende des Raums ein wandfüllendes Bücherregal.

Das Neue-Eltern-Amt stellt Gläser auf den Couchtisch und entschuldigt sich, sie müsse noch Wasser holen.

Der Chefinspektor entdeckt ein Stativ, allerdings ohne Kamera. Die Lego-Baustelle entpuppt sich als Filmset. Der Chefinspektor steht auf und schaut genauer. Verschiedene Lego-Menschen stehen vor einer Bühne, die man offensichtlich beleuchten kann. Den Hintergrund bildet grün bemalter Karton. Einarmig, rechts besetzt vom Säugling, bringt das Neue-Eltern-Amt die Wasserkaraffe. Der Chefinspektor dreht sich um.

Ob ihr älterer Sohn schon schlafe?

»Natürlich. Beide.«

Sie habe drei Kinder, das habe er nicht gewusst.

»Ja, drei Buben. Immer im Abstand von fünf Jahren. Anders hätte ich das nicht geschafft – mit engerem Abstand, meine ich.«

Der Chefinspektor setzt sich wieder, nickt. »Ich weiß, was Sie meinen, unsere Tochter ist fünf, unser Sohn zwei, das ist schon eine Aufgabe.«

Das Neue-Eltern-Amt nimmt am anderen Ende der Couch Platz und legt das Baby neben sich.

Schluck Wasser.

Was ihre Funktion in der Kindergruppe sei.

Das Neue-Eltern-Amt blinzelt.

»Ich bin das Neue-Eltern-Amt.«

Pause.

»Ich bin der Erstkontakt, wenn sich jemand für die Kindergruppe interessiert.«

Das Neue-Eltern-Amt lehnt sich zurück.

»Die Bewerbungen gehen erst mal an mich, ich mache dann einen Kennenlern-Termin aus, beantworte Fragen, stelle Fragen.«

Pause.

»Und dann treffe ich eine Vorauswahl.«

Das Neue-Eltern-Amt zuckt mit den Schultern. »Ich bin sozusagen eine Gatekeeperin.«

Der Chefinspektor betrachtet das Lego-Filmset und wiederholt: »Vorauswahl.«

Das Neue-Eltern-Amt folgt des Chefinspektors Blick.

»Ja. Danach laden wir die Bewerberinnen und Bewerber zu einem Elternabend ein, damit wir uns alle gegenseitig kennenlernen. Wir entscheiden gemeinsam. Aber wir können einfach nicht alle einladen, die sich für die Kindergruppe interessieren.«

Der Chefinspektor nickt.

Wie sie zum Toten gestanden sei.

Das Neue-Eltern-Amt atmet ein und richtet sich auf.

»Der Amir war der Freiwillige in unserer Kindergruppe.«

Der Chefinspektor nickt, das weiß er bereits.

»Ich hatte mit dem Amir eigentlich nicht sehr viel zu tun. Also ich war für ihn, das schon.«

»Für ihn?«

»Wir stimmen ab. Über den oder die Freiwilligen. Wir haben ja immer mehrere Bewerberinnen und Bewerber, und es gab eine Stichwahl zwischen Amir und einem anderen Bewerber. Manche Eltern hatten Bedenken, weil der Amir einen Fluchthintergrund hatte und weil sein Lebenslauf nicht so passend war.«

»Und Sie waren trotzdem für ihn?«

»Ja. Ich fand das spannend. Mal eine andere Sichtweise. Aber dann hatte ich so viel um die Ohren – zuerst mit der Schwangerschaft, und im März ist der Yves zur Welt gekommen –, dass ich gar nichts mit dem Amir zu tun hatte. Wobei der Lenz ihn echt gern gehabt hat.«

»Sie waren also für ihn. Wer war gegen ihn?«

Überlegt.

»Die Nadja, also die Mama von der Freya, hatte, glaube ich, Bedenken, weil sie negative Erfahrungen mit einem Geflüchteten gemacht hat. Aber ich kann das nicht mehr genau rekonstruieren.«

»Gab es in der Folgezeit Konflikte?«

»Nicht, dass ich wüsste.«

Der Chefinspektor wendet sich dem Neue-Eltern-Amt mit dem ganzen Oberkörper zu. »Frau Kovacs, wieso haben Sie uns denn nicht sofort verständigt?«

Das Neue-Eltern-Amt windet sich. Das sei in Absprache mit der Frau Lasser geschehen. Man habe die Kinder, sprich die Partygäste, nicht verstören wollen. Man habe vielleicht unter Schock falsch reagiert. Sie habe das auf jeden Fall gar nicht realisiert gehabt. Es sei so irreal gewesen, der Amir und die Lampions. Sie wäre am liebsten weggelaufen, aber sie habe gewusst, ihr Sohn komme gleich von der Schatzsuche zurück. Es sei so schrecklich. Sie fühle sich schrecklich. Ob sie jetzt unter Mordverdacht stehe.

»Frau Kovacs, Ihnen muss bewusst sein, dass das kein Spiel ist. Sie könnten sich bereits in Untersuchungshaft befinden.«

Das Neue-Eltern-Amt nickt blass.

Das Baby ist unruhig, das Neue-Eltern-Amt streichelt den kleinen Bauch.

»Wann haben Sie denn den Herrn Moghaddam zum letzten Mal gesehen?«

Das Neue-Eltern-Amt überlegt.

»Eigentlich hätte er ja heute bei der Party helfen sollen.«

»Hat sich niemand gewundert, dass er nicht aufgetaucht ist?«

Das Neue-Eltern-Amt überlegt.

Gewundert. Ehrlich gesagt habe sie sich eher gewundert, dass er überhaupt helfen wollte. Sie meine, das sei doch seine Freizeit gewesen. Nein, gewundert habe sie sich nicht, und sie glaube, die anderen auch nicht. Er sei einfach noch jung und nicht so wahnsinnig zuverlässig gewesen.

»Gut, heute haben Sie den Herrn Moghaddam also nicht gesehen?«

»Doch. In der Früh, beim Bringen. Seltsam, oder?«

Der Chefinspektor, die Schleich-Tiere fixierend, wendet sich wieder dem Neue-Eltern-Amt zu. »Seltsam?«

»Dass ich nicht weinen muss. Es ist einfach so unglaublich.«

»Heute in der Früh, ist Ihnen da etwas aufgefallen?«

»Das fühlt sich alles an wie im Fernsehen. Nein, mir ist gar nichts aufgefallen, es war alles wie immer.«

»Frau Kovacs, versuchen Sie sich bitte an Details zu erinnern. Am besten gehen Sie innerlich den heutigen Tag noch einmal durch. Wie war das, als Sie Ihren Sohn in den Kindergarten gebracht haben?«

»Kinder*gruppe*.«

Pause.

»Entschuldigung. Ich hatte den Yves im Tragetuch, und der Lenz ist vorgelaufen und hat schon die Tür aufgemacht. Die ist eigentlich immer zugesperrt, nur in der Früh, wenn alle kommen, bleibt sie manchmal offen.«

Das Baby beginnt zu weinen. Das Neue-Eltern-Amt nimmt das Baby hoch und legt es an.

»Jetzt wirst du müde.«

Ob sie ihn ins Bett bringen wolle.

Das Neue-Eltern-Amt schüttelt den Kopf. Nein, sie glaube, das werde jetzt noch nicht funktionieren.

»Wo war ich? Ich bin also dem Lenz nachgelaufen. Er ist schon auf seinem Platz gesessen. Die Katja war auch in der Garderobe, wir haben geplaudert. Der Amir kam, glaube ich, gerade aus der Küche. Ich weiß es nicht. Er war in der Früh meistens in der Küche, er hat ja immer das Frühstück vorbereitet. Wobei. Eigentlich war heute die Verena in der Küche, die hatte Kochdienst.«

Der Chefinspektor notiert. »Verena?«

»Die Mama von der Taleja. Also die Frau Langegger. Die hatte Kochdienst.« Prüfender Blick zum Chefinspektor. »Bei uns ist das so, dass jede Familie zweimal im Monat kocht und das Essen in die Kindergruppe bringt.«

Der Chefinspektor nickt und notiert.

Das Neue-Eltern-Amt schaut hinunter zum Baby, überlegt. »Genau, die Verena war in der Küche, die Taleja auch. Genau. Und der Amir …«

Das Neue-Eltern-Amt schaut dem Chefinspektor ins Gesicht. »Ich weiß es nicht mehr. Ich glaube, ich habe den Amir begrüßt, aber ich weiß es nicht.«

»Frau Kovacs, waren Sie heute auf der Dachterrasse, abgesehen von dem einen Mal?«

Das Neue-Eltern-Amt verneint.

»Nicht vielleicht kurz etwas hinaufbringen?«

»Nein, Herr Chefinspektor. Ich war immer unten im Wohnzimmer und in der Küche.«

»Und dafür gibt es Zeugen?«

»Ja, ich denke schon.«

Überlegt.

»Ich war nie allein, wenn Sie das meinen. Ich war ja nicht einmal am Klo. Ich muss den Yves momentan ständig halten, ich kann ihn nie ablegen.«

Erneutes Telefonat mit dem Gruppenführer, diesmal meldet sich der Chefinspektor.

»Du, ich war jetzt noch schnell bei der Frau Kovacs.«

Der Gruppenführer ärgert sich, weil er so schnell nicht parat hat, wer die Frau Kovacs ist, und weil sein Kollege noch immer arbeitet.

»Und gibt es heute schon eine Verhaftung?«

»Nein. Die waren es alle nicht. Die spinnen vielleicht. Aber die waren es nicht.«

Die Obfrau / Elternabend, Vorbereitung

Nachdem die Obfrau von der Obfrau Stv. informiert wurde, beruft sie per Mail einen Sonderelternabend für den nächsten Tag ein. Sie habe sehr traurige Neuigkeiten. Es müsse leider entschieden werden, wie mit dem Tod des Freiwilligen umzugehen sei. Bis dahin solle Amirs Verbleib vor den Kindern bitte nicht thematisiert werden.

Die Vertrauensperson solle bitte die Betreuerinnen informieren. Ist-Stand: Amir sei durch noch ungeklärte Umstände zu Tode gekommen.

Der Vorstand solle bitte vollständig erscheinen.

Und ob das Freiwilligenamt kommen könne.

Der Kassier antwortet, dass er nicht kommen könne, weil

jemand bei den Kindern bleiben müsse, ihn aber seine Frau vertreten werde.

Der Schriftführer antwortet gar nicht und liest auch das Mail nicht.

Kassier Stellvertreter und Schriftführer Stellvertreterin sagen ihr Kommen zu.

Das Freiwilligenamt hat ebenfalls Betreuungspflichten und wird durch seine Frau, Inhaberin des Listenamtes, vertreten.

Die Vertrauensperson berichtet, dass es den Betreuerinnen unmöglich sei, so kurzfristig zum vorgeschlagenen Termin zu erscheinen, und schlägt in deren Namen einen Alternativtermin vor, den die Obfrau ablehnt, da sie zu besagtem Zeitpunkt nicht in Wien sei.

Die Brandschutzbeauftragte sagt kurz angebunden ab, so kurzfristig könne man wirklich nicht.

Der Chefinspektor am Abend

Karin empfängt den Chefinspektor mit dem zweijährigen Raphi am Arm.

»Der ist noch immer auf?«

»Wie ist das jetzt mit dem Kindergartenmord? Die haben wirklich Kuchen gegessen, während die« – Blick auf Raphi, *Leiche* wird ausgelassen – »während der in der Wohnung lag?«

»Am Dach, nicht in der Wohnung. Kindergruppe, nicht Kindergarten.«

»Wie Kindergruppe?«

»Die sind *elternverwaltet*. Die machen alles selbst. Kochen, putzen, Spielzeug reparieren.«

»Und auf die Kinder aufpassen?«

»Nein, auf die Kinder passen die Betreuerinnen auf.«

TAG 2

Eine ganz frühe Erinnerung

In unserem Innenhof im Brunnen liegen immer zwei Melonen.

Holt mein Vater eine davon, um sie zur Nachspeise aufzuschneiden, sind am nächsten Tag beide wieder da. Dunkelgrün am Grund des Wassers.

Der Chefinspektor in der Früh

In der Familie ist Chefinspektor Giorgos Hansmann der Frühaufsteher, der täglich Kakao und Kaffee macht, Schüsseln, Löffel und die Schokopops aufdeckt. Die Kinder stehen vor Karin auf, kommen wortlos in die Küche und schieben sich am Tisch vorbei auf die Eckbank. Zerzauste Haare und Pyjamas.

Seit der Chefinspektor Kinder hat, hört er viel weniger Musik. Das ist ihm wieder bewusst geworden, als er seinen besten Freund getroffen hat, der vor zwei Jahren nach Bremen gegangen ist und dort kinder- und frauenlos lebt. Von dessen Playlist kannte der Chefinspektor vielleicht zwei Titel. Gar nicht zu sprechen von der Musik, die sein Neffe und seine Nichte hören. Aber. Das stundenlange Albenhören am Samstagabend vor dem Weggehen, am Sonntagnachmittag im Bett fällt weg, wenn man erstens eh nicht weggeht und zweitens nebenbei immer Kinder mit einem reden, die ein Talent dafür haben, sogar im Auto, sobald das Radio an ist, sofort Fragen zu stellen. Was eigentlich zu Mittag gegessen werde. Was der Mann singe. Ob da ein Mann oder eine Frau singe. Dann dreht der Chefinspektor entnervt das Radio wieder ab, und Karin weist ihn zurecht, dass es halt so sei. Dass die Kinder eben auch mal sprechen wollen würden. »Mal? Immer.« Na und, sie seien halt interessiert und wortgewandt. Das habe ihr die Monika letztens beim Abholen auch gesagt: dass die Emmi einen großen Wortschatz habe und sich in der Schule nicht schwertun werde.

In der Früh allerdings funktioniert es. Der Chefinspektor hat es sich zur Gewohnheit gemacht, beim Kakaokochen auf YouTube Musik aufzudrehen. Die Kinder fragen schon nach bestimmten »Früh-Liedern«. Stolz ist der Chefinspektor, dass sowohl Raphi als auch Emmi, gefragt nach ihrer Lieblingsmusik, System of a Down beziehungsweise Muse (Raphi: »Mus«) nennen. Emmi ließ ihn in das Freundschaftsbuch ihrer besten Freundin in die Rubrik »Meine liebsten Lieder« schreiben: »Uprising« und »Chop Suey«!

Aber sie hören auch neue Sachen. AnnenMayKantereit zum Beispiel. Giorgos Hansmann ist gerührt, wenn er sich vorstellt, sein Sohn würde später ein Lied für ihn schreiben. Das mag sogar die Karin, die eigentlich vielleicht die Hauptursache für den Musikmangel zu Hause ist. »Bitte, dreh das ab, ich halt das nicht aus. Nein, ich meine, in der Früh ist mir das zu stressig.«

Einig sind sich der Chefinspektor und die Gruppeninspektorin bei The National, wobei hier der Chefinspektor »Boxer« (»Racing Like a Pro«!) bevorzugt, die Gruppeninspektorin jedoch »High Violet« (»Bloodbuzz Ohio«!) und »Trouble Will Find Me«.

Die Familie stimmt außerdem überein bei: The Dead South, John Lennon und The Killers.

Karin, Gruppeninspektorin in Mutterschaftskarenz, betritt die Küche, der Chefinspektor dreht automatisch leise und ärgert sich sofort über seinen vorauseilenden Gehorsam.

»Wie lang bist du gestern noch gesessen?«

»Bis zwei circa. Der Hornberg wird wieder beleidigt sein. Ich habe nämlich noch um ein Uhr dreiundfünfzig ein Mail an den Tramec abgeschickt.«

»Und den Hornberg in cc gesetzt?«

»Muss ich ja. Jetzt wird er wieder ab sieben im Büro sein, damit er auf mich warten kann.«

Wege

Der Chefinspektor könnte, nachdem er Emmi in den Kindergarten im Janecek-Hof gebracht hat, die Wehlistraße einfach weitergehen bis zum Handelskai und dann mit U6 und U4 zum Landeskriminalamt in der Berggasse fahren. Er hat sich jedoch angewöhnt, zu Fuß zur Arbeit zu gehen. Erstens, weil er auf diese Art zu etwas Bewegung kommt und er nichts gegen Gehen hat. Zweitens, weil der Weg so nur eine Viertelstunde länger dauert als mit der U-Bahn.

Der Chefinspektor biegt von der Donaueschingenstraße nach rechts ab, entfernt sich also geografisch von seinem Ziel, und mit der Überquerung des Allerheiligenplatzes beginnt der Weg um den ehemaligen Nordwestbahnhof, der das größte räumliche Hindernis zwischen dem Chefinspektor und dem Landeskriminalamt bildet und täglich links- oder rechtsherum umgangen werden muss.

Einen Fuß vor den anderen setzend, geht er in Gedanken Schritt für Schritt den gestrigen Abend durch. Die Obfrau Stv. kann ihre Party als Alibi nennen – welches zu überprüfen die Aufgabe der folgenden Einvernahmen sein wird. Ihr Mann muss natürlich als Täter in Betracht gezogen werden. Motiv ist allerdings noch keines in Sicht.

Das Neue-Eltern-Amt hat immer das Baby dabei, wenn es nicht bei ihr ist, schreit es. Hätte das Neue-Eltern-Amt das Baby abgelegt, um den Freiwilligen zu erstechen, hätte es geschrien, und alle wären aufmerksam geworden. Und mit Baby am Arm konnte die Frau Kovacs wohl kaum die Kraft entwickeln, jemandem ein Messer in den Bauch zu jagen.

Überhaupt. Wenn der Chefinspektor die Sache korrekt einschätzt, verfügte keine der bei der Party anwesenden Personen über das notwendige Wissen (Platzierung des Messers!), um die Tat zu begehen.

Oder jemand hatte Glück.

Das sind die zwei Möglichkeiten. Jemand war erfahren, oder jemand hatte Glück. Warum wurde nicht zweimal zugestochen?

Und noch viel seltsamer: Wieso geht der Täter (der Chefinspektor geht von einem Mann aus) dieses Risiko ein? In der Wohnung unter der Terrasse findet eine Kinderparty statt! Da kommen Gäste, da sind alle zu Hause. Wieso bringt er den Moghaddam nicht später um? Auf der Straße, bei ihm zu Hause, wo auch immer?

Und, aber: Wenn das Messer des Zeit-Abos tatsächlich die Mordwaffe war, lässt das wiederum den Schluss zu, die Tat geschah ungeplant?

Nach dem Gaußplatz macht der Chefinspektor einen zweiten, kleineren Umweg über die Scholzgasse, diesmal hat er nostalgische Gründe. Seine erste Freundin hat im Haus an der Ecke zur Oberen Augartenstraße in einer WG gewohnt. Das Haus steht nicht mehr, aber die Gasse ist der Chefinspektor unzählige Male entlanggegangen, im Sommer begleitet von den Rufen der Mauersegler, jetzt von den Stimmen der Krähen.

Über die Fußgängerbrücke kommt der Chefinspektor auf die Lände und biegt in die Berggasse.

Im Büro ist der Gruppenführer Hornberg natürlich bereits da. Gruppeninspektorin Christina Kalsner und Revierinspektor Mateo Topcic sitzen auch schon an ihren Tischen.

»So, der Giorgo ist da, wir können anfangen.«

Der Chefinspektor zieht die Jacke aus, holt sich ein Glas Wasser, ordnet seine Notizen und setzt sich. Der Gruppenführer sieht ihm dabei zu.

Die Obfrau

Die Obfrau sitzt in ihrem Lieblingscafé gleich ums Eck der Kindergruppe, klappt den Laptop auf und öffnet ihr Outlook. Der neue Teppich für den Morgenkreis kann warten, die MA 11 nicht.

An die Obfrau Stv.: Es passt zwar grad gar nicht, aber es hilft nichts. Wir haben tatsächlich keinen Rauchmelder und kein Alarmierungsprotokoll. Hast du schon mit der Anja gesprochen?

Das Listenamt informiert (Der Kochplan für Oktober steht längst bereit!) und appelliert: Man möge bitte die noch immer fehlenden Menüs eintragen.

Die Obfrau also an ihren Mann: Was planst du für den nächsten Kochdienst?

An das Freiwilligenamt: Bitte kontaktiere heute unbedingt See the World und finde heraus, was im Todesfall zu tun ist. Nina kann uns dann am Abend ein Update geben.

Eigentlich liebt die Obfrau das: Punkte ihrer mentalen To-do-Liste abhaken, von der digitalen Liste löschen und anderen deren Listen füllen. Aber heute fühlt es sich nicht befreiend, sondern provisorisch an. Die Obfrau spürt, dass in der nächsten Zeit eine Lawine auf sie zukommen wird – so ein Todesfall bedeutet Arbeit, nicht nur emotional –, und sie kann aktuell nichts tun, als zu warten und, wenn die Zeit kommt, zu reagieren.

Die Obfrau

Die Steuerung – Führung – eines Teams ist eine Herausforderung, die Petra Stöger in ihrer Komplexität bei Workshops, Trainings und Entscheidungsprozessen bei Elternabenden immer wieder reizt.

Führung, das klingt für viele nach Überlegen-Sein, Machtausübung und Dominanz. Führen kann aber auch Begleiten sein. (Hier macht Petra für gewöhnlich eine Pause.) Verbunden sein. Um mich führen zu lassen, brauche ich Vertrauen.

Körpersprache, Stimme und Sprachmelodie sind unsere Tools: um Vertrauen zu erarbeiten, das die Voraussetzung darstellt für gelungenes Leaderinnenship.

Die eigene Wirksamkeit ist keine statische Größe. Wir können aktiv an ihr arbeiten. Doch keine Angst, das Handwerkszeug dazu hat bereits jede und jeder in seinem Rucksack. (Erleichtertes Lachen des Publikums.)

Wir müssen es jetzt nur, sozusagen, auspacken und mal sehen, was habe ich da überhaupt.

Landeskriminalamt

Mateo präsentiert.

»Der Tote heißt Amir Moghaddam, zweiundzwanzig Jahre alt, geboren in Afghanistan. Mit dreizehn ist er nach Deutschland geflüchtet und hat in Hamburg bei einer Tante gewohnt.«

Mateo senkt den Kopf und liest. »Farida Jawed, wohnhaft in der Stresemannstraße 26. Vor einem Jahr hat Moghaddam über den Verein See the World ein Praktikum bei der Kindergruppe begonnen.«

Mateo legt einige Internet-Ausdrucke auf den Tisch. *See the World ist ein Verein, der Grenzen überwinden und durch weltweiten Austausch ersetzen will. Im Rahmen von ehrenamtlichen Tätigkeiten sowie Praktika wachsen die Teilnehmer*innen, eingebunden in lokale Gemeinschaften und Vereine, persönlich und erhalten die Chance, sich in unbekannten, jedoch geschützten Umfeldern zu bewähren und weiterzubilden.*

Im Stapel befindet sich außerdem Amir Moghaddams Gesundheitsattest, sein Strafregisterauszug, Meldezettel und der Vertrag mit See the World. Alles in Ordnung.

Mateo fährt fort.

»Moghaddam war im Rahmen seines Praktikums bei der Kinderparty von Frau Lasser. Ihr Sohn Ludwig ist fünf geworden.«

Der Chefinspektor unterbricht. »Im Rahmen seines Praktikums hätte er dort sein sollen. Laut Aussage der Frau Lasser ist er jedoch nicht erschienen.«

Mateo: »Im Endeffekt war er dann aber doch auf der Dachterrasse.«

Der Chefinspektor nickt. »Aber wie er da hingekommen ist, wissen wir noch nicht.«

Gruppenführer Hornberg wippt mit dem Fuß.

Mateo fährt fort. »Untergebracht war Herr Moghaddam in einer WG in der Hießgasse im dritten Bezirk. Und zwar gemeinsam mit einem zweiten Freiwilligen, Pedro Almeida. Ich habe versucht, den zu erreichen, aber sein Telefon ist ausgeschaltet.«

Hornberg nickt.

Der Chefinspektor übernimmt. »Gefunden wurde die Leiche von der Frau Lasser. Die Todesursache ist aller Wahrscheinlichkeit nach der Bauchstich, es sieht stark nach Hauptschlagader aus. Nach aktuellem Wissensstand konnten am Tatort keine Kampfspuren gefunden werden, das heißt, es hat vermutlich keine oder keine nennenswerte Gegenwehr oder Ausweichbewegung gegeben. Das bedeutet wiederum, das Opfer ist überrascht worden. Aber da warten wir auf die Obduktion.«

Christina: »Der Michael hat mir die Ergebnisse für morgen versprochen.«

Der Chefinspektor fährt fort. »Momentan gehen wir davon aus, dass der Moghaddam verblutet ist. Die Mordwaffe könnte das japanische Küchenmesser der Frau Lasser gewesen sein.«

Der Chefinspektor zeigt das Foto der Messerschachtel am Display seines Telefons.

»Ihr ist jedenfalls aufgefallen, dass es fehlt.«

Pause.

»Weil ich von Fehlen spreche. Moghaddams Handy haben wir am Tatort nicht gefunden. Bei sich hatte das Opfer lediglich seine Geldbörse, Bargeld (circa vierundzwanzig Euro), eine deutsche Bankomatkarte der ING, Personalausweis, Führerschein. Und einen Schlüsselbund. Sieben Schlüssel, davon einer für ein Postkasterl und einer wahrscheinlich für ein Fahrradschloss.«

Hornberg ist an der Reihe. »Na gut, dann schauen wir uns die Tatsachen an. Wir haben einen Afghanen. Wir haben eine Messerstecherei. Der Moghaddam muss in irgendwelche Geschäfte verwickelt gewesen sein. Wahrscheinlich eh Drogen. Was gibt's aktuell in Wien? Wo war der Moghaddam unterwegs und mit wem? Besonderes Augenmerk auf den gestrigen Tag: Was hat er gemacht? Wir brauchen ein Motiv.«

Pause.

»Außerdem müssen auf jeden Fall alle Gäste der Party verhört werden, mit Ausnahme der Kinder natürlich. Vielleicht haben die etwas gesehen. Sie müssen etwas gesehen haben.«

Der Gruppenführer steht auf und wendet sich an den Chefinspektor. »Trinkst du auch einen Kaffee?«

Mateo meldet sich zaghaft. Moment noch, er müsse heute Nachmittag und morgen ganztägig zu einer Fortbildung, habe aber bereits Gespräche mit den Elternteilen, die während der möglichen Tatzeit am Tatort gewesen seien, angesetzt. Beginnend mit vierzehn Uhr.

Gruppenführer Hornberg schaut zu Giorgos. Es liegt nahe, dass der Chefinspektor weiterhin die Ansprechperson für die Zeugen ist.

Mateo zieht entschuldigend den Kopf ein. »Ich kann mir aber jetzt noch das Haus von den Lassers anschauen und die Nachbarn befragen.«

Christina übernimmt das Umfeld Amirs.

Der Gruppenführer überwacht und *supervidiert.* »Gut, gehen wir auf einen Kaffee?«

Der Chefinspektor ordnet die Ausdrucke zu einem Stapel. Er wendet sich an die Gruppeninspektorin und den Revierinspektor. »Kommt ihr mit?«

Wenn der Gruppenführer vorschlägt, einen Kaffee zu trinken, drückt er damit nicht die Absicht aus, in die hauseigene Kantine zu gehen. Es bedeutet, sich einen Häuserblock weiter in ein kleines Café mit Wohnzimmeratmosphäre zu setzen. Parkettboden, Tresen aus unbehandeltem Holz, darauf eine Keramikschüssel mit Orangen und Bananen und eine gläserne Etagere (Heidelbeer- und Schokoladen-Muffins, Shortbread), dahinter drei schwarze Tafeln, auf denen das Kaffee- und Speisenangebot aufgelistet ist. An den Wänden Bücherregale mit Büchern zum Borgen und Tauschen. Unterschiedliche, teils wacklige Tische sowie Stühle. Es gibt wirklich guten Kaffee im Café Mokka, das sagen nicht nur die Kritiken, das muss auch der Chefinspektor zugeben. Hornberg geht noch weiter und interessiert sich für den Barista-Kurs, der regelmäßig im hinteren Teil des Cafés angeboten wird.

Christina fotografiert ihren Cappuccino, genauer: dessen Crema, und lädt das Foto in die WhatsApp-Gruppe »Kaffee«, die Mateo, sie und die zwei Sekretärinnen aus dem Erdgeschoß gegründet haben. Dem Gruppenführer ist das nicht sehr recht, zeugt doch jedes Foto von einer Pause und steht somit im Widerspruch zur ununterbrochenen Produktivität, die er gern das Leitmotiv seiner Biografie nennt.

Die Obfrau

Die Obfrau in ihrem Lieblingscafé wechselt von der Vereins- zur Erwerbstätigkeit und beantwortet eine Anfrage für einen Coaching-Termin. Es handelt sich dabei um einen ihrer Berufe, denn Petra ist außerdem Rhetoriktrainerin und bietet zusätzlich Körperarbeit an. All diese Tätigkeiten finden Platz auf den kleinen grauen Visitenkarten aus Recyclingpapier, für welche die Obfrau eine befreundete Grafikdesignerin gebeten hat, ihre Idee umzusetzen: Hinter/unter ihrem Namen ist – zart – ein Felsen zu erkennen. Für die, die es wissen wollen: Petra, die Felsin, sprich die Starke.

Denn das war ihr immer wichtig: die eigene(n) Stärke(n) zu kennen und zu leben. Genau das verspricht die Obfrau ihren

Kundinnen und Kunden, Unternehmen wie Privatpersonen, bei Coachings und Rhetoriktrainings.

Die Obfrau Stv. im Landeskriminalamt

Die Obfrau Stv. (flaschengrüne Stiefeletten, dunkelblauer Rock, grünes Shirt, cyanblaue Accessoires) sieht sich neugierig um. Sie fragt nicht: »Ist das jetzt so wie im Film? Haben Sie eine Pinnwand mit Hinweisen und Fotos?« Denn es gibt im Vernehmungsraum nichts zu sehen.

Sie nimmt auf dem Besucherstuhl Platz. Wie beim Arzt.

»Frau Lasser, wann haben Sie den Herrn Moghaddam zum letzten Mal lebend gesehen?«

Die Obfrau Stv. freut sich ein bisschen. »Ich *dachte* mir, dass diese Frage kommt! Ich bin gestern im Bett gelegen, ich konnte überhaupt nicht schlafen und habe gedacht, *das* haben wir noch gar nicht besprochen. Deshalb kann ich Ihnen jetzt *sofort* sagen: als ich den Ludo in die Kindergruppe gebracht habe. Da habe ich Amir das letzte Mal, ja, lebend gesehen. Ich bin mit dem Ludo in die Garderobe gekommen, der Amir stand vor mir, und ich habe gesagt: Wie gut, dass ich dich treffe. Denn ich wollte mit ihm ja noch besprechen, wann er am Nachmittag zu uns kommt.«

»Weil er Ihnen helfen sollte.«

Die Obfrau Stv. hält inne. »Genau.«

»Und wissen Sie auch, wie lange der Herr Moghaddam gestern in der Kindergruppe war?«

Die Obfrau Stv. hebt den Kopf und schaut in die Ferne, feine Kinnlinie. »Über die Dienstzeiten vom Amir weiß ich nicht genau Bescheid. Ich glaube, er hat auf jeden Fall noch das Mittagessen aufgewärmt und ist dann gegangen.«

Pause.

»Die Freiwilligen machen normalerweise im Rahmen des Praktikums einen Deutschkurs. Amir hat das nicht gebraucht, der konnte ja wirklich *akzentfrei* Deutsch. Er wollte stattdessen einfach mehr Freizeit. Wenn man im Deutschkurs ist, ist man ja auch nicht in der Kindergruppe, war sein Argument. Ich hab das nicht so super gefunden, aber bitte.«

Pause.

»Der Kompromiss war dann, dass er zweimal die Woche früher gehen darf, je nach Bedarf.«

Pause.

»Frau Lasser, war das üblich, ist das üblich, dass der Freiwillige auch privat hilft?«

Die Obfrau Stv. schaut dem Chefinspektor ins Gesicht.

»Das kommt darauf an. Dazu gibt es keine Richtlinien. Aber, wenn Sie das meinen: Natürlich habe ich das nicht als Freundschaftsdienst gesehen. Ich hätte ihm gezahlt, was ich unserer Babysitterin auch zahle. Ich hatte das Gefühl, dass er nichts hat gegen ein Zubrot.«

»Sie haben ihn also das letzte Mal gestern Vormittag gesehen?«

»In der Früh. Circa um neun Uhr.«

»Danach nicht mehr?«

Die Obfrau Stv. verneint.

»Frau Lasser, der Herr Moghaddam ist während Ihrer Party auf Ihrem Dach zu Tode gekommen. Sie haben nichts bemerkt?«

»Herr Chefinspektor, ich habe wirklich *genau* überlegt.«

Die Obfrau Stv. nimmt ein zusammengefaltetes Blatt Papier aus ihrem Rucksack. Sie faltet auseinander, streicht glatt und liest. »Begonnen haben wir um drei. Oder eigentlich haben wir um halb drei begonnen, da habe ich die Kinder abgeholt. Um drei sind wir nach Hause gekommen. Dann hat meine Mutter geläutet und die Gemüsesticks gebracht. Wir haben gejausnet, das hat wahrscheinlich eine Viertelstunde gedauert. Danach sind die Kinder in Ludos Zimmer gegangen und haben gespielt. Amir hätte bei der Jause helfen sollen.«

Pause.

Die Obfrau liest.

»Um circa halb vier war die Geschenkeübergabe. Ich habe versucht, mir alles ins Gedächtnis zu rufen. Ich bin den Nachmittag *hundert* Mal durchgegangen.«

Die Obfrau Stv. überreicht dem Chefinspektor ihren Zettel.

»Hier habe ich den Ablauf rekonstruiert. Die Zeiten stimmen ungefähr.«

14.30 Kinder abholen
15.00 Rückkunft
15.05 Ankunft Nonna
15.05–15.20 Jause/Ankunft Agnes & Katja
15.20–15.30 freies Spiel
15.30 Ankunft Stephan
15.30–15.45 Geschenkeübergabe
15.45–16.00 Erklärung Spielregeln für Schatzsuche
16.00 Aufbruch zur Schatzsuche
16.15 Dach, Wiederbelebungsversuch
16.40 Kinder zurück
16.45–17.15 Torte aufschneiden
17.30 Ankunft David mit Otto, Thomas & Verena
18.00 Ankunft Anja – Verabschiedung Anja & Karli
18.10 Ankunft Nadja
18.15 Ankunft Martin – Verabschiedung Martin & Kolja
18.20 Verabschiedung David, Katja, Agnes, Thomas, Nadja & Kinder
18.30 Ende

Die Obfrau Stv. erzählt.

»Während der Schatzsuche wollte ich die Torten und die Sektgläser aufs Dach bringen, aber zuerst musste ich einfach das Geschenkpapier einsammeln. Das ist wirklich überall herumgelegen. Die Geschenkbänder verwende ich gern wieder, die habe ich also aufgerollt, soweit es ging. Dann haben wir, also meine Mutter, die Agnes und ich, die Teller von der Jause abgeräumt. Katja hat das Minchen gestillt, der habe ich einen Tee gemacht. Dann erst habe ich die Torte hinaufgetragen. Ach, wenn ich *gewusst* hätte, dass der arme Amir da oben liegt!«

Blick in des Chefinspektors Gesicht. »Meinen Sie, ich hätte ihn noch retten können?«

Der Chefinspektor zieht die Augenbrauen zusammen. »Diese Frage kann ich Ihnen nicht beantworten.«

Die Obfrau Stv. atmet aus.

Der Chefinspektor studiert die Liste der Obfrau Stv. »Sie waren um sechzehn Uhr fünfzehn am Dach?«

Die Obfrau Stv. nickt. »Circa.«

»Frau Lasser, was mir auch noch nicht ganz klar ist: Wann haben Sie den Tisch gedeckt? Der Tote lag doch neben einer gedeckten Geburtstagstafel.«

Die Obfrau Stv. nickt. »Da müsste ich meine Liste sozusagen nach oben erweitern. Kurz vor zwei, würde ich sagen. Das hat ja nicht lang gedauert. Als ich fertig war, bin ich die Kinder abholen gegangen.«

»Frau Lasser, Ihren Aufzeichnungen entnehme ich, dass die Frau Kovacs und die Frau …«

Die Obfrau Stv. richtet sich auf. »Bernstorff-Heinig.«

»Ja genau … dass also die Frau Kovacs und die Frau Bernstorff-Heinig beide bereits um fünfzehn Uhr fünfzehn vor Ort waren. Hat eine der beiden die Wohnung noch einmal verlassen? Vielleicht auch nur, um zu telefonieren?«

»Nein. Es waren beide ganz sicher die ganze Zeit da. Die Agnes hat ja wirklich immer den Yves getragen, der fremdelt gerade extrem stark. Und die Katja ist momentan so erschöpft, die sehe ich richtig vor mir, wie sie am Sofa sitzt und stillt.«

Ob am Kindergeburtstag Fotos gemacht wurden.

Die Obfrau Stv. nimmt ihr Handy aus der Tasche, entsperrt es und hält inne, um zu lesen – »Entschuldigung, ach wie blöd, meine Putzfrau steht vor der Tür und kommt nicht rein« –, bevor sie es dem Chefinspektor gibt. »Blättern Sie ruhig durch.«

Der Chefinspektor wischt.

»Mein Mann hat außerdem Fotos mit der Spiegelreflexkamera gemacht.«

»Die bräuchte ich dann auch.«

»Die Fotos?«

»Die Kamera. Oder die Speicherkarte. Noch kurz zu Ihrem Mann, Frau Lasser. Wann ist denn der nach Hause gekommen?«

Die Obfrau Stv. hat auch darüber nachgedacht. Sie deutet auf die Liste.

Man habe ausgemacht, dass der Stephan um halb vier komme, damit er bei den Geschenken dabei sein und Fotos machen könne. Sie habe nicht auf die Uhr geschaut, aber es werde halb vier gewesen sein. Ihr Mann sei pünktlich.

Und der Herr Lasser, dass der dann vielleicht kurz am Dach gewesen sei?

Nein. Das könne sie mit Bestimmtheit sagen: »Nein, war er nicht.«

Sie habe doch sicher ihren Mann gefragt, ob er den Herrn Moghaddam noch gesehen habe.

Das habe sie natürlich. Und: Nein, habe er nicht.

Die Obfrau Stv. überlegt. Die Obfrau Stv. beißt sich auf die Unterlippe und runzelt die Stirn.

»Wie ist denn der Amir aufs Dach gekommen? Ich habe ihm wirklich nicht geöffnet!«

Der Chefinspektor zieht die Mundwinkel auseinander und hebt die Augenbrauen und Schultern.

Die Obfrau Stv. überlegt.

»Herr Chefinspektor? Man verblutet doch nicht so schnell. Wieso ist der Amir nicht hinuntergekommen, wir hätten ihn doch noch retten können. Oder nicht?«

Der Chefinspektor zögert. Aber ja, sie soll das ruhig hören. »Wissen Sie, Frau Lasser, bei einem Bauchstich verspürt das Opfer einen derart starken Schmerzreiz, dass es quasi handlungsunfähig liegen bleibt. Der Herr Moghaddam konnte schlicht nicht mehr die Treppen hinuntergehen.«

»Aber wieso hat er dann nicht wenigstens um Hilfe gerufen? Laut!«

»Das kann ich Ihnen auch nicht beantworten. Vielleicht hat er das.«

Der Chefinspektor faltet die Liste der Obfrau Stv. in der Mitte und legt sie in sein Notizbuch.

Landeskriminalamt

Anruf in der Gerichtsmedizin.

»Die Zeugin sagt aus, sie habe den Herrn Moghaddam circa um sechzehn Uhr fünfzehn bereits leblos vorgefunden. Deckt sich das mit deinen Ergebnissen? Beziehungsweise mit deinem ersten Eindruck?«

»Also um sechzehn Uhr fünfzehn war der junge Herr sicher schon tot. Das steht so im Protokoll, und das deckt sich mit meinem ersten Eindruck.«

»Weißt du schon was?«

»Giorgo. Wie sagt der Grieche? Sigá, sigá! Wir sind dermaßen unterbesetzt, mehr schaff ich momentan wirklich nicht.«

Anruf bei Stephan Lasser.

Es sei momentan schwierig, er sei nachgerade unverzichtbar, morgen sei er nicht in der Stadt. Aber übermorgen könne er gleich um acht Uhr dreißig in der Berggasse sein.

Das Neue-Eltern-Amt im Landeskriminalamt

Das Neue-Eltern-Amt schiebt den Kinderwagen in Zeitlupe ins Vernehmungszimmer und verzieht das Gesicht, als die Tür zufällt. Der Chefinspektor wirft einen Blick auf das Baby, das im Schlaf am Schnuller saugt. Er senkt die Stimme, das Neue-Eltern-Amt ebenfalls.

Ihr sei, wie gesagt, gar nichts Besonderes aufgefallen an Amir Moghaddam.

Ehrlich gesagt, als die Franziska ihr den Amir gezeigt habe, sei ihr erster Gedanke gewesen (und sie wisse, das sei ganz schrecklich): »Ah ja, der ist ja auch da.« Davor habe sie gar nicht über den Amir nachgedacht.

Sie sei mit dem Vernetzungsamt gemeinsam gekommen. Kurz nach drei müsse es gewesen sein, die Kinder seien überraschend ruhig bei Tisch gesessen. Die Franziska habe einen Tee gemacht, man habe sich unterhalten.

Nein, der Amir sei ihr, ihres Wissens nach, nicht begegnet, wie gesagt.

Sie habe noch einmal nachgedacht. Es sei nämlich so. Der Amir habe so eine Art gehabt. Der habe einen Raum betreten können oder schon anwesend sein, ohne dass man ihn bemerkt habe.

Wie sie das meine.

Eben genau so. Vielleicht sei er in die Wohnung gekommen – er *müsse* doch in die Wohnung gekommen sein –, aber ganz leise.

Ob sie noch ein Beispiel nennen könne.

Einmal, da sei sie in die Garderobe der Kindergruppe gekommen und habe ein Gespräch mit der Katja, also der Frau Bernstorff-Heinig, geführt und erst danach gemerkt, dass der Amir die ganze Zeit in der Küche gestanden sei. Und normalerweise schaue sie doch in die Küche, ob jemand da sei, schon allein um zu grüßen. Aber ihn habe sie nicht gesehen.

Überlegt.

Manchmal habe sie gedacht, der mache das absichtlich.

»Um zu lauschen?«

Gar nicht unbedingt. Eher um zu testen. Wann nähmen ihn die Leute zur Kenntnis? Wie reagierten die Leute, wenn sie merkten, dass er alles gehört habe, was sie geredet hatten?

Er habe sich nie versteckt. Er sei nur ruhig dagestanden. Wie ein Möbelstück.

Deshalb wisse sie nicht: Habe sie ihn nur nicht bemerkt auf der Party, oder sei er bereits am Dach gewesen.

Das Neue-Eltern-Amt kann die von der Obfrau Stv. genannten Ankunftszeiten der verschiedenen Elternteile bezeugen. Auch kann sie das Alibi der Obfrau Stv. bestätigen. Diese sei immer in ihrer Nähe gewesen.

Was sie denn nach der Party gemacht habe.

Das Baby strampelt. Das Neue-Eltern-Amt springt auf und

beugt sich über den Kinderwagen. Das Neue-Eltern-Amt setzt sich in Zeitlupe und spricht noch leiser.

Sie sei mit dem Lenz und der Anouk nach Hause gegangen.

Der Chefinspektor blättert in seinen Notizen. Anouk. Das sei die Tochter der Frau Vilutzky.

Flüsternd: Genau. Die wohne ja ganz in der Nähe, da habe sich das angeboten.

Was die Frau Vilutzky denn mache.

Ob er jetzt ihr Amt in der Kindergruppe oder ihren Beruf meine. Wenn er nämlich das Amt meine, da müsse sie nachdenken. Sie glaube, die Frau Vilutzky habe das Konzeptamt übernommen.

Das Baby strampelt und jammert.

Das Neue-Eltern-Amt zuckt entschuldigend mit den Schultern, steht auf und holt das Baby aus dem Kinderwagen. Im Stehen spricht sie weiter.

Beruflich sei Danuta Wirtschaftspsychologin, aber sie wisse nicht, ob sie das noch mache. Des Neue-Eltern-Amts Letztstand sei, dass Danuta Stunden reduzieren wollte, weil ihr Instagram-Blog recht groß geworden sei: dieAundO.

Pause. Yves wird geschaukelt.

So wie »das A und O« der Kindererziehung. Danuta poste Fotos ihrer Töchter, eben Anouk und Ona.

Pause.

Der Name des Blogs sei ein Wortspiel.

Der Chefinspektor nickt.

Das Neue-Eltern-Amt setzt sich, das Baby am Schoß.

Dazu schreibe sie über Ernährung und, wie gesagt, Erziehung.

Das Baby schaut den Chefinspektor an.

Das Neue-Eltern-Amt zuckt mit den Schultern.

Danuta sei Influencerin und könne anscheinend davon leben. Oder. Sie wisse nicht, ob Danuta davon leben könne oder wie die das machen würden. Danutas Mann habe eine Buchhandlung, sie glaube nicht, dass man davon leben könne. Aber der Blog bringe mittlerweile echt etwas ein.

Pause.

Ehrlich gesagt habe sie das lange nicht ernst genommen.

Pause.

Sie habe lange gar kein Smartphone gehabt, erst seit zwei Monaten habe sie eines. Dann sei sie doch neugierig geworden.

Das Baby beugt sich weit nach vorn, schnappt sich den Kugelschreiber des Chefinspektors und reißt den Mund auf. Das Neue-Eltern-Amt steckt dem Baby den Schnuller in den Mund.

Wie sind sie dahin gekommen? Der Chefinspektor sammelt sich.

»Und Ihr Mann? Wo war Herr Kovacs gestern Nachmittag?«

»Ebner, mein Mann heißt Ebner. Ich bin die einzige Kovacs in der Familie. Er war im Büro, nehme ich an.«

Der Chefinspektor bittet das Neue-Eltern-Amt, sich bei der Tatortgruppe einzufinden, ihre Fingerabdrücke müssten genommen werden.

Das Neue-Eltern-Amt nickt blass.

Das Neue-Eltern-Amt

Wie leben, wovon leben.

Das Neue-Eltern-Amt hat bildende Kunst studiert. Als sie noch weit entfernt davon war, ein Amt zu übernehmen, hat Agnes an einer begehbaren Collage über »Schleichwege, Schlupfwinkel und Alternativen« gearbeitet. Da hat das spätere Neue-Eltern-Amt noch daran geglaubt, dass sich das alles irgendwie ergibt: Erwerbsarbeit, Geld, Sicherheit.

Das Neue-Eltern-Amt hat bildende Kunst studiert.

Das Studium hat den Weg geebnet in lauter unbezahlte Tätigkeiten. Die künstlerischen Arbeiten, die Ausstellungen, das Vermittlungsprogramm. Wobei, den Weg geebnet hat auch das

Gesellschaftssystem. Philipp verdient einfach mehr als sie. Genauer: Philipp verdient. Deshalb ist Agnes »mehr mit den Kindern«. Und deshalb kann sich Agnes nicht vorstellen, wie das gehen soll: Vollzeit arbeiten. Vollzeit arbeiten und die Kinder um halb vier abholen? Vollzeit arbeiten und mit den Kindern die Referate vorbereiten? Vollzeit arbeiten und bei der Tanzaufführung dabei sein? Vollzeit arbeiten und Elterndienste in der Kindergruppe übernehmen?

Das Neue-Eltern-Amt ist keine Hausfrau. Doch wie bei Freuds Nicht-Mutter bleibt mehr als ein Rest des Verneinten. Sie ist nicht Hausfrau, macht jedoch alles, was eine Hausfrau macht. Sie ist im Haus. Sie ist zu Hause in der stillen Wohnung. Wenn alle aus dem Haus sind, räumt sie die Frühstücksreste weg. Sie kauft die Geburtstagsgeschenke. Nein, zuerst überlegt sie und führt Listen, wer wann Geburtstag hat (auch die Freunde und Freundinnen der Kinder), was sich welches Kind wünscht, worüber sich welches Kind freuen könnte. Erst dann erfolgt der Einkauf. Online oder physisch.

Dem Vernetzungsamt nicht unähnlich ist das Neue-Eltern-Amt regelmäßig in den schönen Geschäften rund um die Kindergruppe unterwegs.

Das Neue-Eltern-Amt saugt Staub, wischt, wäscht Wäsche, hängt Wäsche auf, legt sie zusammen und räumt die Wäsche weg, auch die ihres Mannes. Agnes wischt den Staub vom Badewannenrand, um die und unter den Shampooflaschen, rund um das Playmobilboot, Staub aus dem Playmobilboot, aus der Ecke hinter der Tür. Wischt den Staub vom Bücherregal, vom Boden vor dem Bett, überzieht die Betten neu, wäscht die Bettwäsche.

Währenddessen wird Agnes immer kleiner. Sie wundert sich, dass sie überhaupt noch zum Staub auf dem Kühlschrank hinaufreicht. Sie kann sich nicht vorstellen, wie das gehen soll, wie das jemals alles funktionieren soll. Warum funktioniert es denn nicht schon längst.

Agnes hofft, dass bald etwas passiert, ein kleiner Weltuntergang, der alles durchschüttelt und …
Dass bald etwas passiert und sich ein Schlupfloch auftut.

Der Chefinspektor und Instagram

Der Chefinspektor installiert Instagram auf seinem Telefon und legt einen Account an. Nach einiger Recherche entscheidet er sich für den Namen gio_mann.

dieAundO

Nahaufnahme von drei Gesichtern, die sich auf engem Raum zusammendrängen. Ein Kinderkopf kommt von unten ins Bild – hohe Stirn, Augenbrauen, Augen und Nasenrücken. Links oben ein lachender Mund mit Zahnlücke, dazu Nasenlöcher, man kann fast den Atem fühlen. Rechts hält eine Frau ihr Gesicht ins Bild, Kinn gehoben, seitlich gedreht, Wangenlinie, ein Auge, leichte Falten, Blick zur Kamera, lächelnd mit geschlossenem Mund. Der Filter korrigiert die fehlende Ausleuchtung und reduziert die Sättigung. Übrig bleiben dunkle Töne – Haare, Schatten, Hintergrund und die ebenen hellen Flächen der Haut.

A, O & Danuta
Persönlicher Blog
Die A und O – die Wichtigsten in meinem Leben
Wer A sagt, wird auch O sagen
Antworten aus dem #lebenmitkindern
Pushpin-Emoji Wien
#großstadtmama #mädelshaushalt #grrrls #bedürfnisorientiert #bedingungslos #nofilter

dieAundO

Eine Kühlschranktür. Darauf Sticker: ein Schneeleopard mitten im Sprung, die Cheops-Pyramide, eine im Maßstab 30:1 vergrößerte Ameise trägt eine Fichtennadel. Magnete in Rot, Gelb und Blau halten Kinderfotos: ein von Schokolade umrahmtes Kinderlachen, ein Kind als Leopard geschminkt, ein Baby in Bauchlage hebt den Kopf und staunt in die Kamera. Eine Geburtstagseinladung mit Feder in Pink. Den Bildmittelpunkt bildet ein A4-Papier. Rot beherztes rosa Klebeband – das wegen des verwendeten Filters (Juno) strahlt – hält einen Joghurtdeckel, darunter in Kinderschrift: *Papa wir haben kein Wanilejokut mer.*

Gefällt 836 Mal

dieAundO PAID PROMOTION Wir probieren gerne Neues und das @PreferPlants Mandeljoghurt hat uns überzeugt. Wir Joghurttigerinnen finden Abwechslung toll! PS: Auch für Kinder mit #laktoseintoleranz ist das eine gute Alternative zum Kuhmilchjoghurt!

A sagt: I love Manillejoghurt.
#vegan #lebenmitkindern
#motherhoodsimplified
#healthysnack
#lactosefree #zerolactose

Alle 64 Kommentare anzeigen
Josi_loves As Weisheiten! Tränen lachender Smiley
me_with_him Herz
erdbeermarmelade @teri_zobernig
mini_isa @sanja_sophie schau mal das wär doch was für euch!
notonlymum Wenn man den Zucker ignoriert, der in diesen Fertigprodukten steckt.
dieAundO @notonlymum @PreferPlants ist mit Kokosblütenzucker gesüßt, raffinierten Zucker hat dieses Joghurt nie gesehen. Davon abgesehen gilt: Was schmeckt, ist gut für uns! #essenmitfreude

Das Vernetzungsamt im Landeskriminalamt

Das Vernetzungsamt, Katja Bernstorff-Heinig, hält Tochter Helmina im Arm und kann sich sehr gut an die erste Hälfte des Nachmittags erinnern, hat aber den Freiwilligen auch nicht gesehen.

Sie weiß mit Bestimmtheit, dass die Kinder fertig gegessen und bereits gespielt haben, als Stephan nach Hause gekommen ist. Franziska sei in den Flur gegangen, um ihn zu begrüßen. Während der Geschenkerunde habe sie ihre Tochter gestillt und sei abgelenkt gewesen. Ab der Geschenkeübergabe habe sie keinen Überblick mehr gehabt, wer wo und mit wem gewesen sei.

Während der Schatzsuche habe sie Tee getrunken. Franziska und Agnes hätten aufgeräumt.

Danach sei der Kuchen serviert und gesungen worden. »Moment.«

Dem Vernetzungsamt fällt etwas auf. Eher zu sich sagt sie: »Eigentlich hatte Franziska vor, am Dach zu feiern, wegen der Kuchenkrümel. Auf die Idee war sie ganz stolz.«

Das Vernetzungsamt unterbricht den Gedankengang, sie könne momentan sowieso nicht denken (Müdigkeit!), sie habe wohl wieder mal etwas nicht mitgekriegt – eine Planänderung eben.

Man habe im Wohnzimmer Kuchen gegessen, dann sei schon bald ihr Mann mit ihrem jüngeren Sohn gekommen. Stephan, also Herr Lasser, habe Sekt serviert, und gegen halb sieben sei man gegangen.

Das Vernetzungsamt kann der Obfrau Stv. Alibi bestätigen. Frau Lasser sei die ganze Zeit beschäftigt gewesen, die ganze Zeit auf den Beinen, sie denke nicht, dass sie die Wohnung verlassen habe. Frau Kovacs sei mit Yves auf und ab gegangen und habe mal hier, mal da Hand angelegt. Sie selbst habe sich ganz schlecht gefühlt, weil sie gar nicht geholfen habe, aber sie sei so erschöpft gewesen, und Minchen habe dauergenuckelt.

»Und, Frau Bernstorff, waren Sie für oder gegen Herrn Moghaddam?«

Er spreche vom Auswahlprozess? Sie habe für Amir gestimmt.

»Sie sagen das sehr bestimmt.«

Für sie sei das keine Frage gewesen.

»Und bei Ihrer Entscheidung sind Sie geblieben.«

»Ja klar.«

Ob sie ihm bitte ihre Funktion in der Kindergruppe beschreiben könne.

Ach, ihr Amt. Klar, das sei ganz einfach. Es sei der Gruppe ein Anliegen gewesen, enger mit anderen Kindergruppen und gemeinnützigen Vereinen zusammenzuarbeiten. Da sie von Berufswegen ohnehin mit Vereinen zu tun habe, sei sie eingesprungen, das habe gut gepasst.

Pause.

Sie arbeite in der Familienberatung und schreibe außerdem an ihrer Diss, sei jedoch momentan mit Minchen zu Hause. Blick zu Helmina.

Ob ihr sonst noch etwas aufgefallen sei, ob der Herr Moghaddam Feinde gehabt hätte.

Das Vernetzungsamt verneint. Was denn überhaupt passiert sei?

Das Vernetzungsamt (Rückblick)

Das Vernetzungsamt wurde geschaffen, um die Kindergruppe mit anderen Kindergruppen zu, ja, vernetzen. Um einen Austausch zu ermöglichen. Denn man hat gemerkt, die anderen Kindergruppen machen Dinge anders. Machen manches besser.

In einer anderen Kindergruppe zahlen die Eltern viel weniger, wie machen die das.

In einer anderen Kindergruppe verdienen die Betreuerinnen viel mehr, wie machen die das.

Die Elternschaft und die Betreuerinnen mögen unterschiedliche Motivationen haben, aber vernetzen wollen sich beide.

Über die Zeit ist das Vernetzungsamt gewachsen und zeitintensiver geworden. Denn der Anspruch lautet, die Kindergruppe zu öffnen. Die Offenheit ist sozusagen Teil des Mission Statements der Kindergruppe. Aufgeschlossenheit für Ideen, für Verbesserungen. Für Leute, die bisher nicht in der Kindergruppe waren, sich bisher nicht beworben haben. Wie findet man die.

Will man dem strukturellen Sexismus entgegentreten? Einigkeit. Die Mädchenquote hat man ja bereits.

Will man dem strukturellen Rassismus ins Auge schauen und ein Flüchtlingskind aufnehmen? Woher soll man es nehmen? Wie bekommt man ein Flüchtlingskind?

Eine andere Kindergruppe hat bereits eines, die machen das einfach, wie machen die das.

Man streitet.

Die Frage wird laut, ob man den Klassismus übersehe. Vielleicht mache sich die Grenze rund um die Kindergruppe gar nicht so sehr oder nicht ausschließlich am Geburtsort oder Nachnamen eines Kindes fest. Vielleicht verlaufe sie eher entlang der Jobs der Eltern und der Kleidung des Kindes. Und, das betont das Neue-Eltern-Amt, am Konsumverhalten generell. Es könne nicht jede und jeder bio kaufen.

»Also na ja.«

»Na ja, bio wollen wir schon.«

»Eben. Und wird eine geflüchtete Familie bio kaufen?«

»Wieso nicht? Wieso soll eine geflüchtete Familie nicht bio kaufen?«

»Wieso soll eine geflüchtete Familie nicht auch das Beste für ihr Kind wollen?«

»Die Frage ist doch eher: Sucht eine geflüchtete Familie genau diesen, unseren Raum? Wir haben doch nicht die Definitionsmacht über *das Beste*.«

»Ich glaube schon, dass sich ein geflüchtetes Kind bei uns wohlfühlt.«

»Aber darum geht es doch nicht. Es geht doch eben darum, warum nur eine bestimmte Klientel zu uns kommt. Warum unser Angebot offenbar nur bestimmte Familien anspricht.«

So ist das Vernetzungsamt auch eine Ebene der Selbstreflexion an den Elternabenden.

So muss das Vernetzungsamt weitere Kontakte knüpfen. Mit Vereinen, mit Kinder- und Spielgruppen. Das Vernetzungsamt muss am Laufenden sein, was neue Initiativen betrifft, und interessiert sich auch für deren Gegnerinnen und Gegner, für jene, die zurück wollen zu einer Zeit vor P.C.

Landeskriminalamt

Der Gruppenführer hat einen Fallnamen: »Kinderparty!«, sagt er mit erwartungsvoll glänzendem Gesicht.

Christina ist sich nicht sicher, ob das so eine gute Idee ist, rein pressetechnisch. Der Chefinspektor stimmt zu. Hornberg ist beleidigt.

Der Chefinspektor hält die Aufzeichnungen der Obfrau Stv. in die Höhe. Er könne die tatkritische Zeit mittlerweile auf fünfzehn bis sechzehn Uhr eingrenzen. Irgendwie müsse dieser Freiwillige in die Wohnung und von da aufs Dach gelangt sein.

»Gibt es keinen anderen Weg aufs Dach? Über eine andere Wohnung oder eine Feuerleiter?«

Der Chefinspektor schüttelt den Kopf. »Die Familie Lasser hat als einzige Zugang.«

»Nice.«

Blick zu Mateo. »Musst du nicht zu deiner Fortbildung?«

»Bin quasi am Weg.«

»Theoretisch hätte auch ein Kind die Tür öffnen können.«

Man müsse das in Betracht ziehen, nickt der Gruppenführer.

Wobei. Er gehe von einem Täter mit Migrations- und kriminellem Hintergrund aus. Der Chefinspektor eigentlich auch.

Christina stellt diese Theorie in Frage. Woher der bitte gekommen sein soll, der Täter mit Migrationshintergrund.

Der Gruppenführer hebt die Schultern.

Mateo war bei der Wohnadresse der Frau Lasser – mit mäßigem Erfolg, niemand im Haus habe etwas gesehen und schon gar nicht gehört. Dasselbe gelte für die umliegenden Adressen.

Hornberg: »Seltsam. Normalerweise haben wir Hunderte Hinweise.«

Mateo zuckt mit den Schultern. Der Kellner der Crêperie habe ebenfalls zu Protokoll gegeben, nichts beobachtet zu haben. Die Angaben der Frau Lasser seien hiermit immerhin bestätigt: Die Kinder seien am Vortag gegen sechzehn Uhr im Lokal gewesen, der Kellner habe einen Hinweis in einer Palatschinke versteckt.

Gruppenführer Hornberg runzelt die Stirn. »Hinweis? Palatschinke?«

»Für die Schatzsuche.«

Christina hat mit der Tante telefoniert. Die Arme sei völlig aufgelöst. Sie habe mehrmals wiederholt, wie fleißig ihr Neffe gewesen sei, immer ehrgeizig und ehrlich.

Gruppenführer Hornberg schnaubt.

Die Gruppeninspektorin: »Darf ich weitermachen?«

Christina schaut auf ihre Notizen.

»Wie gesagt, Moghaddam ist dreizehnjährig zur Frau Jawed nach Hamburg gezogen. Deutschkurs, Einschulung. Letztendlich hat er es geschafft, die deutsche Staatsangehörigkeit zu bekommen – aber das war wohl eine langwierige Angelegenheit.«

Pause, Blick auf die Notizen.

»Abi in Hamburg, ein Jahr Bundesfreiwilligendienst bei der Hamburger Tafel und danach eben Wien.«

»Was ist eigentlich mit Moghaddams Eltern?«

»Die sind im Iran geblieben.«

»Im Iran?«

Christina nickt. »Ja, die ganze Familie ist geflüchtet. Aber offenbar war dort auch alles nicht so einfach. Der Moghaddam hätte gar nicht in die Schule gehen dürfen, wenn nicht die Arbeitgeber der Eltern interveniert hätten. Die Frau Jawed hat sehr geweint.«

Eine frühe Erinnerung

Im Stiegenhaus ist es kühl, die Stufen sind glatt und kalt. Der Stein ist grau-weiß gemasert und riecht blumig süß, wie die Putzlappen, die meine Mutter auf dem kleinen Balkon zum Trocknen aufhängt und in denen ich Reste von Hemden meines Vaters erkenne.

Landeskriminalamt

Dass die Obfrau Stv. die Täterin ist, schließt der Chefinspektor jedenfalls aus.

Hornberg muss sich an die neuen Vokabeln gewöhnen. »Die Obfrau Stellvertreterin?«

»Die Frau Lasser. In der Kindergruppe ist sie die Stellvertreterin der Obfrau.«

»Aha.«

Sie werde wohl kaum über das nötige Wissen verfügen, den *einen* Stich genau im Bereich der Hauptschlagader zu platzieren.

»Und die anderen?«

Dass das Neue-Eltern-Amt die Täterin ist, schließt der Chefinspektor ebenfalls aus.

Blick zum Gruppenführer. »Die Agnes Kovacs.«

Der Gruppenführer nickt. »Selbstverständlich.«

Agnes Kovacs habe wirklich immer das Kind am Arm. Nein, das nehme nie jemand anderes. Nein, sie lege es nie ab. Das habe er beobachtet.

Pause.

Das Vernetzungsamt habe ebenfalls ein Baby, wirklich ein sehr kleines Baby.

Das könne man auch nicht ablegen?

Doch, dieses könne man ablegen. Des Chefinspektors Erfahrung nach könne man kleine Babys einfacher ablegen als größere.

Hornberg: »Also die Isi ist immer in ihrem Gitterbett gelegen. Da gab's nie was.«

Christina öffnet den Mund.

Der Chefinspektor schließt trotzdem ihre Beteiligung aus. Sie habe kein Motiv.

Christina, lächelnd: »Wer jetzt? Die Isi?«

Der Chefinspektor verdreht die Augen.

»Na super, Flüchtlings-Messerstecherei mitten in der Josefstadt«, bleibt der Gruppenführer bei seiner Theorie.

Pedro im Landeskriminalamt

Da der Mitbewohner Amir Moghaddams nicht in seiner Wohnung anzutreffen war, muss er sich im LKA zur Einvernahme einfinden. Vor Ort stellt sich heraus, dass Pedro Almeida, der ja erst im Mai mit einem Deutschkurs begonnen hat, die gewünschten Auskünfte nicht auf Deutsch erteilen kann. Christina und Pedro einigen sich auf Englisch, und die Gruppeninspektorin verbringt die nächsten Stunden mit Niederschrift und Übersetzung des Gesprächs.

Pedro Almeida, wohnhaft in Wien 3, Hießgasse 11/14, ist über den Verein See the World seit Mai bei Watchout!, einem Treffpunkt für sehbehinderte Jugendliche, als Praktikant angestellt.

Pedro Almeida/C. Kalsner (Übersetzung C. Kalsner)

Ich habe Amir vor einem halben Jahr kennengelernt, wir haben gemeinsam gewohnt. See the World sucht die Wohnungen aus, wir Praktikanten haben kein Mitspracherecht. Ehrlich gesagt war ich nicht begeistert, mit einem Fremden zu leben, ich weiß nicht, wie Amir das sah. Anfangs ignorierten wir uns. Aber dann waren wir beide viel zu Hause und gewöhnten uns aneinander.

Der Verein zahlt nicht besonders gut, man kann nicht viel unternehmen, aber kochen kann man. Also kochten wir Fusionsküche: Katalan-Persisch.

Wir saßen am Wasser (Anm. Donaukanal) oder gingen spazieren. Wie die alten Philosophen, gehen und reden, reden und gehen. Einmal kamen wir bis nach Klosterneuburg.

Wir lernten gemeinsam Deutsch. Ich lernte Deutsch. Amir musste es nicht mehr lernen, er hat ja lange in Deutschland gelebt. Beim Spazierengehen konjugierten wir Verben und übten die Fälle. Ich nehme, du nimmst, er nimmt. Das ist DER Ball. Ich nehme DEN Ball. Ich spiele mit DEM Ball. Amir konnte perfekt Deutsch.

C.K.: Hatte Amir Freunde in Wien?

Amir hatte eine Freundin, Heidi. Ihr Nachname ist Bonin.

Und dann gab es Hamed Rezai, einen Maler. Und Thomas. Von dem hat Amir eine Zeit lang viel gesprochen. Ich weiß nicht, wie der mit vollem Namen heißt, ich habe ihn nie getroffen. Thomas hat ein Kind in der Kindergruppe, in der Amir arbeitete.

C.K.: Wissen Sie von Feinden? Leute, mit denen Amir Streit hatte?

Amir hatte keine Feinde, zumindest, soweit ich weiß, obwohl er gern provoziert hat.

C.K.: Inwiefern?

Amir bezeichnete sich selbst als Alibi. Seiner Meinung nach hätten die Eltern der Kindergruppe ihn nur angestellt, um ihr Gewissen zu beruhigen und sich selbst als offen und liberal darzustellen. Ich war mir nie sicher, ob er nicht ein bisschen übertreibt, aber er hat überall Vorurteile gesehen und die Leute damit konfrontiert.

C.K.: Wo waren Sie gestern zwischen vierzehn und sechzehn Uhr?

Ich war den ganzen Tag bei Watchout!.

C.K.: In der Hütteldorfer Straße?

Genau.

C.K.: Sagen Sie mir bitte Ihre genauen Arbeitszeiten.

Ich beginne um elf und bin dort bis siebzehn Uhr. Wir wollten uns am Montag noch treffen. Amir sagte, er könne sicher eine Flasche Sekt schnorren. Aber sein Telefon war dann ausgeschaltet, ich konnte ihn nicht mehr erreichen.

Christina legt dem Chefinspektor das Protokoll auf den Schreibtisch. »Alibi hab ich überprüft, das stimmt.«

»Oh nein, der hatte eine Freundin? Sollen wir da gemeinsam hingehen?« Der Chefinspektor weiß, dass Christina das nicht allein machen will, außerdem kann sie selbst nicht viel älter sein als diese Heidi.

Heidi

Heidi Bonin ist mit »Germany's Next Topmodel« aufgewachsen, dessen Staffeln, auch wenn sie diese zu Hause nicht zu sehen bekam (kein Fernseher!) und vor allem trotz Reformpädagogik, deren Prinzipien für sie einen gleich doppelt erschwerten Zugang zu zeitbasierten Medien bedeuteten, immer parallel zu ihrem Leben liefen.

Sobald sie konnte, las Heidi in der Bunten oder der Gala Homestorys über die Kandidatinnen, Kritiken über einzelne Folgen oder ganze Staffeln, später Erfahrungsberichte anorektischer junger Frauen, die der Sendung eine bedeutende Rolle in ihrem Krankheitsverlauf zuschrieben. Denn obwohl und vor allem weil Heidis Eltern wirklich niemals Literatur dieser Art zu Hause hatten, entwickelte Heidi einen Hunger nach Klatschzeitschriften und den darin enthaltenen Hintergrundinformationen über die Topmodels. Und sie wurde fündig. Zu-

erst bei der Zahnärztin, später zusätzlich beim Gynäkologen, zwischendurch beim Hautarzt. Und im Internet, zu dem sie ab sechzehn allein und ohne Aufsicht Zugang hatte. Dort sogar ganze Folgen der verbotenen Show. Was blieb, war ein vielstimmiges schlechtes Gewissen.

Eine Polyphonie aus möglichen, wahrscheinlichen Reaktionen auf Heidis Medienkonsum. Die der Lehrer und Lehrerinnen: Im Fernsehen wohne der Teufel, und zwar zweimal. Einmal im Medium, einmal im Gerät selbst. Doch das sei ja nicht alles! Der spezielle Inhalt, die nackten Mädchen, der Sex riefen eine weitere Teufelsgestalt, Luzifer, auf den Plan. Es gehe also eigentlich nicht schlimmer.

Das Urteil der Mutter, nach deren Selbstverständnis – welches besonders die Töchter selbstverständlich einschloss – Schönheit an sich kein Wert sei. Der Körper als rein ästhetisches Phänomen – wozu?

Die imaginierte Stimme des Vaters, enttäuscht: »Aber Heidemarie, so was schaust du nicht, oder?«

Heidis ebenfalls enttäuschtes Selbst: Sie, ihre Familie, stünde doch dem Mainstream ablehnend gegenüber, man sei konsumkritisch, alternativ und, ja, kritisch eben. Ob ein Körperteil weich sei oder hart, »schwabbele« oder straff aussehe, ob es eine Kandidatin schaffe, »auf sexy zu machen« – uninteressant, sexistisch und körperfeindlich. Die präsentierten Ideale oberflächlich und nichts für Heidi und ihre Umwelt.

Trotzdem und deshalb blieb Heidi voll heimlicher Faszination und offizieller Verachtung für »die Mädels«, die Walks und die Sedcards.

Neben Klaras treuer, aber lieber auf der Alm als in Frankfurt wohnender Freundin wurde schließlich die Modelmama zur Namenspatronin. Was gut ist. Denn bei jedem Mal »Deine Welt sind die Berge« fragt sich Heidi, warum sie nicht einen cooleren Namen haben kann. Und erst die lange Version. Heidemarie.

Bitte, wer nennt so sein Kind?

Die Familienerzählung sagt, dass dies der Einfall ihrer Mutter gewesen sei, die ein Faible für »klassische«, zumindest althergebrachte Namen habe. War gut, bleibt gut.

Heidis Beziehung zum eigenen Namen beschreibt ihr Verhältnis zur Mutter. Sie will Susanne entsprechen, immer schon. Aber ein Rest Unverständnis bleibt – auf beiden Seiten. Irgendwas passiert immer, das die Mutter so gar nicht nachvollziehen und verzeihen kann.

Nachvollziehen kann auch der Vater nicht alles, allerdings hat er wohl nicht so genaue Vorstellungen, wie seine Kinder zu sein haben. Oder das Sein der Kinder ist weniger mit seinem Selbstwert verknüpft.

Und. Heidi war schon immer der Liebling ihres Vaters. Das, obwohl ihre jüngere Schwester seit jeher viel mehr um dessen Gunst geeifert und für ihr Alter viel zu schwierige Bücher gelesen hat. Leni wäre dem Vater eine belesenere Gesprächspartnerin, Heidi ist ihm jedoch näher. Vielleicht liegt das an einer gewissen melancholischen Grundstimmung, an einem latenten Fernweh (Vielleicht doch eine Reise nach Berlin zum nächsten Casting?), die beide als Wesenszüge teilen.

Leni kommt mit ihrer zupackenden Art und dem bissigen Humor mehr nach der Mutter. Ein Humor, den Heidi nicht nur als Mädchen oft nicht verstanden hat und der nach wie vor regelmäßig auf ihre Kosten geht.

Heidi, die Gruppeninspektorin und der Chefinspektor

Heidi wird die alternative Erziehung nicht los. Sie kann machen, was sie will, ein Rest Strickjacke bleibt. Heidi in Naturfarben, Wollweiß, Kaffee, Beige, Braun. Heidi in blickdichten Strumpfhosen, gerne auch in Senfgelb und Ocker.

Heidi Bonin steht mit ihrem geflochtenen Zopf der Gruppeninspektorin und dem Chefinspektor gegenüber im engen Vorzimmer der Familie Bonin-Wittner. In Regalen reihen sich Bücher aneinander, vor den Buchrücken liegen geöffnete Kuverts, Steine, zwei Packungen Strumpfhosen, eine Bürste, Kastanien, Schlüssel, Briefmarken, Eintrittskarten (Konzerthaus) und zwei Mutter-Kind-Pässe. Auf einem Sessel liegt ein Stapel Jeans, darüber, an Garderobenhaken, hängen Hand- und Leinentaschen, kleine und große Regenschirme und ein Wollmantel.

Der Chefinspektor hat das Reden übernommen, die Gruppeninspektorin beobachtet. Heidis Gesicht ist rot gefleckt, ihre Schlüsselbeine und ihr Hals ebenfalls.

Wann das passiert sei, wolle sie wissen.

Ob sie sich nicht doch lieber setzen wolle.

Heidi geht, an den Bücherregalen vorbei, voran in ihr Zimmer. Blaue Wände, blau gemustertes Bettzeug, am Fußende des Bettes ein leise plätscherndes Aquarium. Nach dem übervollen Vorzimmer wirkt der Raum fast leer. Heidi bleibt stehen. Der Chefinspektor deutet Christina, den einzigen Sessel zu nehmen, er selbst lehnt sich an den Schreibtisch.

Ob denn der Herr Moghaddam, ob der Amir, Feinde gehabt habe. Wo und wie sie sich kennengelernt hätten, was sie wichtig finde.

Heidi spricht gefasst. Nein, der Amir habe keine Feinde gehabt, und nein, er sei nicht mit irgendwelchen Afghanen im Streit gewesen. Keine Bandenkriege, nein.

Heidi schaut den Chefinspektor an. Was das für Fragen seien?

»Und Waffen?«

Amir habe auch keine Waffen besessen. Wozu auch? Wann das passiert sei, wolle sie wissen.

»Frau Bonin, Ihr Freund, der Herr Moghaddam, wurde auf dem Dach der Frau Lasser aufgefunden.«

Heidi schlägt die Hand vor den Mund. »Bei Ludos Party?«

»Wussten Sie, dass er dort helfen wollte?«

Heidi schaut zwischen dem Chefinspektor und der Gruppeninspektorin hin und her. Sei er etwa *dort* gestorben?

Christina nickt.

Der Chefinspektor hält den Blick auf Heidi gerichtet. »Frau Bonin, wussten Sie, dass Ihr Freund auf der Party helfen wollte?«

Heidi nickt. Er sei quasi eingeteilt worden von der Franziska.

Pause. Nein, so meine sie das nicht. Amir habe ihr halt mit seinem üblichen Lacher erzählt: Die Franziska habe ihn wieder mal eingeteilt. Er sei mit ihr eigentlich gut zurechtgekommen.

»Franziska? Sie sind ebenfalls bekannt mit der Frau Lasser?«

Heidi, irritiert. »Ja, sicher. Ich arbeite in der Kindergruppe.«

»Sind Sie dort Betreuerin?«

»Nein.« Heidi schüttelt ungeduldig den Kopf. Sie koche dort.

»Frau Bonin, wer wusste noch davon, dass Ihr Freund bei der Frau Lasser arbeiten würde?«

Zuckt mit den Schultern. »Keine Ahnung, wahrscheinlich eh alle. War ja kein Geheimnis.«

»Hatte der Amir Streit mit jemandem? Hatte er irgendwelche Probleme?«

»Nein, welche Probleme denn.« Pause. »Wir wollten doch nach Berlin. Wir waren doch dabei, alles vorzubereiten. Welche Probleme hätte er haben sollen?«

Heidi schaut den Fischen zu.

»Hatte Ihr Freund finanzielle Schwierigkeiten?«

»Nein. Ich mein, See the World zahlt jetzt nicht ursuper, aber Amir hat eh kaum Geld ausgegeben.«

»Hat Ihr Freund Drogen genommen?«

Heidi löst den Blick vom Aquarium.

Nein. Nein. Wieso er das glaube?

Er glaube gar nichts, er wolle nur verstehen, wie es zu der Tat habe kommen können.

Christina ist aufgestanden und schaut sich Fotos an der Wand über dem Bett an.

»Frau Bonin, wie haben Sie Ihren Freund denn kennengelernt?«

»Beim Arbeiten natürlich. In der Kindergruppe.«

Heidi beobachtet die Gruppeninspektorin beim Betrachten der Fotos.

Amir habe sich zu ihr in die Küche gestellt und ihr geholfen.

Christina geht einen Schritt auf Heidi zu.

»Gab es Konflikte mit Eltern der Kindergruppe?«

»Ja sicher gab es die. Wo gibt es die nicht.«

Ob sie einen nennen könne.

Heidi überlegt. Sie weiß es grad nicht.

»Frau Bonin, mit wem könnte Amir gestritten haben?«

»Er hat mit niemandem dort gestritten. Was sind das für Fragen.«

Pause.

»Die Mama vom Mio hat mal eine Szene gemacht.«

Christina schaut fragend zum Chefinspektor, der notiert und nickt.

»Und warum, Frau Bonin?«

»Warum?«

»Warum hat die Mutter vom Mio eine Szene gemacht?«

»Wegen YouTube.«

Christina legt den Kopf schief. »YouTube?«

»Weil der Amir den Kindern Videos gezeigt hat. Auf seinem Handy.«

Der Chefinspektor bewegt das Kinn leicht zur rechten Schulter. »Videos? Welche Videos?«

Heidi schüttelt den Kopf. »Wie das schon klingt. Harmlose Videos. Fußball, Dokus, solche Sachen.«

»Und wieso hat er das gemacht?«

Heidi runzelt die Stirn. »Wieso nicht, wieso hätte er keine Videos zeigen sollen?«

Heidi schaut sich suchend um. »Was mach ich denn jetzt?«

Christina bietet Heidi den Sessel an, Heidi bleibt stehen.

»Frau Bonin, sind Ihre Eltern zu Hause? Gibt es jemanden, der jetzt bei Ihnen sein kann?«

Heidi schüttelt den Kopf. Nein, und das sei besser so. Sie würden das nicht verstehen, es sei jetzt eh egal, aber ihre Mutter habe die Beziehung zum Amir nicht so sehr unterstützt. Sie wolle jetzt lieber allein sein. Es sei okay, wirklich.

Christina: Ob sie jemanden anrufen solle.

Nein, wirklich. Sie wolle sich jetzt einfach hinlegen, sie sei so müde.

In der Kindergruppen-Küche (Rückblick)

Auf der Arbeitsfläche sitzen drei Kinder. Kolja links, Joseph und Rika rechts, dazwischen steht Heidi, die Suppengemüse schneidet. Das kleine Holzbrett findet gerade noch Platz zwischen den Kinderpopos.

Heidi: »Wenn ihr jetzt schon alle Karotten esst, habt ihr später keine mehr in der Suppe.«

Kolja: »Mir schmecken eh keine gekochten Karotten.«

Joseph: »Mir schon.«

Rika: »Was gibt's heute?«

Heidi: »Nudelsuppe.«

Kolja und Joseph: »Yeah!«

Rika: »Mir schmecken schon gekochte Karotten.«

Die Eingangstür fällt ins Schloss. Kinder laufen aus dem Gruppenraum in die Garderobe.

Betreuerin Mone steht in der Küchentür. »Kennst du eigentlich schon den Amir?«

Heidi dreht sich um und wischt sich die Hände in einem Geschirrtuch trocken.

Heidi wendet sich noch einmal an die Kinder auf der Arbeitsfläche. »Fallt ihr eh nicht runter?« Sie hebt Rika hoch und stellt sie vorsichtig auf den Boden.

Heidi streckt an Mone vorbei die Hand aus. »Heidi.«

Amir beugt sich an Mone vorbei durch die Küchentür. »Amir.«

Heidi legt verlegen die Hände auf Rikas Schultern.

Wege

Christina bleibt vor der Haustür stehen. »Die Mama vom Mio?«

Der Chefinspektor verweist auf die Kinderliste der Obfrau Stv. »Gemeint sein muss die Frau Winkler.« Er scrollt, zoomt und liest: »Putzkoordination, Reparaturamt und Protokoll. Na, die hat ordentlich ausgefasst.«

Christina und der Chefinspektor warten auf den 43er, der Chefinspektor schaut weiterhin auf die Kinderliste. »Gib mal«, Christina streckt die Hand aus. »Wer war da jetzt eigentlich noch auf der Party?«

Der Chefinspektor zählt auf und zeigt: »Da. Karli, Freya, Taleja, Anouk.«

»Soll ich telefonieren?«

»Ich mach das schon.« Der Chefinspektor schaut auf die Anzeige. »Noch immer sieben Minuten, gehen wir?«

Christina hält dem Chefinspektor ihr Handy vors Gesicht. »Schau mal, wenn wir da rechts gehen, kommen wir an der Kindergruppe vorbei.«

Ein ebenerdiges Geschäftslokal, Jahrhundertwendearchitektur, die Fenster von innen behängt, Buntpapierformen, grün, gelb, rot. Tixo. Drinnen ist es dunkel.

»Haben die schon zu? Es ist erst vier.«

Der Chefinspektor nimmt an, dass sich die Gruppe auf einem Spielplatz befinde. Emmis Kindergarten sei nachmittags immer draußen.

Christina findet das eh viel besser als den ganzen Tag drinnen.

»Sag, willst du eigentlich keine Kinder?«

»Also bitte, Giorgo.«

»Stellt man diese Frage nicht?«

»Doch, mir kannst du sie schon stellen. Aber überleg mal: Wie oft bist du so was gefragt worden?«

Der Chefinspektor schaut auf den Gehsteig vor sich, weiß er nicht, nie.

»Siehst du.«

Aber so meint er das ja nicht.

»Weiß ich eh. Ich weiß es einfach noch nicht, momentan will ich kein Kind.«

Landeskriminalamt

Mit der Kinderliste, endlich ausgedruckt, sitzt der Chefinspektor an seinem Schreibtisch. Giorgos Hansmann hat nichts gegen Telefonieren, im Gegenteil, er versteht nicht, warum alle nur noch schriftlich kommunizieren, Karin eingeschlossen: Ob er später Milch mitbringen könne, sie habe Milchreis gemacht, jetzt gäbe es keine mehr für morgen.

Hilde Winkler, die *Mio-Mama*, kann um neun im LKA sein, der Mio werde sowieso meistens von ihrem Freund in die Kindergruppe gebracht.

Karli: Die Frau Hohenfels, laut Liste das Brandschutzamt, kann sich so kurzfristig nicht freinehmen. Was das alles mit ihr zu tun habe. Überhaupt müsse sie zuerst mit ihrem Anwalt sprechen. Sie melde sich zurück.

Freya: Für die Frau Dolnar geht es sich um zehn Uhr aus, allerdings werde ihre jüngste Tochter, die Gaia, mitkommen müssen.

Taleja: Thomas und Verena Langegger. Der Chefinspektor entscheidet sich, das wichtiger klingende Amt anzurufen. Der Chefinspektor hat keine Ahnung vom Kindergruppen-Alltag, also gewinnt Thomas Langegger – Nachhaltigkeit – vor Verena – Einkaufsamt.

Thomas Langegger sagt sein Erscheinen an. Ja, vierzehn Uhr, das könne er einrichten.

Kolja: Martin Kienzle, Reparaturamt II, und Isabella Jakob, stellvertretende Schriftführerin. Laut Obfrau Stv. kam Herr Kienzle zum Abholen allein. Herr Kienzle hebt nicht ab.

Bleibt noch Anouk beziehungsweise Danuta Vilutzky, wobei die nicht selbst auf der Party war.

Und dann gibt es da noch die Obfrau, Petra Stöger.

Der Chefinspektor weiß sofort, dass sie Bescheid weiß.

Die Obfrau beziehungsweise eine angenehme Stimme sagt, ohne zu zögern und in Terminkalendern zu blättern, ihr Erscheinen im LKA zu, kommt allerdings schon im nächsten Atemzug zur Einschränkung: Am folgenden Tag habe sie Termine, die sie nicht absagen könne, sie sei selbstständig. Abends könne sie besser einrichten.

(Die Obfrau fühlt sich bestätigt. Da rollt sie schon an, die Lawine.)

Die Obfrau

Petra Stöger bietet Personal- und Persönlichkeitsdiagnostik, Kompetenzmanagement und Mentoring – und zwar in den Bereichen Implementierung, Durchführung und Evaluation.

Gemeinsam und im intimen Rahmen wird Bilanz gezogen: Was sind die Kompetenzen der Teilnehmerinnen und Teilnehmer. Denn jede Potenzialentfaltung erfordert zuerst eine Standortbestimmung: Wo stehe ich? Wie ist es um meine Persönlichkeit bestellt? Danach erfolgt die Zielbildung, um strategisch Entwicklungsmaßnahmen setzen und eine Übereinstimmung von oder optimale Passung zwischen Persönlichkeit und Funktionsanforderung herstellen zu können.

Petra bietet Orientierung im War of Talents. Ihre Workshops zur Charisma-Bildung adressieren Topmanager, Executives, High Potentials und Selbstständige.

Stärken Sie Ihre Wahrnehmung für die eigene Wirkung und lernen Sie, Ihr Charisma gezielt einzusetzen, um Ihre Führungskompetenz zu stärken.

Entwickeln Sie Ihre Ausstrahlungskraft weiter, sodass Ihnen die Menschen um Sie – Kundinnen und Kunden, Mitarbeiterinnen und Mitarbeiter – gerne folgen!

Im Workshop wird ein Methodenkoffer erarbeitet, um Dynamiken sowie Mitarbeiterinnen und Mitarbeiter wirksam zu steuern. Erfolg setzt die richtigen Beschäftigten in den richtigen Positionen voraus. Lernen Sie, das Potenzial Ihrer Mitarbeiterinnen und Mitarbeiter einzuschätzen und an den passenden Stellen zu fördern, und werden Sie so zur erfolgreichen Leaderin.

Petra Stögers Spezialgebiet liegt in der Stärkung von Frauen und Mädchen.

In der Schule, im Studium, in Bewerbungssituationen, im Job, in Gehaltsverhandlungen brauchen wir einen festen Stand.

Das Schöne ist, findet Petra, dass bei ihren Berufen Sprech- und Atemtechnik, Körper- und Selbstbewusstsein, Bewerbung und Bewertung nahtlos ineinandergreifen. Dass Selbstoptimierung direkt im Einklang steht mit den Unternehmenszielen und dass sie beide bedienen kann.

Ein Unternehmen funktioniert wie ein Organismus: Sind die Arbeitskräfte im Flow, steigt die Wettbewerbsfähigkeit. Gemeinsame Interessen, gemeinsames Wachstum, höhere Profite, höhere Honorare für die Obfrau.

Auch die Workshops, die Petra anbietet, ergänzen einander: vom Charisma zur Rhetorik und zurück, keine Sprechsituation ohne Ausstrahlung. Und so ergibt alles ein schönes Ganzes, das den Grundsätzen der Obfrau entspricht:

Gut im Kontakt sein (mit sich selbst, mit dem Gegenüber), bei sich bleiben, atmen.

Das setzt voraus, die eigenen Bedürfnisse wahrzunehmen und formulieren zu können.

Genau das ist ihr auch bei der Erziehung ihrer Tochter Flora wichtig. Schon allein deshalb hat sich die Obfrau intensiv mit Erziehung auseinandergesetzt. Bedürfnisorientiert und vertrauensbasiert sind die Leitlinien, feministisch ist der Schwerpunkt. Potenzial soll entdeckt und gefördert – zum Leuchten gebracht! – werden. Schon allein deshalb haben sie beide, Petra und Hanno, immer nur eine Kleingruppe in Betracht gezogen. Schon allein deshalb kam für sie beide immer nur eine elternverwaltete Kindergruppe in Frage.

Die Obfrau (Rückblick)

Nachdem die Obfrau ihre Kindergruppen-Karriere begonnen hat – damals noch nicht Obfrau, sondern Inhaberin des Wäscheamts –, hat sie vorgeschlagen, die Elternabende zu moderieren, und ist damit der zu diesem Zeitpunkt amtierenden Obfrau, danach Neue-Eltern-Amt, gehörig auf die Zehen gestiegen. Denn seit ihrem Amtsantritt hat die damalige Obfrau, jetzt Neue-Eltern-Amt, die bis dato über die Bezirksgrenzen hinweg als langwierig verschrienen Elternabende schon erheblich übersichtlicher, kürzer und Output-orientierter gestaltet.

Die jetzige Obfrau, damalige Wäscheamtsinhaberin, hat dankenswerterweise auch die Einladungs-E-Mails um Excel-Tabellen, in die die Tagesordnungspunkte des jeweiligen Elternabends gefüllt werden können, erweitert.

Sonderelternabend Amir

Der Elternabend findet in der Regel im Architekturbüro neben der Kindergruppe statt. Das hat die Obfrau als eine ihrer ersten Amtshandlungen, nein, eigentlich ebenfalls bevor sie überhaupt Obfrau wurde, initiiert. Bis dahin fand der Elternabend in der Kindergruppe statt und bedeutete mindestens dreistündiges Sitzen auf kleinen Sesseln. Die Obfrau weiß, dass die Körperhaltung die Atmung und damit das Selbstbewusstsein beeinflusst. Zusammengekrümmt lässt sich schwer bestimmt auftreten. Und bestimmt auftreten will sie, geht es doch um das Wohlbefinden ihrer Tochter. Außerdem ist die Obfrau keine zwanzig mehr, und ihr Rücken ist ihr heilig.

»Wollen wir nicht die Elternabende wo abhalten, wo wir nicht auf Kindersesseln sitzen müssen?«

Von der Elternschaft wurde der Vorschlag sehr begrüßt. Der Elternschaft ist ihr Rücken heilig. Das Büro stellt seitdem nachbarschaftlich-freundlich einen Raum zur Verfügung.

So schnell und spontan funktioniert das jedoch nicht, deshalb sitzen nun alle Eltern, die gekommen sind, auf Kindermöbeln im Gruppenraum. Mehr oder weniger gekrümmt, je nach Körpergröße.

Im Gegensatz zu sonstigen Elternabenden herrscht Stille. Es gibt keine Getränke und keine Snacks.

Die Obfrau moderiert.

Die Obfrau: »So, guten Abend, ich danke euch, dass ihr es so kurzfristig einrichten konntet.«

Sie lässt ihren Blick durch die Runde wandern.

»Ich nehme an, ihr seid alle informiert. Gestern ist Amir überraschend zu Tode gekommen. Die Todesursache muss noch geklärt werden. Trotzdem dachten wir, es wäre gut, uns heute zusammenzusetzen.«

Die Obfrau und die Obfrau Stv. wechseln einen Blick.

Das Listenamt schluchzt auf.

Die Obfrau: »Ich würde vorschlagen, dass wir eine Runde machen, in der jede und jeder sagt, was sie oder er empfindet, wie es ihm oder ihr geht.«

Das Personalamt: »Ich finde, wir sollten zuerst eine Schweigeminute halten.«

Mehrere Eltern nicken oder murmeln zustimmend.

Die Obfrau: »Ja gut, das ist eine schöne Idee, machen wir das.«

Alle senken den Blick.

Stille.

Das Neue-Eltern-Amt hebt unsicher den Kopf und senkt ihn wieder, als sie sieht, dass alle anderen noch schweigen.

Die Obfrau Stv. hebt den Kopf. Die Obfrau, die neben ihr sitzt, merkt die Bewegung und hebt ebenfalls den Blick und dann den Kopf. Sie räuspert sich. Alle Eltern heben die Köpfe und schauen zu ihr.

Die Obfrau: »Ich lade euch jetzt ein zu einem ersten Kreisgespräch. Wer nichts sagen will, muss nichts sagen. Es soll jetzt einfach der Raum geschaffen werden, alle zu hören.«

Stille.

Die Obfrau: »Vielleicht fange ich gleich an. Mich trifft der Tod von Amir sehr. Er war, ja, es ist so, dass man jetzt schon in der Vergangenheit spricht, er *war* wirklich Teil der Gruppe. Die Flora hat ihn sehr gern gehabt. Ich war zu Beginn kritisch, das kann ich gar nicht bestreiten, aber der Amir hat unser Kindergruppen-Leben sehr bereichert.«

Stille.

Die Obfrau blickt nach rechts zur Obfrau Stv.: »Ich bin sprachlos. Der Amir war so ein Guter und so ein Lieber.«

Das Listenamt schluchzt.

Die Obfrau Stv.: »Und so jung.«

Das Nachhaltigkeitsamt kann nicht mehr warten: »Wissen wir, was die Todesursache war?«

Ein strafender Blick von der Obfrau.

Die Obfrau Stv.: »Wir wurden von der Polizei um Geduld gebeten.«

Die Obfrau: »Lass uns die Runde jetzt zuerst fertig machen. Alle sollen Raum bekommen.«

Die Blicke gehen zurück zur Obfrau Stv.: »Tragisch. Wirklich furchtbar. Und was sollen wir den Kindern sagen?«

Nach einem Moment Stille räuspert sich das Personalamt: »Ja. Mir und der Dani tut es wahnsinnig weh. Es war ein richtiger Schock, das zu lesen. Und natürlich macht man sich dann Gedanken, kann man das den Kindern zumuten, oder *was* kann man den Kindern zumuten. Aber wir sind beide der Meinung, dass die Wahrheit eigentlich nie fehl am Platze und der Tod ein Teil des Lebens ist, ja, das kann man wirklich so sagen. Und damit sind wir immer gut gefahren. Der Vincent wird traurig sein, alle werden traurig sein, aber um das kommen wir nicht herum.«

Die Obfrau: »Danke, ich denke, das ist auf jeden Fall ein wertvoller Gedanke.«

Das Personalamt: »Ja, ich finde, das ist ein Grundsatz der Kindergruppe, dass wir authentisch zu dem stehen, was ist. Und unsere Kinder werden damit umzugehen lernen. Wir alle müssen das lernen.«

Das Listenamt: »Also ich finde, die Rika ist wirklich noch zu klein, um mit dem Tod konfrontiert zu werden.«

Die Obfrau: »Bleiben wir jetzt einfach bei unserer ersten Runde und lassen alles Gesagte stehen. Erst mal ohne Einwände bitte.«

Das Vernetzungsamt ist blass und möchte lieber nichts sagen.

Das Reparaturamt und Putzkoordination in Personalunion: »Also ich bin total fertig. Der Dieter auch. Wir konnten gar nicht schlafen. Der arme Amir. Er tut uns so wahnsinnig leid. Jetzt müssen wir schauen, wie wir weitertun. Das ist ja schon ein großer Einschnitt. Wir haben heute gesagt, der Dieter und ich, eigentlich ist jetzt alles auf null gestellt. Da ist ein irrsinniges Loch, und wir wollen gar nicht, dass das jetzt gleich gefüllt wird. Uns ist wichtig, dass die Kinder jetzt erst mal viel Zeit bekommen. Zeit und Stille.«

Der zu spät gekommene und jetzt doch anwesende Schriftführer ist sichtbar genervt.

Das Reparaturamt II: »Ich finde, die Hilde hat recht. Amirs Tod ist eine Art Wendepunkt. Wir müssen umdenken. Nichts passiert umsonst. Ich habe mit dem Kolja schon gesprochen.«

Die Obfrau Stv.: »Moment, das finde ich jetzt aber nicht in Ordnung, es war doch ausgemacht, dass wir den Kindern gegenüber nichts sagen.«

Das Reparaturamt II: »Ich habe mit dem Kolja über Amirs Tod gesprochen, und er hat das mit großer Weisheit aufgenommen. Für uns ist der Tod Teil des Lebens.«

Die Obfrau: »Danke, Martin.«

Das Listenamt ist außer sich und schluchzt: »Was wird die Rika jetzt sagen? Sie hat den Amir so gern gehabt.«

Die Obfrau Stv.: »Hat der Jo (das Freiwilligenamt, Anm.) irgendwas gesagt? War was mit dem Amir?«

Das Listenamt: »Gar nichts! Der Amir war doch ganz gesund! Letzte Woche hat er auf die Rika aufgepasst.« (Einige horchen auf, wieso das? Wieso auf unsere Kinder nicht?)

Die Obfrau erinnert: »Bitte, bleiben wir jetzt noch bei unserer Runde. Lassen wir alle zu Wort kommen.«

Der Schriftführer verdreht die Augen.

Das Wäscheamt: »Ich finde es echt arg. Man macht sich dann halt schon Gedanken. Ich mein, theoretisch hätte den Kindern auch was passieren können. Ich hab die Freya deshalb heute zu Hause gelassen. Und ich werd sie auch erst wieder bringen, wenn das geklärt ist. Nicht, dass man zu spät reagiert. Ich hab die Erfahrung gemacht, dass ein Todesfall selten allein bleibt. Immer wenn bei uns wer gestorben ist, ist gleich noch wer gestorben.«

Der Schriftführer seufzt.

Das Neue-Eltern-Amt: »Ich glaube nicht, dass Gefahr für die Kinder besteht.«

Das Neue-Eltern-Amt merkt, dass sie das Wäscheamt unterbrochen hat.

Stille.

Das Neue-Eltern-Amt: »Okay, dann bin jetzt wohl ich an der Reihe. Ich weiß gar nicht, was ich sagen soll. Ich stehe unter Schock, *wir* stehen unter Schock. Wir können das alles noch gar nicht glauben. Dass der Amir jetzt einfach weg sein soll.«

Stille.

Der Schriftführer: »Es ist etwas Unvorhergesehenes passiert, etwas Furchtbares, niemand hätte das dem Freiwilligen gewünscht. Aber das hat nichts mit der Kindergruppe zu tun. Niemand muss sein Kind jetzt herausnehmen, niemand muss in Panik verfallen. Wir müssen uns jetzt die Frage stellen: Kommen wir ohne Freiwilligen aus, oder müssen wir uns einen neuen suchen?«

Das Nachhaltigkeitsamt: »Ich bin mir da nicht so sicher, ob das wirklich nichts mit der Kindergruppe zu tun hat.«

Das Wäscheamt nickt.

Das Nachhaltigkeitsamt: »Ich meine in dem Sinne, dass es nichts mit uns *macht*. Da ist von außen etwas sehr Gewaltvolles, Brutales zu uns hereingebrochen. Wir sind hier konfrontiert mit Gewalt und Tod. Ich denke schon, dass uns das ändern wird.«

Das Wäscheamt nickt.

Das Reparaturamt: »Gewaltvoll? Der Tod muss ja nicht gewaltvoll sein.«

Das Listenamt, gleichzeitig: »Brutal?«

Die Obfrau und die Obfrau Stv. wechseln unwillkürlich einen Blick, der den Sensibleren der Elternteile nicht entgeht.

Das Reparaturamt hat den Blick nicht mitbekommen, zu sehr beschäftigt sie Folgendes: »Ich möchte bitte nicht, dass der Mio den Tod als gewaltvoll kennenlernt. Der Tod ist Teil des Lebens und nichts, wovor man sich fürchten muss.«

Stille.

Das Personalamt: »Also ich bin der Meinung, wenn es eine Information gibt, die uns alle betrifft, dann sollten wir die schon bekommen.«

Die Obfrau Stv. holt Luft: »Also gut, ihr hättet es sowieso erfahren. Der Amir ist mit großer Wahrscheinlichkeit ermordet worden.«

Das Wäscheamt: »Hab ich's doch gewusst!«

Das Nachhaltigkeitsamt: »Das ist unerhört!«

Das Listenamt schreit auf: »Wie? Wie wurde er ermordet? Wann?«

Dann versteht niemand mehr die oder den anderen, weil alle gleichzeitig sprechen.

Das Konzeptamt betritt den Raum: »Was ist? Warum seid ihr so aufgeregt?«

Das Listenamt weint.

Das Wäscheamt triumphiert: »Der Amir ist ermordet worden.«

Die Obfrau erhebt ihre Stimme über alle Stimmen, von der Regiearbeit ist sie das gewöhnt: »Bitte, kommen wir alle wieder zur Runde. Ich lade euch ein, ich bitte euch, kommen wir zurück in die Runde.«

Stille.

Das Nachhaltigkeitsamt: »Ich will jetzt wissen, was los ist, sonst nehme ich die Taleja morgen raus.«

Das Wäscheamt: »Hab ich's doch gesagt. Die Freya kommt nicht mehr.«

Das Neue-Eltern-Amt: »Jetzt regt euch doch nicht so auf! Ich kann das nicht mehr hören. Der Amir ist gestorben, nicht unsere Kinder. Kann es nicht ein paar Minuten um den Amir gehen?«

Der Schriftführer im Falsett und fast singend: »Der Amir ist eh schon tot. Ich finde, dass es jetzt darum geht, zu klären, ob Gefahr für die Kindergruppe besteht. Der heutige Elternabend muss das klären.«

Das Personalamt: »Die Frage ist doch, was wisst ihr, und wieso wussten scheinbar einige« – Blick zum Nachhaltigkeitsamt – »Eltern mehr als andere.«

Das Nachhaltigkeitsamt: »Gar nichts wusste ich! Ich hatte nur gleich so ein Gefühl. Bitte, ein junger Mann stirbt – einfach so? Und mit dem Background?«

Das Vernetzungsamt verlässt den Raum.

Das Neue-Eltern-Amt runzelt die Stirn.

Das Konzeptamt: »Was hat sie denn?«

Die Obfrau Stv.: »Die ganze Sache nimmt sie sehr mit.«

Das Reparaturamt: »Mir geht es auch ganz schlecht. Wir sind doch erst neu dazugekommen, wie sollen wir damit umgehen?«

Das Konzeptamt: »Also bitte, wir hatten bis jetzt auch keinen Mord.«

Die Obfrau: »Zu diesem Zeitpunkt wissen wir nicht mehr als das. In Wahrheit wissen wir auch nicht, ob es sich um einen Unfall oder, ja, tatsächlich Mord handelt.«

Das Listenamt: »Was genau ist passiert?«

Die Obfrau: »Zu diesem Zeitpunkt haben wir keine weiteren Informationen. Wir müssen abwarten.«

Pause.

Die Obfrau: »Ich muss euch wirklich alle bitten, Stillschweigen zu bewahren. Danuta, das darf wirklich nicht in deinen Blog.«

Das Konzeptamt: »Also, ich bitte dich.«

Stille.

Das Konzeptamt: »Wenn das die Anouk erfährt, weiß es sowieso bald die ganze Stadt.«

Die Obfrau Stv.: »Deshalb haben wir euch ja gebeten, den Kindern gegenüber nichts zu erwähnen.« Blick zum Reparaturamt II.

Das Reparaturamt II: »Meine Kommunikation mit Kolja geht nur den Kolja und mich etwas an.«

Das Konzeptamt murmelt: »Ja, das wissen wir.«

Die Obfrau: »Ich bitte euch, das hat doch jetzt keinen Sinn.«

Das Nachhaltigkeitsamt: »Nein, da gebe ich dem Martin recht. Ihr könnt mir und der Verena nicht verbieten, mit der Taleja zu sprechen!«

Das Wäscheamt nickt.

Das Personalamt: »Martin, Thomas, es geht doch darum: Wir alle reden mit unseren Kindern. Wir wollen uns nur abstimmen bezüglich des Zeitpunkts.«

Das Nachhaltigkeitsamt: »Der Zeitpunkt ist jetzt.«

dieAundO

Nostalgische Farben einer vergangenen Zeit, über dem Bild liegt ein milchiger Nebelschleier (Gingham) oder eine Staubschicht. Eine Kommode aus den fünfziger Jahren, auf der arrangiert sind: eine abgegriffene Barbiepuppe (ohne Brustansatz), ein von Kinderhänden geformter Schneemann (?) aus Ton, eine dicke Frau im Badeanzug aus Porzellan und Elsa, die Eiskönigin.

Gefällt 6.582 Mal

dieAundO In einer Badewann saß eine Dickmadam, Dickmadam, die lachte, Badewanne krachte!

All bodies are good bodies.

Reisetagebuch.

Mein Körper ist eine Reise. Begonnen habe ich als Skipper. Tränen lachender Smiley. Meine Beine waren zu lang und zu dünn. Da war kein Busen in Sicht. Meine Flamme, P., rief mir auf der Straße nach, er stehe nicht auf mich, weil ich keine Titten hätte. Dann wurde ich quasi über Nacht zur Elsa. Und ich wusste nicht, wohin mit mir. Es dauerte, bis ich meine Haare wild und frei fallen ließ, bis ich meine Schultern nicht schützend nach vorn krümmte. Na ja und dann wurde nicht nur mein Bauch kugelrund (und heraus schlüpfte O! und dann A! ein Wunder bleibt ein Wunder!), sondern auch meine Schultern und Oberarme und meine Oberschenkel und mein Hintern … Und im Gegensatz zum Bauch verschwanden diese Rundungen nicht einfach so. Dann war ich die Dickmadam. Und ich habe gelacht, bis die Badewanne gekracht hat, das könnt ihr mir glauben.

Heute bin ich irgendwas dazwischen. Eine Mischung aus, na ja, nicht Skipper, aber vielleicht der @Lammily Doll und der Dickmadam. Auch das wird sich ändern, auch diese Veränderung werde ich begrüßen und erforschen, wie ich einen neuen Ort erforsche.

Mein Mann ist der beste Reisebegleiter, den man sich wünschen kann.
Unbekanntes Gebiet hat ihn noch nie verschreckt. Herz
#Jetzt #now
#selfcare #selflove #embrace #changes
#mum
#mumblogger
#mumlife
#bodypositivity
#allbodiesaregoodbodies

Alle 374 Kommentare anzeigen
mariettahorner Gänsehaut.
miss_sunny Herz
bee_bee_2012 Oh mein Gott, ich muss gerade wirklich weinen. Wenn mir das jemand gesagt hätte, ich glaube, ich hätte mir vieles erspart. Wir können so zerstörerisch sein – zu unseren Körpern, zu uns selbst. Statt uns einfach anzunehmen, wie wir sind.
dieAundO @bee_bee_2012 Es ist traurig, wie weh wir uns selbst tun. Aber wir können das ändern und wir können das für unsere Töchter ändern.
ma_til_da Dein Text ist so wunderschön, darf ich den teilen?
dieAundO @ma_til_da Gefaltete Emoji-Hände
_._jules_._ Hätte eine Frau tatsächlich den Körper einer Barbie-Puppe, könnte sie nicht mal stehen! Ich finde, dein Stillleben kommt sehr gut ohne Barbie aus!
dieAundO @_._jules_._ Brillen-Smiley. Ja genau, die Barbie ist anatomisch gar nicht möglich, darüber haben A und O sich unterhalten. Aber die Skip-

per hier in unserer Installation ist etwas anderes, die hatte meine Mutter bereits als junges Mädchen. Die ist antiquarisch! Die gehört einfach dazu.
pen.wonnepro Barbies kommen mir nicht ins Haus. Wütender Smiley. Dieser Fokus auf Äußerlichkeiten schon im Kinderzimmer!
dieAundO @pen.wonnepro Selbstbestimmung hört für mich nicht bei der Spielzeugwahl auf. Erhobener Zeigefinger. A und O entscheiden selbst, womit sie sich umgeben, auch wenn ich das mal nicht so toll finde – siehe Elsa.

dieAundO

Verblichene Farbtöne. Ein Schminkkasten auf einer Holzfläche (Gelbstich). O frontal. Sie sitzt mit gerunzelter Stirn vor einem Schminkspiegel (unscharf im Vordergrund) und bemalt sich die Lippen mit rotem Lippenstift. Daneben A. Ein gesenkter Kinderkopf, Scheitel von oben, Nasenrücken. Vor A liegt eine Puppe, deren Gesicht geschminkt wird.

Gefällt 2.175 Mal

dieAundO Weil es bereits Thema war. Und weil es uns viel beschäftigt hat. Äußerlichkeiten.

Schminkt ihr euch?

Ab wann darf man sich schminken?

Wer ist MAN? Oder: Wer darf sich schminken?

Wie stark darf ich mich schminken, bevor – bevor was? Ich keine gute Mutter mehr bin? Ich keine gute Tochter, kein guter Sohn mehr bin?

Die A und die O haben Schminkzeug, seit sie sich aufrichten und danach grapschen konnten. Tränen lachender Smiley. Oh ja! Wie viele Lippenstifte haben sie zerstört! Sie haben daran gerochen, sie haben abgebissen, sie haben sich die Lippen bemalt und auch die Wangen. Die A hat den Badezimmerboden »verziert«, bis wir alle gemeinsam beschlossen haben, dass uns der Boden besser so gefällt, wie er ist, und keine zusätzliche Farbe braucht.

Es gibt Tage, da brauche ich rote Wangen. Ja, ich brauche sie. Da muss Farbe drauf. So stelle ich mir einen Maler in seinem Atelier vor. Der weiß auch, wo noch Farbe hinmuss und welche. Farbpaletten-Emoji

Es gibt Tage, da möchte ich nicht gesehen werden. Klar, dass ich mich da nicht bunt anmale.

Es gibt Tage, da möchte die A glitzern.

Es gibt Tage, da möchte die O ein bisschen Ozean auf ihren Augenlidern.

Was macht mein Bedürfnis legitimer als As oder Os?

A sagt: Lippenstift ist klebrig.

O sagt: Lidschatten ist cooler als Lippenstift.

O sagt: Auf die Augen kommt es an.

Lachender Smiley

#lippenstiftexperimente

#mamabloggerin #lifewithkids #lebenmitkindern

#grrrls

#selfcare

#dieAundO #beauty

#mumlife

#bedürfnisorientiert

Alle 374 Kommentare anzeigen

ma_til_da Ach cool, wie entspannt du bist! Ich bin immer sooo unsicher, wie ich mit Schminken, Miniröcken et cetera, dem ganzen »Mädchenkram« umgehen soll. Ich will meiner Sonnenblume nichts verbieten, aber ich will auch nicht in dieses pinke Mädchen-Eck!

dieAundO @ma_til_da Ich glaube, wenn wir ihnen Vielfalt vorleben, werden sie das Mädchen-Eck nicht als einzig möglichen Raum akzeptieren. Bei uns gibt es Tage wie diesen, siehe Foto. Es gibt aber genauso die Löcher-Jeans- und die Fußballschuh-Tage.

isa_belle_89 Klebrig! Lachender Smiley. Genau, A!

CindySh78 Sooo inspirierend, danke!

lonnie_german Ich sehe das schon kritisch, dass eine Achtjährige bereits eine Meinung zum Thema Make-up hat. Sollte sie nicht noch völlig unbeschwert von Beauty-Themen spielen, zeichnen, einfach Kind sein? Ich hab das Gefühl, dass da eine verfrühte Sexualisierung stattfindet.

dieAundO @lonnie_german Die Sexualisierung bringst ja du hier rein. A und O haben einen Cousin, den solltest du mal sehen, wenn der bei uns

ist! Der schöpft Make-up-technisch aus dem Vollen! Da ist ein bisschen Lidschatten nichts dagegen. Was ich sagen will: Ich glaube, der Irrtum ist, Make-up als Mädchen-Thema abzutun. Schminken, sich inszenieren, sich kleiden, posen, experimentieren – das sollen alle dürfen!
van_van_konig Herrlich, wie befreit du über solche Dinge sprichst. Ich wünschte, ich hätte auch so eine Mutter gehabt.

Der Chefinspektor am Abend

Karin googelt die Kindergruppe.

Das sehe doch sehr nett aus, aber seien die wahnsinnig, zweihundertneunzig Euro monatlich? Das sei ja mehr als viermal so viel wie im städtischen Kindergarten! Er solle sich mal vorstellen: das für zwei Kinder. Und da stünde auch noch etwas von Kochdiensten. Die Kosten für die Mahlzeiten würden von den Eltern selbst getragen. Das also auch noch, wie viel das wohl ausmache.

Der Chefinspektor zuckt mit den Schultern. »Über zwölftausend Abonnenten. Wer liest das eigentlich?«

Karin schaut fragend von ihrem Smartphone hoch.

Der Chefinspektor zeigt auf sein Smartphone. »So ein Blog.«

Ein Blog? Wie der denn heiße.

Der Chefinspektor, weiterhin schulterzuckend: »DieAundO.«

»DieAundO!«

Der Chefinspektor, irritiert. »Und?«

»Der folgst *du*?«

Der Chefinspektor ignoriert Karins Frage. »Kennst du die?«

»Ja sicher.« Karin runzelt nun ihre Stirn und schüttelt den Kopf. »Wieso nicht?«

Karin freut sich. »Und der folgst *du*? Seit wann bist du überhaupt auf Insta?«

»Bitte, Karin, *Insta*? Ich *folge* niemandem, das Profil ist öffentlich. Außerdem ist das eine Mutter aus der Kindergruppe.«

Karin freut sich. »Aus der Kindergruppe!«

Dann: »Ich find dich nicht. Wie ist dein Nickname?«

dieAundO

Ein Stück Zimmer mit Holzboden (Gelbtöne verstärkt von Perpetua), rechts im Bild schräg und unscharf ein Türstock, daneben angeschnitten ein vollgestopftes Spielzeugregal. Der Fokus liegt auf dem Kind, das einen leuchtend roten Pullover halb angezogen oder ausgezogen hat (leichte Bewegungsunschärfe). Die Arme stecken bis zu den Ellenbogen in den Ärmeln, deren Enden rechts und links wie Elefantenrüssel herunterhängen. Der Kopf ist unsichtbar noch im Bauch des Pullis verborgen. Der Kinderbauch ist nackt (warmer Hautton). Die Hose sitzt, Socken fehlen noch.

Gefällt 4.776 Mal

dieAundO Zeitmanagement in der Früh.

A sagt: Mama, heute gehe ich als Monster.

Schwitzender Smiley. Ja, wir haben es eilig. Und nein, ich »hetze« meine Tochter deshalb nicht. Wir laufen nicht zur Kindergruppe. Und ich ziehe sie nicht hinter mir her. Es ist nicht die Aufgabe meines Kindes, Rädchen in der Maschine zu spielen. Es ist nicht die Aufgabe unserer Kinder, zu funktionieren. Dann lieber Monster. Und wenn ich fünf Minuten zu spät bin (denn mehr sind es nicht), Schwamm drüber!

#attachment statt #management
#lebenmitkindern #lifewithkids
#mumlife #workingmum
#gettingupearly
#growingup
#bedürfnisorientiert
#slowparenting

Alle 1.985 Kommentare anzeigen
rosenrot Herz

me_with_him Herz. Anouk ist so cool!
jojoresner Danke für deinen Text! Genau *so* machen wir das auch. Und trotzdem muss ich mir immer wieder anhören, dass ich mir von meinem kleinen Sonnenstrahl auf der Nase herumtanzen lasse.
dieAundO @jojoresner Na, lass ihn doch tanzen! Flamencotänzerin-Emoji. Lachender Smiley. Kein besserer Ort für den Sonnenstrahl als deine Nase!
larissa78_ Schön, wenn du das so machen kannst. Mein Job erlaubt keine Verspätung, auch nicht um fünf Minuten. Manchmal laufen wir wirklich in den Kindergarten. Manchmal kann ich mich dort kaum verabschieden und es bricht mir das Herz. Dein Text macht mich traurig, wo ist der Respekt für Alleinerzieherinnen? Manche haben einfach nicht das Privileg, zu trödeln.
dieAundO @larissa78_ Mein ganzer Respekt geht an euch Alleinerziehende! Ihr leistet harte Arbeit. Muskelarm-Emoji. Meine Postings beinhalten keine Wertung über andere Wege, Eltern zu sein oder zum Kindergarten zu laufen. Ich teile mein Leben und hoffe, euch zu inspirieren, es einfach mal GUT sein zu lassen. Ihr seid gut. Du bist gut! Und wenn ihr laufen müsst, dann ist das eben so. Punkt.

TAG 3

Der Chefinspektor

Giorgos' Mutter, geborene Lena Nikolaidou, kam Ende der sechziger Jahre nach Wien, um Medizin zu studieren, und wurde Allgemeinmedizinerin in einer Praxisgemeinschaft und nicht Sprechstundenhilfe ihres Mannes, was ihr vonseiten der griechischen Familie regelmäßiges und nachhaltiges Kopfschütteln einbrachte.

Giorgos' Vater, Günther Hansmann, ist Kassen-Kinderarzt mit eigener Praxis im zwölften Bezirk.

Zur Freude, zum Triumph der griechischen Familie hilft Lena in ihrer Pension doch noch ihrem Mann in der Ordination aus. Warum sie das tut, kann der Chefinspektor nicht verstehen, ruft sie ihn doch mindestens wöchentlich an, um sich über seinen Vater zu beschweren. Er vergesse und verlege alles. Wenn er schon anfange mit *Lena, wo ist …*, könne sie wahnsinnig werden. *Lena, wo ist meine Brille. Lena, wo sind meine Schlüssel.* Er sei ungeduldig, launisch! An allem sei sie schuld. Als wäre sie es gewesen, die den Computer nicht ausgeschaltet hätte! Aber, nein, der Herr Dr. Hansmann mache nie Fehler! Wenn Giorgos sich vorstellt, er oder, besser, sein Sohn wäre Patient bei seinem Vater. Und seine Mutter brächte vor sich hin schimpfend die E-Card oder das Desinfektionsmittel. Oder sein Vater kriegte einen cholerischen Anfall, weil er den Rezeptblock nicht fände. Wie zwei Verrückte! Wie die bösen Alten in »Mulholland Drive«. Wer da wohl noch freiwillig hingehe.

»Geh bitte, vor den Patienten schreien die sich ja nicht an«, meint Karin.

»Hast du eine Ahnung.«

Jedenfalls waren die Eltern enttäuscht, als der Sohn nicht Medizin studierte, und noch enttäuschter, als der Sohn gar nicht mehr studierte. Denn angefangen hatte er ja. Volkswirtschaftslehre.

Und aus einer Laune heraus bewarb Giorgos sich bei der Polizei. Vielleicht wegen der Lehrveranstaltung »Einführung ins wissenschaftliche Arbeiten« und der dort stupide wiederholten Zitierregeln. Inhalte schienen dem Professor völlig nebensächlich.

Vielleicht gerade wegen der Eltern. Weil die ihn all ihren Freundinnen und Bekannten als den angehenden Volkswirt vorstellten, sonntags anriefen: »Und wie geht's im Studium?« Seine Seminararbeiten lesen und diskutieren wollten, jedenfalls der Vater.

Vielleicht auch, weil er sich nicht vorstellen konnte, mit VWL jemals einen Job zu finden. Wozu dann die ganze Arbeit? Das Studium lag endlos vor ihm. Was für seine Mitbewohner Freiheit bedeutete, war für den späteren Chefinspektor eine erdrückende Vorstellung.

In der WG wurde er liebevoll ausgelacht. »Der Giorgo macht jetzt Straight Edge. Der trinkt kein Bier mehr, sonst muss er sich selber verhaften.« Doch nach ein paar eindrucksvollen Wutanfällen ließ man ihn in Ruhe. »Ärger den Giorgo nicht, der merkt sich das für immer.«

Für seinen Richtungswechsel konnte Giorgos argumentieren: nach zwei Jahren Ausbildung bereits im Dienst. Nichts mit unbezahltem Praktikum oder Flyer-Verteilen. Nichts mit Callcenter.

Dass ihn dann der Ehrgeiz packte und er einen E2a-Kurs anhängte, um sich zum Kriminaldienst zu melden, freute wiederum die Eltern. Giorgos Hansmann landete im Landeskriminalamt, Ermittlungsbereich 01, Leib/Leben. Auf dem Weg dahin lernte er seine zukünftige Frau kennen: Karin, Gruppeninspektorin im Bundeskriminalamt.

Der Chefinspektor in der Früh

»Wann bist du denn heute zu Hause?«

»Das kann ich nicht sagen, ich hab ein paar Einvernahmen,

der Mateo ist schon wieder auf einer Fortbildung, der Hornberg rennt dauernd zum Tramec. Die Christina und ich sind die Einzigen, die was tun momentan.«

Die Gruppeninspektorin legt den Kopf in den Nacken und lässt die Schultern nach vorn fallen. Krummer Rücken.

Irgendwie könne sie nicht mehr. *Jeden* Abend zu Hause sein. *Jeden* Abend die Kinder hinlegen. Es gäbe da eine Fortbildung, sie überlege, ob sie die machen solle.

»Heute?«

Nein. Nein, aber sie müsse einmal laufen gehen. Sie war seit … Sie weiß gar nicht, wann sie das letzte Mal laufen war.

»Aber muss das *heute* sein?«

Heute, morgen, egal, es sei immer irgendwas. Die Gruppeninspektorin zieht die Schultern zu den Ohren.

Der Chefinspektor räumt die Kaffeetassen in den Geschirrspüler. »Heute habe ich um zwanzig Uhr die Obfrau bei mir.«

Die Gruppeninspektorin lässt die Schultern wieder fallen und atmet aus. Wirklich, sie mache alles allein, das gehe nicht.

Er mache das auch nicht zu seinem Privatvergnügen.

Ja. Pause. Wie er sich das vorstelle, in weniger als einem Jahr komme der Raphi in den Kindergarten, dann werde sie wieder einsteigen. Wie solle das gehen? Wer solle dann die Kinder abholen? Sie werde dann nicht jeden Tag um vier im Kindergarten sein können.

»Es ist doch auch völlig in Ordnung, die Kinder um fünf zu holen.«

Super. Und auch das werde dann sie machen müssen. Mit hängender Zunge, verschwitzt und die halben Termine abgesagt.

Aber sei nicht ausgemacht gewesen, dass sie nur zwanzig Stunden mache?

Kopf schief gelegt, Mund geöffnet bei nach vorn geschobenem Unterkiefer. Es sei einfach völlig klar, dass *sie* zurückstecke.

»Okay, was willst du, dass ich mache?«

Nein, so einfach sei das nicht. Wie er sich das vorstelle. Wie sie mit ihren zwanzig Stunden jemals wieder mit Ermittlungen betraut werden solle. Sie wolle nicht für den Rest ihres Lebens in eine Uniform gesteckt werden. Und was sie machen solle, falls, *falls* sie jemals wieder in den Kriminaldienst geholt werde. Ob sie dann in der heißen Phase sagen solle: »Oh, entschuldigen Sie, Herr Staatsanwalt, ich mach morgen weiter, jetzt muss ich die Kinder holen.« Ob sie das sagen solle? Ob er das jemals gesagt habe?

»Aber das kann ich *jetzt* doch nicht ändern.«

»Du wirst das nie ändern.«

»Noch mal, was willst du, dass ich mache?«

»Ein Geschenk für die Lilli kaufen.«

»Was?«

»Die Emmi ist eingeladen, am Samstag. Siehst du, nicht einmal das weißt du.«

»Okay. Und was soll ich für die Lilli kaufen?«

»Wenn *ich* mir das überlegen muss, kann ich's gleich selber machen.«

Emmi ruft aus dem Kinderzimmer, dass sie aufhören sollen zu streiten.

»Emmi, zieh dich an«, ruft die Gruppeninspektorin.

Emmi ist bereits angezogen und stampft ins Vorzimmer, um demonstrativ auf den Vater zu warten.

»Nicht einmal Zähne putzen kann ich. Vom Scheißen brauch ich gar nicht reden.«

»Doch, scheißen gehen kannst du.« Karin lacht.

Der Chefinspektor schüttelt den Kopf. Er hoffe, die Kinder hörten sie nicht.

Wege

»Papa, kannst du der Lilli einen Hund kaufen, der echt pinkeln kann? Und mir auch, wenn ich Geburtstag habe? Wir wünschen uns den beide.«

»Aber du hast doch gerade erst Geburtstag gehabt.«

»Das macht nichts. Ich warte einfach.«

»Na gut, wenn du den dann noch haben willst.«

»Ja, will ich.«

Der Chefinspektor nickt. »Und wie schaut der aus, der Hund?«

»Der ist grau und weiß gefleckt und bewegt sich in echt. Die Matilda hat auch so einen. Der kann echt pinkeln.«

Der Chefinspektor nickt.

Elterndienst

Liebe Alle,
es ist viel auf einmal, aber: Die Betreuerinnen haben Supervision und wir brauchen heute Nachmittag ab 14 Uhr einen Elterndienst. Bitte gebt Bescheid, wer sein Kind schon früher holen kann.

lg Dani

Das Reparaturamt im Landeskriminalamt

Das Reparaturamt, Hilde Winkler, sitzt auf dem Besucherstuhl vor dem Schreibtisch im Vernehmungsraum, ihr Pony fällt ihr ins Gesicht, der lange Seidenschal zwischen den Knien fast bis auf den Boden. Aufrecht sitzt sie auf der Sesselkante, wie um größere Nähe zum Kriminalbeamten gegenüber herzustellen.

Was sie ihm über den Herrn Moghaddam erzählen könne. Ob der denn Feinde gehabt habe.

Das Reparaturamt schaut dem Chefinspektor mit ihren großen Augen hinter der noch größeren Brille ins Gesicht.

Also, nein, das könne sie sich nicht vorstellen. Wer sollte denn den Amir gehasst haben, und warum?

Nun, sie selbst habe ja auch eine Meinungsverschiedenheit mit dem Herrn Moghaddam gehabt.

Das Reparaturamt schaut weiter ins Gesicht des Chefinspektors.

Es habe doch einen Streit wegen Handyvideos gegeben.

Ach das meine er. Ja. Nein.

Das Reparaturamt legt den Kopf schief. Das sei kein Streit gewesen. Das seien auch streng genommen keine Handyvideos gewesen. Es sei da um den Umgang mit, sie müsse es so nennen, dem bewegten Bild *generell* gegangen. Aber von Feindschaft könne man da keinesfalls sprechen. Feinde, nein. Das Reparaturamt schüttelt den Kopf, schüttelt sich und richtet sich auf, die Füße parallel.

»Wissen Sie, Herr Chefinspektor, der Mio wächst völlig ohne auf.«

Pause.

»Ohne Fernseher, ohne DVDs, ohne Filme. Der Dieter, also mein Freund, und ich sind überzeugt, dass Kinder keine Videos brauchen, um etwas über die Welt, in der sie leben, zu erfahren. Früher hatten die Menschen das ja auch nicht, und trotzdem haben wir heute noch immer atemberaubende Kunstwerke. Nehmen Sie all die gotischen Kathedralen, nehmen Sie die Ikonen des frühen Christentums.«

Pausiert, überlegt.

Der Chefinspektor nützt die Pause. »Frau Winkler, was machen Sie und Ihr Partner beruflich?«

Stirnrunzeln hinter dem Pony.

»Ich habe eine Stelle auf der Uni. Ich schreibe meine Diss in Religionswissenschaften. Der Dieter studiert Philosophie. Da haben wir uns auch kennengelernt, auf der Philosophie.«

Das Reparaturamt nimmt den Faden wieder auf.

»Uns ist es wichtig, dass der Mio die Welt mit seinen eigenen Augen, eigentlich müsste man sagen: Sinnen, entdeckt. Dafür braucht er kein Fernsehen. Wir erleben den Mio als sehr wissbegieriges Kind, gerade *weil* er sich alles selbst erarbeitet. Er schaut hin, stellt Fragen, schaut wieder hin – mit einem neuen

Blick – und stellt neue Fragen. Wie in der Wissenschaft.« Lacht zögernd. »Das ist wirklich schön zu beobachten. Dieser unverdorbene Blick. So vorurteilsfrei. Und das, was er erfährt, ist echt.«

»Und dann der Herr Moghaddam.«

Das Reparaturamt nickt. »Ja, Herr Chefinspektor, wissen Sie, wir haben erst im September mit der Kindergruppe begonnen. Man kommt da in einen Raum, physisch und sozial, der ganz neue Gestaltungsmöglichkeiten bietet. Gestaltungsmöglichkeiten, aber auch Verantwortung. Der Dieter und ich, wir mussten da erst hineinwachsen. Wir wussten erst gar nicht: Wie bringen wir uns ein, wo ist unser Platz. Aber dann hat der Dieter gesagt, weißt du was, wir sind aufgenommen worden, weil wir *wir* sind, und das ist gleichzeitig das, was wir beisteuern können, beisteuern müssen. Uns.«

Pause.

»Unsere Ehrlichkeit, unsere Perspektive. Ehrlichkeit ist immer der beste Weg, das leben wir ja auch mit dem Mio.«

Das Reparaturamt schüttelt seinen Pony.

»Wir sind gleichberechtigter Teil der Gruppe, wir haben das gleiche Mitspracherecht und die gleiche *Verantwortung* wie die anderen. Wenn wir etwas wahrnehmen, ist es eigentlich unsere *Pflicht*, das zu kommunizieren. Und uns hat das nicht gefallen, überhaupt nicht gefallen, dass der Amir mit den Kindern auf seinem Handy YouTube-Videos geschaut hat. Ich meine, das hätte ich mir eigentlich nicht erwartet von einer Kindergruppe.«

Das Reparaturamt schaut dem Chefinspektor ins Gesicht, wie um zu überprüfen, ob er sich das erwartet hätte.

Der Chefinspektor hält den Blick auf einen Punkt hinter dem Reparaturamt gerichtet und kann nur verspätet nicken.

»Der Mio hat noch nie YouTube geschaut, und dann kommt er nach Hause und erzählt was von Fußball und Sachen, die ich gar nicht kenne. Und zählen kann er noch nicht, das heißt, ich weiß auch nicht, wie *viele* Videos die geschaut haben. Ich habe gar keinen Überblick. Und es geht ja nicht nur um den Mio. Auch die anderen Kinder sollen doch den Raum bekommen, sich auszuprobieren, zu interagieren. Und so sitzen die alle stumm und starr um den Amir und schauen in dieses kleine Kasterl.«

Das Reparaturamt krümmt sich zusammen und stiert auf einen imaginären Bildschirm in ihrer Handfläche.

»Und der Herr Moghaddam hat das anders gesehen?«

»Ach. Dem Amir war das leider gar nicht bewusst. Er hat wirklich gedacht, er zeigt den Kindern *die Welt*, so hat er das genannt. Der meinte, wir leben alle in einer Blase, von der wir glaubten, sie sei echt. *Gefilterte Realität.* Ich fand das schon hart. Als würde ich die Wahrnehmung meines Kindes zensurieren. Natürlich wähle ich aus, wer macht das nicht? Oder würden Sie Kindern alles zeigen?«

Der Chefinspektor, die Augen wieder auf den Punkt gerichtet, hebt die Augenbrauen.

Das Reparaturamt nimmt das als Zustimmung, besser Übereinstimmung.

»Wissen Sie, ich empfinde das *nicht* als negativ. Es ist meine Aufgabe, den Mio an unterschiedliche Inhalte behutsam heranzuführen und vor manchem zu schützen. Aber *behutsam.* Alles zu seiner Zeit. Ich habe den Amir gebeten, dem Mio, also den Kindern, Zeit zu geben.«

»Damit ich mir das besser vorstellen kann, welche Videos hat der Herr Moghaddam den Kindern gezeigt? Haben das die Pädagoginnen gar nicht überprüft?«

»Doch. Doch, beim Elternabend wurde das dann besprochen. Die *Betreuerinnen*« – Blick zum Chefinspektor – »meinten, er hätte wichtige Fußballspiele aufgedreht oder die Zusammenfassungen davon, was weiß ich. Wissen Sie, für uns ist das besonders schwierig. Wir haben keinen Fernseher und sind da wirklich unerfahren.«

»Also Fußball. Und sonst?«

»Nachrichten. Demonstrationen. Kinder auf Samos und Lesbos.«

Das Reparaturamt wartet, ob der Chefinspektor folgen kann, kann er nicht, er runzelt leicht die Stirn.

»Zeltlager, Geflüchtete. Ausgerechnet. Wissen Sie. Prinzipiell finde ich das gut, dass man Kindern erzählt, wie es auf der Welt zugeht. Was früher war, was uns zu dem gemacht hat, was und wer wir heute sind. Was jetzt gerade stattfindet. Wie andere Kinder leben. Aber ich bin der Meinung, dass die Entscheidung darüber, womit ich meinen Sohn konfrontiere, bei mir liegt. Oder von mir aus bei den Betreuerinnen. Aber nicht bei einem Freiwilligen, der die Auswirkungen seines Tuns doch gar nicht abschätzen kann.«

Das Reparaturamt holt Luft.

»Dazu kommt, dass man Informationen doch kindgerecht aufarbeitet, bevor man die kleinen Köpfe füttert. Der Mio kann das doch noch gar nicht einordnen. Mir kam manchmal vor, dass der Amir uns einfach ...«

Das Reparaturamt überlegt.

»Ich glaube, der Amir hat Erfahrungen gemacht, die wir gar nicht nachvollziehen können. Das hat ihn hart gemacht.«

Schüttelt den Kopf.

»Was wollten Sie sagen? Der Herr Moghaddam hat Sie ...? Sie haben da gerade einen Satz begonnen.«

Das Reparaturamt öffnet weit die Augen. »Ich weiß es nicht. Wie wenn er uns wehtun wollte vielleicht?« Das Reparaturamt verliert die Fassung.

»Aber Sie sprechen nur von den Eltern? Oder sahen Sie eine Gefahr für die Kinder?«

Das Reparaturamt schüttelt fest den Kopf und die Tränen aus den Augen.

»Nein, nein! Zu den Kindern war er total lieb! Uns Eltern fand er vielleicht ein bisschen skurril, übervorsichtig.«

»Kam es zu einem Streit wegen der YouTube-Videos?«

»Wie gesagt, für uns war das sehr schwierig, weil wir selbst so gar nicht nachvollziehen können, aus welchem Grund man den kleinen Menschen ein Video aufdrehen sollte, ich meine *überhaupt*: wozu? Ich selbst schaue so *überhaupt* nie fern. Ich war echt überfordert und doch sehr besorgt und habe emotional reagiert.«

Atmet durch.

»Und ich hab halt auch nicht gewusst: Bin ich die Einzige, die das stört? Die anderen haben den Amir ja schon gekannt. Aber es hat sich dann Gott sei Dank herausgestellt, dass wir Eltern uns da eh einig sind. Und dann haben wir, also die Gruppe, dem Amir deutlich gemacht, dass er nicht machen kann, was er will, und dass das Handy in der Kindergruppe ausgeschaltet bleibt. Das war scheinbar eh immer wieder Thema, auch letztes Jahr. Die Franziska, also die Obfrau Stellvertreterin, war da sehr klar, das hat mir geholfen. Für mich hat das dann gepasst.«

»Und sonst? Ist sonst jemand mit dem Herrn Moghaddam aneinandergeraten?«

Das Reparaturamt zögert.

»Der Papa von der Flora ist einmal ziemlich in die Luft gegangen.«

»Sie sprechen dann wohl vom Herrn Emmerdingen.«

Das Reparaturamt schüttelt den Pony. »Ich weiß gar nicht, wie der mit Nachnamen heißt, ich habe mich noch nie mit ihm unterhalten beziehungsweise er sich nicht mit mir. Ich habe das auch eher am Rande und per Mail mitbekommen.«

Pause.

»Einmal, da habe ich gerade den Mio geholt, da ist der Papa von der Flora in die Garderobe gestürmt und hat was von Fotos und Facebook geschrien.«

Kopfschütteln.

»Wir sind dann aber echt schnell gegangen, der Mio war ganz verstört. Wir erziehen den Mio ohne Gewalt.« Blick zum Chefinspektor. »Auch ohne verbale Gewalt.«

»Wissen Sie, was da vorgefallen ist?«

»Ich habe ja kein Facebook. Aber offenbar war auch das schon länger ein Problem. Der Amir hat immer wieder Selfies mit den Kindern gemacht und auf Facebook gepostet. Mio ist nie dabei gewesen, Gott sei Dank. Aber die Flora war auf einem Bild, und ihr Papa hat – eh völlig nachvollziehbar – ein riesiges Problem mit Social Media. Ich versteh das voll. Jedenfalls hat es dann einige böse Mails gegeben, und Floras Papa hat den Amir gezwungen, das Foto zu löschen. Er hat sogar mit rechtlichen Schritten gedroht.«

»Und wie ist die Sache ausgegangen?«

»Das weiß ich nicht. Amir hat das Foto wohl gelöscht.«

»Das heißt, in der Kindergruppe ist es aufgrund von Herrn Moghaddams, wie soll ich es nennen, Zugang zu Medien doch häufiger zu Streitereien gekommen.«

»Das wäre zu viel gesagt. Ich weiß nicht, wie das letztes Jahr gehandhabt worden ist, aber jetzt sind halt wir dabei und haben vielleicht einfach unseren Zugang mitgebracht. So eine Gruppe ändert sich ja mit den Mitgliedern.«

»Das heißt, Sie haben es nicht bereut, Ihren Sohn in Herrn Moghaddams Obhut gegeben zu haben?«

Das Reparaturamt beugt sich vor und öffnet weit die Augen. »Aber nein! Das hat nie irgendwer bereut! Nie. Im Gegenteil. Wir wissen doch gar nicht, wie wir jetzt weitermachen können, ohne Amir.«

Da fällt es dem Chefinspektor ein: Ob sie für oder gegen Amir gestimmt habe.

Verständnislosigkeit.

»Beim Auswahlverfahren. Als über den Freiwilligen abgestimmt wurde.«

»Ach so. Da waren wir noch gar nicht in der Kindergruppe. Wie gesagt, Mio hat gerade erst begonnen, deshalb trifft uns das alles ja auch so sehr.«

Pause.

»Aber wir hätten *sicher* für den Amir gestimmt.«

Das Auswahlverfahren (Rückblick)

Amirs Lebenslauf und Motivationsschreiben gehen zuerst durch die Hände des Freiwilligenamts. Das jeweils amtierende Freiwilligenamt trifft die Vorauswahl: Aus vierzehn Bewerbungen filtert es fünf heraus, die es der Elternschaft per Mail weiterleitet. Die Elternschaft ist in der Folge dazu angehalten, in einer zweiten Runde aus den fünf Bewerber_innen je drei Favoriten oder Favoritinnen zu wählen, und zwar gereiht nach Präferenz: Erst-, Zweit- und Drittplatzierte_r, Begründung fakultativ.

Amir punktet nicht durch seinen Lebenslauf. Beziehungsweise eben schon durch seinen Lebenslauf, jedoch nicht durch aufgabenspezifische Erfahrungen, die er schlicht nicht vorzuweisen hat. Aufgrund seines elaborierten Motivationsschreibens und nicht zuletzt seiner Lebensgeschichte sprechen sich viele Eltern für Amir aus. Manuele aus Italien, der die letzten drei Jahre in einem Montessori-Kindergarten gearbeitet hat und zudem aus einer kinderreichen Familie stammt, kann ebenfalls überzeugen. Amir und Manuele landen entsprechend häufig auf Platz eins oder zwei. Danae, Kindergärtnerin und Animateurin aus Griechenland, kristallisiert sich als Platz drei heraus.

Das letzte Mail, sprich die letzte Reihung, kommt vom Geschenkeamt, das sich dezidiert für Manuele ausspricht. Als Freiwilliger komme nur Manuele in Frage, verfüge er doch über die profundeste Ausbildung und Berufserfahrung. Hier hakt das Neue-Eltern-Amt ein, indem es an den letzten Freiwilligen, Felipe, erinnert, der ebenfalls den passendsten Lebenslauf gehabt, dann jedoch aufgrund persönlicher Probleme verfrüht den Dienst beendet habe. Die psychische Verfassung ist das Thema auch für das amtierende Listenamt, habe man doch wiederholt von Traumatisierungen bei Flüchtlingen gehört. Dem stimmt das Wäscheamt zu. Man habe am Arbeitsplatz ihres Mannes Erfahrungen mit einem syrischen Flüchtling gemacht, sie wolle das hier nicht länger ausführen.

Hier schaltet sich in einer seiner äußerst seltenen Mails das Reparaturamt II ein und mahnt die *Liebe(n) Alle(n)*, als angehender Geschichtelehrer sei er besonders damit konfrontiert, jedes einzelne Lebewesen als Individuum wahrzunehmen, und er bitte darum, dies auch hier, in der Kindergruppe, zu berücksichtigen. Vor allem um seines Sohnes willen, der sehr sensibel auf Ausgrenzungen reagiere. Man schließe bitte nicht von einem Menschen auf einen anderen, vor allem nicht aufgrund eines willkürlich gewählten, und die Herkunft sei ein solches, Merkmales. Und ob man sich der Etymologie des Wortes Merkmal bewusst sei, schließlich gehe es auf »Mal« mit der Bedeutung Stigma zurück.

Die Obfrau mahnt nun ihrerseits Sachlichkeit ein, ihr fällt jedoch das Brandschutzamt in den Rücken. Anja findet Martins Einwand durchaus berechtigt, arbeite sie doch nun schon seit Jahren mit Flüchtlingen zusammen und habe noch nie eine negative Erfahrung gemacht. Ganz im Gegenteil, sie habe gemerkt, wie wichtig es sei, den Leuten eine Chance zu geben.

Dem Baumeister, Ehemann der Obfrau Stv., platzt der Kragen angesichts der Mailflut. Ihn interessiere nicht, wer wen kenne oder welche Erfahrungen gemacht habe. Man möge doch bitte privat diskutieren und den Verteiler nicht mit weiteren Mails belasten. Bitte danke.

In die Stille hinein wagt sich das Geschenkeamt, obwohl man hier nicht von Mut oder Wagnis sprechen kann, hat sie doch weder des Baumeisters noch sonst irgendein Mail gelesen. Manuele sei die richtige Wahl, da es um Kompetenzen gehe.

So landen die beiden ex aequo auf Platz eins. Die Obfrau entscheidet sich gegen eine erneute E-Mail-Diskussion und lädt zum Blitz-Elternabend »Stichwahl Freiwilliger«.

Das Geschenkeamt wiederholt seine Präferenz und kündigt seine Abwesenheit an. So auch das Brandschutzamt, es stimmt für Amir.

Die restliche Elternschaft trifft sich. Die Obfrau moderiert und zeichnet zwei Spalten auf einen Bogen Packpapier.

Die Obfrau: »So, ich lade euch jetzt alle zu einer kurzen Blitzlicht-Runde ein. Jeder sagt kurz, wo er oder sie steht. Es geht ja um die Stichwahl Amir oder Manuele. Also bitte nur eine kurze Stellungnahme.«

Die Obfrau Stv.: »Ich finde es ja eine schwierige Entscheidung. Aber ich bin ein bisschen mehr für den Manuele. Ich hab mir die Bewerbungen wirklich *ganz* genau angeschaut, und es überwiegt beim Manuele einfach die Berufserfahrung.«

Betreuerin Mone: »Also wir sind für den Amir.«

Betreuerin Ingrid: »Der Amir, ganz klar. Wir wollen dem

einfach eine Chance geben. Es geht ja nicht immer nur um die Erfahrung, die jemand mitbringt, es geht auch um die Möglichkeit, hier bei uns Erfahrungen zu machen.«

Betreuerin Tabitha: »Voll.«

Betreuerin Mone nickt zustimmend.

Das Wäscheamt: »Es ist nicht so, dass ich irgendwem keine Chance geben will, aber ich bin für den Manuele.«

Das amtierende Listenamt: »Wir haben lange überlegt. Der Manuele passt einfach besser. Vor allem, weil man einfach wirklich nicht weiß, welche psychischen Belastungen so jemand wie der Amir mitbringt.«

Das Neue-Eltern-Amt: »Amir. Ich finde, er trifft mit seinem Motivationsschreiben genau *uns*. Was wir wichtig finden, wer wir sind. Und ich glaube nicht, dass man da irgendeine Angst haben muss. Außerdem, wie gesagt, sagt ein perfekter Lebenslauf wenig über die tatsächliche Stabilität einer Person.« Nickt bekräftigend.

Das Reparaturamt II: »Amir ist der perfekte Kandidat, ich freu mich voll auf den. Ich glaube auch, dass die Kinder total von dem profitieren können.«

Das Personalamt: »Es haben natürlich beide Bewerber was für sich. Eh logisch, sonst wäre es nicht so knapp. Aber ich glaube schon, dass man die Berufserfahrung, die ihr ja auch schon genannt habt, nicht außen vor lassen darf. Es hat einfach der Manuele schon mit Kindern gearbeitet, und der Amir, das wäre ein bisschen ein Versuch. Es ist halt die Frage, ob wir hier ein Risiko eingehen wollen. Besonders mit den Erfahrungen von diesem Jahr.«

Die Obfrau räuspert sich, das Neue-Eltern-Amt rutscht auf der Sitzfläche hin und her.

Das Personalamt: »Also die Dani und ich, wir geben unsere Stimme dem Manuele, weil wir einfach darauf vertrauen, dass er die nötigen Kompetenzen mitbringt.«

Das Vernetzungsamt: »Ich für meinen Teil stimme für Amir.«

Das Konzeptamt: »Die Anouk und ich freuen uns auf den Amir.«

Die Obfrau, den Edding in der Hand: »Du stimmst für den Amir?«

Das Konzeptamt: »Ja bitte, mach da ein Kreuzerl.«

Das amtierende Freiwilligenamt und Putzkoordination in Personalunion enthält sich aufgrund Schulwechsels.

Einkaufsamt: »Der Thomas hat wirklich starke Bedenken wegen dem Amir. Ich meine, der kommt ja nicht von irgendwo, sondern aus Afghanistan.«

Das Vernetzungsamt: »Nein, aus seinem Lebenslauf geht hervor, dass er im Iran aufgewachsen ist.«

Das Einkaufsamt schaut dem Vernetzungsamt ins Gesicht: »Wir sind für den Manuele.«

Die Obfrau, abschließend: »Ich bin für den Manuele. Der verfügt über die notwendigen Kompetenzen, hat den geeigneten Lebenslauf und wirkt überhaupt sehr zuverlässig.«

Sie hebt zufrieden den Blick von den zwei Spalten. Es wird, knapp zwar, Manuele.

Knapp auch oder vor allem, weil die Betreuerinnen zusammen nur eine Stimme haben.

Betreuerin Mone: »Ich bin nicht einverstanden. Die Eltern haben ein totales Übergewicht bei allen Entscheidungen, und grad bei der Freiwilligenwahl passt das überhaupt nicht. Euch muss echt bewusst sein, *wir* müssen dann mit ihm arbeiten. Ich mein, dieses Jahr, das war echt nicht einfach, und wir haben die Konsequenzen getragen.«

Betreuerin Ingrid: »Ja, als der Felipe krank geworden ist, waren klarerweise wir die Ansprechpersonen. Er hat natürlich uns am meisten vertraut, eh klar.«

Betreuerin Mone: »Und außerdem ist das überhaupt nicht wertschätzend. Ihr geht einfach davon aus, dass die Ingrid, die Tabitha und ich immer einer Meinung sind. Wir sind aber auch drei Individuen. Wieso müssen wir uns immer absprechen? Ich finde, bei den Freiwilligen müssen wir echt gleichberechtigt abstimmen dürfen.«

Betreuerin Ingrid nickt.

Betreuerin Tabitha nickt.

Die Obfrau: »Das hättet ihr dann vorher ansprechen müssen.«

Betreuerin Mone: »Nein, wieso? Ich finde, das können wir jetzt genauso ansprechen.«

Das Personalamt: »Die Mone hat schon recht. Hier geht es darum: Welchen Stellenwert hat der Einzelne für die Gruppe?«

Betreuerin Mone: »Und wir müssen mit dem Freiwilligen arbeiten.«

Die Obfrau Stv.: »Aber er arbeitet mit unseren Kindern. Ich finde schon, dass wir da *ein bisschen* mehr zu sagen haben.«

Das Neue-Eltern-Amt versteht beide Seiten.

Ratlosigkeit.

Betreuerin Mone: »Echt. Ich versteh überhaupt nicht, wieso wir bei jedem Elternabend dabei sind, wenn unsere Stimmen dann eh nicht zählen.«

Das Vernetzungsamt: »Ich finde, Mone spricht da schon etwas Entscheidendes an. Und es würde ja auch ganz was anderes rauskommen, wenn man die drei Stimmen einzeln zählt. Wir hätten ein anderes Ergebnis.«

Die Obfrau lenkt ein: »Ja vielleicht in diesem Fall, da geht es ja tatsächlich sehr um die Betreuerinnen.«

Die Fraktion »Amir« ist sowieso dieser Meinung.

Die Fraktion »Manuele« findet das nicht in Ordnung, traut sich allerdings nicht, gegen die Betreuerinnen, vor allem nicht gegen Betreuerin Mone, Stellung zu beziehen.

Die Obfrau sieht noch eine Chance, doch bei der Entscheidung »Manuele« zu bleiben: »Sollen wir also konsensieren?«

(Beim systemischen Konsensieren werden Widerstandspunkte verteilt. Im Unterschied zu einer Abstimmung nach dem Mehrheitsprinzip gibt die oder der Einzelne also an, wie sehr sie oder er *gegen* eine Option ist. Hier hat die Obfrau die berechtigte Hoffnung, dass die Manuele-Befürworter_innen viel stärkere Ablehnung gegen Amir hegen, als umgekehrt die Fraktion »Amir« Vorbehalte gegen Manuele hat. Dazu kommt, dass die sogenannten W-Punkte anonym vergeben werden, man seinen Widerwillen also ungebremst nicht zeigen, aber ausdrücken kann.)

Die Obfrau: »Gut, also dann teile ich jetzt Zettel aus. Und jeder und jede schreibt beide Optionen darauf, also Amir und Manuele.«

Die Obfrau überlegt: »Wir machen eine Skala von null bis fünf. Bei fünf würde man die Kindergruppe verlassen, wenn diese Option eintritt. Also, wenn ich Amir fünf Punkte gebe, würde ich die Kindergruppe verlassen, wenn er der neue Freiwillige wird. Wenn ich nichts gegen einen Kandidaten habe, gebe ich null Punkte.«

Blick in die Elternrunde: »Hat jeder einen Stift? Manche von euch kennen das ja schon vom letzten Eltern-Casting.«

Da die Betreuerin Mone, das Neue-Eltern-Amt und das Konzeptamt diese Technik bereits verwendet haben und wissen, dass man verliert, wenn man zu wenig Widerstand zeigt, und also W-technisch aus dem Vollen schöpfen, können sie erreichen, dass Manuele insgesamt vierzehn Punkte erhält (obwohl er ihnen relativ egal ist oder wäre) und Amir, gegen den eine tatsächliche Ablehnung besteht, nur zwölf.

Nach der erneuten Entscheidungsfindung gewinnt also – wenig überraschend – Amir.

In der Garderobe (Rückblick)

»Hast du schon den Amir kennengelernt?«

»Ja, gestern beim Abholen.«

»Und, wie ist der?«

»Eigentlich sehr sympathisch. Er hat mir gleich die Hand gegeben und sich vorgestellt.«

Landeskriminalamt

Die Ergebnisse der Tatortgruppe sind da. Der Gruppeninspektor Kieweg berichtet.

Auf den Bechern, den Tellern und manchem Konfetti fanden sich die Fingerprints der Frau Lasser.

»Mehr nicht?«

»Mehr nicht.«

Auf der Türschnalle zur Terrasse, dem Treppengeländer, dem Geländer der Terrasse, auf Sesseln und dem Tisch fand sich ein Gewirr aus unterschiedlichen Abdrücken. Wieder konnten Gelegenheitspersonen identifiziert werden. Die da wären: die Frau Lasser und der Herr Lasser, die Frau Lehner und der Herr Lehner.

»Lehner?«

»Die Eltern der Frau Lasser.«

»Nonna und Nonno, genau.«

Weitere Übereinstimmungen konnten nicht nachgewiesen werden.

Der Gruppenführer Hornberg runzelt die Stirn. »EKIS?«

Gruppeninspektor Kieweg schüttelt den Kopf. »Nichts. Das AFIS gibt auch nichts her.«

»Was schließt du daraus?«

»Dass sich jemand gut vorbereitet und Handschuhe getragen hat.«

»Sonst?«

»Wir haben uns die Wohnungstür angeschaut, weil doch die Frau Lasser sicher ist, dem Opfer nicht geöffnet zu haben. Einbruchsspuren gibt es keine.«

Die Gruppeninspektorin Christina Kalsner schaut konzentriert ins Leere.

Gruppeninspektor Kieweg: »Interessanterweise haben wir keine Fingerabdrücke des Opfers gefunden. Nirgends.«

»Das heißt, der ist da raufgegangen, ohne irgendetwas zu berühren?«

»Ja. Oder er trug ebenfalls Handschuhe. Weil spätestens die Türschnalle zur Terrasse hätte er betätigen müssen.«

»Noch etwas?«

»Am Tatort selbst Blut des Opfers, eh klar, die Tatwaffe befand sich ja nicht mehr in der Wunde.«

Pause.

»Übrigens. Die Blutungsquelle war nie mehr als fünfundzwanzig Zentimeter vom Boden entfernt.«

»Soll heißen?«

»Soll heißen, das Opfer wurde liegend erstochen. Dazu kann euch aber sicher der Michael mehr sagen.«

Der Chefinspektor kneift die Augen zusammen, die Gruppeninspektorin schaut zur Decke, Mateo beißt ein Stück Daumennagel ab.

Gruppeninspektor Kieweg: »Schaut, wenn ich auf eine stehende Person einsteche *und* das Messer herausziehe, hab ich das Blut niemals so lokal konzentriert wie dort oben auf der Terrasse. Und ich hätte zumindest *einen* Spritzer, einen Tropfen irgendwo. Haben wir aber nicht.«

»Der Moghaddam wird in die Wohnung gelassen, auf die Terrasse begleitet, legt sich auf den Boden und lässt sich erstechen?«

Also der Gruppenführer braucht jetzt einen Kaffee. Da fällt ihm ein: »Wann kriegen wir eigentlich die Obduktion?«

Christina: »Der Michael hat gesagt, heute.«

Gruppenführer Hornberg schnaubt. Er werde urgieren.

Christina: »Zuerst einen Kaffee?«

Der Chefinspektor winkt ab.

Gruppenführer Hornberg erhebt sich mit knacksenden Knien.

Das Wäscheamt im Landeskriminalamt

Das Wäscheamt, Nadja Dolnar, hat sich auf den Sessel fallen gelassen und sitzt zusammengesunken, ohne Körperspannung dem Chefinspektor gegenüber, als würde sie nie wieder aufstehen wollen. Auf sich, an sich gebunden, um sich herumgewickelt, trägt sie ihre jüngste Tochter, Gaia, die Mutter Erde.

Sie spricht gedehnt und langsam, auch hier hat sie keine Eile. Diphthonge werden als verwaschene *schwa*-Laute artikuliert.

Das Wäscheamt war am Montag circa um sechs bei der Franziska. Ihre Töchter Rana und Gaia habe sie mitgehabt, ja leider, die Rana sei elf und habe eh keine große Lust mehr, überallhin mitzugehen, aber sie müsse. Sie könne noch nicht alleine bleiben. Und ihr Mann sei nicht zu Hause, der arbeite auf einem Bauernhof in der Lobau, der könne echt nicht früher weg von der Arbeit, momentan seien dort jeden Tag Kindergeburtstage. Und sonst gebe es niemanden, der auf die Kinder aufpassen könne – keine Babysitterin, keine *Nonna*. Die Freya habe halt unbedingt zu der Party gewollt, sonst hätte sie das eh nicht gemacht, sonst wäre sie eh zu Hause geblieben.

Um sechs habe sich das Wäscheamt auf die Couch der Obfrau Stv. fallen und sich Torte und Kaffee servieren lassen. Selber schuld. Wenn schon, denn schon.

Pause.

Es habe auch Sekt gegeben, für alle Eltern, aber sie trinke keinen Sekt, sie stille.

Die Franziska habe halt eine große Wohnung, da könne man das – die Eltern dazu einladen. Sie selbst könne das nicht, sie habe einfach nicht so viel Platz und vor allem kein Personal, das die Wohnung vor und nach der Party putze.

Das Wäscheamt hat den Amir auf der Party nicht gesehen. Da seien nur die schicken Eltern mit den Sektgläsern gewesen. Das Wäscheamt legt Zeigefinger und Daumen der rechten Hand zusammen und spreizt den kleinen Finger ab.

Dann habe sie noch das Abschiedsgeschenk ihrer Tochter suchen müssen. Die Franziska habe für alle Kinder ein Geschenk gehabt, eh klar, eine Playmobilfigur und Zuckerl. Das sei natürlich wieder *irgend*wohin verschwunden gewesen, und die Freya habe sich wieder ur aufgeführt.

Dann seien alle gemeinsam gegangen. Sie sei mit dem Lift gefahren. Weil die Franziska wohne ja ganz oben im Dachgeschoß. Mit Lift und allem.

Das Wäscheamt hat nichts bemerkt. Sie sei total überfordert gewesen, so große Menschenansammlungen seien nichts für sie. Obwohl.

»Die Franziska hat urgestresst gewirkt.« Das Wäscheamt grinst.

Deshalb mache sie selbst das nicht – die Eltern dann noch dazu einladen.

Das Wäscheamt hat gegen den Amir gestimmt. Viele hätten gegen den Amir gestimmt, aber die Betreuerinnen hätten Stimmung für ihn gemacht, und am Ende traute sich nie jemand, etwas gegen die Betreuerinnen zu sagen. Man sehe ja jetzt, was dabei herauskomme.

Ja, sie habe einen Grund für ihre Ablehnung. Auf dem Bauernhof, auf dem ihr Mann arbeite, habe man vor ein paar Jahren, da wo so viele gekommen seien, ebenfalls einen Flüchtling beschäftigt, einen Syrer. Der habe das Konzept des Bauernhofs überhaupt nicht verstanden. Der habe sich nicht wirklich um die Tiere gekümmert, in Syrien sei das wohl anders. Egal. Eines Tages habe er ein Messer mitgehabt. Da habe man ihn entlassen. Gott sei Dank. Keine Ahnung, was der vorgehabt habe. Aber man könne echt nicht wissen, was in deren Köpfen vorgehe. In unseren Köpfen ja auch nicht. Tippt sich an den Kopf.

Man könne nicht wissen, was so jemand erlebt habe, deshalb sei sie dagegen gewesen, den Amir zu nehmen. Sie habe Angst um ihre Tochter gehabt. Sie habe sich gedacht, wenn einmal etwas wäre, nähme sie ihre Tochter sofort heraus. Sie brauche die Kindergruppe ja eigentlich nicht.

Sie arbeite nicht, sie könne die Freya auch zu Hause lassen. Im Moment lasse sie die Freya sowieso zu Hause.

Sie persönlich habe keinen Konflikt mit dem Amir gehabt. Aber urviele andere.

Das Wäscheamt grinst und zählt auf: Die Hilde habe ihn angeschrien wegen der YouTube-Videos. Der Papa von der Flora habe den Amir fast verklagt wegen Facebook. Und mit dem Papa von der Taleja müsse auch was gewesen sein. Zuerst seien die beste Freunde gewesen und dann – plötzlich kein Wort mehr.

»Papa von der Taleja?«

»Der Thomas. Der Herr Langegger. Der wusste als Erster Bescheid, dass es sich um Mord gehandelt hat. Und das hat es ja auch, das hat die Franziska sofort bestätigt.«

Und sie selbst?

Sie selbst habe sich auch gedacht, da stimme etwas überhaupt nicht.

Der Chefinspektor trommelt mit den Fingern auf die Armlehnen seines Sessels. Ob sie selbst ein Problem mit dem Herrn Moghaddam gehabt habe.

Sie selbst habe kein Facebook, sie habe ja nicht einmal Internet auf ihrem Handy, sie verweigere das. Aber ihr Mann habe nachgeschaut, zum Glück sei die Freya nicht auf Facebook gewesen.

Das Wäscheamt

Das Wäscheamt wohnt mit ihrer Familie als Einzige nicht ums Eck der Kindergruppe und findet das ganz gut, weil sie dann die anderen Eltern und deren Kinder nicht auch noch nachmittags oder am Wochenende im Park trifft. Ganz verhindern lässt sich das freilich nicht, in Wien, dem Dorf.

Das Wäscheamt träumt von einem eigenen Bauernhof, in der Lobau oder auch im Waldviertel, träumt von Homeschooling, damit endlich niemand mehr reinpfuschen kann, damit sie endlich wirklich niemanden mehr braucht, denn das Wäscheamt will von niemandem abhängig sein, zu oft haben sich Menschen als Enttäuschung entpuppt.

Das Wäscheamt hat ihre halbe Kindheit auf La Gomera verbracht. In den Ferien sowieso, teilweise auch länger, dann wurde Nadja von ihren Eltern unterrichtet beziehungsweise mit Büchern ausgestattet (alleingelassen) und beauftragt, zu lernen. Später war sie bei ihrer Oma in Wien untergebracht, die Eltern fern auf unbestimmte Zeit. Unbestimmte Dauer, unbekannter Ort. Als Kind konnte Nadja nicht bestimmen, wo und mit wem sie sein wollte. Als Erwachsene kann sie das. Das Wäscheamt bekommt Kinder und stattet sich eine eigene Welt mit eigenen Gesetzen aus.

Das Wäscheamt hat Sozialanthropologie studiert, auf La Gomera gelebt und eine Weltreise gemacht, das alles hat jedoch nichts an des Wäscheamts großer Angst vor allem Unbekannten geändert. Das Wäscheamt lädt keine Fremden in die eigene Wohnung ein, die Kinder sollen nicht in die Fremde ziehen, kein »Hänschen klein«.

Manuel, des Wäscheamts Ehemann, kommt gerade von weit genug her, dass ihm nicht der Wiener Mief anhaftet. Und er kommt aber auch nicht von so weit her (weder geografisch noch sprachlich), dass er dem Wäscheamt wirklich fremd erscheinen würde. Marbella im Süden Spaniens passt gerade gut. Gerade noch vom Rand Europas. Manuel, Rana, Freya und Gaia, das sind die Fixpunkte in des Wäscheamts Kosmos.

Der Chefinspektor, die Gruppeninspektorin und die Obfrau Stv.

Der Chefinspektor hat das Dach gesperrt. Aber nicht mit diesem rot-weiß oder war es gelb-schwarz gestreiften Kunststoffband *Crime scene*, sondern einfach mit Worten. »Sie wissen, dass Sie den Tatort bis auf Weiteres nicht betreten dürfen.«

Die Obfrau Stv. hat dazu sehr brav genickt, doch bereits zwei

Tage später muss sie einfach aufs Dach gehen – ganz leise, fast schleichend, obwohl überhaupt niemand anderes da ist.

Sie muss sich einfach noch einmal umsehen, vielleicht hat sie etwas übersehen. Und die Tatortgruppe hat sich für ihr Gefühl wirklich sehr wenig Zeit genommen.

Die Obfrau Stv. versucht, das Dach mit ganz frischen Augen zu sehen, wie jemand, der zum ersten Mal zu Besuch ist. Der weiße Himmel blendet. Da sind die Tomatenstauden, die muss man bald entfernen. Da sind die Stachelbeeren. Die Himbeeren gehören zurückgeschnitten. Da ist das Geländer, das sie rundum erhöht haben, damit Ludo und Emilia nicht drüberfallen. Die Dachrinne. Die Obfrau Stv. beugt sich über das Geländer. Nirgends ist etwas. Sie wendet sich der Terrasse zu. Nirgends etwas, nur der schreckliche Blutfleck.

Als es an der Tür läutet, steigt sie ertappt und mit Herzklopfen die Treppen hinunter.

Der Chefinspektor will den Tatort bei Tageslicht, die junge Gruppeninspektorin will ihn überhaupt einmal sehen, sie werden hereingebeten. Es riecht nach geröstetem Suppengemüse. Die Obfrau Stv. erklärt, dass sie morgen Kochdienst habe – Ausflugstag. Da gebe es immer Suppe. Und heute könne sie nicht weg, sie warte auf die Putzfrau, die blöderweise ihren Schlüssel, also eigentlich ihren (die Obfrau Stv. zeigt auf sich selbst), nicht finden kann. Jetzt müsse sie ihr aufmachen und könne erst danach raus, da habe sie gedacht, da könne sie auch gleich kochen. Ob sie ihnen einen Kaffee machen solle oder einen Tee?

»Lieber ein Wasser.«

Die Obfrau Stv. schenkt Wasser aus einem Keramikkrug. Wie lange es denn dauern werde, sie habe um zwölf einen Termin. Oder ob sie den absagen solle.

Christina und der Chefinspektor wechseln einen Blick. Nein, länger als bis halb zwölf bräuchten sie nicht.

Christina und der Chefinspektor finden den Weg aufs Dach allein.

Tagsüber ist der Blick noch spektakulärer als abends. Man sieht weit, bis zum Kahlenberg, kann hinter den Dächern Ottakring erahnen. Der Tisch steht noch da, allerdings ungedeckt, die Lampions hängen noch. Am Boden der dunkle Fleck, daneben einige Konfetti in Hellblau und Gold.

Christina kneift die Augen zusammen. »Es kann nicht sein, dass niemand etwas gesehen hat. Ich meine, man ist hier dermaßen exponiert. Wie lang kann das gedauert haben?«

»Die Tat, meinst du? Frau Lasser war um drei Uhr von der Kindergruppe zurück, und um sechzehn Uhr fünfzehn hat sie den Moghaddam gefunden.«

»Aber glaubst du wirklich, dass da irgendeine Organisation im Spiel ist? Wieso dann genau hier?«

»Frau Lasser, haben Sie oder Ihr Mann sich in der letzten Zeit bedroht gefühlt?«

Die Obfrau Stv. hebt den Blick und die Hände aus dem Teig. »Nein.«

Sie schüttelt den Kopf. »Überhaupt nicht.«

»War irgendetwas anders als sonst?«

Die Obfrau Stv. schüttelt den Kopf. »Nein. Es war alles wie immer. Wir haben Ludos Geburtstag vorbereitet, Lia war eifersüchtig, hat zum ersten Mal aber auch geholfen – die Dekoration hat sie ausgesucht. Wir waren alle so beschäftigt.«

Pause.

»Gibt es das, dass wir nichts bemerkt haben?«

Die Obfrau Stv. wäscht sich die Hände und schenkt noch mal Wasser in die Gläser.

»Frau Lasser, was ich Sie noch fragen wollte. Haben Sie für oder gegen den Herrn Moghaddam gestimmt?«

»Sie meinen, beim Auswahlverfahren?«

Pause.

»Ich war gegen ihn.«

»Und warum?«

»Weil sein Lebenslauf nicht gepasst hat. Er hatte keinerlei kindergruppenspezifische Erfahrungen.«

»Und trotzdem haben Sie ihn gebeten, bei Ihrem Fest auszuhelfen.«

Die Obfrau Stv. nickt ernst. »Es hat sich herausgestellt, dass Amir – bis auf ein paar Startschwierigkeiten und ein paar Fehleinschätzungen zwischendurch – sehr gut im Umgang mit den Kindern war. Er hat wahnsinnig schnell reagiert, und das ist eine gute Voraussetzung für die Arbeit in einer Kindergruppe.«

Der Chefinspektor nickt auch.

»Können Sie mir sagen, wer noch gegen den Herrn Moghaddam gestimmt hat?«

»Also das weiß ich nicht mehr. Ich kann Ihnen aber das Protokoll des betreffenden Elternabends weiterleiten.«

»Ja bitte.«

»Und wie war das Verhältnis zwischen den Herren Langegger und Moghaddam?«

»Thomas und Amir waren so.« Die Obfrau Stv. hebt die rechte Hand auf Brusthöhe, streckt ihren Zeigefinger aus, legt den Mittelfinger darüber, um den Zeigefinger herum, ballt die restlichen Finger zu einer Art Faust und dreht die Hand, sodass die umarmten Finger nach oben zeigen.

»Und dann?«

»Und dann nicht mehr.«

Die Finger lassen einander los.

Thomas und Verena

Verena und Thomas kennen einander, seit sie sechzehn waren. Beide waren in denselben Partykellern rund um das Salzburg der achtziger Jahre unterwegs, beide haben viel Zeit im Zug zwischen der Landeshauptstadt und dem Internat in München verbracht. Verena fühlte sich immer schon angezogen von Thomas' Militanz, gemeint ideologisch, weniger physisch – bei allem.

Kompromisslosigkeit bezüglich Thomas' Friseurbesuchsverweigerung ab dreizehn, der immer gleichen Kombi aus kamelfarbenem Strickpulli (Thomas' Haarfarbe ins Outfit spiegelnd) und Champion-Regenjacke zuerst, später bezüglich des täglich und zu allen Okkasionen getragenen Sakkos (Sakko beim Wandern, Sakko beim Semmelkaufen), des Umweltschutzpapiers, seines wechselnden Musikgeschmacks (von bis, aber immer kann nichts daneben bestehen). Militanz in allen Diskussionen: in der Klasse, in der Aula der Schule, in der Schülervertretung, am Küchentisch, beim Couchtisch, am Balkon beim Rauchen. Thomas immer provokant, kämpferisch, (rechthaberisch-)insistierend. Gegen Atomkraft, gegen Haarspray, über die Gründe des Waldsterbens, über Gift im Fleisch, für die Besetzung von Rauchfängen und Flugzeugträgern, gegen Treibnetzfischung und illegalen Giftmülltransport.

Die Konstante in allen Entscheidungen, betreffen sie ästhetische Aspekte oder moralische, des jungen Thomas ist die Ausschließlichkeit der Richtigkeit eben dieser – seiner Entscheidungen. Die zweite Konstante ist Verena, die über alle möglichen Distanzen in seinem Herz bleibt.

Thomas' feste Überzeugung gibt Verena Sicherheit. An Thomas hält sich Verena. Zuerst was ihren Aufenthaltsort an Samstagabenden, später was Ernährung und Mülltrennung betrifft.

Verena wiederum gefällt Thomas. Immer schon. Im Partykeller, im Zug, im Eiscafé, in dem sie im Sommer kellnert. Verena ist schlank und mädchenhaft. Letzteres liegt jedoch nicht allein am Körper, sondern wahrscheinlich vor allem an ihrer Stimme und Verenas Art zu sprechen. Lieblich, sagt das Konzeptamt, süßlich, das Neue-Eltern-Amt. Jugendlich sind auch die langen Haare, die Blumenröcke und -ohrringe, der blaue Lidschatten. Nicht nur Taleja findet ihre Mama wunderschön, die Mädchen der Kindergruppe haben Verena zur schönsten aller Mamas gekürt. Nicht umsonst, findet Thomas.

Außerdem ist Verena herzlich und hat ihn immer unterstützt und, eben, toll gefunden. Das können nicht alle seine Freunde von ihren Frauen behaupten.

Verena gibt Kreativkurse, »Workshops«, wie sie es nennt. Nach der Geburt von Taleja hat Verena entdeckt, dass sie wirklich gut darin ist, zu gestalten, nicht im Sinne von Design – sie hat vielmehr ein Talent, schöne Dinge zu entdecken (zu kaufen), zu sammeln und dann zu arrangieren. Verena hat Architektur studiert, nun führt sie ihre neue Aufgabe darauf zurück, dass sie Räume einfach immer schon fasziniert haben. Sie hat eine Leidenschaft für den Raum, der uns umgibt. Nicht jeder kann, was Verena kann. So gibt sie ihr Wissen weiter. Gestalte deine Umgebung und steigere dein Wohlbefinden. Die Teilnehmer lernen sich kennen, indem sie ihr Lieblingsobjekt von zu Hause entweder physisch oder als Fotografie mitbringen und vorstellen. Danach schildert man sein Problem. Das kann sein: Niemand benutzt unser Wohnzimmer. Warum? Oder: Ich habe eine Ecke in der Küche, in der sich immer alles, das sonst keinen Platz hat, ansammelt. Verena wirft dann ein, dass es sich hier eher um »keinen Ort haben« handle. Platz hätten wir ja alle genug. Außer es handle sich um folgende Problemstellung: Ich lebe auf zweiundvierzig Quadratmetern.

Verena lässt die Teilnehmer dann einen Plan ihrer Wohnung, ihres Zimmers, ihrer »Problemzone« zeichnen. Hier ergeben sich oft schon erste Alternativen, erste Aha-Erlebnisse. Brainstormings folgen, die Ressourcen der Gruppe werden aufgespürt und genutzt. Denn das ist das Schöne: Jede neue Zusammenstellung von Kursteilnehmern bringt andere Stärken mit sich. In besonders schwierigen Fällen stattet Verena Hausbesuche ab.

Anhand des Lieblingsgegenstandes erfährt Verena viel über den Geschmack eines Teilnehmers. Hier kann sie ihre Gabe inszenieren: Beim nächsten Termin hat sie ein Portfolio an Vorschlägen für mögliche To-dos (Einkaufslisten) jedes Teilnehmers.

Verenas Kurse sind nicht ausgebucht, aber immer wieder gut besucht. Das Beste ist, dass sie es in einen Wien-Guide geschafft hat, in dem auf einer Doppelseite Verena und ihr Atelier vorgestellt werden. Als Shopping-Assistent führt Verena außerdem Touristen zum Flohmarkt am Naschmarkt, durch ausgewählte kleine Boutiquen im siebten und vierten Bezirk und zu ihrem befreundeten Pfeffermühlenhersteller.

Passend, dass Verena für die Kindergruppe das Einkaufsamt übernommen hat. Klopapier, Taschentücher, Putzmittel, Essig, Öl, Salz und Kaffee fallen regelmäßig in ihr Metier. Freude verspürt sie über neu anzuschaffende Kindersessel, Puppenteller und Wasserkrüge. Als lästig empfindet sie die Splitterschutzfolie für die Fenster (ihrer Meinung nach Aufgabe des Reparaturamts), die noch dazu hässlich anzusehen ist und sich immer wieder vom Glas löst und in der Folge neu anzuschaffen ist; Brettspiele (ihrer Meinung nach Aufgabe der Betreuerinnen) und Rauchmelder (ihrer Meinung nach Aufgabe des Brandschutzamtes).

Das Nachhaltigkeitsamt (Rückblick)

Thomas hat sich das Nachhaltigkeitsamt geschaffen. Geschaffen, weil es vorher nicht existiert hat.

Die Reaktion der Elternschaft auf das neue Amt teilt sich in Entsetzen und Begeisterung. Die Betreuerinnen sind hin- und hergerissen. Nachhaltig soll die Kindergruppe natürlich sein, das versteht sich fast von selbst. Nachhaltigkeit ist wiederkehrend ein Thema im Morgenkreis, bei Ausflügen und Bastelarbeiten.

Aber.

Besonders Betreuerin Mone empfindet die von Verena an Thomas so geschätzte Kompromisslosigkeit als Bevormundung. Manche Eltern stimmen ihr zu und verdrehen die Augen bei jedem neuen Mail (Anhang: bericht_pestizide.pdf), klicken aber trotzdem auf Download. Wer gibt seinen Kindern schon gern *wissentlich* chemikalienbelastete Getreideprodukte, belastete Produkte überhaupt? Thomas weiß. Thomas sitzt an der Quelle. Er hat die Statistiken über Palmöl. Und ja, es ist in allen Schokoladen (»Wer kauft eigentlich diese Schokoladen? Neben Palmöl ist da auch ganz viel Gift drin. Nur Zucker. Wenn Schokolade echt mal sein muss, dann die von Zotter. Oder ihr holt euch was von Schokov.«). »Es ist aber auch, hört mal zu, in Waschmitteln.«

Irritation. Einigkeit.

Man kaufe sowieso nur Frosch.

»Da ist es auch drin.«

»Im Froschwaschmittel?«

Nickt.

Was mit Bio-Palmöl sei?

»Auf Palmöl muss man (leider echt) gänzlich verzichten. Bio-Palmöl ist meistens von Daabon, und die vertreiben Menschen und vernichten ganze Dörfer für ihre Plantagen. Bio-Palmöl ist keine Lösung. Oder ihr fragt bei den Herstellern nach, woher das Palmöl kommt. Daabon ist jedenfalls keine Lösung.«

Thomas ist die Büchse der Pandora. Oder Thomas ist Pandora, die die Büchse der endlosen Elternabende geöffnet hat. Zudem haftet seinen Themen wirklich immer etwas Bleischweres an. So wie Krankheit, Verzweiflung und Mühsal, die der antiken Büchse entwichen.

»Ich wollte noch fragen: Würdet ihr euch für verpackungsfrei interessieren? Gibt es hier ein Interesse für verpackungsfrei?«

Das Nachhaltigkeitsamt im Landeskriminalamt

Er arbeite bei Greenpeace. Thomas nickt mit dem gesamten Oberkörper.

Pause. Thomas wartet auf eine Reaktion.

»Campaigns and Actions.«

Pause.

»Inhalte generieren. Media, Public Affairs.«

Der Chefinspektor nickt.

»Begonnen habe ich im Aktivismus, danach war ich lange in der Werbung, wissen Sie. Und dann wollten die mich bei Greenpeace wiederhaben. Ich hab mich sozusagen hochgearbeitet.« Lacht. »Hochgearbeitet? Das ist die Frage, die stellen Sie sich jetzt, was? Natürlich: Jetzt verdien ich. Und vorher beim Straßenbesetzen nicht. Aber die Frage ist, worum geht es *eigentlich*? Meiner Frau wird immer angst und bang, wenn ich das frag. Wenn ich meinen Job schmeiß, ist es vorbei mit dem Leben, wie wir es jetzt kennen. Und das ist ja schon hart genug. Oder?« Blick zum Chefinspektor. Thomas hebt die Augenbrauen. »Oder?«

»Und Ihre Tochter …«

»Die Taleja.«

»Genau, die Taleja geht in die Kindergruppe, seit wann?«

Thomas beugt sich vor und kneift das linke Auge zu. »Wozu brauchen Sie diese Informationen?«

»Ich möchte mir einfach ein Bild machen.«

Thomas lehnt sich zurück. »Ein Bild.« Hält die Hände vors Gesicht, bildet ein Viereck aus Daumen und Zeigefingern. Nickt.

»Also?«

Thomas hebt leicht das Kinn.

»Verraten Sie mir, seit wann Ihre Tochter die Kindergruppe besucht?«

Thomas beugt sich vor. »Sie war erst zwei, also, lassen Sie mich nachdenken, seit … Ja, es sind jetzt schon drei Jahre.«

»Was ist denn Ihre Aufgabe in der Kindergruppe?«

»Meine Aufgabe in der Kindergruppe. Meine Aufgabe generell.«

Lehnt sich wieder zurück. »Die beschränkt sich ja nicht auf die Kindergruppe.«

Pause.

»Ich krieg halt so einiges mit. Mehr als mir lieb ist. Kennen Sie die Auswirkungen, die die Wahl unserer Blumenerde auf die Hochmoore hat?«

Der Chefinspektor dreht leicht den Kopf zur Seite.

»Torf sagt Ihnen was?«

Der Chefinspektor, einen Punkt hinter dem Nachhaltigkeitsamt fixierend, nickt einmal.

Thomas Langegger nickt. »Mir ist der Preis bekannt, den Rumäniens Wälder für unser billiges Heizmaterial bezahlen. Ich weiß, welches Fleisch voll Antibiotika ist. Das wird zwar für die Kindergruppe nicht gekauft, trotzdem habe ich versprochen, Verena in ihrem Amt zu unterstützen. Verena kauft ein, wissen Sie. Und bei uns zu Hause ist sowieso alles ökologisch unbedenklich, wir führen unser Amt also gut aus.« Lacht.

»Irgendwann, am Abend, als alles still war, habe ich mal fyi ein Info-Mail an alle geschickt. Einfach mal eine kleine Einkaufshilfe für die, die es interessiert. Beim nächsten Elternabend haben dann manche, halt die engagierten Eltern, gemeint, es wäre doch eine gute Idee, wenn ich mein Wissen mit der Kindergruppe sharen und es allen zugutekommen lassen könnte, wie ein lebendiger Newsletter. Ich hatte mir das, ehrlich gesagt, auch schon gedacht. Und ich so: Ja, mach ich gern, kein Problem.«

Pause.

Kneift die Augen zusammen. »Aber Sie sind doch wohl eher interessiert an möglichen Motiven für den Mord am Amir.«

»Das auch, ja.«

»Ich bin mir nicht sicher, ob das hier dafür relevant ist.«

»Was wäre denn Ihrer Meinung nach relevant für mich?«

Thomas Langegger, irritiert lächelnd.

»Sagen *Sie's* mir.« Thomas Langegger dreht den Oberkörper und legt den rechten Arm über die Sessellehne.

»Wie war denn Ihre Beziehung zu Herrn Moghaddam?«

»Meine *Beziehung*.«

Der Chefinspektor wartet, schaut dem Nachhaltigkeitsamt ins Gesicht.

»Ich weiß nicht, ob ich das *Beziehung* nennen würde. Wir waren ein paarmal was trinken.«

Der Chefinspektor gibt sich überrascht. »Und wie kam das?«

»Wie meinen Sie das?«

»Na ja. Gehen alle Eltern mit dem Freiwilligen trinken?«

Thomas Langegger zieht den Kopf zurück und nimmt den Arm von der Lehne. »Nein. Weiß ich nicht. Interessiert mich nicht. Wir hatten wohl einen guten Draht zueinander.«

»Erzählen Sie mir bitte davon.«

»Wovon genau?«

»Vom *guten Draht*. Wie hat sich der ergeben?«

Pause.

»Das war wahrscheinlich letzten Herbst. Da war dieses Grätzlfest, eh gleich bei der Kindergruppe, nichts Aufregendes. Musik, Bier, selbst gemachte Marmeladen, Regionales. Jo war mit Amir dort. Ist ja auch seine Aufgabe.«

»Jo …«

»Der Johannes. Das Freiwilligenamt. Der kümmert sich um die Freiwilligen. Bei Behördenwegen und im Alltag.«

Der Chefinspektor nickt und winkt ab, weiß er schon, das Freiwilligenamt, alles klar.

»Ich habe gerade die Taleja abgeholt, die wollte noch mit der Rika spielen. Jos Tochter.«

Der Chefinspektor nickt.

»Und so habe ich mich dazugesetzt. Ich dachte, kann ja nicht schaden, den Amir ein wenig abzutasten. Denn ehrlich gesagt war ich etwas misstrauisch. Warum will ein junger Mann, ein halbwegs intelligenter junger Mann, mit Kindern arbeiten. Sie wissen, was ich meine. Und ich dachte, für die Taleja ist es auch nicht schlecht, wenn der Amir weiß, zu wem die gehört. Also wenn der ein Bild von mir hat, dann verschafft das der Taleja ja auch einen gewissen Startvorteil.«

Pause.

»Und ehrlich gesagt war das dann so, dass der Amir der spannendste Gesprächspartner am Tisch war. Umgekehrt ich wohl auch für den Amir.«

In die Pause hinein, der Chefinspektor: »Inwiefern?«

Irritation.

»Worüber haben Sie gesprochen?«

Thomas nickt wieder mit dem gesamten Oberkörper. »Der

Amir hat das interessant gefunden, dass ich in den Achtzigern live dabei war. Das ist für die jungen Leute schon was wert. Allein, wie hab ich mir Informationen beschafft ohne soziale Medien? Wissen *Sie* das noch? Das hat ihn interessiert. Und ich glaube, der war beeindruckt von meinen Einsätzen.«

Pause.

»Also für Greenpeace, wissen Sie. Wir haben ja damals Straßen besetzt. Und Rauchfänge bestiegen. Und auch sonst kann ich einiges beisteuern.« Lacht.

Pause.

»Ja, die Achtziger. Da war alles noch irgendwie greifbarer. Heute müsste man entweder Amazon lahmlegen oder bis nach Bangladesch fahren. Sehen Sie, noch ein Grund für lokale Betriebe – da kann man gleich vor Ort protestieren, wenn was nicht passt. Da gibt's Ansprechpartner.«

Pause, das Nachhaltigkeitsamt nickt.

»Na ja. Der Amir war schon ein Schlauer. Der hat sich interessiert für alternative Wirtschaftskonzepte, Degrowth. Da war er bei mir natürlich an der richtigen Adresse.«

Pause. Blick nach unten rechts, versonnenes Nicken.

»Und dann?«

Thomas hebt den Kopf.

»Und dann, an dem Abend, wie ist es weitergegangen?«

»Irgendwann waren alle weg, nur der Amir und ich waren übrig. Wir waren ziemlich beieinander. Da waren einige leere Becher am Tisch. Ich muss echt sagen, ich bin da anscheinend recht gut in Form. Dann sind wir noch zu mir. Ich hab eine ziemlich umfangreiche Plattensammlung. Das auch noch!« Lacht.

Schaut den Chefinspektor an, grinst. »Wir haben noch gekifft.«

Der Chefinspektor zeigt sich unbeeindruckt.

»Platten gehört. Ich habe eine super Hip-Hop-Sammlung aus den Neunzigern. Mögen Sie Hip-Hop? Deutschen Hip-Hop?«

Der Chefinspektor wiegt den Kopf.

»Na ja, und danach waren wir halt öfter unterwegs. (Amir hat Thomas Clubs gezeigt, Anm.) Haben gekifft. Mal am Donaukanal, mal in der Lobau. Ich hab dem Amir einige Literaturempfehlungen gegeben.« Lacht.

»Der war ein kritischer Kopf, das kann ich Ihnen sagen. Den Club of Rome (»Die Grenzen des Wachstums«, Anm.) hatte er schon durch, aber was kommt danach? Wir müssen umdenken. Wertewandel, verstehen Sie. Also: Paech, Gsell, de Benoist, ja, der auch. Verstehen Sie, was kommt nach dem Liberalismus? Bescheidenheit, nicht immer mehr, immer mehr. Das sag ich meiner Frau auch immer. Wir konsumieren uns selbst kaputt.«

Nickt mit dem gesamten Oberkörper.

»Es geht doch darum: gesundes Wachstum, organisches Wachstum – wissen wir überhaupt noch, was das ist? Heute ist doch alles künstlich, die Nachfrage, unsere Sehnsüchte. Künstlich aufgebauschter Markt füttert uns mit seinen kranken Waren.«

»Und der Herr Moghaddam?«

»Bei Ihnen darf man nicht rauchen, oder?«

Minimales Kopfschütteln.

»Es ist nur so, dass der Amir und ich immer geraucht haben beim Denken. Was ich sagen will … Ich erklär mir das so: Durch seine Herkunft hatte der Amir einen anderen Blick auf unsere Gesellschaft und hat ganz klar erkannt, wie *krank* wir alle sind.«

Pause. Blick ins Leere.

»Wie wir leerlaufen im Hamsterrad.«

Pause.

»Wissen Sie, vielleicht war es tatsächlich so: Der Amir und ich – das war eigentlich zweimal ich. Halt in unterschiedlichen Stadien. Wissen Sie, was ich meine? Der Amir war wirklich sehr, sehr links. Aber nichts, was mir fremd wäre. Wer mit zwanzig nicht links ist, was ist der dann. Wobei, heute ist das anders. Aber radikal! Radikal muss man sein. Das fehlt mir heute.«

»Und warum hat Ihre Freundschaft mit dem Herrn Moghaddam geendet?«

Thomas legt den Kopf schief, kneift die Augen zusammen.

»Da wird getratscht in der Kindergruppe.«

Pause.

»Einfach so, Herr Chefinspektor. Einfach so. Man trifft sich, geht ein Stück des Weges gemeinsam und trennt sich wieder.«

»Das heißt, am Ende wurden Ihre Erwartungen doch erfüllt?«

Thomas schaut verständnislos. »Wie meinen Sie das?« Runzelt die Stirn und legt den Kopf schief.

»Na ja, Sie haben gegen Amir gestimmt – beim Auswahlprozess.«

Pause.

»Warum, Herr Langegger?«

»Na ja, aus den genannten Gründen, Herr Chefinspektor.«

Heidi und der Chefinspektor

was Thomas nicht erzählt (hat)

»Ja. Der Amir und der Thomas. Das war echt schade. Das haben die echt verbockt. Beide.

Beim Amir wusste man ja nie so genau, wusste *ich* nie so genau: Meint der das gerade ernst, oder verarscht der mich? Aber mit dem Thomas war er wirklich gern unterwegs. Natürlich hat er nicht alles ernst genommen, was der Thomas geredet hat. Der Thomas ist ja auch ein Wichtigtuer. Ich habe die Freundschaft ehrlich gesagt nicht ganz verstanden. Egal.

Jedenfalls. Der Thomas ist leider wirklich ein Trottel. Entschuldigung, ich sollte so nicht über andere sprechen. Aber anscheinend hat der eines Abends zum Amir gesagt: *Du, ich bin so froh*. Oder hat er gesagt: *Ich bin so erleichtert*. – *Warum*, hat der Amir gefragt. Und der Thomas hat allen Ernstes zu ihm gesagt: *Ich war mir anfangs nicht sicher bei dir, aber jetzt weiß ich, dass du nicht pädophil bist.*

Und der Amir. Statt dass er sagt: *Ja eh nicht, wie kommst du drauf?*, sagt: *Was macht dich da jetzt so sicher?*

Der Amir war der sturste Mensch, den ich je kennengelernt hab. Und der nachtragendste. Und er hat es nie zugegeben, aber das hat ihn wirklich gekränkt. Der war richtig aufgebracht, als er mir das erzählt hat. Natürlich wieder mit Zynismus und so. Aber ich kannte den ja schon.

Und er konnte es dann auch nicht ruhen lassen. Jedes Mal, wenn er den Thomas getroffen hat, hat er irgendwas sagen müssen mit ›kleine Mädchen‹. So etwas wie: *Ach wie süße Schühchen*, oder: *Schau dir diese runden Schülterchen an, zum Anbeißen*. Das hat den Thomas fertiggemacht. Ich hab dem Amir immer gesagt: *Mach das nicht. Lass es gut sein.* Aber das konnte er nicht. Er war so gekränkt.

Wissen Sie, der Amir ist ja ab der Pubertät ohne Vater aufgewachsen. Ich habe mir das halt so erklärt, dass der Thomas so eine Art Vaterfigur dargestellt hat. Und dann so was. Das war für den Amir ein Vertrauensbruch.«

Heidis Kopf versinkt zwischen den Schultern.

Als der Chefinspektor dazu ansetzt, sein Notizbuch zu schließen, richtet Heidi sich noch einmal auf.

»Herr Hansmann! Ich habe Ihnen noch nicht alles erzählt.«

Große, traurige Augen.

»Ich habe dem Amir immer gesagt, mach das nicht, misch dich nicht ein.«

»Wegen der Pädophilie-Witze, meinen Sie?«

»Ja, das auch. Das hängt damit zusammen.«

Zögert.

»Ach, es ist so schrecklich, ich fühle mich wie eine Verräterin.«

Pause.

»Es war nämlich so, dass der Thomas eine Affäre mit einer Praktikantin gehabt hat. Das hat der Amir gewusst. Der Thomas ist halt ein Trottel, wie gesagt, der hat das dem Amir unbedingt erzählen müssen. Wahrscheinlich damit er zeigen kann, wie toll er ist, was weiß ich. Und diese Praktikantin war erst siebzehn. Insofern waren die Bemerkungen über kleine Mädchen auch immer eine Drohung.«

»Hat der Herr Moghaddam den Herrn Langegger erpresst?«

»Nein!«

Pause.

»Davon weiß ich nichts. Glauben *Sie* das, Herr Hansmann?«

Pause.

Heidi schüttelt den Kopf. »Nein, davon hat er nie etwas gesagt.«

»Und die Frau Langegger, wusste die von der Affäre ihres Mannes?«

»Herr Chefinspektor, ich habe Ihnen alles gesagt, was ich weiß. Über die Verena hat mir der Amir nichts erzählt. Aber ich glaube nicht, dass sie davon weiß, zumindest hat man nichts mitbekommen.«

Karin / Telefon

Karin völlig nüchtern. Das sei kein Strafdelikt.

»Nein, das nicht. Aber es passt wieder einmal so wunderbar, dass gerade er, der moralisch so viel höher steht als wir alle, der sich als so intellektuell inszeniert, dann nichts Besseres zu tun hat, als die Praktikantin zu vögeln.«

»Wieso regt dich das so auf?«

»Keine Ahnung. Weil der so überheblich ist und alles weiß.«

»Und?«

»Gerade so einer ist sich nicht zu blöd, was mit einer Siebzehnjährigen anzufangen. Mit einer Siebzehnjährigen!«

»Ja sicher. Gerade so einer.«

»Karin, bitte. Tu nicht so abgebrüht. Wie würdest du dich fühlen, wenn ich das machen würde?«

Karin schweigt. Dann: »*Ich mich* fühlen?«

Die Gruppeninspektorin atmet aus. Der Chefinspektor stellt sich vor, wie sie ihren Kopf weit nach hinten in den Nacken legt.

»Einen Vollidioten würde ich dich finden. Auslachen würde ich dich.«

Der Chefinspektor zweifelt.

Karin atmet. Der Chefinspektor sieht ihre gerunzelte Stirn vor sich.

»Keine Ahnung. Wenn du dieses Niveau erreichst, muss *ich mich* ja nicht schlecht fühlen.«
Hier kommt der Chefinspektor nicht weiter.

»Du, an das Geschenk denkst du?«
Der Chefinspektor schweigt.
»Giorgo. Das darf nicht wahr sein.«
»Doch. Für die Lilli! Ja, da denk ich dran.«

Landeskriminalamt / Kaffeeautomat

Christina lehnt an der Wand, einen braunen Plastikbecher in der Hand. »Weißt du, was mir keine Ruhe lässt?«
»Na?«
»Dieser Schlüssel. Die Putzfrau hat ausgerechnet jetzt ihren Schlüssel verloren?«
Der Chefinspektor schmeißt seinen Becher in den Mistkübel. »Und weißt du, was mir keine Ruhe lässt?«
»Na?«
»Dieser Langegger. Den muss man doch zumindest noch einmal herbestellen.«
»Und jetzt?«
»Jetzt muss ich dieses Scheiß-Geschenk kaufen. Und du sag bitte dem Mateo, dass er sich um die Putzfrau kümmern soll – wenn er endlich mal wieder hier ist.«

Der Chefinspektor im Spielzeuggeschäft

Geht man an des Gruppenführers Lieblingscafé vorbei, kommt man zwei Straßen weiter zu einem Spielzeuggeschäft – das hat der Chefinspektor herausgefunden.

»Einen Hund, der sich bewegen kann? So etwas führen wir nicht. Wir hätten hier sehr schöne Puzzles aus Holz oder Stickerbücher, die sind sehr beliebt.«

Fragender Blick zur Verkäuferin. Die lächelt entschuldigend, sie könne das nicht entscheiden.

Das Nachhaltigkeitsamt im Landeskriminalamt

Christina sitzt mit gebrochenem Willen dem Nachhaltigkeitsamt gegenüber und springt fast auf, als der Chefinspektor in den Vernehmungsraum kommt.

»Guten Tag, Herr Hansmann, so schnell sieht man sich wieder.«

Das Nachhaltigkeitsamt wendet sich an die Gruppeninspektorin: »Das habe ich Ihnen ja noch gar nicht erzählt, wissen Sie. Ich war heute schon einmal da.«

Wieder an den Chefinspektor gewandt: »Na ja, manchmal kommt man durcheinander. Nein, im Ernst, ich habe da eine gewisse Nachsicht.«

Zur Gruppeninspektorin: »Wo waren wir?« Blick über die Schulter zum Chefinspektor: »Ich erzähle Ihrer Kollegin gerade aus meinem Leben.«

Christina muss dringend weg.

»Schade«, meint Thomas.

Der Chefinspektor übernimmt Christinas Platz.

Das sei jetzt aber ein abrupter Themenwechsel. Pause. Thomas schaut sehr ernst. Verena wisse davon, er habe ihr die Wahrheit sagen müssen, er habe mit dieser Lüge nicht mehr leben können. Es sei ja auch nichts gewesen. Verena habe das sehr gut aufgenommen. Ob der Chefinspektor das an die große Glocke hängen müsse? Für Verena sei wichtig, dass die Sache vertraulich behandelt werde. Sie wolle nicht, dass die anderen davon erführen.

Er verstehe im Übrigen nicht, was das alles mit den Ermittlungen zu tun habe. Er habe kein Problem mit dem Amir gehabt. Nein, er sei nicht erpresst worden. Womit denn auch. Wie gesagt, es gebe keine Geheimnisse zwischen ihm und seiner Frau. Was da passiere, sei Privatsache. Wenn er es unbedingt wissen wolle, Verena habe von Anfang an gewusst, dass er nicht dauerhaft monogam sein könne. Das entspreche einfach nicht seinem Wesen. Alles keine große Sache.

Er habe den Amir als Gesprächspartner wohl zu hoch bewertet. Er sehe das schon als Vertrauensbruch, dass der seine Informationen weitergegeben habe. Nun ja, da habe er gelernt.

Und, ja, er gebe zu, es sei ungeschickt gewesen, den Amir mit der Sorge um seine Tochter direkt zu konfrontieren. Auch da habe er den Amir überschätzt. Da habe er dessen Jugend und wohl auch sexuelle Unerfahrenheit unterschätzt. Denn, wer wisse das schon, vielleicht habe er ja doch an einer verborgenen Angst gekratzt.

Pause.

Na ja, vielleicht habe der Amir eben doch gewisse Motive gehabt, sich mit kleinen Mädchen zu umgeben. Motive, die ihm selbst noch gar nicht bewusst gewesen seien.

Das Nachhaltigkeitsamt nickt mit dem gesamten Oberkörper.

Ja, nicht viele dächten so weit wie er. Er schaue einfach sehr genau hin.

Ob der Chefinspektor das etwa nicht nachvollziehen könne.

Auf Taleja müsse man besonders aufpassen, er habe einfach Angst, dass die mal jemand einstecke. Und mit ihren Locken und immer diesen Kleidern sei sie einfach wunderhübsch. Das sehe nicht nur er so. Das merke er auch auf der Straße, da drehten sich die Leute regelmäßig um.

Pause.

Wieso sein Privatleben jetzt Ermittlungsinhalt sei, ob es nicht besser wäre, sich auf den Amir zu konzentrieren. Seiner Erfahrung nach passiere einem das nicht einfach so. So ein Mord, der treffe ja nicht *irgendwen*.

Und er sei auch nicht der Einzige, der mit Amir seine Probleme gehabt habe.

Er wolle da jetzt niemanden anschwärzen, aber die Anja, die habe der Amir ganz schön reingeritten.

»Die Anja?«

Ja, die Frau Hohenfels, die sei vom Amir ganz ordentlich reingeritten worden. Der habe Sachen rumerzählt, das hätte ihn an ihrer Stelle schon gestört.

Pinnwand

Für sich selbst, um seine Gedanken zu strukturieren, aber auch, um des Gruppenführer Hornbergs Gedächtnis zu stützen (sprich den Ermittlungsverlauf kleinteilig zu dokumentieren und gleichzeitig den Arbeitsaufwand der einzelnen Teammitglieder festzuhalten) – denn nichts hält der Chefinspektor weniger aus als die, man kann geradezu *Vorliebe* dazu sagen, der Leute, Dinge zu vergessen oder in ihrem Sinne umzuerzählen und in der Folge falsch zu erinnern, also Daten für sich, in ihrem Sinne, auszulegen, wie es der Kollege so gern tut – jedenfalls, aus all diesen Gründen hängt der Chefinspektor zu Beginn aller Ermittlungen seine große Pinnwand auf – die Hornberg nach Abschluss eines Falls wieder abhängt, ihn stört das, wenn das Büro *so voll* ist – und bringt, für alle sichtbar, alle Termine, Namen und Adressen, die im Laufe der Zeit anfallen und vorkommen, an.

Dazu hat der Chefinspektor eine Legende entwickelt. Auf gelbe Notizzettel werden die Termine und Gespräche notiert, die er selbst wahrgenommen hat. Rot ist die Christina, Blau der Mateo. Hornberg kommt auf die grünen Zettel. Der Chefinspektor geht regelmäßig zum Libro in der Wallensteinstraße und kauft einen Stapel buntes Notizpapier. Nicht Post-its, weil die mit der Zeit aufhören zu haften und dann manches Detail verloren geht. Nicht so sehr für ihn selbst, aber für den Gruppenführer. Auch zukünftige Aufgaben – und wer sie übernimmt – werden farblich kodiert. Notizen werden mit Reißnägeln und Stecknadeln befestigt. Christina hatte zudem die Idee, die Pinnwand regelmäßig abzufotografieren. Grandios, findet der Chefinspektor, so gibt es jetzt auf seinem Desktop einen Ordner »Pinnwand« mit Fotos, die nach Daten benannt und in Unterordner mit Fallnamen eingeordnet sind.

Christina und Mateo haben des Chefinspektors Ordnung längst übernommen und greifen zu den richtigen Papierfarben. Gruppenführer Manfred Hornberg ist einer von denen, die auch bei einem Brettspiel immer wieder »vergessen«, welche Farbe ihre Spielfigur hatte, und zu derjenigen greifen, die am weitesten vorne ist, und sich nicht einsichtig zeigen, wenn ihnen die ursprüngliche Farbzuordnung erklärt wird.

So bringt der Gruppenführer immer wieder die Ordnung der Pinnwand durcheinander und stört den Ablauf. Auf Rot steht: *Organisationen – Afghanen in Wien, LVT, Winkler tel.*

Das kann nicht von der Christina sein, der Chefinspektor schreibt ab auf Grün und pinnt.

Der Chefinspektor hängt noch einen gelben Zettel dazu, für die Frau Hohenfels.

Landeskriminalamt

Auf Instagram findet der Chefinspektor erstens den Account der Frau Hohenfels, der jedoch privat und für ihn daher uneinsehbar ist, dessen Profilbild dennoch darauf schließen lässt, dass die Beiträge, die offensichtlich die PR-Abteilung eines Restaurants namens Soul geteilt hat, die der Chefinspektor zweitens unter dem Hashtag #anja.hohenfels findet, dieselbe Person zeigen.

Kurze rötliche Locken, lächelnd.

Schlank, schlichtes schwarzes Kleid, die Haut seidig glänzend, schaut Anja Hohenfels frontal in die Kamera und hält eine Urkunde oder Ähnliches in den Händen. Darunter: *Reaching for the stars! Wir sind ausgezeichnet! #4sterne #food #vienna #anja.hohenfels*

Anja Hohenfels neben einem älteren Mann, diesmal vor einer

mit Logos bedruckten Wand. Darunter: *Neues fürs Auge #vienna-contemporary #augenschmaus #art #food #vienna #anja.hohenfels*

Anja Hohenfels – im Profil – schenkt ihr Strahlen einem jungen Mann, der, die Hände in den Hosentaschen, seinerseits in die Kamera lächelt. Darunter: *So proud to announce my next exhibition with Berlin- and Vienna-based artist Hamed Rezai #hamedrezai #movements #anja.hohenfels #feinschliff*

Außerdem sieht der Chefinspektor Fotos von fröhlichen Menschen beim Mittagessen *(Zeit hat man nicht, die nimmt man sich! #lunch #lunchbreak)*, turbulenten und ruhigen Küchenszenen, von Tabletts mit Kaffee und Kuchen *(#mehlspeise #melange #auszeit)*, einem Glas Rotwein neben einer aufgeschlagenen Zeitung *(#afterwork)*. Dazwischen Anja Hohenfels, diesmal ernst und mit Brille, die den Entwurf für die neue Getränkekarte betrachtet.

Unter dem Hashtag #feinschliff Bilder eines weiß gestrichenen Raums, Nahaufnahmen von Zeichnungen oder Drucken – so genau kann das der Chefinspektor nicht erkennen, junge Frauen mit langen Haaren und Weingläsern und wieder Anja Hohenfels, diesmal mit noch röteren Locken, lachend neben einem Lieferwagen.

Anja Hohenfels, das Brandschutzamt, tritt auch als Fotografin in Erscheinung: Ein junger Mann – Turnschuhe, Daunenjacke – hockt in winterlich kahler Landschaft auf Eisenbahnschienen und hält eine Kamera auf ein Objekt außerhalb des Bildraums. Hinter ihm kündigt sich ein spektakulärer Sonnenuntergang an. *#artistatwork #inspired #lovemyjob #hamedrezai #anja.hohenfels #feinschliff*

Ein junger Mann, derselbe?, steht, sich die kurzen Haare raufend, hinter einem übervollen Schreibtisch.

Bildunterschrift: *Keine Sorge, alles läuft! #movements #art #artistatwork #hamedrezai #anja.hohenfels*

Der Chefinspektor wirft einen Blick auf die Pinnwand. Richtig. Auf Rot steht in Christinas Handschrift: *Umfeld Moghaddam: Hamed Rezai.*

Der Chefinspektor bleibt bei Anja Hohenfels und findet, diesmal auf Google, einen Artikel im Online-Magazin Discovering Vienna. Über dem Text ein Foto. Das Brandschutzamt, die kurzen roten Locken zurückgekämmt, rote Lippen, eine Art überlanges Hemd als Kleid tragend, steht vor einem (ihrem?) Restaurant. Glänzendes Holz, spiegelnde Fenster.

Anja Hohenfels führt gemeinsam mit Koch-Shootingstar Arno Heininger das Lokal Soul im 7. Bezirk. Das Duo konnte in den letzten Jahren nicht nur mit kreativen Neuinterpretationen traditioneller Gerichte punkten. Vor allem Anja Hohenfels trägt mit ihrer Liebe zur Kunst zur unvergleichlichen Atmosphäre des Lokals bei.

Zeitgenössischer Kunst galt seit jeher ihre Leidenschaft. Doch die junge Unternehmerin hat sich einen Schritt weiter gewagt. In einem leer stehenden Geschäftslokal in der Burggasse hat sie ihre erste Galerie eröffnet. Anja Hohenfels sind gewachsene Strukturen wichtig, und so ist der Name des Ausstellungsraums Feinschliff & Kultur eine Hommage an die Messer und Scheren, die hier seit den 1960er Jahren hergestellt und produziert wurden. Ab jetzt bringt die junge Galeristin frischen Wind in die ehrwürdige Burggasse. Für ihre Ausstellungsserie »Movements« lädt sie geflüchtete Künstler ein, den Raum zu bespielen. Man darf gespannt auf deren Geschichten sein!

Der Chefinspektor kehrt zu Instagram zurück, wechselt jedoch zu Hamed Rezai, dessen Profil öffentlich ist.

Der Künstler vor einer verfliesten Wand auf Paletten sitzend, daneben eine Rolle Plastikfolie und, angeschnitten, eine bemalte Leinwand, mannshoch.

Gefällt 92 Mal

hamedrezai Foto @anni_stumper

Ein Bild lehnt, von zwei Kübeln aus dem Baumarkt gestützt, an der verfliesten Wand. Unter der Leinwand farbbespritzter Holzboden. Vor der Leinwand ein Tisch. Darauf Karton, eine Dose Terpentin, mehrere Pinsel, Farbreste und ein Stück Stoff (Malerhemd?). Die fast monochrome Leinwand zeigt vor schmutzig weißem Hintergrund links einen Stapel Umzugskartons (weiß beziehungsweise hellgrau, angedeuteter hellroter Schriftzug der Umzugsfirma). Rechts ein strahlendes, sauberes Rechteck – Negativschatten der Umzugskartons oder Spur eines abgehängten Bildes.

Gefällt 81 Mal
hamedrezai Studio!
Alle 2 Kommentare ansehen

Gebrochenes Weiß, Pinselspuren.

Gefällt 43 Mal
hamedrezai Farbstudie #testing #traces #transport

Eine sehr weiße Wand, an der zwei Bilder hängen. Links viel grundierte Leinwand mit glänzend-blauen, tropfenförmigen Gebilden, rechts das gleiche Blau, formatfüllend, am rechten Bildrand Details, die zu erkennen die geringe Auflösung des Fotos nicht erlaubt.

Gefällt 76 Mal
hamedrezai Two pieces of my Liquids-Series @whitecube @Köln
Alle 4 Kommentare ansehen

Der Künstler, in einem mit Packpapier ausgelegten Raum vor einer weißen Leinwand sitzend.

Gefällt 89 Mal
hamedrezai Waiting for things to come
Alle 8 Kommentare ansehen

Schmutziges Graublau.

Gefällt 36 Mal
hamedrezai Farbstudie #testing #liquids #painting #water
Alle 3 Kommentare ansehen

Weil der Chefinspektor schon dabei ist: Amir Moghaddam hat keinen Instagram-Account.

Giorgos Hansmann wiederum hat kein Profil auf Facebook.

Notiz an Mateo: *Facebook Moghaddam.*

Die Gruppeninspektorin und der Chefinspektor im Müller

»FurReal meinen Sie.« Der Verkäufer geht voraus zu einem Regal voller Hunde, die aus Kartons heraushecheln.

»Sechzig Euro, sind Sie wahnsinnig?«

»Hasbro ist eine sehr beliebte Marke. Da zahlt man sozusagen für die Qualität.«

»Aber der ist nicht einmal für mein eigenes Kind.«

Der Verkäufer ist verlegen.

Christina liest vor. »Schau mal. *Ricky fängt den Knochen, gibt Pfötchen, bellt, schleckt und macht Häufchen! Mit mehr als hundert Geräusch- und Bewegungskombinationen! Inklusive Spielknochen, achtzehn Leckerlis und Leckerli-Spender!* So was hab ich mir als Kind auch gewünscht.«

»Aber sechzig Euro geht nicht.«

»Na dann nimm doch den, der ist sowieso süßer.«

»Dreißig ist auch zu viel.«

»Oder so was.«

Christina zeigt auf eine Art riesiges Überraschungsei, auf dem in pinken Buchstaben *LOL* steht, daneben ist ein Dalmatiner abgebildet, der eine Sonnenbrille trägt. Sie liest: *»Let's be friends.«*

Der Chefinspektor schaut zwischen Ei und Hund hin und her. »Meinst du? Ich glaub, ich ruf besser die Karin an.«

»Rufst du eigentlich bei jedem Schritt die Karin an? Die Arme.«

»Wie?«

»Na das nervt doch.«

»Aber sie entscheidet doch immer alles. Wenn ich entscheide, ist sie unzufrieden.«

»Okay, wie du meinst.«

»Na was meinst *du*?«

Christina grinst. »Siehst du.«

»Ach was. Ich nehm das einfach, bevor die noch zusperren.«

Der Chefinspektor nimmt zwei LOL-Kugeln, die enttäuschend leicht sind. »So, jetzt brauch ich noch was für den Raphi.«

Der Chefinspektor steht vor dem Regal mit den Schleich-Tieren.

Christina nimmt ein Schwein in die Hand. »Süß, schau mal.«

»Passt.« Der Chefinspektor greift nach Christinas Schwein.

Die Obfrau im Landeskriminalamt

Die Obfrau kommt dem Chefinspektor lächelnd entgegen und stellt sich vor. Die gleiche angenehme Stimme wie am Telefon, dazu weiche Waldviertler mit Klettverschluss, Jeans, einen roten Pullover um die Hüften gebunden.

Der Chefinspektor muss sich noch einen Kaffee holen, leider nur vom Automaten. Die Obfrau schließt sich an, das brauche sie heute.

Nun. Die Obfrau nimmt vorsichtig einen Schluck Kaffee. Sie sei in der Kindergruppe, oder, eigentlich so: *Ihre Tochter Flora* gehe in die Kindergruppe, weil sie, die Obfrau, sich alle Möglichkeiten angesehen und das Modell der Elternverwaltung sie am Ende überzeugt habe. Die Obfrau nickt leicht mit dem Kopf. Es sei keine einfache Entscheidung gewesen. Die Flora habe ja bereits ein Platzangebot für einen städtischen Kindergarten gehabt, man habe sich jedoch dagegen entschieden. Sie habe die Flora einfach nie in einer großen Gruppe gesehen. Und darauf sei es hinausgelaufen. Die kleine, intime Kindergruppe oder ein unübersichtliches, offenes Haus. Für ihren Mann, Hanno, sei das eh nie eine Frage gewesen. Ja, und so habe man sich auf die Arbeit, die Elternverwaltung nun mal bedeute, eingelassen.

Der Chefinspektor nickt und vervollständigt: Und sei sogar Obfrau geworden.

Die Obfrau lächelt und nickt. Und sei sogar Obfrau geworden, genau.

Wobei sie das nicht geplant habe. Aber sie habe sehr bald erkannt, dass da noch Potenzial sei für Professionalisierung. Abläufe geschmeidiger, Entscheidungsfindungen für alle transparent machen. Gespräche ökonomischer gestalten.

Verantwortung. Ja, das sei es natürlich schon. Es sei ihre Verantwortung, den Raum, in dem ihre Tochter täglich immerhin sicher sieben Stunden verbringe, bestmöglich mitzugestalten, angefangen vom Spielzeug bis hin zur Personalfrage.

Es sei herausfordernd. Sie arbeite viel. Es sei nicht immer einfach, alles unter einen Hut zu bekommen. Sie arbeite viel, eben deshalb sei ihr die familiäre Atmosphäre der Kindergruppe ein großes Anliegen. Flora solle sich gut aufgehoben fühlen. Und sie selbst wolle sich sicher sein, dass es Flora gut gehe, dass auf ihrer Tochter Bedürfnisse eingegangen werde. Dafür bezahle sie gerne den Preis, ihre Zeit zu investieren. Aber sie investiere ihre Zeit ja in ihre Tochter.

Um ein Kind großzuziehen, brauche es ein Dorf. Die Kindergruppe sei Teil dieses Dorfes.

Man bilde eine Gruppe, die im Großen und Ganzen ein gemeinsames Ziel verfolge. Man wolle mitsprechen und mitgestalten. Dafür nehme die Obfrau den Mehraufwand gerne in Kauf. Auch, wenn ihr der gerade über den Kopf wachse.

Pause.

Wie der Chefinspektor denn die Situation einschätze. Wann man mit Ergebnissen rechnen könne. Es herrsche Unruhe in der Gruppe, die Situation sei eine große Belastung.

Natürlich, das könne der Chefinspektor nachvollziehen, das sei klar. Das sei sicher etwas, womit niemand gerechnet habe. Deshalb sei es von entscheidender Wichtigkeit, dass die Eltern mit seinem Team kooperierten.

Die Obfrau schaut ernst. Natürlich, sie werde den Chefinspektor so gut unterstützen wie möglich.

»Frau Stöger, können Sie mir erzählen, welcher Konflikt zwischen dem Herrn Moghaddam und Ihrem Mann bestanden hat?«

»Diese Geschichte.«

Die Obfrau atmet aus und ein und wieder halb aus.

Hanno sei sensibel im Umgang mit seinen Daten, mit Daten generell, das bringe sein Beruf mit sich. Hanno sei Spieleentwickler. Computerspiele, Onlinespiele. Und es sei ja auch tatsächlich nicht zu überblicken, wohin ein Foto, einmal hochgeladen, noch gelange. Und einmal hochgeladen, sei ein Bild nicht mehr zu löschen. Das müsse, sollte man meinen, einem Digital Native, wie der Amir einer gewesen sei, bewusst sein. Amir habe da tatsächlich verantwortungslos gehandelt.

»Und Ihr Mann?«

Hanno lehne aus guten Gründen alle sozialen Medien ab. Sie sei auf Facebook, ja, das sei schon rein beruflich eine Notwendigkeit. Hier gehe es jedoch um etwas anderes. Die Kinder, da sei man sich in der Kindergruppe prinzipiell einig, sollen nicht auf Facebook abgebildet, *erkennbar* abgebildet sein. Hanno sei da besonders sensibel. Und der Amir habe sich nicht an diese Abmachung gehalten. Mehrmals. Man habe den Amir wiederholt an die Entscheidung der Eltern erinnert. Dennoch habe der Amir ein Foto, auf dem die Flora zu erkennen war, auf seinen Facebook-Account hochgeladen. Hanno, der selbst kein Facebook habe, jedoch über ihren Account regelmäßig die Einträge der Kindergruppe und der anderen Eltern scanne, habe Amirs Beitrag entdeckt und rot gesehen.

Nach ihres Mannes Intervention habe Amir das Foto gelöscht. Zu spät, wie Hanno meine.

Aber. Die Sache sei gegessen. Die Obfrau runzelt leicht die Stirn.

Die Konflikte, die kaufe man sich bei der Elternverwaltung halt auch mit ein.

Hanno Emmerdingen schreibt (Rückblick)

An! ALLE!

Für Flora gilt wie gehabt: keine Fotos auf Facebook, Twitter, Instagram, WhatsApp und Google und was immer da sei oder noch kommen möge.

Im Übrigen ist das Ganze Thema der DSGVO. Ohne Einverständniserklärung der abgebildeten Person keine Veröffentlichung! Konkret: Ohne Einverständnis der Eltern keine Lütten im Internet. Nirgends.

Landeskriminalamt

Der Chefinspektor schreibt. Er tippt und speichert.

Gruppenführer Hornberg kommt zur Tür herein und lässt sich auf seinen Sessel fallen. Das gebe es doch bitte nicht. Wie man so arbeiten solle.

Der Chefinspektor hebt den Kopf.

Der Obduktionsbericht. Der sei noch immer nicht da. Sie seien wohl die Einzigen, die hier ordentlich ihre Arbeit machten.

»Hat er was gesagt, wann er so weit ist?«

»Du kennst doch den Michael. Wenn es nicht wirklich brennt, kommt er mit den personellen Engpässen und dem Nachwuchsmangel.«

Der Chefinspektor druckt aus und kopiert und legt ab. Ordnet ein und füllt die Akte.

dieAundO

A und O stehen nebeneinander vor einer rosa gestrichenen Wand, der der Filter (Slumber) einen warmen Orangestich verleiht. A ist in voluminösen lila Tüll gewickelt. Die Hände sind in die Hüften gestützt, der Kopf lachend zurückgeworfen. O trägt ein Batman-Kostüm. Die Arme vor der Brust verschränkt, erhobenes Kinn, Blick direkt in die Kamera.

Gefällt 856 Mal

dieAundO Du kaufst A ein Elsa-Kostüm? Willst du sie zu einem typischen Mädchen machen?

O geht als Batman? Darf sie nicht einfach ein Mädchen sein?

Als Mama kann man es wohl einfach nicht richtig machen. Emoji Schulterzucken

Ich denke, in Wahrheit sind wir alle ganz schön verunsichert. Wie sollen wir, mit all unserem Wissen, unseren Erfahrungen, unverkrampft und authentisch unsere Mädchen großziehen? Wie können wir behaupten, die Welt stehe ihnen offen, wenn wir doch wissen, welche Widerstände sie erleben werden? Gleichzeitig: Wollen wir ihnen wirklich auch nur einen Zentimeter ihres möglichen Weges verbauen?

Zuerst mal: Meine Töchter dürfen alles sein. A und O haben Kostüme, ihr würdet staunen! Tränen lachender Smiley

Aber meine Töchter sind in eine Gesellschaft geboren, in der Frauen noch immer darum kämpfen müssen, auf Augenhöhe behandelt zu werden. Darum brauchen sie ein besonders feines Sensorium – für Ungerechtigkeiten, für Gefahren, aber auch für Chancen.

Und sie brauchen eine Extraportion Selbstbewusstsein – um zu dem zu stehen, was sie sind.

Mädchen sind eine ganz besondere Aufgabe, trauen wir uns ran, verlieren wir nicht den Mut!

Bizeps-Emoji

A sagt: In der Kindergruppe entscheiden die Mädchen, was die Jungs spielen.

O sagt: Wir sind doch alle Menschen.

#mädchenmama #allgirls #grrrls #grrrlpower #feminism #empowerment

Alle 57 Kommentare anzeigen
hannah_be Herz
steff_mk Du sprichst mir aus der Seele. Als ich mit meiner Maus schwanger war, kamen lauter Erinnerungen hoch an meine – leider nicht sehr schöne – Kindheit und Jugend. Ich hatte eine Riesenangst. Ich fühlte mich überhaupt nicht vorbereitet, meine Tochter vor den Verletzungen und Entwertungen zu bewahren, die ich selbst erlebt hatte. Aber dann war dieses perfekte kleine Wesen da und ich wusste: Ich werde alles in meiner Macht Stehende tun, dieses Kind zu beschützen und zu stärken. Auch, wenn es heutzutage nicht immer einfach ist, aber an dieser, meiner Aufgabe – als Mädchenmama – wachse ich täglich. Meine Tochter darf alles sein. Das sollte für alle Mädchen gelten.
dieAundO @steff_mk Es tut mir leid, dass du schmerzvolle Erfahrungen machen musstest. Trauriger Smiley. Umso stärker von dir, dass du deine Aufgabe angenommen hast. Bizeps-Emoji. Auch ich musste durch schwierige Phasen, aber ich denke, dass uns genau diese Erlebnisse vorbereiten und sensibilisieren.
die_mama_ Ich finde, es ist sehr schwierig, zwischen Beschützen und Bestärken die Balance zu finden. Ich will meine Töchter nicht zu ängstlichen Frauen erziehen. Da ich jedoch im Sozialbereich arbeite, bekomme ich (leider) viel mit: Und Mädchen müssen auf sich aufpassen können. Mädchen müssen wissen, wann sie sich Hilfe holen. Mädchen müssen Nein sagen können. Gleichzeitig ist doch aber ein JA aus vollem Herzen das Schönste!
dieAundO @die_mama_ I feel you. Empowerment ist das Zauberwort. Und ja, es ist ein Balanceakt.
sabrina_totalverhext Wie wahr! O hat recht!

dieAundO

Über dem Sujet, diesmal in Schwarz-Weiß gehalten, liegt ein schmeichelnder Weichzeichner. Tiefe Schatten und einheitlich helle Graustufen bilden starke Kontraste.

Das Foto ist in drei Bilder unterteilt. Zu sehen sind Bäuche. Links ein Kinderbauch, rund und straff mit herausstehendem Nabel. In der Mitte:

dünn und flach, die Rippen zeichnen sich unter der Haut deutlich ab. Rechts ein weicher Frauenbauch, unter dem Nabel nach vorn gewölbt.

Gefällt 5.617 Mal

dieAundO Die O sagt: Alle Bäuche sind schön.

Die A sagt: In den Bauch kommt das Essen rein.

Wir laufen dem perfekten Körper nach. Der Bauch muss flacher sein – bis. Bis? Die Oberarme dünner – bevor. Bevor was? Bevor du anfängst zu leben? Worauf wartest du?

Der Körper ist keine Skulptur, die man formt, er ist kein Werkstück. Der Körper bleibt nicht, wie er ist. Weder im positiven noch im negativen Sinn. Gefällt er dir? Gut. Er wird sich ändern. Gefällt er dir nicht? Er wird sich ändern.

Der Körper lebt, und Leben ist Bewegung, ist Veränderung. Alle Körper sind schön.

#mumlife #lifewithkids
#transition
#selflove
#bodypositive #bodypositivity
#peace

Alle 289 Kommentare anzeigen
larissammer_ Gefaltete Emoji-Hände. Oh A! Herz. Wie recht du hast! In den Bauch, da kommt das Essen rein. Dafür ist er da und nicht für Strandfotos!
chris_ka So ein schöner Text. Herz

TAG 4

Der Chefinspektor in der Früh

Emmi und Raphi essen krachend Schokopops. Das Eintauchen der Löffel in die Schüsseln erzeugt ein hohes Klingen, Metall auf Porzellan. Neben Raphis Ellenbogen bildet sich ein Kakao-Sprüh- oder besser Platzregen auf der Tischplatte.

Der Chefinspektor hält den Kopf gesenkt, Blick auf das Smartphone.

Ein Singlecover. Unter dem grünen Titel steht vor einem nächtlichen Strand in einem Lichtkegel eine Frau, ihr Gesicht von ihren Haaren verdeckt, ihr Schatten schwarz auf dem ockerfarbenen Hintergrund.

Emmi nimmt sich Schokopops nach, das Sackerl raschelt.

I am not the only traveller

»Papa, wieso ist da eigentlich keine Überraschung drin?«

»Was meinst du?«

Who has not repaid his debt

»Die Mama hat erzählt, dass früher immer Überraschungen in den Schokopops drinnen waren.«

Der Chefinspektor zuckt mit den Schultern. »Davon weiß ich nichts.«

I've been searching for a trail to follow – again

Raphi steht auf der Eckbank auf, beugt sich über den Tisch und schaut suchend in die Schokopops-Packung.

Take me back to the night we met

Karin betritt die Küche und hält dem Chefinspektor ihr Handy vors Gesicht. »Schau mal.«

And then I can tell myself

Das Foto ist aus der Vogelperspektive aufgenommen. Oder eigentlich muss man sagen *fast* aus der Vogelperspektive oder aus der Perspektive *startender Vogel.*

What the hell am I supposed to do

Die oder der Betrachtende befindet sich schräg über dem Geschehen. Der Chefinspektor nimmt Karins Handy in die Hand und runzelt die Stirn.

And then I can tell myself

Er rekonstruiert: Der Fotograf – oder auch die Fotografin – muss entweder aufs Geländer geklettert sein oder einen Sessel an dieses geschoben haben.

Not to ride along with you

»Kann das bitte wer ausschalten?«

Karin schaltet die Musik aus, bevor das Schlagzeug einsetzt.

Der Chefinspektor identifiziert die Dachterrasse der Frau Lasser, er sieht ein Stückchen Geburtstagstisch mit den bunten Tellern und den blauen und goldenen Konfetti. (Wieso hat es die eigentlich nicht verweht?, fragt er sich jetzt.) Im Hintergrund sind unscharf die Sträucher der Frau Lasser zu erkennen. Im Zentrum liegt der tote Amir in zusammengekrümmter Seitenlage in seiner Blutlacke.

Unten links, zu Amirs Füßen, steht: *Justus Grabher.*

Justus Grabher kommentiert das Bild so:

Das wollte die Polizei an uns vorbeiermitteln: Der Konflikt ist in der Mitte der Gesellschaft angekommen und zeigt sein brutales Gesicht. Flüchtlinge schlachten sich im Epizentrum der Willkommenskultur nun gegenseitig ab. Wieder mal ein Afghane, wieder mal ein Messer, diesmal zwar im richtigen Körper. Aber die Gewalt kann sich jederzeit gegen die autochthone Bevölkerung richten. Solche Gewalttaten gehören offenbar bereits zu unserem Alltag, denn die Polizei hält es nicht für notwendig, uns zu informieren. Wie lange schauen wir noch weg und verschließen die Augen vor der importierten Gewalt?

#lückenpresse #werzählt

Ganz klein: *Vor drei Stunden*

Blauer Daumen, wütender Smiley in Rot-Orange, schockierter Smiley 497

163 Kommentare. 34 Mal geteilt.

Emmi versucht sich zwischen den Chefinspektor und das Handy zu schieben. »Emmi, bitte.« Der Chefinspektor hält das Telefon höher und steht auf.

Der Chefinspektor berührt die Zurück-Taste links unten. Er befindet sich in Karins Facebook-Timeline.

Andreas Arnsbacher – Smiley mit offenem Mund – schockiert

Wer zählt eigentlich noch? Wer schützt uns vor importierter Gewalt? #lückenpresse #werzählt #alternativemedien #wahrheitJetzt

Blauer Daumen, wütender Smiley, schockierter Smiley 184

87 Kommentare. 14 Mal geteilt.

Kommentare darunter:

Natascha Groiss Was zur Hölle ist das?

Philipp Prech Erstochener Afghane mitten in Wien.

Andrea Ragstädt Anscheinend hat es gestern schon wieder eine Messerstecherei im Asylwerber-Milieu gegeben, aber man informiert uns nicht.

DrSeltsam Die Polizei kann nichts dafür, die dürfen nichts kommunizieren und leiden selbst drunter. Die Frage ist, wie lange die unter diesen Umständen überhaupt noch arbeiten können.

Philipp Prech Traurig, aber wahr.

Gerhard Kunig Was soll das ganze Konfetti neben dem Afghanen?

Der Chefinspektor hält das Telefon über die Abwasch, unter die Neonröhre. »Das gibt's doch nicht.«

Emmi fragt, was das für ein Foto sei.

»Emmi, bitte, das ist nichts für dich. Das ist nicht von uns. Als wir gekommen sind, ist der am Rücken gelegen.«

Emmi fragt, was das für ein Foto sei. Was das für ein Foto sei. Was das sei.

»Emmi, bitte.«

Der Chefinspektor wird laut. »Karin! Was machst du überhaupt, wo bist du?«

Karin kommt in die Küche. Sie werde wohl einen Moment am Klo sein dürfen, vom Duschen ganz zu schweigen. Er sei doch eh den ganzen Tag im Büro. Wieso das jetzt sein müsse.

Es sei doch bitte völlig klar, dass so ein Fall Wellen schlage. Sie meine, bitte, was er sich erwartet habe.

Emmi fragt, was das für ein Foto sei. Was das für ein Foto sei. Was das sei.

»Emmi, das geht dich nichts an, geh dich jetzt anziehen!«

Emmi schaut ihren Papa mit gerunzelter Stirn und geöffnetem Mund an und geht beleidigt ins Kinderzimmer.

»Das hat jetzt wieder sein müssen. Was kann denn die Emmi dafür, wenn ihr schlampig arbeitet?«

»Das Foto ist nicht von uns!«

»Trotzdem will ich nicht, dass du so mit ihr redest. Genau das hat der Peter immer zu mir gesagt, und ich leide heute noch drunter.«

Worunter sie leide? Dass sie sich nichts sagen traue?

»Ja. Genau das.«

»Aber ich bin nicht der Peter. Vergleich mich nicht mit dem Peter.«

Des Chefinspektors Handy läutet. »Ich hab's schon gesehen, ich ruf gleich zurück.«

»Bitte rede nicht so mit ihr.«

Der Chefinspektor atmet aus. »Okay! Emmi, komm jetzt, wir gehen.«

»Ich kann sie hinbringen.«

»Bitte, wieso, ich bin fertig, sie ist fertig.«

»Ich will nicht, dass du sie *so* hinbringst.«

Emmi steht, selbst angezogen, in Regenjacke, Kleid, Leggings, Sportschuhen und mit dem Rucksack am Rücken neben der Wohnungstür.

»Komm, Emmi.«

Der Chefinspektor schiebt Emmi am Rucksackriemen vor sich her und schlägt die Tür zu.

Der Chefinspektor nimmt Emmi an die Hand, den kurzen Weg durch den Gemeindebau legen sie schweigend zurück.

Der Chefinspektor öffnet die schwere Tür zum Kindergarten. Emmi lässt seine Hand los und geht weiterhin schweigend voraus. In der Garderobe setzt sie sich wie immer auf ihren Platz, zieht die Jacke aus, hängt sie an den Haken mit ihrem Foto, zieht die Schuhe aus, stellt sie nebeneinander unter die Bank und hängt den Rucksack ordentlich über die Jacke. Während all dieser Tätigkeiten tut sie so, als wäre sie alleine.

Der Chefinspektor, neben Emmi sitzend, beugt sich vor und versucht, in ihr Gesicht zu sehen.

»Emmi, entschuldige, vorher war ich unfreundlich zu dir. Dabei hast du gar nichts dafür können.«

Emmi rollt den herunterhängenden, zu langen Riemen ihres Rucksacks zu einer Schnecke. »Hat man da einen Toten gesehen?«

»Du meinst auf dem Foto.« Der Chefinspektor überlegt. »Ja. Und ich finde, ihr sollt so etwas noch nicht sehen.«

Emmi hält den Blick weiter gesenkt.

»Okay? Sind wir wieder gut?«

Emmi nickt. Der Chefinspektor streicht ihr über den Kopf. Emmi läuft in den Gruppenraum, die Kindergärtnerin, umringt von Kindern an einem niedrigen Tisch sitzend, hebt den Kopf, lächelt mit dem ganzen Gesicht und gibt Emmi die Hand. Der Chefinspektor kann ihre Lippen lesen. »Guten Morgen, Emmi.«

Wege

Der Chefinspektor verlässt den Kindergarten, folgt ohne nachzudenken der Donaueschingenstraße Richtung LKA und ruft endlich den Gruppenführer zurück.

Der war bereits beim Staatsanwalt Tramec. Was das für ein Bild sei? »Das ist doch nicht von uns?«

Der Chefinspektor verneint.

Facebook habe es schon wieder runtergenommen, es sei nicht mehr verfügbar. Der Mateo kümmere sich.

»Ich Trottel.« An der Ecke zur Salzachstraße merkt der Chefinspektor, dass er doch eigentlich zur U6 gehen wollte. Mit der Dresdnerstraße beginnt die langweilige Umgehung des alten Frachtenbahnhofs, diesmal linksherum, die sich der

Chefinspektor heute allerdings spart. Bei der Station Traisengasse steigt er in den Zweier.

Eine frühe Erinnerung

Der Busen meiner Großmutter drückt sich an mein Kindergesicht. Wie lange werde ich dich noch haben, mein Amir?

Landeskriminalamt

Auf dem Besprechungstisch liegt, ausgedruckt, in Embryonalstellung, der arme Amir, wie ihn der Chefinspektor gerade noch im Neonlicht der Küche von der Emmi weggehalten hat.

Gruppenführer Hornberg stellt die: »Erste Frage. Wer ist der Urheber?«

Mateo: »Das Foto ist definitiv gemacht worden, bevor die Frau Lasser das Opfer für die versuchte Reanimation auf den Rücken gedreht hat.« Er legt einen zweiten Ausdruck auf den Tisch. Amir in Rückenlage, Hüfte und Beine nach rechts gedreht, wie ihn die Tatortgruppe dokumentiert hat.

Staatsanwalt Tramec zieht das erste Bild zu sich. »Das heißt, wir können davon ausgehen, dass der Täter gleichzeitig Urheber des Fotos ist.«

Christina nickt.

»Zweite Frage: Wie kam es dann auf Facebook?«

Mateo: »Über Moghaddams eigenes Profil.«

Der Staatsanwalt runzelt die Stirn.

Christina: »Wir nehmen an, dass der Täter oder die Täterin Moghaddams Handy extra für diesen Zweck mitgenommen und behalten hat.«

Mateo kommt dem Gruppenführer zuvor: »Wir können es aktuell jedoch nicht orten.«

Christina, Richtung Staatsanwalt: »Aber es muss heute Nacht eingeschaltet gewesen sein. Wir brauchen also eine Funkzellenabfrage im Zeitraum null bis sechs Uhr früh.«

Dem Chefinspektor fällt ein: »Kann es nicht auch sein, dass jemand Moghaddams Account gehackt hat? Der Täter hätte doch das Handy streng genommen gar nicht gebraucht.«

Christina, Richtung Chefinspektor: »Überprüfen sollte man es trotzdem.« Richtung Staatsanwalt: »Moghaddams Handy war nicht am Tatort.«

Staatsanwalt Tramec nickt.

Gruppenführer Hornberg sammelt sich. »Dritte Frage. Wie genau ist das abgelaufen, auf Facebook?«

Mateo weiß noch nichts Genaues. Aber. »Das Ganze hat nicht lang gedauert. Das erste Mal gepostet wurde es heute Nacht um drei Uhr siebenundvierzig. Um halb neun war es schon nicht mehr verfügbar.«

Der Chefinspektor räuspert sich. »In Karins Timeline kam das Foto von einem Andreas Arnsbacher.«

»Vom Andreas!«

»Kennt ihr den?«

»Ja sicher, der sitzt im BKA, bei der Karin.«

Der Chefinspektor nickt. »Moment noch. Unter dem Bild stand *Justus Grabher*.«

Mateo notiert. »Dann hat der das Bild zuerst geteilt und danach der Andreas.«

»Und das Bild ist nicht länger verfügbar?«

Mateo: »Facebook hat es gelöscht, das heißt aber nicht, dass es online nicht mehr zu finden ist. Ein weiteres Problem ist, dass gewisse Medien es bereits übernommen haben.«

Mateo wedelt mit Ausdrucken einer Online-Tageszeitung: Der arme Amir liegt – diesmal mit verpixeltem Gesicht und Bauch – auf der Dachterrasse, diesmal unter einer gelben Überschrift.

Im Artikel wird ausgeführt, dass man sich bewusst dazu entschieden habe, das Foto, welches seinen Ursprung in den sozialen Medien habe, zu veröffentlichen, um die Brutalität, mit welcher hier vorgegangen worden sei, nicht weiter zu verschleiern.

Mateo liest vor:

»*Mord auf Facebook*

Ein Foto schockiert die Facebook-Community: Ein junger Mann liegt blutüberströmt auf Terrassendielen. Über die Echtheit des Fotos bestehen zunächst Zweifel.

Der Donnerstag beginnt für viele Facebook-User mit einem Schock. In ihrer Timeline erscheint das Foto eines jungen Mannes, der, neben buntem Konfetti und Partygeschirr, leblos in einer Blutlacke liegt.

Der Verdacht, dass es sich hierbei um eine provokante Fotomontage handelt, kann leider nicht bestätigt werden. Laut einer Heute-Bildanalyse wurden keinerlei Manipulationen an der Originaldatei vorgenommen.

Das Foto stammte ursprünglich vom Account eines zweiundzwanzigjährigen Afghanen, M., der es am Donnerstag gegen vier Uhr früh geteilt hatte. Detail zum Gruseln: Aufmerksame Facebook-User bemerkten eine auffallende Ähnlichkeit zwischen M.s Profilbild und dem mutmaßlichen Mordopfer.

Die Community steht vor einem Rätsel. Wer ist der blutüberströmte junge Mann? Wo fand das Gewaltverbrechen statt, und wer ist Urheber des Bildes?

Die Polizei war bis auf Weiteres zu keiner Stellungnahme bereit.«

Der Gruppenführer kommt zu seiner letzten Frage. »Geben wir eine Pressekonferenz?«

Staatsanwalt Tramec räuspert sich. »Da kommen wir nicht drum herum.«

Gruppenführer Hornberg richtet sich die Krawatte.

Der Chefinspektor wendet sich an Christina.

»Wir müssen die Parteien der umliegenden Häuser noch einmal befragen. Das ist auf einem Dach mitten in der Stadt passiert, irgendwer muss was gesehen haben. Der Fotograf muss wo hinaufgeklettert sein. Das fällt doch auf. Und Mateo, schaust du dir bitte den Facebook-Account an?«

»Welchen jetzt? Den vom Moghaddam?«

»Ja, alle. Und den Andreas Arnsbacher.«

»Und den Justus Grabher?«

»Den auch bitte.«

Stephan Lasser im Landeskriminalamt

Stephan Lasser, im leichten Dreiteiler, betritt den Vernehmungsraum. Er zieht sein Sakko aus, die trainierten Arme werden deutlich, fast zu sportlich für Hemd und Anzug.

Herr Lasser ist groß. Der Chefinspektor richtet sich auf und stellt sich vor.

Stephan Lasser nimmt auf dem Besucherstuhl Platz.

Wippt er mit dem Kopf?

»Herr Lasser.«

»Herr Hansmann, ich kann davon ausgehen, dass Sie meine Familie aus den Medien raushalten?«

Er spreche wohl von dem Foto.

Natürlich spreche er von dem Foto. Dieses Foto sei ja nicht zu übersehen. Aber damit sei es auch schon wieder genug.

Das sehe er, der Chefinspektor, genauso. Er müsse jedoch anmerken, dass besagtes Foto nicht aus dem Besitz seines Teams stamme. Urheber des Bildes sei aller Wahrscheinlichkeit nach der Täter.

»Nach einer möglichen Urheberschaft habe ich überhaupt nicht gefragt.«

»Wie gesagt, mein Team hat mit dem Foto nichts zu tun.«

»Das beruhigt mich überhaupt nicht.«

»Herr Lasser. Ist Ihnen etwas aufgefallen?«

»Nein, ist mir nicht, sonst hätte ich Ihnen das mitgeteilt.«

»Ihre Frau hat mir erzählt, Sie hätten auf der Party fotografiert. Wäre es möglich, dass Sie mir die Speicherkarte der Kamera zukommen lassen?«

Stephan Lasser schiebt die kleine SD-Karte über den Tisch. »Schon geschehen, ich habe nichts gelöscht.«

»Danke, die bekommen Sie natürlich zurück.«

»Ist nicht eilig.«

»Herr Lasser, wo waren Sie am Montag vor der Party?«

»Im Büro. Ich hatte von elf bis dreizehn Uhr einen Termin und war dann mit einem Kunden Mittagessen. Im Le Viet, bevor Sie fragen, und um zehn nach drei habe ich mich auf den Weg nach Hause gemacht. Meine Sekretärin kann das bestätigen.«

Landeskriminalamt / Kaffeeautomat

»Und?«

»Ja nichts.«

Die Party

Natürlich passt die Speicherkarte nicht ins MacBook des Chefinspektors.

»Mateo, haben wir irgendwas, womit ich die Fotos anschauen kann?« Der Chefinspektor winkt mit der SD-Karte.

»Gib her.« Mateo steckt sie in seinen Laptop.

Zuerst ist da die Frau Lasser mit den roten Ohrsteckern und dem zartgrünen Oberteil. Sie lächelt fröhlich in die Kamera, den Oberkörper leicht vom Fotografen abgewandt, in Gedanken einen Schritt weiter.

Dann ein Bub (zerzauster Seitenscheitel) mit weißem Hemd und Jeans neben einem Fünfer-Luftballon, offensichtlich das Geburtstagskind.

Dann ist da noch einmal die Frau Lasser, lächelnd mit einer Weinflasche in der Hand.

Die Frau Bernstorff-Heinig auf dem dunkelblauen Sofa, die kleine Helmina an der Brust, in ein Gespräch vertieft mit der Frau Kovacs, ihrerseits den kleinen Yves stillend.

Ein Kind läuft – Bewegungsunschärfe, verwischtes weißes Hemd.

Vogelperspektive: ein Kreis aus Köpfen, hellbraune kurze, lockige, dunkelbraune zusammengebundene, kurze blonde Haare. In der Mitte die Weinflasche.

Der Kreis aus Köpfen, ein brauner Scheitel sowie der dazugehörige Arm unscharf, die Flasche, hier ein verwaschener grüner Fleck. Alle Kinder schauen zur Kamera, die Köpfe zurückgelegt, runde, lachende Gesichter. »Marmelaaade!«

Weiterhin Vogelperspektive. Geschenkpapier auf dem Boden, Ludo eine blaue Kartonschachtel betrachtend – Playmobil?

Offenbar hat nun jemand anderes die Kamera übernommen. Man sieht Stephan frontal, die Kinder vor ihm, mit den Rücken zur Kamera. Stephan hält ein A4-Papier in die Höhe und spricht.

Die Kinder, laufend in einem Park. Ludo, auf einem Klettergerüst, triumphiert, linker Arm erhoben.

Mehrere Buben auf der Rutsche, Regenjacken bunt bedruckt.

Zwei Mädchen gehen Hand in Hand eine Betontreppe hinauf.

Die Silhouetten zweier Kinder im Gegenlicht: Ein Bub und ein Mädchen mit Pferdeschwanz sitzen auf der obersten Stufe derselben Treppe, hinter den Kindern der Himmel mit Schäfchenwolken.

Alle Kinder auf einer Art Spinnennetz. Kopfüber vom Spinnennetz hängend, blonde Haare fliegen, Mund auf, Lachen mit Zahnlücke.

Ludo mit ernstem Gesicht und Schatztruhe im Arm.

Das Mädchen mit dem dunklen Pferdeschwanz, diesmal mit Kaugummiblase.

Die Biskuittorte mit brennenden Kerzen. Ludo bläst die Kerzen aus, sein Gesicht ist leicht unscharf, den Bildfokus bilden die Kerzen.

Verschiedene Erwachsene. Ein Mann mit Bart und Brille trägt ein Baby in einer Trage.

Frau Bernstorff-Heinig, das Vernetzungsamt, mit Baby im Arm, lachend.

Ein unauffälliger, farbloser Mann mit Sektglas in der Hand.

Ein Kleinkind mit Lederhose an der Hand eines Erwachsenen.

Das Neue-Eltern-Amt spricht – Fokus auf dem Gesicht, Yves auf der Hüfte unscharf.

Das Vernetzungsamt auf der Couch, Kopf zurückgelehnt.

Die Obfrau Stv. mit ernstem Gesicht und Geschenkpapier in der Hand.

Kinder mit Maoam.

Kinder mit Schleckern.

»Schade. Nichts.«

Der Chefinspektor, die Gruppeninspektorin und Heidi

Heidi weint. Sie verstehe das nicht. Wer so etwas tun könne. Sie verstehe das nicht, das könne doch nicht sein.

Ob der Amir in etwas verwickelt gewesen sei, irgendwas, ob ihr etwas seltsam vorgekommen sei.

Nein, war er nicht. Wer so etwas tue.

Christina berührt Heidi am Oberarm.

Ob sie jemanden habe, mit dem sie sprechen könne. Ob sie Freunde habe.

Freunde? Nein, sie wolle mit niemandem sprechen. Familie. Nein, mit ihrer Familie, das sei nicht so einfach, ihr Vater sei so selbstbezogen. Und ihre Mutter. Ja, die Mutter eigentlich auch. Selbstbezogen und eh nie zu Hause. Und wenn sie mal da sei – egal. Heidi möchte sich einfach nur ausruhen.

In der Kindergruppen-Küche (Rückblick)

Heidi schneidet Gemüse. Neben ihr – auf der Arbeitsfläche – sitzen Kolja, Rika und Lenz. Joseph hat keinen Platz mehr auf der Arbeitsfläche gefunden und sich einen Sessel in die Küche geschoben, auf dem er, an die Abwasch gelehnt, steht.

Über die Durchreiche beobachtet Heidi Amir, der wiederum Heidi beobachtet, die versucht, das Gemüse gerecht unter den neben ihr sitzenden Kindern zu verteilen und auch Joseph zu berücksichtigen.

Hanno Emmerdingen im Landeskriminalamt

Hanno Emmerdingen schreit. Das gehe überhaupt nicht, seine Lütte in den Medien. Was der Chefinspektor dagegen zu tun gedenke. Wie das sein könne, die ganzen Medienfuzzis vor der Kindergruppe. Er fordere Personenschutz für seine Tochter. Sofort.

Landeskriminalamt / Kaffeeautomat

»Das bringt doch alles gar nichts. Ich bin völlig erledigt.«

Den Gruppenführer wundert das nicht. Dieser Kaffee könne einen auch nicht munter machen, der habe noch nie eine Kaffeebohne gesehen, an dem sei die Kaffeebohne nicht einmal vorbeigetragen worden. Er verstehe nicht, warum sie das immer tränken. Man solle doch rübergehen. Da könne man gleich eine Kleinigkeit essen.

Landeskriminalamt

Heute, Online-Version.

Neue Erkenntnisse zum Facebook-Toten

Wie sich herausstellte, fand die brutale Messerattacke (Link: heute.at berichtete) am Montagnachmittag auf der Dachterrasse der Wiener Familie L. statt. Die Polizei bestätigte die Identität des Opfers und somit den gruseligen Verdacht: Amir M. war zum Zeitpunkt der Veröffentlichung seines Fotos bereits tot. Wer sich Zugang zu M.s Facebook-Account verschafft hat, bleibt vorerst ein Rätsel.

Der zweiundzwanzigjährige Afghane hätte am Montagnachmittag bei einer Kinderparty der Familie L. aushelfen sollen, stattdessen wurde er Opfer eines grausamen Verbrechens, begangen nur ein Stockwerk über dem Partygeschehen.

Kinder und Erwachsene feierten und bemerkten nichts.

Die Facebook-Community steht unter Schock. »Wenn ich mir vorstelle, ich würde den Geburtstag meiner Tochter feiern und gleichzeitig sind Gewaltverbrecher in meiner Wohnung!«, schreibt eine Userin.

Rechts oben befindet sich ein Info-Kasten, der über Kinderrechte in muslimischen Ländern informiert. Der Chefinspektor kennt sich nicht aus. »Wieso jetzt Kinderrechte?«

Christina erklärt, dass die Zeitung hier ein Motiv aufnehme, das seinen Ursprung ebenfalls auf Facebook habe. Es sei sich um die Sicherheit der Kinder gesorgt worden, da ja offensichtlich das Mordopfer eine Gefahr *im Gepäck* gehabt habe.

»War der Moghaddam denn Muslim?«

»Ja, aber laut Tante nicht praktizierend.«

In der Mitte des Textes – grau unterlegt – eine Umfrage: *Haben Sie das Gefühl, dass Ihre Kinder in Wien noch sicher aufwachsen?*

Ja, natürlich.

Eher ja.

Ich weiß es nicht.
Eher nein.
Nein, überhaupt nicht.

Neben jeder Antwortmöglichkeit ist ein kleiner Kreis zum Anklicken. Am unteren Rand der grauen Fläche: *Abstimmen.*

Der Chefinspektor klappt den Laptop zu. »Also was ist jetzt mit dem Foto?«

Mateo hat recherchiert. »Keiner von Moghaddams Freunden hat das Bild geteilt. Zwei Personen haben es gemeldet, aber Facebook reagiert in der Regel wahnsinnig langsam. Bei den Kollegen sind Anrufe von besorgten Usern eingegangen.«

Gruppenführer Hornberg: »Na gut, aber wie kam das Bild dann bis zu uns?« Blick zum Chefinspektor. »Oder bis zur Karin?«

Mateo schüttelt den Kopf. So schnell gehe das nicht, da müsse er sich länger hinsetzen. Das Einzige, das er mit Sicherheit sagen könne: Das Foto sei um drei Uhr siebenundvierzig über Amir Moghaddams Facebook-Profil hochgeladen und geteilt worden. Das sei mittlerweile bestätigt.

»Und der Grabher? Und der Arnsbacher? Wie sind die an das Foto gekommen?«

Mateo öffnet seinen Laptop und tippt. »Also. Fangen wir doch mit dem Moghaddam an. Der Amir Moghaddam war in Hamburg – zumindest auf Facebook – politisch aktiv, wenn man das so nennen kann. In seiner Timeline findet man zahlreiche Veranstaltungen einer *Plattform gegen rechte Hetze*: Aufrufe zu Montagsdemos, Gegenveranstaltungen zu Pegida-Versammlungen, Vorträge über Antirassismus. So was in der Art.«

Der Chefinspektor nickt.

»Aber hat er sich durch diese Aktivitäten exponiert? Hatten seine Beiträge eine große Reichweite?«

»Nein. Knapp fünfhundert Freunde. Das ist nicht viel.«

Mateo fährt fort.

»Dann vereinzelt private Inhalte. Fotos vom Abi-Ball. Moghaddam wurde auf mehreren Fotos mit Schulkollegen markiert (lachende, verschwitzte Gesichter). Immer wieder Aufnahmen vom Elbstrand. Analog dazu ab letztem Herbst der Donaukanal, flussauf- und abwärts. Die Donau im Sonnenuntergang. Dazwischen Foodies, Schnappschüsse aus dem WG-Leben.«

Mateo zeigt. Amir Moghaddam mit einer Frau – den Kommentaren unter dem Bild zufolge eine Betreuerin der Kindergruppe – an einem Lagerfeuer, Bierflaschen in der Hand. Bilder aus der Kindergruppe. Moghaddam behängt mit Kindern. Mehrere Aufnahmen eines Picknicks.

Immer wieder eine junge Frau – an einer Straßenbahnstation, am Ufer des Donaukanals, an einem Fenster. Die Frau immer von hinten fotografiert, immer mit geflochtenem Zopf.

»Heidi.«

Mateo nickt. »Wahrscheinlich, ja.«

»Irgendetwas, das auf die Ereignisse hindeuten würde? Anfeindungen? Drohungen?«

»Nichts. Keinerlei Überschneidungen mit den zwei anderen – Grabher und Arnsbacher.«

Und damit leitet Mateo über.

Andreas Arnsbacher laufe vor allem. Marathon, Halbmarathon, Staffellauf. Und er fahre Mountainbike. Auf Facebook also Landschaftspanoramen mit Fahrrad oder zumindest Lenkstange im Vordergrund. Andreas in Radlerhose, mit Helm und GoPro. Arm in Arm mit weiteren Männern in Rad- oder Laufgewand. Nichts Neues eigentlich. Wer ihn im Büro besuche, sehe ähnliche Fotos. Startnummern, Trikots, triumphierendes Lächeln, ausgebreitete Arme im Zieleinlauf. Dazwischen einsame Strände, Zelte, Hängematten und Flussufer. Auf Facebook like und teile der Andreas außerdem in größeren Abständen Einladungen eines Vereins – zu Sommerfesten auf irgendwelchen Burgen, Team-Building-Maßnahmen und Erste-Hilfe-Lehrgängen.

Befreundet sei er unter anderem mit Justus Grabher und der Karin, daher auch das Bild in deren Timeline. Die Überschneidung zwischen Arnsbacher und Grabher sei des Letzteren

Craftbier-Shop in Mödling, was Aufnahmen der zwei Männer in besagtem Lokal nahelegten.

Justus Grabhers Timeline gestaltet sich abwechslungsreicher als die seines Bekannten (ergibt jedoch nichtsdestotrotz ein einheitliches Bild). Mateo zählt auf. Grabher bereise Südostasien und Indien. Man sehe ihn vor Tempeln, tönernen Buddhas, geschnitzten Göttern und Göttinnen, vor einer Dagoba in Sri Lanka und in nebelverhangenen Regenwäldern.

Wie gesagt, er führe ein Bierlokal. Dementsprechend fänden sich Einladungen zu Bier- und Oktoberfesten, Weihnachtsfeiern und zum Frühschoppen auf seiner Wall. Ab Jahresbeginn habe er sich wiederholt gegen ein mögliches Volksbegehren für ein Rauchverbot in der Gastronomie ausgesprochen. Teilweise unter Zuhilfenahme diverser Cartoons. Cartoons habe er überhaupt gern, bevorzugt zu den Themen Frauen und Lohnarbeit.

Des Weiteren habe Herr Grabher eine Vorliebe für Redebeiträge aus dem deutschen Bundestag oder dem österreichischen Parlament, in denen vor *ungezügelter Zuwanderung durch Taugenichtse* gewarnt werde.

Ein weiteres Anliegen sei dem Grabher die Abschaffung der ORF-Gebühren, der Grünen und der EU.

Außerdem teile er bereitwillig Videos. Zum Beispiel jenes einer jungen Türkin, die erzähle, was auf uns alle zukomme, wenn die Regierung sich nicht bald entschließe, zu handeln. Zum Beispiel vom Bundeskanzler, der der Presse erklärt, dass man sich nun dringend um jene Flüchtlingsfamilien *kümmern* müsse, die monatlich zweitausend Euro erhielten. Die meisten Videos allerdings würden von Gerald Grosz stammen, der sich eindringlich zu oben genannten Themen äußere.

»Okay. Nachvollziehbar, warum er das Foto auf diese Weise geteilt hat.«

Christina nickt. »Aber wer hat damit begonnen?«

Mateo versichert, er werde herausfinden, was herauszufinden sei.

»Christina, was machen die umliegenden Häuser?«

Christina berichtet von weiteren Dachgärten und Balkonen, von der Enge der Josefsgasse, von der Zweierlinie und dem großen Abstand zu den Gebäuden jenseits der Auerspergstraße.

Sie habe alle Parteien befragt, niemand habe etwas gesehen oder gehört.

Hießgasse

Der Chefinspektor würde gern zu Fuß den Donaukanal entlanggehen, aber der Gruppenführer klagt über den Zustand seines rechten Knies, welches bei jedem Schritt knackse und das Gefühl erzeuge, der Knorpel springe gleich seitlich an der Kniescheibe vorbei beziehungsweise die Kniescheibe falle aus dem Knie heraus. So nehmen sie Hornbergs Dienstwagen, fahren die Lände entlang und brauchen, bei weniger Verkehrsaufkommen als üblich, nur sieben Minuten.

Der Gruppenführer klingelt beim Haus Nummer 11, nichts tut sich. Der Gruppenführer klingelt noch einmal, dann nimmt er Amir Moghaddams Schlüsselbund aus der Tasche und probiert den ersten Schlüssel. Der zweite Schlüssel passt ins Schloss und sperrt. Der Gruppenführer hält dem Chefinspektor die Tür auf.

Der Chefinspektor bietet an, die Vorhut zu übernehmen, sprich die Lage der Wohnung zu Fuß zu erkunden. Der Gruppenführer könne dann mit dem Aufzug direkt ins richtige Geschoß nachkommen. Der Gruppenführer nimmt dankend an, gibt jedoch nicht den Schlüsselbund ab, damit ihm kein Nachteil erwachse.

Im dritten Stock wird der Chefinspektor fündig, er ruft nach unten, Hornberg erscheint. Wieder wird der Schlüsselbund durchprobiert. Dann stehen der Gruppenführer Hornberg und hinter ihm der Chefinspektor in einer kleinen Küche, deren Fenster auf einen hellen Innenhof geht. Unter dem Fenster ein bemalter und beschriebener Holztisch mit Frühstücksresten und einer Glasschüssel voll PEZ-Zuckerln. Eine offene Tür führt ins Badezimmer. Daneben die Abwasch und der Herd, gegenüber der Kühlschrank.

Links geht es weiter in die Wohnung. Der Chefinspektor folgt dem Gruppenführer in ein Zimmer, dessen zwei Fenster auf die Hießgasse gehen. Rechts der Tür befindet sich eine Art Raumteiler, links ein weiteres Zimmer.

»So, und welches ist jetzt das vom Moghaddam?«

Ohne sich abzusprechen, teilen sich der Chefinspektor und der Gruppenführer auf. Der Chefinspektor bleibt im größeren Zimmer, der Gruppenführer ist bereits nach links ins Kabinett verschwunden. Der Chefinspektor geht um den Raumteiler – auf einer quer durch das Zimmer gespannten Schnur wurden zwei Tücher aufgehängt – herum und findet einen Schreibtisch, ein Bett und auf dem Boden Bücher.

Der Chefinspektor steigt über und zwischen die Bücher. Er beginnt mit dem Schreibtisch. Immer. Ein zugeklappter Laptop in der Mitte, rechts davon Zeichnungen unter einem bemalten Stein als Briefbeschwerer. Links des Laptops Rechnungen, adressiert an Herrn Pedro Almeida.

»Das ist der Mitbewohner«, ruft der Chefinspektor in Richtung Nebenzimmer.

Er betritt das Kabinett und findet den Gruppenführer ebenfalls an einem Schreibtisch wieder. »Ja genau, hier hat der Moghaddam gewohnt.« Der Gruppenführer hält einen Ordner in die Höhe: Meldezettel, ein Vertrag mit See the World, Strafregisterauszug, Gesundheitsattest in Original und Kopie. Ein Pass. Europäische Union Bundesrepublik Deutschland.

»Stimmt, der war ja Deutscher.«

Der Gruppenführer legt den Ordner zurück an die linke Ecke des Schreibtisches.

Neben dem Ordner ein Karton mit Kuverts, Schnellheftern und Mappen. Ein Stapel leeres Papier.

An der rechten oberen Ecke des Tisches ein »Mensch ärgere Dich nicht«-Spielbrett mit Figuren. Daneben weitere Spielfiguren, der Chefinspektor zählt und hört bei vierzehn auf. Links des Spielbretts Spielanleitungen: »Mensch ärgere Dich nicht«, »Malefiz«, »Fuchs und Henne«, »Schneckenrennen«, »Oh Pardon!«, »Mühle«. Einige Heftchen mit arabischen Schriftzeichen. Keine weiteren Spiele.

Am Tisch rechts vorne Skizzen. Bleistift auf A4-Papier: Kreise und Linien, Kürzel. N.A., V.A., O.

Am Tisch links vorne ein circa zwanzig Zentimeter hoher Stapel Papier, einzelne Blätter mit bunten Post-its beklebt.

Der Chefinspektor nimmt das erste Blatt vom Stapel. Arial, 12 Punkt.

Fragt man die Obfrau Stv. nach ihrer Jugend beziehungsweise ihrer Herkunft, nennt sie mal Reichenau an der Rax, mal die Josefstadt. Diese Erzählung trifft schon auf ihre Eltern zu, die ihre Zeit seit jeher auf das Haus mit Garten in Reichenau und auf die Wohnung in der Josefsgasse aufteilen. Genauso hat das die Obfrau Stellvertreterin auch immer gemacht, und so stammen Ex und Ehemann ebenfalls aus Reichenau.

Der Chefinspektor legt das Papier neben den Stapel.

Auf dem nächsten Blatt Handschrift, auf die Schnelle nicht entzifferbar.

Darunter wieder Arial, darauf ein Post-it: *Fotos, Farida.*

Der Chefinspektor entfernt vorsichtig das Post-it und hebt das Blatt auf Bauchhöhe.

Eine frühe Erinnerung

Meine Mutter bringt eine Kiste mit, einen alten Umzugskarton. Von der Frau Ahmadi, Gattin des Anwalts aus dem dritten Stock. Im Karton sind Hosen und Hemden. Darunter Spielzeug. Kleine und größere Autos, die ich am Küchenboden in einer langen Reihe aufstelle.

»Der Moghaddam hat wohl Tagebuch geführt.«

Gruppenführer Hornberg ist bereits im Badezimmer und antwortet nicht.

In der Mitte des Tisches eine laptopgroße Lücke. Von links unten schlängelt sich ein Ladekabel auf den Tisch.

Wo ist der Laptop? Der Chefinspektor hebt den Blick. Über dem Tisch ein Bücherbrett.

Peter Bierl: »Wurzelrassen, Erzengel und Volksgeister. Die Anthroposophie Rudolf Steiners und die Waldorfpädagogik«, Stephan Grigat: »Iran – Israel – Deutschland. Antisemitismus, Außenhandel und Atomprogramm«, derselbe: »Postnazismus revisited: Das Nachleben des Nationalsozialismus im 21. Jahrhundert«, Niko Paech: »Befreiung vom Überfluss. Auf dem Weg in die Postwachstumsökonomie«, Franz-Josef Brüggemeier: »How Green Were the Nazis? Nature, Environment and Nation in the Third Reich«, Alain de Benoist: »Abschied vom Wachstum. Für eine Kultur des Maßhaltens«, Moishe Postone: »Zeit, Arbeit und gesellschaftliche Herrschaft. Eine neue Interpretation der kritischen Theorie von Marx«.

Der Chefinspektor nimmt Buch für Buch aus dem Regal, blättert die Seiten durch und stellt es zurück. Nichts.

Ansonsten im Raum ein Bett (neunzig Zentimeter), ein Vorleger, eine Garderobenstange auf Rädern, Hemden, T-Shirts, Hosen, ein Wäschekorb, darin Socken und Shorts.

Der Chefinspektor dreht sich im Kreis.

Er nimmt die Kuverts, die Schnellhefter und Flügelmappen aus dem Karton und legt den Papierstapel hinein und das Ladekabel darauf.

Erinnerung

Ortswechsel sind meiner Familie eingeschrieben, den Bewohnerinnen und Bewohnern der Stadt, des Landes. Ich kenne es nicht anders, als dass irgendwer gerade nicht da, nicht mehr da, vielleicht zurückgekommen ist, wieder geht oder davon spricht, bald zu gehen. Als dass irgendwer gerade Arbeit sucht, Geld spart, eine Familie Geld sammelt, um den Sohn wegzuschicken. Meistens in den Iran. Ganz selten noch weiter weg. Noch seltener die Tochter.

Landeskriminalamt

Mateo, vorsichtig. »Du, da wartet jemand auf dich.«

»Scheiße, die Frau Hohenfels, das auch noch.«

Im Gehen sieht der Chefinspektor den Gruppenführer Mateo zu sich winken und den Papierstapel aus dem Karton heben.

Das Brandschutzamt

Anja hatte früher das Neue-Eltern-Amt inne, hat sich dann jedoch so mit Betreuerin Mone überworfen, die von ihr gefordert hatte, bei den Schnupperterminen anwesend zu sein, dass sie vom Amt zurückgetreten ist (per Mail) und in der Folge als designierte Brandschutzbeauftragte die Rauchmelder überprüft. Die Obfrau hat neulich darauf hingewiesen, dass die jährliche Feueralarmübung ebenfalls in den Aufgabenbereich des Brandschutzamtes fällt, was Anja entschieden von sich ge- und auf ihren Vorgänger verwiesen hat, der dies auch nie gemacht habe. Die Frage, wer mit den Kindern die Evakuierung der Kindergruppe bespricht und übt, wäre offengeblieben, wäre nicht das Reparaturamt II großherzig eingesprungen, das sei doch kein Ding, das mache er gerne.

Das Brandschutzamt im Landeskriminalamt

Das Brandschutzamt kommt mit einem riesigen Leinensack über der Schulter und einem Schal in Orange, Pink und Grün um den Hals den Gang entlang.

Der Chefinspektor bittet in den Vernehmungsraum. Anja Hohenfels nimmt Platz und lässt die Tasche zwischen ihre Füße fallen. Sie räuspert sich, sie sei heiser. Sie habe ihre Stimme verloren, Überarbeitung.

Das Brandschutzamt sieht sehr hübsch und noch mehr gepflegt aus. Die weißen Zähne und die kupferroten Haare glänzen, die Haut schimmert gesund. Man sieht nichts von Überarbeitung, aber das kann man ja von außen nie so gut beurteilen.

Zum bunten Halstuch passt die gemusterte Bluse: Pinselstriche in allen möglichen Farben auf beigem Hintergrund. Alles zusammen fast noch sommerlich. Zur von der Kleidung signalisierten Fröhlichkeit passt gar nicht die ungeduldige Art, die das Brandschutzamt beim Sprechen zeigt.

»Widerlich, was da passiert.«

Der Chefinspektor nickt.

»Aber ich fürchte, ich werde Ihnen nicht weiterhelfen können, ich hatte mit dem Amir nichts zu tun. Eigentlich mit allem.«

Pause.

»Der Karli ist mein zweites Kind in der Kindergruppe, und irgendwann hat man alles schon gesehen.«

Der Chefinspektor nickt. Sie spreche von …

»Von den E-Mail-Diskussionen, den Elternabenden. Und wissen Sie, es geht auch ohne all das. Und. Der Freiwillige ist nicht mal ein Jahr da. Wenn alles klappt, bleibt der von September bis Juni. Danach ist er wieder weg – oder sie.«

Pause.

Der Chefinspektor runzelt die Stirn. »Aber der Herr Moghaddam ist länger geblieben.«

Anja Hohenfels nickt. »Wenn es für alle gut passt, kann man das Praktikum verlängern. Das hatten wir schon mal. Und der

Amir wollte ja auch wegen der Heidi bleiben. Aber irgendwann gibt es immer ein Problem. Irgendwer hat immer ein Problem.«

Anja Hohenfels atmet ein. Es sei wahnsinnig anstrengend, sie sei wahnsinnig erschöpft. Pause.

Das heiße nicht, dass dies alles spurlos an ihr vorüberziehe, das tue es nicht. Es sei unfassbar. Furchtbar. Sie könne gar nicht daran denken. Aber sie könne nicht mehr alle Probleme zu ihren eigenen machen. Das Brandschutzamt zieht den Kopf zwischen die Schultern und versteckt Kinn und Mund im bunten Halstuch. Es seien Dinge passiert. Sie habe lernen müssen, sich zu distanzieren.

Pause.

Bei der Fiona sei man eh noch voll dabei gewesen. Aber sie führe ein Lokal, und nebenbei, wenn man von *nebenbei* sprechen könne, kuratiere sie.

Prüfender Blick zum Chefinspektor. Der nickt, weiß also, wovon sie spricht.

Sie habe weder Zeit noch Kraft, sich an jeder Diskussion zu beteiligen.

Und bei der Abstimmung? Habe sie für oder gegen den Herrn Moghaddam gestimmt?

Das Brandschutzamt stockt. »Ich war *für* ihn.«

»Haben Sie sich in der Folgezeit gut mit ihm verstanden?«

»Wie gesagt, da war nicht viel Kontakt. Aber, nein, ich war kein Fan vom Amir.«

Der Chefinspektor wartet.

Anja Hohenfels zupft ihren Schal zurecht.

Der Amir habe teilweise wirklich unpassende Sachen gesagt. An jedem anderen Arbeitsplatz hätte das Konsequenzen gehabt. Sie finde ja, das ganze Betreuerinnen-Team nehme sich schon recht viel heraus. Bei jedem anderen Arbeitgeber hätte das Konsequenzen. Sie müsse sagen, manchmal sei sie doch überrascht, wie tolerant manche Eltern seien. Am Ende des Tages sei man der Arbeitgeber. Sie habe doch auch einen freundlichen Umgang mit ihren Gästen zu pflegen. Sie könne sich auch nicht aussuchen, mit wem sie wie spreche. Blick zum Chefinspektor, Blick zum Fenster.

Sie sehe das schon als Teil einer Arbeitshaltung, mit welchem Maß an Respekt man seinen Mitmenschen begegne. Und der Amir habe sich offenbar an den Betreuerinnen orientiert, der habe sich teilweise echt viel herausgenommen.

Wovon genau sie spreche, ob sie ein Beispiel nennen könne.

Die Art und Weise, wie der Freiwillige mit den Eltern umgegangen sei. Der habe einen Ton draufgehabt, der sei mehr als nur ironisch gewesen. Der sei respektlos gewesen.

Der Chefinspektor runzelt leicht die Stirn und nickt langsam.

Ob sie das näher ausführen könne.

Das Brandschutzamt überlegt kurz. »Nein. Es war genau das.«

Schüttelt den Kopf. »Man hat sich gefragt, warum arbeitet der ausgerechnet bei uns, der hat irgendwie nicht reingepasst. Er war übergriffig, verbal. Und der Siebte ist ein Dorf, alles kommt zu einem durch, zumindest solange man da arbeitet *und* die Kinder betreuen lässt *und* auch noch da wohnt, da einkaufen und zum Friseur und zum Arzt geht.«

Sie wohne nicht in Wien?

Anja atmet aus. Gott sei Dank nicht mehr. Das sei vielleicht auch ein Grund, warum ihr die ganzen Kindergruppen-Geschichten nicht mehr so nahegingen. Man müsse aufpassen, in welche Konflikte man sich hineinziehen lasse. Sie habe das lernen müssen.

Pause.

»Ihr Sohn war doch auf der Geburtstagsparty?«

»Ludos Party? Ja.«

Der Chefinspektor wartet.

Das Brandschutzamt schüttelt die Haare zurecht.

Ihr sei nichts aufgefallen, sie habe den Karli abgeholt und sei wieder gegangen. Sie habe keine Zeit gehabt, anzustoßen, am Abend habe sie eine Eröffnung gehabt.

»Sie sagten, es sei zu viel passiert.«

Das Brandschutzamt richtet sich auf.

Das seien Dinge, die sie ganz persönlich beträfen, auf die sie hier nicht eingehen wolle.

Pause.

Ihr Mann und sie selbst seien mit einigen Entscheidungen,

die getroffen worden seien, nicht einverstanden gewesen und mit schwierigen Situationen alleingelassen worden.

Pause.

Die Elternrunde habe sich geändert. Früher sei es netter gewesen. Da habe es Zusammenhalt gegeben. Jetzt habe man plötzlich eine Sprachpolizei. Themen würden in die Elternrunde getragen, die gar nicht dort hingehörten.

Das Brandschutzamt versinkt wieder im Halstuch.

»Frau Hohenfels, meinen Informationen zufolge hat der Herr Moghaddam Ihnen Probleme bereitet, welche denn?«

Das Brandschutzamt blinzelt.

»Ich glaube, Sie überschätzen seine Bedeutung da ein wenig.«

Der Chefinspektor beugt sich vor. Er habe gehört, der Amir habe sie *richtig reingeritten*. Wie das gemeint gewesen sein könne.

Anja Hohenfels legt den Kopf in den Nacken, atmet ein und aus, richtet sich wieder auf, schließt kurz die Augen und fährt sich durch die Haare.

»Ich kann Ihnen nicht weiterhelfen, Herr Hansmann.«

»Sie haben sich mit dem Herrn Moghaddam ja einen Bekannten geteilt.«

Das Brandschutzamt lehnt sich zurück. »Sie sprechen wahrscheinlich vom Hamed.«

»Vom Herrn Rezai, genau.«

»Dann haben Sie sich eh schon umgehört.«

»Was hätte ich da erzählt bekommen?«

Anja Hohenfels hebt die Schultern. Orange, Pink und Grün umgeben ihr Gesicht.

Das Brandschutzamt legt die schlanken Handgelenke auf den Armlehnen ab.

Also, wie gesagt, sie kuratiere.

Der Chefinspektor nickt.

Sie habe eine Ausstellungsreihe konzipiert. Das sei allgemein bekannt, sie habe recht viel Aufmerksamkeit damit erregt.

Der Chefinspektor nickt.

Der Hamed habe sehr gut reingepasst, besser hätte man es

nicht planen können. Sein Lebenslauf und sein Œuvre seien stimmig gewesen. Das habe sich schön ergeben.

»Und der Herr Moghaddam, was war seine Rolle?«

Gar keine. Der Amir habe gar keine Rolle gespielt.

Der Chefinspektor nickt.

»Herr Rezai hätte einen medial groß vorbereiteten Auftritt haben sollen. Außerdem wäre eine permanente Installation im öffentlichen Raum geplant gewesen.«

»Wäre?«

Na ja, leider habe der Hamed im Endeffekt nicht professionell gearbeitet, und sie habe die Kooperation beenden müssen. Das sei alles. Der Amir habe sich da eingemischt, sie habe überhaupt nicht verstanden, warum eigentlich. Warum den Amir das überhaupt interessiert habe. Aber so sei er eben gewesen.

Der Chefinspektor legt den Kopf schief. Na ja, immerhin seien der Herr Moghaddam und der Herr Rezai doch befreundet gewesen.

Anja Hohenfels winkt ab. Das habe nichts miteinander zu tun gehabt. Das seien zwei grundlegend verschiedene Communities, die Exil-Iraner und die Künstler.

Der Chefinspektor, abschließend: Ob die Frau Hohenfels ihm etwas zu besagter Freundschaft erzählen könne?

»Nichts. Sie sehen, ich kann wirklich kaum etwas beitragen zu Ihren Ermittlungen.«

In der Garderobe (Rückblick)

»Also ich bin mir nicht sicher beim Amir.«

»Echt?«

»Ja, irgendwie ist mir der zu neugierig, offensiv-neugierig. Also Fragen stellen, ja. Interesse zeigen, ja. Aber der sucht was, kommt mir vor.«

Als der Wirt in Anjas Elternhaus keinen Nachfolger findet, greift Anja zu. Das Konzept hat sie sich schon lange überlegt. Die Einrichtung bleibt – fast –, wie sie war. Der abgeschlagene Tresen, der unbehandelte Holzfußboden, auch Teile der Holztäfelung bleiben. Weg müssen die vergilbten Vorhänge, weg müssen die Tische aus Birkenfurnier und die ehemals roten Sitzbänke. Weg muss das Nikotin der letzten siebzig Jahre. Anjas Vater entwirft CI und Logo inklusive Hausfont (eine Antiqua mit haarfeinen Serifen) für die Speisekarte. Apropos Speisekarte: regionale Lebensmittel, traditionelle Gerichte, angepasst an aktuelle Bedürfnisse. Convenient, CO_2-neutral, bio und vor allem mit Liebe gekocht. Das alles in einem familiären Umfeld. Soul, die Seele des Siebten.

Alleinstellungsmerkmal des Lokals, das muss Anja in diversen Interviews immer wieder erzählen, ist neben Arno Heiningers Kochkunst die zeitgenössische Kunst, für die Anja im Soul nicht nur an den Wänden Platz gefunden hat. Über der Holztäfelung, hinter der Bar, an den bodentiefen Fenstern werden im Soul Werke von Wiener Kunstschaffenden präsentiert. Einmal im Monat findet die Soirée statt – eine Vernissage mit Gänge-Menü für geladene Gäste.

Anja liebt die Kunst. Schon als Kind hat sie ihre Freizeit in Galerien und Museen verbracht, und als das Geschäftslokal in der Burggasse leer steht, ist eh klar, was sie macht. Der Vater nickt, Budget ist vorhanden. Anja greift zu. Die Fassade wird erneuert, das alte Schild über der Tür bleibt. Feinschliff & Schneidkultur.

»Den Schneid hab ich selbst«, zitiert die Bezirkszeitung die aufstrebende Galeristin. Und so ist der Name für den neuen Raum schnell gefunden: Feinschliff & Kultur, oder kurz: feinschliff.

Anja liebt an ihren beiden Jobs, dass sie ständig in Kontakt mit meist jungen Kunstschaffenden ist, denen sie noch dazu bezahlte Aufträge geben kann. Und so kann sie zu Vernissagen gehen, sich mit den Künstlern vernetzen und sofort Gegeninteresse an ihrer

Person wecken. Sie tritt den Kunstschaffenden nicht (nur) als Betrachterin entgegen, sondern als Vertragspartnerin und damit irgendwie auf Augenhöhe. Anders also als jene, die nur konsumieren, ist sie Teil des Kunstbetriebs, wiederum ihr persönliches Alleinstellungsmerkmal innerhalb des Vernissagen-Publikums.

Anja sammelt Kunst, immer schon. Kunst, das ist für sie vor allem Malerei und seltener Fotografie. Kunst hat für Anja zu einem gewissen Grad schon mit Handwerk zu tun, mit einem gewissen zeichnerischen Talent zum Beispiel oder einem Gefühl für Farben. Bei ihrer Sammlung genauso wie bei den künstlerischen Positionen, mit denen ihr Ausstellungsraum bespielt wird, geht sie von ihrem Geschmack aus. Kunst muss ihr ganz einfach gefallen, etwas in ihr ansprechen oder zum Klingen bringen, wie sie gerne sagt.

Gute Kunst hat einen Wert, der sogar wächst. Anja hat beobachtet, dass gute Kunst sich über kurz oder lang einfach durchsetzt. Das ist die Parallele zu ihrer Lebensphilosophie. Die wahre Fähigkeit und Bestimmung muss (nur) geweckt, entfaltet und eingesetzt werden. Dann wartet der Erfolg, auch der finanzielle.

Die gesammelte Kunst arrangiert Anja immer wieder neu – in der Galerie, im Soul, in ihrem Häuschen in Perchtoldsdorf. Denn auch wenn Anja und ihr Mann Marcel, ein ehemaliger Punk und nun Kinesiologe, nicht müde werden, ihren Gästen die nähere Umgebung des feinschliff ans Herz zu legen (das Soul, die Boutiquen, weitere Galerien, echte Bewohnerinnen und Bewohner), wohnen sie selbst lieber im Städtchen im Süden Wiens.

Nach vielen Jahren in der Stadt war es einfach Zeit für einen Garten, das ewige Parkplatzsuchen fällt weg – bei zwei Autos kompliziert –, und man kommt raus aus dieser Wiener Enge, in der jeder jeden kennt und immer was will von einem.

Die Wahl des Wohnorts hat auch mit der Wahl der Schule der Kinder zu tun. Der Schulweg nach Mauer gestaltet sich von Perchtoldsdorf aus einfach kürzer. Fiona und bald auch Karli, be-

nannt nach dem Großvater, besuchen die dortige Waldorfschule. Der ganzheitliche Zugang hat Anja und Marcel überzeugt.

Der Fokus soll auf ihren Kindern liegen, nicht wie überall sonst auf Standardisierung. Junge Menschen brauchen Zeit und Raum, eigene Stärken und Ressourcen zu erkennen. Entschleunigung, um eine wertschätzende Grundhaltung zu entwickeln – auch sich selbst gegenüber.

Das ist ihr nämlich wichtig, das will sie auch ihren Kindern vermitteln, dass man entdecken muss, wofür man geschaffen wurde. Dass Konsum einen nicht ausmacht. Davon ist Anja überzeugt, dass jeder einen besonderen Platz hat, den er finden muss, von dem aus er dann die Welt um sich herum mitgestaltet. Dass man beiträgt zu dem, was einem begegnet. Dass man neugierig bleiben und seinen Interessen nachgehen soll.

Über ihr Interesse an Kunst hat Anja diese eine unangenehme Erfahrung gemacht. Wobei sie jetzt, nach allem, was passiert ist, sagen muss, dass es wohl immer Leute geben wird, die einen ausnutzen oder ganz einfach nicht auf derselben Welle schwingen wie sie, wie ihr Mann sagen würde.

Als Anja aufmerksam wird auf syrische Künstler_innen, die ihre Fluchterfahrungen im Medium der Malerei aufarbeiten, entschließt sie sich – nach vielen Gesprächen mit ihren Eltern, ihrem Mann und einer befreundeten Kuratorin –, ein neues Projekt zu starten: »Movements«.

»Movements« soll geflüchteten Kunstschaffenden den Raum eröffnen, ihre Erfahrungen einem breiten Publikum zugänglich zu machen. Es soll neu angekommene Künstler und Künstlerinnen mit der Wiener Szene vernetzen.

Die monatlichen Ausstellungen im feinschliff sind ab nun dem Thema Flucht gewidmet.

Die Bezirkszeitung greift das Ausstellungsformat bereitwillig auf und zitiert Anja:

»Movements«, der Titel der Ausstellungsreihe, beinhaltet die Bewegung – Flucht ist immer bewegt. Die Lebensgeschichten, denen wir ein Display bereitstellen wollen, sind bewegt, entwickeln und verändern sich. Leben ist Bewegung und nie statisch. Der Titel impliziert die Kraft und den Wandel des Neubeginns, für Geflüchtete und für uns. Wir befinden uns in einer neuen Situation, aus der wir alles machen können, die ich als Chance begreife. Gerade in der Kunst. Gerade die Kunst lebt ja vom Austausch.

»Movements« kann man aber auch auf die Kunstbewegung, die Kunstströmung beziehen. Und wir stellen frische, in Wien unbekannte Positionen aus.

»Movements«: die Flüchtlingskünstler, *wie Anja sie liebevoll und rein privat nennt.*

Doch es erweist sich als schwierig, geeignete Arbeiten zu finden, soll doch die Atmosphäre des Ausstellungsraums nicht zu sehr gedrückt, sollen doch die Sponsoren nicht verschreckt werden. Außerdem hat Anja das Gefühl, dass viele der vor allem syrischen vor allem männlichen Maler recht schwülstig unterwegs sind. Und immer diese dunklen Farben. Sie passen nicht zu dem ironisch-leichten Ton, den die Arbeiten rund um Anja sonst so anschlagen. Ihr Vater beruhigt, sie solle sich Zeit nehmen, den Arbeiten in Ruhe begegnen und im Zweifelsfall die Tribal-Art-Brille aufsetzen. Nun, damit kann Anja noch weniger anfangen. Tribal Art unter ihrem Namen?

Schließlich wird sie jedoch fündig, bingo, eine syrische Malerin, _in bitte!, die noch dazu eher abstrakt-reduziert arbeitet und nur manchmal ins Kitschige abdriftet. Jackpot, Anja schreibt die Künstlerin an, die erste Ausstellung wird ein Erfolg. Wobei manche Betrachter_innen fragen, wo bitte das Thema Flucht sei.

Dies ermutigt Anja, beim nächsten Künstler konkreter zu werden. Sie sucht Symbolisches, Expressives. Porträts vielleicht. Familiengemälde.

Das Projekt erhält viel Zuspruch, die Bezirkszeitung berichtet weiterhin, auf Facebook hat das feinschliff 483 neue »gefällt mir«, auf Instagram 816 neue Follower. Trotzdem gibt es kritische Stimmen. Anrainer beschweren sich. Immer das ausländische Zeug. Journalisten fragen, ob das also Frau Hohenfels' viel beschworener Wienbezug sei. Wiener Kunstschaffende, jedoch solche, die Anja sowieso nie, nie, nie ausstellen würde, ätzen. Ob das nun ein Nachteil sei, hier geboren zu sein. Ob's nicht schon genug Künstler gebe in Wien.

Das Brandschutzamt und der Maler

Das Erste, das Anja auffällt, ist die weiße, unbemalte Leinwand, die Hamed Rezais Bilder fast dominiert. Zwischen verschiedenen, auf den ersten Blick voneinander unabhängigen Bildelementen bleibt Luft, leerer Bildraum. So scheinen die Objekte/Farbflächen wie Planeten im Raum zu schweben, sich zu umkreisen und flexible Verbindungen einzugehen. Diese Leichtigkeit nimmt Anja sofort für Rezais Arbeit ein.

Das zweite Augenscheinliche: Rezai ist ein wahnsinnig gut aussehender Mann, wohl mit ein Grund, warum das Brandschutzamt ihn auf Anhieb so unglaublich sympathisch findet. Und Sympathie ist durchaus ein Grund, ein Kunstwerk anzukaufen, wer würde von einem Künstler kaufen, den er oder sie unsympathisch findet. Anja lässt sich von Rezai dessen Arbeiten erklären. Rezai kann das sehr gut, über seine Arbeiten, über Arbeiten generell sprechen. Er steht dann vor einem Bild, seitlich davor, dem Bild nicht gänzlich den Rücken zuwendend, in einer Hand ein Glas Wein oder eine Zigarette, den Blick mal auf die Zuhörerin, mal über sie hinweg in den Raum gerichtet, immer freundlich. Die Zuhörerin kann sich aussuchen, ob sie das Gemälde oder lieber den Maler anschaut.

Rezai spricht über Repräsentationsmodelle in der Malerei, Kodierungen, die Relation zwischen Motiv und Bildhintergrund, Zeichensysteme und Bilddatenbanken, Sampling, das kollektive Gedächtnis, das gerade auf die Probe gestellt werde. Neue Interpretationsfähigkeiten seien gefragt, im Alltag, im Medienkonsum. Darauf antworte er. Bildfragmente, die für jeden zu jeder Zeit abruf- und dekodierbar seien, kontextualisiere und positioniere er neu und manifestiere dabei einen inhärenten Rhythmus.

Der Betrachter sei nun gezwungen, das Neue zu akzeptieren.
Anja denkt: »Movements«. Alles schwebt, alles bewegt sich und folgt einem Rhythmus.

Hamed Rezai (Rückblick)

Hamed Rezai wächst im Iran auf. Mit knapp zwanzig folgt er seinem Bruder nach Österreich – zuerst nach Salzburg, dann nach Wien, wo er Malerei an der Universität für Angewandte Kunst studiert. Bald merkt er, dass sein Publikum, denn so muss er die Betrachter_innen seiner Bilder nennen, unwiderstehlich von gewissen, wechselnden Details seiner Biografie angezogen ist.

Nicht das Studium der Malerei, auch nicht sein prekäres Künstlerdasein in Wien und Berlin, wo er ebenfalls Fuß fasst, nicht einmal sein ausgeprägtes Nachtleben interessieren. Das Publikum richtet seine Aufmerksamkeit auf Rezais frühe Biografie. Zuerst konzentrieren sich dessen Fragen meist auf seine *Wurzeln*. Was für einen interessanten Namen er habe. Woher er stamme, und was dies für seine Arbeit, für seinen Blick auf die Kunst bedeute.

Später ist sein Publikum besonders fasziniert von Rezais Weg nach Österreich und, jedoch nachgereiht, von den Gründen für das Verlassen seiner *Heimat*.

Wie er denn nach Österreich gekommen sei. Man stellt sich den Künstler am Rand einer Autobahn vor, die Leinwand zusammengerollt auf seiner Schulter tragend.

Noch später wird Rezai vermehrt zu Religionsthemen befragt und manchmal, vorsichtiger, zu seiner Einstellung gegenüber Frauen und deren Rechten.

Unverändert bleibt das Interesse an seiner Person. Das Bedürfnis der Ausstellungsbesucher_innen nach seiner Präsenz, danach, verbalen Input von Rezai persönlich zu bekommen. Bald sieht er seine Anwesenheit als Performance, sich selbst als Performancekünstler.

Rezai schließt sein Studium mit ausgezeichnetem Erfolg ab. Ein Immobilienentwickler, der sich als Mäzen betätigt und Stipendien vergibt, war bereits während des Studiums von Rezais Arbeit begeistert und nimmt ihn in sein Programm auf. Schon Ende des Sommers kann er ein Atelier am Bauernmarkt und ein monatliches Stipendium beziehen. Gleichzeitig mehren sich die medialen Bilder von überfüllten »Lagern« und Menschenmassen an Straßenrändern. Die dicht an dicht besetzten Boote auf offenem Meer kannte man schon davor.

Ob Rezai aus Kalkül Verweise auf eine mögliche Autobiografie in seine Bilder einzubauen beginnt, ob er Stellung bezieht, einfach nur zeitgeistige Sujets verwendet oder einem äußeren Druck nachgibt, kann er selbst gar nicht eindeutig beantworten. Jedenfalls beginnt er, neue Thematiken in seine künstlerische Praxis zu integrieren.

Für die Betrachter_innen, die nicht Kunst studiert haben, die Rezai bei seinen Vernissagen begegnen, sind seine jüngeren Arbeiten leichter zu fassen.

Rezai gelingt es dabei, über eine Mischung aus persönlichen und formalen Inhalten Interesse zu wecken und alles genau so in der Schwebe zwischen konkret und abstrakt zu halten, dass die Zuhörerin etwas versteht, an das sie anknüpfen kann, und gleichzeitig so vieles nicht versteht, dass sie beeindruckt ist.

Und so steht Anja vor Rezai und dessen gigantischer Leinwand. Es handelt sich um ein Bild der Serie »Liquide«.

Am nächsten Tag googelt Anja den Künstler und findet Teile eines bewegten Lebenslaufs in Form eines Interviews im VICE-Magazin. Teile einer Fluchtgeschichte.

Zwischen Anja und Rezai bahnt sich eine erfolgreiche Geschäftsbeziehung an. Neben einer Ausstellung im feinschliff soll der Maler die Fassade des Soul neu gestalten.

Landeskriminalamt

Gruppenführer Hornberg sitzt an seinem Computer und tippt.

Mateo und Christina sitzen vor Amir Moghaddams Textsammlung – mittlerweile ein loser Haufen, der sich über den gesamten Tisch erstreckt.

Der Chefinspektor setzt sich dazu. »Und, habt ihr was gefunden?«

»Das sind ganz unterschiedliche Sachen, wir sortieren erst.«

Erinnerung

Mein Vater und meine Mutter wissen wohl bereits zu meiner Geburt, dass wir Afghanistan bald verlassen werden. Meine Oma weiß es wohl auch, sie umarmt mich, seit ich denken kann, einfach so, plötzlich, mit Tränen in den Augen ganz fest, bis ich keine Luft mehr bekomme. Mein Amir, sagt sie, wie lange werde ich dich noch haben. Für immer, sage ich, ich sterbe ja nach dir. Da muss die Oma noch mehr weinen.

Aber wie so oft weiß ich nicht sicher, ob ich mich tatsächlich erinnere oder ob mir mein Vater die Geschichte erzählt und mein Kopf die Bilder dazu produziert hat.

Landeskriminalamt / Obduktion

»Also. Tiefe und Breite der Stich-Schnitt-Verletzung passen auf das japanische Küchenmesser der Frau Lasser. Der Einstichtiefe nach zu urteilen beträgt die Klingenlänge sicher neunzehn Zentimeter.«

Der Chefinspektor nickt. »Das entspricht der Messerschachtel.«

Der Gerichtsmediziner nickt auch. »Genau. Damit hat der

Täter exakt die Aorta getroffen. Danach hat er das Messer herausgezogen, dass die Wunde schön nach außen weiterblutet. Aber. Die eigentliche Tatwaffe ist etwas anderes, denn Todesursache ist nur teilweise der Blutverlust.«

Hornberg wiederholt. »Teilweise der Blutverlust?«

»Genau. Aber der Reihe nach. Die Tatortgruppe hat recht, das Opfer ist während der Tat gelegen. Das erklärt den Einstichwinkel von fast perfekten neunzig Grad. Es wurde also von oben gestochen und vollständig durchgezogen – fast die gesamten neunzehn Zentimeter Klingenlänge.«

Der Gerichtsmediziner hält ein imaginäres Messer und führt es in Zeitlupe senkrecht nach unten. »Der Täter hat fast durchgestochen durch das Opfer.«

»Aber das ist nicht die Todesursache?«

»Nicht die alleinige, nein.«

»Michael.«

»Sigá, sigá, Giorgo.«

Pause.

»Typische Abwehrverletzungen haben wir keine gefunden. Dafür das.«

Dr. Michael Bloch zeigt ein Foto: gerötete Haut. »Das ist der Handballen der rechten Hand.«

»Ist der aufgeschürft?«

»Genau. Das Opfer ist gefallen und hat den Sturz mit den Händen abgefangen.« Dr. Michael Bloch zeigt ein weiteres Foto. »Seht ihr da? Das ist die linke Hand, da ist er auf Kieselsteine gefallen. Aber keine Schnitte, wie man sie erwarten würde bei einem Übergriff mit einem Messer.«

Pause.

»Für einen Sturz sprechen auch Flecken auf der Jeans und leichte Hämatome am rechten Knie.«

Pause.

»Minimale Hämatome gibt es außerdem am rechten Oberarm. Was mich zum interessantesten Ergebnis bringt.«

»Na?«

»Sigá, sigá, Giorgo.«

Kurze Pause.

»Der Herr Moghaddam konnte sich nämlich gar nicht wehren, der war völlig zu *(zua)*. Ehrlich gesagt frag ich mich, wie der überhaupt die steile Treppe hinaufgekommen ist.«

»Wie jetzt?«

Dr. Michael Bloch zeigt ein Foto. Rötliche Haut umgeben von zartem Grün und Gelb.

»Seht ihr? Das ist der rechte Arm des Opfers.« Dr. Bloch zeigt. »Hier ist die Einstichstelle. Und, nein, das ist keine Impfung. Im Blut des jungen Mannes war so viel Fentanyl, den Stich mit dem Küchenmesser hätte es wahrscheinlich gar nicht mehr gebraucht.«

Dr. Bloch schaut erwartungsvoll in die Runde.

»Michael, klär uns bitte auf. Betäubungsmittel sind *dein* Spezialgebiet.«

»Fentanyl ist ein hochpotentes Opioid. Ein Schmerzmittel. Krebspatienten bekommen das, wenn gar nichts mehr geht. Bei Narkosen wird es auch verwendet. Das Problem sind die Nebenwirkungen. Zu hoch dosiert oder ohne Überwachung kommt es zu Atemdepression oder -stillstand. Und ohne den Stich wäre das wohl auch auf den Moghaddam zugekommen.«

»Atemstillstand?«

Dr. Michael Bloch nickt.

»Was bedeutet das?«

»Das kann ich euch auch nicht sagen. Aber das Opfer wurde offenbar betäubt und erst danach erstochen.«

Hornberg versteht gar nichts mehr. Ob sich der Moghaddam als Vorbereitung auf die Kinderparty zugedröhnt habe. »Vielleicht hat er sich den Schuss am Dach gesetzt?«

Der Gerichtsmediziner schüttelt den Kopf. »Unwahrscheinlich. Diese Dosis. Intramuskulär. Nein, das kann ich mir nicht vorstellen.«

»Nadel ist auch keine gefunden worden.«

Der Gerichtsmediziner nickt. »Dazu kommt, dass am ganzen Körper nur diese eine Einstichstelle vorhanden ist. Das spricht gegen einen regelmäßigen Konsum.«

»Wo ist die Einstichstelle noch mal?«

»Im Oberarm, rechts. Eine merkwürdige Stelle. Ziemlich brutal, ehrlich gesagt.«

Der Chefinspektor, zu Christina: »Wissen wir, ob der Moghaddam Linkshänder war?«

Christina verneint.

An den Gerichtsmediziner: »Kann er sich den Schuss selbst gesetzt haben?«

»Ja, theoretisch schon. Aber warum dann i. m. und nicht intravenös?«

»Okay. Angenommen, es war der Täter. Wie sollen wir uns das vorstellen?«

»Fentanyl ist im Mikrogrammbereich wirksam. Da reichen zwei bis drei Mikrogramm. Das heißt, du brauchst echt nur eine ganz kleine Spritze, ganz wenig Flüssigkeit.«

Christina runzelt die Stirn. »Der Moghaddam hat eine Jacke angehabt.«

Der Gerichtsmediziner nickt. »Solange das keine Lederjacke ist oder ein wirklich massives Gewebe, zum Beispiel ein richtig fester Loden, ist das für so eine Nadel kein Problem. Die Jacke vom Herrn Moghaddam hat keinen nennenswerten Widerstand geleistet – und übrigens auch keinen Schaden davongetragen.«

Der Gruppenführer schüttelt den Kopf.

Der Chefinspektor nickt. »Gut. Wo kriegt man so was?«

Bloch zuckt mit den Schultern. »Im Darknet, auf der Straße, was weiß ich.«

»Und dann?«

»Ja das frag ich mich eben auch. Ehrlich gesagt. Fentanyl wird normalerweise intravenös verabreicht oder transdermal, als Pflaster.«

»Wie schnell wirkt das?«

»Das ist der Punkt. Intravenös wirkt es nach fünf bis zwanzig Sekunden. Aber intramuskulär? Das hat doch sicher eine Minute – oder von mir aus dreißig Sekunden – gedauert, bis der weg war.«

»Das heißt, er könnte versucht haben, zu flüchten?«

»Dafür sprächen zumindest die Abschürfungen. Er ist gelaufen und gestürzt.«

»Aber am Dach gibt es gar keine Kieselsteine.«

»Sag ich ja. Wie ist der so *zua* die Treppe hinaufgekommen?«

»Er wurde also an einem anderen Ort betäubt und dann zu Ludos Party gebracht.«

»Hätte ich gesagt, ja.«

»Aber der Todeszeitpunkt ist circa drei Uhr?«

»Todeszeitpunkt ist der frühe Nachmittag.«

»Das heißt: Jemand lauert dem Moghaddam auf.«

»Jemand, der weiß, dass er auf der Kinderparty erwartet wird.«

»Genau. Dann wird er betäubt und aufs Dach gebracht.«

»Ohne dass die Frau Lasser die Tür öffnet.«

»Was sagt uns das über den Täter?«

Wenn sie den Gerichtsmediziner fragten, er halte es für unmöglich, dass eine Person das alleine geschafft habe. Er meine, der Moghaddam müsse am Rande der Bewusstlosigkeit gewesen sein. Ob sie sich vorstellen könnten, wie schwer der gewesen sein müsse.

»Und am helllichten Tag?«

Für Christina sieht das nach langfristiger Planung aus.

»So was macht man doch nicht spontan. Die müssen genau gewusst haben, wann der Moghaddam wo unterwegs war.«

»Bis jetzt haben wir kein Motiv, oder?«

Gruppenführer Hornberg hat doch von Anfang an gesagt: »Afghane halt.«

Karin / Telefon

»Du, die Emmi fragt, wann du heute kommst, ich glaub, die will dich noch sehen. Irgendwas beschäftigt die.«

Nein, noch einmal, Amir habe sicher keine Drogen genommen. Ob das eigentlich alles sei, was ihn interessiere.

Verschränkte Arme, Zopfmuster.

Der Chefinspektor verneint. Sein Hauptaugenmerk liege auf Amir Moghaddams Tagesablauf.

Heidi atmet ein und aus.

Nach der Kindergruppe sei der Amir meistens nach Hause gefahren und habe sich kurz hingelegt. Meistens mit dem Fahrrad. Nein, sie wisse nicht, wo das Rad sei. Keine Ahnung, ein weißes Herrenrad. Kein Rennrad, eher ein Mountainbike. Nein, sie wisse nicht, welche Marke.

Christina beugt sich über ihr Handy-Display.

Wo er das Fahrrad für gewöhnlich abgestellt habe.

Na ja, entweder vor der Kindergruppe. Da sei so ein Fahrradständer. Oder vor seinem Haus. Da seien so eingezäunte Bäume.

Christina hält Heidi ihr Handy hin. »Frau Bonin, sieht Herrn Moghaddams Fahrrad so aus?«

Heidi schaut. »Ein bisschen weniger robust.«

»So?«

»So ähnlich.«

»Das heißt, Ihr Freund ist normalerweise mit dem Fahrrad zur Arbeit gefahren. Er ist nicht zu Fuß gegangen? Am Montag auch?«

»Wahrscheinlich. Am Sonntag haben wir uns nicht gesehen.« Heidi weint.

»Frau Bonin, wissen Sie auch, welchen Weg der Herr Moghaddam für gewöhnlich genommen hat?«

Heidi schnäuzt sich.

Das weiß sie nicht.

Überlegt.

Doch, der Amir sei sicher öfters den Donaukanal entlanggefahren, davon habe er erzählt. Er sei aber auch manchmal im Dritten unterwegs gewesen, er habe eine Konditorei, eigentlich die Torten in einer Auslage, erwähnt. Sie wisse es nicht. Sie glaube, er sei jeden Tag anders gefahren, je nach Laune.

Heidi schnäuzt sich.

In der Kindergruppen-Küche (Rückblick)

Heidi schneidet Obst auf und legt Apfel- und Bananenstücke in eine Schüssel. Neben ihr steht Kolja und wartet, bis er die Schüssel in den Gruppenraum tragen darf.

Heidi erteilt Kolja die Erlaubnis, Kolja sprintet und deckt auf.

Amir stellt sich an den frei gewordenen Platz dicht neben Heidi. »So, was kann ich tun?«

Heidi schält weitere Äpfel. »Du könntest noch Butterbrote streichen.«

Amir schneidet Brot, bestreicht die Scheiben mit Butter und legt sie auf einen Teller. Kolja und Rika stehen bereit. Amir nimmt einen weiteren Teller, teilt die Brote auf und übergibt an Kolja und Rika, die servieren.

Amir dreht sich zu Heidi und wartet. »Fertig. Was soll ich jetzt machen?«

Heidi lässt ihr Messer sinken, Blick zu Amir. »Du könntest die Äpfel reiben.«

»Was gibt's denn heute?«

Heidi lehnt sich näher zu Amir und flüstert. »Hirseauflauf mit Äpfeln und Zimt. Aber psst, sonst essen sie die Suppe nicht.«

Amir sucht die Reibe.

Heidi schält.

Amir reibt.

Amir reibt und dreht seinen Kopf langsam über die linke Schulter Richtung Heidi.

Heidi dreht sich zu Amir, lässt ihren Apfel sinken und weicht nach hinten aus.

Heidi lacht. »Was machst du?«
»Geheimnis.« Amir reibt den Apfel.

Landeskriminalamt

Der Chefinspektor holt Kaffee vom Mokka und stellt ihn Mateo vorsichtig mitten in den noch größer gewordenen Papierhaufen, wobei jetzt bereits einzelne niedrige Stapel entstanden sind.

Der Chefinspektor beugt sich über den Tisch. »Er hat Tagebuch geführt, oder?«

Mateo, ohne den Blick zu heben: »Das auch, ja.«

Christina setzt sich und zieht einige Papiere zu sich.

Der Chefinspektor verabschiedet sich. Das mit dem Fahrrad sei eh sinnlos.

Mateo kennt sich nicht aus.

Christina: »Moghaddams Fahrrad.«

Der Chefinspektor: »Ich denke, er wurde am Heimweg überwältigt. Das bedeutet, das Fahrrad muss irgendwo liegen geblieben sein. Aber da der Täter das Rad wohl kaum abgesperrt haben wird, ist es wahrscheinlich eh schon weg.«

Pause.

Mateo: »Morgen mach ich Facebook.«

Der Chefinspektor löst langsam den Blick vom Schreibtisch. »Facebook. Das Foto, ja.«

Der Chefinspektor am Abend

»Gute Nacht, Emmi.«

»Papa? Ist auf dem Foto ein echter Toter?«

»Bist du noch immer bei dem Foto? Ja, der ist echt.«

»Und wieso ist das so schlimm, wenn man das sieht?«

»Na ja, vielleicht findet man das traurig, oder man fürchtet sich. Es schaut auch nicht schön aus. Also dieses Foto. Deshalb wollte ich ja nicht, dass du das siehst.«

Emmi spielt mit der Bettdecke.

»Aber ich hab's schon gesehen.«

»Das Foto?« Der Chefinspektor wird wieder leiser. »Das Foto, Emmi?«

Emmi nickt. »War das sein Blut?«

»Moment. Emmi, das tut mir leid, dass du das gesehen hast.«

»War das ein Mann?«

Der Chefinspektor setzt sich auf Emmis Bett.

»Ja, das war ein Mann.«

»Und das war sein Blut.«

Der Chefinspektor nickt.

»Und wieso hat der so viel geblutet?«

»Na ja. Der war verletzt. Ganz selten passiert das, dass jemand so verletzt ist, dass er ganz viel Blut verliert.«

»Und dann stirbt er.«

»Genau.«

»Und war der Mann ein Papa?«

»Nein. Der war noch ein junger Mann, der hat noch keine Kinder gehabt.«

»Aber eine Mama?«

»Eine Mutter hat er gehabt, ja.«

»Und ist die jetzt traurig?«

»Ich glaub schon, ja.«

Emmi nickt.

»Aber wieso ist der am Boden gelegen?«

»Na ja, der ist hingefallen.«

»Und dann hat er geblutet.«

»Ja, also er hat sich verletzt und ist dann hingefallen.«

»Aber *wie* hat er sich verletzt?«

»Er hat sich geschnitten. Aber so was passiert nur ganz selten.«

»Und jetzt?«

»Wie und jetzt?«

»Was passiert jetzt mit dem Mann?«

»Jetzt wird der in einen Sarg gelegt, weißt du, was ein Sarg ist?«

Emmi nickt.

»Und dann kommt der auf den Friedhof.«

Stille.

»Weißt du, Emmi, so ein Foto sollte man eigentlich gar nicht sehen können. Das war ein ganz dummer Mensch, der das ins Internet gestellt hat. Und das war schlecht von mir und der Mama, dass wir das vor dir angeschaut haben.«

»Aber was ist jetzt?«

»Wie, was ist jetzt?«

»Na, weil ich das Foto gesehen habe. Was ist jetzt?«

Der Chefinspektor überlegt. »Nichts.« Der Chefinspektor überlegt. »Nichts ist jetzt. Du hast jetzt einen toten Mann gesehen. Findest du es schlimm, dass du das gesehen hast?«

Emmi schüttelt den Kopf.

»Nichts passiert jetzt.«

Der Chefinspektor streicht Emmi über die Haare. »Schlaf gut.«

»Du, Papa?«

»Ja?«

»Aber *wer* hat das Foto gemacht?«

Der Chefinspektor ist fassungslos und stolz, eine Mischung. So schlau!

»Ja genau das weiß ich eben auch nicht. Eigentlich muss man die Rettung rufen, wenn jemand verletzt ist. Weißt du das?«

Emmi nickt.

»Eigentlich muss man die Rettung rufen und nicht ein Foto machen.«

Der Chefinspektor am Abend

Karin und Raphi sitzen aneinandergekuschelt auf der Couch und schauen sich die letzte Seite des Zoo-Wimmelbuchs an.

Der Chefinspektor betritt das Wohnzimmer und weckt das Tablet aus dem Ruhezustand.

Amir Moghaddam, Gesicht und Bauch verschwommene helle und dunkle Farbflächen, liegt neben dem golden und hellblau gedeckten Tisch gekrümmt auf den Holzfliesen. Die Sträucher im Hintergrund leuchten fast neongrün – entweder ist das Foto überbelichtet, oder die Redaktion der Heute-Zeitung hat die Helligkeit raufgeschraubt.

Der Kinderpartymord: raue Josefstadt

Eigentlich hätte er bei der Party helfen sollen. Doch Amir M. erschien nicht an seinem Arbeitsplatz.

Am Montag überschlugen sich die Ereignisse in einer Dachgeschoßwohnung in Wien, 8. Während in der Wohnung ein Kindergeburtstag gefeiert wurde, fand, unbemerkt von den Partygästen, auf der Terrasse ein Gewaltverbrechen statt. Der zweiundzwanzigjährige Afghane Amir M. wurde brutal erstochen.

Sein Mörder inszenierte ein »letztes Selfie« des Opfers und teilte das Foto auf Facebook, wo es rasche Verbreitung fand. (Link: heute.at berichtete)

Die Familie L. steht unter Schock und war zu keiner Stellungnahme bereit.

Während derlei Ereignisse gestandenen Favoritnern ein müdes Kopfschütteln entlocken, dürfte die Aufregung in der noblen Josefstadt groß sein.

Schreckliches Detail: Der junge Afghane war zuletzt in einer Kindergruppe angestellt, wo er die Familie L. kennengelernt hatte. Die Eltern der Kindergruppe sind nun in Alarmbereitschaft. Wem galt die brutale Messerattacke? Worin war der junge Asylwerber verwickelt? Kannte man ihn gut genug?

Auch die Polizei steht vor einem Rätsel.

Kleingedruckt ein Appell: *Foto nicht teilen.*

Obwohl die Plattformen die Uploads ständig löschen, kursiert das Foto weiterhin auf Social Media. Es gilt die Trigger-Warnung. Internet-User werden aufgerufen, das Foto weder zu suchen noch es zu teilen.

Der Chefinspektor scrollt hinunter, zu den Leserkommentaren.
Anonym *Unfassbar.*
Anonym *Ich stelle mir schon die Frage, wie die Familie das nicht merken konnte. Wurde hier vielleicht billigend etwas ignoriert, das man selber längst tun wollte?*
Anonym *Ganz genau, das denke ich mir auch. Die Multikulti-Ideologie ist gegen die menschliche Natur. Vielleicht hat man das endlich auch in Bobo-Town begriffen. Also wohin mit dem Afghanen, den man sich offensichtlich freiwillig ins Boot geholt hatte?*
Anonym *Was sind das für Eltern, die so jemanden auf ihre Kinder aufpassen lassen?*
Anonym *Ich sehe das rein pragmatisch und unemotional. Einer weniger. Das Multikulti-Problem wird sich bald von selbst lösen.*

Karin schlägt das Buch zu und bringt, »So!«, den Raphi ins Bett.

dieAundO

Eine schwarze Fläche.

Gefällt 272 Mal

dieAundO Der junge Mann, der sich entschieden hatte, ein Jahr seines Lebens mit uns, den Eltern der Kindergruppe, unseren Kindern und den Betreuerinnen zu verbringen, mit uns Erfahrungen zu machen und Zeit zu teilen, ist zu Tode gekommen. Sein Tod ist Anlass für rassistische Berichterstattung in verschiedenen Zeitungen, online und im Druck. Rassistische und menschenverachtende Stereotype, die Einzelpersonen verbreiten, werden von den Medien dankbar übernommen und aufgeblasen zu einem Bild, das nichts mit der Realität zu tun hat.

Die Realität: Ein junger Mann, der sein Leben vor sich hatte, geliebt von seiner Familie, geliebt von seinen Freunden und Freundinnen, ist nicht mehr da. Es ist die Aufgabe der Polizei, den Grund zu finden.

Die Realität: Kinder und Erwachsene trauern um einen Vertrauten. Dafür und dabei haben sie Respekt und Ruhe verdient.

O sagt: Mama, darf man überhaupt so ein Foto zeigen?

Alle 25 Kommentare anzeigen
Annabella Super! Gut gemacht, einem kleinen Mädchen so ein Bild zu zeigen. Zorniger Smiley. Siehst du das als deine Bildungsaufgabe oder was? Hoffentlich kann sie überhaupt noch schlafen, die arme Ona. Trauriger Smiley
Steinchen_37 Hier trennt sich unser Weg. Ich habe dich für deine Beiträge über das Leben mit Kindern abonniert und NICHT für politische Statements. Politik hat hier nichts zu suchen.
dieAundO @Steinchen_37 Schade. Aber ich glaube, du missverstehst grundlegend mein Konzept und meine Haltung. NATÜRLICH ist jede Art der Erziehung, der Nicht-Erziehung, der Pädagogik IMMER politisch. WAS ich meinen Kindern vorlebe, welchen STELLENWERT sie haben, WIE ich mit ihnen umgehe, dass ich sie als VOLLwertige, GLEICHwertige Familienmitglieder und Gesprächspartnerinnen sehe. Das ALLES ist politisch. Das Aufwachsen zu einer selbstbewussten Frau, Selbstbestimmung, Selbstermächtigung – natürlich ist das politisch.
biene_mit_mila Leider muss ich @Steinchen_37 recht geben. Ich trenne mich von dir und deinem Blog. Schade.
_kanguruh_81 Wunderbar. Danke für deine Worte. Gefaltete Hände. Ich wünsche dir und deiner Familie Kraft und Energie für die schwere Zeit!
_moments45 Genau SO sehe ich das auch! Danke für die Worte!

TAG 5

Elterndienst

Liebe Alle,
wir brauchen heute ab 15.30 Uhr wieder einen Elterndienst. Die Betreuerinnen haben einen Termin bei Herrn Hansmann von der Polizei.

lg

Der Chefinspektor in der Früh

»Hast du eigentlich den Hund gekauft?« Pause. Emmi, lauter: »Den für die Lilli.«

»Ach so, den! Du, Emmi, nein. Weißt du, wie viel der kostet? Der ist so teuer, um das Geld können wir« – der Chefinspektor rechnet – »alle gemeinsam in den Prater gehen und mit der Grottenbahn fahren und mit dem Mecky Express und noch mit drei Sachen, und dann können wir noch Zuckerwatte essen.«

»Aber das machen wir eh nie.«

Pause. Der Chefinspektor wiegt den Kopf. »Für die Lilli ist das ein zu großes Geschenk, das geht nicht. Wenn du so einen unbedingt haben willst, kannst du dir den zu Weihnachten wünschen.«

»Aber dann haben wir ja kein Geschenk für die Lilli.«

»Doch! Ich hab was Tolles ausgesucht!«

Emmi ist skeptisch.

»Die Christina hat mir geholfen.«

»Und was?«

Der Chefinspektor überlegt. Im Vorzimmer hängt das Sackerl, unter seiner Jacke.

Raphi streckt die Hand aus.
Emmi ist begeistert.

Sonderelternabend Amir II, Vorbereitungen

Nachdem die U-Bahn-Zeitung dem Fall Amir M. eine weitere Doppelseite gewidmet hat (*Flüchtlings-Messerstecherei auf Kindergeburtstag. Der Konflikt ist mitten in »Bobostan« angekommen.* Infokasten links unten: *»Bobo«: Im siebten Bezirk findet man ihn am häufigsten: den Bobo. Gepflegt in seinen Bio-Jeans, gern auch in Begleitung seiner rundum geförderten Kinder. Wussten Sie's? Das Wort »Bobo« bedeutet eigentlich »Bohemian Bourgeois« und beschreibt also ein Mischwesen aus ehrgeizigem Spießbürger und arrogantem Idealisten, gern auch Künstler aus betuchtem Elternhaus, der Multikulti predigt und sich für seine Kinder die Privatschule leisten kann.*) und diesmal die Kindergruppe nur noch *namentlich* nicht genannt wird (Rechts oben: Ausschnitt aus dem Bezirksplan Wien-Neubaus, darüber ein gekrümmter roter Pfeil. *Hier hat Amir M., gebürtiger Afghane, zuletzt gearbeitet.* Neben dem Pfeil, als Quasi-Zoom in den Stadtplan, ein pixeliges Foto der Kindergruppen-Front. Für Eingeweihte erkennbar: die von den Kindern bunt behängten Fenster. *In der elternverwalteten Kindergruppe in Wien-Neubau war Amir M. zuletzt als Erzieher tätig.* Klammer auf: *In Wien erhalten auch private Kindergärten die Förderung der Stadt Wien.* Klammer zu. *Zu telefonischen Auskünften war der Vereinsvorstand leider nicht bereit.*), es also schlimmer ist, als erwartet, berät sich die Obfrau mit der Obfrau Stv. und beschließt, dass es an der Zeit ist, sich als Gruppe auf eine Strategie einzuschwören, wie mit dem Medienrummel umzugehen sei.

Nach den Zeitungsberichten, findet die Obfrau, müsse man reagieren. Sie schlage daher einen weiteren Elternabend vor, an dem zu klären sei:

Wie reagieren wir als Kindergruppe auf das Geschehene?

Verfassen einer Presseaussendung: Was teilen wir mit? Wer übernimmt das?

Reaktion auf Interviewanfragen: Wie gehen wir vor? Ansprechperson?

Abklären: Welche Informationen haben wir? Informationsstand.

Reaktion den Kindern gegenüber, Einbindung der Betreuerinnen.

Als Termin komme tatsächlich nur der heutige Abend in Frage, da sie in den nächsten Tagen nicht da sein werde und die Betreuerinnen ebenfalls auf Dringlichkeit setzten.

Der Elternabend werde im Büro stattfinden. Die Betreuerinnen hätten sich auf neunzehn Uhr geeinigt – um möglichst wenig Zeit zu verlieren, schlage sie vor, dabei zu bleiben.

Bis dahin bitte sie darum, jegliche Anfragen der Presse mit der Bitte um Geduld zu beantworten. Die Kindergruppe müsse sich sortieren, man ersuche um Rücksicht auf die Kinder.

Das Konzeptamt antwortet in einem ihrer seltenen Mails, nein, diesmal sei sie zu sehr eingesetzt. Sie sei jedoch in Gedanken bei der Kindergruppe. Mit Gedanken und dem Herz. Sie schicke gute Energie, soweit ihr das in dieser schweren Zeit möglich sei.

Das Brandschutzamt schreibt, sie werde versuchen zu kommen, es sei für sie jedoch äußerst schwierig, diese zusätzlichen Termine in ihren Alltag einzubauen.

Das Vernetzungsamt sagt zu. So auch das Listenamt. Das Personalamt wertet die Entscheidung der Obfrau als richtigen und wichtigen Schritt, in dieser schweren Zeit zusammenzustehen und vor allem als Gruppe gemeinsam zu reagieren. Dem stimmt das Reparaturamt beziehungsweise die Putzkoordination zu. Man sei völlig verunsichert und brauche dringend die Kraft der Gruppe.

Hamed Rezai – der Chefinspektor und der Maler

Der Chefinspektor steigt aus der U6 und verlässt die Station Richtung Brunnenmarkt.

In der Gaullachergasse 12 klopft er, wie ihm geheißen, an die Fensterscheibe links neben dem Haustor. Ein Gesicht erscheint am Fenster, der Chefinspektor hört Türen schlagen, gleich danach wird ihm geöffnet, vor ihm steht Hamed Rezai: schmalschultrig, irgendwie eckig, die Knie leicht nach außen gedreht, Sportschuhe. Heute: schwarze Jeans, weißer Kapuzenpulli. Kappe, Schirm im Nacken, frisch rasiert.

Rezai stellt sich vor. Handschlag, Augenkontakt. Der Chefinspektor wird hereingebeten und steht in Rezais Atelier. In der Mitte des Raumes liegt eine lange, schmale Tischplatte auf vier Böcken, das Sammelsurium darauf kennt der Chefinspektor bereits von Instagram: Latexhandschuhe, feine und breite Pinsel in Gläsern, Farbtuben, leere, offene Farbtuben, Teller mit Farbresten, zwei leere Kaffeetassen, Zigaretten, Ausdrucke auf A4-Papier, Papier mit Farbspuren *(Teststrecken)*, ein Stapel Fotos – der Chefinspektor erkennt Gesichter –, ein Laptop, noch einer, Einladungskarten, ein schwarzes Notizbuch. Rund um den Tisch ist der Boden sauber und leer gehalten. An zwei Wänden lehnen Leinwände. Davor: Scheinwerfer, Farbkübel, Kübel aus dem Baumarkt, eine Leiter, zwei Ventilatoren, Holzlatten, Ziegelsteine. Außerdem: zwei Bürosessel, eine Stehlampe, ein Fauteuil und eine Katzenfigur auf einem kleinen Tischchen.

»Einen Kaffee, Herr Chefinspektor?«

Jetzt entdeckt der Chefinspektor die kleine Küchenzeile rechts des Eingangs sowie eine weitere Tür.

»Da geht's in den Hof hinaus. Mein Vertrag beinhaltet die Hofnutzung.«

Der Kaffee ist schon fertig, Hamed Rezai scheint sich vorbereitet zu haben. Er nimmt die Kappe ab, fährt sich durch die Haare, stellt Kaffeetassen, die Kanne, Zucker und Löffel auf ein kleines silbernes Tablett.

»Milch habe ich leider keine.«

Der Chefinspektor winkt ab.

»Stört es Sie, wenn wir kurz rausgehen?« Hamed Rezai winkt mit der Zigarettenpackung.

»Wenn es Sie nicht stört. Ich muss Ihnen halt ein paar Fragen stellen.«

Hamed Rezai trägt mit einer Hand das Tablett und öffnet mit der anderen die Tür.

»Ich habe keine Geheimnisse«, sagt er schon halb in den Hof hinaus.

Der Chefinspektor folgt und setzt sich vorsichtig auf die brüchige Schnurbespannung eines ausgeblichenen Gartensessels. Hamed Rezai hält ihm die Zigaretten hin.

Der Chefinspektor hebt die Hand. »Ich habe vor drei Jahren aufgehört. Ein Freund von mir ist mit vierzig vom Fahrrad gefallen und liegen geblieben. Herzinfarkt. Niemand hat ihm geholfen. Danach noch ein Jahr als Gemüse dahinvegetiert, aber nicht mehr aufgewacht.«

»Arg. Das tut mir leid.«

Der Chefinspektor nickt und kommt zur Sache.

»Herr Rezai. Der Herr Moghaddam, war das ein Freund von Ihnen?«

»Ja, ein ganz besonders guter.«

Atmet aus.

»Wissen Sie, Amir läuft in meinem Kopf in Endlosschleife. Ich kann nicht glauben, dass wir uns nie mehr sehen. Ich habe sein Gesicht so deutlich vor mir, ich könnte ihn aus dem Gedächtnis malen. Haben Sie ihn gekannt?«

Der Chefinspektor ist verwirrt. »Nein, ich meine, sollte ich?«

»War nur eine Idee, Wien ist klein.«

»Herr Rezai, ich bin hier, weil ich alles wissen muss, was Sie wissen. Ich treffe Amir quasi erst jetzt. Wo haben Sie sich kennengelernt? Welche Freunde hatte Herr Moghaddam außer Ihnen?«

»Wir haben uns in Hamburg kennengelernt, wir waren da in den gleichen Cliquen unterwegs. Der Amir war ein echt guter Texter, wussten Sie das, Herr Chefinspektor?«

»Er hat geschrieben.« Der Chefinspektor nickt langsam.

»Genau. Lyrics und so. Kurzgeschichten. Ich hab mal mit ihm zusammengearbeitet. Das wird wohl nie fertig werden. Oder es ist längst fertig, manchmal weiß man das erst später.«

Hamed Rezai dämpft seine Zigarette aus.

Er schaut dem Chefinspektor ins Gesicht. »Ich habe auch eine Frage an Sie.«

Der Chefinspektor hebt die Augenbrauen.

»Dieses Foto.«

Pause.

»Wieso haben Sie das nicht gestoppt? Ich meine, gestoppt, bevor es auf den Titelseiten war? Haben Sie eine Ahnung, was das für uns bedeutet? Haben Sie eine Ahnung, was das für Amirs Tante bedeutet?«

»Herr Rezai, ich darf nichts dazu sagen, ich kann auch gar nicht viel dazu sagen. Aber dieses Bild ist keines unserer Dokumentationsfotos. Wir gehen davon aus, dass es vom Täter oder von den Tätern gemacht und veröffentlicht wurde.«

Hamed Rezai nickt, so viel hat er mitbekommen. »Ist es nicht seltsam, dass die so gut Bescheid wissen?«

»*Die*, Herr Rezai?«

»Na offensichtlich wussten da einige Leute recht gut Bescheid. Man fragt sich, wie die an diese Informationen kamen.«

»Herr Rezai, wir sind dabei, das zu untersuchen, neben vielen anderen Punkten, die zu klären sind.«

Pause.

»Mit wem war der Herr Moghaddam, war der Amir unterwegs, hier in Wien?«

Überlegt.

»Wissen Sie, Herr Chefinspektor. Ich hab grad eine ziemliche *Phase*. Ich bin eigentlich immer hier.« Hamed Rezai zeigt auf den Boden unter seinen Füßen.

»Und Amir hatte einen Job. Wir hatten echt andere Zeiten, wenn Sie wissen, was ich meine.«

Der Chefinspektor versteht.

»Er ist manchmal vorbeigekommen, dann sind wir genau hier

gesessen.« Zeigt noch einmal auf den Boden unter seinen und des Chefinspektors Füßen.

Wie es dem Moghaddam denn gegangen sei in Wien.

Hamed Rezai zieht die Schultern hoch. »Ich denke, gut. Amir hat nicht viel über sein Wohlbefinden gesprochen, das war nicht so sein Thema. Ich glaube, der hat wieder an was gearbeitet.«

Der Chefinspektor bewegt ganz leicht das Kinn zur Seite.

»An einem Text oder so. Er hat sich ziemlich zurückgezogen.«

»Könnte es auch sein, dass er mit Leuten aus der Suchtgiftszene zu tun hatte?«

»Nicht im Ernst, oder?«

Pause.

»Was ist das für eine Frage? Sie meinen, der Ausländer muss einfach kriminell sein?«

»War er das?«

»Nein.« Runzelt die Stirn.

»Und gedealt?«

Hamed Rezai verschränkt die Arme vor der Brust.

»Hatte der Herr Moghaddam Feinde?«

Hamed Rezai betrachtet die Kieselsteine am Boden. »Nein.«

»Es sieht so aus, als hätte er große Mengen eines Betäubungsmittels im Blut gehabt. Wie erklären Sie sich das?«

Pause. Hamed Rezai runzelt die Stirn und schüttelt den Kopf.

»Ich hab gedacht, man hat ihn auf dieser Kinderparty gefunden?«

Der Chefinspektor nickt.

»Aber das ergibt doch keinen Sinn.«

Hamed Rezai und der Chefinspektor schweigen. Jemand mahlt Kaffee, ein Fenster wird geschlossen.

»Im Ernst, Herr Hansmann, Amir hat sicher keine harten Drogen genommen. Ich weiß das.«

»Davon gehen wir gar nicht aus. Die Frage ist nur, mit wem er Umgang hatte.«

Der Maler stützt sein Kinn in die linke Hand. Er wisse es nicht.

»Na gut, Herr Rezai. In der Kindergruppe kam es aufgrund

Ihrer Person zu Streitigkeiten. Was können Sie mir darüber erzählen?«

»Jetzt sprechen Sie von der Anja. Gehen wir hinein, ich zeig's Ihnen.«

Hamed Rezai im Atelier, an ein Fenster gelehnt.

Hamed Rezai beginnt.

Über das Bild als Suchergebnis, als *Repräsentant* eines Suchbegriffes, komme er zu visuellen Entsprechungen von sprachlichen Phänomenen, die ihm im Alltag in Österreich begegnen.

»Flucht. Heimat. Flut. *Mein Name* – verstehen Sie, all diese Begriffe sind sofort mit einem Image behaftet. Um bei Amir zu bleiben: Sein Name, seine Identität wird mit einem Bild, diesem letzten Bild, dessen Urheber er nicht selbst ist, zusammengefasst und mit den Kategorien Gewalt und Gefahr belegt. Allerdings nicht Gewalt *an* und Gefahr *für* Amir, sondern als von ihm ausgehend und den braven Bürgerinnen und Bürgern Wiens geltend. Sein Name, sein Schicksal wurde über Nacht zum Inbegriff für Bedrohung.«

Der Chefinspektor nickt.

Hamed Rezai schüttelt den Kopf.

Noch auf der Uni habe er viel weniger konkret gearbeitet, viel weniger themenbezogen und sich mehr mit formellen Fragen beschäftigt. Eigentlich habe sich seine Arbeitsweise erst nach Abschluss seines Diploms geändert. Da sei etwas weggefallen. Sicherheit, aber auch Einschränkung. Oder vielleicht sei es die Zeit gewesen – in Österreich und Europa habe sich das Image *des Flüchtlings* gewandelt. Neue Begriffe seien für Rezai interessant geworden. Und über diese hätten sich klarerweise die Sujets geändert.

Rezai bewegt die Hände vor seinem Körper auf und ab. »Verstehen Sie, meine Sujets bestimme nicht ich. Die Wahl überlasse ich unserem digitalen kollektiven Gedächtnis, den Bilddatenbanken, den« – Rezai nickt mit dem Kopf im Takt der Silben – »Hash-tags.«

Der Chefinspektor dreht sich um zu einer großen Leinwand. Er schätzt die Länge auf vier, die Höhe auf zwei Meter. Der Raum ist damit eigentlich gefüllt. Er legt den Kopf in den Nacken, seine Augen wandern von rechts nach links und wieder zurück. Er sieht so etwas wie riesige Wassertropfen oder -lacken.

»Ja, die ›Liquide‹.«

Hamed überreicht dem Chefinspektor ein schmales Buch. »Flüssigkeiten. Studien«.

Der Chefinspektor dreht sich wieder zu Rezai, blättert und hört zu.

»Zuerst waren es Studien: die Wasseroberfläche, still, bewegt, in verschiedenen Lichtsituationen, spiegelnd, transparent, Objekte unter sich verzerrend, milchig, farbverändernd. Ich war unter Wasser, den Blick hinauf zur silbernen Oberfläche. Kennen Sie das?«

Hamed Rezai blättert für den Chefinspektor um.

»Diese schwebenden Bewegungen, Wasser verlangsamt uns. Ich habe experimentiert. Zeichnung, Öl, sogar Aquarell.« Lacht. »Siebdruck. Ja. Dann hatte ich Fotos und Zeitungsausschnitte, wieder die Ergebnisse der Bildersuche. Verstehen Sie. Wann wird welches Bild von Wasser verwendet. Wann Blau-, wann Türkistöne. In welchem Zusammenhang ist Wasser klar und durchsichtig, in welchem Kontext ist es trüb oder schwarz.«

Rezai blättert für den Chefinspektor um.

»*Das* Symbol der Flucht, das Rettungsboot, habe ich den anderen übergelassen. Zu plakativ.« Lacht. »Den Plakaten für Filmfestivals, Zeitungscovers, Werbung für NGOs. Sie wissen schon.«

Pause.

»Bei Jung steht das Meer für das kollektive Unbewusste. Das Meer ist der Entstehungsort der Visionen. Wasser, Bewegung. Flucht ist immer bewegt. Kennen Sie das ›Floß der Medusa‹?«

Der Chefinspektor schüttelt den Kopf.

»Géricault. Moment.«

Hamed Rezai tippt und dreht den Laptop Richtung Chefinspektor.

Der Chefinspektor sieht ein Bild, offenbar ein Gemälde, in schmutzigen Gelb- und Grüntönen. Menschen liegen übereinander auf einem hölzernen Floß, Hände strecken sich nach einem Punkt in der Ferne. Darüber ein bedrohlicher Himmel mit rotbraunen Wolken. Links nähert sich eine dunkle Welle, den Horizont verdeckend. Das Haar der Menschen, das Segel des Floßes, ein Seil weht im Wind. Im Vordergrund liegen Leichen, nackt und verrenkt.

»Wissen Sie, hier geht es gar nicht um Flucht. Géricault hat damals einen zeitgenössischen Vorfall aufgegriffen: Die Menschen auf dem Floß sind die Einzigen, die ein Schiffsunglück überlebt haben. Sehen Sie, wie bewegt, wie dynamisch die Körper hier dargestellt sind. Gut, der Mann links unten starrt stumpfsinnig vor sich hin, er hat aufgegeben. Aber auch er verstärkt die Dynamik, indem er mit seiner Reglosigkeit einen Kontrast bildet zur Dramatik, die über die anderen Passagiere erreicht wird. Die Menschen türmen sich auf zu einer, ja, zu einer pyramidalen Form. Und oben, wer winkt da? Ein junger Schwarzer, genau. Er ist der Held. Ein absoluter Regelverstoß zu Zeiten des Pariser Salons. Aber was ich sagen will: Bewegung. Das Bild ist Dynamik. Die Welle, die Schaumkronen hier am Bildrand, der Wind, die Wolken. Alles bewegt.«

Hamed Rezai überreicht dem Chefinspektor einen Ausstellungskatalog.

»Und hier geht es um die ›Liquids‹-Serie, die Nummer IX haben Sie hinter sich. Die ist mein Liebling oder Talisman, wenn Sie so wollen. Die Nummer IX geb ich nicht her, die will ich um mich haben.«

Liquide / Liquids

Gebilde aus Wasser, die in fragiler Oberflächenspannung still stehen. Flüssigkeiten, die sich durch den Bildraum bewegen, von oben nach unten tropfen oder fließen und umgekehrt. Die Betrachterin findet sich mal über, mal unter Wasser, wie südlich oder nördlich des Äquators.

Hamed Rezais Durchnummerierung der Serie »Liquide« von I bis XIII erinnert an die Kapitel einer Erzählung. Was in »Liquide I« noch ungesagt, wiewohl geahnt, bleibt – die Anwesenheit des Menschen in diesem für ihn unmöglichen Raum –, findet sich in »Liquide II« deutlicher. Hier visualisiert durch die Pinselstriche, welche die Präsenz des Malers evozieren.

»Liquide III« – Es ist nur eine kleine Irritation, die unseren Blick fängt und uns näher herantreten lässt. Schon entdecken wir Haare am rechten Bildrand, Verweise auf den Raum jenseits des Bildes und somit auf die schiere Unendlichkeit des Ozeans.

Ab »Liquide V« wird Rezais Bezug zum Zeitgeschehen offenbarer. Aufmerksame Betrachterinnen finden im Wasser Zeugnisse einer Zivilisation, die nicht hierhergehört. Da schwimmt (oder schwebt?) ein Feuerzeug, ein Schuh versinkt, noch streben die Schuhbänder hinauf zur Oberfläche. »Liquide V« zeigt im Close-up Papier, das, noch nicht vom Wasser aufgelöst, sein Notizbuch bereits verlassen hat.

»Liquide VII«: Die Perspektive wechselt – die Betrachterin sieht bald Füße, die eigenen?, die ins Leere treten. Das Ende eines Schals weht in der Strömung, die der unsichtbare Körper erzeugt.

Wir befinden uns unter Wasser.

In Rezais Bildzyklus öffnet sich der Meeresraum jedoch nur kurz, um mit »Liquide XIII« zu einer schwarzen Wasseroberfläche und damit zum Spiegel zu werden, der keinen Zutritt mehr erlaubt.

Der Chefinspektor liest, hebt den Blick.

Pause.

Hamed Rezai erklärt. »Ich zeige Ihnen das, damit Sie verstehen, wie sich meine nächste Serie entwickelt hat. Als ich die Anja kennengelernt hab, hab ich die ›Liquide‹ gerade fertig gehabt. Ich bin aus dem Workflow gar nicht mehr herausgekommen, schon während der ›Liquide‹ hatte ich was im Kopf.« Hamed Rezai tippt sich an die Stirn.

»›Transport‹ hat sich organisch entwickelt. Die Bewegung ist geblieben: transportieren – etwas oder jemanden von A nach B bewegen oder bringen. Verstehen Sie? Aber, eben, ich habe das Objekt weggelassen.«

Der Chefinspektor kann nicht ganz folgen.

»Transportieren ist ein Verb, das ein Objekt verlangt. *Etwas oder jemand* wird transportiert. *Waren oder Menschen.* Und diesmal ist die Leerstelle genau dieses Objekt. Die Leerstelle ist direkt in der Erzählung. Im Innenraum.«

Hamed Rezai holt einen Stapel Zeitungsausschnitte, Fotos und A4-Drucke.

»Lkws, Container, Kisten, Schachteln. Behältnisse. Der Titel verweist auf den Innenraum. Das Verb transportieren stellt die Frage: Was oder wer wird transportiert und worin?«

»Und wohin«, sagt der Chefinspektor.

Hamed Rezai nickt anerkennend. »Und wohin, genau.«

Der Chefinspektor legt die Fotos auf die Tischplatte. »Herr Rezai, wie kommt es, dass Sie so gut Deutsch können? Ich meine, Ihre Arbeit setzt ein umfassendes Wissen über Grammatik voraus.«

»Wieso ich so gut Deutsch kann. Wollen Sie eine Antwort oder eine Rechtfertigung?«

Der Chefinspektor hebt die Schultern.

»Weil ich seit zehn Jahren in Österreich, teilweise in Berlin lebe. Weil mich niemand gefragt hat. Weil ich über meinen Bruder schon früh ein grammatikalisches Bewusstsein entwickelt habe, zuerst in Farsi, aber das hat mir auch beim Deutschlernen sehr geholfen.«

»Und der Herr Moghaddam?«

»Der konnte auch gut Deutsch, wenn Sie das meinen. Und er hat jedes Mal mit einer Gegenfrage geantwortet.«

Pause.

»Soll ein Ausländer weniger gut Deutsch können? Soll ich mit Akzent sprechen, damit man mich als fremd erkennt?«

Pause.

Der Chefinspektor nimmt die Fotos noch einmal in die Hand und legt sie wieder zurück.

Hamed Rezai lächelt den Chefinspektor an. »Kein Problem, Herr Hansmann. Jedenfalls ›Transport‹. ›Transport‹ war denen zu politisch, zu explizit.«

Der Chefinspektor bremst. »Moment, jetzt sprechen Sie von der Frau Hohenfels?«

»Von ihr auch, ja. ›Transport‹ war mein Vorschlag für feinschliff. Aber die wollten nur Leichtes: Ironie, Metaebene, wissen Sie. Kitsch. Immer schön abstrakt bleiben. Oder abstrakt *genug*. Gern ein bisschen Tragik, aber bloß nicht die Realität mit all ihrer Komplexität. Kunst zum Schmunzeln, Kunst zum Träumen.« Schüttelt den Kopf. »Und wir Künstler sollen immer schön dankbar sein. Und wir Ausländer sollen besonders dankbar sein. Der Amir hatte schon recht.«

Der Chefinspektor hakt ein. »Genau, hier kommen wir zu Herrn Moghaddam, zu Amir, zurück. Was war seine Rolle in diesem Konflikt?«

»Wissen Sie. Gar keine. Der Amir hat mir gesagt, du, ich kenn da jetzt wen, die hat Geld und ist eigentlich ganz nett. Das war's.« Lacht. »Den Rest hab ich allein geschafft.«

Hamed Rezai öffnet und schließt eine Farbtube.

»Heißt das, der Amir hat sie beide bekannt gemacht? Sie und die Frau Hohenfels?«

Hamed Rezai nickt.

»Und dann? Wie ging es weiter?«

Hamed Rezai hebt die Schultern. »Die Anja umgibt sich gern mit schönen Dingen.«

Lässt die Schultern fallen. »Mit interessanten Menschen – also mit mir. Lässt sich *bespielen* – eh wie einen Ausstellungsraum. Da darf's auch ein *bisschen* wild sein. Danach steigt man in sein Auto und fährt zu seinem Haus und macht die Tür zu. Nein, man schließt zuerst das Garagentor, dann das Gartentor, dann die Haustür. Dann macht man sein gedimmtes Licht an und fühlt sich wohl. Man hat nur ein Leben.«

Der Chefinspektor wartet ab.

»Na ja und ›Transport‹ war dem Vorstand zu politisch. Die haben sich provoziert gefühlt.«

Der Chefinspektor runzelt die Stirn. »Ich dachte, die Frau Hohenfels ist für das Programm verantwortlich.«

»Die Anja ist die Kuratorin, ja. Aber hinter ihr steht der Vater und damit die Stiftung, und da gibt's ganz klare Vorgaben, was geht und was nicht. Und meine Arbeiten gehen nicht, zumindest nicht das.« Deutet mit dem Kinn auf die Zeitungsausschnitte.

Der Chefinspektor wartet.

»Es geht darum. ›Transport‹ entspricht nicht dem Bild, das man so allgemein von Flüchtlingen hat.«

»Und wie wäre das, das Bild, das man von Flüchtlingen hat?«

Hamed Rezai nickt.

»Denken Sie an Ihre Erwartung: Der geflüchtete Künstler hat keinen Plan von der deutschen Grammatik.«

»Das ist jetzt Ihre Unterstellung.«

Der Maler winkt ab. »Ich erzähle Ihnen was. Stellen Sie sich vor: eine Ausstellung zum Thema Flucht. Man beschließt, Flüchtlinge selbst zu Wort kommen zu lassen. First Hand. Na ja und der eine rührt immer alle Besucher zu Tränen mit seiner Story, dass er zu Fuß durch die ganze Türkei gegangen ist oder das Meer durchschwommen hat. Und in Wahrheit ist er mit dem Flugzeug gekommen. Und jetzt die Frage: Sind Sie empört?«

Der Chefinspektor zieht die Mundwinkel nach unten und hebt die Schultern.

»In dem Fall waren tatsächlich einige beleidigt, weil der *Flüchtling* gelogen hat. Oder vielmehr beleidigt, weil er ja kein *richtiger* Flüchtling war. Gibt es gute und schlechte Flüchtlinge – je nachdem, *wie* jemand hergekommen ist? War es nicht vielleicht eher so, dass der Typ im Museum einfach längst verstanden hat, okay, wenn ich meine Geschichte erzähle – wie sie wirklich war –, verliere ich alle Sympathien.«

Der Chefinspektor wiegt den Kopf.

»Genau diese Erwartungshaltung thematisiere ich in der Arbeit. Ich zeige, dass man auch auf ganz … menschlichen Wegen nach Europa kommen kann.«

Hemd Rezai hebt die Schultern. »Ich bin halt ein schlechter Flüchtling.«

»Verstehe ich das richtig, dass Ihre Kunst gestört hätte?«

»Durchaus.«

»Und der Herr Moghaddam?«

»Der Amir hat sich bestätigt gefühlt. Bigotterie, Heuchelei, das hat er gesucht und gefunden.«

»Noch ein anderes Thema, Herr Rezai. Was können Sie mir über Herrn Moghaddams Freundin erzählen?«

»Sie meinen die Heidi? Die ist schon in Ordnung. Für ihre Mutter kann sie ja nichts, richtig?«

Der Chefinspektor runzelt die Stirn und legt den Kopf schief.

»Na. Die Susanne Bonin ist eine Art Galionsfigur der Neuen Rechten. Eine neue, *braune* Jeanne d'Arc!« Lacht.

Zwischenspiel: Farbverlauf (Rückblick)

Die Ex-Ex-Obfrau ist, noch ohne das Wissen der Kindergruppen-Eltern, einer Bewegung der Neuen Rechten beigetreten, und nicht nur das: Sie ist dort zur Chefideologin aufgestiegen. Anjas Projekt kann sie nicht gutheißen. Ob diese jetzt auf die sichere Seite gewechselt sei?

Was sie meine.

Dass es wohl eine keinerlei geistigen Aufwand oder besonderen Mut erfordernde Entscheidung sei, »Flüchtlinge« zu pushen. Dass es aktuell widerständiger wäre, und es heiße doch immer, Kunst solle widerständig sein, einen guten heimischen Maler auszustellen.

Anja zieht irritiert den Kopf ein Stück zurück und die Mundwinkel hinunter, hat Susanne gerade …?

Sie verteidigt sich, es seien doch wirklich interessante Positionen, die sie kuratiere, allein schon formal. Und dazu komme die zeitgenössische Thematik, diese eben aber nicht so vordergründig, dass es irgendwann »dated« wirken werde.

Susanne: Wieso diese Positionen denn von außen kommen müssten.

Anja: Also sie habe jetzt wirklich keine Zeit, das zu diskutieren, sei sie doch hier, um den Karli abzuholen.

Anja steigt mit Karli in den Touran und fährt, die Stadt hinter sich lassend, ins Städtchen.

Mateo / SMS

Du, wann kommst du? Ich hab einiges.

Landeskriminalamt

Mateo steht auf und überlässt dem Chefinspektor den Platz vor ausgewählten Blättern aus Amir Moghaddams Textsammlung, von Mateo ordentlich in einem Ringordner abgeheftet.

Der Chefinspektor setzt sich und liest.

Mateo und Christina schauen ihm erwartungsvoll dabei zu.

Der Chefinspektor hebt den Kopf. Ob das wirklich sein müsse?

Mateo versteht und geht mal lieber. Er hole Kaffee.

Gruppenführer Hornberg wiederholt: »Kaffee?« Wo er denn den Kaffee zu holen plane.

Mateo, fragend den Kopf schüttelnd: »Na ja, wahrscheinlich vom Mokka?«

Hornberg findet das eine gute Idee und ist zufrieden.

Christina bestellt einen Cappuccino.

Hornberg bittet um Tramezzini für alle.

Christina: »Aber für mich bitte ohne Ei.«

Mateo geht.

Der Chefinspektor liest.

Mateo bringt Kaffee und Tramezzini.

Der Chefinspektor nimmt einen Becher und blättert.

Christina packt langsam ein Tramezzino aus.

Gruppenführer Hornberg rührt Zucker in seinen Cappuccino. Er habe für fünfzehn Uhr eine Besprechung mit dem Staatsanwalt angesetzt, ob das für alle passe.

Mateo entschuldigt sich, da sei er beim Kollegen Gruber, die Facebook-Geschichte anschauen.

Hornberg wendet sich an den Chefinspektor. »Aber bei dir geht es?«

Der Chefinspektor runzelt die Stirn und schaut auf. »Ja, aber ich finde, der Mateo sollte schon dabei sein. Er und die Christina haben die Texte am gründlichsten gelesen.«

»In Ordnung, Mateo, wie lange bist du beim Gruber?«

Mateo kann das so schwer sagen. Wann er denn zurück sein solle.

Gruppenführer Hornberg telefoniert.

Er hält das Telefon an seine linke Schulter. »Achtzehn Uhr geht bei euch?«

Mateo: »Achtzehn Uhr dreißig?«

Hornberg, ins Telefon, das er wieder an sein Ohr hält: »Achtzehn Uhr dreißig. Perfekt, dann bis später.«

Der Chefinspektor schließt den Ringordner. »Ich bin mir noch nicht sicher, was ich davon halten soll.«

Mateo: »Der Moghaddam hat offensichtlich über einige Eltern der Kindergruppe Buch geführt.«

Christina: »Und über seine Freundin.«

Mateo: »Stimmt, aber die gehört ja auch irgendwie zur Kindergruppe.«

»Wie würdet ihr seine Auswahl erklären?«

Christina findet, dass sich schon ein Zusammenhang ergebe – über gewisse Widersprüche im Verhalten der Eltern, einer Diskrepanz zwischen dem, was sie dächten oder sagten, und dem, wie sie handelten.

Der Chefinspektor: »Der Amir hat sich bestätigt gefühlt. Bigotterie, Heuchelei, das hat er gesucht und gefunden.«

Gruppenführer Hornberg runzelt die Stirn.
»Was ist mit den anderen Eltern – die nicht vorkommen?«
»Entweder fand er die nicht wichtig.«
»Oder er hat erst dran gearbeitet.«
»Oder er hat es noch nicht ausgedruckt.«
»Stimmt.« Das würden die Anmerkungen nahelegen: dass er diesen Teil überarbeitet und deshalb ausgedruckt habe.
»Das heißt, der Rest ist am Computer.«
Mateo hält das Ladekabel in die Höhe. »Ein altes MacBook.«
Der Chefinspektor legt die Hände auf den Ringordner. »Die Frage ist: Haben die Eltern das gewusst? Und: Stört das überhaupt irgendwen?«
Hornberg: »Also mich würde das schon verunsichern. Bitte! Stell dir mal vor!«
Mateo nickt, ihn auch.
Christina findet die Vorstellung auch unangenehm. Moghaddam habe ja doch Sachen geschrieben, die man vielleicht nicht jedem erzählen würde.
Aber das wiederum deute doch darauf hin, dass es sich eben nicht um Fakten gehandelt haben könne. Wie solle gerade der Moghaddam intime Details gewusst haben, die man niemandem erzähle?
Christina: »Okay, dann sagen wir es so. Ich finde die Vorstellung unangenehm, jemand würde ein derart unschmeichelhaftes Porträt von mir zeichnen oder schreiben, und noch unangenehmer, ein Dritter würde es lesen.«
»Aber würdest du deshalb jemanden betäuben *und* erstechen?«
»Na ja. *Ich* nicht.«
Der Chefinspektor blättert noch einmal. »Der Herr Langegger hat es ihm besonders angetan.«
Christina: »Eben. Und mit dem hatte er ein Vertrauensverhältnis. So ein Text ist eine Kränkung.«
»Wenn man denn davon weiß.«
Schulterzucken.
»Okay, wir müssen noch mal zur Heidi.«

Christina nimmt ihre Jeansjacke und wirft sich die Tasche über die Schulter.

Der Chefinspektor, die Gruppeninspektorin und Heidi

»Frau Bonin, hatte Ihr Freund einen Laptop?«

Heidi nickt. »Natürlich.«

»Und wissen Sie, wo der ist?«

Heidi hat keine Ahnung. »Bei ihm zu Hause?«

»Frau Bonin, wussten Sie, dass Ihr Freund Buch geführt hat über sein Umfeld?«

Heidi starrt vor sich hin.

»Wussten Sie, dass er Texte verfasst hat? Aufzeichnungen über die Eltern der Kindergruppe?«

»Nein. Also. Ich weiß, dass er an etwas gearbeitet hat. Er hat immer wieder geschrieben, vorher auch schon, in Hamburg. Aber er wollte nicht darüber sprechen. Noch nicht, hat er gesagt.«

Pause.

Heidi schaut dem Chefinspektor ins Gesicht. »Was hat er denn geschrieben?«

Amirs Aufzeichnungen: Das Nachhaltigkeitsamt / Wurzeln

Man darf nie vergessen, wo einer herkommt, findet Thomas.

Man darf nie vergessen, wo einer herkommt. Thomas kommt nicht aus der autonomen Szene, nicht aus dem Widerstand, Thomas kommt aus Eugendorf. Jugendliche mit Fußballtischen in Hobbyräumen. Jugendliche mit Kühlschränken voll Bier in Kellern, mit Bier-Adventskalendern in Partykellern, mit Planschbecken voll Bier in Partyzelten. München ist nicht weit, das Oktoberfest ein Highlight. Jeder kennt jeden, zumindest vom

Sehen. Man kennt den Unterschied zwischen denen, die hergehören, und jenen, die nicht hergehören, zum Beispiel Touristen. Man kennt den Unterschied, weil andere anders aussehen und anders reden. Wie redst'n du? Was redst'n du?

Wer nicht passt, verschwindet, so wie der schwule Manuel, der nach dem Sommer nicht mehr ins Internat kommt.

Man soll nicht vergessen, was einen geprägt hat, denn man geht immer zu seinen Wurzeln zurück, findet Thomas.

Des Nachhaltigkeitsamts Geschichte beginnt nicht mit der Rainbow Warrior und nicht mit dem deutschen Hip-Hop der neunziger Jahre. Thomas' Wurzeln reichen zurück bis in die Achtziger, als an den Schulen noch die alten Nazis unterrichten, als die Opas noch leben und ihre Enkel miterziehen.

In den achtziger Jahren, der von Thomas so hochgehaltenen Ära, ist Eugendorf genau das: ein Dorf. Eine Anhäufung von ÖVP-Wählern und Schlimmerem.

Aus dem erzkonservativen Elternhaus, neuerdings mit Rasenroboter, kommt Thomas nicht raus, da kann er Straßen besetzen, so viel er will. Da kann er mit dem VW-Bus reisen. Er misst alles, Indien, Pakistan, Thailand, an der Ordnung von Salzburgs Umgebung. An der Reinheit der Luft, der Landschaft und des Wassers.

Thomas vertraut Wien nicht. Er vertraut der U-Bahn nicht, er traut den Wienern nicht, und vor allem misstraut er jenen, die eigentlich nicht hierhergehören.

Es gibt einen Unterschied, den sieht man doch, den spürt man doch.

Alles mischt sich und tut so, als wäre es gleich. Ist es aber nicht. Es gibt solche und solche.

Darum findet das Nachhaltigkeitsamt: Sicher ist sicher.

Als Thomas die GPS-Ortung für Kinder entdeckt, ist er begeistert. Über die Smartwatch mit Ortungsfunktion ist der Standort des Kindes jederzeit abrufbar. Zusätzlich löst die Smartwatch einen Alarm am Telefon der Eltern aus, wenn ein einstellbarer

Sicherheitsbereich verlassen wird. Über den integrierten Schrittzähler kann das Kind seinen eigenen Fortschritt mitverfolgen.

Thomas setzt Talejas Tagesziel auf siebentausend.

Sicher ist sicher, also erweitert das Nachhaltigkeitsamt sein Interessensgebiet.

Denn, Tracking schön und gut. Aber eine potenzielle Gefahrenquelle bleibt eine Gefahrenquelle.

Wer würde sein Kind offenen Auges mit einer Gefahrenquelle zu Ausflügen quer durch Wien fahren lassen?

Kleine Mädchen sind leicht zu überreden. Es könnte zum Beispiel eine Gefahrenquelle die Taleja überreden, das Armband abzunehmen, und was dann?

Ist es nicht besser, die Gefahrenquelle genau zu kennen? Im Zweifelsfall? So wie man früher in Eugendorf die Gefahrenquellen ganz genau kannte – zuerst den Bach hinterm Haus, dann den Elektrozaun, dann die Hauptstraße, den Dorftrottel, den Vater, wenn er besoffen war; und schließlich die komischen Leute im Zug.

Thomas sucht Gleichgesinnte. Die Eltern der Kindergruppe sind nicht die richtigen Gesprächspartner, viel zu sehr mit sich selbst beschäftigt, viel zu gutgläubig. Eine gefährliche Mischung aus Narzissmus und Naivität. Er hofft für sie, dass es kein bitteres Erwachen geben möge.

Aber Susanne, die ehemalige Obfrau, teilt Thomas' Sorgen und unterstützt ihn.

Klar, Amir komme einfach aus einer anderen Kultur. Sie habe von Anfang an gefunden, dass es Wahnsinn sei, sich den in die Kindergruppe zu holen. Sich eine tickende Zeitbombe ins Haus zu holen. Zu den Kindern zu setzen, die ja wohl zuallererst schützenswerte Kreaturen seien.

Thomas setzt sich die Assistentin auf den Schoß und ist trotz aller Alarmbereitschaft blind für Susannes Strategie.

Das Nachhaltigkeitsamt

ist allzeit bereit, und das sagt uns auch sein EDC, sein Everyday Carry. Ein kleines Erste-Hilfe-Paket, Wasserentkeimungstabletten, feuchtes Toilettenpapier, Desinfektionsspray, Gelsenschutz, Sonnencreme, Taschentücher, ein zumindest rudimentäres Näh-Set, eine Powerbank mit USB-Kabel, Draht, ein Kompass, ein Kuli, ein kleiner Notizblock, Bargeld, Plastiksackerl, eine Zahnbürste – der Inhalt des Nachhaltigkeitsamts Bauchtasche.

Hanno Emmerdingen im Landeskriminalamt

Floras Papa schreit. Er habe bereits gesagt, die Kinder raus aus den Medien. Ob er noch deutlicher werden solle?

Gruppenführer Hornberg beschwichtigt, man tue alles Erdenkliche, die Kinder zu schützen. Da sei er ganz beim Herrn Emmerdingen. Das allgemeine Interesse an dem Fall werde bald nachlassen.

Allgemeines Interesse an seiner Tochter? Das gehe ja wohl gar nicht. Er sage, die Kinder raus aus den Medien.

Gruppenführer Hornberg beschwichtigt, das allgemeine Interesse werde bald nachlassen, da sei er sicher, das sage ihm seine Erfahrung.

Erfahrung hin, Erfahrung her. Er fordere Personenschutz für seine Tochter.

Landeskriminalamt

Der Chefinspektor tippt das Protokoll seines Gespräches mit Hamed Rezai in die Tastatur seines Computers.

Mateo beugt sich über ihn. »Warte mal. Hab ich dir das nicht schon umgestellt?«

(Systemeinstellungen, Trackpad, Klick durch Tippen)
»Schau, jetzt musst du nicht mehr klicken, nur noch *tippen.*«

Die Betreuerin Mone im Landeskriminalamt

Die Betreuerin Mone sitzt in knöchelfreien Jeans und Martens breitbeinig am Besuchersessel.

Sie arbeite seit fünf Jahren in der Kindergruppe, sie komme eigentlich aus den Kulturwissenschaften, aber sie fühle sich wohl mit den kleinen Chaoten, sie hoffe, das bleibe so. Momentan sei es ja schon ziemlich arg. Die Leute seien so arg.

Man frage sich schon, wer da dahinterstecke. Sie meine, wie habe das so schnell verbreitet werden können? Wer habe das geteilt? So was machten doch schon die üblichen Verdächtigen.

Sie spreche vom Foto?

Natürlich spreche sie vom Foto.

Wie sie das in diesem Fall meine, die »üblichen Verdächtigen«.

Na ja, ein normaler Mensch teile so etwas nicht. Aber eh klar, dass die Polizei da lieber nicht so genau hinschaue.

Wie sie das meine.

Es sei doch offensichtlich, dass da Leute von der Exekutive fleißig mitgearbeitet hätten. In den Kreisen, in denen sie sich bewege, sei das ein offenes Geheimnis. Er müsse schon verstehen, dass Vorkommnisse dieser Art ihr Vertrauen in die Polizei erschüttern würden.

Pause.

»Das ist echt ein Trauma für uns. Für die ganze Gruppe.«

Der Chefinspektor sagt das, was er immer sagt. Man bemühe sich, man kläre auf.

Die Betreuerin Mone schnaubt.

Er müsse ihr einige Fragen stellen. Ob sie dazu bereit wäre beziehungsweise ob sie sich in der Lage sehe, ihm zu antworten.

Das komme auf die Fragen an.

Die Betreuerin Mone über Amir:

»Der Amir war schon ein verdammt cooler Typ, eigentlich unser liebster Freiwilliger bisher. Der hat das einfach gecheckt. Mit den Kindern, aber auch im Team. Der hat echt schnell draufgehabt, wo er gebraucht wird. Wir haben da echt schon einiges erlebt in den letzten Jahren. Die Freiwilligen waren oft mehr Arbeit als Hilfe. Darum war ich recht skeptisch, ehrlich gesagt. Ich mein, ich glaub, für den war das schon ein richtiger Culture Clash. Plötzlich mitten unter den Bobos. Irgendwie ziehen wir immer mehr die Leute mit Geld, aber wenig Interesse für Aktivismus an. Die Freiwilligen sind ja ein bisschen dafür da, das fehlende Engagement der Eltern zu ersetzen. Und der Amir hat das voll geschaukelt.«

Über die Rolle des Freiwilligen:

»Pädagogische Verantwortung haben die Freiwilligen keine. Die sollen in der Früh das Frühstück herrichten, abservieren, Geschirr waschen, Ordnung halten. Dazwischen spielen die halt meistens mit den Kindern. Die Kinder stehen total auf Männer. Wir wollten eh schon lange einen männlichen Betreuer, aber die gibt's einfach viel zu wenig in unserem Sektor, eh klar bei dem Lohn. Im Normalfall sind die Freiwilligen zumindest in den Kernzeiten da, also bis fünfzehn Uhr. Der Amir ist halt Montag und Freitag früher gegangen. Ich mein, der war schon arg. Der hat einfach beschlossen, dass er zweimal die Woche früher geht. Dass er einfach mehr Freizeit hat, weil er keinen Deutschkurs macht. Ich mein, wir sind nicht seine Chefinnen, wir haben da echt wenig sagen können. Aber die Eltern! Die haben halt auch wieder mal nichts gesagt, ich glaub, denen war das wurscht. Aber es ist schon so: Wenn der Freiwillige zweimal die Woche früher geht, bleibt einfach die Arbeit wieder an uns hängen. Da denkt keiner dran. Das ist schon zach.«

Nein, aber prinzipiell sei er schon okay gewesen, der Amir. Er habe selbstständig geschaut, was sei notwendig, wer brauche was. Irrsinnig gut in der Zusammenarbeit.

Und die Heidi habe den auch gern gehabt. Sie glaube, das sei der Susanne gar nicht recht gewesen. Die Susanne habe sicher einiges gelitten wegen der Heidi und dem Amir.

Die Heidi sei echt arm, die wolle man einfach nur in die Arme nehmen.

Ob er Drogen genommen habe, der Herr Moghaddam.

»Weil er aus Afghanistan war, oder was?«

Der Chefinspektor wartet.

»Es ist echt arg. Die Leute sehen: Migrationshintergrund – und fragen *immer* nach Drogen.«

Der Chefinspektor wartet.

Kopfschütteln. »Von Drogen weiß ich gar nichts.«

Ob ihr in letzter Zeit etwas aufgefallen sei. Fremde Leute rund um die Kindergruppe zum Beispiel.

»Fremde Leute? Wie würden *fremde* Leute aussehen?«

»Ihnen ist nichts aufgefallen?«

Betreuerin Mone verneint.

»Wissen Sie, wie die Eltern über Herrn Moghaddams Anwesenheit gedacht haben?«

»Ich soll über die Eltern sprechen. Ich find das jetzt nicht so super, da besteht ja schon ein Vertrauensverhältnis.«

Der Chefinspektor spielt Klavier auf seinem Oberschenkel.

»Dann frage ich Sie konkreter. Ist Ihnen im Zusammenhang mit dem Herrn Langegger etwas Besonderes aufgefallen?«

»Der Thomas? Der Thomas ist halt der Thomas. Ich glaub, der macht einfach, was er will, da kann die Verena gar nicht viel mitreden. Der Thomas und die Verena sind auch schon ewig zusammen. Nur gegen die Taleja kommt er nicht an, die bekommt einfach alles.«

Pause.

»Die Verena und der Thomas können sich einfach gar nicht gegen die Taleja durchsetzen. Die halten das nicht aus, mit ihr alleine. Da muss ständig ein anderes Kind auf Besuch kommen. Jeden Tag.«

Pause.

»Ich glaub, für die anderen Kinder ist das teilweise echt stressig. Die Taleja macht ganz schön Druck. Wir sind grad dabei, ihr das Erpressen wieder abzugewöhnen. Die Mädels haben es dieses Jahr gar nicht so einfach – sozial.«

»Stimmt es, dass der Herr Langegger seine Tochter mit einem GPS-Tracker ausgestattet hat?«

Die Betreuerin Mone schweigt.

»Gab es da mal was? Hatte Herr Langegger einen konkreten Anlass für seine Ängste?«

Die Betreuerin Mone richtet sich auf.

»Ich glaub, der hat einfach selber voll den Culture Clash, der hat den Umzug in die Stadt nicht verkraftet.«

Atmet ein und aus.

»Ich glaub, das war letztes Jahr. Wir waren mit den Kindern im Park, und irgendwann schau ich auf mein Handy und seh, ich hab vierzehn Anrufe in Abwesenheit, alle vom Thomas. Ich bin ganz schön erschrocken: Ist was mit der Verena, ist was passiert, weiß man ja nicht. Ich rufe ihn also zurück, und er ist total wütend – voll daneben –, wo wir überhaupt sind mit den Kindern, es war doch ausgemacht, dass wir in den Schwarzenbergpark fahren. Ich hab mich überhaupt nicht ausgekannt, was der jetzt von mir will.«

Pause. Die Betreuerin Mone schaut zur Tür.

»Wir hatten eigentlich vor, nach Neuwaldegg zu fahren, waren dann aber irgendwo anders, ich glaub, im Augarten. Die Kinder gehen da total gern hin. Und wir finden schon, dass wir unsere Pläne spontan ändern können, das ist schon drin, das kommunizieren wir auch so.«

Pause.

»Es war einfach gar kein sonniger Tag, und wir haben uns gedacht, in Neuwaldegg versinken wir im Gatsch. Und der Thomas war total angefressen. Scheinbar hat der der Taleja echt so einen Tracker umgebunden und war dann panisch, weil die ganz woanders unterwegs war als geplant.«

Schüttelt den Kopf.

»Und das geht echt nicht. Ich mein, die Daten können wer

weiß wohin kommen und, klar, ihm geht es nur um die Taleja, aber betreffen tut es ja die ganze Gruppe. Wir haben dann ein Elterngespräch geführt und das klargemacht. Wenn die Taleja in unserer Obhut ist, ist sie mit uns, basta. Zu Hause kann er machen, was er will. Oder was die Taleja will.«

Die Betreuerin Mone lehnt sich zurück.

»Aber ehrlich gesagt, ich glaub, die Taleja hat den Tracker jetzt in ihrem Rucksack, die ist letztens richtig hysterisch geworden, als sie ihren Rucksack nicht gefunden hat.«

Die Betreuerin Mone schaut dem Chefinspektor ins Gesicht.

»Der sagt ihr halt auch regelmäßig: Ohne das Ding bist du nicht sicher. Ich muss immer wissen, wo du bist, sonst passiert dir was. Und die Taleja ist eh schon nicht die Mutigste.«

Die Betreuerin Ingrid im Landeskriminalamt

»Der Amir hat sich echt schnell eingelebt. Der hinterlässt schon eine Lücke, und unsere Aufgabe wird es jetzt sein, damit umgehen zu lernen.«

»Und der Herr Langegger?«

Die Betreuerin Ingrid bläst die Backen auf.

Pause. Die Backen werden wieder schlank.

»Der Thomas. Der ist manchmal mühsam, aber im Grunde schon okay.«

Pause.

»Na ja, die Taleja ist das einzige Kind, alle Sorgen konzentrieren sich auf diese eine Person. Die Taleja hält das einfach ganz schlecht aus, nicht im Mittelpunkt zu stehen. Wir üben da grad ganz viel mit ihr. Geben und nehmen, Enttäuschungen aushalten. Das ist ja auch für sie selbst unangenehm, wenn sie so von anderen abhängig ist – das spürt sie ganz deutlich.«

Das Nachhaltigkeitsamt im Landeskriminalamt

Das Nachhaltigkeitsamt liest.

Das Nachhaltigkeitsamt hebt den Kopf. »Was ist das?«

Christina: »Wir haben eine Textsammlung gefunden, wir gehen davon aus, dass Herr Moghaddam der Urheber war. Wussten Sie davon?«

Thomas Langegger schaut den Chefinspektor an. »Von der Textsammlung? Nein.«

Christina: »Und was sagen Sie dazu?«

Thomas Langegger schaut den Chefinspektor an.

Der Chefinspektor: »Und?«

Das Nachhaltigkeitsamt: »Nun. Ich fühle mich bestätigt. Amir war offensichtlich viel weniger stabil, als es nach außen den Anschein hatte. Ich kann mich auf mein Gefühl verlassen, das hat sich wieder mal bestätigt.«

Der Chefinspektor dreht den Kopf zur neben ihm sitzenden Christina.

Die zieht nur den rechten Mundwinkel nach außen und hebt die Schultern.

Der Chefinspektor spricht.

»Hatten Sie Angst, dass Herr Moghaddam die Texte veröffentlichen würde?«

Christina starrt dem Nachhaltigkeitsamt ins Gesicht.

Thomas Langegger hält den Blick auf den Chefinspektor gerichtet.

»Wie gesagt, ich konnte keine Angst haben, weil mir die Existenz der Texte nicht bewusst war.«

»Und wenn Sie es gewusst hätten? Wie fühlen Sie sich, wenn Sie das lesen?«

»Wie soll ich mich fühlen?«

»Na ja, vielleicht bloßgestellt? Auch vor Ihrer Frau?«

»Ich habe keine Geheimnisse vor meiner Frau, wie gesagt. Das haben wir doch bereits besprochen.«

Pause.

Thomas liest noch einmal.

»Wissen Sie, der Amir, der war anscheinend doch recht besessen von mir.« Blick zu Christina.

Der Chefinspektor: »Welche Textstelle lässt diese Vermutung zu?«

»Keine konkrete. Aber diese exzessive Beschäftigung mit meiner Person. Das Phantasieren rund um meinen Alltag.«

Der Chefinspektor fixiert Thomas' Bauchtasche. »Aber die Eckdaten stimmen doch schon.«

Das Nachhaltigkeitsamt folgt des Chefinspektors Blick. »Eckdaten. Der Rest ist eine, wie gesagt, Fiktion.«

»Auch Ihr Kontakt zu dieser Susanne?«

»Ist damit die Frau Bonin gemeint?«

»Sagen Sie es mir.«

»Ich nehme an. Wer sollte sonst gemeint sein.«

»Und? Kennen Sie die Frau Bonin?«

»Wir waren ein Jahr gemeinsam mit ihr in der Kindergruppe, Taleja hat ein Jahr mit Hedda und Benni die Kindergruppe besucht. Man grüßt sich im Bezirk. Mehr nicht.«

Der Chefinspektor blättert im Ringordner. »Moghaddam schrieb von *Strategie*, was könnte damit gemeint sein?«

Das Nachhaltigkeitsamt runzelt die Stirn wie Jason Priestley und schüttelt den Kopf.

»Aber die Frau Bonin hat Sie bestätigt in Ihrem Misstrauen dem Herrn Moghaddam gegenüber.«

Das Nachhaltigkeitsamt richtet sich auf und dehnt den Nacken. »Die Frau Bonin mag – wie ich – die Bevormundung nicht. Das Denkverbot, dem sich alle allzu gern beugen.« Blick zu Christina.

»Wann haben Sie die Frau Bonin das letzte Mal gesehen?«

»Ich kann mich nicht erinnern. Das ist sicher schon ein Jahr her.«

»Und die Geschichte mit dem GPS-Tracker?«

»Also ich find das echt einen Wahnsinn, dass ich mich jetzt hier verantworten muss. Das sind hochpersönliche Entscheidungen, ich muss mich hier nicht rechtfertigen.«

»Das heißt, Sie haben schon einen gewissen Groll gehegt gegen den Herrn Moghaddam?«

»Bitte. Erstens habe ich – Gott sei Dank – nicht gewusst, was der tatsächlich über mich denkt.«

»Ich dachte, Sie hatten so ein Gefühl?«

»Wie gesagt, ein Gefühl dafür hatte ich. Aber ich *wusste* nichts. Gott sei Dank.«

»Sonst?«

»Sonst? Sonst hätte der gute Amir sein Praktikum woanders machen können.«

Christina, laut: »Das war Erstens.«

Das Nachhaltigkeitsamt wendet sich Christina zu. Irritiert: »Ja.«

Christina lächelt. »Und zweitens?«

»Und zweitens ist das reine Fiktion.«

Das Nachhaltigkeitsamt, an den Chefinspektor gewandt: »Es kann doch nicht sein, dass irgendwer irgendwas über mich fabuliert und ich dann in der Folge dazu Stellung nehmen muss.«

Der Chefinspektor: »Ganz so ist es ja nicht, der Urheber war nicht irgendwer. Der Urheber wurde ermordet.«

»Ja. Eben! Das bringt mich unverzüglich zu Punkt drei. Meine Tochter ist offensichtlich nicht sicher in diesem Staat, in dem die Phantasie eines … der nicht einmal hier wohnt, mehr gilt als die Wahrheit.«

Christina: »Unfassbar. So ein Arsch.«

Der Chefinspektor: »Sag ich doch die ganze Zeit.«

Christina: »Seine Frau tut mir leid.«

Der Chefinspektor: »Hab ich der Karin auch schon erklären wollen.«

Christina: »Trotzdem glaub ich ihm.«

Der Chefinspektor: »Dass er's nicht war?«

Christina: »Na das sowieso. So viel kümmert der sich nicht um andere, dass er wen umbringt.«

Pause.

Christina: »Nein, ich mein, ich glaub ihm, dass der Moghaddam übertrieben hat.«

Der Chefinspektor: »Ich auch. Leider. Aber hoffentlich hab ich ihn jetzt nicht auf Ideen gebracht.«

Christina: »Ich glaub, da braucht er dich nicht dazu.«

Das Nachhaltigkeitsamt / Bunker

Geht man bei den Langeggers aufs Klo, sitzt man unter fünfzig Dosen Sardinen (Protein- und Wertanlage!), zwanzig Kilo Mehl, zwanzig Kilo Nudeln, zwanzig Kilo Reis, zehn Kilo Grieß und – neu – zehn Kilo Couscous, ungezählten Packerlsuppen, Trocken-Fertiggerichten, unter Dosenbrot, fünfzehn Packungen NRG-5-Riegeln und unter fünf Kilo Schokolade.

Geht man den Gang entlang Richtung Talejas Zimmer, steht man, je nach Standort, unter Desinfektionsmittel, Decken, drei Baustellenhelmen oder Ohrenschützern, stellenweise unter Erste-Hilfe-Material, Wasserentkeimungstabletten oder hundert Litern Trinkwasser.

Vorsicht ist besser als Nachsicht.

Man muss kreativ werden. Denn wie bitte soll man sich auf den Ernstfall vorbereiten in einer Altbauwohnung ohne Kellerabteil, ohne Garage und ohne Dachboden? In den Räumen, in denen es am wenigsten stört, zieht Thomas Zwischendecken ein.

In der Abstellkammer lagern auf diese Weise, für Uneingeweihte unsichtbar, Dosen (Obst, Suppen, Bohnen, Fertiggerichte), Gläser (Knoblauch in Öl, Perlzwiebeln, Essiggurkerl, eingelegte Tomaten, selbst gemachte Marmeladen und Chutneys) sowie sieben Flaschen selbst angesetzter Hollersirup.

Der Zutritt zur Abstellkammer ist, nach einer radikalen Räumungsaktion und darauffolgenden Hamsterkäufen, ausschließlich Thomas gestattet. In der Abstellkammer unterhalb der Zwischendecke (hier alphabetisch geordnet): Abdeckplanen,

Balken (zum Verstärken der Bretter), Batterien, Bretter in der Größe der Fenster, Campingleuchten, Gewebeband, Kabelbinder (die langen), Kunststoffkübel, Montageschaum (zum Verschließen kleiner und kleinster Öffnungen), Müllsäcke in allen Größen, Nägel (kein Strom bedeutet kein Akku-Schrauber), Plastikfolie, Sandsäcke, Schnüre, Schrauben, Stirnlampen, Taschenlampen, Winkelprofile (zur widerstandsfähigen Verbindung von Boden oder Fensterbrett und Brett beziehungsweise Balken).

Verena lässt aber sowieso die Finger vom Vorrat, weil ihr erstens der Thomas verboten hat, gebunkerte Lebensmittel regulär zu verkochen (außer sie nähern sich dem Ablaufdatum, dann bitte gerne), und weil sie zweitens eh überfordert ist und auch gar nicht mehr wissen will, wo ihr Mann was versteckt hat. An den unmöglichsten Orten.

Zum Beispiel unter Talejas Bett. Thomas baut ein Podest für seine Prinzessin auf der Erbse. Die Römerquelle wird sie in den Schlaf prickeln.

Vier bis fünf Liter Wasser pro Tag pro Person. Drei Wochen müssen mindestens drin sein.

Thomas denkt zu Ende und über dezentrale Energiegewinnung nach und versucht, die Hausverwaltung zu überzeugen, Solarzellen am Dach anzubringen.

Denn.

Wenn erst mal Schluss ist – mit Erdöl, mit allem –, wird man umdenken müssen. Wird man erst mal auf sich selbst gestellt sein. Wird man sich wieder auf die Kleinfamilie besinnen.

Kleine Einheiten, die selbstständig operieren. Es muss definiert sein, wer für wen zuständig ist und sorgt. Zugehörigkeiten werden sich sonst von selbst klären – ein schmerzhafter Prozess wird das für einige sein.

Das Nachhaltigkeitsamt wie Noah.

Sollen sie lachen. Sie wissen es nicht besser. Es muss auch nicht jeder alles wissen. Im BILLA-Vorteilsclub ist Thomas deshalb nicht, darf auch die Verena nicht sein, geht ja keinen was an, was man kauft.

Wobei man als Prepper durchaus die Pflicht hat, andere aufmerksam zu machen – schon im eigenen Interesse. Bringt ja nichts, wenn die dann alle wie die begossenen Pudel ohne Wasser auf der Matte stehen, die Augen sehnsüchtig nach den Proteinriegeln ausgestreckt.

Chiasamen eignen sich übrigens super als Ei-Ersatz, zumindest zum veganen Backen.

Das Bunkern ist also des Nachhaltigkeitsamts erstes Projekt.

Das zweite ist Thomas selbst. Als Taleja drei Jahre ist, wacht er auf, schaut in den Spiegel und beschließt, sein Leben zu ändern. Es wird keinen Zucker mehr geben. Für ihn, denn Taleja fordert diesen so nachhaltig und laut-nervig ein, dass man nachgeben muss. Und er geht laufen. Und er bewirbt sich für einen Selbstverteidigungskurs.

Aus dem zweiten Projekt erwächst quasi von selbst das dritte. Thomas muss in der Liebe zur Assistentin seinen neuen, schlanken Körper ausprobieren.

Landeskriminalamt

Staatsanwalt Tramec sitzt an der Stirnseite, Gruppenführer Hornberg rechts ums Eck, daneben Gruppeninspektorin Christina Kalsner, gegenüber der Chefinspektor.

Mateo steht und berichtet.

»Wir haben Moghaddams Textsammlung ausgewertet. Das meiste war unbrauchbar, aber einige Aufzeichnungen betreffen die Kindergruppe beziehungsweise einige der dortigen Eltern.«

Mateo überreicht dem Staatsanwalt den Ordner.

»Der Moghaddam hat offenbar Begebenheiten aus dem Alltag aufgeschrieben. Wobei wir uns fragen« – Blick zu Christina –

»wie er an sein Wissen kam. Daher liegt die Vermutung nahe, dass es sich zumindest teilweise um Fiktion handelt.«

Christina übernimmt. »Wir haben den Herrn Langegger mit den ihn betreffenden Aufzeichnungen konfrontiert. Er hat den Text als Erfindung von sich gewiesen.«

Der Chefinspektor: »Wobei das Gespräch mit den zwei Betreuerinnen und unsere bisherige Recherche wiederum nahelegen, dass der Moghaddam zumindest teilweise auf Fakten zurückgegriffen hat.«

Hornberg: »Tatsache ist. Der Moghaddam hat da unangenehme, stellenweise einfach unpassend intime Details gewusst oder erfunden.«

Staatsanwalt Tramec: »War der Elternschaft die, nennen wir es, schriftstellerische Tätigkeit des jungen Mannes bekannt?«

Christina schüttelt den Kopf. »Das wissen wir nicht. Herr Langegger hat überrascht gewirkt. Die Heidi Bonin hat auch nichts gewusst.«

Tramec: »Aber ausschließen lässt es sich nicht.«

Mateo schüttelt den Kopf.

Der Staatsanwalt überlegt: »Das Geschehen ist räumlich und zeitlich so nah dran an der Kindergruppe. Ich meine, wieso ausgerechnet am Tag der Party? Dazu die Textsammlung. Ich sehe mittlerweile kaum Anlass, den Täter in einer afghanischen Gruppierung zu suchen.«

Der Chefinspektor: »Die beim LVT haben auch nichts gewusst, oder?«

Gruppenführer Hornberg schüttelt den Kopf.

Staatsanwalt Tramec: »Eben. Könnte in der Textsammlung ein Motiv liegen? Alles geht in Richtung Arbeitsplatz.«

Hornberg: »Außer die Obduktionsergebnisse.«

Tramec: »Ja, die Obduktion. Interessant ist das. Ein einzelner Einstich. Das spricht doch nicht für Suchtverhalten, oder?«

Christina: »Nein.«

Gruppenführer Hornberg wiegt den Kopf.

Christina bleibt dabei. Moghaddam scheine weder kriminell noch süchtig gewesen zu sein.

Außerdem habe es aller Wahrscheinlichkeit nach einen Ortswechsel, also zwei Tatorte, gegeben.

Tramec: »Die Kieselsteine, richtig. Wo könnten die her sein?«

Der Chefinspektor: »Wir gehen davon aus, dass Amir Moghaddam auf dem Weg von der Kindergruppe zu seiner Wohnung überwältigt wurde.«

Christina nickt.

Tramec: »Das heißt. In welche Richtung ermittelt ihr?«

»Wir schauen uns das Opfer noch genauer an. Wir brauchen ein Motiv.«

Tramec nickt. »Gut.«

Dann, an Mateo gewandt: Ob man bei Facebook weitergekommen sei.

Mateo sei dran, er habe sich den Kollegen Gruber dazugeholt. Facebook arbeite langsam.

Christina: »Bevor wir es vergessen, kriegen wir die Funkzellenabfrage?«

Tramec: »Von Moghaddams Handy. Natürlich.«

Der Staatsanwalt will eine Einschätzung die Eltern der Kindergruppe betreffend. Wie die denn auf die Sache reagiert hätten?

»Der Langegger ist der Einzige, der nicht überrascht war über den Mord.«

»Ja, aber der redet doch nur.«

»Der Langegger hat auch die Frau Hohenfels reingezogen.«

Tramec: »Frau Hohenfels? Was ist mit der?«

Der Chefinspektor: »Das wäre mein nächster Punkt gewesen. Das Gespräch mit ihr ist noch ausständig. Wobei ich glaube, mehr als eine kleine Affäre war da nicht drin.«

Das Brandschutzamt und der Maler

Das Brandschutzamt besucht den Maler in dessen Atelier. Der Maler ist bestens vorbereitet. Es gibt Kaffee, es gibt zwei Sorten Kuchen. Die Brandschutzbeauftragte isst wenig Süßes, ihm isst sie aus der Hand, buchstäblich, denn er füttert sie. Da, probiere, ist das nicht herrlich?

Zwei seiner Finger berühren ihre Lippen.

Der Chefinspektor und Philipp Ebner

Vor dem Haustor stehend sucht der Chefinspektor im Telefon nach der Nummer des Neue-Eltern-Amts.

Eine junge Frau mit sehr bunten Leggings und einer schmalen, länglichen Tasche über der Schulter greift an ihm vorbei und läutet, die Gegensprechanlage summt, und der Chefinspektor betritt hinter ihr das Haus. Er geht den bunten Beinen hinterher die Treppe hinauf.

Irritiert nimmt er die vielen weiteren jungen Frauen wahr, die auf den Stufen und im Stock und im Weg stehen und weitere bunte Leggings tragen. Keine von ihnen grüßt, alle halten den Blick auf einen unbestimmten Punkt zwischen sich selbst und *nichts* oder auf ein Smartphone gerichtet. Der Chefinspektor schaut sich suchend um. *REACH OUT AND TOUCH FAITH. J. CASH.* steht an der Wand hinter dem Empfang des Yogastudios. Auf dem Tresen steht ein schicker iMac.

Johnny Cash, so ein Blödsinn, der hat das nur gecovert. Wenn schon zitieren, dann richtig. M. Gore.

Der Chefinspektor wendet dem Yogastudio und den Wartenden den Rücken zu und läutet an der Wohnungstür. Drinnen schnelle, sich entfernende Schritte. Weitere, langsamere Schritte nähern sich. Ein Mann mit Baby Yves auf der rechten Hüfte öffnet die Tür. Gelbes Licht fällt ins Stiegenhaus.

Der Chefinspektor stellt sich vor.

Philipp Ebner bittet ihn hinein. Der Chefinspektor solle doch bitte weiterkommen. Seine Frau sei nur gerade nicht da, sie sei beim Elternabend.

Der Chefinspektor bleibt im Vorzimmer stehen und beruhigt. Das sei kein Problem, er brauche nur eine kurze Einschätzung.

Gewohnheitsmäßiger Blick nach unten. Füße in dunkelblau und gelb gemusterten Socken.

Blick wieder auf das Gesicht des Gegenübers.

Dann, hinter sich deutend: »Das Yogastudio, ist das neu?«

Philipp Ebner schüttelt den Kopf. »Eigentlich nicht, nein.«

Pause.

Ob er ihm nicht ein Getränk anbieten könne. Einen Kaffee? Wobei, um die Uhrzeit. Oder ein Wasser?

Der Chefinspektor bedankt sich. Es werde nicht lange dauern.

Er lächelt dem Baby zu.

Dann: Die Frau Hohenfels habe angesprochen, dass der Herr Moghaddam sehr provokant gewesen sei. Ob der Herr Ebner diese Einschätzung teile.

Philipp Ebner, im mintgrünen T-Shirt bedruckt mit klitzekleinen Fahrradfahrern, nickt.

»Die Anja. Ja, na ja, sie hat wohl schon recht. Aber irgendwie hatte es der Amir auf sie besonders abgesehen.«

Der Chefinspektor mustert wieder Philipp Ebners Socken. Gelbe U-Boote schwimmen im dunkelblauen Meer.

Das Baby wird ein Stückchen höher zurechtgesetzt.

Er habe das ja nur über die Agnes, nur am Rande mitbekommen, aber der Amir sei wohl ein Freund vom Hamed Rezai gewesen, der habe, wie seine Frau selbst auch, an der Angewandten studiert, auch gleichzeitig mit ihr abgeschlossen. Man habe mitbekommen, dass die Anja den Hamed gepusht habe, sofern sie das könne, müsse er ja sagen. Und der Amir habe sich darüber lustig gemacht, dass die Anja sich in ihrer Rolle als Kuratorin so gut gefallen und den Hamed so toll gefunden habe.

Ob das denn gestimmt habe?

»Absolut, ja.« Nickt.

Philipp Ebner schüttelt kurz den Kopf. Warum das auch anders sein solle. Das laufe halt so – das Einzige, was zähle, seien persönliche Sympathien.

Pause.

Schritte. Philipp Ebner dreht sich um. »Severin?«

Ein Bub wird sichtbar – viele Haare, schmale Schultern. Er schaut dem Chefinspektor kurz in die Augen und grüßt leise.

»Zieht euch um, ich komm gleich.«

Philipp Ebner wendet sich wieder dem Chefinspektor zu.

Er könne schon nachvollziehen, warum der Amir so gern gestichelt habe. Manche Eltern luden förmlich dazu ein. Er müsse sich ja selbst manchmal zurückhalten.

Der Chefinspektor versteht.

Wie denn der *Herr* Hohenfels zum Herrn Moghaddam gestanden sei.

Das Baby wird ein Stückchen höher zurechtgesetzt. Das könne er nicht sagen. Aber er habe nicht das Gefühl, dass der Marcel überhaupt eine Meinung zum Amir gehabt habe.

Im hinteren Teil der Wohnung fällt etwas um. Philipp Ebner hält inne und lauscht. Er müsse schauen, was die da machten.

Der Chefinspektor verabschiedet sich, das Stiegenhaus ist jetzt leer. *REACH OUT AND TOUCH FAITH.* Es riecht leise nach Räucherstäbchen.

Wege

Der Chefinspektor geht die Mariahilfer Straße hinunter und weicht den Einkaufenden aus. Das ist doch alles kein Motiv. Man begeht keinen Mord, weil jemand *stichelt*.

In der Karl-Schweighofer-Gasse biegt er nach links ab, dann noch einmal nach rechts, dann wieder links. Das Ziel befindet sich links.

Das Soul leuchtet warm zwischen den Gründerzeithäusern.

Die Frau Hohenfels sei nicht mehr da, ob man etwas ausrichten könne.

Karin / Telefon

Die Karin erklärt dem Chefinspektor die Anja.

»Es ist halt einfach schön, mit jemandem zu sein, der einen noch nicht kennt. Der einen ohne Kinder kennt, ohne Job, ohne Gartenmöbel. Eben nur einen *selbst*. Nur die *Anja*, nicht das *Brandschutzamt*.«

»Woher weißt du das so genau?«

»Ich bin Ermittlerin. Wie du. Ich kann mich hineinfühlen in die Leute. Hat sie halt was gehabt mit ihm. Da küsst man sich auf die Wangen, links, rechts, und dann ist man eh schon beim Mund und küsst sich halt weiter.«

»Aha. Und mit wem machst du das immer so?«

Sonderelternabend Amir II

Die Obfrau rückt die zwei Besprechungstische in die Mitte des Raumes.

Die Obfrau Stv. stellt Sessel in regelmäßigen Abständen rund um die Tische.

Das Listenamt bringt Krüge und Gläser aus der Kindergruppe, füllt Wasser in die Krüge und stellt alles in die Mitte der Tische.

Die Obfrau legt Notizen, ihren Kalender, einen Edding und einen Kuli an die Stirnseite des Besprechungstisches, zieht das Flipchart aus der Ecke des Raumes näher an ihren Platz und schreibt. Man hört das Kratzen des Filzstiftes auf dem Papier.

Das Vernetzungsamt setzt sich an das gegenüberliegende Kopfende, das Personalamt nimmt neben ihr Platz.

Das Wäscheamt spart sich den langen Weg durch den Raum und setzt sich gleich mit Blick auf die Tür.

Die Putzkoordination beziehungsweise das Reparaturamt betritt mit geröteten Augen den Raum.

Das Brandschutzamt erscheint, demonstrativ außer Atem,

demonstrativ von der Arbeit kommend, und lässt sich neben das Wäscheamt fallen.

Die Betreuerinnen nehmen nebeneinander an einer Tischseite Platz. Das Neue-Eltern-Amt steht erst unschlüssig in der Tür und wählt dann den Platz neben den Betreuerinnen.

Stille.

Das Einkaufsamt betritt das Büro: »Der Thomas ist noch unterwegs, der kommt später.«

Das Vernetzungsamt und das Neue-Eltern-Amt wechseln einen Blick.

Stille.

Die Obfrau: »Vielen Dank, dass das heute so spontan geklappt hat. Ich denke, wir haben alle die Medienberichte mitbekommen. Und neben dem Verlust, mit dem wir irgendwie fertigwerden müssen, haben wir jetzt zusätzlich zu entscheiden, wie wir mit dieser medialen Aufmerksamkeit umgehen. Ich denke, es gibt da verschiedene Möglichkeiten, die wir heute gemeinsam durchdenken können. Die Franziska oder eigentlich der Stephan hat dankenswerterweise schon mit einem Anwalt Kontakt aufgenommen.« Blick zur Obfrau Stv. Nicken. »Ich denke, wir werden da gut beraten sein.«

Pause. Alle warten brav.

Die Obfrau: »Heute soll es um folgende Punkte gehen.«

Die Obfrau dreht sich halb zum Flipchart und liest:

»*Was ist passiert, Klärung für alle.* Ich denke, dieser Punkt ist selbsterklärend.

Kommunikation nach außen: Reaktion der Kigru auf das Geschehene/auf die Berichterstattung. Dieser Punkt teilt sich wiederum in zwei Unterpunkte:

Verfassen einer Presseaussendung. Was teilen wir mit? Wer übernimmt das?

Und: *Reaktion auf Interviewanfragen.* Wie gehen wir vor? Gibt es eine Kontaktperson?

Darauf folgt der eigentlich wichtigste Punkt: *Kommunikation nach innen. Reaktion den Kindern gegenüber.* Wie können wir die Betreuerinnen einbinden?

Und zum Schluss bleibt abzuklären: *Wie ist unser Informationsstand?* Wer weiß was? Da geht es darum, uns alle auf einen Stand zu bringen, damit wir tatsächlich als Gruppe agieren können.«

Pause, die Obfrau nimmt Platz.

Die Obfrau: »Zuerst möchte ich wieder alle einladen zu einer ersten Runde. Wie geht's uns, welche Gedanken oder Gefühle sind aufgekommen, was beschäftigt uns?«

Das Wäscheamt: »Wieso war der Amir überhaupt bei Ludos Party?«

Das Listenamt: »Ist das echt deine Terrasse, Franziska?«

Die Obfrau: »Fragen heben wir uns für die nächste Runde auf. Jetzt soll einfach mal jeder und jede in Kontakt mit seinen Gefühlen treten.«

Betreuerin Mone: »Also ich hab nur eine Stunde Zeit, ich fänd's echt wichtig, dass wir gleich zur Sache kommen. Wir, also die Ingrid, die Tabitha und ich, kennen uns überhaupt nicht aus. Und *wir* sitzen ja den ganzen Tag in der Kindergruppe, und es ist echt ungut, dass wir da jetzt in der Zeitung sind. Ich mein, da ist ein Pfeil auf uns gerichtet.«

Betreuerin Tabitha nickt.

Betreuerin Ingrid: »Ja, es ist schon sehr stark belastend, so im Fokus zu stehen. Man weiß nicht, was kommt als Nächstes.«

Das Geschenkeamt: »Ich denke nicht, dass ihr etwas befürchten müsst, aber –«

Betreuerin Mone: »Doch, das tun wir aber.«

Betreuerin Tabitha nickt.

Betreuerin Mone: »Die Ingrid und ich waren heute beim Herrn Hansmann. Ich mein, das fühlt sich echt schräg an, da plötzlich im Landeskriminalamt zu sitzen.«

Das Nachhaltigkeitsamt betritt den Raum und schiebt einen Sessel neben die Obfrau.

Betreuerin Mone sieht dem Nachhaltigkeitsamt zu und öffnet den Mund.

Das Geschenkeamt: »Ich denke nicht, dass ihr etwas befürchten müsst, es ist aber tatsächlich nicht der Zeitpunkt, nur über

Gefühle zu sprechen. Wir brauchen jetzt eine gute Strategie, mit der Presse umzugehen.«

Das Nachhaltigkeitsamt verlangt Aufklärung: »Ich verlange Aufklärung.«

Das Vernetzungsamt: »Jetzt warte doch mal!«

Betreuerin Mone: »Du solltest eher uns aufklären.«

Das Nachhaltigkeitsamt: »Was willst du damit sagen?«

Das Wäscheamt: »Ich will wissen, wieso der Amir überhaupt auf Ludos Party war.«

Das Listenamt: »Auf dem Foto, ist das Franziskas Terrasse?«

Das Einkaufsamt: »Wieso Franziskas Terrasse?«

Das Vernetzungsamt: »Hast du die Berichte nicht gelesen? Amir ist angeblich auf Franziskas Terrasse ermordet worden.«

Das Einkaufsamt schlägt die Hände vor den Mund: »Während die Taleja bei euch in der Wohnung war?«

Die Obfrau: »So macht das keinen Sinn. Wir müssen geordnet vorgehen.«

Die Obfrau dreht den Kopf und nickt der Obfrau Stv. zu: »Die Franziska und ich haben beschlossen, dass die Franziska einfach mal erzählen soll. Franziska, passt das für dich, auch ohne Runde davor?«

Die Obfrau Stv. nickt und erzählt (siehe Tag eins: Die Obfrau Stellvertreterin hat auf dem Dach eine Geburtstagstafel für die Kinder hergerichtet …).

Das Reparaturamt (und Putzkoordination): »Wieso habt ihr uns nicht gleich ins Vertrauen gezogen? Wir sind da gesessen, und ihr habt längst Bescheid gewusst! Wir hätten doch genau *darüber* sprechen müssen!«

Das Nachhaltigkeitsamt schüttelt den Kopf: »Wahnsinn, irre.«

Das Reparaturamt weint: »Wir haben uns doch genau in dieser Runde getroffen. Und ihr habt uns nichts gesagt!«

Das Listenamt steht auf und tröstet das Reparaturamt.

Das Reparaturamt, umarmt vom Listenamt: »Ich muss mir wirklich überlegen, ob hier der richtige Ort für uns, der richtige Ort für den Mio ist.«

Betreuerin Mone: »Ja, das überleg ich mir auch.«

Schweigen.

Betreuerin Mone: »Ihr seids echt so arg. Unser Kollege wird auf eurem Dach ermordet, und ihr sagts uns nichts, wir müssen das aus den Medien erfahren!«

Obfrau: »Na, also so war das auch nicht.«

Das Personalamt: »Wichtig ist zum jetzigen Zeitpunkt, ist das jetzt alles? Sprich, wissen wir alles? Oder gibt es noch mehr? Ich denke, es wäre jetzt schon bedeutend, dass wir alle am gleichen, ich nenne das mal, Wissensstand sind.«

Die Obfrau Stv.: »Ihr wisst alles.«

Das Nachhaltigkeitsamt: »Es tut mir leid, aber mich überrascht das alles nicht.«

Alle Augen auf Thomas.

Betreuerin Mone: »Ja, dass *dich* das nicht überrascht, wissen wir.«

Die Obfrau: »Bitte, können wir das ein wenig strukturierter gestalten.«

Das Nachhaltigkeitsamt: »Nein. Sie soll jetzt sagen, was sie da dauernd andeutet. Was soll das? Sag's einfach!«

Die Obfrau zeigt auf das Flipchart: »Wir sind bei der Aufklärung. Der nächste Punkt ist die Strategieentwicklung, dann sind mal die Kinder dran. Danach kommst du, Thomas.«

Betreuerin Tabitha: »Oh mein Gott, haben wir schon mit der Heidi gesprochen?«

Die Obfrau dreht sich vom Flipchart zurück zur Runde.

Mehrere Eltern: »Wieso mit der Heidi?«

Das Reparaturamt II betritt den Raum und sucht einen freien Platz. Das Personalamt steht auf und reicht über die Köpfe der anderen hinweg einen Sessel zur Tür. Das Reparaturamt II setzt sich, öffnet den Reißverschluss der Jacke, zieht die Jacke aus und hängt sie über die Sessellehne.

Das Reparaturamt hebt den Kopf und schaut mit runden Augen.

Das Einkaufsamt, kopfschüttelnd: »Wieso also mit der Heidi?«

Vernetzungsamt und Betreuerin Mone, gleichzeitig: »Die war doch mit Amir zusammen.«

Die Putzkoordination: »Die Heidi?«

Das Geschenkeamt: »Hat das die Susanne gewusst?«

Betreuerin Mone: »Ihr habts noch gar nicht mit der Heidi gesprochen? Ihr seids echt arg.«

Das Einkaufsamt: »Habt ihr denn mit der Heidi gesprochen?«

Betreuerin Mone: »Ist das unsere Aufgabe? Haben wir Personalverantwortung?«

Das Vernetzungsamt: »War Heidi denn heute da?«

Betreuerin Ingrid: »Heute war sie nicht da.« Fragender Blick zu Betreuerin Tabitha.

Betreuerin Tabitha: »Ich hab sie diese Woche noch gar nicht gesehen.«

Betreuerin Mone: »Gestern war die Heidi auch nicht da.«

Das Listenamt: »Die Woche war die Heidi gar nicht zum Kochen eingeteilt.«

Die Obfrau: »Gut. Jemand muss mit ihr sprechen. Wer übernimmt das? Wer traut sich das zu?«

Die Obfrau Stv. nickt sehr ernst und verspricht, das zu übernehmen.

Das Vernetzungsamt: »Ich will jetzt wirklich wissen, was Thomas da vorhin gemeint hat.«

Das Neue-Eltern-Amt: »Ich auch.«

Die Obfrau seufzt: »Also bitte, Thomas.«

Das Nachhaltigkeitsamt legt fragend den Kopf schief.

Das Vernetzungsamt: »Du hast gesagt, es überrascht dich nicht.«

Betreuerin Mone: »Ja, Thomas. Was hast du gemeint?«

Das Nachhaltigkeitsamt: »Na ja, der hat sich doch mit jedem angelegt. Und mit uns konnte der das ja machen. Aber wenn der genauso provokant zu seinesgleichen war.«

Das Neue-Eltern-Amt: »Seinesgleichen?«

Das Nachhaltigkeitsamt: »Afghanen.«

Das Vernetzungsamt: »Was hat das mit Afghanen zu tun?«

Das Personalamt: »Der Amir hatte die deutsche Staatsbürgerschaft, das ging aus seinen Bewerbungsunterlagen hervor.«

Das Nachhaltigkeitsamt: »Na ja.«

Das Neue-Eltern-Amt, spöttisch: »Einmal Afghane, immer Afghane, oder was.«

Die Obfrau: »Also bitte.«

Das Reparaturamt: »Ich muss sagen, ich finde es echt furchtbar, wie ihr über den armen Amir sprecht. Da ist so eine implizite Gewalt in euren Worten.«

Das Neue-Eltern-Amt: »In *unseren* Worten? Soll Thomas doch erklären, was er meint.«

Das Brandschutzamt: »Thomas hat recht. Die Staatsbürgerschaft ist egal. Amir war andauernd auf Streit aus. Wer weiß, mit wem der sich angelegt hat.«

Das Reparaturamt II: »Also ich kannte den Amir, und das war ein ganz Guter.«

Das Listenamt, wieder an seinem Platz, weint jetzt auch: »Wir alle kannten den Amir. Die Rika hat ihn so gern gehabt.«

Das Vernetzungsamt, an Thomas gerichtet: »Wieso hast du eigentlich am Dienstag sofort von Gewalt gesprochen?«

Das Nachhaltigkeitsamt: »Das hab ich doch gar nicht.«

Das Vernetzungsamt: »Doch, das hast du.«

Betreuerin Mone: »Ihr seids so arg.«

Die Obfrau: »Ich kenn mich nicht aus. Hat er das?«

Das Neue-Eltern-Amt: »Ist mir auch aufgefallen.«

Die Obfrau Stv.: »Stimmt leider. Thomas, du hast von Gewalt gesprochen, obwohl *euch* zuerst nur die Tatsache bekannt war, dass Amir gestorben ist, nicht *wie*.«

Das Wäscheamt: »Na ja, da hat der Thomas dann ja wohl doch recht gehabt.«

Das Brandschutzamt: »Genau.«

Das Personalamt: »Die Frage ist bloß, warum weiß das der Thomas schon zu diesem Zeitpunkt.«

Das Nachhaltigkeitsamt: »Das lag doch auf der Hand. Bitte, welcher Anfang Zwanzigjährige fällt tot um? Einfach so? Ich bitte euch. Passt mal ein bisschen auf, wen ihr da verdächtigt.«

Die Obfrau: »Ich denke auch, dass wir alle ein bisschen vorsichtig sein müssen. Unsere Nerven liegen blank. Deshalb habe ich ja den heutigen Elternabend einberufen. Damit wir als Gruppe agieren.«

Das Vernetzungsamt schaut auf ihre Hände oder ihr Handy.

Die Obfrau: »Ich habe mich mit der Franziska besprochen. Wir bringen beide einiges an Erfahrung mit, wir können ein Pressestatement verfassen.«

Das Nachhaltigkeitsamt: »Im Namen aller?«

Die Obfrau: »So ist das gedacht, im Namen des Vereins, ja.«

Das Nachhaltigkeitsamt: »Es wär nur cool, wenn ich das vor der Veröffentlichung zu lesen bekäme.«

Die Obfrau: »Natürlich kann sich noch jemand beteiligen. Es muss nur wirklich schnell gehen. Wenn ich es euch zur Durchsicht gebe, brauche ich zeitnah eure Kommentare. Wir müssen tatsächlich rasch reagieren, man sieht ja, wie schnell das alles geht.«

Nicken.

Die Obfrau: »Dann brauchen wir eine Kontaktperson für Interviewanfragen. Wer traut sich das zu?«

Stille.

Die Obfrau Stv.: »Es ist noch überhaupt nicht sicher, ob diese Person dann wirklich zum Einsatz kommt.«

Die Obfrau: »Genau, wir wissen natürlich nicht, wie hoch der Arbeitsaufwand für diese Person sein wird, aber es werden wohl nicht Hunderte Interviews anfallen.«

Das Vernetzungsamt: »Wäre es nicht schlau, wenn das auch ihr macht? Ich meine, ihr verfasst ja nun schon das Statement, ihr seid dann ja wohl am besten gebrieft.«

Die Obfrau: »Ganz ehrlich, das ist mir zu viel. Ich bin die nächsten Tage gar nicht in Wien und auch nicht gut erreichbar. Es muss jemand sein, der wirklich Zeit zur Verfügung hat.«

Alle Eltern schauen auf ihre Hände oder ihr Handy.

Das Personalamt: »Gut, also ich könnte das schon machen. Es ist ja sehr wahrscheinlich ein vorübergehender Job. Ich hoffe mal, dass das Interesse an unserer Gruppe nachlassen wird.«

Die Obfrau: »Christian. Okay. Gibt es vielleicht noch jemanden, der das gerne machen möchte?«

Betreuerin Mone: »Es ist halt so, dass die sowieso am Kindergruppen-Handy anrufen. Und ich hab echt keine Zeit, da irgendwelche Journalisten abzuwehren.«

Das Reparaturamt: »Die rufen in der Kindergruppe an?«

Betreuerin Mone: »Ja sicher, was denkt ihr denn!«

Das Wäscheamt: »Die Freya bleibt sowieso zu Hause.«

Die Obfrau: »Das heißt, die Kontaktperson muss die nächsten Tage –«

Das Nachhaltigkeitsamt: »Wochen!«

Die Obfrau: »Die Kontaktperson muss in der nächsten Zeit zusätzlich das Kindergruppen-Handy bei sich haben und dort gegebenenfalls ebenfalls Anrufe beantworten. Christian, geht das für dich?«

Das Personalamt: »Wie gesagt, es wird ja nicht für immer diese, ich nenn das jetzt mal, Nachfrage nach uns bestehen. Und dafür, dass unsere Kinder und die Betreuerinnen in Ruhe ihren Tag verbringen können, mach ich das gern. Jeder hält halt mal den Kopf hin.«

Die Obfrau: »Danke.«

Die Obfrau schreibt etwas in ihren Kalender.

Die Obfrau: »So, passt. Presseaussendung haben wir, Kontaktperson haben wir.«

Das Neue-Eltern-Amt: »Ich glaube, es wäre gut, wenn ihr das Statement an alle schickt, weil was, wenn wir anderen auch angerufen werden? Ich will nichts Falsches sagen.«

Das Brandschutzamt lacht spöttisch und murmelt: »Das war bis jetzt ja auch nicht deine Sorge.«

Das Reparaturamt schaut ihre Sitznachbarin irritiert an.

Das Neue-Eltern-Amt blinzelt.

Die Obfrau: »Gut. Ich habe den Punkt mit den Kindern reingenommen, weil ich das Gefühl hatte, dass bei dem ganzen Wirbel die eigentliche Hauptsache oder Hauptsorge vergessen wird. Wie gehen wir in unserem familiären Alltag mit den Ereignissen um.«

Pause.

Die Obfrau, an die Betreuerinnen: »Also meine Frage richtet sich zuerst an euch.«

Betreuerin Ingrid: »Also wir vergessen das überhaupt nicht. Im Gegenteil. Wir thematisieren das schon. Die Kinder fragen auch, wo ist der Amir, kommt der wieder. Und dann sprechen wir halt darüber. Dass der Amir gestorben ist. Dass man nicht mehr wiederkommt, wenn man gestorben ist.«

Das Reparaturamt: »Aber sagt ihr auch, dass der Amir ermordet wurde?«

Betreuerin Ingrid: »Nein. Wir hatten eine Supervision und haben uns geeinigt, dass es sich für uns alle am besten anfühlt, wenn wir bei der Unfallversion bleiben. Es ist ja auch nicht ganz falsch. Ein Unfall passiert ungeplant, ohne dass man etwas dafür kann.«

Das Nachhaltigkeitsamt: »Na ja.«

Das Vernetzungsamt: »Nun lass sie doch mal ausreden.«

Betreuerin Mone: »Es ist auch so, dass die Kinder unterschiedlich weit sind – in der Verarbeitung. Die Johanna zum Beispiel, die hat das schon irgendwie abgespeichert. Die stellt schon die nächsten Fragen. Wo ist man, wenn man tot ist.«

Das Geschenkeamt: »Und was sagt ihr da?«

Betreuerin Mone: »Ich habe ein Buch gekauft, die Maus und die Weltreligionen. Das interessiert uns gerade total. Die Johanna und die Anouk haben heute festgestellt, dass man sich aussuchen kann, wo man hinkommt.«

Das Personalamt: »Die Johanna und die Anouk!«

Das Listenamt: »Und die anderen? Ihr habt gesagt, die Kinder sind unterschiedlich weit.«

Betreuerin Mone: »Genau. Also die Johanna, die hat das abgespeichert und ist beim Verarbeiten. Die Anouk auch. Und der Vincent zum Beispiel, aber auch die Rika, die haben das irgendwie noch nicht gecheckt. Die brauchen einfach noch, bis sie begreifen, was da los ist.«

Das Listenamt: »Oh Gott.«

Betreuerin Ingrid nickt: »Das ist genauso in Ordnung. Das ist ja das Thema, dass man den Tod eben nicht beg*reifen* kann.«

Betreuerin Mone: »Und die fragen einfach immer wieder, wo ist der Amir, kommt der jetzt bald wieder.«

Das Listenamt schluchzt auf.

Das Reparaturamt: »Und der Mio?«

Betreuerin Ingrid: »Der Mio, der ist so dazwischen. Der fragt schon auch nach, aber man hat das Gefühl, der weiß schon, welche Antwort kommt. Der findet das spannend und will das noch mal hören.«

Das Reparaturamt zieht irritiert den Kopf zurück: »Also ich glaube, da versteht ihr den Mio falsch. Den belastet das total. Der war noch nie mit dem Tod konfrontiert.«

Betreuerin Mone: »Ihr dürft nicht unterschätzen – der Tod hat was Faszinierendes. Total. Der Ludo und der Lenz sind auch fasziniert. Wir nennen die jetzt die Grusel-Partie. Oder wie schätzt ihr das ein, wie geht's Ludo und Lenz, was erzählen die?«

Das Neue-Eltern-Amt: »Der Lenz ist, glaub ich, recht stabil. Er erzählt schon jeden Tag nach der Kindergruppe, dass der Amir leider gestorben ist. Aber schlecht geht es ihm nicht. Nicht wirklich.«

Die Obfrau Stv.: »Der Ludo erzählt mir überhaupt nichts. Aber geträumt hat der schlecht in letzter Zeit, der hat richtig geschrien im Schlaf.«

Das Neue-Eltern-Amt: »Ja, ich mein, der Lenz fragt mich dauernd, ob ich auch bald sterbe. Das schon.«

Das Reparaturamt II: »Also der Kolja, der ist total traumatisiert. Für den ist das richtig schlimm.«

Betreuerin Mone: »Echt? In der Kindergruppe ist er eigentlich gerade der Anführer der Grusel-Partie.«

Betreuerin Ingrid: »Das ist natürlich auch eine Strategie der Verarbeitung.«

Betreuerin Mone nickt: »Voll.«

Die Obfrau: »Die Flora hat mir jetzt immer wieder erzählt, dass die Mädchen sich vor den Buben fürchten.«

Betreuerin Mone: »Da geht's momentan schon wild zu. Eh klar.«

Betreuerin Ingrid: »Es hat einfach jedes Kind seinen eigenen

Zugang und seinen eigenen Weg, mit Krisen umzugehen. Das ist ja bei uns Erwachsenen auch so. Und das erzeugt teilweise eine Unruhe in der Gruppe, aber im Großen und Ganzen profitieren wir alle voneinander.«

Pause.

Betreuerin Ingrid: »Da stehen wir momentan.«

Das Wäscheamt: »Die Freya ist letztens nach Hause gekommen und hat gesagt, der Kolja will sie abstechen.«

Das Listenamt schlägt die Hand vor den Mund.

Das Neue-Eltern-Amt: »Was?«

Das Reparaturamt schluchzt.

Das Wäscheamt: »Ich war mir nicht sicher, wann ich es sagen soll, aber ich sag es einfach jetzt. Die Freya wird nicht mehr kommen.«

Die Obfrau: »Moment, das ist gerade viel auf einmal.«

Betreuerin Mone: »Also ich find das nicht in Ordnung, jetzt einzelne Kinder abzuurteilen. Wie die Ingrid gesagt hat, es sind gerade alle durch den Wind. Jeder auf seine Art.«

Das Listenamt: »Ich will das jetzt aber schon wissen. Was war mit dem Kolja? Hat der ein Messer mitgehabt?«

Das Neue-Eltern-Amt: »Bitte, das gibt's doch nicht.«

Das Wäscheamt: »Mehr weiß ich auch nicht. Die Freya hat gesagt, sie hat Angst in der Kindergruppe, weil der Kolja sie *abstechen* will.«

Das Einkaufsamt: »Aber wie kommt er auf so was?«

Das Reparaturamt II steht auf: »Hey, nein, ich will so nicht weiterdiskutieren, ich gehe jetzt.«

Die Obfrau Stv.: »Martin, jetzt bleib doch, wir lösen das zusammen.«

Das Reparaturamt II schluchzt und verbirgt sein Gesicht in der Hand: »Nein, ich halte das nicht aus. Der Kolja ist so ein sensibler Junge, der musste so viel durchmachen, und immer, wenn was nicht passt, soll er schuld sein.«

Das Geschenkeamt: »Nein, Martin, das stimmt doch gar nicht! Komm, setz dich wieder. Wir kennen den Kolja schon so lange, wir wissen, dass das ein ganz Lieber ist.«

Das Wäscheamt, murmelnd: »Es geht.«

Das Personalamt: »Ich denke, wir sollten uns jetzt alle wieder beruhigen. Es wird hier sicher niemand niemandem wehtun. Kann sein, dass Einzelne unangebrachte Sachen sagen, aber das sind doch alles Kinder. Und wie die Ingrid schon gesagt hat, alle sind gerade erst dabei, das mit dem Amir zu verarbeiten.«

Das Reparaturamt II weint: »Zuerst die Trennung und dann das mit dem Amir, das ist zu viel. Der Kolja ist doch noch so klein. Ich will den immer beschützen und kann's einfach nicht.«

Das Vernetzungsamt: »Ihr macht das doch voll gut mit dem Kolja. Der braucht einfach noch ganz viel Zeit.«

Die Obfrau Stv. steht auf und streichelt des zweiten Reparaturamts Rücken.

Das Vernetzungsamt, an alle: »Das geht echt nicht, dass in diesem Setting einzelne Kinder herausgegriffen werden.«

Die Obfrau: »Okay. Wir waren dabei, zu besprechen, wie wir mit den Kindern gemeinsam die Geschehnisse bearbeiten können.«

Betreuern Ingrid: »Genau. Jeder steht woanders, aber niemand steht allein.«

Nicken.

Das Personalamt: »Das hast du schön gesagt, ich denke, das stimmt für die gesamte Gruppe.«

Das Wäscheamt: »Nur für uns stimmt das nicht. Die Freya wird nicht mehr kommen.«

Die Obfrau, an das Wäscheamt: »Ich denke, wir haben das zur Kenntnis genommen, lass uns doch die Einzelheiten ein andermal besprechen.«

Die Obfrau, an alle: »Können wir uns darauf einigen, dass das the way to go ist? Dass wir mit den Kindern nicht so sehr das *Was* thematisieren, sondern viel mehr darauf schauen, *wie* wir sie darin unterstützen können, den Tod als Teil des Lebens zu akzeptieren?«

Nicken.

Das Einkaufsamt: »Na ja. Der Kolja weiß ja offensichtlich schon mehr.«

Das Reparaturamt II schluchzt.

Das Vernetzungsamt: »Wer sagt dir das? Wer sagt dir, was Kolja weiß? Und wie sollen unsere Kinder Solidarität lernen, wenn wir als Eltern so kläglich darin versagen?«

Das Einkaufsamt, irritiert: »Na ja, ich dachte nur, wenn Kolja doch schon so viel weiß.«

Das Vernetzungsamt: »Es geht doch jetzt darum, wie wir in Zukunft damit umgehen.«

Das Nachhaltigkeitsamt: »Verena hat da einen wichtigen Punkt getroffen, auch wenn der vielleicht unbequem ist. Was, wenn Kolja die anderen mit Einzelheiten quält?«

Das Reparaturamt, belegte Stimme: »Kolja weiß überhaupt keine Einzelheiten!«

Betreuerin Ingrid: »Ich finde das, ehrlich gesagt, gerade echt schwierig. Was ist denn mit euch los? Wir sind doch eine Gruppe, die gemeinsam eine Lösung sucht. Natürlich soll niemandem Angst gemacht werden. Aber der Kolja ist sicher nicht bösartig und *quält* auch sicher nicht andere Kinder.«

Das Personalamt nickt.

Betreuerin Mone: »Die Kinder untereinander – das ist unsere Sache, da müsst ihr uns schon ein bisschen vertrauen.«

dieAundO

A sitzt vor einer Kerze. Man sieht die Flamme im Vordergrund und dahinter, leicht unscharf und im Dunkeln, das ernste Gesicht des Mädchens.

Gefällt 473 Mal

dieAundO A fragt: Mama, wie lange werde ich traurig sein?

Trauer ist ein Gefühl. Wie Freude, wie Wut, Liebe, Wärme und Kälte. Alle Gefühle sind normal und gehören zu dir. Kein Gefühl ist verboten, du musst dich vor keinem Gefühl fürchten.

Gefaltete Emoji-Hände

Du hast dein eigenes Tempo. Niemand kann bestimmen, wie lange es okay ist, traurig zu sein. Niemand darf bestimmen, wie viel Trauer oder Freude du spürst.

Und dann irgendwann wird der Zeitpunkt da sein – und die Trauer wird sich wandeln. Wann das sein wird, können wir nicht sagen. Wir sind nun mal keine Diagramme, die man berechnen kann. Irgendwann wirst du wieder lachen. Vielleicht kommt die Traurigkeit auch noch mal zurück. Wir funktionieren nicht linear. Die Emoji-Frau hebt Hände und Schultern

Aber du wirst auch danach wieder lachen. Ohne die Trauer würdest du die Freude nicht kennen. Ohne die Nacht hätten wir keinen Tag. Sonnen-Emoji Mond-Emoji

Alle 21 Kommentare ansehen
happy_star_ Ach, wie traurig, ihr tut mir so leid! Es muss so furchtbar für die Kinder sein!
sabinewallner_ Wie schrecklich! Ich hoffe, die Berichterstattung hört bald auf und ihr könnt zur Ruhe kommen.
dieAundO Danke. Gefaltete Emoji-Hände. Ruhe ist, was wir brauchen.
wilde_hilde78 Es reicht, ich halte dein scheinheiliges Getue nicht mehr aus. Ihr Bobos mit eurem Gutmensch-Gelabere bringt eure Kinder in Gefahr und tut dann ganz entsetzt, wenn sie (erst mal nur psychischen) Schaden nehmen. Ihr stellt einen Flüchtling in eurem Kiga an! Da frage ich mich wirklich, tickt ihr noch richtig? Man sollte mal die Frage stellen, ob ihr in der Lage seid, überhaupt auf eure Kinder aufzupassen. Du bist unfollowed #esreicht
dieAundO @wilde_hilde78 Ich lösche deinen Kommentar nicht, lasse ihn jedoch unkommentiert. So viel Hass kann ich nichts entgegensetzen.
karin_leonie_hirter Löschen und drohen, das ist das Einzige, das dir einfällt. Du bist doch sonst so reflektiert. Aber klar, es ist hart zu sehen, was man selbst zur Gefährdung seiner Kinder beigetragen hat.
tinchen_ Also mein Kind würde ich nie in euren Kiga geben!

TAG 6

In der Garderobe (Rückblick)

»Amir, kannst du schwimmen?«

»Ja, wie wäre ich sonst in Europa angekommen.«

»Nein, ich mein ja nur.«

»Passt schon. Da wo ich herkomme, haben wir nur Sand.«

Der Chefinspektor in der Früh

Am Wochenende ist Karin besonders grantig, wenn sie zu früh geweckt wird, darum darf sie schlafen, fast so lange sie will.

Der Chefinspektor darf schlafen, so lange Emmi und Raphi ihn lassen. Und Emmi und Raphi lassen ihn bis halb acht. Er hört Geräusche aus der Küche. Die hohen Stimmen und ein Rascheln, dann ein Prasseln. Etwas wird in eine Schüssel geschüttet. Die Kühlschranktür geht auf und zu.

Der Chefinspektor schaut nach dem Rechten. »Sollen wir schnell Semmeln kaufen?«

»Wir haben uns schon Frühstück gemacht.«

Raphi ist stolz.

In den Nachrichten, die die News-App dem Chefinspektor vorschlägt, ist der tote Amir weit oben gereiht. Der arme Amir unter den Lampions ganz klein am Display. Die Polizei tappt im Dunkeln. Stimmen werden laut. Der Chefinspektor schickt sein Telefon in den Ruhezustand.

Karin betritt die Küche und nimmt sich ein Glas. »Gehst du mit den Kindern zur Party?«

»Bleiben sie dort nicht alleine?«

»Raphi soll alleine bleiben? Im Park?«

Karin trinkt warmes Wasser.

»Sie haben sich ja auch ihr Frühstück selber gemacht.«

Raphi strahlt.

Emmi nickt. »Außerdem kann ich auf den Raphi aufpassen.«

»Na ja, man könnte sie vielleicht eine Stunde alleine lassen und dann wieder dazukommen.«

Die Kinder jubeln.

Emmi zieht Raphi am Pyjama. »Komm, Raphi, wir packen das Geschenk ein.«

Mateo, am Telefon: »Ich weiß jetzt, wer das Foto geteilt hat.«

»Na?«

»Kommst du?«

Karin / Die Gruppeninspektorin

Ja, okay, er solle gehen.

»Es tut mir eh leid, ich wäre echt gern zur Party gegangen.«

»Übertreib es nicht.«

»Nein, im Ernst.«

»Komm einfach nach, wenn es geht.«

Emmi erscheint mit eingepackter LOL-Kugel im Arm: »Gehen wir jetzt Semmeln holen?«

»Ich muss leider ins Büro.«

Raphi, hinter Emmi: »Was? Gehen wir Semmeln kaufen?«

»Der Papa muss in die Arbeit.«

Raphi lässt den Kopf in den Nacken fallen, reißt den Mund auf und weint.

Karin schließt die Augen und atmet langsam ein.

»Es tut mir wirklich leid.«

Karin öffnet die Augen und atmet aus. »Ja.«

Wege

Aus schlechtem Gewissen der Karin gegenüber geht der Chefinspektor nicht zu Fuß, sondern fährt mit der U-Bahn.

Landeskriminalamt

Mateo berichtet.

Der Weg des Fotos

»Wir haben ja zuerst nur die Enden der Kette gesehen. Sozusagen. Ich bin den einzelnen Gliedern nachgegangen und hab den Verlauf rekonstruiert.«

Mateo hat ein Blatt Papier und zwei Fineliner hergerichtet.

»Am Donnerstag um drei Uhr siebenundvierzig lädt jemand über Moghaddams Account das Foto auf Facebook hoch.«

Mateo zeichnet eine Art Stammbaum: Von einem länglichen Rechteck *Moghaddam* geht ein schwarzer Pfeil zu einem weiteren Kästchen, das Mateo mit *Moghaddams Timeline* betitelt.

Der Chefinspektor: »Moment, haben wir eigentlich schon die FZA?«

Christina richtet sich auf. »Sollte am Montag da sein, ich hab noch mal mit dem Tramec telefoniert.«

Stille.

Mateo wartet, bis alle Blicke auf das Papier gerichtet sind.

Mateo fährt fort. »Dieser erste Weg ist allerdings ein Dead End. Keiner von Moghaddams Freunden hat das Foto weiterverbreitet.«

Mateo zieht einen zweiten Pfeil von *Moghaddam* zu einem neuen Rechteck.

»Neben dem Hochladen in die Timeline hat Moghaddams Profil beziehungsweise der Täter es außerdem noch mit der Gruppe Stammtisch geteilt.«

Mateo betitelt das neue Rechteck mit *Stammtisch* und schließt den Stift.

»Ich hab mir die Gruppe angeschaut.«

Mateo wischt über sein Handy und liest: »*Der Stammtisch ist eine Facebook-Initiative, die Menschen miteinander ins Gespräch bringen soll. Wir wollen echten Austausch und Diskussion. Schon seit Längerem beobachten wir mit Sorge die Foren der verschiedenen Tageszeitungen – darum haben wir Regeln aufgestellt: Anonym, das heißt ohne Foto, kommt hier niemand rein. Respekt und Achtung verlangen wir von jedem Mitglied, egal was er oder sie zu sagen hat.* Und so weiter.« Mateo scrollt.

Mateo liest. »*Die politische Einstellung wird nicht zum Ein- oder Ausschlusskriterium. Es geht nicht darum, Leute einer Denkweise zu vereinen, sondern sich gegenseitig zuzuhören und Stellung zu beziehen. Man lässt nicht sein Gift ab und geht. Am Stammtisch bleibt man sitzen.* Und so weiter.«

Mateo fasst zusammen: »In der Gruppe sollen politische Themen diskutiert werden. Die meisten Mitglieder sind eher grün bis links, ich hab mir die angeschaut. Jedenfalls: Dort haben mindestens vier Personen das Bild übernommen, das heißt geteilt. Ich kann natürlich nur von denen sprechen, die erstens ein öffentliches Profil und, zweitens, den Beitrag nicht wieder gelöscht haben.«

Mateo öffnet den Fineliner und zieht, ausgehend vom *Stammtisch*, vier Linien nach unten und zeichnet leere Kästchen an deren Enden.

»Die Stammtischgruppe hat als erster Multiplikator gedient, von hier aus geht's in alle Richtungen.«

Mateo zeichnet und schreibt. Jedes leere Rechteck bekommt wiederum drei Pfeile, die nach unten, links und rechts zeigen. Einer davon endet bei *Justus Grabher*.

»Von hier aus kennen wir den Weg.«

Mateo schließt den Stift.

Mateo fährt fort. »Was ich mich dann gefragt habe, war: Wer sind die Leute, die so was teilen?«

Christina: »Vor allem mit dieser Beschlagwortung.«

Hornberg: Was sie meine?

»Na ja, war das Foto von Anfang an mit *Bedrohung* und *importierter Gewalt* betitelt, oder ging es zuerst um etwas anderes.«

Der Chefinspektor: »Nicht Gewalt *an* und Gefahr *für* Moghaddam, sondern als von ihm ausgehend.«

Christina nickt.

Hornberg runzelt die Stirn.

Mateo: »Außerdem. Haben die Leute, die den Beitrag teilen, eine Gemeinsamkeit? Kennen sie die gleichen Personen und so weiter.«

Mateo öffnet einen zweiten, grünen Fineliner.

Hornberg massiert sein Knie.

»Und hier laufen die alle zusammen.«

Mateo zieht grüne Linien von den leeren Rechtecken, die sich an einem neuen Punkt treffen. Mateo schreibt: *Clemens Benedikt Riedl.*

Christina sagt so etwas wie: »Oh.«

Mateo hebt leicht die Hand. »Dann bin ich also zum Profil vom Riedl. Der hat das Foto selbst nicht geteilt, aber einer der vier, eigentlich eine, hat es in Riedls Timeline verlinkt, und der hat es zumindest nicht gelöscht.«

Mateo schließt den grünen Fineliner.

Christina runzelt die Stirn. »Wenn Moghaddam das Foto geteilt hat oder zumindest sein Profil der Ausgangspunkt ist, müsste doch überall sein Name auftauchen. Sein Name kam aber nirgends vor, oder?«

Hornberg schaut zwischen Christina und Mateo hin und her.

Mateo steckt den Stift in seine Brusttasche. »Die haben das Bild runtergeladen und, mit ihren Kommentaren versehen, neu hochgeladen.«

Hornberg: »Aber wozu?«

Mateo hebt die linke Hand.

»Ich hab mir den Justus Grabher noch mal angeschaut und bin drauf gekommen, dass der immer wieder Postings vom Clemens Benedikt Riedl kommentiert hat.«

Mateo nimmt den Stift wieder zur Hand und zeichnet eine weitere grüne Verbindung ein.

Mateo: »Und der Clemens Benedikt Riedl ist bei den Sachen vom Grabher großzügig mit Likes oder teilt die gleich selbst – und dann bekommen die eine irrsinnige Reichweite.«

Christina: »Kann ich mir vorstellen.«

Mateo, in Richtung Chefinspektor: »Der Andreas folgt dem Riedl übrigens auch.«

Der Chefinspektor: »Moment jetzt. Clemens Benedikt Riedl, soll mir der Name etwas sagen?«

Christina: »Na, das ist doch der Kopf der Neuen Rechten in Wien.«

Der Chefinspektor öffnet leicht den Mund.

Mateo hebt wieder leicht die linke Hand. »Einen Moment noch.«

Der Chefinspektor: »Warte kurz. Hast du nicht gesagt, Linke und Grüne? Wieso sind wir jetzt plötzlich bei der Neuen Rechten?«

Mateo: »Offenbar ist die Stammtisch-Gruppe doch nicht so homogen.«

Pause.

Mateo: »Die setzen da gezielt ihre Leute rein, um Stimmung zu machen. Jedenfalls. Eben deshalb, eben weil der Moghaddam so schnell viral gegangen ist, hatte ich bald den Verdacht, dass da jemand mitgeholfen hat. Deshalb hab ich vorher gemeint, *erster* Multiplikator. Das hätte nicht funktioniert, wenn nicht jemand Prominentes das Foto geteilt hätte.«

Der Chefinspektor: »Du sprichst so, als ob jemand etwas von der Facebook-Geschichte gehabt hätte.«

Mateo: »Ich finde, es wirkt so.«

»Das heißt, die Geschichte war geplant?«

»Wie eine Kampagne.«

Christina: »Die Frage ist: geplant *ab wann.* Tatsächlich erst ab Facebook?«

Mateo: »Die Frage ist: geplant oder günstiger Zufall.«

Mateo hat weiterrecherchiert. »Clemens Benedikt Riedl publiziert ja wahnsinnig viel. Und jetzt wird's interessant. Unter anderem dreht der so blogger-like Videos. Unter anderem mit Susanne Bonin.«

Christina: »Heidis Mutter.«

Der Chefinspektor: »Die Jeanne d'Arc der Neuen Rechten.«

Christina und Mateo schauen den Chefinspektor an.

»So nennt sie der Maler.«

Gruppenführer Hornberg braucht einen Kaffee.

Mateo: »Moment noch.«

Der Chefinspektor freut sich, dass Mateo sich so freut.

»Noch eine Sache. Habt ihr schon mal die Kindergruppe gegoogelt?«

Der Chefinspektor verneint. Christina schüttelt den Kopf. Hornberg reibt sich die Stirn.

Mateos Wangen glänzen: »Ich hab das nämlich gemacht. Und der zwölfte Eintrag oder so verweist auf *Weltnetz*, so eine Art rechtsextremes Online-Wörterbuch.«

Mateo liest: *»Die Kindergruppe wird von einem linksradikalen Verein betrieben und bekommt im roten Wien hohe Summen an Fördergeldern. Die Kindergruppe propagiert Gleichmacherei (›Gender‹) und indoktriniert Kinder über linkslinke Propaganda und heidnische Feste. Obfrau der Kindergruppe ist Susanne Bonin.«*

»Bonin!«

Mateos Wangen glühen. »Ja genau.«

Der Chefinspektor überlegt.

»Das hat doch jetzt gar keine Logik.«

Mateo hebt die Schultern.

Mokka

Christina fasst zusammen. »Entweder hat die Neue Rechte das Foto zufällig im Internet entdeckt und für sich verwendet oder das von Anfang an geplant.«

»Aber was *das*?«

»Bitte.« Hornberg rührt Zucker in seinen Kaffee. Er brauche eine Pause.

»Und die Bonin?«

»Hast du gewusst, dass die mal eine Funktion in der Kindergruppe hatte?«

»Nein, woher denn. Aber immerhin versteh ich jetzt, was die Betreuerin gemeint hat.«

Hornberg runzelt die Stirn.

»Na klar, dass der Bonin die Beziehung ihrer Tochter nicht gefallen hat.«

Christina nickt.

Der Chefinspektor und die Obfrau Stv.

Es riecht betörend gut. Der Chefinspektor klingelt.

»Der Herr Chefinspektor! Sie kommen gerade rechtzeitig für frische Buchteln. Das haben Sie wohl gerochen!«

Kurze Pause.

»Der Stephan und die Kinder haben in *diesem* Moment das Haus verlassen.« Die Obfrau Stv. hebt den Kopf und schaut mit zusammengekniffenen Augen zur großen Uhr, die über der Garderobe hängt. »Wie lange brauchen Sie mich denn?« Zu sich selbst: »Jetzt haben sie Generalprobe, in einer Stunde sollte ich los.« Zum Chefinspektor: »Die Emilia hat heute ihre Tanzvorführung.«

Der Chefinspektor beruhigt, es werde nicht lange dauern.

Die Obfrau Stv. geht voraus in die Küche. Sie nimmt bunte Teller – ähnlich jenen, die der Chefinspektor bereits von der Geburtstagstafel kennt – aus einer Kommode und richtet Buchteln darauf an.

»Ein paar muss ich für meinen Vater aufheben, aber wir dürfen jetzt schon kosten.«

Der Chefinspektor kaut und muss die Obfrau Stv. loben. Er nimmt sich nach und den Kaffee an.

Erwartungsvoll setzt sich die Obfrau Stv. an den Tisch.

»Frau Lasser, wenn man die Kindergruppe googelt, kommt man schnell zur rechten Szene. Ist Ihnen das bewusst?«

Die Obfrau Stv. muss nicht lange überlegen. »Sie meinen das mit der ehemaligen Obfrau?«

»Die Frau Bonin, auch, ja. Aber Ihre Kindergruppe taucht außerdem bei Weltnetz auf und wird als« – der Chefinspektor liest vom Display seines Mobiltelefons ab – »*linksradikaler Verein* geführt, *der Kinder zur Verachtung der eigenen Kultur im Sinne der sozialistischen Doktrin umerzieht. Statt christliche Werte hochzuhalten, werden künstliche Ereignisse gefeiert.*«

Die Obfrau Stv. macht ein Doppelkinn. »Künstliche Ereignisse, steht da? Aber die Kinder beschäftigen sich doch mit den Jahreszeiten, Zeit generell!«

Die Obfrau Stv. überlegt. »Und das Lied vom Sankt Martin singen wir! Alle gemeinsam!«

Der Chefinspektor hebt leicht die Hände. »Ich kann Ihnen auch nicht sagen, was an den Informationen dran ist. Mich hat eher überrascht, überhaupt auf Weltnetz zu stoßen.«

Die Obfrau Stv. legt den Kopf schief, der Pferdeschwanz fällt zur Seite. »Ich nehme an, das hat tatsächlich mit der Frau Bonin zu tun. Vielleicht hat sie diese Art der Aufmerksamkeit geweckt.«

Der Geschirrspüler piept. »Entschuldigen Sie.« Die Obfrau Stv. steht auf, schaltet den Geschirrspüler aus und öffnet ihn einen Spalt.

»Kennen Sie die Frau persönlich?«

Die Obfrau Stv. lehnt an der Arbeitsplatte.

»Also, Herr Chefinspektor, ich muss Ihnen sagen, diese ganze Sache war weit vor meiner Zeit. Zum Glück. Als der Ludo begonnen hat, war längst die Agnes Obfrau. Am besten fragen Sie die! Jedenfalls, der Lenz war schon in der Kindergruppe, als die Frau Bonin noch Obfrau war.«

Der Chefinspektor notiert.

»Herr Chefinspektor, meinen Sie, dass die Frau Bonin etwas mit unserem Fall zu tun hat?«

Der Chefinspektor ignoriert das Possessivpronomen. »Es besteht immer eine Möglichkeit, dass ein Mord politisch motiviert ist, in Zeiten wie diesen.«

Die Obfrau Stv. kann sich nur sehr schwer davon abhalten, in die Hände zu klatschen und auf der Stelle zu hüpfen.

»Sie wissen, dass über alle Schritte der Ermittlung Stillschweigen zu bewahren ist?«

»Aber natürlich. Herr Chefinspektor!«

Am Telefon.

»Du, phantastisch, er war gerade noch mal bei mir!«

Wege

Der Chefinspektor macht sich zu Fuß auf den Weg zum Neue-Eltern-Amt. Google Maps prognostiziert zwölf Minuten Gehzeit und schickt ihn über die Zweierlinie, entlang des Fahrradwegs, vorbei am 25hours Hotel. *Come as you are. We are all mad here.*

Der Chefinspektor macht einen Abstecher und erkundigt sich nach den Preisen, genauer, nach den Kosten für eine Nacht im Zimmer mit der Badewanne am Balkon. Ein mögliches Geburtstagsgeschenk für die Karin, aber er muss zuerst noch wen für die Kinder finden.

Das Neue-Eltern-Amt

Es gibt immer mehr Fragen, die das Neue-Eltern-Amt nicht gern gestellt bekommt.

Zuerst war da die Frage nach dem Alter, die sie ab dreißig nicht mehr gern beantwortet hat, obwohl Agnes sowieso jünger aussieht, als sie ist, was am ewigen Studentinnenleben liegen mag.

Zeitgleich und parallel wurde »Und, was machst du so (beruflich)?« immer unangenehmer, eben wegen des ewigen Studentinnenlebens – dieses allerdings durchmischt mit einer zunehmenden Menge an Care-Aufgaben und Tätigkeiten der Reproduktion.

Mit Aufnahme eines weiteren Studiums – des Lehramtsstudiums – wurde es noch schlimmer. Seitdem windet sich das Neue-Eltern-Amt eigentlich und zusätzlich und leider um die Erklärung nach ihrem beruflichen Status herum.

Die dritte für das Neue-Eltern-Amt unangenehme Frage oder eigentlich Feststellung ist die, dass sie drei Kinder habe. »Du hast ja drei Kinder, Wahnsinn!« Das Neue-Eltern-Amt dann: »Ja. Verrückt.« Oder: »Ja, mittlerweile habe ich mich daran gewöhnt.«

Als wäre sie selbst überrascht.

Und dann fügt sie etwas hinzu wie: »Aber ich bin jetzt echt am Limit.« Oder: »Aber es ist jetzt wirklich genug.«

Denn erstens hat jetzt wirklich nichts mehr Platz in ihrem Alltag. Und zweitens ist die Wahrheit: Das Neue-Eltern-Amt hat Angst vor Neid. Denn Agnes steht ständig zweimal im Raum. Und beobachtet sich von einer Metaebene aus selbst.

Von dort oben sieht sie ganz deutlich und genau die eigenen Privilegien, und die sind dem Neue-Eltern-Amt unangenehm. Vom Bobo will sich Agnes nur das erste Bo, den Bohemien, umhängen. Den Teil »bourgeois« lässt sie lieber den anderen. Und irgendwie ist das Neue-Eltern-Amt ja echt nur halb dabei, denn sie hat nicht das Geld der Bio-Bambusfasern-Teller-Eltern, teilt aber deren Geschmack. Und der ist teuer.

Weil sie ihn selbst permanent fühlt, kennt Agnes also Neid allzu gut. Sie weiß ganz genau und mit einem Blick, wie viel Mios Wollwalkjacke gekostet hat, was Anjas Frisur. Sie erkennt pedikürte Zehennägel und weiß, wie viel Geld in des Einkaufsamts Zähnen steckt. Sie hört Ludo zu, wenn er vom neuen Auto seines Papas erzählt, und weiß genau, dass Ludo weiß, welches Auto sie selbst fährt. Das Neue-Eltern-Amt war in der Glasfabrik und weiß daher, wie viel des Vernetzungsamts Esstisch und des Schriftführers neue alte Küche gekostet haben.

In dieses Spannungsfeld hat die Kindergruppe Agnes gebracht. Im Bobo-Umfeld erkennt sie sich selbst.

Der Chefinspektor und das Neue-Eltern-Amt

Diesmal gibt es keine Yoga-Damen und -Herren, dafür junge Leute mit Koffern und Rucksäcken. Das Haustor steht offen.

Das Stiegenhaus ist leer bis auf *REACH OUT AND TOUCH FAITH. J. CASH.*

Der Chefinspektor klingelt an der Wohnungstür.

Agnes Kovacs öffnet mit Baby auf der Hüfte, ihre Stirn glänzt. »Entschuldigen Sie, es sieht schrecklich aus. Wir sind gerade erst nach Hause gekommen.«

Das Neue-Eltern-Amt weist dem Chefinspektor den Weg durch einen schmalen Gang in die Küche.

»Ich muss mich schon wieder entschuldigen, die Wohnung ist eigentlich renovierungsbedürftig, aber mit den Kindern hat das keinen Sinn.«

Wieder bekommt er einen Kaffee angeboten, jetzt aus einer Espressomaschine, wie seine Oma eine hatte. Zum Schrauben und Auf-den-Herd-Stellen. Wieder sagt er: »Ja gern.«

Der Chefinspektor schaut sich um. An der Tür hängen Kinderzeichnungen. Ein Polizeiauto jagt einen Maskierten auf einem Motorrad, von oben seilt sich ein weiterer Maskierter von einem Hubschrauber ab. Auf einem Stanitzel türmen sich sechs Kugeln Eis.

»Setzen Sie sich einfach, wohin Sie möchten.«

Der Chefinspektor quetscht sich auf die Eckbank.

In der Küchentür erscheint ein schmalschulteriger Bub, Haare in den Augen. »Mama, wer ist gekommen?«

Das Neue-Eltern-Amt zeigt auf den Chefinspektor. »Der Herr Hansmann. Das ist ein Polizist. Sagst du Hallo?«

Der Bub schaut das Neue-Eltern-Amt an, sagt »Hallo« und verlässt die Küche.

»Der Lenz ist in seiner eigenen Welt.«

Der Chefinspektor nickt. »Kenn ich.«

Das Neue-Eltern-Amt legt das Baby auf eine Decke auf dem Boden. »Achtung, es wird laut.« Das Neue-Eltern-Amt mahlt Kaffee, befüllt die Espressomaschine und stellt sie auf den Herd.

Das Baby weint.

Das Neue-Eltern-Amt nimmt das Baby wieder auf ihre rechte Hüfte, dreht mit der freien Hand das Gas auf und betätigt mit den Zehen des linken Fußes die elektrische Zündung.

Das Neue-Eltern-Amt lehnt sich mit dem Baby im Arm ans Waschbecken und wartet, dass der Kaffee kocht.

Der Chefinspektor deutet auf eine Bleistiftzeichnung an der Wand. Über der Steckdose steht ein kleiner Mann mit erhobenen Armen. Neben ihm ein weiterer kleiner Mann, der eine Pistole auf ihn richtet.

»Nett.«

»Ja, finde ich auch, ich habe das extra nicht übermalt. Den Mann mit der Pistole hat ein ehemaliger Mitbewohner gezeichnet. Den anderen mein ältester Sohn.«

Der Chefinspektor sieht Babyfotos, bunte Dosen, Öl- und Essigflaschen und Vorratsgläser. Er nimmt an, dass der rote Stern an der linken Wand ebenfalls ein WG-Rest ist.

Eine Frage vorweg. Ob sie gewusst habe, dass sich der Herr Moghaddam schriftstellerisch betätigt habe.

Das Neue-Eltern-Amt zieht das Kinn leicht zurück und schüttelt den Kopf. Nein, davon habe sie nichts mitgekriegt.

Der Chefinspektor nickt.

Pause.

Was sie ihm über die Frau Bonin erzählen könne.
»Die Frau Bonin. Susanne war die Obfrau der Kindergruppe, als ich, also mein Sohn dort begonnen hat. Ich habe nie viel mit ihr zu tun gehabt, obwohl sie eigentlich nett war.«
Sie überlegt.
Die Wohnungstür fällt ins Schloss. Das Neue-Eltern-Amt deutet Richtung Vorzimmer. »Mein Mann.«
Ein Zippverschluss wird geöffnet, Schlüssel werden abgelegt. Schritte.
Philipp Ebner erscheint in der Küchentür. Miniatur-Pelikane am Hemd, Flamingos auf den Socken.
Der Chefinspektor versucht sich von der Eckbank zu erheben. Halb stehend, halb sitzend reicht er Philipp die Hand.
Das Neue-Eltern-Amt, an Philipp gewandt: »Wir sind gerade bei der Susanne.«
An den Chefinspektor: »Oder darf ich das nicht sagen?«
Der winkt ab.
»Wo waren wir?« Das Neue-Eltern-Amt, an Philipp gewandt: »Ich habe gerade gesagt, ich fand die Susanne nett.«
Philipp lacht. Nein, das könne er nicht behaupten.
»Doch, ich fand sie nett. Ich meine, sie war die Erste, die mit uns geredet hat. Auch beim Kennenlern-Wochenende.«
Da sei sie dem Neue-Eltern-Amt außerdem aufgefallen, weil sie beim Feuermachen so routiniert das Kommando geführt habe. Sehr zupackend.
Philipp: »Furchtbar.«
Der Chefinspektor: »Kennenlern-Wochenende?«
Zu Beginn des Kindergruppen-Jahrs fahre man gemeinsam weg. Mal zelte man, mal schlafe man in Zwölf-Bett-Zimmern im Pfadfinderheim. Alle zusammen.
Der Chefinspektor versucht sich vorzustellen, mit dem gesamten Kindergarten und den dazugehörigen Eltern auf Urlaub zu fahren. »Wozu?«, entfährt es ihm.
Philipp: »Das ist eine berechtigte Frage.«
Das Neue-Eltern-Amt: »Damit wir uns kennenlernen!«
Das Neue-Eltern-Amt erklärt, dass es jeden Herbst neue El-

tern (und Kinder) gebe und man als Gruppe zusammenwachsen möchte.

Philipp schüttelt den Kopf. »Schrecklich.«

Der Kaffee beginnt zu kochen, das Neue-Eltern-Amt dreht die Flamme kleiner.

»Im ersten Jahr haben wir noch nicht so wahnsinnig viel Kontakt zu den anderen Eltern gehabt, weil Lenz noch nicht so viele Freunde zu sich eingeladen hat. Hedda und Benni waren zum Beispiel nie bei uns.«

»Hedda und Benni?«

»Die Zwillinge. Also Susannes Zwillinge. Wir haben die Susanne überhaupt nur zwischendurch, in der Garderobe, mitbekommen oder an den Elternabenden. Und da war es ziemlich bald so, ich glaube, bereits am zweiten Elternabend, dass sie Sachen gesagt hat, die ich erst nicht einordnen konnte.«

Philipp nickt.

Das Neue-Eltern-Amt dreht den Herd ab. »Ich kann mich nicht mehr genau erinnern, aber ich weiß noch, dass ich niedergeschlagen nach Hause gekommen bin. Niedergeschlagen, weil die Stimmung so seltsam war und vor allem weil die Susanne Dinge gesagt hat, die man auch als rechts hätte interpretieren können. Möchten Sie Milch?«

Das Neue-Eltern-Amt zeigt auf die Küchentür. »Kannst du die Milch holen?«

Philipp verlässt die Küche, der Chefinspektor sieht ihm nach.

Das Neue-Eltern-Amt: »Dazu kommt, dass ich damals zufällig über den Rechtsextremismus-Bericht der Grünen gestolpert bin.«

Das Neue-Eltern-Amt legt das Baby auf den Boden und schäumt Milch mit einer Art Quirl.

Der Chefinspektor wiederholt. »Rechtsextremismus.«

»Genau. In diesem Bericht stand, dass Frauen systematisch positioniert werden – zum Beispiel in Elternvereinen –, um ihre Themen zu setzen.«

Philipp: »Und ihre Diktion.«

Das Neue-Eltern-Amt: »Genau. Und dann plötzlich so ein Elternabend.«

Philipp: »Das war wirklich verstörend.«

Das Neue-Eltern-Amt füllt Milchschaum und Kaffee in abgeschlagenes Lilienporzellan.

»Beim darauffolgenden Elternabend, der war wahrscheinlich im November, ich müsste da noch mal in die Protokolle schauen, ging es darum, ob wir als Kindergruppe auch etwas für Geflüchtete tun können.«

Das Neue-Eltern-Amt stellt eine Tasse vor den Chefinspektor. »Zucker?«

Der Chefinspektor schüttelt den Kopf und zeigt sich beeindruckt ob der Festigkeit des Milchschaums.

Das Neue-Eltern-Amt erklärt bereitwillig, dass dies am Küchengerät liege, welches man bei einem Geschirrgeschäft gleich in der Nähe bekomme. Nicht beim Leiner. Überhaupt bekomme man eigentlich alles in diesem Geschirrgeschäft, das eben keine Filiale einer Kette sei.

Philipp Ebner hebt das Baby vom Boden auf. »Wo ist eigentlich der Lenz?«

Das Neue-Eltern-Amt deutet mit dem Kinn Richtung Gang. »In seinem Zimmer.«

Das Neue-Eltern-Amt setzt sich. »Das ging von den Betreuerinnen aus. Die Frage war, ob die Kinder Geld sammeln sollten oder ob wir eventuell ein Flüchtlingskind aufnehmen könnten. Im Endeffekt hat sich zumindest Letzteres als sehr kompliziert erwiesen, die Diskussion war eigentlich umsonst oder verfrüht. Aber an diesem Abend hat die Frau Bonin dann Sachen gesagt … Ich meine, man wartet ja und schießt nicht gleich ein ›Das ist Rassismus!‹ hinaus. Aber dann habe ich gedacht, wenn ich jetzt nichts sage, bin ich eine Heuchlerin – auf der Uni, im Leben.«

Sie studiere noch? Was sie denn studiere?

Das Neue-Eltern-Amt hebt die linke Schulter. »Ich habe ein Kunststudium abgeschlossen und studiere jetzt Lehramt. Bildnerische Erziehung und Deutsch. Im Deutschstudium war ich mit Texten über Antirassismus konfrontiert und habe das sehr ernst genommen. Ich hab dann irgendwann gedacht, ich muss das stoppen oder zumindest nicht einfach so hinnehmen. Wobei alle anderen anfänglich noch gemeint haben, das stimmt doch nicht, das ist kein Rassismus. Aber die haben die Susanne ja länger gekannt und vielleicht einfach keinen frischen Blick gehabt oder eine gewisse Beißhemmung.«

Und was die Obfrau denn gesagt habe?

»Sie hat jedenfalls klargemacht, dass sie nicht Teil der ›Willkommenskultur‹ ist, zuerst halbwegs subtil, dann immer deutlicher. Bis sie sich am Ende tatsächlich gegen Muslime ausgesprochen hat. Es war seltsam. Unglaublich irgendwie. Sitzt man plötzlich in einer Diskussion darüber, ob es okay ist, dass das eigene Kind mit muslimischen Kindern aufwächst. Darauf war ich nicht vorbereitet.«

Das Neue-Eltern-Amt schüttelt den Kopf.

Philipp: »Ja, vor allem, weil unser großer Sohn ein Kind mit türkischem Migrationshintergrund als besten Freund hatte.«

Das Neue-Eltern-Amt: »Der Severin war in einem städtischen Kindergarten. Möchten Sie ein Wasser?«

Der Chefinspektor schüttelt den Kopf.

»Die Susanne hat gesagt, dass sie keinerlei politische Erziehung, oder sagte sie eh linke Indoktrinierung, ihrer Kinder möchte. Das bezog sich aufs Geldsammeln. Dass man gern für Obdachlose spenden könne, aber dass es etwas anderes sei, für Flüchtlinge zu sammeln. Und es war schwierig. Kann man jemandem, der eine andere Meinung hat, den Mund verbieten? Ist eine andere Meinung erlaubt? Genau die Karte hat sie gespielt. Und die Kindergruppe ist basisdemokratisch. Aber irgendwann habe ich mir gedacht, also wenn da jetzt ein Vater lauter sexistischen Müll rauslassen würde, würde ich ja auch was sagen.«

Philipp, in der Tür stehend, das Baby im Arm: »Na, es war doch so, dass du einfach klar benannt hast, was die da sagt.«

Das Neue-Eltern-Amt: »Ja, genau, ich hab's einfach benannt.«

Ob der Herr Ebner auch dabei gewesen sei?

»Nein, aber die Agnes ist völlig fertig nach Hause gekommen und konnte nicht schlafen.«

Was danach passiert sei.

Philipp, grinsend: »Danach wurde die Agnes Obfrau.«

Das Neue-Eltern-Amt: »Danach ist sie zurückgetreten, und ich bin Obfrau geworden. Nicht, weil ich das unbedingt wollte, sondern weil sich einfach sonst niemand gemeldet hat.«

Pause.

»Ich kann mich nicht mehr so gut erinnern. Es gab schon noch Mail-Diskussionen, aber es ist ruhiger geworden. Hedda und Benni sind in die Schule gewechselt, und wir haben die Susanne nur noch aus der Ferne mitbekommen, über die Medien vor allem. Sie hat sich ja anscheinend weiter radikalisiert und ist jetzt eine führende Theoretikerin der Neuen Rechten in Österreich.«

Aber die ältere Tochter koche doch nach wie vor in der Kindergruppe?

Das Neue-Eltern-Amt nickt. »Heidi kocht manchmal. Wir kochen immer selbst, eigentlich die meisten Eltern. Aber wenn jemand keine Zeit hat, kann er oder sie die Heidi fragen.«

Philipp: »Na, die Petra fragt schon regelmäßig die Heidi. Und die Anja auch. Immer.«

Das Neue-Eltern-Amt: »Stimmt.«

Philipp: »Und die Barbara und der Hubert auch.«

»Stimmt.«

Das Neue-Eltern-Amt wendet sich an den Chefinspektor. »Ich muss zugeben, ich hatte anfänglich Vorurteile und habe es kritisch gesehen, als die Susanne das vorgeschlagen hat, so als wollte sie unbedingt einen Fuß in der Tür der Kindergruppe behalten. Aber erstens ist die Heidi wirklich nett. Und zweitens habe ich das Gefühl, dass ihr die Aktivitäten ihrer Mutter eher unangenehm sind, jedenfalls spricht sie nie über ihre Familie.«

Ob es möglich sei, dass Frau Bonin einen wie auch immer gearteten Groll gegen die Kindergruppe hege?

Philipp: »Na sicher.«

Das Neue-Eltern-Amt: »Nein, das glaube ich nicht. Wieso sollte sie?«

Agnes überlegt.

Philipp: »Na genau deshalb. Weil sich die Kindergruppe ihre Versuche nicht gefallen lassen hat.«

Das Neue-Eltern-Amt verzieht das Gesicht. »Nein, das kann ich mir nicht vorstellen.«

Pause.

»Glauben Sie, dass sie etwas mit … dem Amir zu tun hat?«

Das Baby weint und wird seiner Mutter auf den Schoß gesetzt. Der Chefinspektor bedankt sich, er ist nervös wie immer, wenn er zu viel Kaffee getrunken hat. Vor der Wohnungstür rennt er fast eine Yoga-Frau um. Seine Entschuldigung bleibt ohne Resonanz.

Wege

Der Chefinspektor beschließt, gleich weiterzumachen mit der Bewegung.

Er geht die Mariahilfer Straße hinunter, durch den Burggarten, an der Albertina vorbei, ein möglichst schnelles Stück Kärntner Straße, über den Stephansplatz, die Rotenturmstraße Richtung Schwedenplatz, den Donaukanal entlang bis zur Berggasse. Nicht mehr als vierzig Minuten.

Der Chefinspektor ist in Wien aufgewachsen und mag es noch immer – allein oder auch mit Karin –, durch die Stadt zu gehen und sich an jeder Kreuzung für eine Möglichkeit zu entscheiden.

Susanne outet sich (Rückblick)

Als die Betreuerinnen die Flüchtlingsthematik zum Tagesordnungspunkt machen, geht Susanne dieser zu nahe.

»Moment«, unterbricht sie die Gedanken von Betreuerin Ingrid, doch *etwas tun* zu *müssen*, sie müsse das jetzt auf eine generelle Ebene heben. Hier werde doch jetzt stillschweigend ein Konsens vorausgesetzt, den sie in Frage stellen wolle. Auf die Gefahr hin, dass sie sich unbeliebt mache: Wieso man denn glaube, irgendetwas zu *müssen.*

Das Personalamt schaltet sich ein: »Vielleicht hören wir zuerst an, was genau die Betreuerinnen sich überlegt haben. Dann können wir immer noch darüber diskutieren.«

Nicken.

Betreuerin Ingrid wiegt den Kopf. Man plane, den Erlös des diesjährigen Weihnachtsbazars einer Familie im Kuriergebäude zu bringen. Außerdem überlege man, ins Kurierhaus zu gehen.

Susanne bemüht sich, Ruhe zu bewahren. Was man denn von einem Besuch im Kurierhaus erwarte.

Das Einkaufsamt: »Was ist denn im Kurierhaus?«

Das Wäscheamt, später Obfrau, später Neue-Eltern-Amt: »Da sind geflüchtete Familien untergebracht.«

Betreuerin Ingrid: »Na ja, es gibt dort einen Spieleraum, und wir haben uns gedacht, wir gehen da einfach hin und schauen mal. Vielleicht können wir mit den Kindern dort gemeinsam spielen oder malen. Wir möchten einfach die Familien, die dort wohnen, kennenlernen.«

Betreuerin Mone: »Außerdem ist das einfach wahnsinnig nah. Ich mein, das ist direkt ums Eck. Wir finden schon, dass das ein Thema ist, wie geflüchtete Kinder – vor unserer Nase – wohnen.«

Susanne ist nach Ingrids Erklärung nicht mehr aufnahmefähig. »Im Kuriergebäude spielen?« Nein, da fühle sie sich überrumpelt.

Das Wäscheamt, später Obfrau, später Neue-Eltern-Amt, fragt, wovor Susanne denn Angst habe.

Susanne übergeht den Einwurf. Sie wolle nicht, dass ihre Kinder für eine politische Äußerung instrumentalisiert würden. Nein, das gehe ihr zu schnell. Sie wolle wissen, was genau geplant sei und für wann.

Betreuerin Mone zittert.

Das Wäscheamt, später Obfrau, später Neue-Eltern-Amt, beobachtet Betreuerin Mones Hände.

Betreuerin Ingrid beschwichtigt. Nein, es sei noch nichts Konkretes geplant. Aber man habe schon überlegt. Als Kindergruppe habe man doch die Verantwortung, eine Haltung zu zeigen. Zu helfen. Das sei ein Wert, den sie den Kindern vermitteln wollten.

Aber helfen könne man doch, an allen Ecken! Susanne habe auch nichts dagegen, wenn für Obdachlose gesammelt werde oder für Kinder aus schlechter gestellten Familien!

Das Wäscheamt, später Obfrau, später Neue-Eltern-Amt: Eben. Das seien ja schlechter gestellte Familien.

Susanne erklärt, dass es da einen Unterschied gebe. Zudem sei der Status gerade erst Gekommener bei Weitem noch nicht geklärt.

Betreuerin Mone, weiterhin zitternd: »Redest du uns jetzt in unser Jahresprogramm hinein?«

Susanne: »Das definiert uns ja. Dass wir alle zu gleichen Teilen mitsprechen und mitgestalten. Mir ist natürlich klar, dass ich mit meiner Meinung alleine dastehe, aber ich muss sie doch zumindest *sagen* dürfen.«

Betreuerin Mone: »Du formulierst hier keine Meinung, du redest uns in die Programmgestaltung. Es kann doch echt nicht sein, dass du bestimmst, wem wir helfen dürfen.«

Aber Susanne bestimme doch gar nichts!

Betreuerin Mone, auf ihren Händen sitzend: »Doch. Du hast eine genaue Vorstellung, wem zu helfen ist und wem nicht.«

Betreuerin Ingrid: »Es geht uns darum, offen zu sein. Wir sind einfach neugierig, wer da ist, wer da jetzt wohnt.«

Offenheit als Wert? Sie betrachte das kritisch. Susanne halte sie für naiv, die sogenannte »Willkommenskultur«. Helfen solle doch bitte jeder privat. Wenn es denn sein müsse. Sie vertrete hier eine andere Meinung. Natürlich werde jeder irgendjemand Nettes kennenlernen, wieso auch nicht – am Bahnhof, im Kuriergebäude. Aber es gehe nicht um die Einzelperson. Sie denke im Großen, in Zusammenhängen. Sie halte es für *gefährlich*, hier keine Grenzen zu setzen.

(In Wahrheit ist Susanne eine Vorreiterin dessen, was sich

in der Folge stillschweigend als Common Sense etabliert. Der Elternabend findet jedoch auf dem Höhepunkt der von ihr hier bereits kritisierten »Willkommenskultur« statt, als noch nicht öffentlich verhandelt wird, wen man unter welchen Umständen sterben lässt.)

Susanne betrachtet mit Sorge die Vorgänge und die Menschenmengen am Westbahnhof, nur wenige Kilometer von ihrem Zuhause entfernt.

In der Kindergruppe brauche sie Sicherheit. Ihr gehe das zu nahe. Sie bitte, das zu respektieren.

Betreuerin Mone verlässt wortlos den Raum.

Stille.

Susanne: »Es tut mir leid, dass Mone sich jetzt offensichtlich angegriffen gefühlt hat, aber ich finde nicht, dass man das einfach so entscheiden kann – für die ganze Gruppe –, sich politisch zu positionieren. Ich meine, ich will ja auch nicht, dass Benni oder Hedda auf irgendwelchen Demonstrationen mitmarschieren. Wir sind eine *Kinder*gruppe.«

Die aktuelle Putzkoordination: »Ich glaube nicht, dass es darum geht, sich zu positionieren. Die Betreuerinnen wollen einfach nur einen Kontakt herstellen.«

Ja, aber genau diesen Kontakt *wolle* sie einfach nicht. Sie fühle sich ungeschützt. Das bedeute Offenheit nämlich für sie: mangelnden Schutz. Susanne wolle nicht, dass ihre Kinder dort spielen. Sie finde, es sei kurzsichtig, so kritiklos alles, was da neu ankäme, toll zu finden. Sie halte gewisse kulturelle Einflüsse für problematisch und wolle keine Mischung.

Das Wäscheamt, später Obfrau, später Neue-Eltern-Amt, muss jetzt wirklich benennen, was hier passiert. Das, was Susanne da äußere, sei rassistisch. Sie polarisiere, homogenisiere und hierarchisiere, und das seien Funktionsweisen des Rassismus.

Die anderen Eltern beschwichtigen, nein, also rassistisch sei das nicht. Susanne habe jedoch irrationale Ängste, woher die denn kämen.

Ihre Ängste seien nicht irrational, im Gegenteil, sie, Susanne, sehe sehr klar. Sie habe leider das Gefühl, dass sie damit die Einzige sei. Gerade das mache ihr ja solche Angst. Sie beobachte nun schon länger die Vorgänge und lese so einiges. Nein, sie sei keine Freundin der »Willkommenskultur«. Sie fühle sich nicht in die Pflicht genommen, etwas Bestimmtes zu einem bestimmten Zeitpunkt zu tun. Es gehe ja noch weiter, der Diskurs werde geführt, als habe man den Einwanderern gegenüber eine koloniale *Schuld*. Diesen Gedanken halte sie schlichtweg für blöd und selbstzerstörerisch. Niemand habe das Recht, massenweise in ein anderes Land zu gehen und Hilfeleistungen zu erwarten.

Das Reparaturamt belehrt alle Anwesenden mit einem Hannah-Arendt-Zitat, was Susanne belustigt zur Kenntnis nimmt.

»Dass es so etwas gibt wie ein Recht, Rechte zu haben ...«

Des Reparaturamts Ex-Freundin bricht in Tränen aus. Ihre Schwester sei mit einem Flüchtling zusammen. Der dürfe wahrscheinlich nicht bleiben. Ihr gehe das gerade echt nahe.

Das Wäscheamt, später Obfrau, später Neue-Eltern-Amt, wiederholt den Rassismus-Vorwurf und wird vorerst weiterhin gestoppt. Das Wäscheamt, später Obfrau, später Neue-Eltern-Amt, argumentiert mit dem älteren Sohn, mit dem Severin, der doch auch im (städtischen) Kindergarten mit einem Semsettin befreundet gewesen sei, was ihm keinerlei Schaden zugefügt habe. Susanne kann nur den Kopf schütteln über derart verkürztes Denken. Sie sei nicht gegen diese spezielle Freundschaft. Sie halte jedoch gewisse kulturelle und religiöse Eigenheiten für schwierig. Sie sei unter anderem schon so lange mit der Kindergruppe zufrieden, und das sei sie ja, sehr sogar, weil hier eben keine Mütter mit Kopftüchern anzutreffen seien.

Das Wäscheamt, später Obfrau, später Neue-Eltern-Amt, triumphiert. Da hätten sie es wieder: Kultur als Rassismus-Versteck! Rassismus werde als »kulturelle Unterschiede« getarnt.

Kurz verliert Susanne ihre Ruhe, sie sei sich bewusst, in diesem Punkt alleine dazustehen, aber es sollten sich doch *alle* wohlfühlen, sie wolle sich auch wohlfühlen. Sie bestehe auf einen Schutzraum für ihre Kinder.

Das Reparaturamt echot: »Schutzraum?« Und zitiert erneut Hannah Arendt.

Das Wäscheamt, später Obfrau, später Neue-Eltern-Amt, insistiert. Sie halte Susannes Äußerungen für menschenverachtend. Susanne ziehe eine Linie zwischen diesen und jenen.

Susanne gibt erneut zu, sich mit ihrer Meinung hier wohl nicht beliebt zu machen, besteht aber dennoch darauf, eben diese äußern zu dürfen. Hier gebe es doch schließlich kein linkes Meinungsregime. Sie wolle nicht, dass ihre Kinder indoktriniert würden. Genau das solle wohl hier stattfinden.

Das Geschenkeamt verliert die Fassung, nun sei aber Schluss. Das sei ja schon FPÖ-Diktion.

Am nächsten Elternabend stellt Susanne ihren Rücktritt zur Option. Offenbar gebe es gravierende Meinungsunterschiede.

Das sei doch kein Problem, meint die spätere Brandschutzbeauftragte.

Betreuerin Mone: »Doch, das nehme ich schon als Problem wahr.«

Das amtierende Listenamt: »Ich auch. Ich halte deine Meinung für sehr schwierig, besonders in deiner Funktion als Vertreterin der Kindergruppe.«

Susannes einziges Anliegen sei, dass Hedda und Benni kein Nachteil aus der Sache erwachse. Die Betreuerinnen versichern, dass dies auf keinen Fall passieren werde.

Die Nachfolgefrage bleibt ungeklärt, bis sich das Wäscheamt bereit erklärt, das Obfrauenamt zu übernehmen.

Für Susanne alles in allem eine glückliche Fügung, fängt sie doch im folgenden Monat ihre neue Stelle in einer Zweigstelle der städtischen Bücherei an. Sie übernimmt die Leitung des Literaturvermittlungsprogramms für Kinder in der Gumpendorfer Straße.

Das Neue-Eltern-Amt

Dem Neue-Eltern-Amt ist es wichtig, auf der richtigen Seite zu stehen, und die ist nun mal ganz sicher nicht rechts.

Das Neue-Eltern-Amt will auf der richtigen Seite stehen, und als sie die Obfrau stürzt, ist Agnes über den eigenen Mut erstaunt (und davon berauscht) und sich selbst jedoch gleichzeitig der eigenen Lächerlichkeit bewusst – Zivilcourage im Mikrorahmen.

Die (ehemalige) Obfrau des Rassismus zu bezichtigen, macht einen noch nicht zur Aktivistin, deshalb gibt das Neue-Eltern-Amt – bis zur Geburt des dritten Kindes – Deutschkurse für Geflüchtete und erzählt das auch danach noch immer allen, die es hören wollen.

Überhaupt, das große Dilemma ist doch: Was kann sie schon ändern? Täglich bewegt sich Agnes im kleinen Radius zwischen Wohnung und Kindergruppe, Uni und Kindergruppe hin und her. Dazwischen kauft sie ein, bio und vor bio noch regional, ist doch klar, CO_2-Ausstoß und so. Und sie weiß, ihr »regional« bleibt der kleine Bruder des Nationalsozialismus (nach Frittenbude).

Die Ex-Ex-Obfrau sucht den Austausch (Rückblick)

Susanne sucht Austausch, hier lässt sich nur schwer ein Wortspiel mit dem Adjektiv »groß« umschiffen – eine passende Metapher, besteigt der Geschichtestudent doch wirklich gerade, als das spätere Neue-Eltern-Amt – damals Obfrau – Deutschkurse gibt, ein Schiff, das die NGOs, die sich da auf dem Meer tummeln, stören soll. Susanne sucht echten Austausch mit kritisch denkenden Menschen, nicht diesen vorhersehbaren links-naiven Diskurs, der das Biotop, in dem sie sich bewegt, sonst so bestimmt.

Als sie den, für sie ersten, Stammtisch besucht, ihre »Initiation« sozusagen, erwartet sie sich nicht so viel. Möglich wären verschwurbelte Verschwörungstheoretiker oder verstockte

Schmisse. Umso schöner, dass sie dort einen tatsächlich interessanten und interessierten jungen Mann trifft, Geschichtestudent. In die Diskussion über amerikanische Propaganda in der Besatzungszeit steigt Susanne sofort lächelnd ein. Sie genießt, dass sie auffällt, denn das tut sie mit der wohldosierten Strenge ihrer Hochsteckfrisur und ihrem bedruckten roten Jersey-Wickelkleid, eindeutig Ethnofashion, allerdings durchbrochen von immer mehr Trachtenelementen, Loden statt Viskose.

Susanne fällt auf auch aufgrund ihres Alters, sind doch die meisten der anwesenden Frauen jünger als die anwesenden Männer (jünger und stiller). Sie stellt sich vor. Ah ja, man kennt ihren Namen, sie wurde bereits angekündigt.

Susanne will den Dialog. Susanne will aber auch, dass dem Reden die Tat folgt. Reden allein wird nicht mehr helfen, die Politik hat Tatsachen geschaffen, nun müssen sie reagieren.

Denn, es ist doch klar, die Emotionen (wessen) müssen kanalisiert werden.

Es ist beglückend, in diesem offenen Rahmen zu diskutieren. Keine Schranken, stattdessen endlich angstfreie Kommunikation. Es ist aufregend. Endlich benutzt Susanne in Diskussionen nicht mehr nur Teile ihres Gehirns. Bisher hat sie ein Unbehagen gespürt, nun kann sie es endlich teilen.

Landeskriminalamt

»Was heißt das alles für uns?«

»Jedenfalls bekommt die Frau Bonin jetzt ein Zettelchen.« Der Chefinspektor schreibt den Namen und das übermorgige Datum auf eine gelbe Haftnotiz und pinnt.

»Im Ernst, wenn ich dich richtig verstehe, Mateo, hast du die Theorie, dass die Neue Rechte gezielt Informationen – nennen wir es überhaupt so: *Informationen?* – verbreitet.«

Mateo wiegt den Kopf. »Vielleicht eher ein mentales Bild, ein Gefühl.«

Christina: »Du hast vorher von *funktionieren* gesprochen. Als hätte jemand das Ziel gehabt, das Foto zu verbreiten.«

Mateo: »Na ja, das ist doch immer das Ziel, wenn jemand Content auf Facebook stellt. Im Idealfall verbreitet er sich tausendfach.«

Der Chefinspektor: »Der Punkt ist doch der, dass das Geschehen völlig umgedreht worden ist. Moghaddam wurde nie als Opfer dargestellt, sondern immer gleichzeitig als Täter, als irgendwie schuldig.«

Christina: »Der Punkt ist eher der, dass es – zumindest auf Facebook – nie um die Person Amir Moghaddam gegangen ist. Und wenn das bei der Tat auch so ist, wenn das Opfer nicht *als Amir*, sondern als Vertreter eines bestimmten Feindbildes umgebracht worden ist, brauchen wir im privaten Umfeld gar nicht mehr weiterzusuchen.«

Dem Gruppenführer ist das zu vorschnell.

Landeskriminalamt

Mateo bittet den Chefinspektor, den Gruppenführer und Gruppeninspektorin Christina Kalsner, vor seinem Laptop Platz zu nehmen.

Mateo drückt auf Play.

Chor-Samples und Gitarren.

Standbilder. Eine Reihe junger Mädchen mit Megafonen. Junge Männer wandern mit nacktem Oberkörper durch einen Wald. Fahnen im Wind. Ein erhobenes Kinn schaut in die Ferne.

Cut.

Ein in Grau gehaltenes Wohnzimmer.

Eine Frau (petrolblauer Wasserfallausschnitt, die blonden Haare locker zusammengesteckt) und ein junger Mann (Brille, definierte Kinnlinie – unterstützt von einem zarten Bart, weißer Hemdkragen, akkurater Seitenscheitel) auf einem schwarzen Ledersofa.

Der Titel darunter: *Erdbeeren im Winter mit Susanne Bonin.*

Mateo, von hinten: »Das ist der Clemens Benedikt Riedl. Das da ist die Susanne Bonin.«

Christina: »Ach wirklich.«

Clemens Benedikt Riedl spricht mit nasaler Stimme zur Kamera. Man treffe sich ja regelmäßig, eigentlich immer, wenn es die Gelegenheit gebe. Wer könne schon Nein sagen zu so einer charmanten Gesprächspartnerin.

Blick zu Susanne Bonin – die lacht.

Clemens Benedikt Riedl zeigt seine weißen Zähne und wirft die Haare aus der Stirn. Man befinde sich in einem sich immer weiter entwickelnden Dialog. Es sei eine Freude.

Susanne Bonin im Profil, lächelt und nickt.

Clemens Benedikt Riedl schaut in die Kamera, richtet sich die Brille, lächelt. »Und weil wir uns so viel zu sagen haben, haben wir uns gedacht, wir lassen euch auch daran teilhaben.«

Susanne Bonin nickt.

Clemens Benedikt Riedl greift in eine Schüssel, die vor ihm auf einem Tischchen steht. »Entschuldige, ich muss die jetzt kosten. Eigentlich kauft man zu dieser Jahreszeit keine Erdbeeren, aber für dich mach ich eine Ausnahme …«

Susanne Bonin lacht.

Clemens Benedikt Riedl kaut.

Susanne Bonin: »Meine Oma würde sich im Grab umdrehen, wenn sie das sähe.«

»Welches Obst hätte denn gerade Saison?«

»Du meinst bei uns?«

Riedl nickt.

Susanne Bonin legt den Kopf schief. »Gar keines. Meine Oma hätte auf die Äpfel und Birnen aus ihrem Keller zurückgegriffen.«

Clemens Benedikt Riedl reibt sich die Hände. Wie dem auch sei, es gebe viel zu besprechen – er streckt den Zeigefinger aus und zeigt auf Susanne Bonin: »Du hast ja ein spannendes Projekt vorgestellt.«

Susanne Bonin legt den Kopf auf die andere Seite.

Riedl: »Am Jahrestreffen.«

Susanne Bonin nickt, eine blonde Strähne rutscht aus der Haarklammer.

Riedl: »Über Lebensentwürfe von rechten Frauen.«

Susanne Bonin nickt und streicht die Strähne hinters Ohr.

Riedl nimmt eine Erdbeere. »Für mich bist du, was diese Thematik betrifft, ja immer schon die erste Anlaufstelle. Aber du hast davon gesprochen, welchem Unverständnis, *unreflektiertem* Unverständnis muss man ja sagen, du regelmäßig begegnest.«

Susanne Bonin nickt. »In meinem Umfeld –«

»Kannst du uns dazu was erzählen?«

Susanne Bonin streicht die Haarsträhne hinters Ohr. Ausgegangen sei sie von einer Beobachtung: In ihrem Umfeld werde sie regelmäßig gefragt, wie eine *emanzipierte* Frau wie sie –

Riedl lacht.

Susanne Bonin lächelt. Wie eine emanzipierte Frau, wie eine attraktive Frau, was auch immer für Adjektive da genannt würden, sich zum *Anhängsel* der rechten Bewegung machen könne. Als gebe es für Frauen keinen Platz, eine politische Agenda zu vertreten. Und das habe sie dazu gebracht, Frauen in der Neuen Rechten zu ihren Lebensentwürfen zu befragen. Die Linke werde das nicht gerne hören, aber es gebe da eine schöne Vielfalt.

Riedl lacht.

Gruppenführer Hornberg zieht den Cursor in der Timeline nach vorn.

Clemens Benedikt Riedl hält Daumen, Zeige- und Mittelfinger ans Kinn und philosophiert über die menschliche Natur und die Fortpflanzung und die daraus resultierenden Reaktionen von Männern auf das Aussehen von Frauen, das eine größere Rolle, evolutionär!, als jenes von Männern spiele, Gott sei Dank, müsse er sagen, ihm komme das ja zugute.

Susanne Bonin lächelt und nickt dazu.

Gruppenführer Hornberg zieht den Cursor in der Timeline nach vorn.

Susanne Bonin gestikuliert und spricht über importierte Gewalt an Frauen.

Mateo beugt sich über Gruppenführer Hornberg und klickt auf ein anderes Video.

Klavierakkorde vorwärts und rückwärts, Halftime-Beat.

Menschen stehen in einer Reihe und halten ein Transparent. *Heimat Schutz Sicherheit.*

Cut.

Ein anderes Setting, diesmal eine Art Bauernstube. Riedl und Bonin sitzen hinter einem massiven Holztisch, hinter ihnen die Holztäfelung der Wand.

Susanne Bonin, diesmal mit Brille, in Schwarz, figurbetont. Riedl frisch rasiert, dafür das Hemd zerknittert.

Bonin lächelt Richtung Riedl, Riedl lächelt in die Kamera. »Ich freu mich, dass ich euch zu diesem Gespräch begrüßen darf.«

Riedl, in Richtung Bonin: »Ich musste mich umfassend vorbereiten auf heute.«

Pause.

»Du bist ja Journalistin.«

Susanne Bonin, immer ein leichtes Lächeln auf den Lippen: »Stimmt, mit Presseausweis und allem Drum und Dran.«

Riedl: »Ja, ich hab ja ein ambivalentes Verhältnis zu Journalisten.« Lacht.

Mateo beugt sich über den Gruppenführer und drückt auf Pause.

Anderes Setting. Kein Vorspann.

Clemens Benedikt Riedl im strahlend weißen T-Shirt allein vor einem Gartenzaun. Im Hintergrund Vogelstimmen.

Er lächelt in die Kamera. Er sei heute, nein, wo er sei, das könne er nicht sagen. Er wisse nicht, wer dieses Video sehe. Er wisse nicht, ob ihm nicht vielleicht jemand unter seinen Zuschauern nicht wohlgesonnen sei. Vor allem jetzt, da die Neue Rechte Erfolge verbuchen könne, sei man das Ziel der linken

Repressionspolitik, man dürfe dem Feind keine Angriffsfläche bieten.

Riedl schaut zur Seite und zeigt seine Kinnlinie.

Riedl dreht sich wieder zur Kamera, lächelt, nimmt die Brille ab, fährt sich durch die Haare.

Nein, prinzipiell dürfe man nicht klagen.

Es habe ein Plot-Twist stattgefunden.

Dem Chefinspektor fällt zum ersten Mal der leichte Sprachfehler auf. Clemens Benedikt Riedl lispelt.

Es habe ein Plot-Twist stattgefunden. Der Bevölkerungsaustausch finde statt, da sei man sich einig. Hier habe die Neue Rechte Erfolge zu verbuchen. Man leiste wichtige Arbeit. Man habe wichtige Begriffe – »*unsere* Begriffe« – in die politische Debatte tragen können. Man habe eigene Frames in den Medien gesetzt.

Clemens Benedikt Riedl formt mit seinen Händen ein Rechteck und bewegt es nach rechts. Er lächelt. »Nein, für euch muss ich es so machen.« Er bewegt die Hände nach links – für die Zuseherinnen und Zuseher also nach rechts. Man habe das *Overton-Fenster* verschoben und sei damit einen entscheidenden Schritt weg vom linken Irrweg gekommen.

Mateo stoppt das Video.

Christina: »Ich verstehe jetzt, wieso die Heidi keinen Trost von ihren Eltern erwartet hat.«

Der Chefinspektor nickt.

Mateo zieht sich einen Sessel heran. Er habe sich den Riedl noch mal angeschaut.

Also der Riedl studiere Geschichte, seit ewig. Nebenbei oder hauptberuflich schreibe er über die Neue Rechte, keine Ahnung, die Hälfte verstehe Mateo nicht, beziehungsweise sei nicht viel dahinter. Die würden sich hauptsächlich mit sich selbst beschäftigen, wer dabei sein dürfe und wer nicht.

»Wo jetzt, dabei sein?«

»Na bei der Neuen Rechten. Die einen grenzen sich ab gegen Rassismus, die anderen nicht, und so weiter.«

Hornberg: »Aber gegen Ausländer haben die jetzt eigentlich gar nichts gesagt, oder?«

Christina: »Na ja, wieso, im letzten Video wurde der Riedl schon sehr direkt.«

Mateo klickt auf ein weiteres Video. Er könne dem Gruppenführer da durchaus einschlägige Sachen zeigen.

Der Chefinspektor packt seine Sachen.

»Was machst du jetzt?«

»Ich muss schnell zur Lilli.«

»Die Party! Erzähl mir dann, wie ihr die Kugel gefallen hat.«

»Bist du sicher, dass du keine Kinder willst?«

»Darauf antworte ich jetzt einfach nicht.«

Lilli

Auf dem Spielplatz stehen mehrere Elternteile im Kreis. Manche halten eine Bierflasche, manche einen Pappteller mit Kuchen in, manche ein Kind an der Hand. Karin gehört zur ersten Gruppe – Bier. Ihr gegenüber steht ein Vater, den der Chefinspektor überhaupt nicht leiden kann.

Einmal hat er erzählt, er sei Pilot. Dem Chefinspektor gegenüber hat er letztens eine geheime Mission angedeutet. Angeblich ist er Flugbegleiter. Sicher ist, dass er allen Müttern im Kindergarten auf die Beine schaut.

Jedenfalls neigt die Karin diesem Vater jetzt ihren Kopf zu und lauscht andächtig, von Lachen unterbrochen, irgendeiner Geschichte, die er wieder erfindet.

Der Chefinspektor nähert sich von hinten. Der Vater geht sofort einen Schritt zurück und grüßt scheißfreundlich.

Die Karin dreht sich um. »Was schaust du so grantig?«

Der Chefinspektor kneift die Lippen zusammen und schaut so böse er kann. »Ich muss mir ein Bier holen.«

»War was?«

»Keine Ahnung. Was will der von dir?«

»Bitte, Giorgo, reiß dich zusammen. Soll ich einfach nicht mit ihm reden? Er tut mir leid.«

»Er tut dir leid? Warum? Weil er seine Frau betrogen hat? So arm!«

»Bitte. Giorgo. Das ist peinlich.«

»Er ist peinlich.«

»Ja. Ist er eh. Komm.«

Die Karin nimmt den Chefinspektor an die Hand und bringt ihn zur Sandkiste.

»Schau mal, Raphi, wer da ist.«

Raphi hört nichts und spielt weiter mit einer roten und einer gelben Schaufel. Offenbar kämpfen die Schaufeln, denn Raphi schreit laut Beschimpfungen. Die Schaufeln schlagen einander.

»Raphi!«

Raphi hebt den Kopf.

Raphi schaut die Karin an.

Raphi sieht den Chefinspektor. »Papa.«

Karin, nicht ohne Sadismus: »Der Raphi wollte mit dir eine Sandburg bauen.«

»Nein. Echt?«

»Ja!«

Raphi ist aufgestanden. Er hält dem Chefinspektor die gelbe Schaufel hin.

»Aber dann bin ich voller Sand.«

»Ich bring dir ein Bier.«

»Du gehst sicher wieder zum Piloten.«

»Klar.«

Der Chefinspektor am Abend / Die Gruppeninspektorin bewirbt sich

»Vielleicht sollte ich mich bei der Kindergruppe melden.«

»Wie meinst du das?«

»Na, die suchen doch gerade ein Kind. Und ich könnte den Raphi anmelden – vielleicht erfahre *ich* etwas.«

»Ich glaube, dir ist einfach fad.«

Karin, die Gruppeninspektorin, ignoriert den Chefinspektor. Sie zeigt ihm die Website der Kindergruppe. »Schau, da steht: *Wir suchen ein dreizehntes Kind. Gerne schon ab zwei Jahren. Besonders gerne ein Mädchen.* Ich mein, was glauben die? Was soll man mit den Buben machen, zu Hause einsperren?«

Der Chefinspektor kommt nach zwanzig Minuten »Kasperl und Krokodil«-Geschichten aus dem dunklen Kinderzimmer zurück ins Wohnzimmer und blinzelt ins Licht.

»Keno oder Loris? Was ist besser?« Karin sitzt auf der Couch, den Laptop auf dem Schoß, und sucht seltene Vornamen für Jungen.

»Was machst du?«

»Ich kann den Raphi wohl kaum als Raphi anmelden, du erzählst sicher überall allen Leuten, dass du Kinder hast, und zeigst Handyfotos. Und anscheinend haben dort sowieso alle so ganz besondere Namen. Loris ist gut.«

Sie tippt und liest vor:

»*Liebe Kindergruppe, ich bin auf der Suche nach einem Kindergartenplatz für meinen Sohn Loris. Er ist zwei Jahre alt, sehr sanft und sensibel. Am liebsten spielt er mit seiner großen Schwester.* Glaubst du, soll ich seine Weiblichkeit noch mehr herausstreichen?«

Der Chefinspektor verdreht die Augen und verlässt das Zimmer.

Karin, lauter:

»*Sollten Sie noch einen Platz frei haben, würde ich Sie sehr herzlich bitten, mich zu kontaktieren!*«

Wieder leiser:

»*Meine Telefonnummer ist* und so weiter. *Mit vielen lieben Grüßen* – wie soll ich heißen? *Mit vielen lieben Grüßen, Eva.* Gesendet.«

Der Chefinspektor ist nach dem Kinder-ins-Bett-Bringen müde und braucht etwas zu essen. Mit Chips in der linken Hand kommt er zurück ins Wohnzimmer.

»Ich finde das keine so gute Idee. Du bist in Karenz und nicht mit den Ermittlungen betraut. Außerdem bringst du unser Kind in Gefahr.«

»Betraut. Geh bitte. Ich rede ja nur einmal mit diesem Neue-Eltern-Amt. Das kannst du mir nicht verbieten.«

»Darum geht es nicht. Ich finde es nur wirklich gefährlich. Vielleicht sind die alle verrückt.«

»Das sind sie sicher.«

TAG 7

Der Chefinspektor in der Früh

»Papa, Frühstück.« Raphi weckt den Chefinspektor sanft.

»Gestern habt ihr euch das doch so gut selber gemacht.«

Emmi, lauter: »Wir haben doch *dir* Frühstück gemacht.«

»Komm, Papa.«

Der Chefinspektor hält die Augen geschlossen. »Moment.«

Karin rüttelt, schiebt den Chefinspektor aus dem Bett. »Die wollen halt auch mit dir sein, wenn du einmal da bist.«

Karin legt sich einen Polster über den Kopf und dreht sich um.

Der Chefinspektor betritt die Küche. Der Tisch ist gedeckt mit vier Tellern, der Butterdose, Marmelade, drei Schüsseln und Löffeln.

Emmi zeigt aufs Backrohr: »Ich weiß nicht, wie man das aufdreht.«

Im Backrohr liegen vier Aufbacksemmeln und warten, dass es warm wird. »Bis die Mama aufsteht, können wir Cornflakes essen. Holst du die Milch, Raphi?«

Raphi bringt die Milch.

»Und können wir bitte das Schnips-Lied hören?« Emmi schnipst lautlos mit den Fingern.

»Okay.« Der Chefinspektor dreht Musik auf und macht Kaffee.

Die Obfrau Stv. auf dem Dach

Die Obfrau Stv. steht mit einer Tasse Tee auf ihrem Dach und schaut über die anderen Dächer in die Ferne. Neulich hat das

Neue-Eltern-Amt sie gefragt, in welche Richtung sie am liebsten schaue. Da hat die Obfrau Stv. ganz klar sagen können: »Tagsüber Richtung Stadt, abends natürlich Richtung Westen.« Das Neue-Eltern-Amt schaut immer am liebsten Richtung Nordwesten, Richtung Ottakring. Agnes findet, das Leben dort sei irgendwie echter.

Die Obfrau Stv. lehnt am Geländer und betrachtet den Tatort. Irgendetwas muss da doch sein. Da ist nichts. *Nichts.*

Der Chefinspektor und die Gruppeninspektorin

Ob er einmal sein Handy aus der Hand legen könne.

Der Chefinspektor legt das Telefon auf seinen Oberschenkel. »Eigentlich nicht.« Eigentlich könne er das gerade gar nicht. Immer sei irgendwas. Kinderpartys, Geschenke. Er könne nie denken. Er wisse nicht, wie sich alles ausgehen solle. Er wolle nur einmal einen Gedanken zu Ende denken.

Karin bewegt die flache Hand dicht vor den Augen auf und ab, als müsste sie eine Brille trocken wischen.

»Du bist rund um die Uhr im Büro. Und du kannst nicht nachdenken? Frag mich mal.«

Karin schüttelt den Kopf und atmet laut aus.

»Oder glaubst du, meine Gedanken sind weniger wichtig?«

»Nein, bitte nicht schon wieder.« Das habe er doch überhaupt nicht gesagt. Er wolle nur einmal einen Gedanken zu Ende denken können. Oder mit ihr sprechen.

»So wie jetzt zum Beispiel?«

»Länger als fünf Minuten haben wir nicht.«

So sei das halt.

Karin sammelt Teile vom Playmobil-Bauernhof ein.

Ob er heute mitkomme?

»Wohin?«

»Na, zu *deinen* Eltern.«

»Nein, bitte, das geht nicht.«

Karin, auf allen vieren: »Gut. Aber das erklärst *du* deinen Eltern.«

Die Obfrau Stv. findet den Schlüssel

Und dann liegt unter dem Spiegel im Vorzimmer plötzlich ein Schlüssel.

Die Obfrau Stv. bleibt in der Bewegung – sie hat gerade Ludos Turnzeug aufgehoben – gebeugt stehen. Auf dem Brett unter dem Spiegel liegt ein Schlüssel. Der Schlüssel ist silbern, ein einfacher Zylinderschlüssel, ohne Magnete. Einzeln an einem kleinen Schlüsselring. Daran ein Anhänger oder eigentlich eher ein flaches Plättchen aus Aluminium mit einem, das kann die Obfrau Stv. nicht so gut erkennen, einem Tier oder vielmehr dessen aufgerissenem Maul. Ein Löwe, der spitze Fangzähne präsentiert, eine Raubkatze, die brüllt. Darüber abgewetzte Frakturschrift.

Et paratus.

Die Obfrau steht im Türrahmen zum Wohnzimmer, mit dem Schlüssel in der rechten Hand. »Stephan, ist der von dir?«

Stephan, auf der Couch, ein brand eins vor dem Gesicht.

»Stephan, ist der von dir?«

Stephan hebt den Kopf.

Die Obfrau Stv. lässt den Schlüssel an seinem Ring an ihrem rechten Zeigefinger baumeln.

Stephan verneint.

Et paratus.

»Stephan, woher kommt der Schlüssel?«

Stephan kann der Obfrau Stv. Interesse an dem Schlüssel nicht teilen. »Na, den wird die Alisa vergessen haben.«

Der Alisa gehört der Schlüssel nicht, da ist sich die Obfrau Stv. fast sicher. »Der Anhänger passt nicht zur Alisa.«

Stephan liest.

»Ich ruf sie einfach an. Ich *muss* sie anrufen.«

»Rätselhaft. Danke, Alisa.«

Die Obfrau Stv. wieder im Türrahmen: »Die Alisa hat den Schlüssel zwischen den Schuhen gefunden.«

Stephan hebt kaum den Blick von seinem Magazin. »Aha.«

Auch der Ludo, auch die Lia haben den Schlüssel noch nie gesehen.

»Ludo, bist du sicher? Hast du den Schlüssel nicht vielleicht in der Kindergruppe eingesteckt?« Ludo schüttelt den Kopf.

Lia: »Mama, was ist das für ein blöder Schlüssel?«

Stephan findet, sie solle doch jetzt bitte eine Ruhe geben mit diesem Schlüssel oder einfach den Herrn Hansmann von der Polizei kontaktieren, den interessiere das sicher.

Die Obfrau Stv. legt den Schlüssel vorsichtig in die Handschuhschatulle ihrer Großmutter.

Eltern / Baumeistergasse

Das Tor klickt und öffnet sich in Zeitlupe. Der Chefinspektor fährt im Rückwärtsgang die Einfahrt halb hinauf, zieht die Handbremse und schaltet den Motor aus. Karin steigt aus, die Autotür fällt zu. Der Chefinspektor steigt aus, lässt seine Tür sanft ins Schloss fallen und fängt Emmis Tür auf, bevor sie gegen den Gartenzaun knallen kann. Emmi läuft die Einfahrt hinauf. Raphi ruft, sie solle warten.

Karin schnallt den schimpfenden Raphi ab und hebt ihn aus dem Auto. Raphi läuft Emmi hinterher. Der Chefinspektor schaut ihm nach. Oben steht seine Mutter, den Arm um Emmi gelegt, und winkt, Raphi läuft ihr entgegen. »Giagia!« Der Chefinspektor geht die Einfahrt hinauf.

Blumenkranz

Liebe Alle,
Amir wird am Donnerstag nach Hamburg rücküberführt und dort am Sonntag begraben.

Nun wollte ich fragen: Möchte einer (oder eine) von uns (Jo?) stellvertretend für die Gruppe zum Begräbnis fliegen? Vielleicht könnten wir fürs Ticket zusammenlegen?

Oder sollen wir Amirs Tante bitten, einen Kranz für uns mitzubestellen? Die Kinder könnten dafür gemeinsam eine Trauerschleife gestalten, die wir nach Hamburg schicken – das könnte ich übernehmen.

Was meint ihr?

lg Franziska

Eltern / Baumeistergasse

»Na, was macht der Fall?«, will des Chefinspektors Vater wissen.

»Ihr bleibt nicht zum Essen?«, fragt die Mutter.

Wege

Um mit dem Fahrrad von der Kindergruppe zur Hießgasse zu kommen, gibt es, wie Heidi Bonin bereits angedeutet hat, mehrere Möglichkeiten.

Google schlägt den Weg über den Ring (rechtsherum) und die Landstraßer Hauptstraße vor.

Genauso gut könnte man über die Zweierlinie fahren, dann über den Getreidemarkt, den Karlsplatz, über den Schwarzenbergplatz, durch die Neulinggasse am Flakturm im Arenbergpark vorbei, die Landstraßer Hauptstraße nur überqueren und dann der Wassergasse hinunter fast bis zum Donaukanal folgen.

Oder am Ring linksherum bis zum Schottenring und von da aus den Donaukanal entlang (auch davon hat Heidi gesprochen).

Der Chefinspektor startet – zu Fuß – bei der Kindergruppe.

Wenn er sich vorstellt, er wäre Amir Moghaddam und entschiede – so wie Heidi das gesagt hat – nach Lust und Laune über die tägliche Route, würde er die Landstraßer Hauptstraße nach Möglichkeit meiden. Der Chefinspektor wählt also die zweite Möglichkeit.

In seiner Tasche hat er Amir Moghaddams Schlüsselbund – für den unwahrscheinlichen Fall, dass er unterwegs ein herrenloses weißes Herrenrad findet.

In der Neulinggasse steht der Chefinspektor bei der Ampel und entdeckt die Konditorei Neunteufl. Bunte Torten. Thementorten: Fußball, Minions. Zuckerguss in allen Farben des Regenbogens mit Einhorn. Die würde der Emmi gefallen. Dem Raphi auch.

Die Geschäfte sind geschlossen, es ist vollkommen ruhig. Aber wenn sich der Chefinspektor vorstellt: ein normaler Montagnachmittag. An einem normalen Montagnachmittag ist es hier nirgendwo möglich, jemandem gegen dessen Willen eine Injektion zu setzen.

Kieselsteine findet der Chefinspektor immer wieder. Aber wenn er sich vorstellt. Jemand fällt an einem Nachmittag, offensichtlich mit der Bewusstlosigkeit kämpfend, auf die Knie. Dann käme es zwar – denkt man an mögliche Hilfeleistungen – sehr darauf an, *wer* Zeuge des Sturzes würde beziehungsweise wer dessen Opfer. Aber Zeugen gäbe es. Und die hätten sich bereits gemeldet.

Nach einer knappen Stunde erreicht der Chefinspektor die Hießgasse.

Hießgasse

Die Hießgasse erstreckt sich vom Donaukanal, genauer der Erdberger Lände, zur Erdbergstraße. Eine ruhige Wohngegend, Mieterinnen und Mieter, ein paar Eigentümerinnen und Eigentümer. Und der Verein See the World, der in einem nicht ganz so schönen Haus eine Wohnung mietet – beziehungsweise stellt der Hausbesitzer sie dem Verein gegen eine nicht so hohe Summe zur Verfügung, das sei eben sein Beitrag.

Gruppenführer Hornberg wartet direkt vor der Nummer 11 in seinem Auto. Er öffnet die Tür und steigt mit steifem rechten Bein aus. Sein Knie, der Chefinspektor wisse doch.

In der ruhigen Gasse hört man das Zuschlagen der Autotür. Ein bisschen rauscht die Lände herauf. Eine Haustür wird geöffnet und fällt ins Schloss.

Im Halbstock (Mezzanin) der Nummer 11 öffnet eine Frau mit Kleinkind im Arm. Sie wohne hier seit ungefähr vier Wochen, sie kenne kaum jemanden. Sie habe nichts beobachtet, sie sei zu beschäftigt mit Marlene und dem Kistenauspacken – immer noch!

Die Wohnung nebenan stehe leer.

Auf der gegenüberliegenden Straßenseite befindet sich die Hausnummer 12, dann schräg versetzt die 14, danach der Cop Shop für Artikel des Selbstschutzes, heute geschlossen.

Im Mezzanin der Hießgasse Nummer 12 wohnt ein pensionierter Lehrer, der kaum aus dem Fenster schaut. Er verbringe seine Zeit nicht als Fenstergucker.

Er kenne einige Bewohner vom Sehen, aber nein, er habe nichts beobachtet, worum es denn gehe.

Die Nummer 14.

Hinter einem offenen, vergitterten Fenster neben dem Haustor sitzt eine Katze. Das Fenster daneben ist ebenfalls geöffnet, ohne Gitter. Am Fensterbrett steht ein Aschenbecher. Dahinter ein weiterer Pensionist.

Ja, er schaue oft zum Fenster hinaus. Balkon habe er keinen, das Fensterbrett müsse reichen.

Die Herren Chefinspektoren werden hereingebeten.

Im engen Vorzimmer reihen sich in Regalen Bücher aneinander, unterbrochen von losen Zetteln, die jahrelang den Staub aufgefangen haben. Die alten Tapeten sind hüfthoch zerrissen. »Der Kurti«, sagt der Pensionist und deutet auf den Kater. »Für den renovier ich nicht die Wohnung!«

In der Küche ein blauer Resopaltisch, die Heute-Zeitung (Messerstecherei in Dornbirn, diesmal kein Konfetti), ein weiterer Aschenbecher. Eine Uhr tickt.

Der Pensionist geht voraus ins Wohnzimmer.

Er wohne schon ewig da, seine Eltern hätten bereits in der Wohnung gewohnt, und so was finde man ja nicht mehr, um den Preis. Um den Preis finde man gar nichts mehr, deshalb sei er nie umgezogen. Viele andere seien weggezogen. Gegenüber zum Beispiel, da habe früher ein Schulkollege gewohnt. Jetzt sei gerade eine Familie eingezogen. Vater, Mutter, Kind. Die kenne er noch nicht. Die oberen Stockwerke sehe er nicht ein, das könnten sich die Herren Chefinspektoren ja vorstellen.

Aber natürlich, man bekomme schon mit, wer hierhergehöre, wer auf Urlaub fahre, wer welches Auto habe.

Deutet auf einen Kombi, der vor dem Haus parkt.

»Dieses Auto gehört denen von gegenüber, sehen Sie, Kindersitz.«

Pause.

Ob ihm in letzter Zeit etwas aufgefallen sei. Ob er Personen in der Gasse bemerkt habe, die sonst nicht hier gewesen seien.

Der Pensionist überlegt. Bei den Schrägparkern da drüben. Da sei manchmal einer dringesessen.

Der Chefinspektor und der Gruppenführer wechseln einen Blick.

Der Pensionist schaut erst den Chefinspektor, dann den Gruppenführer an. »Ich hab mich eh gewundert. Hat der am Ende keine Wohnung.«

»Ein Mann in einem Auto?«

Der Pensionist nickt. Der sei nicht ausgestiegen, deshalb habe er ihn überhaupt erst bemerkt.

Der Chefinspektor wiederholt: »Manchmal.« Was das genau bedeute.

Der Pensionist zieht die Mundwinkel nach unten. »Na ja, nicht jeden Tag.«

»Aber öfters?«

Nicken.

»Das heißt, unter Umständen haben Sie auch Wagentyp und Farbe erkannt?«

»So ein dunkler SUV. Ein Mazda.«

Ob er sich Teile des Kennzeichens gemerkt habe?

Der Pensionist zögert. Dann zieht er einen kleinen Zettel unter dem Fernseher hervor. Er habe das Kennzeichen notiert. Die Herren Inspektoren müssten verstehen, er habe sich schließlich gesorgt. Man könne ja nicht wissen, was so einer vorhabe. Man höre so einiges.

Um welche Uhrzeiten er denn das Auto gesehen habe?

Der Pensionist schüttelt den Kopf. Das könne er nicht mehr sagen. Mittags, eher mittags, nachmittags.

Der Gruppenführer fasst zusammen. »Also eher tagsüber.«

»Schauen Sie, in der Nacht rauche ich nicht.«

Wann er denn die letzte Zigarette rauche?

»Vor dem Schlafengehen. Am Abend. Um zweiundzwanzig Uhr, dreiundzwanzig Uhr.«

Der Chefinspektor nickt. »Und war da der Mann da?«

Der Pensionist verneint. Abends sei ihm nie etwas aufgefallen.

Stille.

Der Pensionist schaut erst den Chefinspektor, dann den Gruppenführer an.

Wann das begonnen habe, wann denn der Mann zum ersten Mal in der Gasse geparkt habe?

Der Pensionist schüttelt den Kopf.

Dann: Vielleicht Ende August, Anfang September? Er habe sich noch gewundert. Er habe sich gedacht, dem müsse doch heiß sein, in seinem Auto.

Gruppenführer Hornberg reicht dem Pensionisten die Hand und bedankt sich. »Wenn es bloß mehr engagierte Bürger gäbe wie Sie.«

Der Pensionist freut sich. Früher habe er hier alle gekannt, die ganze Hießgasse. Das sei jetzt nicht mehr so. Man höre und sehe einiges. Der Mann im Auto habe zwar unauffällig gewirkt, keine dunklen Haare, aber wer wisse das schon.

Der Chefinspektor hakt ein. »Keine dunklen Haare?«

»Nein. Eher ein heller Typ. Vielleicht ein Ukrainer.«

Gruppenführer Hornberg bedankt sich.

Im Stiegenhaus nimmt der Gruppenführer sein Telefon aus der Tasche und schickt Mateo eine Nachricht.

Der Chefinspektor hat schon fast die Haustür erreicht, da merkt er, dass Hornberg stehen geblieben ist und wartet.

Gruppenführer Hornberg genießt es, die unterschiedlichen Wohnungen zu inspizieren, immer schon. Er interessiert sich für die kleinen und großen Geschmacklosigkeiten der Leute. Sprich, er besteht darauf, weiterzumachen und bei den Nachbarn zu läuten. Zwei Zeugen sind besser als einer, vier Augen besser als zwei.

Eine junge Frau bittet die Chefinspektoren nach erstem Zögern herein. Dunkler Gang, Schuhe links und rechts, dazwischen Zeitungen, Kuverts, Werbung, eine Laptoptasche, ein Karton voll Altpapier, Leergut.

Die junge Frau bittet in die Küche.

Der Gruppenführer will lieber in eines der Zimmer, die auf die Straße sehen.

»Das ist dann meines.« Die junge Frau zeigt auf eine geöffnete Tür.

Der Gruppenführer tritt an das eine Fenster, der Chefinspektor ans andere. Sie schieben die Vorhänge beiseite. Draußen die ruhige Gasse, die Schräg- und die Längsparker. Wenn jemand in einem Auto säße, könnte man das von hier ohne Probleme erkennen, auch ohne die Augen zuzukneifen.

Die junge Frau nickt. »Manchmal ist da einer im Auto gesessen. Wieso, darf man das nicht?«

Wie der ausgesehen habe.

Eher groß, breite Schultern, sonst sei ihr nichts aufgefallen, ihrer Mitbewohnerin auch nicht. Man habe kurz – im Scherz – überlegt, ob sie ihnen gelte, die Beobachtung. Vielleicht ein Stalker.

Die Wohnungstür fällt zu, eine Tasche und Schuhe werden im Gang fallen gelassen. Schritte, Wasser läuft.

Aus der Küche: »Laura, willst du auch einen Kaffee?«

Die junge Frau deutet zur Küche. »Das ist meine Mitbewohnerin.«

Sie zögert. »Sollen wir in die Küche gehen?«

Der Chefinspektor nickt, Hornberg lässt den Vorhang los.

»Teresa, das sind die Herren … entschuldigen Sie, das ist vorher so schnell gegangen.«

»Hansmann.«

»Hornberg.«

Teresa stellt die Espressomaschine auf den Küchentisch, wischt die Hände an der Hose trocken.

»Wagner.«

Pause.

Die als Laura Angesprochene, in die Stille: »Es geht um den, der immer draußen im Auto sitzt.«

»Ah, unseren Beobachter. Ich bin mir übrigens sicher, dass der nicht uns beobachtet.«

»Warum, Frau Wagner?«

»Weil der immer in die andere Richtung schaut. Nicht zu uns.«

»Ist der Mann *immer* da?«

»Nein, nicht *immer*. Nein.« An Laura gewandt: »Wann war denn das?«

Laura weiß nicht, was Teresa meint.

Teresa: »Als wir unser großartiges Laufprogramm gestartet haben.«

Laura: »Du hast recht. Das muss dann Montag, Mittwoch oder Samstag gewesen sein.«

Teresa: »Montag, mein ich.«

Ob sie ein Datum auch noch wisse.

»Nicht *ein* Datum. Der war sicher dreimal an einem Montag da.«

Laura: »Aber wir haben unser Programm doch nur zwei Wochen durchgehalten.«

Teresa: »Stimmt.«

Ob sie also ein Datum wisse.

Teresa schaut Laura an.

Laura: »Im September haben wir begonnen.«

Der Chefinspektor mit Blick auf das Handy: »September, an einem Montag?«

Laura nickt. Teresa bestätigt.

Der Chefinspektor: »Anfang September, am 3. oder am 10.?«

Teresa beugt sich über das Display. »Das kommt hin. 10. September. Dann waren wir zwei Wochen regelmäßig laufen.«

Teresa schaut Laura an. »Am 24. war Schluss.«

Laura lächelt. »Da hast du gestreikt.«

Gruppenführer Hornberg mustert Laura.

Teresa, an die Inspektoren gewandt: »Am 24. hab ich Geburtstag, seitdem waren wir nicht mehr laufen.«

Gruppenführer Hornberg mustert Teresa.

Der Chefinspektor sucht einen Stift. »Und um wie viel Uhr waren Sie laufen?«

Teresa zuckt mit den Schultern. »Früher Nachmittag.«

Laura: »Zwischen dreizehn und vierzehn Uhr. Da saß er im Auto.«

Landeskriminalamt

»Glaubst du wirklich, es war eine Einzelperson?«

»Täter Singular oder Täter Plural. Aber. Wieso tun die oder tut der sich das an? Observiert den, späht den aus, lernt alle Gewohnheiten kennen und betäubt ihn.«

»Und dann der Ort!«

»Ausgerechnet. Wieso am Dach der Frau Lasser?«

»Und wieso genau zu Ludos Geburtstag?«

»Der wusste das alles.«

»Das bringt uns eben doch wieder zurück zu Moghaddams Umfeld und damit zur Kindergruppe. Entweder liegt dort das Motiv oder die Verbindung zum Täter. Der hat irgendwas mit der Kindergruppe zu tun. Oder mit der Familie Lasser.«

Wiegt den Kopf.

»Wir wissen ja noch nicht einmal, wer *der* ist.«

Landeskriminalamt

Mateo berichtet.

»Der Wagen mit besagtem Kennzeichen ist im achten Bezirk gemeldet. Ein schwarzer Mazda CX-5. Zugelassen auf einen Herrn Adam. Dr. Friedrich Adam, Rechtsanwalt, wohnhaft in 1080 Wien, Schönborngasse 10.«

Der Chefinspektor, der Gruppenführer und der Anwalt

Hornberg läutet.

Es dauert eine Weile, man hört einen Fernseher oder Musik.

Eine Frau öffnet. »Ja bitte.«

»Frau Adam?«

»Ja?«

»Ist Ihr Mann zu Hause?«

»Moment bitte.«

Ein runder Mann erscheint im Vorzimmer und breitet die Arme aus.

»Zum Hauptabendprogramm! Bitte, kommen Sie herein.«

Der Anwalt sitzt in seinem Moser-Fauteuil. Er sei nicht selbst gefahren. Er brauche den Mazda nie, meistens wisse er gar nicht, wo er ihn geparkt habe. In die Kanzlei gehe er zu Fuß, zu weiter entfernten Terminen fahre er mit dem Taxi, zu Abendeinladungen sowieso. In der raren Freizeit unternehme er Ausflüge – dafür allerdings hole er seinen Zweitwagen aus der Garage, einen Jaguar.

Die Herren Kriminalbeamten sähen also: Der Mazda werde nicht viel bewegt. Eigentlich harre er des Anwalts Tochter. Wenn die Marie endlich den Führerschein mache, stehe ihr der Mazda zur Verfügung. Wenn. Er selbst könne das ja gar nicht nachvollziehen, habe er doch seinerzeit, sobald es ging, die Prüfung gemacht. Freiheit.

Der Anwalt lächelt zuerst den Gruppenführer, dann den Chefinspektor an.

Er habe keinen Überblick, ob jemand anderes damit gefahren sei. Der Wagen stehe hier, in der Schönborngasse, oder in der Florianigasse, der Schlüssel habe seinen Platz neben der Wohnungstür, und er überprüfe nicht täglich, ob der da hänge.

Zu seiner Frau: »Geh, schaust du nach. Hängt der Autoschlüssel draußen?«

Die Frau des Anwalts steht auf, sieht nach und bestätigt. Ja, er hänge.

Seine Frau, nein, seine Frau fahre überhaupt nicht mehr selbst, seit sie ihren MINI, wie solle er sagen, geschrottet habe. Blick zur Ehefrau.

Seine Tochter habe – wie gesagt und zu seinem Leidwesen – keinen Führerschein. Sie habe der Mobilität bis jetzt keine grundlegende Bedeutung beigemessen. Wie auch, verlasse sie sich doch seit jeher und zu jeder Uhrzeit auf diverse Taxi-Unternehmen. Blick zur Frau.

Nein, im Ernst, die jungen Leute heute, die *Studierenden*, nein, die Studenten, seien anders, lebten anders, die seien viel ehrgeiziger, viel getakteter. Er sehe das, er beobachte das. Was die Jungen heutzutage leisten müssten. Es gebe Konkurrenz, Druck. Es sei eben alles unsicher. Er nehme das wahr.

Der Anwalt ist weder am 10. noch am 17. September noch an irgendeinem anderen Montag in der Nähe des Donaukanals gewesen.

Was hätte er dort auch zu tun gehabt?

Der Chefinspektor, neben dem Gruppenführer Hornberg auf dem Ledersofa sitzend: »Herr Adam. Ihr Auto wurde von Zeugen in der Hießgasse gesehen. Wie ist es dahin gekommen?«

Nun, sich selbst in Betrieb nehmen könne sein Mazda noch nicht.

»Der Pkw, dessen Zulassungsinhaber Sie ja wohl ohne Zweifel sind, ist wahrscheinlich in einen Mordfall verwickelt, und Sie wollen uns allen Ernstes weismachen, Sie wüssten nicht Bescheid darüber, wer Ihren Wagen gefahren hat?«

Der Anwalt breitet seine Arme aus. Wie denn ein Pkw in einen Mordfall verwickelt sein könne.

Hornberg, sanft. »Können Sie uns eine Liste erstellen, wer möglicherweise Zugriff auf den Autoschlüssel hatte?«

Die Liste werde nicht lang ausfallen, jedenfalls nicht seine Liste. Er habe keine Gäste zu Hause empfangen. Wen seine Frau empfange, könne er nicht auflisten. Genauso verhalte es sich bei seiner Tochter.

Im Übrigen habe er für die genannten Daten ein Alibi, das würden seine Sekretärinnen gerne bestätigen.

Und er wolle gerne wissen, worum es sich hier handle. Gegen wen sich der Tatverdacht richte und vor allem welcher Tat.

Gruppenführer Hornberg beugt sich vor, das Leder knarrt. »Wir ermitteln in einem Mordfall. Ihr Pkw wurde an einem entscheidenden Ort gesehen.«

Ob es denn Fotos gebe – Beweise – von seinem Wagen an besagter Adresse zu besagter Zeit.

»Nein, wir stützen uns hierbei auf Zeugenaussagen.«

Der Chefinspektor zeigt das Foto des am Rücken liegenden Amir. »Kennen Sie, kannten Sie einen Herrn Moghaddam?«

Der Anwalt in seinem Fauteuil macht einen Kussmund. »Nein, diesen Herrn kannte ich nicht.«

Der Chefinspektor beugt sich auf dem Sofa vor, das Leder knarrt.

»Frau Adam, hatten Sie in letzter Zeit Besuch? Wer hat noch Zutritt zu dieser Wohnung?«

Die Ehefrau des Anwalts weiß von nichts. Beziehungsweise. »Meine Schwester hat einen Zweitschlüssel für unsere Wohnung. Sie hat zwei Söhne, der eine sechzehn, der andere vierzehn. Aber die wohnen mittlerweile in Baden, nein, die sind nicht hier gewesen. Und die Marie war nicht viel zu Hause in der letzten Zeit. Freund hat sie gerade keinen, leider.«

»Geh bitte, lass sie doch.«

»So mein ich das nicht. Ich wünsch mir halt Enkelkinder, und bei der Marie … Die interessiert sich für andere Sachen.«

»Welche denn?«

»Politik, Sport, ihr Studium.«

»Du, lass doch bitte die Marie selber entscheiden, was sie über sich erzählen will, ja?«

»Ja eh.«

Der Chefinspektor, an die Frau Adam gewandt: »Und Sie selbst?«

»Ich selbst?«

»Ja. Wo waren Sie die letzten zwei Wochen?«

»Ich war die letzten zwei Wochen gar nicht in Wien.«

Die Frau des Anwalts legt den Kopf kurz schief. *»Retreat.«*

»*Wo* waren Sie?«

»Entspannen, Kraft auftanken.«

»Und wo war das?«

»Auf der Saualpe, in Kärnten. Danach habe ich eine Woche in Grado drangehängt.« Blick zum Anwalt. »Meine Schwägerin hat mich überredet.«

Der Anwalt schüttelt den Kopf. »Da haben sich zwei gefunden.«

Kurzer Seitenblick der Frau Adam zu ihrem Mann, Blick zurück zu Gruppenführer und Chefinspektor. »Ich hab ihn angerufen, brauchst du mich zu Hause? Aber er hat ja immer so viel zu tun, der war wahrscheinlich nicht viel mehr zu Hause als ich.«

»Und wie sind Sie da hingekommen?«

»Zum Retreat?«

»Zu beidem.«

»Meine Schwägerin hat mich mitgenommen.«

»Ich sag ja, sie fährt nicht mehr.«

Anwalt und Ehefrau schütteln den Kopf.

Wege

Der Chefinspektor geht zu Fuß, er braucht das jetzt.

Gruppenführer Hornberg schaut wehleidig auf sein Knie.

»Wir treffen uns im Büro.«

Hornberg zieht die Schultern zu den Ohren. Es sei so: Er müsse jetzt nach Hause gehen, er klappe gleich zusammen.

»Ist gut, wir halten dich am Laufenden.«

Landeskriminalamt

Mateo schaut von seinem Computer auf.

»Der Adam ist spezialisiert auf Wirtschaftsrecht, er besitzt zwei Wohnungen in der Josefstadt und ein Haus in Kärnten.«

»Überschneidungen mit dem Moghaddam?«

»Keine sichtbaren.«

Der Chefinspektor setzt sich an seinen Computer und tippt. Das Trackpad funktioniert lautlos.

Der Chefinspektor am Abend

Karin hält dem Chefinspektor ihr Handy vor die Nase. »Hast du übrigens gesehen? Bei der AundO geht's voll ab. Die wird arg gehasst.«

dieAundO

A sitzt vor einer Kerze. Man sieht die Flamme im Vordergrund und dahinter, leicht unscharf und sehr dunkel, das ernste Gesicht des Mädchens.

Der Chefinspektor gibt Karin das Telefon zurück. Das kenne er doch schon.

Karin hält es ihm weiterhin vors Gesicht. »Du musst die Kommentare lesen.«

Alle 138 Kommentare ansehen
happy_star_ Ach, wie traurig, ihr tut mir so leid! Es muss so furchtbar für die Kinder sein!
Xena86 @happy_star_ Ach, wie traurig! Hausgemachtes Übel, kann ich nur sagen.
sabinewallner_ Wie schrecklich! Ich hoffe die Berichterstattung hört bald auf und ihr könnt zur Ruhe kommen.
300_torvi @sabinewallner_ Die Berichterstattung ist nicht das Problem und das wisst ihr auch.
wilde_hilde78 Es reicht, ich halte dein scheinheiliges Getue nicht mehr aus. Ihr Bobos mit eurem Gutmensch-Gelabere bringt eure Kinder in Gefahr und tut dann ganz entsetzt, wenn sie (erst mal nur psychischen) Schaden nehmen. Ihr stellt einen Flüchtling in eurem Kiga an! Da frage ich mich wirklich, tickt ihr noch richtig? Man sollte mal die Frage stellen, ob ihr in der Lage seid, überhaupt auf eure Kinder aufzupassen. Du bist unfollowed #esreicht
Xena86 @wilde_hilde78 Du hast recht und bist eine der wenigen, die sich trauen, das zu sagen, was eigentlich JEDER denkt, der noch einen Funken Menschenverstand hat.

dieAundO @wilde_hilde78 Ich lösche deinen Kommentar nicht, lasse ihn jedoch unkommentiert. So viel Hass kann ich nichts entgegensetzen.
karin_leonie_hirter Löschen und drohen, das ist das Einzige, das dir einfällt. Du bist doch sonst so reflektiert. Aber klar, es ist hart zu sehen, was man selbst zur Gefährdung seiner Kinder beigetragen hat.
tinchen_ Also mein Kind würde ich nie in euren Kiga geben!
allstar75 @Nora_Kreinl schau mal, hier kann man sich nur noch an den Kopf greifen.
tanja.horvath Mir kommt echt das Kotzen bei eurem Multikulti-Wahnsinn. Wozu stellt ihr einen Asylwerber an? Heimische Kindergärtner sind euch wohl nicht gut genug. Oder geht es am Ende um das eigene schlechte Gewissen, weil die ach so reflektierten Saubermänner – und Sauberfrauen natürlich – doch merken, dass sie eigentlich nichts tun, um die Welt besser zu machen. Wasser predigen und Wein trinken. Flüchtlinge alle schön durch die Grenzen winken und dann weitermachen. In den Innenbezirken merkt man eh nichts davon. Deshalb ist der Schock ja jetzt auch so groß.
ina.fried @tanja.horvath danke, super zusammengefasst.
Nora_Kreinl Mischung aus Entsetzen und irrem Lachen. Seid ihr wahnsinnig? Eure Kinder tun mir echt leid.

dieAundO

Ein Selfie. Danuta lehnt mit trotz Aden-Filter gerötetem Gesicht und Tränen in den Augen an der Plexiglaswand einer Straßenbahnstation. Hinter ihr ist unscharf ein Werbeplakat zu erkennen.

Gefällt 386 Mal

dieAundO Die letzten Tage waren hart. Sehr hart. Wir haben einen lieben, uns nahestehenden Menschen verloren. Meine Kinder haben einen engagierten, kreativen und fürsorglichen Betreuer und Spielpartner verloren. Ich habe weitergemacht, habe gearbeitet, habe geschrieben und gepostet. Ich habe auf unterschiedliche Fragen und Angriffe – hier & in den Medien – reagiert, habe versucht, den Hass zu transformieren.

Nun bin ich am Ende meiner Kräfte. Ich kann und will mich in dieser Situation nicht mehr verteidigen für meine Haltung. Ich will nicht kämpfen. Ich trauere. Und ich unterstütze meine Kinder in dieser Phase, so gut es geht.

A und O sind so toll, so unfassbar stark und offen für ihre Gefühle.

A und O waren und sind immer mein Mittelpunkt. Das ist so und wird immer so sein. Deshalb werde ich jetzt alle Kräfte und Energien in meine Familie stecken. Ich mache eine Pause. Ihr werdet eine Zeit lang keine neuen Beiträge von mir sehen.

#mumlife #workingmum #life #death #detox #break

Alle 84 Kommentare anzeigen
Nordfee @wanja.kricik Weil wir letztens darüber gesprochen haben. Hier findest du #Ethnomasochismus in Reinkultur.
lauragruber Ich finde dich so stark und mutig. Ich stehe voll hinter dir.
melon_tummy_2018 Es tut mir so wahnsinnig weh, dich so zu sehen. Ich wünsche dir alle erdenkliche Kraft!
tanja.horvath Gottseidank. Gib uns eine Pause!
Selfmade_Woman Tränen lachender Smiley
mumofthree Ach ihr Armen! Seid gedrückt!

Blumenkranz

Liebe Franziska, liebe Alle!
Jo hat am Wochenende leider keine Zeit. Aber die Idee mit dem Kranz finden wir gut. Würde Amirs Tante das machen?

Liebe Grüße
Nina

Blumenkranz

Ich denke schon, dass sie das machen kann, wenn wir sie bitten.

lg F

Blumenkranz

Liebe Franziska!
Vielen Dank für dein Engagement. Wir finden, das ist eine sehr schöne Idee. Wir haben vorher mit Mio gesprochen, ihm würde das viel bedeuten, so eine Schleife zu gestalten. Sollen wir nicht die Betreuerinnen fragen, ob sie das mit den Kindern machen wollen? Für den Trauerprozess der Gruppe wäre so eine gemeinsame Aktivität sicher total hilfreich.

Ganz lieben Gruß
Hilde & Dieter

TAG 8

Persischer Tag (Rückblick)

Amir betritt mit vollem IKEA-Sack die Garderobe.

»Was hast du da?«

»Ich koche doch heute. Heute ist persischer Tag.«

»Aber Amir, du bist doch aus Afghanistan.«

»Na ja, weißt du, dort bin ich geboren, aber als ich so alt war wie du, habe ich schon längst im Iran gewohnt.«

Persischer Tag – Morgenkreis (Rückblick)

Um ein buntes Tuch sitzen Flora, Freya, Rika, Joseph, Ludo, Lenz, Johanna, Anouk, Betreuerin Ingrid, Mio, Karli, Kolja, Betreuerin Mone, Vincent, Taleja und Amir im Kreis.

In der Mitte, auf dem Tuch, liegen eine Muschel vom Elbstrand, ein Senkblei, das die Fischer zum Beschweren ihrer Angelschnur benutzen, ein Stein, mit dem man Feuer machen kann, ein weiterer Stein – honigfarben. »Ist das ein Bernstein?« »Wahrscheinlich nicht.« Treibholz, eine kleine Dose voll Sand, Reste von Feuerwerkskörpern.

»Wo hast du da gewohnt?«

Amir zeigt das Foto eines schmalen Hauses.

Amir zeigt ein Foto der Tante bei der Arbeit.

»Deshalb hast du auch so schöne Zähne.«

»Wer hat schöne Zähne?«

»Na der Amir. Zeig einmal, Amir.«

Amir zeigt seine Zähne.

»Seine Tante ist Zahnärztin.«

»Assistentin.«

»Sie hilft dem Zahnarzt.«

»Genau. Und sie macht die Mundhygiene.«

»Das hasse ich.«

»Was?«

»Na, wenn der Zahnarzt oder die Zahnärztin die Zähne sauber macht.« Betreuerin Mone kratzt mit dem Nagel über ihre Schneidezähne.

»Mir macht die Mama die Zähne sauber.«

»Mir auch.«

»Mir putzen die Mama und der Papa die Zähne.«

»Ich muss nicht Zähne putzen.«

»Dann wirst du bald schwarze Zähne haben.«

»Hab ich nicht.« Zeigt die Zähne.

Alle Kinder zeigen ihre Zähne.

Amir bringt außerdem mit: eine Karte vom Iran, Teheran hat er eingekreist. Fotos von seinem Vater, seiner Mutter, dem Anwalt aus dem dritten Stock, dessen Frau.

Fotos von Spielzeugen.

»Als ich nach Hamburg gegangen bin, habe ich mir gedacht, so habe ich alle meine Sachen trotzdem noch bei mir.«

Die Kinder beugen sich über das Tuch.

»Was hast du für Spielsachen gehabt?«

»Na ja, diese hier auf den Fotos.«

»Autos!«

»Ein ferngesteuertes Auto?«

»Hast du das noch?«

»Meine Eltern heben das für mich auf.«

»Und bei deiner Tante? Was hast du da gehabt?«

»Da war ich ja schon älter. Da habe ich mehr gelesen und gelernt.«

»Wieso bist du eigentlich nach Hamburg gegangen?«

Erinnerung

Dann ist es so weit. Wir verabschieden uns von Oma und ziehen nach Teheran.

Die Fahrt ist bedeutungsvoll und lang, zwei Tage dauert sie. Ich weiß noch, dass ich mir vorstellte, wir leben von nun an für immer im Bus.

In Teheran gibt es einen Cousin meiner Mutter, der meinem Vater einen Job als Hausmeister verschafft. Vater und Mutter sagen, es sei das Beste, das uns passieren konnte. Wir bekommen eine kleine Wohnung im Souterrain des Hauses. Meine Mutter putzt bei der Anwaltsfamilie im dritten Stock.

Persischer Tag (Rückblick)

»Sollen wir am Boden essen?«

»Na ja, im Iran isst man bei Tisch. Aber ja, wieso eigentlich nicht.«

Amir serviert Reis, eigentlich eine Art Kuchen aus Reis – die Kinder wollen das ab jetzt jeden Tag essen – und Hühnerfleisch in Soße – die Kinder wollen das ab jetzt jeden Tag essen.

Salat mit vielen Kräutern. »Wieso ist der so dunkel?«

Getrocknete Maulbeeren und seltsames Spaghetti-Eis mit Rosenwasser.

Die Blumendekoration ist von Heidi.

Wege

Der Chefinspektor folgt der Donaueschingenstraße bis zur Dresdnerstraße und beginnt die Umgehung des alten Frachtenbahnhofs, diesmal nach links. Die Taborstraße entlang bis zum Augarten, in den Augarten hinein, so früh sind hier andere Menschen nur laufend unterwegs. Die Untere Augartenstraße, über die Augartenbrücke, Roßauer Lände, beim Ringturm vorbei, den Ring hinauf, an der Uni vorbei und über den Rathausplatz.

Bei der U2-Station Rathaus wartet Christina mit zwei Bechern Kaffee in den Händen.

Die Obfrau Stv.

Die Obfrau Stv. verabschiedet sich von Ludo, der hinter ihr die Tür der Kindergruppe zuschmeißt. Sie versperrt die Tür, steckt sich die Kopfhörer in die Ohren, links, rechts, und joggt los. Einmal die Woche geht Franziska laufen, am liebsten im Grünen – wenn es sein muss aber auch in der Stadt. Um elf muss sie zu Hause sein – die Außenjalousien werden endlich repariert –, sie hat also noch knapp zwei Stunden Zeit. Die Frage war, ob sie heute zum Yoga oder laufen geht. Da sie noch ein Geschenk für Ludos Baby-Cousine besorgen muss, hat sie sich für Letzteres entschieden, weniger Zeitverlust, kein Anfahrtsweg, kein Plaudern, einfach loslaufen.

Als die Obfrau Stv. beim dritten Song ihrer Playlist angekommen ist, sieht sie den Chefinspektor und die junge Gruppeninspektorin und versteckt sich – Reflex! – hinter einem Lieferwagen, der dankenswerterweise halb am Gehsteig steht. Der Chefinspektor und die junge Gruppeninspektorin halten vor einem Hauseingang, der Chefinspektor läutet, sagt etwas und betritt das Haus. Als sich die Obfrau Stv. ganz sicher ist, dass die zwei sie nicht mehr sehen können, überquert sie die Straße und liest die Namen der Gegensprechanlage. An vorletzter Stelle steht: *Mag. Bonin/Wittner.*

Schon wieder.

Sie läuft weiter, kürzer als sonst. Ludos Baby-Cousine muss warten. Zu Hause angekommen googelt die Obfrau Stv. die Ex-Ex-Obfrau.

An diesem Tag macht sie den Fall »Amir« endgültig auch zu *ihrem* Fall. Verkleidet hat sich die Obfrau Stv. immer gern »und gut«, wie sie sagt. Neben dem Lauf- oder Yogagewand (wechselweise) steckt sie eine Zwanziger-Jahre-Bubikopf-Perücke und die dunkle Sonnenbrille in ihre Sporttasche. Die Tage, an denen sie nicht in die Redaktion muss, sind nun ihre Ermittlungstage.

Die Ex-Ex-Obfrau

Susanne Bonin ist verheiratet mit dem einstigen Musiker, Musikwissenschaftler und vor allem -kritiker August Wittner – Gestalter und Moderator der Ö1-Sendungen »Drah di ned um« und, später dann, »Der Hofer war's«.

Unter all den Journalistinnen, Assistentinnen und Redaktionshilfen fällt Susanne ihrem Chef sofort auf, nicht nur, weil sie erstens so unerreichbar jung und zweitens idealistisch, um nicht zu sagen gnadenlos idealistisch ist, sondern drittens auch so immens mutig und schlagfertig. Susanne hat immer etwas zu sagen und nimmt sich nie ein Blatt vor den Mund, auch nicht, wenn sie ihm damit widerspricht.

Aus der Ehe gehen ein gemeinsames Sendeformat (»Rabimmel, Rabammel, Rabumm – Musikvermittlung für Kinder«), eine Festschrift sowie drei Töchter und ein Sohn hervor.

Gnadenlos idealistisch ist Susanne auch in der Erziehung der Kinder. Mit der ersten Schwangerschaft kommen das Interesse an und das umfassende Wissen über Reformpädagogik, historisch und zeitgenössisch.

August macht sich anfangs lustig über seine Frau, die Radikale. Unsere Kinder, die neue Elite. Aber es ist doch ein harmloses Sich-Absetzen vom Rest, von den anderen. Außerdem ist August stolz auf seine Frau, die sich da wieder mal so vollkommen reintigert. Und Susanne hat ja auch recht. Die politische Bedeutung von Kinder- und Säuglingsbetreuung hat August in seinen Arena-Zeiten erkannt. Auch Erziehung zur Selbstbestimmung ist ihm ein Begriff.

Und so sollen Heidi und danach Leni und die Zwillinge, Hedda und Benno, die Meister ihrer selbst sein, sich in ihrem Tempo entdecken und entwickeln dürfen und nicht in vorgefertigte Schemata gepresst werden, wie es, so meint Susanne, im öffentlichen Kindergarten regelmäßig passiere.

Susanne will ihre Karriere nicht über Gebühr gefährden und sucht schweren Herzens einen Krippenplatz für Heidi. Es ist klar, dass es einer mit reformpädagogischem Ansatz sein muss. Wenn schon fremdbetreut, dann gut fremdbetreut.

Bei den sieben Zwergen, einer Kindergruppe für Kleinkinder im achten Bezirk, wird Susanne fündig. Topografisch treffend liegt die Kinderkrippe, von den angrenzenden Bezirken aus betrachtet, tatsächlich hinter den Bergen.

Passend aber vor allem wegen des Konzeptes: Bei den sieben Zwergen wird – kurz und bündig – dem Kind der Raum gegeben, nach seinem eigenen inneren Bauplan zu wachsen. Tägliche Beobachtung und Dokumentation bilden die Grundlage für die Bereitstellung passender, auf die Bedürfnisse des Kindes zugeschnittener Angebote, damit das Kind seine nächsten Entwicklungsschritte verwirklichen kann. Die Eltern als wichtigste Bezugspersonen werden in alle relevanten Fragestellungen eingebunden.

Susannes umfassendes Wissen beinhaltet auch die Urban Legend um die Gründungsgeschichte der sieben Zwerge. Eine kinderreiche Politikerin, die keinen Zweifel an der Existenz der Gaskammern hegt, sich für die Gleichberechtigung der Frau und die Vereinbarkeit von Mütterlichkeit und Berufstätigkeit ausspricht, soll – zugegeben vor vielen Jahrzehnten – den Verein zur Betreuung von Kleinkindern initiiert haben, um junge Frauen, die sich trotz überstandener zweiter Feminismus-Welle für die Mutterschaft entscheiden, zu unterstützen.

Schon wieder passend, entscheidet sich Susanne doch bewusst für althergebrachte Rollenbilder und Werte.

Von den sieben Zwergen ist seit jeher der Weg zur Kindergruppe nicht weit – räumlich und sozioökonomisch. Ehemalige Zwerge wechseln gerne in die Kindergruppe. Susanne kann diesen Trend nachvollziehen. Sie betritt die Kindergruppe und fühlt sich augenblicklich wohl. Hier soll Heidi die nächsten Jahre verbringen.

Der Chefinspektor, die Gruppeninspektorin und die Ex-Ex-Obfrau

Die Ex-Ex-Obfrau und ihr ergrauender Ehemann wohnen in Gehweite der Kindergruppe (bei Schönwetter. Bei Schnee und Regen sind es vier Stationen mit dem 13A). Susanne Bonin, in figurbetontem, geometrisch bedrucktem Jersey, weist den Weg in ihre überaus gemütliche Wohnküche. Holz dominiert, Hellbraun- und Honigtöne. Auf einer geblümten Bauernkommode liegen Bücher, Zeitschriften und Notizen.

Die Ex-Ex-Obfrau, auf die Lektüre deutend: »August recherchiert mal wieder, er neigt zur Stapelbildung.«

Sie stellt eine Kanne Filterkaffee auf den Tisch.

»Schnauselchen, lass uns erst mal in Ruhe sprechen.«

Ein Mädchen mit zerzausten Haaren und Büchern und Heften in den Armen, darauf ein offenes Federpennal balancierend, verlässt die Küche.

»Ich hoffe, Sie haben ein starkes Immunsystem. Hedda hat eine Bronchitis aus der Schule mitgebracht, Benni hustet auch schon.«

Christina winkt ab. Sie brauche sich keine Sorgen um sie zu machen.

Die Ex-Ex-Obfrau bittet sie, Platz zu nehmen.

Der Rock der Ex-Ex-Obfrau hat einen Fleck. Susanne Bonin

bemerkt Christinas Blick. Sie habe in der Früh Zwetschken eingekocht, es sei allerhöchste Zeit gewesen.

Sie setzt sich und schenkt Kaffee in von Kindern bemalte Tassen.

Der Chefinspektor bedankt sich.

Susanne Bonin lehnt sich zurück und kreist einmal mit den Schultern.

»Wie war eigentlich Ihre Beziehung zu Herrn Moghaddam?«

Susanne wirft den Kopf zurück. Der Anflug eines freundlichen Lächelns bleibt in ihrem Gesicht.

»Beziehung gab's da gar keine. Ich habe Amir als eine, wenn Sie so wollen, vorübergehende Erscheinung betrachtet. Heidi ist zwanzig Jahre alt, sie grenzt sich ab, vor allem von mir, auf variable Weisen. Amir war eine davon. Ich nannte ihn: typabhängige Gegenreaktion. Heidi war immer schon ein Papa-Kind, es ist glasklar, dass sich ihr … adoleszentes Ich mit Augusts Werdegang identifiziert.«

»Also haben Sie die Beziehung Ihrer Tochter mit Herrn Moghaddam nicht kritisch gesehen?«

Die Ex-Ex-Obfrau verdreht leicht die Augen. Heidi nabele sich ab. Und nicht erst seit ihrer Liebelei. Amir sei Teil eines Prozesses gewesen, der begonnen habe, als Heidi siebzehn war.

Die Ex-Ex-Obfrau nimmt einen Schluck Kaffee.

Aber der liebe August habe sich Sorgen gemacht. Ob der Chefinspektor den Film »Nicht ohne meine Tochter« kenne?

An Christina gewandt: »Sie sind zu jung, der war vor Ihrer Zeit.«

Ausgerechnet den habe August bemüht. An den habe August sich erinnert gefühlt. Er habe gesagt: Spätestens wenn ein Kind da sei, gehe der doch mit Heidi in den Iran zurück. In diesen Männern schlummere ihr kulturelles Erbe, da würden die gar nichts dafür können.

Sie selbst habe Heidi vertraut beziehungsweise vertraue ihr. Immerhin habe man sie doch den eigenen Werten folgend erzogen. Wieso sollte also Heidi ausgerechnet jetzt eine Familie gründen. Sie wolle studieren, wolle reisen. Amir, nein. Der Ex-Ex-Obfrau sei völlig klar gewesen, dass das früher oder später ein Ende haben werde.

»Und das Foto?«

Susanne schaut dem Chefinspektor ins Gesicht.

Der präzisiert: »Das Foto des toten Herrn Moghaddam.«

Susanne schaut ins Leere. Das habe sie gesehen. Sie sei sozusagen nicht umhingekommen, das zu bemerken.

»Haben Sie keine Emotion dazu?«

Susanne Bonin wirft den Kopf zurück und spricht zur Decke. »Bitte sagen Sie mir nicht, was in mir welche Emotionen auslösen soll.«

»Immerhin war es der Freund Ihrer Tochter.«

Senkt den Kopf, große Augen. »Meine Tochter und ich werden das zusammen durchstehen. Wir haben schon einiges verkraftet, das kriegen wir auch noch hin.«

Die Ex-Ex-Obfrau nimmt einen Schluck Kaffee.

Man brauche einen analytischen Blick, um nicht auf jede Gefühlswallung, die so den lieben langen Tag an einen herangetragen werde, aufzuspringen. Also. Was sehe man? Ein junger Mann liege offensichtlich tot am Boden. Wenn er also eine vorübergehende Erscheinung im Leben ihrer Tochter gewesen sei, und davon gehe sie aus, dann habe eben Heidi zum ersten Mal den Tod eines ihr bekannten Menschen erlebt. Wenn denn der Tod ein Phänomen sei, das man *erleben* könne. Mehr nicht. Heidi werde nicht in alle Ewigkeit schreckliche Bilder vor ihrem inneren Auge haben. Sie werde nicht für immer trauern.

Große Augen.

»Er war nicht ihr Ehemann. Er war nicht der Vater ihrer Kinder, auch nicht der zukünftigen. Weder sie noch ich sind zu irgendeiner Emotion verpflichtet.«

Christina: »Ich denke, Ihre Tochter sieht das anders.«

Susanne Bonin schüttelt den Kopf. »Ich weiß, wie meine Tochter das sieht.«

Pause.

Der Chefinspektor räuspert sich. »Und. Waren alle Ihre Kinder in der Kindergruppe?«

Die Ex-Ex-Obfrau kann wieder lächeln.

Das Konzept der elternverwalteten Kindergruppe habe sie bereits bei ihrer Ältesten nachhaltig überzeugt. Ein kleiner Kreis von – durch gemeinsame Kennenlern-Wochenenden, Putzdienste, Umbauarbeiten, Elternabende, Nachmittage am Spielplatz und was noch alles – gut bekannten Vertrauten, täglich von diesen gekochtes Bio-Essen, ein geschützter Raum für die Kinder, enger Kontakt zu den Betreuerinnen und Mitsprache bei *allen* Entscheidungen. Klar, nicht alle kochten gleich gut, aber Heidi und danach Leni und die Zwillinge hätten gelernt, dass es eben unterschiedliche Küchen und Geschmäcker gebe. Eigenheiten, die einen beim ersten Kind, sprich im ersten Kindergruppen-Durchgang, noch aufregten, ließen einen beim dritten Mal völlig unbeeindruckt. Susanne Bonin lacht.

Der Chefinspektor nickt. »Sie waren dort Obfrau?«

Ach, in ihren neun Kindergruppen-Jahren habe sie verschiedene Ämter bekleidet, Verantwortung habe sie in jedem übernommen.

Das Mädchen mit den zerzausten Haaren kommt in die Küche und setzt sich auf Susanne Bonins Schoß.

»Na? Bist du einsam?« Die Ex-Ex-Obfrau streicht dem Mädchen über den Kopf.

Die Ex-Ex-Obfrau schaut zum Chefinspektor, schaut zur Decke. »Wo war ich?«

»Sie wollten gerade über Ihr Amt sprechen.«

»Mein ehemaliges Amt.« Die Ex-Ex-Obfrau lächelt. »Klar, als wir den letzten Durchgang starteten …«

Die Ex-Ex-Obfrau beugt sich zu Hedda hinunter. »Wir reden über eure Zeit in der Kindergruppe, weißt du, Krümelchen?«

Die Ex-Ex-Obfrau hebt wieder den Kopf. Als Hedda und Benni begannen, seien die Abläufe bereits Routine gewesen und der amtierende Kassier ein guter Freund. Sie habe sich einen Ruck gegeben und sich einstimmig in den Vorstand wählen lassen.

Ob sie dem Chefinspektor das Amt beschreiben könne.

Als Obfrau habe man alles im Blick. Müsse man alles und alle im Blick haben. Die anderen Eltern hätten sich unter ihrer Obfrauenschaft zurückgelehnt. Das Obfrauenamt als erweiterte Mutterschaft. Obfrau, Obsorge, irgendwie doch alles das Gleiche. Susanne Bonin hebt die schmalen Schultern. Sei der Geschirrspüler verstopft gewesen und habe getropft, sei sie in die Kindergruppe gerannt und habe den Techniker bestellt. Sei das Schloss defekt gewesen, habe sie Bescheid gewusst. Susanne habe die Übersicht über alle Kinder und Eltern gehabt, Gespräche mit Bewerbern und deren Kindern geführt, die Schließzeiten der Kindergruppe (und damit die Urlaubszeiten der Betreuerinnen und aller Eltern, Anm.) geplant. Sie sei regelmäßig zum Trägerverein gepilgert, um Elternverträge und diverse Kinder- und Anwesenheitslisten abzugeben.

Das Mädchen spielt mit dem Ehering der Ex-Ex-Obfrau. »Da warst du Obfrau.«

»Ja, mein Beerchen.«

Die Ex-Ex-Obfrau nickt.

Man denke. Denke mit, denke für die anderen, nehme wahr, reagiere, im besten Fall plane man. So eine Kindergruppe sei ja kein professionell geführter Verein. Der Vorstand, alle Mitglieder wechselten ständig. Aber man tue halt sein Bestes.

Nickt, atmet aus.

Es sei Arbeit gewesen, aber sie habe sie gerne gemacht. Wie in einem Dorf habe sich eine Gemeinschaft gebildet, hier eine Plauderei auf der Gasse, da ein Treffen beim Bäcker.

Christina: »Und dann sind Sie zurückgetreten?«

Die Ex-Ex-Obfrau schiebt das Mädchen sanft von ihrem Schoß. »Geh doch bitte noch mal in dein Zimmer, ich komme dann und lese dir vor.«

Das Mädchen geht.

Christina legt den Kopf schief.

Susanne Bonin hebt das Kinn. Sie habe eine Stelle in der städtischen Bücherei angeboten bekommen.

»Sie sind Bibliothekarin?«

Susanne Bonin lächelt. Besser. Sie gestalte das Kinderprogramm. Literaturvermittlung für junge Leser, schön sei das. Da sei eben, wieder mal, vieles gleichzeitig passiert. Heddas und Bennis Einschulung sei ohnehin bevorgestanden, man habe ihr die Stelle angeboten – da habe sie die Amtsübergabe zeitlich einfach vorgezogen.

»Aber es war schon so, dass die Eltern den Wechsel befürwortet haben?«

Die Elternschaft sei sich da, wie so oft, nicht einig gewesen.

»Und war das für Sie eine Beleidigung?«

Die Ex-Ex-Obfrau lächelt Christina an. »Mir gefällt Ihr Elan.«

»War es das, eine Beleidigung?«

Dass andere sie kritisiert hätten? Eine Beleidigung? Nein. Das nehme sie nicht persönlich. Das passiere in der Auseinandersetzung mit anderen Meinungen. Dass man sich eben nicht einig sei. Das sei ja das Schöne.

»Wie stehen Sie heute zur Kindergruppe?«

Heute? Nun, sie hoffe natürlich, dass die Kindergruppe noch lange bestehen möge. Sie selbst werde allerdings keine Kinder mehr beisteuern. Lacht.

Der Chefinspektor: Was sie über den Herrn Riedl erzählen könne.

Was sie über den Herrn Riedl erzählen könne. Nun. Was könne sie erzählen. Er sei ein schlauer Kopf, ein interessanter Zeitgenosse.

Christina: »Und dass er Schiffe der Seenotrettung gestört hat?«

»Ihre Wortwahl formuliert streng genommen keine Frage an mich.«

»Wie stehen Sie dazu?«

»Zuerst mal. Das waren keine Schiffe der Seenotrettung, das waren Schiffe von NGOs, die meinen, auf den Gebieten unterschiedlicher Staaten nach eigenem Gutdünken agieren zu können.«

»Sie sind also mit Herrn Riedls Aktionen einverstanden?«

»Ob ich hier mit etwas, das in Herrn Riedls Vergangenheit stattgefunden hat, einverstanden bin, ist doch völlig irrelevant.«

»Und mit Aktionen der Gegenwart, sind Sie mit denen einverstanden?«

»Die da wären?«

»Die Verbreitung eines Fotos, das unter strafrechtlich relevanten Umständen entstanden sein muss.«

»Meines Wissens geht die Verbreitung des Fotos nicht auf Herrn Riedl zurück. Für das, was andere Personen ihm schicken, kann man ihn ja schwerlich zur Verantwortung ziehen.«

»Er hätte es melden können, er hätte es löschen können.«

»Sehen Sie, ich selbst habe kein Facebook, kann mir aber vorstellen, dass man nicht zu jeder Zeit online ist, also gar nicht simultan reagieren *kann*.«

»Sie sehen also kein Problem?«

»Noch einmal: Was ich hier sehe, ist völlig irrelevant.«

»Aber dass er rechts ist.«

»Dass er rechts ist? Wieder formulieren Sie keine Frage, auf die ich eine Antwort geben kann.«

»Dass er rechts ist, das wissen Sie?«

Susanne Bonin schaut ganz kurz zur Decke. »Äh. Ja. Schön blöd wäre ich, wäre mir diese Tatsache entgangen.«

Die Ex-Ex-Obfrau lächelt.

Jemand hantiert mit einem Schlüsselbund, die Tür wird aufgesperrt, geöffnet und geschlossen. Jemand atmet laut (schnauft), der Holzboden knarrt.

Susanne Bonin setzt sich auf. »Mein Mann.«

Die Ex-Ex-Obfrau lehnt sich über die Sessellehne zurück und ruft ins Vorzimmer. »Schatz, wir haben Besuch!«

Der Chefinspektor, die Gruppeninspektorin und August Wittner

Aus seiner Sturm-und-Drang-Zeit hat August Wittner seine Vorliebe für den frühen Austropop und seine langen, mittlerweile grau und schwarz melierten Haare behalten. Doch weil Susanne schon vor Jahren eine Absprache mit dem Friseur im Erdgeschoß getroffen hat (ihrem Mann die Haare kontinuierlich kürzer zu schneiden), erscheint nun ein gezähmter August Wittner – ein Pferdeschwanz ist gerade noch möglich – in der Küchentür und mit ihm eine Rauchwolke. Er schaut verwirrt.

Die Ex-Ex-Obfrau wiederholt. »Mein Mann.«

Der Chefinspektor steht auf, streckt die Hand aus und stellt sich vor. »Hansmann.«

Außer Atem. »Wittner.«

Die Gruppeninspektorin steht auf und stellt sich vor. »Kalsner.«

»Wittner.«

Die Ex-Ex-Obfrau: »Die Herren beziehungsweise der Herr und die Dame sind von der Polizei.«

Die Ex-Ex-Obfrau kommt dem Chefinspektor zuvor. »Schatz, erzähl du mal, wie hast du denn den Amir gefunden?«

Wittner setzt sich schwerfällig. »Furchtbare Sache, die arme Heidi. So ein cooler Typ.«

Christina: »Wissen Sie, dass Ihre Frau mit dem Chef der Neuen Rechten befreundet ist, der außerdem zur Verbreitung des Fotos beigetragen hat?«

Susanne Bonin muss jetzt schon sehr bitten. Was das hier für Suggestionen seien.

Wittner wiederholt: »Foto?«

»Des toten Herrn Moghaddams.«

Wittner schaut seine Frau an.

»Wissen Sie über diese Freundschaft Bescheid?«

Wittner wendet sich wieder Christina zu und lächelt müde. Über die Tätigkeiten und Interessen seiner Frau sei er, seines Wissens nach, bestens und umfassend informiert.

Christina und der Chefinspektor gehen gemeinsam zur 43er-Haltestelle.

Christina: »Ich bin irgendwie wie betäubt. Die sagt doch echt arge Sachen, aber man weiß nicht, wie man reagieren soll.«

»Das ist nicht unsere Aufgabe.«
»Eh. Aber es fühlt sich schrecklich an.«
»Ja.«

Susannes Wandel / Changierende Farben

Susanne hat in »ihrer« Kindergruppen-Zeit einen Wandel durchgemacht. Engagiert war sie immer, rechts, zumindest bekennend, wurde sie erst.

Jedenfalls ist das die Erzählung der Kindergruppen-Eltern. Nie hätte man sich doch sonst so eng befreundet. Nie hätte doch das Konzeptamt sonst einen gemeinsamen Urlaub geplant (der in der Folge abgesagt wurde).

Man hat versucht, es sich zu erklären.

Das Geschenkeamt: Fundamentalistisch war sie immer. Zuerst halt bio.

Das (damalige) Listenamt: Das ist eine Rebellion gegen den erfolgreicheren August.

Susanne hat bereits Eingang in dessen Wikipedia-Eintrag gefunden. August (»Witty«) Wittner, ehemals Keyborder beim Tachinierer-Club (TC), österreichischer Musikkritiker, Wegbereiter und Begleiter des Austropop im österreichischen Rundfunk. Verheiratet mit B., einer rechten Aktivistin. *Immer wenn er das liest, staunt er. Wer hätte gedacht, dass er das mal von sich sagen könnte.* Verheiratet mit einer rechten Aktivistin. *Dann schmunzelt August.*

Natürlich ist es nicht zum Schmunzeln, dass Susanne jetzt eine öffentliche Rechte ist. Aber ihr Kampfgeist, ihre Unerbittlichkeit, ihre Energie haben ihn immer beeindruckt.

Und ist der Riss, der durch die Familie geht – Susanne und zunehmend Leni auf der einen, er selbst und manchmal auch Heidi auf der anderen Seite –, ist der nicht exemplarisch für die Gesellschaft heute?

Sind nicht die aktuellen Projekte, denn beide machen Nägel mit Köpfen und beziehen öffentlich Stellung zu den Herzensthemen, Seiten einer Medaille, einer Ehe?

Rechts und links.

S und A.

Es spielten sich Dramen ab, in der Kindergruppe, danach im Freundeskreis, aber nicht im Hause Bonin-Wittner. Dort wird diskutiert, beim Abendessen, beim Geschirrwaschen, beim Zähneputzen, im Sonnenlicht morgens, im Dämmerlicht vor dem Einschlafen.

Changierende Farben II / Grünbraun

Eine Erklärung – Entschuldigung? – dafür, dass Susannes Haltung sich in aller Stille entwickeln konnte: die Berührungspunkte zwischen alternativ und rechts.

Alle wollen doch Bio-Essen für ihre Kinder. Und alle wollen kontrollieren, dass die Kinder tatsächlich auch nur Bio-Essen bekommen. Manche würden auch echt gerne das Weißmehl weghaben oder den weißen Zucker.

»Wieso ist da eigentlich vorgestern ein Fertig-Sugo in der Küche gestanden? Da kann ich der Flora gleich Ketchup geben.«

Selbst gemacht ist einfach besser, man weiß, was drin ist, keine Überraschungen, keine Süßstoffe, die kleinen Kinderkörper bleiben unbelastet, bleiben rein.

»Ich wollte noch kurz fragen, ob wir uns eh noch immer einig sind, dass wir nur bio kochen?«

Allgemeine Zustimmung.

»Und Vollwert? Also ich habe in letzter Zeit öfters weiße Nudeln gesehen und wollte fragen, ob wir nicht lieber Vollkornnudeln kochen wollen.«

Daraus, das Beste für die (eigenen) Kinder zu wollen, darf einem kein Vorwurf gemacht werden. Das Beste ausschließlich *für die eigenen Kinder zu wollen, wäre eine andere Sache. Den ersten Wunsch jedoch, einfach so, ungefragt, in den zweiten umzudeuten, fiele einem nicht ein. Das wäre bösartig und unnötig.*

Nachhaltige Produkte aus lokaler Produktion zu kaufen, kann ebenfalls unterschiedliche Antriebe haben: Man möchte seinen CO_2*-Fußabdruck klein halten. Jeder Einkaufszettel ist ein Wahlzettel. Der Konsument hat die Entscheidungsmacht und macht es richtig.*

Warum in die Ferne schweifen. Leinsamen statt Chiasamen. Hirse statt Quinoa. Man kauft wenig, aber teuer, investiert in Geschäfte der Umgebung und erhält die Nachbarschaft. Man schützt die Nachbarschaft.

Man möchte wissen, woher Produkte (Schuhe, rote Rüben) kommen. Man möchte ausschließen, dass …

Man möchte nichts Fremdes.

So verwurzelt man sich. Man benennt seine Kinder nach Kaisern oder Urgroßmüttern und füttert sie mit alten Sorten.

Blumenkranz

Liebe Kigrus,
die Schleife können wir selber machen. Ich hab massig Stoff herumliegen, den kann ich morgen einfach mal auf Koljas Platz legen.

Martin & Kolja

Blumenkranz

Liebe Alle!
Danke, Franziska, schöne Idee.

Danke, Martin. Welcher Stoff ist das, der bei dir herumliegt? Ich finde, unsere Schleife sollte schon feierlich aussehen. Ich kann sonst gern zum Komolka gehen.

Bis dann,
Agnes

Blumenkranz

Ist übrig von meinen »temporary spaces« – Fallschirmseide. Sieht auf jeden Fall feierlich aus.

M & K

Der Chefinspektor, die Gruppeninspektorin und das Brandschutzamt

»Frau Hohenfels, wir müssen Sie noch einmal belästigen.«

»Das tun Sie tatsächlich. Ich habe gerade wirklich tausend Baustellen.«

Das Brandschutzamt geht dennoch voraus in ein kleines Büro: gläserner Tisch, leichte Klappsessel, an den Wänden Regale und dazwischen ein Holzdruck in Schwarz-Weiß: ein Scherenschleifer, umgeben von Scheren und Messern in unterschiedlichen Größen und Ausführungen.

»Kaffee?«

Christina und der Chefinspektor verneinen dankend und nehmen Platz.

»Frau Hohenfels, ich will Ihnen nicht zu nahe treten.«

Frau Hohenfels atmet aus.

»Auf die Gefahr hin, dass ich Ihnen zu nahe trete. Sie haben mir nichts von Ihrer Beziehung zu Herrn Rezai erzählt.«

»Beziehung, wovon sprechen Sie bitte?«

»Da habe ich mich vielleicht missverständlich ausgedrückt. Nennen wir es Geschäftsbeziehung, freundschaftliche Beziehung.« Pause. Der Chefinspektor beugt sich vor. »Was war es denn?«

(So ein Trottel, denkt sich Anja.)

Sie sagt: »Also jetzt sind wir auf Kindergruppen-Tratsch-Niveau.«

»Scheinbar.«

Das Brandschutzamt schüttelt den Kopf. »Was wollen Sie hören?«

»Die ›Transport‹-Serie …«

»Ich verstehe überhaupt nicht, was das mit dem Amir zu tun hat. Ich dachte, wegen dem sind Sie hier.«

Der Chefinspektor schaut ruhig geradeaus.

»Wieso muss ich das ständig wiederholen? Die Sache ist für mich abgeschlossen, ich habe losgelassen.«

Der Chefinspektor schaut ruhig geradeaus. Er bitte um Mitarbeit. Die Kollegen und er selbst seien darauf angewiesen, um sich ein Bild vom Mordopfer machen zu können.

Das Brandschutzamt atmet ein und aus.

»›Transport‹ klang für mich gut.« Pause. »Es passte wunderbar zu meinen ›Movements‹.«

Anja Hohenfels schaut Christina an. Christina nickt.

»Gleichzeitig war es ein Wagnis, eine Herausforderung, das war mir von Anfang an klar. Ich wusste, dass Hamed, dass Herr Rezai diesmal viel expliziter auf seine Biografie eingehen würde. Wir haben uns regelmäßig getroffen. Mit Hamed habe ich wirklich eng zusammengearbeitet. Ich schätze noch immer an Hamed, ja wirklich, nach allem, was passiert ist, noch immer, dass er niemals plakativ wird. Oder vielleicht plakativ, aber nie, wirklich nie, vorhersehbar. Er überrascht immer.«

Das Brandschutzamt fährt sich durch die Locken.

»Und bei ›Transport‹ denkt man, denke ich sofort an das ›Floß der Medusa‹. Kennen Sie das?«

Diesmal nickt der Chefinspektor.

Christina schüttelt nicht den Kopf.

»Und man denkt an Lieferwagen, Menschen aneinandergedrückt. Container. Und die hat er ja auch wirklich gemalt.«

Was dann passiert sei.

Anja steht auf und greift in eines der Regale. Sie kommt mit einem Ordner zurück und legt einen kopierten Zeitungsartikel vor den Chefinspektor. »Da schauen Sie, das ist im VICE-Magazin veröffentlicht worden.«

Transport

Den »Liquiden« folgt »Transport«. Die Bewegung als Sujet bleibt, nur sucht, sammelt, malt, druckt und sampelt Rezai jetzt Verkehrsmittel sowie den Ortswechsel. Von A nach B. Und hier geht Rezai einen entscheidenden Schritt. Zum ersten Mal porträtiert sich der Maler selbst. Es ist ein Selfie.

Ein junger Hamed Rezai mit verspiegelter Sonnenbrille, die Finger der linken Hand zu einem Victory-V ausgestreckt. In den Gläsern der Sonnenbrille erkennbar die rechte Hand, die das Handy hält und abdrückt. Hinter Rezai sind die Sitzreihen eines Flugzeugs zu erahnen.

Das Bild heißt »Ankunft/Arrival«. Wann es im Ausstellungsraum ankommt, ist fraglich. Die geplante Ausstellung in der Galerie feinschliff wurde abgesagt – dem dortigen Aufsichtsrat hat Rezais Arbeit wohl nicht in den Kragen gepasst. Das sei keine Fluchtgeschichte, wie man sie hören wolle.

In der Kindergruppen-Küche (Rückblick)

Siebzehn Uhr, die Kinder sind abgeholt, die Betreuerinnen gegangen.

Heidi putzt die Arbeitsflächen mit Essigreiniger.

Amir: »Weißt du, was das Beste ist? Alle wollen vom Hamed immer wieder die arge Fluchtstory hören, aber eigentlich ist er mit dem Flugzeug hergekommen.«

Heidi, irritiert: »Was? Das gibt's nicht!«

Amir: »Gut, oder?«

Heidi, irritiert: »Wieso macht er das? Das ist Betrug!«

Amir, irritiert: »Betrug? Es ist das, was die Leute hören wollen!«

Aus Heidi spricht fast die Mutter, sie merkt es rechtzeitig und zensiert sich selbst: »Na ja, aber *die Leute* haben ihm ja auch geholfen und ihn bei sich aufgenommen.«

»Wie bitte? Wer hat ihm geholfen? Er durfte in Salzburg in einem Flüchtlingsheim wohnen, ich weiß nicht, ob du dich da besonders aufgenommen fühlen würdest. Hier in Wien hat er genau gar nichts geschenkt gekriegt, wenn du das meinst.«

Heidi fühlt sich angegriffen und will vor allem nicht »rechts« erscheinen: »Nein, eh. Nur zum Beispiel die Anja. Die hätt ihm doch sowieso was abgekauft, ich find es halt arg, dass er die auch belügt.«

»Na gerade die. Gerade die neoliberale Anja. Hameds Biografie ist doch der halbe Verkaufswert. Ich kenn das doch auch. Wenn du zu schlecht Deutsch sprichst, will keiner mit dir reden, und wenn du zu gut Deutsch sprichst, bist du auch wieder verdächtig. Und überhaupt, wie kann der sich ein Kunststudium finanzieren, und überhaupt, der nimmt den anderen den Studienplatz weg. Dass er vielleicht einfach gut ist, daran denkt niemand. Und daran, dass er vielleicht einfach kalkuliert, daran denkt auch niemand, weil ja entweder alle Flüchtlinge böse oder alle Flüchtlinge lieb sind. Aber so richtig ernst genommen wird keiner.«

Heidi ist jetzt beleidigt, weil sie definitiv auch gemeint ist.

Sie findet halt alle Flüchtlinge lieb. Aber wie soll sie es auch richtig machen. Ihre Mutter wird immer verrückter und hält jeden Abend Monologe und lässt keine andere Meinung neben sich bestehen, wenn nicht zumindest ein Heidegger-Zitat darin vorkommt. Und Amir richtet sich jetzt auch gegen sie.

Aber das tut er zum Glück nicht wirklich und legt den Arm um Heidis Schultern.

»Nein, schau, der Hamed will niemanden betrügen. Es ist so wie bei Miley Cyrus. Die macht irgendwas ohne Unterhose, und alle sind dann irgendwie schockiert und begeistert und schauen hin. Und offenbar ist es das, was sie tun soll, also macht sie weiter.«

»Das find ich genauso scheiße.«

Amir drückt Heidi: »Ich weiß, darum mag ich dich ja. Immer ordentlich bekleidet.«

Heidi weiß nicht, wie er das jetzt wieder meint: »Ich trag, was ich will, ja!«

Amir lacht und verlässt die Küche, um die Kindergruppe weiter aufzuräumen.

Der Chefinspektor, die Gruppeninspektorin und das Brandschutzamt

Das Brandschutzamt steht, ans Fensterbrett gelehnt.

»Ich bin sehr lange hinter dem Hamed gestanden. Ich habe wirklich gekämpft. Der Aufsichtsrat war nicht zufrieden. Ich habe lange versucht, zu vermitteln.«

Das Brandschutzamt setzt sich wieder.

»Aber dann hat der Hamed angefangen, irrsinnig provokant zu werden. Wien ist klein, die Kunstszene ist noch kleiner. Es geht nicht, dass einzelne Personen Interna ausplaudern.«

»Zum Beispiel?«

»Honorare, Verträge, Vereinbarungen. Private Besitzverhältnisse.«

Das Brandschutzamt schüttelt die Locken. »Es hat sich wohl ganz einfach privat und professionell zu sehr gemischt. Das hat er ausgenutzt und mich persönlich angegriffen. Hamed hat mir tatsächlich vorgeworfen, dass ich mich an den Kunstschaffenden bereichere. Das Übliche. Dass ich ganz genau definiere, was ein *Flüchtling* ist, also bitte.«

Christina legt den Kopf schief. »Deshalb …«

»Deshalb habe ich den Vertrag nicht beendet, nein, da stehe ich drüber. Aber der Aufsichtsrat hat auf stur geschaltet. Und wenn der Künstler dann als Konsequenz auch gegen mich arbeitet, steh ich alleine da. Hamed versteht das nicht. So funktioniert der Kunstmarkt nicht. Ohne Publikum, das seine Arbeiten sehen will – ohne Nachfrage –, bleibt auch der beste Maler über.«

Schüttelt die Locken.

»Natürlich soll ein Künstler seine Geschichte erzählen. Aber reine Provokation? Da sind wir doch heute weiter.«

»Und Hamed Rezai? War es für den in Ordnung, dass Sie die Zusammenarbeit gekündigt haben?«

»Er war gekränkt.«

»Und Sie? Waren Sie enttäuscht?«

»Ja natürlich, was denken Sie. Ich habe da sehr viel Arbeit hineingesteckt.«

Das Brandschutzamt verdreht die Augen. So eine Ausstellung zu planen, das sei kein Nine-to-five-Bürojob. Das sei ein ziemlicher Rückschlag gewesen. Sie habe damit so viel Mehrarbeit gehabt, dass sie krank geworden sei.

Ehrlich gesagt, habe sie fast bis jetzt gebraucht, um wieder zu Kräften zu kommen.

Das Brandschutzamt durchquert den Raum und nimmt ihren orange-grün und pinken Schal von einem Kleiderständer.

»Und was war Herrn Moghaddams Rolle in dem Konflikt?«

»Der Amir. So jung, dass er Narrenfreiheit gehabt hätte, war der auch nicht mehr. Er hat diesen Konflikt, wenn Sie so wollen, in die Kindergruppe hineingetragen.«

Das Brandschutzamt wickelt sich den Schal um den Hals.

Er habe unterstellt, dass sie am Ende des Tages auch nur so etwas wie Greenwashing betreibe. Wovon eigentlich, frage sie sich nach wie vor.

Pause.

Oder dass sie nur das Abenteuer suche und sobald es schwierig werde von ihrem Engagement zurücktrete. Wie wenn man es von Hamed aufgrund seiner Biografie nicht verlangen könne, sich an Regeln zu halten.

Pause.

Sie sei ein loyaler Mensch. Sie habe die Entscheidung, Hameds Ausstellung abzusagen, nicht leichtfertig getroffen. Sie habe ihm nicht nur einmal Kompromisse angeboten. Sie sei tatsächlich weit über ihre Grenzen gegangen, damit habe sie, wie gesagt, jetzt noch zu kämpfen. Die Sache habe sie emotional sehr belastet.

Pause.

Aber was das mit dem Mord zu tun habe. Ob der Chefinspektor im Ernst denke, sie würde sich deshalb strafbar machen.

Der Chefinspektor schüttelt den Kopf. Mordverdacht hege er aktuell keinen gegen sie.

Das Brandschutzamt blinzelt.

Trotzdem müsse er sie bitten, als Zeugin zu kooperieren. Was sei der Moghaddam für ein Mensch gewesen?

Das Brandschutzamt schüttelt, in bunten Stoff gewickelt, den Kopf.

»Ich glaube, dem ging es in meinem Fall darum, zu zeigen, dass meine ganze Arbeit überhaupt nichts wert war. Und das schmerzt natürlich.«

Das Brandschutzamt schaut aus dem Fenster.

»Der Amir hat alles entwertet. Alles. Meine Arbeit, mein Privatleben, die Kindergruppe – aber wie gesagt, ich habe mich distanziert. Ich lasse das alles nicht mehr an mich ran.«

Der Chefinspektor legt einen Zettel aus Amir Moghaddams Textsammlung vor das Brandschutzamt auf den Tisch.

»Was ist das?«
Das Brandschutzamt liest.

Das Brandschutzamt und der Maler

Hamed nimmt Anja mit zur Recherche. »Transport«, das bedeutet Nordwestbahnhof, bedeutet Gleise in der Lobau, verwunschen, einsam und bewachsen. Der Maler fotografiert die Schienen, und das Brandschutzamt fotografiert den Maler. Anja postet #lovemyjob #goingnewplaces #discoveries #everydaybeauty.

Die enge Zusammenarbeit mit dem Maler generiert Content für alle Social-Media-Kanäle der Galerie, für die PR generell und Inhalt auch für Anjas Kopfkino.

Anja Hohenfels schaut auf. »Was soll das?«

Herr Moghaddam hat offenbar Texte verfasst. »Wussten Sie davon?«

»Nein, aber das ist genau sein Stil.«

Pause. Das Brandschutzamt liest noch einmal.

»Und es ist auch nichts Neues für mich, wenn Sie das meinen. Der Amir hat mir eine Schwärmerei für den Herrn Rezai angedichtet. Verstehen Sie mich nicht falsch, ich bin die Erste, die findet, man soll alles tun, damit Integration klappt, aber ich habe manchmal das Gefühl, dass der Culture Clash, den diese jungen Männer haben, größer ist, als man denkt. Ich meine, die können teilweise echt nicht damit umgehen, mit einer Frau zusammenzuarbeiten, auf Augenhöhe.«

Das Brandschutzamt fährt sich durch die Locken.

Noch eine Frage. »Sind Sie befreundet mit der Frau Bonin?«

»Das nicht gerade. Wie gesagt, ich habe mich aus dem Kindergruppen-Geschehen zurückgezogen. Aber natürlich trifft man sich – auf der Straße, beim Denn's. Die Susanne ist gut vernetzt hier im Bezirk, eigentlich eher im Achten. Ich bin viel unterwegs, wir haben einige Überschneidungspunkte. Ich würde aber nicht so weit gehen, zu sagen, wir wären befreundet.«

»Ihr Sohn ist wie alt?«

»Karli wird sechs, Gott sei Dank, nächsten Herbst kommt er in die Schule.«

»Das heißt« – der Chefinspektor überlegt – »Sie haben die Frau Bonin als Obfrau erlebt. Wie war das für Sie, die Sache mit dem Rücktritt?«

»Ich habe das furchtbar gefunden. Jemandem so ans Bein pinkeln. Das macht man nicht. Wo sind wir denn, dass man beim Elternabend nicht mehr sagen darf, was man fühlt.«

Das Brandschutzamt mag die neuen Eltern nicht (Rückblick)

Das Brandschutzamt mag das Neue-Eltern-Amt nicht, vor allem nicht in dessen vorhergehender Funktion als Obfrau.

Dass Susanne zurückgetreten ist, führt Anja auf deren Nachfolgerin zurück, die, völlig unpassend, während eines Elternabends politische Anschauungen eingebracht und die damalige Obfrau des Rassismus bezichtigt hat. Sie selbst, Anja, war bei diesem Elternabend zum Glück nicht anwesend, sie hätte sich aufgeregt. Tut sie leider auch, als Marcel erzählt, wie Agnes streitlustig der Ex-Ex-Obfrau gegenübergesessen ist und, das nimmt Anja als gegeben, selbstgefällig linke Rhetorik zum Kindergruppen-Standard erhoben hat.

So richtig genug hat Anja, als es Marcel herausrutscht, dass er der Agnes dann auch noch beim Bier nach dem Elternabend erzählt habe, dass er ihre Position total verstehe, dass er früher mal genauso drauf gewesen sei und dass er selbst mal in einem besetzten Haus gewohnt habe.

Wozu das notwendig gewesen sei? Ob er die Agnes beeindrucken wolle? Ob er das irgendwie lustig finde, dass die sich da so aufspiele?

Anja ärgert sich. Immerhin stellt sie gerade die geflüchteten Künstler aus. Und Marcel kommt nach Hause und begeistert sich über das Engagement dieser Neuen.

Nein, nein, er sei nicht beeindruckt, er habe auch nicht beeindrucken wollen. Die Agnes sei nur vielleicht nicht völlig danebengelegen – wenn auch der Rassismus-Vorwurf zu hart gewesen sei –, habe doch die Susanne schon echt krasse Sachen gesagt.

Und er habe das einfach amüsant gefunden, diese Lust am Streiten. Die Agnes sei der Susanne ja fast entgegengesprungen. Das fände er schon mutig, immerhin sei sie erst so kurz dabei.

Das finde sie, Anja, überhaupt nicht mutig. Bei einem Elternabend jemand anderen zu beleidigen. Politik habe keinen Platz in der Kindergruppe.

(Marcel hätte noch die Frage stellen können, ob das echt so sei. Ob nicht vielleicht Politik schon etwas mit Bildung zu tun und gerade die elternverwaltete Kindergruppe gewisse Grundsätze habe. Aber das fiel ihm nicht ein.)

Der Chefinspektor, die Gruppeninspektorin und Marcel

Marcel ist Kinesiologe und hat seine Praxis ums Eck von der Kindergruppe. Man überquert einen begrünten Innenhof: Topfpflanzen, ein Feigenbaum, Sitzmöbel, eine Marmorplatte auf schmiedeeisernen Tischbeinen. In einem offenen Fenster sitzt eine Katze.

Marcel öffnet, er strahlt (wie sein weißes Gewand) den Chefinspektor an. »Endlich lerne ich Sie auch kennen. Der mysteriöse Chefinspektor. Kommen Sie herein.«

Marcel entdeckt die hinter dem Chefinspektor stehende Gruppeninspektorin. »Sie gehören auch dazu? Freut mich. Marcel Hohenfels.«

Es gibt Wasser mit Steinen drin und Stachelbeeren. Marcel schenkt ein und deutet auf weiß bezogene Hocker.

»Nehmen Sie Platz. Kosten Sie. Die sind aus unserem eigenen Gewächshaus. Die Stachelbeeren, nicht die Kristalle.«

»Herr Hohenfels, wie haben Sie eigentlich den Herrn Moghaddam erlebt?«

Marcel Hohenfels setzt sich mit geradem Rücken. »Ich habe den Amir gar nicht viel mitbekommen. Die Anja und ich bringen den Karli früh – da sind die Freiwilligen noch gar nicht da. Abholen machen immer die Anja oder die Babysitterin. Ich bin hier.« Breitet die Arme aus. »Ich hab immer viel zu tun.« Lacht. »Und ich bin dankbar dafür.«

»Haben Sie die Reibereien zwischen dem Herrn Moghaddam und Ihrer Frau mitbekommen?«

Der Kinesiologe wird ernst. »Natürlich. Ich fand das ausgesprochen rücksichtslos vom Amir. Meine Frau hat der Streit mit dem Hamed Rezai sehr belastet, und der Amir hat das Thema nicht ruhen lassen können. Die Anja hat mich nicht nur einmal nach dem Abholen völlig fertig angerufen.«

Der Chefinspektor schaut von den Kristallen auf und dem Herrn Hohenfels ins Gesicht. »Ich weiß noch immer nicht, was genau der Herr Moghaddam gemacht hat.«

Marcel überlegt.

»Meine Frau ist sehr stolz. Wirklich. Sie ist die stolzeste Person, die ich kenne. Und sehr reflektiert. Sie überlegt jeden Schritt mehrmals. Sie wiegt ab, wiegt Vor- und Nachteile gegeneinander auf, eine typische Waage. Das ›Movements‹-Projekt war ihr Baby. Sie hat wahnsinnig viel dafür gearbeitet. Und lang! Dann schmeißt ihr der Hamed Rezai einen Knüppel zwischen die Beine, Wahnsinn. Und sie hatte ja gar nichts gegen das Bild an sich. Bitte. Wo sind wir denn. Sie hat auf ihn eingeredet, schau mal, es passt grad nicht rein, nicht hier, nicht jetzt. Sie ist ja nicht allein verantwortlich.«

»Und der Herr Moghaddam?«

»Der hat jedes Mal, wenn er die Anja gesehen hat, das ›Movements‹-Projekt schlechtgemacht. Es sei nicht gut durchdacht, zu kurz gedacht. Was Schlimmeres kann man meiner Frau gar nicht sagen.«

Marcel Hohenfels schüttelt den Kopf.

»Und dann ist er richtig tief *(tiaf)* geworden und hat gemeint, ihr geht es ja eh nur um die jungen Künstler.«

»Das hat er gesagt?«

»Na ja, angedeutet.« Marcel Hohenfels schüttelt den Kopf und schenkt Christina Wasser nach.

»Der Thomas hat mir immer wieder mal erzählt, was der Amir so sagt. Der Thomas war ja überhaupt der Meinung, ich soll mir den Amir mal zur Brust nehmen, aber die Anja wollte das nicht.«

»Warum könnte der Herr Moghaddam das gemacht haben? Was waren seine Motive?«

Der Kinesiologe schüttelt den Kopf und schaut traurig. »Weiß ich nicht. Ich glaube, der hat halt auch seine Erfahrungen gemacht. Vielleicht hat er das nicht ausgehalten: eine erfolgreiche Frau. Ich meine, das ist ja schon für hier geborene Männer eine Herausforderung. Da werden doch regelmäßig total untergriffige Strategien angewendet, um zu entwerten. War ja eh nicht das erste Mal für die Anja.«

»Und war was dran – an den Gerüchten?«

»Der Hamed, das ist ein ausgesprochen fescher Mann und wahnsinnig klug. Meine Frau hatte einen kleinen *Crush* auf ihn. Der konnte alles von ihr haben. Und die Anja hat sich dann weit aus dem Fenster gelehnt für ihn. Da hat's gekracht in der Stiftung. So leicht ist die aus dem Vertrag auch gar nicht mehr herausgekommen.

Aber es war genug. Das hab ich ihr gesagt. Lass es jetzt, du kannst die Menschen nicht ändern.

Die Anja ist halt wahnsinnig loyal, die geht nicht so einfach in den Krankenstand. Die war weiterhin jeden Tag im Lokal, weiterhin bei jeder Vernissage, obwohl sie wirklich erschöpft war. Am Schluss hat sie gar keine Stimme mehr gehabt. Und, wir brauchen sie ja zu Hause auch. Die Anja hat ja eine wahnsinnige Doppelbelastung. Die ist ja nicht nur im Job eine Perfektionistin.«

Wege

Das Tor fällt zu, der begrünte Innenhof wird unsichtbar.

»Wissen wir jetzt irgendetwas Neues?«

»Nichts. Außer dass der Moghaddam ein unangenehmer Mensch war.«

»Ein unangenehmer Mensch schreibt unangenehme Texte, die keiner zu lesen bekommt. Irgendwer geht ein riesengroßes Risiko ein und bringt ihn am helllichten Tag um und macht ein Foto, das alle zu sehen bekommen.«

»Und dann kommen wir wieder zur Kindergruppe zurück – über eine weitere unangenehme Person.«

»Vielleicht die unangenehmste.«

Blumenkranz

Lieber Martin, liebe Alle!
Wow, das klingt doch toll! Mio war heute Morgen ganz aufgeregt. Wie finden die Betreuerinnen die Idee?

Ganz lieben Gruß
Hilde

Landeskriminalamt

Die Funkzellenauswertung ist da.

»Amir Moghaddams Telefon war am Donnerstag im Zeitraum drei Uhr zweiundzwanzig bis vier Uhr vierzehn in Wien, Brigittenau, aktiv.«

Mateo legt eine ausgedruckte Google-Karte auf den Tisch. »Hier. Im Bereich Donaupromenade, auf Höhe der Schemerlbrücke.«

»Welche Brücke ist das noch mal?«

»Da, wo der Donaukanal beginnt. Die mit den zwei Löwen. An denen kommt man vorbei, wenn man nach Klosterneuburg fährt.«

»Stimmt.« Der Chefinspektor kennt sich aus. »Und danach?«

»Danach?«

»Nach vier Uhr vierzehn.«

»Nach vier Uhr vierzehn war nichts mehr.«

Für Gruppenführer Hornberg stellt sich die Frage: »Ist die Funkzellenauswertung Grund genug, die Tatortgruppe zur Schemerlbrücke zu schicken?«

»Wir suchen das Handy, Herrn Moghaddams Laptop und Frau Lassers Messer des Zeit-Abos.«

Karin / WhatsApp

Ob er auf dem Heimweg einkaufen könne.

Die Obfrau Stv.

Nachdem die Obfrau Stv. Ludo zum Taekwondo gebracht hat, macht sie sich auf den Weg.

Sie betritt die Schlosserei in der Bennogasse. Der Schlosser übernimmt den Schlüssel. Mit den Fingern der linken Hand hält er die Spitze fest, mit den Fingern der rechten betastet er den Bart.

»Das ist ein älteres Modell. Sehen Sie die Abnutzungen an den Kanten?«

Die Obfrau Stv. reckt den Hals und nickt. »Was meinen Sie, was könnte der Anhänger bedeuten?«

»Bitte, das weiß ich nicht.« Der Schlosser gibt ihr den Schlüssel zurück.

Die Obfrau Stv. setzt sich auf eine Parkbank am Bennoplatz.

Hierher sind sie früher gegangen, wenn Feueralarm in der Schule war.

Die Obfrau Stv. dreht den Schlüssel in der Hand.

Der Chefinspektor, die Gruppeninspektorin und die Tochter

Die Tochter des Anwalts hat rötlich-braune Haare, die strohig neben ihrem großen Gesicht auf die Schultern fallen. Dazu hat sie runde helle Augen, die lange ohne Blinzeln auskommen.

Der Chefinspektor bedankt sich, dass sie so schnell Zeit gefunden habe.

Die Tochter lächelt nicht und führt weiter ins Wohnzimmer, wo sie auf dem Ledersofa Platz nimmt. Der Fauteuil ihres Vaters bleibt frei. Der Chefinspektor deutet Christina, sich zu setzen, und holt sich einen weiteren Sessel vom Esstisch.

»Frau Adam, kennen Sie einen Herrn Moghaddam?«

Marie Adam bewegt leicht den Kopf – zuerst nach links, dann nach rechts –, die Haare bleiben gerade. »Nein.«

Der Chefinspektor zeigt die Zeitung vom 11. Oktober. Der arme Amir liegt auf dem Rücken in seiner Blutlacke.

Marie Adam wirft einen kurzen Blick auf die Zeitung und schaut dann wieder geradeaus. »Ist das der Mann?«

»Ja, Frau Adam.«

»Den kenn ich nicht.«

»Das Foto ist Ihnen aber bekannt?«

Die Tochter nickt.

»Frau Adam, im Verlauf unserer Ermittlungen sind wir auf den Mazda Ihres Vaters gestoßen. Haben Sie den Wagen in letzter Zeit hergeborgt?«

Die Tochter hält den Blick gerade. »Nein.«

»Hatten Sie Besuch? Könnte irgendjemand Zugang zum Autoschlüssel gehabt haben?«

»Nein.«

»Sie hatten keinen Besuch?«

»Nein.«

Christina beugt sich vor. »Und Sie? Sind Sie gefahren?«

Blick zu Christina. »Ich habe keinen Führerschein.«

»Was haben Sie am 8. Oktober zwischen vierzehn und sechzehn Uhr gemacht?«

Die Tochter blinzelt in Zeitlupe.

Welcher Wochentag das gewesen sei.

»Ein Montag, Frau Adam.«

Am Montagnachmittag sei sie immer auf der Uni.

Pause.

Sie studiere Kommunikationswissenschaft. Letzte Woche habe die erste Einheit der Übung »PR und Öffentlichkeitsarbeit« stattgefunden.

»Und Sie waren dort?«

Die Tochter nickt einmal.

»Frau Adam, kann das jemand bestätigen?«

»Es ist eine Übung. Das heißt, es herrscht durchgängige Anwesenheitspflicht. Der Lehrveranstaltungsleiter führt Buch.«

»Das heißt, Sie waren heute auch dort?«

»Natürlich.«

»Wann genau ist die Übung?«

»Von vierzehn Uhr dreißig bis sechzehn Uhr.«

Landeskriminalamt

»Wir müssen dem Anwalt auf die Zehen steigen. Der hat zu wissen, wer sein Auto gelenkt hat.«

»Wir brauchen einen Durchsuchungsbefehl.«

»Für?«

»Das Auto.«

Die Gruppeninspektorin am Abend

»Habe ich es nicht gesagt? Wir sind sehr sympathisch, der Loris und ich. Wir wurden eingeladen.«

Karin liest: *»Ich freue mich auf euch, alles Liebe, Agnes.«*

Der Chefinspektor schüttelt den Kopf.

TAG 9

Der Chefinspektor und die Gruppeninspektorin

Der Chefinspektor findet es noch immer keine gute Idee, das Neue-Eltern-Amt zu treffen. Was Karin sich davon erhoffe.

Die Gruppeninspektorin hebt die Schultern. »Einen anderen Zugang. Einen, den du einfach nicht haben kannst.«

Emmi stützt sich auf des Chefinspektors Knie. »Wen treffen?«

Raphi, mit dem Schleich-Schwein in der Hand, erinnert an den noch ausständigen Kakao.

Karin deutet mit dem Kinn auf die leere Tasse. »Wolltest du ihm nicht einen machen?«

Der Chefinspektor schiebt Emmi von seinen Knien und kommt zurück auf den »anderen Zugang«. Nein, er finde das nicht gut. Er wolle das nicht. Vor allem nicht mit dem Raphi.

»Was?«

»Wie, *was*?«

»Was will der Papa nicht?«

»Emmi, das musst du den Papa fragen.«

»Bitte, lasst uns einmal reden.«

Emmi runzelt die Stirn. »Aber wen soll die Mama nicht treffen?«

»Egal, kennst du nicht. Emmi, ich kann dir nicht alles erzählen.«

Die Obfrau Stv. im Landeskriminalamt

Sie sei mit dem Schlüssel in der Tasche durch die Josefstadt gegangen. Rätselnd, in welches Schloss er wohl passe.

Und der Anhänger. Sie habe sich gedacht: »Den habe ich doch schon mal gesehen!« Weniger das Tier, mehr die Schrift.

Et paratus. Und bereit. Es sei, wie wenn einem etwas auf der Zunge liege, nur visuell. Sie habe gewusst, sie komme noch drauf. Deshalb habe sie ihn einfach nicht sofort hergeben können.

Und? Sei sie drauf gekommen?

»Ja! Ja, Herr Chefinspektor!«

Es war so: Sie sei durch die Breitenfelder Gasse zurück zur Feldgasse gegangen, da sei sie übrigens zur Schule gegangen, halt immer schon achter Bezirk, deshalb sei es ihr ja auch so wichtig gewesen, das Rätsel zu lösen. »Das gibt's doch nicht«, habe sie sich gedacht.

Pause. Der Chefinspektor wartet.

Es sei tatsächlich furchtbar gewesen: etwas doch eigentlich wissen zu *müssen* und es aber nicht zu wissen!

Na ja, sie habe so wahnsinnig viele Äpfel zu Hause gehabt, die sie noch habe verarbeiten wollen, sie habe sich also auf den Heimweg gemacht. Und als sie in die Maria-Treu-Gasse eingebogen sei, noch bevor sie wirklich *dort* gewesen sei, sei es ihr – ja wirklich: buchstäblich – wie Schuppen von den Augen gefallen. Sie sei so glücklich gewesen.

Pause.

Der Chefinspektor wartet.

»In der Maria-Treu-Gasse. Herr Chefinspektor!« Genauer: An der Ecke zur Lange Gasse. Da sei ein Turnverein, und da gebe es eben diesen Schriftzug. Beziehungsweise. Daher kenne sie diesen. Weil der dort in einem Fenster klebe. Immer schon. Et paratus.

Der Chefinspektor notiert, noch kritisch.

Sie habe das dann natürlich überprüft. Und ja, es stimme, er klebe noch immer am Fenster, rechts der Eingangstür.

Zögernd übergibt die Obfrau Stv. den Schlüssel.

Der Chefinspektor legt ihn vor sich auf den Tisch.

»Aber Herr Chefinspektor, wie kommt der in meine Wohnung? Hat ihn jemand verloren?«

Der Chefinspektor fixiert einen Punkt hinter der Obfrau Stv.

»Vielleicht bei der Party, Herr Chefinspektor, ist das möglich?«

Der Chefinspektor reißt sich los und fokussiert mühevoll auf die Obfrau Stv.

»Sie haben den Schlüssel natürlich wiederholt in der Hand gehabt, oder?«

»Oh nein, Herr Chefinspektor, meinen Sie wegen der Fingerabdrücke? Aber ich habe gedacht, der ist ja eh einfach so herumgelegen, wer weiß, wer den schon in der Hand gehabt hat.«

Der Chefinspektor winkt ab.

»Danke, Frau Lasser.«

Landeskriminalamt

Der Chefinspektor schaukelt den Schlüssel auf seinem Zeigefinger.

»Fingerabdrücke?«

»Na ja. Die Putzfrau, die Frau Lasser, ein Schlosser und ich – mindestens.«

»Das heißt. Entweder hat der Moghaddam selbst den Schlüssel verloren.«

»Oder jemand von den Eltern.«

»Aber hat der Schlüssel irgendwas mit unserem Fall zu tun?«

Mateo steckt den Schlüssel ein.

Landeskriminalamt

Der Chefinspektor schreibt. Er tippt und speichert. Er druckt aus und kopiert und legt ab. Ordnet ein und füllt die Akte.

Landeskriminalamt

Gruppenführer Hornberg bringt Kaffee aus der Berggasse.
Mateo und Christina berichten.

Die Frau Hohenfels habe den Kopf geschüttelt, so einen Schlüssel besitze sie nicht. Die Frau Dolnar habe gefragt, was das für ein Anhänger sei. Die Frau Vilutzky sei selbst nicht am Tatort gewesen, und der Herr Kienzle habe die Augen zusammengekniffen, nein, kenne er nicht, er könne sich jedoch umhören.

Die Frau Bernstorff-Heinig und die Frau Kovacs hätten gefunden, der Anhänger sehe nach Burschenschaft beziehungsweise irgendwie nazimäßig aus.

Allein dem Herrn Langegger habe das Abzeichen was gesagt. Nein, eine Turnhalle in der Maria-Treu-Gasse kenne er nicht. Er komme schon noch drauf.

Also nein, kein Elternteil der Kindergruppe habe den Schlüssel je gesehen.

Und ja, die Frau Lasser habe recht, in der Maria-Treu-Gasse finde man tatsächlich den Schriftzug im Fenster. Und ja, der Schlüssel passe, nicht ins Schloss der Eingangstür, aber ins Schloss der Tür zur Kraftkammer.

»Kraftkammer?«

»Fitnessgeräte«, spezifiziert Christina.

So viel zum Schlüssel. Die Fitnessgeräte hätten nämlich nichts mit dem Abzeichen zu tun. Das Abzeichen sei eine andere Sache, den Tierkopf finde man bei genannter Adresse nicht. Den finde man nur im Internet.

Karin / Telefon

So. Sie könne nicht mehr. Die Matilda habe der Emmi heute die Haare geschnitten – anscheinend auf Emmis Initiative, das sage zumindest die Monika. Matilda habe sich dann, im Gegenzug, nicht die Haare schneiden lassen, eh klar, blöd wäre sie gewesen. Beziehungsweise sei da wohl die Monika eingeschritten. Emmi jedenfalls habe das unfair gefunden und den ganzen Heimweg geheult. Mit Kipferl in der Hand weitergeheult. Der Raphi sei staunend im Wagerl gesessen. Jetzt wüte Emmi im Kinderzimmer. Karin könne aber niemanden mehr trösten, ihre Geduld sei aufgebraucht. Jemand müsse mit Emmi zum Friseur, sie sehe schrecklich aus.

Der Verein

Christina öffnet den Laptop.

Das Haus in der Maria-Treu-Gasse sei bekannt. Es beherberge einen Verein, zwei Burschenschaften und einen Verlag. Außerdem seien im Keller zwei Turnhallen und eben besagte Kraftkammer untergebracht.

Bekannt sei das Haus, weil der Verlag wiederholt und unter anderem Texte von verurteilten Rechtsextremisten veröffentlicht habe.

Hornberg runzelt die Stirn und macht ein Doppelkinn.

Das behaupte nicht sie, das sage das LVT und das DÖW.

»Und die Burschenschaften?«

Christina nickt. Der Achte weise eine hohe Konzentration deutschnationaler, schlagender Burschenschaften auf. Und von denen säßen zwei im Haus in der Maria-Treu-Gasse.

»Und der Verein?«

Zu dem komme man gleich.

Mateo erklärt, dass das Abzeichen mit dem Löwenkopf streng genommen nicht das Erkennungszeichen des Vereins sei, dessen Lokal sich im ersten Stock des Gebäudes befinde.

Christina verbessert: »Mezzanin.«

»Ja genau, im Mezzanin.«

Pause.

Aber noch mal zum Zeichen. Genannter Verein habe mehrere Symbole. Ein Eichenblatt zum Beispiel oder auch eine Armbrust in einem Strahlenkranz oder stilisierte Hände, zu einem permanenten Gruß verschlungen – in Kombination mit *et paratus* oder ohne. Der Löwe tauche auf den ersten Blick nicht auf. Erst wer suche, finde ihn.

Gruppenführer Hornberg hält ein Foto des Schlüsselanhängers in den Händen. »Und es ist ein Löwe? Kein Tiger?«

Ein Löwe. Er scheine eine Art Rang zu symbolisieren.

Der Chefinspektor kommt zurück zum Schlüssel. »Also: Er passt ins Schloss der Kraftkammer?«

Christina nickt. »Genau. Und das Abzeichen bedeutet, dass jemand eine Leistung erbracht hat.«

»Aber welche?«

So weit sei man noch nicht. Jedenfalls finde man auf der Website des Vereins eine *Ruhmeshalle*. Dort sei einer der zu erreichenden Ränge der Löwe.

»Sehr gut. In der Ruhmeshalle – wird man dort namentlich erwähnt?«

Nein, das sei es ja. Die Würdenträger seien lediglich mit Mitgliedsnummer angegeben.

»Und im Mezzanin?«

»Da waren wir. Da war niemand.«

Christina scrollt.

Der Verein sei gemeinnützig. Der Vorstand bestehe aus Obmann und Obmann Stellvertreter. Der Vereinszweck sei, laut Statuten, *die Vermittlung von humanitären Werten, die Förderung von Wissen und Praxis sowie die Organisation und Umsetzung von Programmen und Aktivitäten mit dem Ziel der Rückbindung an eine ethische Gesinnung.*

Christina hebt den Blick. *Aktivitäten* meine das – sie liest – *»Abhalten von Survivaltrainings, Erste-Hilfe-Kursen, Notfallretter-Ausbildungen, Selbstverteidigungskursen für Männer, Frauen und Kinder, die Organisation gemeinsamer Ausflüge,*

Team-Building-Workshops, sowie die Unterstützung finanziell bedürftiger Kinder und Jugendlicher.«

Christina öffnet die Facebook-Seite und dreht den Bildschirm.

Ein Uniformierter beziehungsweise dessen Umrisse heben sich vom dramatischen Hintergrund ab – ein Sonnenaufgang oder -untergang in wüstenähnlicher Landschaft. Darübergelegt, halb transparent, die Armbrust im Strahlenkranz.

Si vis pacem/get active

Zwei Männer – Army-Hosen und T-Shirts – gehen (muskulöser) Arm in (muskulösem) Arm dem Sonnenuntergang entgegen.

Unsere Verbindung hält fürs Leben und darüber hinaus.

Zwei stilisierte Hände im Faustgruß, weiß vor stahlblauem Hintergrund.

Wir informieren: Personenschützer und Sicherheitsmanager gesucht.

Ein junger Mann mit Hipster-Bart und Army-Hose wird von einer Felswand abgeseilt. Unten wartet ein Schäferhund.

Unsere Team-Buildings sind beispiellos.

Christina wechselt zur Website des Vereins – dort präsentiert über Aneinanderreihungen von Nomina. *Schutz, geteilte Verantwortung, Zukunft* steht da. Aber auch *Begleitung* und *Beistand. Begleitung* und *Mensch* und *Bindung. Beratung, Fortschritt, Aufbau*. Und *Gemeinschaft.*

Der Verein bilde eine Gemeinschaft, die länderübergreifend operiere. Was genau gemacht werde, werde nicht klar oder solle nicht klar werden. Man schließe sich zusammen.

In der Bildergalerie erneut: hochkontrastige Fotos von Männern mit muskulösen Oberarmen in Phantasie-Uniformen oder olivgrünen T-Shirts, die Ärmel über dem Bizeps aufgerollt. Oder: die Farben reduziert, blasse Männer in feuchter Erde, hellweiße Haut, der Schlamm dunkel wie Blut, der Himmel bedrohlich. Aus der Froschperspektive: Männer vor hellem Himmel, einen riesigen Reifen (welches Fahrzeug hat derartig große Reifen) über einen sandigen Parkplatz rollend. Männer, die sich gegenseitig stützen, gemeinsam durch dick und dünn. Man sieht schwere Rucksäcke, überhaupt schwere Ausrüstung.

Der Chefinspektor hebt den Blick. »Also ein Männerverein?«

Christina schüttelt den Kopf. »Outdoor die Männer. Indoor die Frauen.« Christina deutet auf Fotos von jungen Frauen, die wild in die Luft treten. Frauen auf Gummimatten, mit Boxhandschuhen und Pferdeschwanz.

»Aber auch so was.« Christina zeigt weitere Fotos: Natur. Erwachsene und Kinder, die im Garten graben, offensichtlich gärtnern. Eine junge Frau, ein großmütterliches Kopftuch um die Haare gebunden, dazu eine Weste mit Zopfmuster, stützt sich auf einen Rechen, ein kleines, blondlockiges Kind läuft eifrig mit einer Gießkanne herbei, die tief stehende Sonne erleuchtet das hobbybäuerliche Idyll, unscharfe Pollen schweben durch die Luft.

Close-up. Hände an einer Schaufel, die Wiese dahinter winterlich hellbraun und trocken. Eine Hand, die einen Apfel hält. *Was die Erde uns gibt.* Männer in Tarnmuster und Frauen in Gummistiefeln.

Der Verein bietet die einzigartige Möglichkeit, aus unserem schnelllebigen Alltag hinauszutreten und Kontakt zur Erde unter unseren Füßen aufzunehmen. Teile unserer Gartengruppe versorgen sich bereits jetzt selbst mit saisonalen Früchten und heimischen Gemüsesorten. Aus unserem Boden, durch unsere Hände gegangen.

Auch das sehen wir als unsere Bildungsaufgabe.

Souveränität ist die Gewissheit, sich selbst versorgen zu können.

Landeskriminalamt

Der Chefinspektor entscheidet sich für den Friseursalon Lila am Allerheiligenplatz und fährt seinen Computer herunter.

Mateo hebt den Kopf.

»Jetzt rate mal. Die Bewegung der Neuen Rechten hatte ein Symposium im Haus in der Maria-Treu-Gasse. Organisiert hat das der Geschichtestudent.«

»Der Riedl.«

Christina nickt.

»Jetzt ist die Frage: Ist das eine rein örtliche Verbindung?«

Christina und Mateo schließen das aus. Dieses Haus wähle man nicht zufällig.

Gruppenführer Hornberg: »Aber was hat das mit uns zu tun? Beziehungsweise. Hat das überhaupt etwas mit uns zu tun? Was ist mit den Eltern, was mit Moghaddams Textsammlung?«

Christina findet ehrlich gesagt die Hinweise griffiger, die genau davon weg- und eigentlich ziemlich zielsicher ins rechtsextreme Milieu führen. Sie meine, zuerst das Foto oder eher die Kommentare auf Facebook, dann der Riedl, dann das Abzeichen. Jetzt der Verein.

Der Chefinspektor: »Der sich allerdings nicht offen rechts positioniert.«

Christina legt den Kopf schief. »Na ja. Die Symbolik ist ja recht eindeutig.«

Pause.

»Na ja, und dann sind wir plötzlich wieder beim Riedl und damit auf jeden Fall bei der Rechten.«

»Aber was hat das mit dem Moghaddam zu tun?«

TAG 10

Karin und das Neue-Eltern-Amt

Auf dem Spielplatz gleich neben der Kindergruppe warten Karin und Raphi auf das Neue-Eltern-Amt. Karin hat die Website der Kindergruppe, eigentlich die Bilder darauf, genau untersucht und die Kleidungsgewohnheiten der Betreuerinnen und einer Mutter, die beim Basteln mit den Kindern fotografiert wurde, studiert. Sie trägt also die Haare locker hochgesteckt, höher als sonst, alte Jeans ihrer Mutter und einen weiten Sweater in Orange – extra für diesen Anlass bei Humana gekauft –, in die Hose gesteckt. Die Wolfskin-Funktionsjacke ist eigentlich nicht situationsgerecht, fügt sich jedoch gut in das Ensemble ein. (Der Chefinspektor hat sie beim Weggehen ausgelacht.) Raphi, heute Loris, trägt die alte rote Gatschhose seiner Schwester, die mit den Glitzerträgern, sowie deren Regenjacke – lila mit Reflektorstreifen. Paw Patrol musste im Kasten bleiben. Auch hier waren die Fotos der Website ausschlaggebend.

Raphi, heute Loris, spielt bereits in der Sandkiste und muss daran erinnert werden, nicht mit Sand zu werfen. Karin, heute Eva, hält Ausschau nach Agnes.

Das Neue-Eltern-Amt kommt die Gasse hinunter und geht überhaupt nicht in Rot und Orange, wie die Fotos der Betreuerinnen und der bastelnden Mutter es nahegelegt haben. Das Neue-Eltern-Amt trägt einen Hosenanzug in Schwarz von Kauf Dich Glücklich, die Hosenbeine weit und irgendwie zu kurz, sodass der Blick auf die gestreiften Socken und vor allem die kupferfarben glänzenden Sportschuhe gelenkt wird. Vom schwarzen Anzug erkennt man jedoch nur die untere Hälfte, da die obere von einem grauen Tragetuch verdeckt wird, in dem das Baby steckt. Darüber weht eine überlange Weste im leichten Wind. Vor sich her schiebt das Neue-Eltern-Amt einen leeren Bugaboo-Kinderwagen, der bereits bei den anderen Kindern im

Einsatz hätte sein können, es aber nicht war, da sich das Neue-Eltern-Amt den Wagen erst für das dritte geleistet hat.

Herzliche Begrüßung, Vorstellung.

Blick zu Raphi, Loris. Begrüßung des Kindes.

»Sollen wir uns setzen?«

Beide bewegen sich Richtung Parkbank, bleiben jedoch stehen. Karin, weil sie Raphi, Loris, nicht aus den Augen lassen will, das Neue-Eltern-Amt, weil das Baby im Tragetuch schläft. Das Neue-Eltern-Amt wippt im Stand.

Raphi, Loris, gräbt mit einer vergessenen Schaufel im Sand und redet.

Kurze Pause.

Das Neue-Eltern-Amt beginnt.

»Also. Du suchst einen Platz für den Loris. Wo ist er denn jetzt gerade in Betreuung?«

»Er ist noch nirgendwo, also noch bei mir, zu Hause.«

»Okay.« Pause. »Der Loris ist zwei, richtig? Und er hat eine Schwester, hast du geschrieben, und ist daher schon mit älteren Kindern unterwegs.«

Erleichtertes Nicken.

»Bei uns ist es ja so.« Das Neue-Eltern-Amt streicht sich die Haare aus dem Gesicht.

»Viele Kinder kommen schon mit zwei zu uns. Aber in der Gruppe sind alle Altersstufen gemischt, das passt nicht für alle Kinder gleich gut. Da muss man eben schauen, ob sich ein Kind wohlfühlt.«

»Natürlich, das ist wichtig.«

»Und wie bist du auf uns gekommen?«

Darauf hat sich die Gruppeninspektorin vorbereitet. »Eine Freundin hat mir von euch erzählt. Sie hat gewusst, dass wir für den Loris noch einen Kindergarten suchen, und hat gemeint, von euch hat sie immer nur Gutes gehört. Und dann habe ich auf eurer Website gesehen, dass euch noch ein Kind fehlt, und dachte: Versuch doch mal dein Glück!«

Das Neue-Eltern-Amt nickt.

»Also, du weißt sicher, dass wir eine elternverwaltete *Kinder-*

gruppe sind. Habt ihr damit schon Erfahrungen? Loris' große Schwester, in welcher Betreuungseinrichtung war die?«

»Die ist im Kindergarten.«

»In einem öffentlichen?«

»Ja, in einem städtischen.«

Das Neue-Eltern-Amt nickt. »Aha. Und ihr möchtet den Loris nicht in denselben Kindergarten geben?«

Darauf hat sich die Gruppeninspektorin ebenfalls gut vorbereitet.

»Wir haben da lang überlegt. Die Valentina, also Loris' Schwester, hat sich immer wohlgefühlt. Aber ich habe das Gefühl, dass der Loris etwas anderes braucht. Die Valentina ist ein sehr starker Charakter, die hat immer schon gewusst – und auch gesagt! –, was sie will. Der Loris ist eher still und sehr sensibel. Ich glaube, der braucht eine kleine Gruppe, sonst geht der unter. Ich meine, er würde schon zurechtkommen im Kindergarten, aber es entspräche nicht seinen Bedürfnissen.« (Und während die Gruppeninspektorin das sagt, fängt sie an, es zu glauben oder die Wahrheit dessen zu erkennen, wer kann das schon sagen.)

Das Neue-Eltern-Amt nickt und hat Verständnis.

»Ich muss dir das gleich sagen: Es ist so, dass wir sehr darauf schauen, dass das Verhältnis Buben-Mädchen ausgewogen ist. Wir hatten bis vor Kurzem sieben Buben und sechs Mädchen, also fast fünfzig-fünfzig, und die meisten Eltern hätten lieber mehr Mädchen als Buben. Deshalb haben wir ja geschrieben, wir nehmen gern ein Mädchen. Ich muss dir das nur gleich sagen, damit du dich vielleicht noch nach einer Alternative umsehen kannst.«

Kurze Pause. Raphi, Loris, holt sich Bestätigung, dass er balancieren darf.

»Okay, also ihr habt ja keine Erfahrung mit elternverwalteten Kindergruppen. Ich erkläre *kurz*, was es damit auf sich hat.«

Blick in die Ferne, zu den Baumkronen. »Wir sind ein Verein, der die Kindergruppe betreibt. Das heißt, wir, die Eltern, sind verantwortlich für eigentlich alles. Wir sind Dienstgeber_innen, haben also Personalverantwortung, kümmern uns um den Raum, Rechtliches, Behördengänge, die Website und so weiter.«

Blick zu Karin, Eva. »Das bedeutet, dass wir jemanden suchen, der oder die bereit ist, Zeit und Energie in die Kindergruppe zu stecken. Das ist die Voraussetzung, dass die Kinderbetreuung funktioniert.«

Die Gruppeninspektorin nickt.

»Und ihr müsst euch überlegen, ob sich das für euch zeitlich und energietechnisch ausgeht. Ich betone das so, weil es uns wirklich wichtig ist, dass sich die Eltern engagieren. Auch den Betreuerinnen ist das wichtig.«

Kurze Pause. Das Neue-Eltern-Amt holt Luft.

»Den verschiedenen Aufgaben entsprechend haben wir Ämter, das hast du vielleicht eh auf der Website gesehen.« Prüfender Blick zu Karin, Eva. Die nickt.

Das Neue-Eltern-Amt schaut zu den Baumkronen. »Und Elterndienste gibt es auch immer wieder – sagt dir das was?«

Karin, Eva schüttelt den Kopf.

»Das bedeutet, dass ein Elternteil die Kinder vorübergehend betreut.«

»Du meinst, in der Kindergruppe?«

»Ja genau, einfach statt den Betreuerinnen. Natürlich schauen wir, dass das möglichst selten notwendig ist, aber manchmal sind einfach zwei Betreuerinnen gleichzeitig krank. Es besteht auch die Möglichkeit, dass wir Springer oder Springerinnen organisieren, aber das wollen wir eigentlich nicht. Die Kinder kennen die dann nicht, wir wissen nicht, worauf wir uns einlassen.«

Karin, Eva, nickt, klar, unbekannte Springer nur Worst Case.

»Genau. Und jeder oder jede kocht zweimal im Monat.«

Karin, Eva, nickt. »Das habe ich schon gehört, da wollte ich eh fragen. Wie viel kocht man da? Und was essen die Kinder gern?«

»Wir haben ein Kindergruppen-Kochbuch, das kannst du zur Orientierung nehmen. Mit der Zeit kann man die Menge einschätzen. Und ja, jede Familie hat so ein, zwei Lieblingsgerichte, die sie regelmäßig kocht. Das passt auch, weil wir uns sowieso abwechseln. Süßes mögen wir nicht so gern. Aber zum Geburtstag darf es schon eine Schokotorte sein.«

Lacht.

»Das habe ich dir noch nicht gesagt. Zum Geburtstag bringt das Geburtstagskind einen Kuchen. Mit Zucker und allem, was gut ist.«

Lacht.

»Ah ja. Wir kochen bio. Und vegetarisch. Ansonsten essen die Kinder hier eigentlich alles, sogar Fisolen, Karotten, Brokkoli.«

Die Gruppeninspektorin ist ehrlich beeindruckt.

»Vielleicht noch zum Finanziellen.«

Pause.

»Wir zahlen zweihundertneunzig Euro Elternbeitrag pro Monat. Und dann kommen noch hundertachtzig Euro pro Semester für Capoeira dazu – die Ingrid, also eine Betreuerin, unterrichtet Capoeira, und die Eltern haben sie gefragt, ob sie das nicht auch mit den Kindern machen mag. Das kommt sehr gut an. Danach ist der Lenz immer ganz entspannt, wenn ich ihn abhole. Ich sag immer, der ist gut durchgearbeitet.« Lacht.

»Überhaupt sind die Betreuerinnen sehr super. Engagiert und interessiert. Ich habe dir jetzt ja eher alle Nachteile aufgezählt, aber die Kinder machen wirklich tolle Sachen.«

Zählt wieder auf.

»Die Kinder waren im Parlament, im Rathaus beim Bürgermeister, bei der Polizei, im Gefängnis« – lacht – »gehen turnen, machen Ausflüge, gehen ins Museum, ins Theater, regelmäßig zu Senior_innen, zu Flüchtlingsfamilien, in die Neue Mittelschule. Wir haben ein Vorschulprogramm und in derselben Zeit ein Programm für die Kleineren.«

Die Gruppeninspektorin findet das alles toll, wobei sie sich sagt, sagen muss, dass Emmi bis jetzt auch Ausflüge gemacht hat, wenn auch vielleicht nicht so viele.

Das Neue-Eltern-Amt überlegt.

»Weißt du schon alles?«

Das Neue-Eltern-Amt überlegt.

»Wir haben momentan zwölf Kinder, das weißt du. Drei Betreuerinnen: Ingrid, Mone und Tabitha. Einen Freiwilligen, wobei wir das vielleicht ändern.«

Karin, Eva, hakt ein. »Wieso wollt ihr das ändern?«

Das Neue-Eltern-Amt zögert.

»Da gab es Schwierigkeiten.«

Das Neue-Eltern-Amt schaut in die Ferne.

»Es hat da Vorfälle gegeben, auf die wir nicht vorbereitet waren.«

Pause.

»Aber das hat nicht die Kinder betroffen. Ansonsten ist die Betreuungssituation stabil, würde ich sagen. In anderen Kindergruppen gibt es laufend Personalwechsel, das haben wir bei uns nicht.«

Pause.

Das Neue-Eltern-Amt nimmt das Baby aus dem Tragetuch, setzt sich und stillt.

»Hast du noch eine Frage?«

Die Gruppeninspektorin wiederholt. »Jeder hat ein Amt und kocht. Wie zeitintensiv sind denn die Ämter?«

»Das kann ich so jetzt gar nicht sagen. Es kommt aufs Amt an. Und außerdem fallen regelmäßig Arbeiten an, bei denen wir einfach alle Hände brauchen. Wenn zum Beispiel die Decke neu gestrichen werden muss, kann man das nicht dem Reparaturamt umhängen. Aber du hast Glück, das ist erst mal erledigt.« Lacht.

Karin, Eva, nickt.

»Aber der Boden muss bald geschliffen werden.« Lacht.

Karin, Eva, nickt.

»Man muss einfach damit rechnen, auch jenseits des Amtes Zeit zu investieren. Was arbeitet ihr denn, du und dein Partner?«

Die Gruppeninspektorin hat die Erfahrung gemacht, dass es beim Lügen nicht egal ist, wie viele einzelne kleine Unwahrheiten man ansammelt, und bleibt auch undercover am liebsten so nahe an der Wahrheit wie möglich. Jede Lüge kann die eine zu viel sein.

»Wir sind … Beamte.«

»Okay. Ich weiß nicht, wie flexibel ihr seid. Ich glaube, es ist relativ schwierig, wenn beide einen Nine-to-five-Job haben. Wie gesagt, man weiß vorher nicht, mit welchem Zeitaufwand man rechnen muss.«

Pause.

»Zu den Elterndiensten wollte ich noch sagen: Die übernimmt nicht jeder und jede gleich viel, aber es wäre schon super, wenn es prinzipiell möglich wäre.«

Das Neue-Eltern-Amt legt das Baby am anderen Busen an.

»Ich habe das eine Zeit lang viel gemacht und es eigentlich sehr genossen. Man kriegt dann wirklich mit, was die Kinder so machen. Der Lenz hat mir seine Lieblingsspiele gezeigt. Die kannte ich vorher gar nicht. Oder die Kinder rufen nach dem Essen *Agnes, gut gekocht!*, das ist schon *sehr* nett. Überhaupt ist man über die Kindergruppe sehr nah dran – an den Kindern, deren Tagesablauf. Die Arbeit, die man reinsteckt, zahlt sich echt aus.«

Die Gruppeninspektorin überlegt, ob sie bei Emmi nicht *nah dran* ist. Weiß sie, was sie wissen muss über deren Tagesablauf? Kennt sie ihr Lieblingsspiel? Emmi bringt fast täglich meterlange geflochtene Wollzöpfe mit nach Hause. Ihre beste Freundin Matilda teilt diese Passion nicht und hat sich deshalb mit Sina näher befreundet, weshalb Emmi nun überlegt, nur noch zu flechten, wenn Matilda abgeholt ist.

Emmi mag das Essen im Kindergarten nicht besonders, hat aber kein Problem damit, nur die Beilagen zu essen. Rechts neben dem Eingang hängt eine Liste, auf der man nachlesen kann, welches Star-Menü es an welchem Tag der Woche gibt oder gegeben hat. Fragt man Emmi dann: »Und was hast *du* gegessen?«, antwortet sie: »Reis« oder »Kartoffeln«.

Aber nein, Karin war noch nie länger als dreißig Minuten (bei der Eingewöhnung) im Gruppenraum, und im Garten war sie am letzten Sommerfest und hat mit Emmi Origami-Kraniche gefaltet.

Woher nehmen diese Eltern all die Zeit?

»Wie sind eigentlich die Öffnungszeiten?«

»Wir haben täglich von neun bis sechzehn Uhr dreißig geöffnet. Da müsst ihr halt auch schauen, ob das für euch passt.«

(Es passt nicht.)

Jetzt sollte die Gruppeninspektorin bekräftigen, dass dies kein Problem darstelle. Dass sie tatsächlich wahnsinnig flexibel sei und sich darauf freue, sich einzubringen.

Dies ist jedoch ihr erstes Bewerbungsgespräch in diesem Rahmen, und Karin ist betäubt von der Informationsdichte. Außerdem hat sie den Eindruck, den Ansprüchen – der Kindergruppe an ihre Person, der Welt an sie als Elternteil – nicht zu genügen. Wie auf der Polizeischule, wenn sie nach »Persönlichkeitsbildung« den Raum verließ, fühlt sie sich klein und unzureichend.

Das Neue-Eltern-Amt erklärt den möglichen weiteren Ablauf des dreistufigen Aufnahmeverfahrens. Es kann sein, dass Karin, Eva, oder eigentlich Raphi, Loris, zum Schnuppern eingeladen wird. Die Kriterien, nach denen dies entschieden wird, sind Karin unklar. Wenn das Schnuppern gut läuft – für wen? –, werden Karin, Eva, und ihr Partner zum nächsten Elternabend eingeladen, um die restlichen Eltern kennenzulernen. Das Wort »Casting« möchte das Neue-Eltern-Amt eigentlich vermeiden, muss es aber dennoch nennen, handle es sich doch genau darum: Mehrere Eltern bewerben sich für einen Platz, und die gesamte Elternschaft entscheidet über die Aufnahme.

Karin, Eva, hat also Phase eins abgeschlossen und muss nun warten, ob sie weiterdarf.

Der Chefinspektor und der Obmann

Der Obmann ist nicht besonders überrascht. »Ihre Kollegen wurden bereits bemerkt.«

Dann, vertraulicher. »Herr Hansmann, unter seinesgleichen

meldet man sein Erscheinen doch an. Wie soll ich sagen, wir stehen auf derselben Seite, wir begegnen uns auf Augenhöhe.«

Der Obmann bittet herein. Flaggen und Aufnäher, deutsches Kreuz und Eichenkranz, Schwerter, Memorabilia: Anstecknadeln, Tafeln, Becher und Pokale.

Der Obmann führt weiter in einen zweiten Raum. »Das Büro«, erklärt er lachend. »Bürokratie! Selber schuld, was muss ich auch einen Verein gründen.«

Hier ein Schreibtisch, glasiertes Holz, Papierstapel. Der Chefinspektor soll es sich bitte gemütlich machen.

Der Obmann schaut ernst. Natürlich, die immer gleiche Frage nach der Adresse. Dass er sich das Haus teile mit zwei Burschenschaften und einem Verlag, der alternatives Gedankengut (»rechts*extrem*, ich bitte Sie«) verbreite – warum nicht?

Was für den Herrn Chefinspektor gegen dieses Haus spreche? Im Keller befänden sich historische Turnsäle, unglaublich gut erhalten. Das Haus verfüge über eine unvergleichlich gute Infrastruktur, über die Jahrzehnte gewachsen, was man dagegen haben solle.

Der Obmann schüttelt den Kopf. Interessen und Haltungen. Um etwaige Überschneidungen mit Interessen seines Vereins festzustellen, wisse er zu wenig Bescheid über die *Interessen und Haltungen* der anderen Parteien des Hauses. Nein. Das könne er so pauschal nicht beantworten.

Ob der Chefinspektor denn die *Interessen* seiner Kollegen teile? Man ziehe an einem Strang, so weit es gehe, auch wenn es nie eine hundertprozentige Übereinstimmung geben könne. Die Frage müsse doch sein, was könne man gemeinsam erreichen, worauf könne man sich einigen.

Und das sei?

Der Obmann lächelt. »Werte. Traditionen. Freiheit.«

»Rechte Werte?«

Diese Kategorien. Im Idealfall bilde man doch ein Mosaik, das alle Bereiche irgendwie abdecke.

»Das heißt, Sie betrachten Ihren Verein und die Burschenschaften als Gemeinschaft?«

»Herr Chefinspektor.« Schüttelt den Kopf. Man treffe sich, natürlich. Und, auch das sei ein Mehrwert, man unterstütze einander. Man helfe seinen Nachbarn. Man teile Ressourcen, soweit dies möglich sei.

Der Obmann holt aus und beschreibt mit der rechten Hand einen Halbkreis.

»Viele der hier ansässigen Unternehmen haben bei uns einen oder mehrere Team-Building-Workshops besucht.«

Mit einem Lächeln: »Ich lade Sie übrigens ebenfalls sehr herzlich zu uns ein. Wir können in vielen Belangen beitragen.«

Der Chefinspektor zeigt Fotos. Der Schlüssel und der Anhänger.

Der Obmann hebt den Blick. »Ist das der Schlüssel zur Kraftkammer?«

Der Chefinspektor nickt.

»Wusste ich's doch. Den kenn ich gut.« Lacht.

»Wer könnte den verloren haben?«

»Also das kann ich Ihnen beim besten Willen nicht beantworten.«

»Wer hat Zutritt zur Kraftkammer?«

»Wie gesagt, da habe ich keinen Überblick. Die Sporteinrichtungen im Haus werden von allen Parteien benutzt.«

»Und das Abzeichen?«

»Der brüllende Löwe.«

»Das ist doch das Zeichen Ihres Vereins.«

»Unser Verein hat kein Symbol in dem Sinn. Aber natürlich, Sie haben recht. Das Abzeichen bekommt, wer die ersten drei Zyklen durchlaufen hat.«

Blick zum Chefinspektor.

»Ich weiß nicht, inwieweit Sie sich eingearbeitet haben, Herr Chefinspektor. Unser Verein sieht sich als Plattform, Interessengemeinschaft. Wir bringen die richtigen Leute zusammen. Wir helfen auf verschiedenen Ebenen – in der Konzeption, verstehen

Sie, in der Organisation, in der Umsetzung und Evaluierung – mit dem übergeordneten Ziel des Schutzes unserer Werte.«

Ob er konkreter werden könne.

»Wir stellen zum Beispiel hier im Haus die Turnsäle für Selbstverteidigungskurse zur Verfügung. Das Angebot ist immer breiter geworden. Wir haben sehr aktive Frauen, Programme für Jugendliche, aber auch für angehende Sicherheitskräfte. Wie gesagt, wir arbeiten mit zahlreichen Unternehmen zusammen.«

»Und der Löwe?«

Der Obmann lächelt. »Der Löwe bedeutet körperliche und mentale Stärke und Weiterentwicklung.«

»Stärke, die man nach drei *Zyklen* erreicht?«

»Richtig.«

»Und wer eignet sich für so eine Weiterentwicklung?«

»Prinzipiell sind wir offen für alle. Aber natürlich lassen wir nicht jeden ung'schaut in einen Zyklus. Am Anfang steht hier immer das Gespräch. Was ist die Motivation. Woher kommt ein Bewerber, wo steht er, und wo will er hin. Aus welchem Grund interessiert sich jemand für einen Kurs. Das ist uns ganz wichtig. Die Bewerber da abholen, wo sie stehen.«

»Sie sprechen von Bewerbern. Gibt es auch Bewerberinnen?«

Der Obmann lächelt. »Natürlich. Wir haben schon vier Löwinnen.«

Was nach dem sechsten, was nach dem neunten Zyklus sei?

Der Chefinspektor solle sich das vorstellen wie eine Pyramide. Nach dem neunten Zyklus stehe man an der Spitze.

»An der Spitze. Wovon?«

»Am Gipfel seines eigenen Potenzials. Wie ein Bergsteiger, der sich selbst bezwungen hat.«

Pause. Alle neun, das schaffe nicht jeder. Pause. Aber, wie gesagt, man lasse Bewerber nicht ungeprüft in eine Zyklus-Ausbildung. Er habe da mittlerweile ein gutes Bauchgefühl. Und wenn er sage, jemand sei fit für – »sagen wir« – Zyklus sechs, dann schaffe der den auch.

Der Chefinspektor zieht die Augenbrauen zusammen.

»Schauen Sie. Man macht das ja auch nicht allein. Es geht in allen Kursen auch um Teamarbeit. Viele Firmen buchen bei uns ihre Team-Building-Workshops.«

Der Chefinspektor nickt, das hat er verstanden. Nur unter einem Zyklus kann er sich noch immer nichts vorstellen.

Der Obmann erklärt geduldig.

»Wie Sie vielleicht schon herausgehört haben, geht es um Sicherheit. Es geht um die Wahrung körperlicher Integrität. Es geht darum, in Situationen, auch Krisensituationen, adäquat zu reagieren. Selbst- und Fremdschutz. Wir sprechen hier aber auch über mentale Stärke, Stressmanagement.«

»Selbstverteidigung?«

»Selbstverteidigung, Erste Hilfe, ja. Erste Hilfe in besonderen Situationen.«

»Die da wären?«

»Terror, Umweltkatastrophen.«

»Ist für so etwas nicht die Polizei da?«

»Die Polizei. Die Polizei *kommt*. Der Bürger ist da. Was tut der Bürger, wenn es plötzlich kracht? Diese Frage treibt uns um, bringt die Leute zu uns. Was kann ich tun, wenn es ernst wird? Wie kann ich meine Familie schützen, wie kann ich Schwächeren helfen? Darum geht es.«

»Und das üben Sie?«

»Das üben unsere Trainer mit den Kursteilnehmern.«

»Und wenn man durch ist, bekommt man so ein Abzeichen.«

»Da bekommt man viel mehr, da bekommt man Kameradschaft fürs Leben. Es geht ja darum: der Vereinzelung entgegenwirken, Zusammenhalt statt Individualismus.«

»Und Sie haben sicher eine Liste mit denjenigen, die sich dieses Abzeichen … erarbeitet haben.«

Der Obmann lächelt und schüttelt den Kopf.

»Unsere Mitglieder haben einen starken Wunsch nach Privatsphäre, das respektieren wir.«

Der Chefinspektor schüttelt den Kopf. »Ich fürchte, ich muss trotzdem Einblick in Ihr Verzeichnis bekommen.«

»Dafür brauche ich wiederum, fürchte ich, eine Weisung.« Der Obmann lächelt.

Das Neue-Eltern-Amt über Eva

Eva hat zwei entscheidende Nachteile: Sie und auch ihr Mann sind Beamte, das klingt für das Neue-Eltern-Amt nach wenig Flexibilität, das bedeutet mehr Arbeit für alle anderen. Hierbei übersieht das Neue-Eltern-Amt, dass viele derjenigen, die im Vorstellungsgespräch betonen, wie flexibel, weil selbstständig, sie sind, in der Folge eine Sechzigstundenwoche als Begründung für die Absage von eigentlich allem vorschieben.

Der zweite Nachteil ergibt sich aus einer viel subtileren Verfehlung: Karin, Eva, hat wiederholt von ihrer Suche nach einem »Kindergartenplatz« geschrieben und gesprochen. Und Personen, die Kindergarten und Kindergruppe gleichsetzen, wissen offensichtlich nicht, was sie a) suchen, b) erwartet, und zeigen c) ihre Unkenntnis die zugrundeliegende Hierarchie betreffend. Das Wissen darüber ist jedoch die unbedingte Voraussetzung für eine erfolgreiche Bewerbung.

Erschwerend kommt hinzu, dass Loris' große Schwester *nur* in einen Kindergarten geht.

Das Neue-Eltern-Amt hat Eva lediglich getroffen, weil die Kindergruppe wirklich verzweifelt sucht. In Anbetracht der Umstände, vor allem wenn die Sache mit Amir herauskommt, könnte es schwierig werden, überhaupt Kinder zu finden, und die Obfrau macht gehörig Druck.

Rücksprache mit der Obfrau Stv.

»Doch, lad sie ein. Vielleicht will sie sich gerade *wegen* ihrer Kindergartenerfahrungen ganz besonders viel einbringen.«

Landeskriminalamt

Der Chefinspektor bringt Kaffee aus der Berggasse.

Christina nimmt den Deckel von ihrem Becher. »Wie geht's der Emmi?«

Der Chefinspektor runzelt die Stirn. »Ach so. Eh wieder gut. Sie hat jetzt eine blaue Strähne.«

An den Gruppenführer: »Wir brauchen eine Liste der Vereinsmitglieder und eine Liste derjenigen, die so ein Abzeichen haben.«

Der Gruppenführer richtet seine Krawatte. »Ich geh nachher zum Tramec, aber das wird mühsam.«

An Christina und Mateo: »Ihr könnt schon mal zu schreiben beginnen.«

Gruppenführer Hornbergs Telefon läutet.

Er wendet sich an den Chefinspektor. »Da will jemand mit uns sprechen.«

Alisa Stjepanic im Landeskriminalamt

Die sonst fröhliche Alisa Stjepanic ist heute nicht so froh, seit dem Mord überhaupt nicht froh. Sie finde ja, dass die Frau Lasser ihre Kinder nehmen und umziehen müsse. In einer Wohnung, in der *so* etwas passiert sei. Bleiben. Nein. Das bringe nur Unglück.

Alisa Stjepanic sitzt dem Chefinspektor direkt, dem Gruppenführer schräg gegenüber, großes Gesicht, Lachfältchen um die Augen, die Haare zusammengebunden. Eine riesige Handtasche zu ihren Füßen, durch das Gewicht der Henkel in der Mitte zusammengefallen.

Sie müsse nur vorher noch etwas sagen.

Der Chefinspektor wartet.

Es sei nämlich so, dass sie bei der Frau Lasser nicht angestellt sei.

Das ist dem Chefinspektor egal.

Gruppenführer Hornberg wiegt den Kopf. Das komme darauf an.

Alisa Stjepanic wendet sich an den Gruppenführer. Nur, dass die Frau Lasser keine Probleme bekomme, ihretwegen. Sie selbst sei es nämlich, die gar keine Anstellung wolle.

Der Chefinspektor wiederholt. Das sei in diesem Fall nicht relevant.

Alisa Stjepanic wendet sich an den Chefinspektor. Aber ob das irgendwo aufscheinen müsse.

Nein. Hier werde lediglich festgehalten, dass sie für die Familie Lasser arbeite. Über Anstellungsverhältnisse führe man keinerlei Aufzeichnungen.

Erleichtertes Nicken.

»Wissen Sie, die Frau Lasser ist so eine liebe Frau. Die ganze Familie. Eine gute Familie. Und hilfsbereit.«

Der Chefinspektor nickt.

»Eine ganz tolle Frau, so elegant. Und die Wohnung, so schön.«

Der Chefinspektor nickt.

Alisa Stjepanic schnäuzt sich.

Pause.

»Frau Stjepanic, Sie wollten uns sprechen.«

Alisa Stjepanic ist blass.

»Das dürfen Sie nicht der Frau Lasser erzählen.«

Pause.

»Meine Handtasche wurde nämlich gestohlen.«

Gruppenführer Hornberg senkt den Blick und richtet ihn, am Tisch vorbei, auf den Platz zu den Füßen der Frau Stjepanic.

Frau Stjepanic folgt. »Nicht diese. Diese ist neu.«

Pause. Der Chefinspektor hebt die Augenbrauen.

»Wissen Sie. Ich habe das der Frau Lasser nicht gesagt, damit sie sich keine Sorgen macht. Ihr Mann hätte sonst sicher das Schloss ausgetauscht. Das hätte wieder so viel gekostet, ein neues Sicherheitsschloss. Nein, ich konnte ihr das nicht sagen. Nicht nach diesem schrecklichen Tag.«

Der Chefinspektor: »Ihre Tasche, Frau Stjepanic.«

»Ja. Meine Tasche.«

»In Ihrer Tasche war der Schlüssel für Frau Lassers Wohnung, ist es das, was Sie sagen wollen?«

Alisa Stjepanic nickt.

Gruppenführer Hornberg wiederholt: »Schloss.«

Alisa Stjepanic: »Der Herr Lasser hätte sicher das Schloss ausgetauscht.«

Sie schüttelt den Kopf. Es sei schrecklich. Dieses teure Sicherheitsschloss. Sie habe es der Frau Lasser nicht sagen können. Und die arme Frau Lasser wundere sich die ganze Zeit, wie denn dieser junge Mann überhaupt in ihre Wohnung gekommen sei. Was, wenn ihre Unaufmerksamkeit schuld an all dem wäre, an diesem Unglück? Sie fühle sich so schrecklich.

Der Chefinspektor wartet.

Stille.

Alisa Stjepanic schaut zwischen den Kriminalbeamten hin und her.

»Frau Stjepanic, *wann* ist die Tasche gestohlen worden?«

Am Samstag, den 6. Oktober. Sie sei mit ihrer besten Freundin im Kaffeehaus gesessen, und beim Zahlen sei ihr aufgefallen, dass ihre Tasche nicht mehr da gewesen sei. Sie habe auch Anzeige erstattet.

»Wo? Welches Kaffeehaus?«

Das Palmenhaus im Burggarten, man sei draußen gesessen, in der Sonne. Es sei so schön warm gewesen.

Ob sie die Tasche beschreiben könne.

Na ja, groß, eine große Handtasche wie diese. Alisa Stjepanic deutet auf ihre Tasche. Hellbraunes Leder, goldener Griff.

Der Chefinspektor stützt die Ellenbogen auf den Tisch und spreizt, eine Distanz messend, die Finger. »So?«

Frau Stjepanic korrigiert, mit ihren eigenen Händen den Abstand vergrößernd.

Der Gruppenführer nickt. »Fünfundvierzig Zentimeter. Leder?«

Alisa Stjepanic legt den Kopf schief. »Kunstleder.«

»Und sonst ist Ihnen nichts aufgefallen?«

»Nichts. Die Tasche war weg. Ich dachte zuerst, es war sicher einer von diesen.«

Alisa Stjepanic hält die rechte Hand auf, Handfläche zur Schüssel geformt, krümmt den Rücken, senkt den Kopf und bewegt die Schüssel-Hand leicht hin und her.

Sie richtet sich wieder auf. Aber dann sei diese Sache passiert. Die arme Frau Lasser, die ganze Familie, die Kinder. Alisa Stjepanic schüttelt den Kopf.

Die arme Frau Lasser gehe wie eine Verrückte auf und ab und suche eine Möglichkeit, wie dieser junge Mann in ihre Wohnung gekommen sein könne. Ob es sein könne, dass man mit ihrem Schlüssel …

»Und Ihrer Begleitung? Ist Ihrer Begleitung etwas aufgefallen?«

»Herr Chefinspektor. Nichts.«

»Frau Stjepanic. Wo waren Sie, bevor Sie mit Ihrer Freundin Kaffee trinken waren?«

»Es war Samstag. Da bin ich immer ab zehn Uhr bei der Frau Lasser.«

»Wie lange sind Sie dort?«

»Meistens drei Stunden.«

»Das heißt, Sie kamen um dreizehn Uhr aus dem Haus der Familie Lasser, und dann?«

»Dann bin ich hinuntergegangen zum Ring und in die Straßenbahn gestiegen.«

Frau Stjepanic schlägt die Hand vor den Mund.

»Herr Chefinspektor. Was soll ich nur tun?«

Reproduktionsarbeit

Die Obfrau Stv. kommt nach Hause und, ja, die Alisa war da, es riecht sauber, im Sonnenlicht ist kein Staub auf dem Esstisch zu erkennen, auch nicht unter *den Zeitungen. Die Obfrau Stv.*

kommt extra immer ein bisschen nach dreizehn Uhr, damit sie die Alisa gerade nicht mehr erwischt, damit das Gefühl bleibt, ein Zauber habe stattgefunden.

Eine Putzfrau soll ein bisschen sein wie ein Heinzelmännchen.

Reproduktionsarbeit

Das Vernetzungsamt hat nicht dieselbe Putzfrau wie die Obfrau Stv., obwohl ihr die Franziska die Alisa regelmäßig sehr nahelegt. Das geht doch nicht, das ist doch nicht der Sinn einer Haushaltshilfe, dass man sich vor ihr schämt!

Das Vernetzungsamt muss nämlich ihre Putzfrau, die Marija, regelmäßig daran erinnern, bitte mit den Sonett-Produkten zu putzen und nicht die mitgebrachten Putzmittel zu verwenden. Es ist ihr so unangenehm.

Nein, dafür hat die Obfrau Stv. kein Verständnis. Das bestimme doch bitte die Katja, mit welchen Produkten ihre Wohnung geputzt werde. Es seien ja ihre Kinder, die dann am Boden spielten.

Das Vernetzungsamt stimmt prinzipiell zu. Ja, natürlich habe die Franziska recht, die Marija verziehe nur immer so das Gesicht. Und sie selbst wisse ja nun wirklich nicht gut Bescheid über Putzmittel.

Egal. Sie sei die Arbeitgeberin! Nein, die Obfrau Stv. hat kein Verständnis. Eine Putzfrau soll einem den Alltag erleichtern. Und nein, sie habe auch kein schlechtes Gewissen, wieso auch, es sei ein ganz normaler Job, sie zahle dafür.

Das Vernetzungsamt denkt nach über unsichtbare Arbeit, über die Auslagerung schlecht bezahlter Care-Tätigkeiten in den globalen Süden. Nein, das sieht die Obfrau Stv. nicht so. Die Alisa verdient nicht schlecht.

Katja erzählt der Obfrau Stv. also lieber nicht, dass sich die Marija regelmäßig lustig macht über ihre Kaufentscheidun-

gen. Marija kann nicht nachvollziehen, dass man für alte – gebrauchte! – Möbel so dermaßen viel Geld ausgibt. Die Marija findet neu *schön.*

Deshalb kann die Marija auch nicht verstehen, was den Eltern an der Kindergruppe so gut gefällt. Furchtbar sieht es aus, hat sie gefunden, als sie dem Vernetzungsamt beim Jahresputz geholfen hat. Allein der fleckige Holzboden. Oder die Ecke mit den alten Matratzen und Pölstern.

Gleichzeitig kann das Vernetzungsamt die Marija gerade deshalb in den Familienalltag hineinschauen lassen. Der Marija ist es nämlich egal, ob die Eier in des Vernetzungsamts Kühlschrank bio sind oder nicht. Nicht einmal wenn sie aus Bodenhaltung wären, würde das die Marija interessieren.

Landeskriminalamt

Der Chefinspektor pinnt in Gelb: *Alisa Stjepanic, Putzfrau/ Schlüssel Fam. Lasser.*

Christina nähert sich von hinten.

Der Chefinspektor: »Zum ersten Schlüssel kommt ein zweiter dazu. Diesmal allerdings einer, der fehlt.«

Christina erinnert sich. »Die Putzfrau! Hab ich's doch gewusst.«

»Hab ich euch nicht gesagt, ihr sollt euch um die kümmern?«

Christina zieht den Kopf zwischen die Schultern und verweist auf das plötzliche Auftauchen des Fotos.

Der Chefinspektor hebt die Augenbrauen, schüttelt den Kopf und berichtet.

Gruppenführer Hornberg nickt dazu. »Man hätte der guten Frau raten sollen, mit ihrer Dienstgeberin zu sprechen.«

Stille.

Er anstelle der Frau Lasser wüsste in diesem Falle schon gern Bescheid. Wer weiß, wer den Schlüssel nun habe.

Christina: »Aber wir gehen schon davon aus, dass der Täter

oder die Täterin auf diese Weise in die Wohnung und von da aus auf die Dachterrasse gekommen ist, oder?«

Der Chefinspektor: »Der Diebstahl hat am 6. Oktober stattgefunden. Das war nur zwei Tage vor der Tat.«

Gruppenführer Hornberg reibt sich die Augen. Streng genommen sei die gesamte Tasche verschwunden, inklusive Geldbörse. Frau Stjepanics erster Verdacht könne sich also als richtig erweisen. Es könne sehr gut sein, dass einer dieser Rumänen seine Chance ergriffen habe oder in näherer Zukunft noch ergreifen werde. Klassiker, wie oft müsse das eigentlich noch passieren.

Pause.

Außerdem könne man nicht ausschließen, dass der Moghaddam selbst die Tasche gestohlen habe. Vielleicht wollte der ja bei den Lassers einbrechen.

Mateo: »Stimmt, er wusste sicher über deren Routinen Bescheid.«

Der Chefinspektor: »Bitte. Haben wir bei ihm – irgendwo – den Schlüssel gefunden?«

Der Chefinspektor am Abend

Als Karin endlich erzählt, wie das Vorstellungsgespräch war, wünscht sich der Chefinspektor, sie wäre nie dort gewesen.

Sie habe sich gefühlt, als mache sie alles falsch. Als habe sie bereits unwiederbringlich alles falsch gemacht. Er solle sich das vorstellen wie ein Verhör und alles, was sie gesagt habe, wäre sofort gewertet und gegen sie verwendet worden. Sie sei schuldig, da gebe es keinen Zweifel.

»Wie bitte? Schuldig woran?«

Sie sei vielleicht einfach eine schlechte Mutter.

Wer das bitte beurteile? Sie oder das Neue-Eltern-Amt?

Karin zuckt grantig mit den Schultern. Das wisse sie auch nicht.

Ob die etwa was gesagt habe?

Nein, habe sie nicht. Allein ihr dauerndes »Okay« habe gereicht.

Sie hätte sich besser vorbereiten sollen. So komme sie sicher nicht in die nächste Runde.

Wovon sie bitte spreche, worum es hier gehe, er verstehe nichts.

Vielleicht sei es dort wirklich besser für den Raphi! Vielleicht hätte man die Emmi auch in eine Kindergruppe schicken sollen.

Der Chefinspektor hofft, sie überlege nicht ernsthaft, ihren Sohn zu diesen Wahnsinnigen zu schicken. Ihr sei hoffentlich bewusst, dass das nicht gehe.

Nein, sie sei doch nicht blöd. Und es sei doch absurd. Der Kindergarten solle einem dabei helfen, einer Arbeit nachzugehen, und nicht Arbeit sein. Oder?

Der Chefinspektor hebt die Schultern. So sehe er das zumindest.

Trotzdem: Sie wolle in diese zweite Runde.

Hier kommt die Gruppeninspektorin nicht umhin, dem Chefinspektor das dreistufige Aufnahmeverfahren zu erklären. Er schüttelt den Kopf.

»Die hat dich einfach voll bei deinem Ehrgeiz gepackt.«

Die Gruppeninspektorin schüttelt fest den Kopf. Er verstehe wirklich gar nichts. Es gehe nicht um sie, Karin, sondern um ihre Kinder. Sie fühle sich anstelle ihrer Kinder abgelehnt. Kinder zweiter Klasse.

Der Chefinspektor verbittet sich das.

Das sehe doch nicht sie selbst so. Aber diese Agnes.

Jetzt schüttelt der Chefinspektor den Kopf. Das könne er sich nicht vorstellen. Das könne doch nicht sein.

Egal. Sie wolle einfach, dass *die* ihre Kinder genauso toll fänden wie sie selbst.

Der Chefinspektor findet, dass sie *denen* etwas zu viel Macht gebe. Außerdem gehe es denen doch gar nicht um die Kinder. Da gehe es bloß darum, zu zeigen, wie unglaublich unverzichtbar man selbst sei. Das seien doch alles Narzissten.

Dann: »Du darfst auch gar nicht *in die nächste Runde*. Du bist nicht mit dem Fall betraut. Und ich will nicht, dass du den Raphi da reinziehst.«

»Raphi?« Karin hebt die Augenbrauen. Sie kenne nur einen Loris.

Na hoffentlich könne der *Raphi* sie nicht hören.

Flammen / In Kierling brennt ein Schuppen

Irgendwann brennt immer was.

In Kierling, einem Teil von Klosterneuburg, riecht es stärker nach Rauch als sonst – wenn im Sommer gegrillt und im Herbst Laub verbrannt wird. Über Obstbäumen und Hagebutten hängen dicke Schwaden, von unten orange beleuchtet. Die Feuerwehr löscht. Zwischen den Gartengrundstücken zuckt das Blaulicht.

Es handle sich um einen Geräteschuppen, der Feuer gefangen habe. Die Brandursache sei derzeit noch nicht geklärt, man gehe jedoch von einer unsachgemäßen Lagerung diverser Öle und Firnisse aus, da man Reste dergleichen im ausgebrannten Schuppen gefunden habe. Der entstandene Schaden werde als relativ gering eingeschätzt. Man habe das Feuer löschen können, bevor es auf das angrenzende Wohnhaus übergegriffen habe.

TAG 11

Blumenkranz

Liebe Alle,
die Kinder haben gestern mit den Betreuerinnen eine Trauerschleife gebastelt und bemalt, sie ist wirklich wunderschön geworden.

Bis heute Nachmittag liegt sie auf Ludos Platz, danach werde ich sie verpacken und per Express verschicken. Wer also will, kann noch unterschreiben.

Danke an euch alle, dass das so schnell geklappt hat.

Grüße F.

Wege

Der Chefinspektor verabschiedet sich von Emmi und verlässt den Kindergarten.

Vor der Tür bleibt er stehen und nimmt sein Telefon aus der Jackentasche.

»Du, ich geh in diese Crêperie.«

»Frühstücken?«

»Ich muss noch mal vor Ort nachdenken. Ist der Manfred schon da?«

»Ja, der war kurz hier und ist gleich danach ins Mokka gegangen.«

»Okay. Wenn er wiederkommt, sagst du ihm, dass ich bis Mittag da bin?«

»Mach ich, bis später.«

Der Chefinspektor steckt sein Handy ein und steigt in die U6.
Die Station Josefstädter Straße verlässt er diesmal stadteinwärts.

Der Chefinspektor in der Crêperie

Der Chefinspektor setzt sich in den Schanigarten der Crêperie und schaut der Obfrau Stv. Haustür an. Schaut hinauf. Nein, den Dachgarten sieht man von unten nicht.

»Was darf's sein?«
Der Chefinspektor stellt sich vor.
Der Inhaber der Crêperie stellt sich vor. »Der Mo hat eh schon mit einem Kollegen von Ihnen gesprochen. Mit einem Verdächtigen mit Migrationshintergrund können wir noch immer nicht aufwarten.«
»Und sonst? Haben Sie sonst etwas Verdächtiges beobachtet?«
Der Crêperie-Inhaber blinzelt.
Der Chefinspektor blinzelt auch – sein Gegenüber steht im Gegenlicht. Die Sonne scheint über das Dach der Frau Lasser hinunter in die Gasse und dem Chefinspektor in die Augen.
Pause.
Der Chefinspektor hält sich die Hand als Schirm an die Augenbrauen.
Der Crêperie-Inhaber setzt sich. »Jetzt sind Sie nicht mehr geblendet.«
Der Chefinspektor nimmt die Hand von der Stirn.
Der Crêperie-Inhaber lehnt sich zurück. »Wie gesagt, keine verdächtigen Migranten.«
»Aber?«
Aber er habe beobachtet, wie ein Bursche in einem geparkten Auto gesessen sei.
»In einem *geparkten* Auto?«

»Ja.«

Ob der Crêperie-Inhaber den Wagen beschreiben könne.

»So ein Spritfresser. Ein SUV. Schwarz.«

»Marke?«

»Nichts besonders Aufregendes, sonst hätt ich's mir gemerkt.«

Der Chefinspektor notiert.

»Und der *Bursche*? Was hat der gemacht?«

Nichts. Er sei nicht weggefahren.

Stille.

»Können Sie den Mann beschreiben?«

Fad, aber gepflegt, halt ein *Sohn*. Die Mama bügle ihm wahrscheinlich die Hemden und lege die Socken raus.

Pause.

»Keine besonderen Merkmale. Helle Haut, helle Haare, irgendwie farblos.« Zuckt mit den Schultern. »Sportlich, das schon.«

»Und das haben Sie alles erkannt, weil der *einmal* in einem Auto gesessen ist?«

»Nicht einmal. Ein paarmal. Ausgestiegen ist er ja auch.«

»Und dann?«

»Dann ist er einfach so herumgestanden, hat so getan, als würde er auf jemanden warten, hat auf sein Handy geschaut.«

Wieso er nicht die Polizei verständigt habe?

»Also bitte, wieso sollte ich. Soll doch bitte jeder machen, was ihm guttut.«

»Und haben Sie das Kennzeichen notiert?«

Der Crêperie-Inhaber verneint.

Pause.

»Wissen Sie, normalerweise mach ich nicht den Blockwart. Aber hier ist es dermaßen ruhig, da fällt so was auf.«

Pause.

»Das Auto ist immer dort gestanden.« Der Crêperie-Inhaber zeigt die Gasse hinauf.

»Es wurde nie bewegt?«

Der Crêperie-Inhaber schüttelt den Kopf. Er beugt sich vor.

Er habe einmal interessehalber nachgeschaut. Das Auto habe ein Parkpickerl.

Stille.

»Sonst hätte das ja nicht andauernd hier parken können.«

Wie auf Stichwort taucht eine Beamtin der Parkraumüberwachung in der Ferne auf.

Der Chefinspektor schüttelt leicht den Kopf. Wieso er das nicht gleich erzählt habe.

»Ihr Kollege hat sich dezidiert nach Verdächtigen mit Migrationshintergrund erkundigt, und das auch nur beim Mo. Da hätte sich der Mo selber anzeigen müssen. Hierorts ist er der Einzige mit Migrationshintergrund.«

»Der Mo ist Ihr Kollege?«

Nickt. »Mein Lehrling.«

»Und kann der Ihre Beobachtungen bestätigen?«

»Der Mo ist gewissenhaft. Der steht nicht herum und schaut aus dem Fenster.«

»Sind Sie jeden Tag hier?«

Er sei zwei-, dreimal die Woche nicht da, so weit könne er dem Mo und der Köchin mittlerweile vertrauen. Er habe ja draußen – der Crêperie-Inhaber macht mit dem rechten Arm eine Wurfbewegung in Richtung Zweierlinie – am Wechsel einen kleinen Hof. Daher komme ja auch ein Anteil seiner Lebensmittel. Aber zwischendurch schaue er hier schon nach dem Rechten.

»Kennen Sie eigentlich die Leute aus dem Haus?« Der Chefinspektor deutet mit dem Kinn auf das Haustor gegenüber.

»Teilweise, ja.«

»Sie wissen also, wer hier wohnt.«

»Na ja, wissen ist zu viel gesagt. Aber ehrlich gesagt seh ich das den Leuten an, ob sie hier wohnen oder eben nicht.«

»Und wer wohnt *nicht* hier?«

Das könne er ja wohl schwerlich aufzählen.

Der Chefinspektor nickt. »Was wäre ein Grund, hier zu sein, wenn man nicht in dieser Gasse wohnt?«

»Na, man kann hier in der Nähe ins Theater gehen. Einmal in

die Josefstadt und einmal ins English Theatre. Man geht essen. Oder man arbeitet hier.«

»Und wo arbeitet man?« Der Chefinspektor schaut sich um.

Die Beamtin der Parkraumüberwachung befestigt einen Zettel unter einem Scheibenwischer.

Der Crêperie-Inhaber zeigt auf das Haus der Lassers. »Zum Beispiel hat da sicher jede Partei eine Putzfrau. Und eine Kinderfrau oder Nanny, wie man das sagt. Oder Pflegerin. Der Herr Unger, zum Beispiel, hat sogar zwei, die heißen beide Maria.«

Der Chefinspektor reißt sich vom Anblick der Beamtin mit der weißen Kappe los. »Moment. Eine *Putzfrau.*«

»Ja. Sicher. Hier hat jeder eine Putzfrau.«

»Und die sehen Sie natürlich auch, wenn Sie hier sitzen.«

»Bitte, hier sitz ich nie. Ich bin drinnen.« Der Crêperie-Inhaber deutet hinein, zu seinem Platz neben der Küche. »Aber ja, wenn ich draußen steh und servier, seh ich, wer vorbeigeht. Und ich merk mir Gesichter.«

Landeskriminalamt

Der Chefinspektor berichtet und pinnt.

Der Bursche und das Auto – schon wieder. Die Putzfrauen in der Josefsgasse.

Christina: »Der Mazda hat sich aber oft selbstständig gemacht.«

Gruppenführer Hornberg stellt sich die Frage, wo die Verbindung zum Moghaddam sei.

Er meine ja nur. Weil sie der Moghaddam mit seiner Textsammlung bisher auch in die falsche Richtung gelenkt habe. Und weil sie sich doch eigentlich den Verein anschauen wollten.

Christina: »Ein Auto steht vor Moghaddams Haus. Vermutlich dasselbe Auto wird vor dem Haus der Familie Lasser gesehen. Und immer saß ein Mann mit hellen Haaren drin.«

Der Chefinspektor: »Wir müssen aktuell davon ausgehen, dass der junge Mann der Frau Stjepanic gefolgt ist. Der Täter beobachtet die Frau Lasser und deren Putzfrau, stiehlt den Schlüssel und bringt so sein Opfer aufs Dach.«

Und, ausschließlich an Mateo gewandt: »Über deine Befragungstechniken sprechen wir auch noch.«

Mateo öffnet den Mund.

»Später. Okay?«

Karin / Telefon

Die Gruppeninspektorin triumphiert.

»Wir sind weiter! Wir dürfen schnuppern!«

Der Chefinspektor findet das wirklich nicht gut, er kann das wirklich nicht unterstützen.

Landeskriminalamt

Der Chefinspektor schreibt. Er tippt und speichert. Er druckt aus und kopiert und legt ab. Ordnet ein und füllt die Akte.

Gruppenführer Hornberg lässt sich auf seinen Sessel fallen. Das mit der Mitgliederliste sei nicht so einfach. Er brauche jetzt eine Pause, ob wer mitkomme, ins Mokka.

Erinnerung

In Teheran wird mein Vater Hausmeister, und das ist mein Glück. Das Kind vor der Nase können die Bewohner des Hauses nicht ignorieren. Das gehört doch in die Schule.

»Was machen wir mit dem Kleinen?«, geht die Gattin des Anwalts von Stockwerk zu Stockwerk und läutet alle heraus. Der muss doch in die Schule gehen.

Der Richter im obersten Stockwerk stimmt als Erstes zu. Und überlegt. Sein Schwiegersohn müsste da etwas machen können.

Der Anwalt, der Richter, sein Schwiegersohn und vor allem auch die jeweiligen Frauen beschließen, dass man mich in die Schule schicken werde. Das gehe nicht, man könne nicht zuschauen, wie so ein Kind den ganzen Tag im Haus herumlungere.

So werde ich eingeschult. Als eine große Ausnahme.

Karin / Telefon

Also. Sie habe jetzt den Andreas angerufen.

Moment, so schnell sei er nicht.

»Na, den Andreas Arnsbacher.«

»Der das Bild geteilt hat?«

»Genau.«

Sie habe ihn ganz unverfänglich gefragt, ob er einen Selbstverteidigungskurs wisse, in Zeiten wie diesen.

Er habe das sehr befürwortet. Das habe sie eh schon gewusst. Deshalb habe sie ihn ja so gezielt gefragt. Jedenfalls habe sie gefragt, wie das sei, bei diesem Verein, ob er da zufällig Bescheid wisse. Sie habe gesagt, sie suche schon auch eine Art Gemeinschaft. Nicht nur so einen Kurs. Und der Andreas habe ihr den Verein sehr empfohlen. Er habe gesagt, gerade für Leute in ihrem Bereich sei der Verein die richtige Adresse. Er habe gemeint, dort treffe man wirklich nette Leute. Ob sie sich da anmelden solle?

»Bitte, Karin. Es reicht.«

Landeskriminalamt

»Stör ich?«

Mateo berichtet.

Die Tatortgruppe habe den Eindruck formuliert, jemand habe sich Mühe gegeben. Der Mazda sei gründlichst gereinigt worden.

»Heißt?«

»Heißt, nicht einmal am Lenkrad Fingerabdrücke. Auch nicht an der Handbremse, auch nicht an der Türschnalle. Keinerlei Spuren in diesem Auto.«

Landeskriminalamt

Dafür ist die Mitgliederliste des Vereins da.

»Also. Der Anwalt ist nicht dabei, dafür seine Tochter. Die ist ein reguläres Mitglied ohne Orden oder Abzeichen. Nummer 1453. Keine Ruhmeshalle.«

Pause.

»Andreas Arnsbacher ist übrigens auch ein Vereinsmitglied. Nummer 1873.«

Der Chefinspektor nickt. Ja, das habe die Karin bereits angedeutet.

Ruhmeshalle

»In der Ruhmeshalle gibt es siebenunddreißig Löwen.«

»Siebenunddreißig ist nicht so viel. Die müssen wir abgleichen mit allen Namen, die uns bisher untergekommen sind.«

Mateo nickt. »Klar. Mit allen männlichen Namen.«

»Und allen Namen, die in deren Umfeld auftauchen.«

Mateo nickt. »Klar.«

Er druckt die Mitgliederliste und jene der Löwen aus.

Dann gleicht er die Namen mit dem EKIS ab. Im Strafregister, in der Kfz-Fahndungsdatei, Personenfahndungs- und Personeninformationsdatei, der Sachenfahndungsdatei und im kriminalpolizeilichen Aktenindex findet Mateo keinen der Löwen.

»Die haben sich nichts zuschulden kommen lassen oder waren geschickt.«

Der Chefinspektor deutet auf die Namen der Pinnwand.

Stephan Lasser, Philipp Ebner, David Bernstorff-Heinig, Thomas Langegger, Hanno Emmerdingen. Marcel Hohenfels.

Mateo vergleicht und schüttelt den Kopf.

Dem Chefinspektor ist eh klar gewesen, dass die alle selbst kein Abzeichen haben. Aber Mateo solle sich bitte den Langegger beziehungsweise dessen Umfeld näher anschauen.

Thomas Langegger findet man nicht auf der Website von Greenpeace, auch nicht auf Facebook, schon gar nicht auf Instagram, allein Verena Langegger hat eine Website, zumal nicht geupdatet.

Für Langegger werde er ein Weilchen brauchen, meint Mateo. So wie der drauf sei, treibe der sich sicher in so Prepper-Foren herum.

Dann weiter mit Susanne Bonin und ihrem Umfeld. Heidi Bonin, August Wittner.

»Nichts.«

»Was ist eigentlich mit dem Clemens Benedikt Riedl?«

»Keine Ruhmeshalle, keine Vereinsmitgliedschaft.« Mateo tippt. »Anklage wegen Veruntreuung von Spendengeldern.«

»Und?«

»Nichts, freigesprochen.«

»Instagram?«

Mateo nickt. »Hat er auch.«

Mateo scrollt sich durch Riedls Abonnenten. »Diese Löwen sind wohl eher scheu. Keine Übereinstimmungen.«

Der Chefinspektor beugt sich über die Liste des Vereins. Justus Grabher ist ebenfalls nicht in der Ruhmeshalle vertreten, aber einfaches Mitglied.

»Kannst du dir den Grabher genauer anschauen? Mit wem ist der befreundet?«

Mateo schaut, gibt jedoch zu bedenken: Wenn einer der Löwen ein Facebook-Profil hätte – und nur so könnte derjenige mit Grabher *befreundet* sein –, hätte er den längst gefunden.

Der Chefinspektor nickt. »Stimmt.«

Mateo vergleicht weiter. »Bei den Vereinsmitgliedern ist es was anderes, da gibt es schon einige auf Facebook.« Mateo zeigt.

»Der Anwalt ist nicht im Verein, sagst du.«

Mateo schüttelt den Kopf.

»Was wissen wir sonst über den?«

Mateo zeigt. Der Anwalt auf Google in einem holzgetäfelten Raum, hinter einem Schreibtisch.

Im Halbprofil vor einem grauen Fotohintergrund.

Vor einer mit Logos bedruckten Wand, Arm in Arm mit dem Innenminister.

Mateo sammelt in des Anwalts Umfeld. Die Tochter, die Ehefrau.

Die Tochter auf Instagram: im Profil, das Gesicht erhoben, die strohigen Haare kunstvoll hochgesteckt.

Darunter: *»Zur Demokratie gehört als notwendig erstens Homogenität und zweitens – nötigenfalls – die Ausscheidung und Vernichtung des Heterogenen.« Carl Schmitt.*

Die Tochter mit Freunden und Freundinnen in einem halbdunklen Lokal: glänzende Gesichter an einer langen Tafel, Gläser zu einem lautlosen Prost erhoben.

Im Bademantel, Wange an Wange mit einer jungen Frau. *Beste Freundinnen #Girls #Wochenende #Auszeit*

Selfie vor einem Spiegel. Kopf leicht zur Seite gedreht – in der Bildmitte Hals und Kinnlinie, im Hintergrund ein dunkles Hotelzimmer. *#Konferenz #Linz #jetzt*

Mateo scrollt. »Da.« Clemens Benedikt Riedl hinter einem Rednerpult. *#clemensbenediktriedl #medien #analyse*

»Sie schreibt auch.« Mateo liest.

»Wer sagt, er spürt das nicht, lügt. Es wird krachen. Wir sind

mittendrin in einem brodelnden Druckkochtopf, und irgendwann fliegt uns alles um die Ohren.«

Der Chefinspektor, Blick auf den Bildschirm. Was genau einem um die Ohren fliegen werde.

Mateo nimmt an: »Die Multikulti-Gesellschaft.«

Ob die Tochter auch das Moghaddam-Posting kommentiert habe.

Mateo schüttelt den Kopf. Das wisse er nicht. Der Moghaddam sei eher auf Facebook kursiert.

Mateo geht die Abonnements der Tochter einzeln durch und vergleicht mit der Liste des Vereins. Da seien auch einige Vereinsmitglieder dabei, einige sehr hübsche Frauen. Aber zum Fürchten. Mateo zeigt auf eine blonde junge Frau in einem engen olivgrünen Oberteil. »Fast eine blonde Lara Croft.«

»Also bitte.« Der Chefinspektor schüttelt den Kopf.

Mateo zuckt mit den Schultern. Der Verein betreibe übrigens auch ein Instagram-Profil.

Der Chefinspektor sammelt Münzen aus seiner Schublade und geht – Kaffee holen.

Mateo nimmt einen Schluck und zeigt auf die Liste der Löwen. »Da. Sixtus Brem, Mitglied Nummer 1607.«

Der Chefinspektor beugt sich über die Liste.

Mateo starrt vor sich hin. Ein Sixtus sei ihm bereits untergekommen, nur wo.

Er überlegt.

»Der Anwalt.«

Er überlegt.

»Genau. Seine Wohnung in der Florianigasse ist an einen Sixtus vermietet.«

Der Chefinspektor setzt sich. Wie Mateo jetzt auf den komme?

Mateo erklärt.

Er sei zwischen Justus Grabher und der Tochter hin- und hergesprungen. Er habe wetten können, der blonde junge Mann komme aus dieser Ecke.

Er zeigt. Justus Grabher auf Facebook. Vor der Dagoba und im Regenwald. In seinem Bierlokal, Arm in Arm mit Männern in zu engen T-Shirts und mit wenigen Haaren – immer verlinkt mit den Profilen der jeweiligen Freunde. Ein Gruppenfoto. Junge Männer und Frauen stoßen mit Bierkrügen an – diesmal ohne Namen und Verlinkungen. Mateo zeigt. Er habe die Tochter des Anwalts erkannt.

Wieder zur Tochter auf Instagram. Marie Adam mit ihren Freundinnen. Im Bademantel in der Therme, in Abendgarderobe auf einem Ball, am Oktoberfest – Dirndl und Bierzelt.

Mit ihrer, abgesehen vom Profilfoto, immer gleichen Frisur vor einem Gartentor, eine Sense in der Hand, das Kinn leicht gehoben. Neben ihr ein junger Mann mit breiten Schultern in einem grün und beige karierten Hemd. Die hellen Haare fallen von links locker in die Stirn.

Gefällt 316 Mal

marie.adam Bereit zur Heuernte.

Mateo deutet auf die Kommentare.
MayaK Wen wird es diesmal erwischen?
r.krenek Der Sixty findet sich einfach immer wen.

»Sixty?«

Mateo habe mit der Liste verglichen und einen Sixtus Brem gefunden.

Der Chefinspektor nickt anerkennend.

Nach erneuter Recherche, diesmal beim Pass- und Meldeamt:

»Sixtus Brem, geboren 1993 in Wien, wohnhaft in der Florianigasse 47–49, Top 14. Vermieter: Dr. Adam.«

Karin / WhatsApp

Karin werde bald schlafen gehen, sie müsse sich auf morgen vorbereiten. Ihr Kostüm habe sie schon hergerichtet. Zwinker-Smiley.

Der Chefinspektor tippt. Er werde noch ein wenig brauchen. Und: Kostüm?

Keine Antwort mehr.

Der Chefinspektor und die Frau des Anwalts

Die Frau des Anwalts öffnet die Tür, der Dialog einer Fernsehserie wird hörbar. Die Frau des Anwalts bittet herein und macht einen Ausfallschritt nach hinten, ihr Atem riecht nach Alkohol.

Der Chefinspektor betritt das halbdunkle Wohnzimmer. Auf dem Couchtisch steht eine Weinflasche, daneben ein Glas.

Die Frau des Anwalts dreht den Fernseher leiser. Sie sei allein zu Hause, ihr Mann arbeite noch, arbeite immer, eigentlich. Ob der Herr Chefinspektor auch ein Glas Wein nehme.

Der Chefinspektor bedankt sich, nein, er sei noch im Dienst. Die Frau des Anwalts lässt sich auf die Couch fallen, das Leder knarrt. Der Chefinspektor setzt sich in des Anwalts Fauteuil. Er schaut sich um. Ob denn ihre Tochter nicht zu Hause sei?

Ihre Tochter, Marie, habe ihr eigenes Leben. Die sei unterwegs, sie wisse nicht, wo. Auch nicht, mit wem, nein.

Nein. Die Freunde der Tochter kenne sie nicht. Seit Maries Matura kenne sie deren Freundinnen nicht mehr. Pause. Die Freundinnen aus der Schulzeit – ja, das schon, natürlich. Die seien ja damals öfter hier gewesen. Aber jetzt, nein, jetzt nicht mehr. Schluck Wein. Sie nehme an, das sei normal. Blick zum Chefinspektor. Sie nehme an, das gehöre dazu, dass man nicht mehr alles über das Leben seines Kindes wisse, oder wie er das sehe.

Schluck Wein. Die Frau des Anwalts stellt ihr Glas ab.

»Einen Sixtus? Was für ein Name, schön.« Einen Sixtus habe

sie überhaupt noch nie getroffen. Sixtus. Pause. Die Marie bringe ihre Freunde nicht mehr nach Hause, und Freund habe sie keinen, das würde sie ja sonst wissen.

Mit der Vermietung der Florianigasse habe sie nichts zu tun, das habe sie von Anfang an gesagt, dass sie damit nichts zu tun haben wolle. Das bringe doch immer nur Scherereien. Die Mieter riefen einen doch an, wann es denen passe, ohne Rücksicht. Nein, das erledige eine Maklerin.

Der Chefinspektor nickt leicht. Er zeigt das Foto des Schlüssels zur Kraftkammer inklusive Anhänger.

Den Schlüssel kenne sie nicht, nein. Auch den Anhänger habe sie noch nie gesehen. Warum das wichtig sei? Ob sie noch einmal sehen dürfe. Was da stehe.

Die Frau des Anwalts hält das Foto vor ihr Gesicht, runzelt die Stirn und zieht den Kopf ein Stück zurück. Sie könne diese Schrift kaum entziffern. Et. Und dann?

»Et paratus«, ergänzt der Chefinspektor.

Rätselhaft. Nun, sie werde ihren Mann fragen. In Maries Zimmer habe sie diesen Schlüssel nie gesehen. Nicht, dass sie schnüffeln würde, nein, das tue sie nicht, habe sie nie getan.

Frau Adam nimmt das Weinglas in die Hand.

Nein, der Herr Chefinspektor könne sich das wahrscheinlich nicht vorstellen, aber es sei ein schmerzhafter Prozess, wenn die einzige Tochter erwachsen werde.

So sei sie halt fast jeden Abend allein zu Hause. Deutet auf den Fernseher. Nein, es sei kein schönes Gefühl, wenn man allen egal sei. Schluck Wein. Aber ihr Mann werde schon noch sehen.

Die Frau des Anwalts schüttelt den Kopf.

Die Obfrau Stv.

Die Obfrau Stv. sitzt beim Esstisch und seufzt und legt die bunte Trauerschleife sorgfältig zusammen – Kante auf Kante. Sie streicht die Rückseite des Stoffes mit der flachen Hand glatt.

Pause.

Die Obfrau Stv. faltet den Stoff wieder auseinander. Die Fallschirmseide liegt, leicht gewellt, auf dem Tisch. Leuchtendes Orange auf Kirschholz. Die linke Seite der Trauerschleife ist grün, blau und rot gepunktet – jedes Kind hat mindestens einen Fingerabdruck hinterlassen. Am anderen Ende hat die Betreuerin Mone eine Liste geschrieben. *Wir vermissen dich und …* Es ist eine bunte Ansammlung – farblich und inhaltlich, offenbar waren die Kinder in die Texterstellung involviert. *Wir vermissen dich und … deine Kochkünste, deinen Humor, deine frechen Sprüche, die Maulbeeren, deinen Reiskuchen, die wilden Raufereien, deine Fußball-Skills, deine Ideen, den Farsi-Unterricht, dein Lächeln.*

Ganz unten hat Heidi *In Liebe Heidi* geschrieben.

Die Obfrau Stv. steht auf, entsperrt ihr Handy und fotografiert die Schleife. Dann faltet sie sie wieder zusammen, Kante auf Kante, noch einmal, noch einmal und legt sie vorsichtig in ein gepolstertes Kuvert.

Erinnerung

Das Erste, das mir auffällt, ist der Geruch des Wassers, der eigentlich von der Elbe kommt, aber eine Nähe zum Meer suggeriert und der Stadt eine Weite gibt, die mich sofort für Hamburg einnimmt. Das Elbufer – in Hafennähe oder schon außerhalb der Stadt – bleibt mein Lieblingsort.

TAG 12

Landeskriminalamt

Christina betritt das Büro, dreht um und geht. Kaffee holen.

Mateo druckt Fotos aus, gähnt und reibt sich die Augen.
Der Chefinspektor steckt die Fotos ein.

Die Gruppeninspektorin schnuppert

Die Gruppeninspektorin, in ihrem Kindergruppen-Outfit, wartet mit Raphi, heute wieder Loris, vor der Kindergruppe bis fünf Minuten nach neun, dann öffnet sie die Tür.

»Unser Schnupperkind! Hallo, ich bin die Ingrid.«

Karin, Eva, darf sich in der Garderobe hinsetzen, wo sie mag, und Raphi, Loris, und sich selbst die Schuhe ausziehen. So sitzt sie auf Kinderaugenhöhe und sieht als Erstes die Füße derjenigen, die ebenfalls den schmalen Raum betreten. Strahlend weiße Veja-Sneakers, darüber knöchellange, ebenfalls weiße Hosenbeine (Mutig, denkt sich Karin).

Sie legt den Kopf in den Nacken. Dicht vor ihr eine hellblau und weiß gestreifte Bluse (Alle Achtung, denkt sich Karin), darüber ein Baby in einer Marsupi-Babytrage, darüber locker hochgesteckte, seidig schimmernde Haare und goldene Ohrstecker.

»Joseph, kannst du mal grüßen. Da sitzt doch jemand.« Seufzen.

Karin bringt ihren Kopf in Ausgangsposition. Der als Joseph Adressierte steht mit hängenden Armen in der Garderobe, Blick auf einen Punkt im Gruppenraum gerichtet.

Die Mutter in Weiß und Hellblau streckt die Hand aus, beugt sich hinunter, so weit es geht.

»Hallo, ich bin Katja.«

Die Gruppeninspektorin lächelt. »Eva.«

»Ah, dann bist du zum Schnuppern da. Vielleicht ein dreizehntes Kind! Joseph, bitte zieh dir selbst die Schuhe aus, guck mal, ich hab doch Minchen in der Trage.«

Joseph wirft seine Schuhe unter die Sitzbank und sprintet in den Gruppenraum. Katja Bernstorff-Heinig ruft ihm Abschiedsworte zu und steht noch kurz im Türrahmen. Seufzen, Lächeln zu Karin, Eva.

Raphi, Loris, sitzt auf Karins, Evas, Schoß und schaut.

Karin, Eva, schiebt ihn in den Stand.

Drei kleine Mädchen spazieren sich unterhaltend durch die Garderobe, jedes trägt ein Kuscheltier im Arm. Eines der Mädchen legt den Kopf schief und schaut der Gruppeninspektorin ins Gesicht, während es mit geschürzten Lippen weiterspricht: »Meines wäre das Kleinste, es wäre gerade erst zur Welt gekommen.« Das Mädchen wiegt sein Kuscheltier.

Raphi, Loris, lehnt, den Bauch herausgestreckt, Hohlkreuz, an den Knien der Gruppeninspektorin.

Die Tür öffnet sich erneut, ein Mädchen mit Fahrradhelm betritt die Garderobe, hinter ihm ein Vater mit, nach dem Dafürhalten der Gruppeninspektorin, maßgefertigten Anzugschuhen und dunkelrot und schwarz gemusterten Socken. Das Kind nimmt den Helm ab, dreht sich zur Gruppeninspektorin und hält inne.

»Entschuldige, besetze ich deinen Platz?«

Der Vater, hinter dem Mädchen: »Ja, das ist Johannas Platz, aber bleib ruhig sitzen.«

Johanna bewegt sich nicht. Die Gruppeninspektorin rutscht, Raphi, Loris, mit sich ziehend, zwei Plätze weiter, Johanna legt ihren Helm ab und zieht ihre Jacke aus.

Der Vater hängt die Jacke auf und nimmt eine katzenförmige Tasche vom Garderobenhaken: »Johanna, da schau, du hast doch recht gehabt.«

Mit Blick auf Raphi, Loris: »Haben wir heute ein Schnupperkind?«

Die Gruppeninspektorin streckt dem Vater die Hand hin. »Eva.«

»Hubert, grüße dich.«

Raphi, Loris, rutscht an den Schienbeinen der Gruppeninspektorin entlang auf den Boden.

»Mach's gut, Johanna!«

Das Mädchen winkt und geht langsam in den Gruppenraum.

Zwei große Buben betreten die Szenerie, laufen zum Platz des einen und wühlen in einem Stoffsack. Dabei flüstern sie und beobachten verstohlen die Gruppeninspektorin. Die Buben verschwinden wieder.

Raphi, Loris, sitzt am Boden zwischen der Gruppeninspektorin Füßen.

Betreuerin Ingrid erscheint in der Tür zum Gruppenraum und bittet sie freundlich herein. Raphi, Loris, an der Hand der Gruppeninspektorin. Die zwei Buben von vorhin laufen mit Stöcken durch den Raum und werden von der Betreuerin gebeten, leiser zu sein. »Kolja, Karli, es ist laut! Legt jetzt bitte eure Stöcke weg. Wir haben uns ausgemacht, dass die Stöcke in der Garderobe bleiben.«

Die Buben laufen in ein weiteres Zimmer und schmeißen die Tür zu.

Andere Kinder sitzen an einem Tisch und zeichnen. Die kleinen Mädchen sind weiterhin mit ihren Stofftieren im Arm unterwegs und unterhalten sich.

Karin, Eva, setzt sich auf einen der kleinen Sessel, Raphi, Loris, lehnt sich an sie, windet sich zwischen ihren Knien.

Das Neue-Eltern-Amt betritt die Garderobe.

Lenz, zerzaustes Haar, trägt einen Paw-Patrol-Hund (Chase) im Arm, setzt sich, zieht die Schuhe aus, reißt sich Jacke und Weste vom Leib und läuft in den Gruppenraum. »Schau mal, Ingrid!«

Die Betreuerin bewundert den Hund.

Das Neue-Eltern-Amt betritt ebenfalls den Gruppenraum und, erklärend zu Karin, Eva: »Ich bin auch bei den Schnupperterminen dabei, um die Betreuerinnen zu unterstützen, falls du noch Fragen hast.«

Das Neue-Eltern-Amt lehnt mit dem Baby am Arm am Fenster, Lenz lehnt wiederum am Neue-Eltern-Amt. Betreuerin Ingrid nimmt neben Karin, Eva, Platz. Das Neue-Eltern-Amt: »Soll ich ein bisschen Obst aufschneiden?«

Betreuerin Ingrid findet das eine gute Idee. Das Neue-Eltern-Amt, Baby Yves, Lenz und das Mädchen namens Johanna verschwinden in der Küche.

Die Betreuerin Ingrid beugt sich vor: »Loris, wie alt bist denn du?«

Raphi, Loris, fühlt sich nicht angesprochen und reagiert überhaupt nicht.

Karin, Eva, springt ein: »Ich glaube, er ist total beschäftigt mit Beobachten.« Lacht. »Ich auch!«

Betreuerin Ingrid lächelt liebenswürdig.

»Er ist zweieinhalb.«

»Und seid ihr schon in einer Kindergruppe?«

»Nein, er ist noch zu Hause, bei mir.«

Lenz stellt eine kleine Schüssel mit Apfelspalten auf den Tisch, Johanna bringt einen Brotkorb mit Brotscheiben. Das Neue-Eltern-Amt balanciert mit ihrer linken Hand eine Untertasse mit Butter sowie eine Packung Frischkäse.

»Lenz, kannst du noch Messer aufdecken?«

Lenz bringt ein Buttermesser, Johanna zwei Teller.

Ein Bub springt herbei und schnappt sich ein Stück Apfel.

»Kolja, setz dich hin beim Essen!«

»Ich will auch ein Brot!«

»Dann hol dir einen Teller.«

Kolja legt zwei Scheiben Brot auf den Tisch und reißt den Teller mit der Butter an sich.

Johanna: »Hey, ich war zuerst dran!«

Lenz: »Wir haben aufgedeckt!«

Das Neue-Eltern-Amt schaltet sich ein: »Kolja, warte bitte,

Johanna wollte sich gerade ein Brot streichen. Du bist gleich nach ihr dran.«

Ein weiterer, kleinerer Bub stellt sich ganz nah ans Neue-Eltern-Amt und lässt sich ein Brot mit Frischkäse bestreichen. Das Neue-Eltern-Amt klemmt das Baby zwischen Oberkörper und linken Unterarm, die linke Hand hält das Brot, die rechte das Messer.

Das Neue-Eltern-Amt: »Loris, möchtest du auch jausnen?«

Raphi, Loris, weiterhin an Karin, Eva, gedrückt, wendet nicht den Kopf.

Das Neue-Eltern-Amt zu Karin, Eva: »Ihr könnt euch gerne nehmen.«

Karin, Eva, dankt.

Jemand hämmert. Die vorher als Kolja und Karli angesprochenen Buben stehen an einer Werkbank und bearbeiten ein Stück Holz.

»Kolja, du hast hier zwei Brote liegen!«

Kolja lässt den Hammer auf die Werkbank und sich auf den Sessel fallen und bestreicht ein Brot mit Butter.

Karli hämmert weiter, die Schläge dröhnen in den Ohren.

Betreuerin Ingrid: »Und, hast du Erfahrung mit dem Konzept der Elternverwaltung?«

Karin, Eva, schüttelt den Kopf.

Das Neue-Eltern-Amt: »Aber wir haben alles besprochen!« Lacht: »Eva weiß, was auf sie zukommt.«

Das Neue-Eltern-Amt zu Raphi, Loris: »Die sind laut, stimmt's? Hämmerst du auch gern?«

Das Neue-Eltern-Amt zu Lenz und Johanna: »Wollt ihr dem Loris die Werkbank zeigen?«

Johanna und Lenz sind nicht begeistert von der Idee. Sie möchten lieber essen.

Ein weiteres Mädchen betritt schlecht gelaunt den Raum.

Johanna murmelt: »Anouk ist da.«

Johanna und Lenz rücken enger zusammen.

Das Mädchen namens Anouk steht unschlüssig zwischen Werkbank und Tisch.

Die restlichen zwei kleinen Mädchen setzen sich an den Tisch und werden aufgefordert, Teller zu holen, was sie anstandslos machen. Das Neue-Eltern-Amt streicht Brote, geht noch mal in die Küche und kommt mit mehr Obst zurück.

Die Gruppeninspektorin schiebt Raphi, Loris, ein Stück von sich weg und steht auf. »Komm, wir schauen uns die Werkbank an.« Raphi, Loris, bewegt sich nicht.

Karin, Eva, nimmt Raphi, Loris, an der Hand und zieht ihn zu Kolja und Karli. »Was macht ihr denn da?«

Der Bub namens Kolja erklärt: »Wir bauen uns einen Schlagstock, damit wir gegen Anouk kämpfen können.«

»Dürft ihr das?«

»Wir machen das geheim.«

Eine weitere Betreuerin betritt außer Atem die Kindergruppe und wird vorgestellt. »Das ist die Mone.« Mone wirkt, als hätte sie etwas Wichtiges vor, bei dem die Schnuppermutter auf jeden Fall stören werde.

Die Gruppeninspektorin macht sich klein, indem sie sich wieder auf ihren niedrigen Sessel setzt.

Das Neue-Eltern-Amt liest jetzt mehreren Kindern ein Buch vor, eifersüchtig bewacht von Lenz.

Betreuerin Mone hat eine laute Stimme, die sich gegen den Lärm durchsetzt: »Es ist viel zu laut hier! Karli, du legst jetzt den Hammer weg, ich halte das nämlich nicht aus!«

Dann lächelt sie Karin, Eva, zu. »Das ist ein Wahnsinn! Immer den Hammer in der Hand. Und was machts ihr beruflich?«

»Mein Mann ist Beamter und ich bin gerade daheim …«

»Kolja, jetzt ist Hammer-Pause, habe ich gesagt! Es ist nämlich so – aber das hat euch die Agnes sicher schon gesagt –, dass so eine elternverwaltete Kindergruppe ein Haufen Arbeit ist, darüber müssen sich die Eltern schon im Klaren sein.«

Das Neue-Eltern-Amt unterbricht die Lektüre: »Ich habe der Eva schon alle negativen Seiten der Kindergruppe ausführlich erläutert. Die positiven natürlich auch.«

Betreuerin Mone zu Raphi, Loris: »Und, gefällt's dir?«

Raphi, Loris, der wieder zwischen den Knien der Gruppeninspektorin hängt, nickt kaum wahrnehmbar.

»Du, Loris, magst du auch was zeichnen?«

Die Gruppeninspektorin: »Sollen wir gemeinsam was zeichnen?«

Raphi, Loris – Hohlkreuz, Blick zum Boden –, nickt.

Die Gruppeninspektorin streckt sich nach einem der dicken Buntstifte.

Betreuerin Mone: »Flora, zeigst du dem Loris mal unsere Ausmalbilder?«

Das kleine Mädchen, das vorher den Kopf schief gelegt hat, reicht Karin, Eva, eine Holzkiste, in der mehrere Ausmalbilder liegen.

»Da kann man sich eines aussuchen.«

Die Gruppeninspektorin bedankt sich.

»Man darf nicht hinausmalen.«

Die Gruppeninspektorin nickt.

Die Gruppeninspektorin zeichnet und wendet sich an Betreuerin Ingrid: »Also. Ihr arbeitet hier immer zu zweit?«

Betreuerin Ingrid: »Eigentlich sind wir zu dritt. Aber es sind immer zwei von uns da, ja.«

Karin, Eva: »Und einen Freiwilligen habt ihr auch, hat die Agnes erzählt.«

Betreuerin Ingrid: »Also das überdenken wir gerade neu. Es läuft nicht immer alles wie geplant, und wir sind da noch am Ausloten, wie wir das in Zukunft machen.«

Betreuerin Mone legt eine Rolle Papier auf den Tisch: »So, das Frühstück ist jetzt gleich vorbei. Freya, isst du dein Brot noch? Dann räum es weg, bitte. Wem gehört das?«

»Dem Kolja!«

»Kolja, räumst du bitte deinen Teller weg!«

Kolja ignoriert die Betreuerin, läuft ins hintere Zimmer und wirft die Tür zu.

Betreuerin Mone durchquert den Raum und öffnet die Tür.

Kolja kommt widerstrebend mit ihr in den Gruppenraum zurück und tritt am Weg einem Mädchen gegen das Schienbein.

Das Mädchen weint.

Betreuerin Mone nimmt Kolja an der Hand und zieht ihn in die Garderobe.

Das Mädchen weint.

Betreuerin Ingrid tröstet das Mädchen. Das Mädchen lehnt an Ingrids Knien.

Raphi, Loris, schaut und streckt den Bauch heraus.

Die Gruppeninspektorin schiebt Raphi, Loris, von sich und steht auf. »Wir machen uns langsam auf den Weg.«

Das Neue-Eltern-Amt erhebt sich ebenfalls. »Wir auch.«

Lenz begleitet das Neue-Eltern-Amt in die Garderobe.

Anouk nähert sich Johanna.

Betreuerin Mone sitzt neben Kolja auf der Garderobenbank. »Nein, Kolja, du bleibst jetzt noch da.«

Die Gruppeninspektorin: »Vielen Dank, dass wir schnuppern durften, es hat uns sehr gefallen.«

Betreuerin Mone: »Es ist immer ein bisschen turbulent, wenn Schnupperkinder oder eigentlich wenn Schnuppereltern da sind, das ist leider so. Da kommt alles ein bisschen durcheinander.«

Der Gruppeninspektorin fällt darauf nichts ein. Sie setzt sich erneut auf die kniehohe Bank und sucht nach Raphis, Loris', Schuhen.

Die Eingangstür wird geöffnet, ein Vater in Regenjacke betritt die Garderobe. Ihm folgt ein Mädchen mit langen dunkelbraunen Locken in einem weißen Sommerkleid. Der Vater grüßt nicht, das Mädchen schaut grantig auf den Boden und bleibt in der Tür stehen. »Mir ist aber kalt, Papa!«

Der Vater schüttelt das schüttere Haar: »Taleja, bitte. Was soll ich jetzt machen?«

»Ich will, dass du mir meine Jeansjacke bringst!« Verschränkte Arme im Türrahmen.

Betreuerin Mone verdreht die Augen.

Der Vater wendet sich halb seiner Tochter, halb den Garderobenhaken zu. »Taleja, komm, du hast sicher eh was hier.«

»Nein! Ich hab gar nichts hier!«

Der Vater nimmt das Mädchen an der Schulter, zieht und schiebt es in den Raum und schließt die Tür.

Raphi, Loris, steht, einen Schuh in der Hand, an Karin, Eva, gelehnt und schaut zwischen Taleja und ihrem Vater hin und her.

Das Neue-Eltern-Amt schaut vom neu angekommenen Vater zu Karin, heute Eva, und knüpft an Betreuerin Mones letzte Bemerkung an.

»Deshalb halten wir die Schnuppertermine recht kurz. Weil das eben für alle Beteiligten doch anstrengend ist.«

Das Neue-Eltern-Amt schiebt Lenz zu seinem Platz und deutet auf dessen Schuhe.

Der Vater betrachtet das Neue-Eltern-Amt. Dann Raphi, Loris, dann Karin, Eva.

Karin, Eva, streckt die Hand aus. »Eva.«

Der Vater streckt die Hand aus. »Thomas.«

Das Mädchen stampft auf. »Ich will meine Jacke.«

Der Vater namens Thomas nimmt nacheinander Kleidungsstücke aus einem Stoffsack, der am Garderobenhaken des Mädchens hängt. »Da, schau, da sind Leggings. Und da, die Weste ist doch super.«

»Nein, die ist mir zu groß, und außerdem kratzt die!«

Das Mädchen verschränkt wieder die Arme. »Das hab ich euch beim Mittsommerfeuer schon die ganze Zeit gesagt, und ich musste sie trotzdem tragen! Ich will die nicht mehr anziehen.«

Die Stimme des Mädchens kippt. »Außerdem gehört die nicht mir.«

»Wieso ist sie dann in deinem Reservesack?«

Kurzer Blick zu Betreuerin Mone, jedoch ohne deren Gesicht zu treffen.

Blick auf die Weste.

»Papa! Die gehört der Hedda, nicht mir!«

Betreuerin Mone wiederholt leise: »Der Hedda.«

Der Vater dreht den Kopf zur Betreuerin Mone, die hebt leicht die Augenbrauen.

Das Neue-Eltern-Amt wartet, bis Thomas seine Aufmerksamkeit wieder auf die Weste in seinen Händen richtet, dann nimmt sie Blickkontakt mit Betreuerin Mone auf. »Der Lenz kommt mit mir mit, das haben wir ausgemacht.«

Betreuerin Mone: »Lenzi! Aber wir basteln heute das Plakat für unsere Buchpräsentation!«

Das Neue-Eltern-Amt: »Er tut sich immer so schwer, wenn ich die Schnupperkinder begleite.«

Betreuerin Mone: »Ich weiß eh.«

Betreuerin Mone legt einen Arm um Lenz. »Es bleibt noch genug zu tun für dich, mach dir einen schönen Tag!«

Kolja läuft in den Gruppenraum.

Die Gruppeninspektorin und das Neue-Eltern-Amt

Die Tür der Kindergruppe fällt zu.

Das Neue-Eltern-Amt legt Yves in den Kinderwagen. »Geschafft! Wie hat es euch gefallen?«

Die Gruppeninspektorin setzt Raphi, noch immer Loris, in den Buggy, schnallt ihn an, schaut ihm ins Gesicht. »Ich glaube gut, oder?«

Das Neue-Eltern-Amt seufzt. »Man muss leider sagen, manche Vorschulbuben können's ganz gut. Bei uns geht's manchmal schon laut zu.«

Die Gruppeninspektorin und das Neue-Eltern-Amt ordnen sich mit den Kinderwägen hintereinander auf dem schmalen Gehsteig ein. Vorneweg das Neue-Eltern-Amt, dahinter die Gruppeninspektorin.

Das Neue-Eltern-Amt dreht sich halb zurück. »Was macht ihr jetzt? Der Lenz und ich gehen noch in den Park. Der ist eh gleich ums Eck.«

Lenz will nicht, wird jedoch überredet.

Links fahren die Straßenbahnen und Autos. Rechts gibt es Schokolade, bunte Röcke, ein wandfüllendes Graffito, danach

Teddybären in einer Tierarztpraxis. »Schau mal, so viele!« Durch ein offenes Haustor wird der Blick in einen grünen Innenhof frei. Das Neue-Eltern-Amt kündigt über die Schulter hinweg einen Umweg zum SPAR an, sie brauche dringend einen Kaffee.

Die Gruppeninspektorin schließt sich an. Der Gehsteig wird breiter, die Gruppeninspektorin und das Neue-Eltern-Amt können nebeneinander warten, bis es grün wird.

Im SPAR sammelt das Neue-Eltern-Amt im Dach des Wagerls: Laugenweckerl, Coffee to go, Smoothie. Lenz sucht sich ein Überraschungsei aus. Raphi, Loris, ebenfalls.

Im Park gibt es freie Bänke, Lenz setzt sich neben Agnes. Raphi, Loris, will nicht aussteigen und schält sein Ei im Wagerl.

Ob die Eva auch immer so müde sei. Ohne Koffein schaffe sie einfach gar nichts mehr.

Karin, Eva, nickt. Sie zögert. Das Neue-Eltern-Amt legt ermunternd den Kopf schief.

Karin, Eva, fragt sich, wie das so sei. »Ich frage mich, wie das so ist, so eng mit den anderen Eltern. Ist man sich da wirklich immer einig?«

Das Neue-Eltern-Amt legt den Kopf auf die andere Seite, schaut Richtung Baumkronen.

Das komme darauf an. Natürlich gebe es Diskussionen. Meinungsverschiedenheiten.

Agnes lächelt. Das hänge von der Mischung der Elternschaft ab, aber die sei momentan sehr gut.

Lenz versucht, das gelbe Innere des Überraschungseis mit den Zähnen zu öffnen. Agnes nimmt es ihm aus dem Mund. »Schau, so.« Das Neue-Eltern-Amt drückt. »Bitte sehr.«

Lenz untersucht kleine Plastikteile.

Yves schläft. Raphi, Loris, sitzt im Buggy und isst konzentriert Stückchen für Stückchen die Schokolade. Die Gruppeninspektorin hat ihn so lieb, seine kleinen dicken Finger, es tut ihr plötzlich wahnsinnig leid, dass er als Loris unterwegs sein muss. Das muss sich wenigstens auszahlen.

Die Gruppeninspektorin geht aufs Ganze.

Sie habe etwas gehört. Sie wisse nicht, was dran sei. Aber da sei doch was gewesen mit dem Freiwilligen.

Das Neue-Eltern-Amt dreht seinen Ehering am Finger hin und her. Nicken. Blick zu Lenz. »Schaffst du das? Soll ich dir helfen?«

Das Neue-Eltern-Amt steckt die Plastikteile zu einem kleinen Auto zusammen.

»Lenz, magst du mal klettern? Weißt du, ich muss hier kurz reden. Nachher bauen wir gemeinsam eine Sandburg.«

Lenz dreht sich weg und lässt das Auto über die Sitzfläche rollen.

»Lenz, bitte, geh kurz spielen, ich komm dann gleich.«

Lenz nimmt das Auto, steht auf und bewegt sich langsam Richtung Spielplatz.

Das Neue-Eltern-Amt wendet sich Karin, Eva, zu und seufzt.

Überlegt. Blick zu Raphi, Loris. Das Neue-Eltern-Amt nahe und leise. Sie sage es besser gleich. Es sei so, dass der Freiwillige leider verunglückt sei.

Aber das sei ja furchtbar!

Blick zu Raphi, Loris. Das Neue-Eltern-Amt nickt.

Karin, Eva, stockt. »Moment. Aber ihr seid nicht die Kindergruppe, die überall in den Zeitungen war?«

Das Neue-Eltern-Amt schaut auf die Hausmauer gegenüber. »Doch. Leider. Ich wollte dir das eh noch sagen. Es ist so: Ich habe mit einigen Eltern gesprochen, und wir haben beschlossen, dass ihr die Chance haben sollt, die Kindergruppe erst mal unvoreingenommen kennenzulernen, denn die Sache hat nichts mit uns zu tun.«

Blick zu Raphi, Loris.

Karin, Eva, besorgte Mutter. Das sei aber schon eine entscheidende Information.

»Eh. Es tut mir leid.«

Wie das für die Agnes sei, ihr Kind weiterhin in diese Kindergruppe zu schicken?

Nicken. Schwierig sei das. Aber Lenz gehe sehr gern in die Kindergruppe.

Blick zu Karin, Eva. »Es geht nicht anders. Wir brauchen die Kindergruppe. Für die Kinder wäre das noch schrecklicher, wenn sie jetzt wechseln müssten.«

Das Neue-Eltern-Amt putzt sich die Nase.

Für die Kinder sei Kontinuität nun mal das Wichtigste.

Karin, Eva, besorgte Mutter. »In der Zeitung!«

Karin, Eva, schlägt die Hand vor den Mund. »Habt ihr echt keine Ahnung, wer das gewesen sein könnte?«

Das Neue-Eltern-Amt schüttelt den Kopf. »Nein. Ich kann mir noch immer nicht vorstellen, dass das *überhaupt* passiert ist.«

Raphi, Loris, sammelt kleine Folienstückchen aus seinem Schoß in seiner linken Hand.

Die Gruppeninspektorin macht weiter. »Wenn ich mir das vorstelle. Das muss furchtbar für euch sein.«

»Ja.« Agnes seufzt. »Eh.«

»Man fragt sich schon, wieso ausgerechnet dort. Oder?«

»Ehrlich gesagt, ich hab mich noch nicht sehr viel gefragt. Es ist alles zu irreal.«

Ob man in so einer Situation nicht trotzdem auch zweifle.

»Woran?«

»An den anderen Eltern zum Beispiel.«

Das Neue-Eltern-Amt spielt mit seinem Ehering. »Ich kann nachvollziehen, dass du das fragst. Ich habe viel darüber nachgedacht. Es war auch Thema bei Elternabenden. Was macht das mit uns als Gruppe.«

Raphi, Loris, will aussteigen, die Gruppeninspektorin schnallt ihn ab und bekommt die Folienstückchen in ihren Schoß gelegt.

»Sollen wir schauen, was da drin ist?« Karin, Eva, hält die gelbe Kapsel in die Höhe. Drinnen ist ein oranges Phantasietier. Raphi, Loris, ist zufrieden und setzt sich neben Karin, Eva.

Yves wacht auf und wird aus dem Kinderwagen genommen.

Das Neue-Eltern-Amt, stehend: »Nein, du hast schon recht,

natürlich fragt man sich. Aber es hatte nichts mit der Kindergruppe zu tun.«

Die Gruppeninspektorin wiegt den Kopf. Na ja, sie habe gehört, es habe da mal einen ziemlichen Konflikt mit einer Mutter gegeben. Wegen Flüchtlingen.

Das Neue-Eltern-Amt, das Baby wippend. Überlegt. Zögert. Sie wisse nicht, inwiefern die Vergangenheit eine Rolle spiele.

Agnes, im rechten Arm das Baby, geht in die Knie und nimmt eine Decke aus dem Wagerl, setzt sich, deckt das Baby zu.

Aber ja, es sei schon arg. Diese Mutter sei jetzt tatsächlich eine bekennende Rechte.

Agnes öffnet den Reißverschluss ihrer Jacke und legt das Baby an.

Die Gruppeninspektorin schaut zu. Und die Kinder? Wie seien ihre Kinder so?

Also die Heidi sei sowieso eine ganz Liebe. Und die Zwillinge ja auch. Benni und Hedda.

Kurze Pause, gerunzelte Stirn.

Blickkontakt Agnes–Gruppeninspektorin.

Die seien wirklich total liebe Kinder. Beide. Mit denen habe sie sich immer gern unterhalten.

»Aber jetzt habt ihr mit der Familie nichts mehr zu tun?«

Sie, Agnes, jedenfalls nicht.

Der Chefinspektor in der Crêperie

Der Chefinspektor zeigt dem Inhaber der Crêperie zwei Fotos.

Der Anwalt vor dem grauen Hintergrund: Nein, den Herrn kenne er nicht.

Ein junges Pärchen vor einer Hecke. Sie mit Sommerkleid und Sense, er im leichten Leinenhemd: Die Frau kenne er nicht, aber der da – der Crêperie-Inhaber deutet auf Sixtus Brem –, das sei der junge Mann, den er Bursche nenne, der im Auto gesessen sei.

»Sicher? Dieser Mann?«

»Ganz sicher.«

Der Crêperie-Inhaber setzt sich. »Herr Chefinspektor, ich weiß nicht, ob es wichtig ist.«

Der Chefinspektor wartet.

»Ich hab gestern extra noch mal in den Abrechnungen geschaut.«

Der Chefinspektor setzt sich.

»Es ist nämlich so, dass wir in letzter Zeit eine neue Stammkundin hatten.«

Der Chefinspektor gähnt und entschuldigt sich. Ob er einen Kaffee haben könne.

»Aber natürlich!«

Der Crêperie-Inhaber verschwindet im Lokal und kommt ohne Kaffee, dafür mit Laptop im Arm wieder.

»Schauen Sie. Wie gesagt, ich weiß nicht, ob es wichtig ist. Die junge Dame hat sich ja nichts zuschulden kommen lassen.«

Der Crêperie-Inhaber setzt sich.

Allein ihr Verhalten sei ihm – rückblickend – aufgefallen. Und dies auch erst, als er seine Abrechnungen durchgeschaut habe. Das mache er regelmäßig, vor allem, wenn er zwei Tage nicht im Lokal gewesen sei. Und da sei ihm aufgefallen – der Crêperie-Inhaber öffnet den Laptop –, das Jugendgetränk, die vier Euro, immer wieder. Und da sei ihm bewusst geworden, ja, er habe dem Posten sofort ein Gesicht zugeordnet.

Mo stellt eine Melange vor den Chefinspektor.

Der Chefinspektor bedankt sich.

Der Crêperie-Inhaber dreht den Laptop Richtung Chefinspektor.

»Schauen Sie. 24. September, dreizehn Uhr sechsundfünfzig, Jugendgetränk, vier Euro. Sonst nichts. Oder hier. 29. September, zwölf Uhr achtundvierzig, vier Euro. Sonst nichts.«

Scrollt.

»4. Oktober, vierzehn Uhr drei.« Zeigt. »Und da. 6. Oktober, zwölf Uhr siebenundvierzig.«

Der Chefinspektor schaut zur Tür der Lassers. »Samstag, 6. Oktober?«

»Ja, sehen Sie?« Der Crêperie-Inhaber zeigt auf den Bildschirm.

Der Chefinspektor schaut dem Crêperie-Inhaber ins Gesicht. »Ich bin mir nicht sicher, ob ich verstehe, was Sie mir sagen wollen.«

Das weiß der Crêperie-Inhaber selber nicht genau. Lediglich. Da sei immer wieder eine junge Dame gewesen, er habe sie das »blonde Mädel« genannt, die nur ein großes Soda Zitron getrunken habe. Und das sei doch sehr untypisch. Und nachdem ihn der Chefinspektor gefragt habe, ob ihm etwas aufgefallen sei – nun, *das* sei ihm aufgefallen.

Der Chefinspektor runzelt die Stirn. Ob nicht ein Soda Zitron das Verlegenheitsgetränk schlechthin sei. Ob das nicht bald mal wer bestelle, weil er – oder sie – eigentlich gar nichts bestellen wolle, weil er oder sie auf jemanden oder etwas warte und eigentlich kein Geld ausgeben wolle.

Der Crêperie-Inhaber nickt. »Jaja, da haben Sie natürlich recht. Prinzipiell. Aber schauen Sie, am Samstagvormittag kommen die Leute, um zu frühstücken. Die essen. Alle. Oder trinken zumindest einen Kaffee. Sehen Sie?«

Er zeigt auf den Bildschirm.

»Alle anderen Eingänge: Frühstück, Kaffee, mehrere Posten. Hier: nur ein Getränk.«

Der Chefinspektor beugt sich vor. Wann das begonnen habe?

»Schauen Sie, ich kann Ihnen das jetzt nicht ganz genau sagen. Es muss ja nicht jedes Jugendgetränk vom Mädel getrunken worden sein.«

Der Crêperie-Inhaber tippt.

»So. Der August. Bis 19. war geschlossen. Da. Am 21. August, zwölf Uhr fünfundvierzig. Und da. 27. August, vierzehn Uhr fünfzehn.« Pause. »1. September, elf Uhr sechsunddreißig. 3. September, elf Uhr fünfunddreißig und siebzehn Uhr zwanzig.«

»Zweimal?«

»Wie gesagt, es war sicher nicht immer nur das blonde Mädel. 8. September, vierzehn Uhr zwanzig. 10. September, fünfzehn Uhr zehn.«

»Juli?«
»Da ist nichts. Obwohl. Da, am 23. Juli. Und da, am 27. Juli.«
Der Chefinspektor entsperrt sein Telefon und tippt. »Das sind viele Samstage und Montage.«
»Das sag ich ja. Wenn Sie das vergleichen. Alle anderen Rechnungen bestehen aus mindestens zwei Posten, gerade an den Samstagen. Und sie hat auch nie Crêpes bestellt.«
Der Chefinspektor hebt die Kaffeetasse. »Hat bestellt? Vergangenheit?«
»Ja. Herr Chefinspektor. Sie war nicht mehr da.«
Der Chefinspektor stellt die Tasse zurück. »Seit wann?«
Der Crêperie-Inhaber lächelt. »Das können wir nachschauen.«
Er tippt. »Damit wären wir wieder im Oktober.«
Zeigt. »Da. Nach dem 6. Oktober nichts mehr.«
Der Chefinspektor hebt seine Tasse.
»Und am Montag, den 8. Oktober?«
Nein, da sei nichts.
Scrollt.
Pause.
»Wobei. Hier. 12. Oktober, siebzehn Uhr dreißig.«
»Ist das ein Soda Zitron?«
Der Crêperie-Inhaber legt den Kopf schief. »Wahrscheinlich. Oder ein Himbeer-Soda. Jugendgetränk kann beides sein.«
Er schüttelt den Kopf. »Aber schauen Sie, das ist untypisch. So spät war sie sonst nie da.«
»Und Ihrem Kellner ist sie auch aufgefallen?«
Na ja, sicher, man habe sich gedacht, halt eine neue Stammkundin, eine Studentin vielleicht.
Was die Frau denn gemacht habe?
Gelesen habe sie, vor sich hin geschaut, gelesen und manchmal geschrieben.
Der Chefinspektor schaut dahin, wo man die Terrasse der Lassers nicht sehen kann.
»Und wie lang ist die junge Frau geblieben?«
»Ja lang, Herr Chefinspektor. Lang.«
Der Chefinspektor nickt. »Und sie ist blond, sagen Sie?«

Der Crêperie-Inhaber richtet sich auf. Ob der Herr Chefinspektor den Film »Drei blaue Jungs« kenne. Eigentlich furchtbar. Aber mit seiner Großmutter habe er seinerzeit solche Filme gesehen, und irgendwie habe ihn das geprägt. Pause. Jedenfalls habe er nach und nach all die Filme, an die er sich von damals erinnern könne, wieder zusammengesucht. Das sei sein Hobby. Alte Filme. Und im Zuge seiner Recherche sei er über den Originaltitel gestolpert, der laute ja »Drei blaue Jungs, ein *blondes Mädel*« – das sei ihm halt eingefallen, als er die junge Dame gesehen habe. Vielleicht habe ihn ihr Gesicht auch an die andere erinnert. Schmale Oberlippe, allerdings sicher nicht geschminkt. Beim Bestellen habe das blonde Mädel auch immer so von unten herauf geschaut, vielleicht sei es das gewesen.

Der Crêperie-Inhaber senkt den Kopf und hebt gleichzeitig den Blick, sodass über den Unterlidern das Weiß der Augäpfel sichtbar wird.

Eigentlich ein altmodischer Blick. Der Crêperie-Inhaber schließt einige Male fest die Augen.

Der Chefinspektor zeigt noch einmal Fotos.

Die Anwaltstochter im Dirndl: Der Crêperie-Inhaber schüttelt den Kopf. Wie gesagt, die junge Frau, das Mädel, sei blond.

Die Tochter und deren Freundin in Bademänteln: Der Crêperie-Inhaber verneint. Keine dieser Personen habe er je gesehen.

Die Tochter im Landeskriminalamt

Der Chefinspektor lehnt mit beiden Unterarmen auf der Tischplatte, Christina sitzt mit gesenktem Kopf neben ihm, Blick auf ihrem Handy.

Die Tochter sitzt zurückgelehnt auf dem Besucherinnenstuhl, Knie parallel, Kinn erhoben, die immer glatten Haare rechts und links des Gesichts.

Der Chefinspektor beugt sich über Christinas Handy. »Ihnen gefallen ja offensichtlich die Beiträge des Vereins.«

Blick der Tochter für eine Sekunde Richtung Christinas von der Tischkante verdecktem Schoß.

Blick wieder beim Chefinspektor. »Welche?«

Christina hebt ihr Gesicht und das Handy. Sie wedelt mit dem Telefon. »Auf Instagram.«

Die Augen der Tochter bleiben auf des Chefinspektors Gesicht. »Wieso auch nicht.«

Der Chefinspektor beugt sich über Christinas Telefon. »Man sieht Sie da auch in kämpferischer Pose. Was genau praktizieren Sie für einen Sport?«

Die Tochter hält den Kopf gerade. »Boxen.«

Der Chefinspektor nickt.

»Sie sind Vereinsmitglied?«

»Ja.«

»Und in der Ruhmeshalle vertreten?«

Die Tochter runzelt die Stirn. »Nein.«

»Keine Lust?«

Die Tochter, weiterhin Falten zwischen den Augenbrauen: Inwiefern das hier Thema sein könne.

»Wir suchen nach weiteren Überschneidungen mit dem Herrn Brem.«

Die Tochter blinzelt langsam. »Mit wem?«

»Sixtus Brem. Der Mieter Ihres Vaters.«

Christina hält ihr Handy erneut auf Brusthöhe. Die Tochter mit der Sense und der Bursche in seinem Hemd vor dem Gartenzaun.

»Oder kennen Sie ihn vielleicht besser als Sixty?«

Die Tochter blinzelt in Zeitlupe. »Weitere Überschneidungen?«

»Wieso mietet er ausgerechnet die Wohnung Ihres Vaters?«

»Er hat halt eine Wohnung gesucht.«

»Und ist im gleichen Verein wie Sie.«

Die Tochter hebt fast die Schultern.

»Und Sie helfen ihm bei der Gartenarbeit. Wo war das, Frau Adam?«

Die Tochter atmet aus. »Das war so ein Sommerjob.«

Der Chefinspektor hält den Blick gerade. »Wie sind Sie denn zum Verein gekommen?«

Die Tochter richtet sich auf und legt die Unterarme für eine Sekunde ebenfalls auf den Tisch, aber so wird die Nähe zum Chefinspektor zu groß, und sie lehnt sich wieder zurück.

Sie wisse es nicht. Es habe sich so ergeben.

»Und die *Zyklen*? Wollen Sie die nicht absolvieren?«

»Vielleicht.«

Der Chefinspektor legt das Foto des armen Amir in der Blutlacke auf den Tisch.

»Wer hat das Foto gemacht, Frau Adam?«

Die Tochter hält den Blick gerade. »Das weiß ich nicht.«

»Können Sie Auto fahren?«

»Ich habe keinen Führerschein, das wissen Sie bereits.«

»Das ist für viele Leute kein Hinderungsgrund.« Blick zu Christina, Lachen.

»Können Sie Auto fahren?«

»Nein.«

»Aber Sie borgen den Mazda Ihres Vaters gern her. Ihren Freunden. Oder wenn Sie in die Therme fahren.«

»Nein.«

»Frau Adam, der Herr Riedl, das ist ja ein Freund von Ihnen.«

»Nein.«

»Aber auf Instagram schon. Da sind Sie Freunde.«

Schulterzucken. Blick zu Christina. »Man ist ja nicht mit jedem befreundet, dem man auf Insta folgt.«

Christina nickt.

»Kennen Sie die Frau Bonin?«

Runzelt die Stirn. Nein, wer das sein solle.

Christina legt ihr Handy auf den Tisch.

»Frau Adam. Haben Sie eine blonde Freundin?«

»Einige, Frau Gruppeninspektorin.«

»Würden Sie sagen, Ihre Freundinnen teilen Ihre Interessen?«

»Es sind meine Freundinnen.«

»Ihre Freundinnen und Sie, Sie mögen nicht so gern Menschen mit Migrationshintergrund, oder? Sind Sie deshalb beim Verein?«

Stirnrunzeln. »Der Verein macht da keinen Unterschied.«

»Stimmt. Der Verein ist offen für alle, oder?«

»Ja.«

»Und wie würden Sie *Ihre* Einstellung zum Thema Migration umschreiben? Kommen da Emotionen hoch?«

»Nein.«

»Keine Emotionen?«

»Nein.«

»Posten Ihre Freundinnen auch fremdenfeindliche Kommentare unter Riedls Beiträge?«

Die Tochter sagt nichts.

Der Chefinspektor schaut zu Christina.

Christina liest.

»Ehrlich gesagt, ich hab mich gewundert: ›Refugees Welcome‹? Woher kommt die Sicherheit, für alle zu sprechen? Haben wir nichts Dringenderes zu tun, haben wir nicht eigene Leute, denen es dreckig geht? Kinder, die vernachlässigt werden, die Klimaerwärmung, das Bildungssystem. Aber nein, holen wir alle rein. Egal!

Und die ganzen Linken, die sich selbst feiern. Weil sie ihre alten Pullover spenden. Weil sie für irgendwen kochen. Weil sie Deutschkurse geben. Gratis. Selber schuld, sag ich da nur.

Vorher hat sich niemand auch nur ansatzweise sozial engagiert. Niemand hat irgendwem geholfen. Keiner einsamen Nachbarin, niemandem. Plötzlich: Den Fremden, ja, denen muss man helfen, die sind schutzlos. Nutzlos, sag ich.

*Ich bin be*fremdet.*«*

Christina unterbricht. »Oder hier: *Wie kann sich meine Wahrnehmung so dermaßen von der Wahrnehmung der anderen unterscheiden? Sind alle verrückt geworden? Leben wir im gleichen Land?*«

Christina liest.

»Das ist nämlich der Grund für die Freude über die Fremden: Weil den Linken fad ist mit sich selbst, weil sie die immer gleichen Gedanken denken und die immer gleichen Plattitüden wiederholen. Endlich was Neues. Man muss ja fast schon fremd sein, um überhaupt angeschaut zu werden. Fremd oder schwul. Hauptsache, nicht normal.«

Christina hebt den Kopf.

Die Tochter schaut geradeaus.

Der Chefinspektor: »Das haben Sie geschrieben, oder?«

Es bestehe ein Recht auf freie Meinungsäußerung.

»Haben Sie das Foto des getöteten Herrn Moghaddam ebenfalls kommentiert?«

Die Tochter verneint.

»Frau Adam, haben Sie eine Idee, wo Herrn Moghaddams Handy sein könnte?«

Die Tochter wendet sich ab und schüttelt blinzelnd den Kopf.

»Frau Adam, wenn Sie schreiben – ich zitiere: *Wer sagt, er spürt das nicht, lügt. Es wird krachen. Wir sind mittendrin in einem brodelnden Druckkochtopf, und irgendwann fliegt uns alles um die Ohren.* – Wenn Sie so denken, welche Konsequenz ziehen Sie daraus?«

Die Tochter zurückgelehnt, das Kinn erhoben.

Sie bereite sich vor, sie verlasse sich auf niemanden, man sehe ja, was dabei rauskomme.

»Und die Rolle der Polizei?«

Langsames Blinzeln. Die müsse man stärken, natürlich.

Landeskriminalamt

»Ich bin mir sicher, dass die den Mazda hergeborgt hat, wenn sie nicht sogar dringesessen ist.«

»Aber gesehen hat sie niemand.«
»Sie ist ja nicht blöd.«
»Und was ist mit dem Motiv?« Christina schaut in die Ferne.

In der Garderobe

Betreuerin Ingrid: »Ja also das Kind ist überhaupt kein Problem, das passt voll. Ich bin mir nur nicht sicher, ob die Mutter das wirklich will. Die hat nicht so wahnsinnig interessiert gewirkt.«

Das Neue-Eltern-Amt nickt.

Betreuerin Mone: »Wir brauchen echt Leute, die voll dabei sind. Alles, was ihr nicht macht, bleibt an uns hängen. Und wir sind uns echt nicht sicher, ob die Eva die Ressourcen hat, die wir brauchen. Außerdem wollten wir echt gern ein Mädchen. Ich mein, die großen Buben sind dieses Jahr echt anstrengend.«

Das Konzeptamt nickt.

Betreuerin Ingrid: »Also für das Kind wäre es auf jeden Fall gut. Der Loris könnte schon noch ein bisschen aus sich herauskommen, der war schon sehr schüchtern. Dem würde das sicher guttun.«

Betreuerin Mone: »Die Kinder sind nie das Problem.«

Die Obfrau: »Vor allem müssen wir wirklich schauen, dass wir den Platz zeitnah besetzen.«

Der Chefinspektor und die Gruppeninspektorin in der Florianigasse

Der Bursche ist nicht da.

Die Nachbarin hat den jungen Mann schon länger nicht gesehen, die Inhaberin des Schmuckstudios im Erdgeschoß ebenfalls nicht.

Praktisch, dass die Entfernung zum Vereinslokal nicht einmal zehn Minuten Fußweg beträgt.

Der Chefinspektor, die Gruppeninspektorin und der Obmann

Der Chefinspektor bedankt sich für die Kooperation, der Obmann nickt in seine vor dem Mund verschränkten Finger.

»Herr Obmann, der Herr Brem, der *Sixty*, der ist ja ein Vereinsmitglied.«

Der Obmann legt die Unterarme auf seinem Schreibtisch ab. Er fürchte, er brauche mehr Informationen.

Christina schlägt ihr Notizbuch auf. »Mitglied Nummer 1607.«

Ruhiger Blick. Da müsse man ihm Zeit geben, die Herren beziehungsweise der Herr und die Dame würden verstehen, bei der hohen Mitgliederzahl könne man nicht auf Anhieb jedes Mitglied kennen.

»Er ist auch in der Ruhmeshalle vertreten.«

Da müsse er nachschauen.

Der Obmann tippt in seinen Computer. »Der Sixtus.«

»Genau, der Herr Sixtus Brem.«

Der Obmann kommt hinter seinem Computer hervor und legt seine Unterarme auf der Tischplatte ab. Was mit dem sei?

»Was können Sie über ihn erzählen?«

»Nun, Herr Chefinspektor, Frau Gruppeninspektorin, nicht sehr viel. Wie gesagt, wir haben mittlerweile an die dreitausend Mitglieder, Tendenz steigend.«

»Der Herr Brem ist einer von siebenunddreißig, die ein Löwenabzeichen haben. Einer von siebenunddreißig, die es an die Spitze geschafft haben.«

Der Obmann lächelt. »Nicht ganz. Bis zum neunten Zyklus fehlt ihnen noch ein bisschen.«

Pause.

»Was soll ich Ihnen sagen. Der Sixtus ist ein aufrichtiger, mutiger junger Mann.«

»Lernt man in Ihrem Kurs, in Ihren *Zyklen*, lernt man da auch den Nahkampf?«

Der Obmann lächelt. Über Inhalte der Kurse möchte er keine Auskünfte erteilen.

»Dann werden wir hier bei Ihnen eine Hausdurchsuchung brauchen. Irgendwo müssen doch Aufzeichnungen herumliegen.«

»Herr Chefinspektor. Ich habe Ihnen bereits zu erklären versucht, dass sich der Verein der Sicherheit verschrieben hat. Wenn Techniken des Nahkampfs gelehrt werden, dann zur Abwehr von Gefahren.«

»Üben Sie den Umgang mit Stichwaffen? Mit Messern?«

»Auch hier gilt: Defensive. Was mache ich, wenn ein Attentäter mit einem Messer durch eine Fußgängerzone rennt? Szenen, die wir bereits hatten. Wir können davon ausgehen, dass das wieder passiert.«

Zusammenfassend mag es der Obmann nicht, in eine Schublade gesteckt zu werden. Er sei es müde, immer und immer das Gleiche zu wiederholen. Der Verein positioniere sich *über* den politischen Lagern. Oder wolle der Herr Chefinspektor das Thema Sicherheit etwa einer politischen Strömung exklusiv zuordnen. Er habe vielmehr das Gefühl, dass das Bedürfnis nach Schutz die Bevölkerung eine. Und sei es nicht gerade das, was das Land brauche. Einigkeit nach all der Spaltung. Der Obmann schüttelt den Kopf.

August Wittner im Landeskriminalamt

»Herr Hansmann?«

Der Chefinspektor riecht kalten Rauch und hebt den Blick von seinem Schreibtisch. In der Tür steht August Wittner, außer Atem, mit dem linken Arm leicht an den Türrahmen gestützt.

»Herr Wittner.« Susanne Bonins Ehemann war dem Chefinspektor von Anfang an sympathisch. Wenn der Luki nicht mit vierzig vom Rad gefallen wäre, würde er in ein paar Jahren genauso aussehen.

»Setzen Sie sich. Wollen Sie auch einen Kaffee?«

August Wittner winkt ab. Er setzt sich nicht. »Ich möchte eine Aussage machen.«

Der Chefinspektor richtet sich auf und deutet auf einen Sessel. »Setzen Sie sich doch zuerst.«

August Wittner setzt sich endlich. Umständlich, die Hose an den Knien hinaufziehend, noch immer schwer atmend, das Holz knarrt.

»Ich habe den Amir getötet.«

Der Chefinspektor legt die Unterarme auf den Tisch und verlagert das Gewicht auf die Ellenbogen.

»Moment, Herr Wittner. Sie machen da gerade ein Geständnis, das ich aufnehmen muss, ist Ihnen das bewusst?«

»Ja, ein Geständnis, so nennt man das.«

Der Chefinspektor lehnt sich zurück, damit er Herrn Wittner besser ins Gesicht schauen kann. Er sagt nichts. Wartet.

Herr Wittner zögert. »Was brauchen Sie jetzt von mir? Wie geht es jetzt weiter?«

Der Chefinspektor lässt August Wittner weiter warten.

Pause.

»Herr Wittner, ich werde unser Gespräch aufzeichnen.«

»Dann machen Sie das doch bitte.«

Der Chefinspektor beugt sich vor und schaltet das Aufnahmegerät ein.

»Soll ich es wiederholen?«

Der Chefinspektor bleibt stumm.

»Also bitte. Ich habe Amir Moghaddam getötet.«

»Herr Wittner, nach so einem Geständnis bitte ich den Tatverdächtigen, im Detail zu beschreiben, was passiert ist. Würden Sie mir erzählen, was *genau* Sie gemacht haben?«

»Ja also, da war diese Geburtstagsparty. Da bin ich hingegangen. Amir war oben, auf dem Dach, dort habe ich ihn erstochen.«

»Und warum, Herr Wittner?«

»Weil Amir unsere Familie zerstören wollte. Es gab immer öfter Streit wegen seiner Beziehung zu meiner Tochter Heidi.«

»Und woher wussten Sie von der Party? Und woher wussten Sie, dass der Herr Moghaddam dort sein würde?«

»Von meiner Tochter. Heidi erzählt doch zu Hause regelmäßig, was in der Kindergruppe passiert, sie identifiziert sich stark mit der Kindergruppe, wissen Sie. Sie hofft sogar auf eine Stelle als Betreuerin. Was soll jetzt nur aus ihr werden.«

»Noch einmal zurück. Sie waren also bei der Party. *Wo* haben Sie den Herrn Moghaddam getötet?«

»Das war auf der Dachterrasse.«

»Und wie – genau – haben Sie den Herrn Moghaddam getötet?«

»Na, erstochen hab ich ihn. In den Bauch.«

»Und womit, Herr Wittner, mit welcher Waffe?«

»Mit einem Messer. Das hab ich mitgenommen, aus unserer Küche.«

»Und was haben Sie nachher, also nach der Tat, mit dem Messer gemacht?«

August Wittner zögert.

»Das weiß ich nicht mehr. Ich glaube, ich habe es weggeschmissen.«

Der Chefinspektor lehnt sich zurück, verschränkt die Hände hinter seinem Kopf.

»Wie haben Sie das geschafft? Herr Moghaddam war doch sicher um einiges fitter als Sie. Gab es einen Kampf?«

August Wittner schnauft. »Ich habe ihn überrascht. Ich habe ihm gesagt, dass ich mit ihm reden will, und dann habe ich zugestochen.«

Der Chefinspektor schaut zur Decke.

»Und wie sind Sie auf die Dachterrasse gekommen?«

»Die Tür war offen, sind ja dauernd Kinder ein und aus gegangen.

»Soll heißen, Sie haben den Herrn Moghaddam während der Party erstochen.«

»Ja, Herr Hansmann.«

Der Chefinspektor nimmt die Arme herunter. »Ist Ihnen am Herrn Moghaddam etwas Besonderes aufgefallen?«

August Wittner schüttelt den Kopf.

Der Chefinspektor beugt sich vor. »Herr Wittner, ich denke, Sie wollen jemanden schützen.«

Pause.

»Wollen Sie Ihre Frau schützen? Die war doch am allermeisten gegen die Beziehung Ihrer Tochter.«

»Nein, Herr Hansmann. Meine Frau hat damit nichts zu tun.«

»Herr Wittner, ich kann bei Ihnen kein Motiv erkennen. Ich traue Ihnen das nicht zu. Sie würden doch nicht auf ein Dach klettern und dort einen Mann erstechen. Herr Wittner.«

»Aber ich bestehe darauf. Ich bin der Mörder.«

Pause.

»Was machen Sie jetzt mit mir?«

»Ich habe Ihre Aussage aufgenommen. Ich werde jetzt mit dem Staatsanwalt beraten, wie wir weiter vorgehen.«

August Wittner nickt, schwer atmend.

»Haben Sie einen Anwalt? Den sollten Sie kontaktieren. Vielleicht auch Ihre Frau.«

Susanne Bonin im Landeskriminalamt

»Was hat August gesagt? Herr Hansmann, August ist zu so etwas gar nicht fähig.«

»Das denke ich auch.«

»Gut, dass zwei intelligente Hirne aufeinandertreffen. Ich muss jetzt mit ihm sprechen.«

»Zuerst sprechen Sie mit mir. Frau Bonin, warum hat Ihr Mann das getan?«

»Er hat es ja eben nicht getan.«

»Ich spreche vom Geständnis.«

Der Chefinspektor schaut die Ex-Ex-Obfrau mit seinem finstersten Blick an.

Dem Chefinspektor ist es nur recht, wenn die Ex-Ex-Obfrau seine Wut bemerkt.

»Ich verbitte mir das.«

»Er hat es getan, um jemanden zu schützen. Vielleicht Sie?«

»Also bitte.«

»Ihr Name taucht in diesem Fall mit einer Häufigkeit auf ...«

»Also das ist doch lachhaft. Die Fremden erstechen sich gegenseitig, und wer muss sich dafür verantworten? Und diese Institution soll unser Land schützen.«

Der Chefinspektor wirft einen leeren Blick auf den Türstock hinter der Ex-Ex-Obfrau.

»Ich möchte jetzt zu meinem Mann.«

»Der ist für Sie auf Weiteres nicht zu sprechen.«

»Dann komme ich mit meinem Anwalt wieder.«

»Tun Sie das.«

Die Ex-Ex-Obfrau dreht sich in der Tür um. »Herr Chefinspektor, ich habe vier Kinder, auf die ich noch geraume Zeit achtzugeben gedenke. Meinen Sie wirklich, ich würde meine Familie gefährden, indem ich einen kleinen Ausländer ersteche?«

Der Chefinspektor schüttelt den Kopf. Was er meine, zähle nicht. Tatsache sei, dass ihr Mann etwas *meine*. Sonst säße der jetzt nicht hier.

Susannes Küche (Rückblick)

In Susannes Küche sitzen Heidi, August und Amir wie drei Täubchen, eng aneinandergeschmiegt oder -gelehnt. August hat glänzende rote Bäckchen und sein weinseliges Gesicht. Er grüßt Susanne freundlich. Sie soll sich doch zu ihnen setzen. Zu Heidi und ihrem Amir. »Ein klasser Bursch.« August klopft Amir auf den Rücken. »Ein klasser Bursch.«

Heidi sieht ihren Vater verliebt an.

Wie viel leichter hatte es August bei ihr – immer schon. Was musste sie kämpfen. Um Heidi morgens aus dem Bett zu bekommen, um ihr die Haare zu kämmen, um sich mit ihr auf ein Studienfach zu einigen, das dann wieder fallen gelassen wurde. August hatte es immer leichter. Er brauchte nur ein bisschen zu schnurren, und Heidi tat, wie ihr geheißen. Ganz anders als Lena, die noch auf ist und liest. »Mama, die sind so laut, wieso können die nicht schlafen gehen.«

Ein Anlass für Susanne, die drei hinauszuwerfen. Oder eigentlich nur Amir hinauszuwerfen. »August, komm ins Bettchen. Amir, es ist spät.«

Susanne am Waschbecken, August vor dem Wäschekorb.

August hat offenbar seine Bedenken verloren. »Susanne, der Amir ist richtig säkular! Säkularer als wir!«

»Wirklich? Na super! Dann ist ja alles gut.«

Susanne steckt ihre Zahnbürste in den Mund.

»Ja. Der Amir hat rein gar nichts mit dem Islam zu tun. Der ist Atheist!«

Augusts Augen glänzen.

Susanne reißt ihre Zahnbürste aus dem Mund.

»Geh August, sei nicht so naiv. Es geht doch nicht um Amirs Einstellung zur Religion. Es geht um Tieferliegendes, den Volksgeist!«

Susanne spuckt.

»Und überhaupt, wieso kommt jetzt ein Amir daher und diktiert uns Atheismus? Seit wann brauchen wir Anleitung, was unsere Werte betrifft? Was ist mit unseren christlichen Werten?«

Susannes Küche – besetzte Zone (Rückblick)

August sagt: »Also Amir. Du bist immer willkommen.«

Und Amir geht ein und aus. August und Amir kochen, Heidi lacht über ihren plötzlich agilen Vater. Es riecht – anders. Im Regal über der Abwasch stapeln sich seltsame Säckchen. Gewürze, die Susanne wegwirft und die kurz darauf wieder da sind. So wie Amir immer wieder auftaucht.

Susannes Küche ist eine besetzte Zone.

Heidi will, dass Susanne kostet, dass Susanne sich dazusetzt.

Susanne kann das nicht. Bittet, das zu respektieren.

Sie kann nicht so tun, als ob alles gleich, alles *egal* wäre.

Und Amirs Familienname. Moghaddam, der Vortritt-Habende! Und so benimmt er sich auch. Keine Spur von nobler Zurückhaltung, kein Zögern. Er kommt, macht sich breit und findet das anscheinend normal. Dass man anderen Seines so aufdrückt. Amir, der Vordränger.

Die Gruppeninspektorin am Abend

Die Gruppeninspektorin fühlt sich schlechter als gedacht, zu oft wurde Raphi mit seinem Decknamen angesprochen.

Der Chefinspektor kann es nicht fassen.

»Der Raphi war dabei?«

Wo sie ihn denn hätte lassen sollen?

Na ja, vielleicht bei ihrer oder seiner Mutter?

Was hätte denn das Schnuppern für einen Sinn, wenn man das Kind nicht mitnähme. Schließlich solle ja das Kind schnuppern.

Der Chefinspektor ist fassungslos.

»Das war nicht ausgemacht.«

»Aber nur so war es möglich, das mal von innen zu sehen.«

»Und, hast du was Neues erfahren?«

Die Gruppeninspektorin hebt zweimal kurz die Augenbrauen.

»Zumindest einer der Väter hat offenbar Kontakt zu dieser ehemaligen Obfrau. Zumindest borgen sich die Familien gegenseitig kratzige Wollwesten.«

Die Gruppeninspektorin am Abend

Die Gruppeninspektorin fühlt sich schlechter als gedacht, auch weil – »schau mal, ich weiß wirklich nicht, ich *seh* nicht, wie das gehen soll. Ich seh den Raphi nicht im Kindergarten.«

»Aber wieso? Bei der Emmi war das auch kein Problem.«

»Ja, aber der Raphi ist anders, immer schon. Ich weiß nicht, wie der das schaffen soll in so einer großen Gruppe. Allein das Essen. Sich selber Essen holen?«

»Die helfen ihm doch! Außerdem: Er hat noch ein Jahr Zeit, das zu lernen.«

Karin sammelt Brösel vom Couchtisch. Sie habe sich gefragt, ob man den Raphi nicht schon für Frühling anmelden solle.

Der Chefinspektor runzelt die Stirn. Wann sie das entschieden habe. Sie habe sich doch darauf gefreut, diesmal drei Jahre zu Hause zu bleiben. Und ob das überhaupt gehe, im Frühling einsteigen.

In manchen Kindergruppen gehe das.

Wann sie das entschieden habe. Und ob sie das mit der Kindergruppe ernst meine.

Sie habe gar nichts entschieden. Es sei auch egal. Ob er sich vorstellen könne – und er solle ehrlich sein –, dass der Raphi sich selber Essen hole.

»Wie gesagt, die helfen ihm doch.«

»Am Anfang ja. Aber ich hör es schon, wie die Bettina den am dritten Tag anschnauzt, dass er jetzt nicht *brodeln* soll und schneller *tun* soll. *Jetzt tu einmal!*«

»Dann gehen wir eben hin und sprechen mit der Bettina.«

»Das hilft ja nichts. Wir sind ja dann nicht dabei. Wir sind im Alltag nicht dabei.«

»Und in der Kindergruppe ist das besser, glaubst du?«

Karin zuckt mit den Schultern. »Vielleicht. Es ist eine kleinere Gruppe.«

Pause.

»Aber, Karin, diese Kindergruppe, das geht nicht, das weißt du.«

Bitte. Ob er sie für blöd halte. Es gebe ja andere Kindergruppen auch noch.

»Aber.« Der Chefinspektor schüttelt den Kopf. »Wir schaffen doch schon so den Alltag kaum. Wie stellst du dir das vor?«

Das wisse sie nicht, das habe sie sich noch nicht überlegt. »Aber es kann doch nicht sein, dass der Raphi draufzahlt, weil *wir* keine Zeit haben.«

»Aber Karin, ich weiß nicht, wie wir das hinkriegen sollen.«

Das wisse sie auch nicht. »Aber was, wenn Raphi einfach nicht fürs Regelsystem geschaffen ist.«

13. Kind

Liebe Alle!

Nachdem Freya nicht mehr kommt, müssen wir wohl oder übel nach Ersatz suchen. Zum Glück gibt es bereits Interessent_innen: Heute waren Eva und Sohn Loris schnuppern – es hat ihnen gut gefallen.

Was das Geschlechterverhältnis betrifft, brauchen wir eigentlich ein Mädchen, ABER da die Zeit drängt (Freyas Beitrag fällt aus!) – und wir unter den gegebenen Umständen vielleicht nicht mit so wahnsinnig vielen Bewerber_innen rechnen können –, wäre ich dafür, Eva zum EA einzuladen.

Was meint ihr?

Bitte um baldige Antwort, damit sich Eva den Termin vormerken kann.

LG
Agnes

TAG 13

Die Gruppeninspektorin in der Früh

Was er eigentlich für heute geplant habe.

»Ich muss zumindest kurz ins Büro.«

»Mhm.«

»Es ist nicht so, dass ich das zu meinem Vergnügen mache.«

Aber den Rest müsse dann halt immer sie machen.

Er mache doch, was er könne. Er gehe auf Zuruf Geschenke besorgen und mache Friseurtermine aus. Er wisse wirklich nicht mehr, was er *noch* machen solle. Und vor allem, wann.

Das wisse sie auch nicht. Das könne sie ihm auch nicht sagen.

»Streitet ihr? Hört auf zu streiten.«

»Bitte, Emmi, wir reden. Manchmal dürfen Mama und Papa auch miteinander reden.«

»Nein, ihr streitet.«

»Die Mama streitet.«

Offener Mund, Kopfschütteln. Was das jetzt wieder solle. Ob sie eigentlich gar nichts mehr sagen dürfe.

Doch. Sie dürfe alles sagen. Was wolle sie eigentlich sagen? Das sei ihm nämlich nicht klar.

Dass sie erschöpft sei.

Das sei er auch.

Und dass sie nicht wisse, wie das gehen solle, wenn sie wieder arbeite. Sie habe keine Energie mehr.

Er auch nicht.

Super. Und wer solle dann alles machen?

Man müsse sich halt Hilfe suchen.

Sie müsse Hilfe organisieren, meine er wohl.

Nein, er meine, *man* müsse Hilfe organisieren. Davon habe er doch gestern gesprochen. Dass man es sich nicht noch komplizierter machen solle. Kurzer Blick zu Raphi.

Genau das meine wiederum sie. Dass es am Ende immer an

ihr hänge. Wenn sie ein Problem sehe, müsse sie es lösen *und* sich für den Mehraufwand rechtfertigen. Nehme sie sich eines Problems nicht an, löse es niemand.

Der Chefinspektor zieht die Augenbrauen zu einer Linie zusammen. »Was? Aber wir wissen doch nicht einmal, ob es überhaupt ein Problem gibt!«

»Ihr streitet. Sag ich doch!«

Blick zu Emmi.

Karin atmet ein und aus. »Gut. Wir warten also ab. Das ist dein Beitrag. Und in der Zwischenzeit läuft alles weiter, eh wie immer, *und* ich arbeite. Wie viel, haben wir gesagt, darf ich? Maximal dreißig Stunden?«

»Karin, bitte. Das ist so ein Blödsinn.«

»Find ich auch. Wir drehen uns im Kreis, merkst du das?«

Darum wiederholt die Gruppeninspektorin jetzt auch ihren Ausgangssatz: Sie wisse nicht, wie alles gehen solle. Sie habe keine Energie mehr.

Und der Chefinspektor kann nur wiederholen, man müsse sich eben Hilfe organisieren.

Von welcher Hilfe er spreche. Und wem die gelten solle. Putzpersonal, um sie, Karin, zu entlasten? Nannys? Wer das bezahlen solle.

Es werde wohl jedes Großelternpaar einmal in der Woche die Kinder abholen können.

Und das löse dann das Problem?

Das nehme zumindest Druck weg.

Aber *er* sei nicht bereit, mehr zu übernehmen?

Was genau er übernehmen solle?

Denken. Er solle denken.

Der Chefinspektor verdreht die Augen.

»Denken kostet Energie. An Sachen denken besetzt Speicherplatz.«

Karin bohrt sich den Zeigefinger in die Stirn.

Wer wasche, wer mache, wer nähe, wer kümmere, wer schneide, wer plane, wer kaufe, wer schaue, wer sehe, wer wisse. Wer wisse zum Beispiel, wann es zwei Paar Schuhe zum Preis von einem gebe. Wer habe überhaupt den Überblick, welchem Kind welche Schuhe passten.

»Okay, was willst du, das ich mache?«

»Raphi braucht Schuhe. Das Problem ist, er braucht sie jetzt. Nicht erst, wenn deine Ermittlungen abgeschlossen sind.«

Wege

Bis Karin die Küche mit einem Seitenblick auf des Chefinspektors Handy betreten hat, haben der Chefinspektor und die Kinder Fink gehört. (Raphi hat zuerst im Rhythmus der Gitarre, dann der Klavierakkorde, dann des Schlagzeugs geschnalzt. Beide Kinder haben, mit den Ellenbogen auf den Tisch gestützt, über das Display gebeugt, das Video geschaut. Emmi hat gefragt, ob das Absicht sei, dass man gar nichts erkennen könne. »Du meinst, dass man gar nicht erkennen kann, was da im Bild ist?« Emmi hat genickt. Der Chefinspektor hat dann zu erklären begonnen. Dass das Video mit dem Liedertext zu tun hat, hat aber gemerkt, dass Emmi ihm gar nicht mehr zuhört.)

Der Chefinspektor geht also mit den Anfangsakkorden von »Looking Too Closely« im Ohr die Traisengasse entlang.

Ist er zu nahe dran, um das Ganze zu erkennen?

Wie lässt sich Wittners Geständnis erklären? Warum gerade jetzt? Was sieht August Wittner, das er selbst nicht sieht?

Susanne Bonins Name taucht alle paar Tage in unterschiedlichsten Kontexten auf. Privat hat sie ihren Schwiegersohn in spe nicht ausgehalten, so viel ist klar.

Und politisch. Politisch auch nicht.

Der Chefinspektor steht und wartet auf den Zweier. Am Display des Telefons die heutige Pressemitteilung der Landespolizeidirektion, von der Heute-Zeitung ergänzt um pikante Details.

Wendung im Fall Amir M.: Bekannter Musikkritiker gesteht die Tat

Die ermittelnden Beamten im Mordfall Amir M. kommen nicht zur Ruhe. Nachdem der Zweiundzwanzigjährige während einer Geburtstagsparty tot aufgefunden worden war, tappte die Polizei zunächst im Dunkeln. Im Dunkeln wollte man auch die Bevölkerung lassen, ein auf Facebook veröffentlichtes Foto beendete jedoch die Geheimniskrämerei und rückte den Fall in die Öffentlichkeit.

Aufgeschreckt dürfte sich davon wohl der mutmaßliche Täter gefühlt haben. Am Freitagabend begab sich der bekannte Musikkritiker und Radiomoderator freiwillig in die Hände der Polizei.

Die Staatsanwaltschaft bestätigt: W. habe die Tat gestanden und befinde sich in Untersuchungshaft.

Das Motiv für die blutige Tat blieb zunächst unklar. Aktuellen Informationen zufolge soll der gebürtige Afghane, Amir M., in einer Liebesbeziehung zu W.s Tochter gestanden haben. Über die junge Liebe dürfte die Familie wiederholt in Streit geraten sein.

13. Kind

Liebe Agnes, liebe Alle!
Für Dieter, Mio und mich passt das total gut, wir freuen uns auf Loris.

Alles Liebe Hilde & Dieter

Landeskriminalamt

Staatsanwalt Tramec sitzt an der Stirnseite, Gruppeninspektorin Christina Kalsner rechts ums Eck, Gruppenführer Hornberg links, daneben Mateo. Der Chefinspektor nimmt neben Christina Platz.

»Was bedeutet es, dass der Wittner sich stellt?«

»Das Motiv fehlt, oder?«

»Gänzlich. Er hat keine Details gewusst, nichts vom Fentanyl, nichts vom japanischen Küchenmesser.«

»Der Wittner kann uns auch nicht den Schlüssel und schon gar nicht den Anhänger erklären.«

»Und das Auto sowieso nicht.«

Wobei. Gruppenführer Hornberg hebt den rechten Zeigefinger. Man habe noch keinerlei Bestätigung, ob es sich bei den genannten Gegenständen beziehungsweise dem Mazda um Beweise handle.

Der Chefinspektor schüttelt den Kopf. »Trotzdem. Der Wittner verfügt über keinerlei Täterwissen. Ich sag's euch, der schützt seine Frau.«

»Aber die hatte gar nichts mehr mit der Kindergruppe zu tun. Außerdem hat sie ein Alibi, die war zum Zeitpunkt der Tat in der Bücherei, das können ihre Kollegen bestätigen.«

Der Chefinspektor ist sich da nicht so sicher. »Der Wittner sieht offenbar Anlass, sie schützen zu müssen.«

Der Staatsanwalt wiegt den Kopf. »Wir haben die Obduktion, den Schlüssel und den Anhänger.«

»Das Foto.«

»Das Foto und die Kommentare.«

»Die Beobachter.«

»Innen.«

»Ja. Die Beobachterin und den Beobachter.«

»Aber.« Hornberg schüttelt den Kopf. »Bitte. Was hat der Moghaddam mit denen zu tun gehabt? Hat er die gekannt? Nichts deutet darauf hin. Ich bitte euch. Er hat Texte über wichtige Personen aus seinem Umfeld am Schreibtisch, aber nicht über zwei Nazis?«

»Nazis. Das muss ja so nicht stimmen.«

»Egal. Auch keine Texte über junge Leute, die irgendwelche Nazi-Symbole ausstreuen.«

»Wieso also?«

»Wieso der Moghaddam, wieso auf der Kinderparty? Wieso beobachten die den seit mindestens August?«

Der Chefinspektor findet, es gebe dann doch zu viele Verknüpfungen. Das könne doch alles kein Zufall gewesen sein.

Christina fühlt sich an den NSU erinnert.

Staatsanwalt Tramec will wissen, ob sie das genauer erklären könne.

Na ja. Da habe man ja auch so lange nichts gefunden, weil sich erstens die Ermittlungen ewig auf das private Umfeld der Opfer konzentriert hätten und weil zweitens eben kein Motiv und damit keine Verbindung zu den Tätern zu erkennen gewesen sei.

Tramec: »Aber damit wären wir bei Terrorismus. Damit wären wir bei einem politischen Mord.«

Hornberg zieht die Mundwinkel hinunter und das Kinn zurück. »Bitte. Politisch! Da braucht man doch schon eine gewisse Bedeutung. Wir sprechen hier doch nicht von einer Person öffentlichen Interesses!«

Christina: »Aber genau diese Öffentlichkeit wurde ja erzeugt.«

»Wurde erzeugt? Oder ist vielmehr entstanden?« Hornbergs Hände spielen Waage.

Christina bleibt dabei. »Es wirkt doch alles wahnsinnig inszeniert. Der Ort, das Setting, die Konfetti, das Foto, die Kommentare.«

»Stimmt. Und wir suchen die Leerstelle. Wie kommt der Moghaddam in diese Inszenierung?«

Heidi und der Chefinspektor

Ob er kurz Zeit habe. Sie rufe an, weil …

Pause.

»Herr Hansmann, mein Vater kann es nicht gewesen sein. Er war es nicht. Wie kann er so etwas behaupten?«

»Frau Bonin, ich bin da ganz bei –«

»Kann er die Aussage nicht einfach zurückziehen? Wenn ich mit ihm rede, können wir das sicher klären.«

»Frau Bonin, Ihr Vater braucht einen Anwalt.«

Heidi weint. Ihr Vater sei viel zu sensibel, der halte das nicht aus.

»Frau Bonin, haben Sie jemanden, mit dem Sie sprechen können?«

Pause.

»Wo sind Sie gerade?«

Heidi atmet. »Zu Hause.«

»Und Ihre Mutter? Ist die bei Ihnen?«

Heidi atmet ein. Ihrer Mutter sei sie doch längst egal. Das Einzige, was die Mutter noch interessiere, seien irgendwelche *politischen* Diskussionen. Und dauernd säßen so blondierte Tussis in ihrer Küche und lauschten andächtig. Sie habe da längst keinen Platz mehr. Wolle sie aber auch gar nicht. Was sie wolle, sei ihren Vater da wieder rausholen.

Der Chefinspektor und der Maler

Der Chefinspektor klopft gegen das Fenster des Ateliers, der Maler öffnet.

»Kaffee?«

Der Chefinspektor winkt mit einem Papiersackerl. Er hat Croissants mitgebracht.

Hamed Rezai nimmt das Tablett, stellt die Kaffeekanne, Tassen und die Zuckerdose darauf.

Der Chefinspektor geht mit den Croissants voraus und hält die Türen auf.

Hamed Rezai schenkt Kaffee in die Tassen und zündet sich eine Zigarette an.

Raucht.

Die Croissants liegen zwischen dem Chefinspektor und dem Maler.

Morgen fliege er nach Hamburg, zum Begräbnis vom Amir.

Der Chefinspektor nickt.

Pause. Hamed Rezai raucht.

Der Chefinspektor trinkt Kaffee.

»Glauben Sie, werden Sie seine Mörder finden?«

Der Chefinspektor hofft es.

»Sie hören nicht auf zu suchen, oder?«

»Unsere Ermittlungen sind nicht abgeschlossen.«

»Dann glauben Sie eh nicht, dass es der Vater von der Heidi war, oder?«

Pause.

»Ich mein, haben Sie den schon mal gesehen? Das ist ein alter Mann.«

Der Chefinspektor zieht die Augenbrauen zusammen und legt den Kopf schief.

»Nein, nicht *alt*. Halt ... Das soll jetzt nicht respektlos rüberkommen. Im Gegenteil. Der war immer nett zum Amir. Der hat das sicher nicht getan.«

Schaut dem Chefinspektor ins Gesicht. »Sicher nicht.«

Pause.

»Herr Rezai, ich habe oft an Ihre Leerstellen gedacht.«

»Sie meinen die bei ›Transport‹?«

»Die auch. Aber auch die bei den ›Liquiden‹. Dass Sie das, worum es eigentlich geht, gar nicht zeigen.«

»Stimmt.«

»Und die Leerstellen sind gleichzeitig auch das Bindeglied – zwischen den einzelnen Bildern.«

Hamed Rezai nickt, dämpft die Zigarette aus.

Er schaut hinunter, kickt Kieselsteine zur Seite.

Er könne momentan nicht an »Transport« weiterarbeiten. Irgendwie sei das alles nicht relevant. Er könne nur an den Amir denken und was der alles verloren habe.

»Herr Chefinspektor, ich möchte Ihnen noch etwas zeigen.«

Hamed Rezai führt den Chefinspektor ins Atelier und deutet auf neue, kleinere Leinwände, die wie gewohnt von Ziegelsteinen und Farbkübeln gestützt an der Wand lehnen.

»Der Arbeitstitel ist erst mal ›Stadtansichten‹.«

Der Chefinspektor geht in die Knie und sieht:

Blasse, fast transparente Farben. Das Sujet: vor allem Oberflächenstrukturen. Boden, Wände.

Der Chefinspektor erkennt Sand, darüber eine Steinmauer, darüber ein Stück Himmel. Marmor, vielleicht eine Stufe. Weiße Fliesen im Schatten, darauf die Füße eines Wäscheständers, tropfende Kleidungsstücke. Ein schmutzig-roter Putzkübel. Ein verwaschener Teppich, darauf Spielzeugautos. Holzboden, Wäsche. Detail eines Textils, vielleicht einer Tagesdecke, raue Wolle, staubig.

Hamed Rezai, ans Fensterbrett gelehnt: »Sie nehmen gerade eine Kinderperspektive ein. Besser gesagt, Amirs Kinderperspektive.«

Der Chefinspektor hebt den Kopf und steht auf.

Hamed Rezai, im Gegenlicht: »Ich habe Ihnen ja gesagt, der Amir hat geschrieben.«

Der Chefinspektor nickt.

»Nach Ihrem letzten Besuch habe ich beschlossen, Amirs und meine Zusammenarbeit fortzusetzen. Schauen Sie.«

Hamed Rezai stößt sich vom Fensterbrett ab und hebt mit gestreckten Armen einen quadratischen Bilderrahmen vom Schreibtisch. »Das ist der Prototyp.«

Im Bilderrahmen: Weiß. Wieder: eine raue Oberfläche. Diesmal die des Papiers. Der Chefinspektor beugt sich über das Bild. Schatten einer Schrift.

Das Erste, das mir auffällt, ist der Geruch des Wassers.

»Es war schwierig. Schrift und Bild, wissen Sie. Problematisch. Und dann sollten die Textfragmente ja auch so etwas sein wie Spuren.« Hamed Rezai kippt das Bild, legt den Kopf schief. »Gut. Ich mag es.«

Reicht den Bilderrahmen weiter.

Der Chefinspektor hält ihn schräg ins Licht. Die Buchstaben bilden Vertiefungen im weichen Papier.

»Das nennt sich Blindprägung, Herr Chefinspektor. Sehen Sie, der Druck kommt ohne Farbe aus.«

»Ist das nicht teuer?«

Hamed Rezai dreht die Handflächen nach außen. »Auf diese Weise bin ich beim Amir.«

Pause.

»Das hätt er sonst eh selber machen müssen.«

Hamed Rezai nimmt dem Chefinspektor den Bilderrahmen ab und stellt ihn neben eine Leinwand.

»Die kriegt dann den gleichen Rahmen. Und später wird das eine Doppelseite in einem Buch.« Nickt.

»Und wie kommen Sie an die Texte?«

Hamed Rezai hält einen USB-Stick in die Höhe. »Hier.«

Pause.

»Ich war sozusagen Amirs erste Anlaufstelle.«

»Herr Rezai, wir haben auch eine Textsammlung vom Herrn Moghaddam. Allerdings ausgedruckt, nicht digital. Haben Sie gewusst, dass Ihr Freund Texte über die Eltern der Kindergruppe geschrieben hat?«

»Über die Kindergruppe, sagen Sie? Amir hat so was angedeutet. Er ist aber mit seinen Texten erst rausgerückt, wenn er komplett zufrieden war. Das« – zeigt auf die unfertigen Leinwände – »hätte der mit niemandem geteilt.«

»Und haben Sie eine Idee, wo Herrn Moghaddams Computer sein könnte?«

»Keine Ahnung, Herr Chefinspektor.«

Mateo / Telefon

Die Mietparteien aus der Hießgasse hätten den Burschen einwandfrei identifiziert, die Eltern der Kindergruppe hingegen hätten ihn nie gesehen.

So auch die Frau Lasser. Den Burschen habe sie nicht erkannt. Dafür aber etwas anderes. Interessant sei das. Mateo habe sie gleich herbestellt.

Der Chefinspektor und der Maler

Hamed Rezai nimmt eine Postkarte vom Schreibtisch und drückt sie dem Chefinspektor in die Hand.

Geprägte Bütte: *Stadtansichten im feinschliff.*

»Datum steht noch nicht fest, voraussichtlich Februar nächstes Jahr. Das ist ein Probedruck, wie gesagt, der Titel kann sich auch noch ändern. Würd mich freuen, wenn wir uns da wiedersehen.«

»Im feinschliff?« Der Chefinspektor hebt die Augenbrauen.

Hamed Rezai lächelt ganz leicht. »Ja, die Anja und ich haben uns versöhnt. Ich würde mich wirklich freuen, wenn Sie vorbeikämen. Das Gespräch, das wir neulich geführt haben, hat mich erst auf die Idee gebracht.«

Der Chefinspektor sucht ein leeres Papier. »Darf ich?« Und verpackt damit die Karte. Hamed Rezai sieht ihm zu.

Handschlag.

»Noch einmal mein Beileid.«

Rezai nickt.

An einem Nagel neben der Tür hängt ein bunter Schal. Kreise in Orange, Pink und Grün auf weißer Seide. Der Chefinspektor dreht sich zum Maler um.

Der hat des Chefinspektors Blick bemerkt und zieht die Schultern zu den Ohren.

Erinnerung

Meine Tante kenne ich nur aus Erzählungen. Die Tante, die nach Deutschland gegangen ist.

Sie arbeitet als Zahnhygienikerin und kann und will sich nicht lange freinehmen, um mich »einzugewöhnen«. Die Anmeldung für einen Deutsch-Intensivkurs hat sie bereits vor meiner Ankunft erledigt. Ich habe also keine Zeit, zu überlegen – schon sitze ich in einem »Institut« und lerne Deutsch. Mit Buch, Lückentexten, Dialogen mit den Sitznachbarn und Stunden unter Kopfhörern, acht Stunden am Tag.

Wenn ich zurück zur Tante fahre, ist es noch ganz hell. Die Sonne geht verwirrend spät unter, lange bleibt ein blaues Zwielicht.

Die Obfrau Stv. im Landeskriminalamt

Zum ersten Mal seit der Chefinspektor sie kennt, verzieht die Obfrau Stv. – diesmal in einem roten Strickkleid – den Mund zu einem verlegenen Lächeln.

Es sei so. Sie habe sowieso vorgehabt, zu ihm zu kommen, das müsse er ihr glauben. Ihr erster Weg hätte sie heute zu ihm geführt, zum Herrn Chefinspektor.

Pause.

Es sei nämlich so, dass sie zwar den Mann auf dem Foto nicht erkannt habe, wohl aber den Hintergrund. Oder. Eigentlich wolle sie fragen, ob das Foto in Klosterneuburg aufgenommen worden sei.

Der Chefinspektor hebt leicht die Hände. Was sie das glauben mache?

Mateo freut sich. »Pass auf.«

Der Mann auf dem Foto, das ihr sein Kollege gezeigt habe. Blick zu Mateo. Blick zum Chefinspektor.

Da sei im Hintergrund ein wahnsinnig schön gearbeiteter Schmiedeeisenzaun, sicher handgefertigt, sehe aus wie Jugendstil. Sie kenne sich da aus, sie und ihr Mann würden doch nun schon seit Monaten nach dem passenden Zaun suchen – für den Garten in Reichenau.

Jedenfalls. Ob das eine Möglichkeit sein könne? Dass der junge Mann in Klosterneuburg fotografiert worden sei?

Der Chefinspektor wiegt den Kopf.

Mateo: »Pass auf. Es geht weiter.«

Der Chefinspektor schaut Mateo ins Gesicht und schüttelt den Kopf.

Die Obfrau Stv. beißt sich auf die Unterlippe. Es sei nämlich so. Sie habe die Frau Bonin zufällig dabei gesehen, wie sie ein Grundstück in Klosterneuburg mit genau jenem Zaun betreten habe. Ob das vielleicht von Bedeutung sei? Sie habe schon die ganze Zeit überlegt.

Der Chefinspektor bewegt nur leicht den Kopf. Moment. Sie sei der Frau Bonin zufällig in Klosterneuburg begegnet? Verstehe er das richtig?

Na ja, vielleicht sei es nicht ganz so zufällig gewesen.

Der Chefinspektor wartet regungslos.

Mateo grinst.

Die Obfrau Stv. windet sich. Sie sei ihr gefolgt. Der Chefinspektor müsse das verstehen, sie sei Journalistin.

Pause.

Sie habe immer gut aufgepasst, die Frau Bonin habe sie sicher nicht gesehen.

Der Chefinspektor wartet weiterhin regungslos, und die Obfrau Stv. muss sowieso endlich alles loswerden, dem Stephan konnte sie es nicht erzählen, der wäre unfassbar wütend geworden.

Sie habe die ehemalige Obfrau, Susanne Bonin, auf der Straße gesehen.

»Wann?«

Die Obfrau Stv. schaut auf die Tischplatte. Gestern erst. Sie habe die Frau Bonin gestern gesehen, und da sei sie ihr gefolgt. Zeitlich sei es gerade günstig gewesen, und sie habe sich gedacht, sie könne ja jederzeit rechtzeitig umkehren, um den Ludo abzuholen. Am Bahnsteig habe sie schon mit sich gekämpft. Aber wie gesagt, zeitlich habe es wunderbar gepasst. Und so sei sie in den Zug gestiegen und habe sich hinter die ehemalige Obfrau gesetzt.

»Frau Lasser. Die Frau Bonin kennt sie doch sicher?«

»Nein! Nein, Herr Chefinspektor, wir sind uns nie begegnet. Außerdem habe ich eine Perücke getragen.«

Der Chefinspektor lässt die Perücke unkommentiert und nickt.

»Ja. In Klosterneuburg sind wir ausgestiegen.«

»Moment, wo genau haben Sie die Frau Bonin *zufällig* gesehen, und wie sind Sie ihr gefolgt?«

Die Obfrau Stv. atmet erleichtert aus. Endlich kann sie erzählen. Sie habe den Ludo in die Kindergruppe gebracht und danach Erledigungen gemacht, da habe sie die Frau Bonin auf der gegenüberliegenden Straßenseite entdeckt und sei einem Impuls gefolgt.

Wo das gewesen sei?

Die Obfrau Stv. verzieht verlegen den Mund. »In der Skodagasse.«

»Also bei der Wohnadresse der Frau Bonin.«

Es sei ein Zufall gewesen.

Der Chefinspektor nickt. »Und dann?«

»Dann sind wir in einen BioGreißler gegangen. Nur sie, ich nicht, Herr Chefinspektor! Dann sind wir in den Fünfer gestiegen. Beim Franz-Josefs-Bahnhof sind wir ausgestiegen.«

Am Bahnsteig habe sie schon kurz mit sich gerungen. Die Stadt zu verlassen, das sei schon ein Schritt. Sie habe dann den Fahrplan studiert – Linie S40 – und sich gesagt, spätestens in St. Pölten steige sie wieder aus und fahre zurück. Susanne Bonin sei dann aber vor der Station Klosterneuburg-Kierling aufgestanden und habe den Zug, als dieser hielt, auch tatsächlich verlassen.

Danach sei es schwierig geworden, da ja in Klosterneuburg weniger Leute auf der Straße unterwegs seien. So habe die Obfrau Stv. am Bahnhof großen Abstand gelassen, und als sie gemerkt habe, dass man auf einen Bus warte, habe sie erst recht Distanz gewahrt und ebenfalls gewartet.

Die Obfrau Stv. atmet ein.

Im Bus habe sich die Situation noch einmal verschärft, da sie und die Frau Bonin die einzigen Fahrgäste gewesen seien.

»Und die Frau Bonin hat Sie nicht bemerkt?«

»Nein, sicher nicht, Herr Chefinspektor.«

»Frau Lasser, ich muss Sie wirklich dazu anhalten, in Zukunft solche Aktionen sein zu lassen.«

Die Obfrau Stv. nickt.

»Ja. Versprochen. Aber, Herr Chefinspektor! Ich komme ja erst zum Zaun!«

Mateo nickt.

Der Chefinspektor nickt.

»Ich konnte der Frau Bonin nicht mehr so gut folgen und bin stehen geblieben, habe aber beobachtet, wie sie ein Grundstück betrat.«

Pause.

Erst danach, als das Tor ins Schloss gefallen sei, habe sie sich genähert und eben das wunderbar gearbeitete schmiedeeiserne Tor (inklusive Zaun) bewundert.

»Und dann?«

Dann habe sie sozusagen auf dem Absatz kehrtgemacht, da der Bus dort nur höchstens jede Stunde einmal fahre und sie nicht gemeinsam mit der Frau Bonin wieder zurückfahren wollte, sicher sei sicher, sie sei also zum Bahnhof zurückgegangen, das habe gedauert.

Pause.

Und Fotos habe sie gemacht.

»Vom Zaun?«

»Auch. Und von der Frau Bonin.«

Der Chefinspektor schüttelt den Kopf.

Mateo sagt: »Wahnsinn.« Und lässt sich die Fotos per Mail schicken.

Beide lassen die Obfrau Stv. versprechen, dass es bei dieser einmaligen Observation bleibe.

Die Obfrau Stv. schwört.

Kierling

Susanne Bonin in Rückenansicht vor einem schmiedeeisernen Gartentor.

Mateo und der Chefinspektor vergleichen. Es ist derselbe Zaun wie jener hinter der Tochter und dem Burschen.

Landeskriminalamt

Mateo berichtet.

Bei genannter Adresse sei ein Verein eingetragen. Der Grund. Der Vorstand sei fast deckungsgleich mit jenem des Vereins in der Maria-Treu-Gasse.

»Also ein zweites Vereinslokal.«

»So ähnlich.«

Mateo hebt den Kopf vom Laptop. »Vor fünf Tagen hat es dort einen Feuerwehreinsatz gegeben, ein Schuppen hat gebrannt.«

»Moment.« Christina hebt den Kopf. »Die Funkzellenauswertung hat doch auch den Raum Klosterneuburg ergeben.«

»Ja, aber auf Höhe der Schemerlbrücke.«

»Und das Vereinslokal ist wo?«

»In Kierling, fünfzehn Minuten Autofahrt von dort entfernt.«

Christina findet das trotzdem beachtlich. »Was hat die Bonin dort gemacht?«

Der Obmann im Landeskriminalamt

Der Obmann nimmt Platz und stellt seinen Rucksack neben sich auf den Boden.

»Wie kann ich Ihnen diesmal behilflich sein?«

»Es geht um Ihr zweites Vereinslokal.«

Der Obmann legt den Kopf schief.

»In Kierling, Klosterneuburg.«

Der Obmann schüttelt langsam den Kopf. Der Verein verfüge über keinerlei Räumlichkeiten in Klosterneuburg.

»Vielleicht kennen Sie die *Räumlichkeiten* als *der Grund*?«

»Den Grund kenne ich. Aber was hat der mit meinem Verein zu tun?«

»Nun, zwei Ihrer Vorstandsmitglieder sind im dortigen Vorstand.«

Der Obmann nickt. »Der Grund geht auf die Initiative einzelner Vereinsmitglieder zurück, die sich zusammengeschlossen haben, um gemeinsam Grund und Boden zu bewirtschaften.«

»Und der Herr Brem, ist der ebenfalls Mitglied in beiden Vereinen?«

Der Obmann schüttelt den Kopf. »Also das kann ich Ihnen beim besten Willen nicht beantworten.«

Klosterneuburg / Kierling

Den handgeschmiedeten Zaun im Jugendstil kennen der Chefinspektor, die Gruppeninspektorin und der Gruppenführer bereits.

»Und jetzt?«

»Wie wär's damit?« Christina zeigt auf die Klingel.

Der Gruppenführer läutet, nichts passiert.

Der Gruppenführer läutet noch einmal und noch einmal.

Der Chefinspektor geht den Zaun entlang, eine dicke Thujen-Mauer umgibt das Grundstück.

Schritte nähern sich. Füße in sauberen Adidas, Beine in dunklen Jeans. Der Schatten der Thujen fällt auf ein blasses Gesicht über breiten Schultern. Helle Haare. Irgendwie farblos.

Der Gruppenführer stellt sich und seine Kollegin und den Kollegen vor.

Der Bursche nickt. Das schmiedeeiserne Tor diesmal *vor* ihm.

»Herr Brem, wir ermitteln in einem Mordfall. Dürfen wir kurz reinkommen?«

Der Bursche, der Löwe, Sixtus Brem, öffnet. Er müsse aber noch den Herd abdrehen.

Der Chefinspektor beruhigt. Das könne er ruhig. Wo denn der Herd stehe?

Der Bursche zeigt auf ein kleines Haus, das man von der Straße aus nicht gesehen hat.

Links, im Garten, verkohltes Holz, schwarze Wiese, ein halb geschmolzener Mistkübel, Plastik- und Stoffreste.

»Hat es gebrannt bei Ihnen?«

Der Bursche nickt. Terpentin habe sich selbst entzündet. Die Nachbarn hätten die Feuerwehr alarmiert, dabei habe er alles unter Kontrolle gehabt.

Christina nähert sich den Brandresten.

Im Haus massive Möbel aus den fünfziger Jahren. Nach einem dunklen Vorraum eine überraschend großzügige Stube. Couch und passende Fauteuils in Zinnoberrot, am Boden ein abgetretener Teppich ebenfalls in Rottönen, darüber gewebte Läufer, ein Schaukelstuhl, dunkles Holz, karierte Sitzfläche. Auf dem Couchtisch eine Lavalampe, ein schwarzer Aschenbecher, Bücher.

Der Chefinspektor stellt sich leicht auf die Zehenspitzen und beugt sich vor. »Staatspolitisches Handbuch« Band 1, daneben Band 3, darunter, halb verdeckt, Zeitschriften. Ein Kochbuch: »So kochte meine Mutter«.

Der Chefinspektor hebt den Blick. Rundherum Blumentapete, geblümte Vorhänge, Wandleuchter, Jagdtrophäen: Geweihe klein und groß, Marderfelle, ein Fuchs, ausgestopfte Vögel.

»Hier wird gejagt?«

Der Bursche schüttelt sich die Haare aus der Stirn. Die Sachen seien bereits im Haus gewesen, man habe bisher nicht viel verändert.

In der Küche roter Linoleumboden, darauf eine abgegriffene weiße Küchenzeile, darauf eine einzelne Kochplatte, daneben Marmeladengläser, dunkel befüllt. Oben Flaschen, Flaschen, Flaschen. Neben dem Mistkübel Leergut. Auf dem Holztisch ein Wachstuch, Zeitungen, Gebäck in Plastikfolie.

Durchgesessene Sesselpolster.

Der Bursche hebt den Deckel vom Kochtopf auf der Elektroplatte und rührt um.

»Herr Brem, könnten Sie mir Ihr Abzeichen zeigen? Den brüllenden Löwen?«

Der Bursche lehnt an der Küchenzeile und verschränkt die Arme. Das finde er nicht mehr.

»Und den Schlüssel zur Kraftkammer?«

Was damit sein solle?

»Den haben Sie auch verloren?«

Den habe er nie gehabt.

»Sie trainieren nicht?« Blick auf die Oberarme.

Er halte sich nicht gern in geschlossenen Räumen auf.

Der Chefinspektor nickt.

»Herr Brem. Den Herrn Moghaddam kennen Sie?«

Der Bursche sagt nichts.

»Amir Moghaddam?«

»Wen?«

»Amir Moghaddam. Sie wissen, wo der wohnt?«

Schüttelt den Kopf.

»Sie sind von mehreren Zeugen identifiziert worden. Was haben Sie in der Hießgasse gemacht?«

Schüttelt den Kopf.

»Herr Brem. Wenn meine Tatortgruppe hier durchgeht, was werden die finden? Reste von Fentanyl?«

Der Bursche dreht den Herd ab. Niemand hier nehme Drogen.

Gruppeninspektorin Christina Kalsner und Gruppenführer Manfred Hornberg betreten die Küche. Christina bittet den Chefinspektor hinaus und zeigt auf die Brandreste.

»Ich glaube, da liegen auch andere Sachen. Nicht nur Farbdosen.«

Der Chefinspektor nickt. Mateo solle die Tatortgruppe schicken. Und noch einen zusätzlichen Streifenwagen.

Karin / WhatsApp

Er werde länger brauchen.

Klosterneuburg / Kierling

Die Tatortgruppe erscheint.

Ort auswählen, um die Taschen abzustellen, Taschen abstellen, Reißverschlüsse öffnen, Stative aufstellen, Lampen in Fassungen drehen, vorsichtig das Objektiv aus der Tasche nehmen und auf die Kamera schrauben.

Die Tatortgruppe bewegt sich in Zeitlupe durch die Brandreste. Gruppeninspektor Kieweg hält etwas sehr Kleines in die Höhe.

Der Chefinspektor nähert sich.

»Das ist der Zipp eines Rucksacks. Marke JanSport. Siehst du? JS.«

Wieder in der Küche. »Was ist noch verbrannt, Herr Brem?«

Das wisse er nicht, er sei fast nie im Schuppen gewesen.

Heidi / Telefon

Der Chefinspektor räuspert sich. Ob sie wisse, ob der Herr Moghaddam einen Rucksack gehabt habe.

Pause. »Ja klar.«
Ob sie wisse, von welcher Marke der gewesen sei.
»Der Amir hatte so einen alten JanSport-Rucksack, grün.«

Klosterneuburg / Kierling

Der Chefinspektor nickt.
»Herr Brem. Es schaut schlecht aus für Sie.«

Erinnerung

Als ich nach Wien komme, fällt mir als Erstes der Geruch auf. Anders als in Hamburg riecht es hier, auch wenn es die Wiener nicht gerne hören, nach Kanalisation. Es stinkt.

TAG 14

Der Chefinspektor in der Früh

Raphi kommt um vier Uhr und legt sich zwischen den Chefinspektor und die Gruppeninspektorin. Um vier Uhr dreißig wird der Chefinspektor von einem Fußtritt erneut geweckt, er verlässt das Schlafzimmer und legt sich in Raphis Bett.

Der Chefinspektor hört die Fahrzeuge der Straßenreinigung und jede Drehung Emmis.

Um fünf Uhr dreißig steht er auf und geht in der Küche auf und ab.

Um sechs Uhr folgt ihm Karin, um Wasser zu trinken.

»Stört es dich, wenn ich jetzt schon gehe? Ich kann nicht schlafen.«

Karin nickt stumm und legt sich wieder hin.

Wege

Der Chefinspektor lässt sich in der U4 auf einen Sitz fallen und holt wie alle anderen sein Handy aus der Jackentasche.

dieAundO

Ein Frühstückstisch. Honiggelbes Holz, gedeckt mit Tassen und Tellern aus weißem Steingut, einer Karaffe mit Orangensaft, einer gläsernen Blumenvase mit einer einzelnen champagnerfarbenen Rose, Butter, Granatapfelkernen in einer türkisen Schüssel, einem Holzbrett mit verschiedenen Käsesorten, Schnittlauch in einem blassrosa Schälchen, Marmeladengläsern in unterschiedlichen Größen, Salzstreuer und Leuchtturm-Pfeffermühle.

Rechts im Bild, angeschnitten, ein Mann im zartblauen Hemd. Frontal, hinter dem Tisch sitzend, die zwei Mädchen. A ist nach links gedreht und hält mit der rechten Hand ein Glas Nougataufstrich fest. Ihr Gesicht ist verzerrt, die Brauen zusammengezogen. Daneben O, sich ihrer Schwester zuwendend, ebenfalls den Aufstrich in der Hand. Os Gesicht ist verdeckt von ihren dunklen Haaren.

Der Filter (Rise) durchflutet den Raum mit morgendlichem Sonnenlicht und lässt die Szenerie leuchten.

Gefällt 4.013 Mal

dieAundO PAID PROMOTION Und dann kommen wieder Tage, an denen die Sonne scheint. Draußen und in uns drinnen. Das Frühstück schmeckt wieder – wie könnte es anders sein mit @PreferPlants @SchokoNussCreme

Uuuund es wird gestritten! Gefaltete Emoji-Hände

Ich war noch nie so dankbar für die morgendlichen Streitereien unter Schwestern! Wie viel Energie und Lebenskraft liegen doch in der Wut!

Wir sind nun mal fähig zu einem ganzen Regenbogen an Emotionen – es gibt keine schlechten Gefühle. Regenbogen-Emoji

O sagt: Ich bin dran!

#lifewithkids #lebenmitkindern

#embrace

#emotions #grrrls #girlpower

#mumlife

#sundays

#chocolate #schokoladezumfrühstück

Alle 598 Kommentare anzeigen

sunnydays_._ Tränen lachender Smiley. Genau wie bei uns! Nur bin ich manchmal nicht in der Lage, das Positive an der Situation zu sehen. Danke!

minimi_berlin So ein schöner Frühstückstisch! Da würd ich mich gern dazusetzen!

dieAundO @minimi_berlin Ich bin tatsächlich gerade dabei, einen Blogger*innen-Exchange hier in Wien anzuleiern! Herz

Karin.Brugger Lang hat deine Pause ja nicht gedauert. Schade eigentlich.

dieAundO @Karin.Brugger Ich muss dich bitten, deinen Hass an die eigent-

liche Adresse zu senden und deine Frustrationen und Verletzungen an der Wurzel zu packen.
Feenstaub_und_Sternchen Lass dich nicht unterkriegen!
Teenmum Oh wie gut kenn ich das! Es war mit meiner Schwester so und es ist bei meinen zwei so. Grübelnder Smiley. Vielleicht muss man doch die Nutella weglassen?
dieAundO @TeenMUM Wir haben schon lange alle möglichen Alternativen zu Nutella ausprobiert. @PreferPlants @SchokoNussCreme ist ohne Palmöl und aus Bio-Haselnüssen. Unsere Favoritin unter den Schokocremes.
sabinchen_mit_bienchen Oh wie schön, das zu sehen! Ich hoffe, es geht euch bald wieder ganz gut!

Landeskriminalamt

Der Chefinspektor trinkt Automatenkaffee und hört sein Frühlied.

Die Frau am nächtlichen Strand, das Licht.

I am not the only traveller.

Vor dem Chefinspektor liegt ein Blatt Papier. Der Chefinspektor schreibt und zeichnet.

Oben, mittig, steht Amir Moghaddam *(A.M.)*.

Von *A.M.* geht je eine Linie zu Heidi Bonin (*H.B.*, unten links) und Thomas Langegger *(T.L.)*, dem Nachhaltigkeitsamt (unten rechts).

Heidi und Thomas treffen einander wieder auf der Längsachse des Papiers bei Susanne Bonin *(S.B.)*.

Von *S.B.* zieht der Chefinspektor eine gerade Linie hinunter zum *Geschichtestudenten*.

Vom *Geschichtestudenten* geht die Linie weiter zum *Verein* und von da aus zum *Burschen*.

Den *Burschen* verbindet der Chefinspektor mit dem *Blonden Mädel*. Das *Blonde Mädel* bildet nun den Endpunkt der vertikalen Linie.

Der Chefinspektor setzt noch einmal beim *Burschen* an und zeichnet Verbindungen nach rechts unten ein: zur *Tochter* und zum *Anwalt*.

Nun ist unterhalb von *S.B.* eine gerade Linie entstanden, die sich unten verwurzelt. Oberhalb von *S.B.* ergibt sich eine diamantartige Form.

Der Chefinspektor streicht *Heidi*, verschiebt *T.L.* auf die Längsachse und begradigt die Verbindungslinien.

Nun hat er:

A.M.
T.L.
S.B.
Geschichtestudent
Verein
Bursche
(Tochter – Anwalt)
Blondes Mädel

Was hat der Moghaddam geschrieben?

Der Chefinspektor blättert in Amirs Aufzeichnungen.

13. Kind

Liebe Agnes, liebe Alle!
Ich muss sagen, ich bin mit dieser Lösung nicht sehr glücklich. Wir hatten ausgemacht, dass wir ein Mädchen suchen. Ich würde gerne dabei bleiben.

Ich kann in meinem Freundeskreis fragen, ob jemand sucht.

lg Nina

13. Kind

Ihr Lieben,
ich möchte an unserem Entschluss festhalten.

Außerdem glaube ich nicht, dass du dir Sorgen machen musst, Agnes! Unsere Kindergruppe ist einzigartig. Unsere Betreuerinnen leisten hervorragende Arbeit! Ich bin mir ganz sicher, dass wir bald ein cooles, starkes Mädchen finden werden – das wird schon!

Liebe Grüße
Petra

Landeskriminalamt

Der Chefinspektor liest vor:

»*Thomas setzt sich die Assistentin auf den Schoß und ist trotz aller Alarmbereitschaft blind für Susannes Strategie.*«

Gruppenführer Hornberg: »Sind wir jetzt doch wieder bei den Aufzeichnungen?«

Der Chefinspektor: »Zeitpunkt und Ort der Tat bringen uns immer wieder zur Kindergruppe zurück. Ich denke, dass Susanne Bonin über Thomas Langegger Zugang zu Informationen über Ludos Party hatte. Ich denke immer mehr, dass sie unsere Verbindung zu den Tätern ist. Sie ist der Grund, aus dem die Täter auf den Moghaddam gekommen sind.«

Das Nachhaltigkeitsamt im Landeskriminalamt

Das Nachhaltigkeitsamt liest, hebt den Blick.

Der Chefinspektor kratzt sich den unrasierten Hals. »Was kann der Herr Moghaddam damit gemeint haben: *Strategie?*«

»Das hab ich zwar schon mal gesagt, aber: Ich habe keine Ahnung.«

Das Nachhaltigkeitsamt liest noch einmal.

»Wirklich, nicht die geringste.«

»Wann haben Sie die Frau Bonin das letzte Mal gesehen?«

»Letzten Herbst, letzten Winter vielleicht.«

»Herr Langegger, ich glaube, Sie schätzen die Lage falsch ein. Wir brauchen exakte Angaben.«

Das Nachhaltigkeitsamt schaut zur Seite und verdreht die Augen. Denkt nach mit geöffnetem Mund.

»Wann und worüber haben Sie sich mit ihr unterhalten?«

Das Nachhaltigkeitsamt schließt und öffnet die Augen.

Die Susanne habe da mal so ein Ding mit Bienenstöcken aufgezogen, Honig aus dem Grätzl. Daran habe er sich halt erinnert. Er habe schon lange so einen Shared Space im Kopf gehabt, Shared Space im Freien – Obst, Gemüse, Bienen. Des Nachhaltigkeitsamts Hand fliegt durch die Luft. »Spielplatz, Tauschbörse, Fahrradwerkstatt, alles Mögliche, was Sie sich halt vorstellen wollen. Betrieben und organisiert von denen, die Lust drauf haben, direkt in der Nachbarschaft.«

Der Chefinspektor nickt und blinzelt.

Thomas Langegger nickt mit dem gesamten Oberkörper.

Und, genau, dann habe er die Susanne angerufen, warum auch nicht, immerhin habe sie einiges an Erfahrung gesammelt. Die Susanne sei gut darin, Leute zu mobilisieren, die richtigen Leute anzuhauen.

»Und konnte Ihnen die Frau Bonin helfen?«

»Nein.«

Thomas Langegger schließt die Augen. »Ja.« Öffnet die Augen. »Es lag nicht an ihr.«

»Wann fand das denn statt, das Telefonat?«

Schüttelt den Kopf. Letzten Herbst. Da habe er ein Grundstück an der Hand gehabt. Es habe sich dann aber eh von selbst erledigt, es habe ja niemand mitgezogen, wieder einmal habe niemand mitgezogen.

»Sie haben einmal mit Frau Bonin telefoniert?«

»Natürlich schon ein paarmal.« Thomas Langegger nickt. Da habe es ja einiges zu besprechen gegeben.

»Alle Telefonate im vergangenen Herbst?«

Thomas Langegger schüttelt den Kopf. Wisse er nicht mehr, vielleicht auch im Winter oder Frühling.

»Ging es nicht vielleicht auch um den Herrn Moghaddam?«

Schüttelt den Kopf.

»Oder haben Sie beide vielleicht über Frau Bonins Tochter gesprochen?«

Er spreche von Heidis Beziehung zu Amir? Schüttelt den Kopf. Darüber habe Susanne nicht gesprochen. Aber das sei offenbar wirklich ein Problem gewesen. Der arme August.

Nickt. Pause.

Blick zum Chefinspektor, Blick zum Gruppenführer.

Pause.

Nein, Susanne habe bereitwillig von ihrem Grätzlhonig-Projekt erzählt. Paar Adressen genannt – wo man ansuchen könne um Förderungen, wie man das am schlauesten mache. Er sei ja mit so öffentlichen Stellen nicht so gut.

»Und dann haben Sie im Austausch von Ludo Lassers Geburtstag erzählt?«

»Nein.«

»Herr Langegger, wir suchen einen Überschneidungspunkt. Irgendwie sind die Täter an kindergruppeninternes Wissen gekommen. Oder haben Sie das den Mördern selbst erzählt?«

»Was? Nein. Ich kann Ihnen nicht folgen.«

Der Garten / Subsistenz (Rückblick)

Das Nachhaltigkeitsamt findet, da sei noch Potenzial nach oben, was die Ressourcennutzung der Gruppe betreffe.

Das Nachhaltigkeitsamt: »Was haltet ihr davon, wenn wir gemeinsam eine Fläche bewirtschaften?«

Ratlosigkeit.

Was er jetzt meine?
Meine er Gemüse anbauen?
Das Nachhaltigkeitsamt: »Subsistenzwirtschaft! Beziehungsweise halt den Beginn davon.«
Das Neue-Eltern-Amt verzieht das Gesicht. Wer das gießen solle.
Das Reparaturamt II, Martin, zeigt sich begeistert. Selbstversorgung, ja, da sei er dabei. Er habe sowieso mit ein paar Leuten so ein Grundstück, im Dreiundzwanzigsten. Da würden sie gemeinsam garteln, halt Freiraum, jeder könne machen, was er wolle …
Die Putzkoordination: »Wie schön! Mio beobachtet voll gern die Pflanzen beim Wachsen.«
Das Nachhaltigkeitsamt: »Perfekt. Wenn wir uns ranhalten, kriegen wir noch vor dem ersten Frost was in die Erde, und im Frühling sehen wir schon Ergebnisse.«
Das Personalamt räuspert sich.
Das Nachhaltigkeitsamt: »Und Amir, du kannst uns helfen!«
Amir: »Nein danke.«
Das Nachhaltigkeitsamt, sehr deutlich, pädagogisch: »Nein, Amir, wir arbeiten. In der *Erde*. Wir bauen Gemüse an. Wir ernten.«
Amir: »Ja, ich weiß was Gartenarbeit ist, aber ich steh da nicht so drauf.«
Na ja. Jedenfalls Thomas und Martin wollen graben. Mit ihren Händen. Und sie laden alle ein, mitzumachen. Jeder steuert bei, was er oder sie besonders gut kann.
Thomas werde Saatgut checken.
Martin habe Freunde, die hätten die ganze Hütte voll Saatgut.
Das Nachhaltigkeitsamt schüttelt den Kopf. Man könne nicht *irgendwas* nehmen. Strebe man Autarkie an, müsse man in sortenreines Saatgut investieren.
Das Nachhaltigkeitsamt, an alle: »Das Tolle ist, dass wir dann nie wieder kaufen müssen. Das vermehrt sich von selbst.«
Das Reparaturamt II: »Eh klar. Wir verwenden nur eigenes Saatgut. Ein Kollege bastelt gerade an eigenen Sorten. Da kommt alles von uns.«

Das Listenamt: »Und davon können wir uns einfach so was nehmen?«

Das Reparaturamt II: »Das basiert dann mehr so auf Tausch, das sehen wir dann schon noch.«

Das Listenamt: »Und da können wir einfach so kommen?«

Klar, das sei total offen. Martin werde die Route mailen.

Ob man nicht vielleicht doch einfach per WhatsApp einen Standpunkt schicken könne oder wolle?

Nein, er lasse sich auf keinen Fall tracken, unterbricht Thomas die erneute WhatsApp-Diskussion.

Die Obfrau und auch die Obfrau Stv. erinnern daran, dass es solcherlei Diskussionen in der Kindergruppe vor ihrer Zeit bereits gegeben habe und diese verzichtbar seien.

Das Nachhaltigkeitsamt wirft ein, dass dies noch lange keine Diskussion sei, worauf das Vernetzungsamt anmerkt, dass es sich bald zu einer solchen entwickeln werde, nämlich dann, wenn sie auf des Nachhaltigkeitsamts Ansichten zu reagieren gedenke.

Das Nachhaltigkeitsamt im Landeskriminalamt

»Herr Langegger. Ich nehme an, wenn wir uns Ihren Einzelverbindungsnachweis anschauen, werden wir relativ bald die Frau Bonin finden. Habe ich recht?«

Das Nachhaltigkeitsamt lächelt und schüttelt den Kopf.

»Sie haben seit letztem Winter nie wieder mit der Frau Bonin telefoniert?«

Das Nachhaltigkeitsamt schüttelt den Kopf.

»Nicht vielleicht doch im Sommer? Um das gemeinsame Fest zu planen? Die Sommersonnenwende?«

Gruppenführer Hornberg dreht den Kopf und runzelt die Stirn. Der Chefinspektor schaut weiter geradeaus. »Herr Langegger, wenn wir was finden, müssen wir in der Folge annehmen, dass Sie in die Planung eines Tötungsdeliktes involviert waren. Diesen Verdacht müssen Sie dann erst mal entkräften.«

Gruppenführer Hornberg schaut auch wieder geradeaus und nickt dazu. »Sie können natürlich auch gerne einen Anwalt zurate ziehen.«

»Genau, vielleicht den Herrn Adam?«

Das Nachhaltigkeitsamt versteht nicht. »Was? Ich dachte, der Mann von der Susanne hat sich gestellt?«

Gruppenführer Hornberg: »Und damit sind Sie aus dem Schneider? Leider nicht.«

Der Chefinspektor, ausschließlich an Hornberg gewandt: »Gehst du zum Tramec? Ich brauche die Telefonprotokolle.«

Dann, an das Nachhaltigkeitsamt: »Danke, Herr Langegger, ich melde mich.«

Der Chefinspektor schließt sein Notizbuch.

Die Ex-Ex-Obfrau und der Geschichtestudent (Rückblick)

Ein Lokal in der Josefstadt. Studentinnen und Studenten, Holzmobiliar, gelbes Licht, lautes Stimmengewirr.

Der Geschichtestudent hört, den Kopf an die Wand gelehnt, Susanne zu, die, ihm gegenüber, die Ellenbogen auf die Tischplatte, das Kinn auf die Fingerknöchel gestützt, leise erklärt.

Der Geschichtestudent stößt sich von der Wand ab, beugt sich vor.

»Susanne, so arbeiten wir nicht. Schau, wir haben eine CI, und die ist ganz klar, das weißt du.«

Pause.

»Susanne. Kann es sein, dass du da ein bisserl was Persönliches reinbringst?«

Die Ex-Ex-Obfrau hebt irritiert den Kopf. Was er da meine?

»Na, die Heidi mit ihrem Flüchtling.«

»Also bitte. Meine Tochter ist meine Angelegenheit, deshalb bin ich nicht hier.«

»Na eh. Entschuldige. Ich find's halt schon ein bisserl widerlich.«

Susanne sagt nichts.

Der Geschichtestudent stützt ebenfalls die Ellenbogen auf den Tisch. Schüttelt sich mit einer Kopfbewegung die Haare aus der Stirn. »Also gut. Sag, was meinst du?«

Susanne hebt das Kinn von den Händen, richtet sich auf. »Ich schlage nicht vor, eines durchs andere zu ersetzen. Natürlich agieren wir weiter symbolisch-metapolitisch, klar, da bin ich bei dir.«

Der Geschichtestudent nickt. Lächelt. »Gott sei Dank.«

»Ich bin jedoch überzeugt, dass wir mehr können. Eine unsichtbare Aktion, die noch viel mehr Stimmung macht als jede Aktion bisher.«

Der Geschichtestudent, amüsiert. Er sei ganz Ohr.

Das Nachhaltigkeitsamt im Landeskriminalamt

Das Nachhaltigkeitsamt richtet sich auf. »Nein. Das kann doch nicht sein. Nur weil ich mit der Susanne telefoniert habe?«

»Das allein wäre noch nicht das Problem, da haben Sie recht. Aber Sie haben der Frau Bonin wichtige Informationen weitergegeben, sagen wir – von mir aus –, ohne dass Sie es wussten.«

Das Nachhaltigkeitsamt überlegt. »Was hätte so wichtig sein können?«

Pause.

Das Nachhaltigkeitsamt lehnt sich zurück, lässt sich fallen.

Er habe nichts gesagt. Sie hätten sich halt ein paarmal unterhalten.

Der Chefinspektor unterbricht. »Ein paarmal? Sie müssen jetzt wirklich genauer werden.«

Er könne sich nicht erinnern, wirklich.

»Und das Sonnwendfeuer?«

Gruppenführer Hornberg dreht den Kopf.

Thomas Langegger beugt sich vor. Was das mit der Kindergruppe zu tun habe.

Der Chefinspektor wartet.

Ja, es könne sein, dass er von der Kindergruppe erzählt habe. Das Nachhaltigkeitsamt wirft die Arme in die Luft. Wer mache das nicht: über den Alltag sprechen. Das sei ja auch ein Irrsinn gewesen. Wie die alle ignoriert hätten, wie der Amir seine Tochter angeschaut habe. Dem habe man doch bitte nicht trauen können, das sehe man doch jetzt. Er habe allen Ernstes überlegt, seine Tochter aus der Kindergruppe zu nehmen. Die Taleja von allen ihren Freundinnen trennen – nicht umgekehrt den Amir rausschmeißen, nein, Gott bewahre. Und die Mone und die Ingrid, die hätten auch bewiesen, dass sie nicht in der Lage seien, einfache Sicherheitsstandards einzuhalten.

Pause.

Die Susanne sei schon gescheit. Und Humor habe sie auch. Sie habe immer gemeint, seine Geschichten aus der Kindergruppe würden sie so herrlich unterhalten. Ja, es könne sein, ja, wahrscheinlich habe er von Ludos Geburtstag erzählt. Das sei ja auch so eine Sache, das sei ja ein Riesending gewesen. Diese Party sei ja schon Thema von zwei Elternabenden gewesen, vor den Ferien, nach den Ferien. Der Ludo sei so was von verwöhnt. Und angeberisch. Der habe die Einladungen verteilt wie Zugangsberechtigungen zu einem ganz exklusiven Club, der habe seine Tochter gequält. Die sei ganz fertig gewesen, weil sie erst nicht habe kommen dürfen. Und der Termin! Man habe sich extra und ganz sicher frei halten müssen. Könne sein, dass er das erzählt habe. Aber wieso auch nicht. Wieso ihn das strafbar mache, wolle er mal wissen, das müsse man ihm mal erklären.

Landeskriminalamt

Hornberg wünscht sich nichts mehr als einen Kaffee vom Mokka, muss jedoch mit einem Automatenkaffee Vorlieb nehmen, da das Café sonntags geschlossen hat. Der Gruppenführer versteht das nicht. »Das macht doch keinen Sinn, die Leute wollen doch eh alle frühstücken gehen.«

Das Vernetzungsamt im Landeskriminalamt

Katja Bernstorff-Heinig in der weißen Hose, darüber das schlafende Baby Mina in der Trage, darüber ein cremefarbener Trenchcoat, in der Hand ein blassgrünes A4-Kuvert, betritt das Landeskriminalamt.

Sie müsse den Herrn Hansmann sprechen.

Das Vernetzungsamt wird gebeten, zu warten, und wendet sich ihrem Telefon zu.

Das Vernetzungsamt

umgibt sich mit schönen Dingen –

(Das Vernetzungsamt liebt die schönen Dinge, und in der Gegend rund um die Kindergruppe gibt es davon viele. Blumen für sich selbst, Hosen für den kleinen Otto, Miniatur-Pullover und Jäckchen für Töchterchen Helmina. Es macht Katja gute Laune, die Stoffe zu befühlen, gemusterte Pyjamas in Seidenpapier verpacken zu lassen und später an ihren Kindern zu sehen. Es belohnt und tröstet sie, je nachdem. Weder Blumen noch Kinderbekleidung muss man anprobieren – ein weiterer Vorteil, trägt doch das Vernetzungsamt trotz Rückenschmerzen das schlafende Baby.

Man hält prüfend die Jacke, die Strumpfhose in die Höhe, schätzt Kleider in Bezug auf Körpergröße und nimmt. Und wenn es nicht passt, kann man immer umtauschen, besonders in den Geschäften, in die das Vernetzungsamt geht. Besonders dort sind die Verkäufer und Verkäuferinnen um die Kundschaft bemüht und tauschen gerne um. Vor allem, weil man dann ja noch wei-

teres Schönes entdeckt, noch Schuhe oder Sandalen oder Eimer und Spaten. Die man dann einfach mal dazunimmt. Und so sind die Kinder winters und sommers schön angezogen. In senfgelbem Wollwalk der Otto, in Petrol der Joseph und Klein-Mina im roten Ganzkörper-Wichtelmännchen. Oder Joseph in mit Planeten bedruckter Hose, Otto in sandbrauner Strickjacke mit beigen Sternen an den Ellenbogen und Mina im zur Planeten-Hose passenden Babykleidchen.

Das Vernetzungsamt weiß um ihre Verführbarkeit. Als Beispiele nennt sie den Handyhalter für ihren Kinderwagen und den besonderen, mitwachsenden Morgenmantel.

Vielleicht entspricht ihr Konsumverhalten aber gar nicht so sehr einer fehlenden Enthaltsamkeit als vielmehr des Vernetzungsamts Großzügigkeit. Katja ist tatsächlich nicht neidisch und gönnt sich und anderen materiellen Wohlstand sowie die Verfügbarkeit von Zeit.)

– und Literatur.

Online und auf Papier, Zeitschriften, Sammelbände und Monografien, primär und sekundär. Die Kleinfamilie und ihr Scheitern, Räume und deren Gestaltung – hier nicht gemeint durch Möbel und Farben, sondern durch Machtmechanismen. Kapitalismuskritik, Liebe, Ökonomie und Staat; struktureller Sexismus.

Das Vernetzungsamt sucht ihre Position zwischen Mum-Bloggerinnen (entsetzte Faszination), feministischer Theorie (wütende Leidenschaft) und nachhaltigem Design (belustigtes Wohlgefühl).

Das Vernetzungsamt im Landeskriminalamt

Sie wisse, es sei Sonntag. Sie habe sich jedoch so schlecht gefühlt nach all dem, was sie gelesen habe, die Verhaftung und alles.

Katja Bernstorff-Heinig setzt sich langsam nieder. Das Baby schläft weiter.

Als das Vernetzungsamt vorsichtig einen Stapel Papier aus dem Kuvert zieht, weiß der Chefinspektor sofort, worum es sich handelt.

»Moghaddams Notizen.«

Das Vernetzungsamt hält in der Bewegung inne. »Amirs Aufzeichnungen. Die kennen Sie?«

»Ja.« Der Chefinspektor blättert. »Wobei. Nein, Sie haben da anscheinend ein bisschen mehr als wir.«

Schaut auf, dem Vernetzungsamt ins Gesicht. Müde Augen. »Wie sind Sie in Besitz der Aufzeichnungen gekommen?«

Amir habe sie gebeten, seine Aufzeichnungen zu lesen und die Reaktionen der Eltern einzuschätzen.

»Und wie war Ihr Gefühl?«

»Ich fand's richtig gut. Geschrieben und beobachtet.«

»Das heißt, die Texte sind doch wahr.«

»Teilweise. Er hat uns schon ganz gut getroffen.«

Pause.

»Aber?«

»Ich habe ihm geraten, unter einem Pseudonym zu veröffentlichen.«

»Frau Bernstorff-Heinig, was war Herrn Moghaddams Motivation?« Der Chefinspektor deutet mit dem Kinn auf den Papierstapel.

»Soviel ich weiß, hatte er ein Brettspiel geplant: ›Elternabend‹. Jedes Amt sollte eine Spielfigur werden, und die Texte wären Teil der Spielanleitung gewesen. Amir meinte, die Kindergruppe sei wie eine Miniatur-Welt, das Große im Kleinen.«

Pause.

Des Vernetzungsamts linke Hand hält das Handgelenk der rechten.

Sie habe nicht vorschnell Schlüsse ziehen wollen. Sie habe zuerst sehen wollen, wie sich die Stimmung in der Gruppe entwickle. »Und ich wollte tatsächlich niemanden anschwärzen.«

Der Chefinspektor wartet.

»Die Berichterstattung, das Foto.«

»Lässt Sie woran denken?«

Das Vernetzungsamt schüttelt den Kopf. »Es ist so furchtbar.«
Pause.
Sie frage sich, ob sie zu lange zugesehen habe.
»Wobei?«
Sie habe einfach nie gedacht, dass so etwas möglich sei.
Pause.
Blick zum Chefinspektor.
Wenn sie ehrlich sei, wisse sie nicht so recht, was sie von Heidis Mutter, von Frau Bonin, halten solle. Auch wenn sie ihr niemals zutraue …
Der Chefinspektor nickt leicht. »Frau Bonin publiziert auf diversen Plattformen der Neuen Rechten.«
Ehrlich gesagt, leider, habe sie das bereits gewusst, sie beobachte schon länger die Neue Rechte in Österreich. Und deshalb habe sie ja von Anfang an Bedenken gehabt wegen der Heidi.
»Sie meinen wegen ihrer Anstellung in der Kindergruppe?«
Baby Mina streckt die Beine.
»Ach so deshalb, nein. Nein. Eher wegen ihrer Beziehung zu Amir.« Aber das sei eine Weile richtig gut gegangen. Bis dann die Susanne Amir hinausgeworfen habe. Heidi sei ganz aufgelöst gewesen.
Pause.
Baby Mina biegt den Rücken durch, kleine Fäuste werden sichtbar.
»Heidi wollte sowieso ausziehen.«
Blick zum Baby.
»Aber ich glaube, das hat die beiden echt belastet. Heidi und Amir.«
Das Vernetzungsamt wiegt den Oberkörper vor und zurück.
Amir habe auch echt fertig ausgesehen, sie könne nicht beurteilen, ob einfach nur müde – »der war ja schon gut unterwegs, abends, nachts« – oder ob wirklich etwas gewesen sei.
Woran sie dabei denke.
Schüttelt den Kopf. Das könne sie auch nicht sagen.

Baby Mina streckt sich und wird aus der Trage genommen.

Der Chefinspektor sieht dabei zu.

Das Vernetzungsamt legt das Baby an, der Chefinspektor schaut zur Seite.

Pause.

Das Vernetzungsamt stillt und fragt sich, ob die Tat vorherzusehen gewesen sei, gewesen wäre – hätte man genauer hingesehen.

»Frau Bernstorff-Heinig, das hätten Sie mir längst erzählen müssen.«

Nickt und stillt.

Heidi und Susanne

Heidi fühlt sich fortwährend beobachtet und beurteilt. Ob sie sich eh nicht angesteckt hat, bei ihrer Mutter. Als könne sie nicht selbstständig denken. Gleichzeitig überprüft und zensiert sie sich ständig selbst. Sie traut sich selbst nicht. Wieso hat sie keine klare Position?

Susanne schreibt, und Heidi liest mit.

Heidi schämt sich. Und wütend ist sie. Auf beide Seiten.

Auf die Mutter, natürlich. Kann die Susanne sich nicht einfach beruhigen? Muss dieser peinliche Geschichtestudent wirklich jeden Freitagabend in ihrer Küche sitzen und mit seiner näselnden Stimme herumschleimen?

Und auf die anderen. Heidi kann sie nicht mehr hören, die Frage: Weißt du, dass deine Mutter eine bekennende Rechte/Rechtsradikale/Rechtsextreme ist? – mit wechselnder Wortwahl. Dabei bekennt *sich die Mutter nur zu Ersterem. Aber soll Heidi das wirklich erklären? Muss sie stellvertretend für ihre Mutter Begriffe auseinanderdividieren und diskutieren? Bis hierhin ja, ab hier nein. Muss Heidi darüber streiten, ob das alles dasselbe ist? Denn, nein, es ist ihr nicht egal. Sie fühlt sich nicht wohl, wenn ihrer Mutter Extremismus und Kriminalität unterstellt werden. Dann argumentiert Heidi doch, und prompt sitzt sie in der Falle. Ob sie wirklich glaube, dass ein Unterschied zwischen »Neuer Rechter« und »altem« Rechtsextremismus bestehe?*

In solchen Momenten fühlt sich Heidi ihrer Mutter nahe. Unfreiwillig. Dann denkt sie »Sprechverbot«, sagt es aber nicht.

Heidi kann es gar nicht richtig machen. Stellt sie die Frage, warum sie sich für ihre Mutter rechtfertigen müsse, was sie dafür könne, was sie für ihre Mutter könne, kommt »ja eh«, aber wie sie stillschweigend deren Äußerungen akzeptieren könne.

Und dann glaubt Heidi wieder, die Argumentation ihrer Mutter nachvollziehen zu können. Dass nämlich andere für sie definieren (wollen), was sie in Ordnung finden darf und was nicht. Wenn das wiederum Susanne bemerkt und Heidi in ihrer Selbst- und Widerständigkeit unterstützt, könnte Heidi schreien.

Die Gruppeninspektorin am Abend

Karin empfängt den Chefinspektor mit Raphi am Arm.

Wieso der noch nicht schlafe. Er habe jetzt wirklich keinen Nerv mehr.

Sie auch nicht, sie gehe jetzt laufen.

Wie bitte? Um diese Uhrzeit? Sie sei wohl verrückt, was das jetzt solle. Sie habe ja nicht einmal Laufschuhe.

Sie müsse jetzt einfach raus.

Der Chefinspektor legt sich mit Raphi ins Kinderbett.

TAG 15

Der Chefinspektor in der Früh

Der Chefinspektor wacht wieder auf, als jemand unter dem Fenster, obwohl die Uhrzeit ausdrücklich nicht dafür vorgesehen ist, Flaschen in den Glascontainer wirft. Danach ist er zu wach, um noch die Straßenreinigungsfahrzeuge zu überhören, die in ihre Garage zurückkehren. Er könnte genauso gut aufstehen, traut sich jedoch nicht, sich zu bewegen, um Raphi nicht zu wecken. Der Chefinspektor liegt also wie festgenagelt auf der Kindermatratze und geht die Liste der Verdächtigen in seinem Kopf durch.

Da ist der Bursche.

Da ist August Wittner, der streng genommen gar nicht auf diese Liste gehört.

Und irgendwie ist da die Susanne Bonin.

Der Bursche. Und das blonde Mädel.

Als der Chefinspektor endlich seinen Arm, den er im Neunzig-Grad-Winkel vom Körper weggestreckt hält, neben seinem Oberkörper ablegen will, wacht Raphi auf und verlangt sofort Frühstück, Emmi folgt nach.

Karin betritt die Küche. Herrlich habe sie geschlafen ohne sein Atmen.

Der Chefinspektor beschließt, das zu überhören. Das Thema »zusammen versus getrennt schlafen« haben sie schon länger, und Karin zitiert mittlerweile nicht mehr nur die Radiosendung zum Thema Frauengesundheit, sondern zusätzlich einen Artikel, den sie über Facebook entdeckt hat. Das Konzept »Ehebett« verschlechtere die Schlafqualität und -quantität (!) von Frauen fallweise gravierend, dennoch würden es viele Männer als Zurückweisung werten, schliefe die Partnerin nicht im selben

Raum. Dabei gehe es doch hier weder um Liebe noch um Sex. Es gehe um ihre, Karins, Gesundheit.

Online-Zeitung

Neuer Glamour für den Fall des erstochenen Afghanen

Nachdem es am Samstag zu einer weiteren Verhaftung im Mordfall Amir M. kam, wurde nun der Staranwalt Dr. Friedrich Adam aktiv.

In den Abendstunden war in Kierling (Gemeinde Klosterneuburg) ein fünfundzwanzigjähriger Mann festgenommen worden.

Der Tatverdächtige war zuletzt bei einem landwirtschaftlichen Verein angestellt, auf dessen Grundstück Überreste eines Rucksacks des Mordopfers gefunden wurden. Am Samstag klickten die Handschellen. Über ein mögliches Tatmotiv schweigen sich die ermittelnden Beamten bis dato aus.

dieAundO

Warme, verwaschene Farben, angedeutete Vignette: ein senfgelber Holztisch von oben, vier Paar Kinderhände: einmal mit roten Nagellackresten, einmal mit Haifisch-Tattoo links, Anker rechts, zweimal ohne Schmuck. Pro Kinderhandpaar ist ein Löffel aufgedeckt. In der Mitte steht eine große Schüssel rosa Joghurt mit Früchten.

Gefällt 2.113 Mal

dieAundO Und wir essen wieder Joghurt. Wir sind Joghurt-Junkies. Und wenn wir, wie so oft, Gäste haben, ist es ruck, zuck gemacht und erfrischt.

Heute hat es die O mit ihrer Freundin selbst angerührt, abgeschmeckt und serviert.

O sagt: Dreimal rühren reicht, sonst werden die Beeren matschig. Erhobener Zeigefinger

A sagt: Mit Zucker schmeckt's besser. Lachender Katzensmiley

#lebenmitkindern #lifewithkids

#allgirls #grrrls

#motherhoodsimplified

#growingup

#mumlife

#yummy

#healing

Alle 789 Kommentare anzeigen

maus_zuhaus Super Idee, haben die Maus und ich gleich nachgekocht. Wir haben auch nur dreimal umgerührt und den Zucker durch Birkengold ersetzt.

dieAundO Birkenzucker ist – in Maßen genossen – eine gute Alternative zu Zucker, sollte ihn jedoch nicht zur Gänze und überhaupt ersetzen!

sabrina_totalverhext Ach Ona! Lachender Smiley

anna_winter81 Essen wir hier auch ständig – beste Nachspeise!

tigerandlily Lachender Smiley. O weiß es!

hannah_be Wir haben auch dauernd kleine Gäste! Schwitzendes Emoji. Stark, wie du das hinkriegst, nach der Arbeit. Ich bin da echt manchmal gefordert.

dieAundO @hannah_be Wie gesagt, Ona macht wirklich vieles selbst – ganz. Soll heißen von Anfang bis Ende. Ich muss immer wieder an mir arbeiten, dass ich sie lasse, aber es wird täglich besser!

Der Chefinspektor, die Gruppeninspektorin und die Ex-Ex-Obfrau

Die Ex-Ex-Obfrau, Susanne Bonin, steht in der Wohnungstür, hinter ihr die zerzauste Hedda.

Heidi sei nicht da.

Wann sie denn wiederkomme?

Das könne sie nicht sagen. Heidi habe sich für die Selbstständigkeit entschieden.

Der Chefinspektor versteht nicht, was das bedeutet.

»Nun. Sie ist ausgezogen. Mit Ihren *Ermittlungen* haben Sie das geschafft, was diverse weltanschauliche Unterschiede nicht zu schaffen vermocht haben. Sie haben den Zusammenhalt unserer Familie aufgebrochen.«

»Na ja, sie hat ja auch offensichtlich Anlass, Ihnen zu misstrauen.«

»Das können *Sie* beurteilen?«

»Frau Bonin, Amir Moghaddam, das war nicht Ihr Traum-Schwiegersohn.«

Die Ex-Ex-Obfrau wirft den Kopf zurück. »Amir war überhaupt nicht mein Schwiegersohn. Er wäre es auch nicht geworden. Heidi ist ein Kind. Sie weiß doch noch gar nicht, was sie will.«

Christina: »Sie wollte mit ihm Österreich verlassen.«

Die Ex-Ex-Obfrau wendet sich der Gruppeninspektorin zu. »Die Frau Gruppeninspektorin, guten Tag.«

Dann macht sie den Weg frei in die Küche. Hedda beobachtet stumm das Geschehen.

»Hörnchen, geh mal bitte in dein Zimmer, ich muss mich unterhalten.«

Der Chefinspektor steht vor der Bauernkommode und einem neuen Bücherstapel. Zuoberst geht eine Person – genauer: deren Silhouette – vor blaugrünem Hintergrund auf eine Lichtquelle zu. Darüber zarte Serifen in Weiß: »Alles Einzelfälle. Massenmigration und Sexualdelikte«.

»Ihr Mann recherchiert?«

»Nein, das ist diesmal meine Ausbeute.«

Der Chefinspektor dreht sich zu Susanne Bonin.

»Was war Amir Moghaddam für Sie? Haben Sie den als persönlichen Gegner gesehen, oder war der mehr ein Stellvertreter für genau das hier?« Der Chefinspektor zeigt auf das Buch neben sich: »Massenmigration«.

Susanne Bonin hebt das Kinn – die Sehnen am Hals und die Schlüsselbeine treten deutlich hervor. »Abenteuerliche Aufteilung, aber ich will es mal versuchen. Auf rein persönlicher Ebene war mir der Amir wurscht. Ob nun Amir tatsächlich ein Einzelfall ist oder nicht, kann ich schwerlich beurteilen, die Kriminalstatistik kennen Sie besser als ich.«

Christina schüttelt den Kopf. »Über Amir Moghaddam liegen keine strafrechtlich relevanten Informationen vor. Anders als bei Ihrem Freund, dem Herrn Riedl. Der geht ja bei Ihnen ein und aus wie ein Familienmitglied.«

Die Ex-Ex-Obfrau schaut Christina ins Gesicht. Schüttelt den Kopf. »Ich denke, deshalb sind Sie nicht hier.«

»Was hatten Sie dann gegen den Herrn Moghaddam?«

»Das kann ich Ihnen sagen. Diese fordernde Haltung. Als hätte nicht er, sondern *wir* eine Bringschuld. Aber dafür konnte Amir gar nichts. Wie gesagt, auf persönlicher Ebene war er mir egal. Das hat schon die *Willkommenskultur* zu verantworten. Die Fremden kommen, und wir laufen und bringen. Verkehrte Welt.«

»Und der Herr Langegger ist ein guter Freund von Ihnen?«

»Ist das eine Frage oder eine inkorrekte Annahme?«

»Zu dem haben Sie ebenfalls regelmäßigen Kontakt gepflegt.«

»Wie mit so vielen anderen alten und neuen Bekannten.«

»Borgen Sie denen allen die Kleidung Ihrer Tochter?«

Die Ex-Ex-Obfrau zieht den Kopf zurück. »Das ist vollkommen abwegig.«

»Eben. Also ist es mit dem Herrn Langegger schon anders, oder? Mit dem haben Sie besonders viele Gemeinsamkeiten.«

Die Ex-Ex-Obfrau schaut hinauf, zu den Spinnweben unter der Decke. Dann dem Chefinspektor ins Gesicht. Ehrlich gesagt, nein, viele Gemeinsamkeiten sehe sie da nicht. Sie könne Thomas' Ansichten über weite Strecken nachvollziehen, das ja. Sie verstehe, was für ihn den Reiz seiner Untergangsszenarien ausmache. Individuelle Autarkie sei jedoch keine Lösung. Im

Gegenteil, sie empfinde diesen Weg in den Rückzug als problematisch. Wie gesagt, nachvollziehbar: Wer habe den nicht, den Wunsch, nichts mehr mit all dem zu tun zu haben – aber problematisch.

»Was ist denn Ihr Vorschlag? Mauern bauen?«

Ach. Er solle ihr doch aufhören mit seiner Gesinnungsethik. Wirklich, sie habe nicht den Nerv, das hier und jetzt zu diskutieren. Sie wolle viel mehr wissen, wann diese lächerlichen Ermittlungen gegen ihren Mann eingestellt würden.

»Frau Bonin, Ihr Mann ist *bei uns* vorstellig geworden. *Wir* haben gegen ihn keinerlei Ermittlungen geführt.«

»Aber gegen mich, wollen Sie sagen? Meine Haltung kriminalisieren Sie ohne Scheu und Bedenken?«

Der Chefinspektor, die Gruppeninspektorin und Heidi

Heidi wohnt vorübergehend in der Stadtwohnung der Familie Hohenfels.

Sie könne nicht mehr. Sie könne ihre Mutter nicht mehr anschauen, sie wisse auch nicht, warum.

Pause.

Die Mutter gehe immer zu diesem Stammtisch und komme mit neuen Ideen zurück.

»Ideen?«

»Dass wir bald ersetzt werden. Dass jetzt die letzte Chance ist.«

Heidi lässt den Kopf hängen. »Und irgendwie werde ich das Gefühl nicht los, dass sie sogar froh ist, dass der Amir tot ist.«

(Und irgendwie wird Heidi das Gefühl nicht los, dass ihre Mutter mehr darüber weiß als sie alle zusammen.)

Christina: »Ich denke auch, dass es Ihrer Mutter nicht recht war, dass Sie sich in den Amir verliebt haben. Alles, was wir bisher über Ihre Mutter gefunden haben, bestärkt diesen Eindruck. Oder was meinen Sie?«

Der Chefinspektor, gleichzeitig: »Aber das heißt nicht, dass Ihre Mutter in die Tat involviert war.«

Heidi nickt verspätet.

Christina geht einen Schritt auf Heidi zu. »Sie glauben schon?«

Heidi schaut auf Christinas Füße.

»Heidi, was ist in Ihrem Kopf los?«

Heidi dreht den Kopf zur Seite. »Nichts. Ich weiß es nicht. Ich weiß nicht mehr, wozu meine Mutter fähig ist.«

»Was heißt das?«

Pause.

»Dass nach all dem, was sie in letzter Zeit gesagt hat ... Dass ich nach all dem nicht mehr weiß, was sie *tut*.«

Christina schaut zum Chefinspektor. Heidi hebt den Kopf.

»Wissen Sie, ich stell mir immer vor, der Amir lebt noch.«

Pause.

»Der hat nur bei so einem Bühnenspektakel mitgemacht, um uns wieder irgendwas zu beweisen.«

»Wie meinen Sie das?«

»Na ja. Wie wenn er das alles selbst geplant hätte.«

Christina nickt.

Die Ex-Ex-Obfrau und der Geschichtestudent (Rückblick)

Susanne nimmt einen Schluck von ihrem Spritzer. Die ganze edle Moral, die ganze Ignoranz könne sich die linke Gesinnungsdiktatur nur leisten, weil sie in Wahrheit abgeschottet von allen Konflikten lebe. Die Gutmenschen würden ins Burgtheater pilgern, um Schauspieler zu sehen, die Flüchtlinge spielten, und realiter hätten sie das Fremde noch nie erlebt.

Der Geschichtestudent, näselnd: »Außer dir. Du hast es in der Küche.«

Susanne reißt die Augen auf. »Clemens!«

Biergrinser. »Entschuldige.«

Susanne schüttelt den Kopf und lacht.

Der Geschichtestudent beugt sich weit nach vorn. »Ja?«

»Jetzt weiß ich nicht mehr, wo ich war.«

»Bei der Linken und dem Fremden.«

»Genau. Und genau diese Erfahrung. Die Erfahrung des Fremden muss in ihrer Mitte verankert werden.«

»Wessen Mitte?«

»Geh bitte, bist du langsam. In der Mitte der Gutfühl-Linken.«

Der Geschichtestudent nickt langsam und grinst. »Sprich weiter.«

»Ich begreife den Vordränger als Chance, die Bobos am Multikulti mit all seinen Folgen teilhaben zu lassen. Es ist klar, dass die die Fremden auch nicht haben wollen. Die haben das einfach noch nicht zu Ende gedacht.«

»Okay, das heißt – was?«

»Wir inszenieren den Konflikt. Wir beschleunigen, was sowieso irgendwann kommt. Wir sind der Katalysator.«

Pause.

»Also, sag, was hast du vor?«

»Ich denke erst.«

»Geh komm! Sag, was du vorhast!«

»Ich nenn das jetzt mal *Staging*. Das Konfliktpotenzial muss deutlich gemacht werden. Verwirrung macht unsicher, Unsicherheit macht Angst.«

Der Geschichtestudent nickt ernst.

»Weg vom Abstrakten.«

Der Geschichtestudent zeigt wieder seine weißen Zähne. »Susanne, du bleibst uns aber schon noch erhalten?«

Die Ex-Ex-Obfrau und der Geschichtestudent (Rückblick)

Er solle es sich vorstellen als Was-wäre-wenn-Szenario. Was wäre, wenn plötzlich Gewalt ausbräche, und niemand könnte einordnen, woher die nun komme und für wen sie potenziell gefährlich wäre. Was wäre, wenn alle glaubten, die Fremden würden sich nun gegenseitig killen. Ohne Rücksicht auf Verluste.

»Was sollte uns das bringen?«

Es entstünde eine Win-win-Situation. Erst mal würden alle dankbar aufspringen, endlich hätten sie einen Grund, sich vor den Fremden zu fürchten. Das täten sie nämlich eh schon längst. Endlich fielen mal die Masken. Und die Wohlfühl-Linken gäbe es nicht mehr.

Schluck Spritzer.

Und wenn klar werden sollte, woher der Wind wehe – »umso besser, dann sieht man, wie stark wir sind. Es wäre ein deutliches Signal. An die Fremden, an Gleichgesinnte, an die Politik. So kann es nicht weitergehen.«

»Du, ganz im Ernst. Das darf nichts mit uns zu tun haben. Wir machen die Distribution, wir machen die Pressearbeit. Aber wir haben nichts mit gar nichts zu tun.«

Landeskriminalamt

Die Tatortgruppe berichtet.

In den Brandresten wurden Fingerabdrücke sichergestellt.

Gruppenführer Hornberg: »Erste Sachbeweise!« Der Gruppenführer liebt Sachbeweise.

Der Inhalt des Rucksacks sei fast zur Gänze verbrannt, einzig einige Fotos in einem ledernen Etui hätten das Feuer unbeschadet überlebt, nun ja, fast. Jedenfalls habe man auf den Fotos Fingerabdrücke gefunden. Der Herr Brem habe diese definitiv in der Hand gehabt.

Die Tatortgruppe zeigt Fotos der Fotos.

Ein ferngesteuertes Auto vor undeutlich-dunklem Hintergrund.

Eine Kolonne aus Matchbox-Autos auf einem Fliesenboden.

Eine weiß bekittelte Frau lächelt in die Kamera.

Christina: »Das ist Moghaddams Tante!«

»Da war noch mehr. Da war noch ein zweites Set Fingerabdrücke. Wir haben es abgeglichen und – Treffer. Maya Kalina, geboren 1995 in Tulln. 2017 verurteilt wegen Körperverletzung.«

»Gibt es ein Foto?«

»Klar.«

Die Tatortgruppe zeigt das Bild einer blonden jungen Frau.

Landeskriminalamt

Mateo berichtet.

»Maya Kalina wohnt im Dritten, in der Seidlgasse.«

»Also gar nicht so weit vom Moghaddam entfernt?«

»Ja, das war aber Zufall – sie ist seit 2016 dort gemeldet. Gemeinsam mit zwei weiteren Personen, ich bin dabei, mir die genauer anzuschauen.«

Der Gruppenführer reibt sich die Schläfen. »Aber ist sie überhaupt die, die wir suchen?«

Mateo schaut zum Chefinspektor. Der Chefinspektor nickt.

Mateo fährt fort. »Die Frau Kalina studiert Geschichte. Ihre Eltern wohnen in Wimmersdorf, beides Lehrer.«

»Sonst was?«

»Na ja, die Körperverletzung 2017. Nasenbeinbruch, Prellungen. Keine Vorstrafen und nichts, deshalb nur Geldstrafe.«

Christina richtet sich auf. »Hatte das Opfer zufällig einen Migrationshintergrund?«

Mateo nickt. »Syrer.«

Der Gruppenführer findet, das führt zu nichts, und würde gerne wissen, ob die gefundene Frau Kalina tatsächlich die gesuchte junge Frau ist.

Der Crêperie-Inhaber im Landeskriminalamt

»Ja, das ist sie.«
Schüttelt den Kopf.
»So jung. Was hat sie denn gemacht?«

Dann ist das blonde Mädel da.

Maya Kalina im Landeskriminalamt

Der Anwalt ist auf dem Weg.
Maya Kalina sagt nichts.

Das blonde Mädel sitzt im Vernehmungsraum und schweigt und sagt nicht, sie habe eine Chance gesehen, die Entwicklung zu beschleunigen. Katalysator zu sein. Maya Kalina fragt nicht: »Oder soll ich *gendern*? Ich bin eine Katalysator*in*.«

Maya Kalina sagt nicht, dass in ihr die Erkenntnis gewachsen sei: Es reiche. Sie erzählt nicht von sich selbst: Wenn sie Unrecht sehe, könne sie nicht abwarten und zusehen, bis sich das Problem von alleine löse. Und das werde es. Das Problem werde sich lösen. Nur. Wolle man die Lösung wirklich jenen überlassen, die jetzt schon nichts täten? Die immer nur sagen würden: »Bitte nach Ihnen«, und sich brav einreihten?

Das blonde Mädel sagt nicht, es werde sich einiges ändern, man sehe das ja bereits jetzt – in ganz Europa. Es bröckle der »Zusammenhalt«. Zusammenhalt. Den habe es doch nie gegeben. Den könne es gar nicht geben. Und wozu auch? Wie solle ein junger Mensch in einem abstrakten Zusammenschluss von neoliberalen Staaten eine Identität finden. Und wie solle ein älterer Mensch, der sein Leben lang fleißig seine Steuern gezahlt habe, verstehen, warum davon jetzt irgendwelchen Südländern die Schulden getilgt würden? Solle man ernsthaft dabei zusehen, wie alles, was einem je kostbar war, entwertet werde?

Maya Kalina erklärt nicht, wie man sein Opfer finde.

Wie man ein Opfer finde, das eben nicht nur irgendein Ausländer sei, der eh allen wurscht, oder ein Asylant, der allen noch viel mehr egal sei.

Maya Kalina führt nicht aus, dass man Opfer, Ort und Zeit mit Bedacht wählen müsse, wolle man die maximale Wirkung erzielen. Das maximale Geschrei. Das Geschrei sei am lautesten, wenn es jene betreffe, die von den linken Mainstream-Medien vertreten würden, wenn es die Gutmenschen treffe.

Mateo betritt den Vernehmungsraum und deutet mit dem Kinn zur Tür. Der Chefinspektor erhebt sich und verlässt den Raum.

»Schau mal.« Mateo klappt seinen Laptop auf, balanciert mit einer Hand und tippt. »Moment. Da.«

Der Chefinspektor sieht die Ex-Ex-Obfrau, Susanne Bonin, in einer Menschenmenge.

»Eine Demo?«

Mateo nickt. »Kundgebung für Menschenrechte.«

Susanne Bonins blonde Haare reflektieren das Sonnenlicht. Sie lächelt. In ihrer rechten Hand hält sie locker ein kleines Transparent.

Der Chefinspektor kneift die Augen zusammen. »Kann man das lesen?«

Mateo schüttelt den Kopf. »Nein. Aber schau mal da.«

Mateo zeigt.

Schräg hinter der Ex-Ex-Obfrau steht Maya Kalina, grinsend.

Die Ex-Ex-Obfrau und das blonde Mädel (Rückblick)

Natürlich müsse man gut auswählen.

Die junge Frau nickt versonnen. »Machen wir ein Casting?«

»So ähnlich.« Die Ex-Ex-Obfrau lacht.

Natürlich müsse man ins Herz der Gutmenschen treffen, ins Zentrum.

»Mit denen bist du ja ganz gut vernetzt, hab ich gehört.«

Susanne schaut dem blonden Mädel ins Gesicht und lächelt. »Und du bist ganz schön frech.«

Die Ex-Ex-Obfrau und das blonde Mädel (Rückblick)

Es ist ein Zufall. Es war Zufall.

Susanne geht an der Turnsaaltür vorbei, die einen Spalt offen steht. Susanne hat zwar meistens nur ein Kopfschütteln für Sportfanatiker, sie mag auch nicht, wie es in Umkleiden und Gemeinschaftsduschen riecht. Jetzt hört sie einen weiblichen Kampfschrei. Eindrucksvoll.

Also schaut Susanne durch den Türspalt und sieht vor hölzernem Hintergrund mehrere junge Frauen in kurzen Hosen und T-Shirts. Wie erwartet riecht es. Die jungen Frauen schauen alle nach links, Susanne folgt dem Blick und sieht eine weitere junge Frau, auch in Shorts und T-Shirt. Dazu rote Wangen und ein Pferdeschwanz im Honigblond des Turnsaalbodens. Die junge Frau hält ihren Fuß über das Gesicht eines vor ihr auf dem Boden liegenden Mannes. Er sagt: »Jetzt musst du schnell sein.« Die junge Frau stellt den Fuß neben den Kopf des Mannes und dreht sich weg.

Susanne ist fasziniert. Sie schaut den Rest der Turnstunde zu – so wie sie früher in der Schule gerne gewollt hätte, aber nicht gedurft hat.

Jedenfalls. Als die junge Frau den Turnsaal verlässt, lächelt Susanne ihr zu. »Beeindruckend.« Die junge Frau runzelt die Stirn.

»Susanne.« Susanne hält ihr die Hand hin.

Stirnrunzeln.

»Bonin.«

Kurzer Moment. Das Gesicht hellt sich auf. »Du bist immer mit dem Clemens unterwegs.«

Die junge Frau streckt die Hand aus. »Maya.«

Na ja, man trifft sich wieder, nickt sich aus der Ferne zu, kommt miteinander ins Gespräch. Wie entstehen Bekanntschaften, wer kann das schon so genau rekonstruieren.

Der Geschichtestudent ist Susannes Referenz, mit dem Geschichtestudenten kommt Maya in Susannes Küche. »Susannes Küche ist legendär.« Der Geschichtestudent grinst. »Von hier startet die Revolution.«

Susanne winkt ab. »Blödsinn. Hier plaudert es sich am besten.«

Die Ex-Ex-Obfrau und das blonde Mädel tauschen sich aus – über Lebensentwürfe rechter Frauen, Genderismus, Mütter und Töchter. Über Mayas Seminare und Seminararbeiten. Über Diskurse in den Mainstream-Medien, alternative Medien, über Wort und Tat. Man sei so verdammt unsichtbar. Maya habe das satt. Susanne versorgt Maya mit Literatur. Maya liest, kommt wieder und zählt Kritikpunkte auf.

Susanne findet Maya wunderbar radikal. Sie habe da eine Idee. Erst mal bitte nur zuhören.

Maya Kalina im Landeskriminalamt

Maya Kalina erklärt sich nicht, sie sagt nicht, dass das Foto der zweite Beschleuniger gewesen sei. Sie macht den Mund nicht auf, auch nicht, um zu gähnen. Sie sagt nicht, dass es der Moghaddam sowieso in die Medien geschafft hätte. Stirbt irgendwo in Favoriten einer, interessiere es keine Sau. Und die Linke sage: Es gebe kein Gewaltproblem, das seien alles Ausnahmen. Und die Bewohner, autochthonen Bewohner, des zehnten Bezirks würden wieder mal im Stich gelassen. Das blonde Mädel sagt nicht: »Fragen Sie die mal, ob die abends noch allein rausgehen!«

Sterbe so ein Schwarzkopf in der Josefstadt, werde plötzlich klar: »Der hat da gar nicht hingehört. Wieso war der überhaupt da?«

»Genau! Der hat da nicht hingehört. Offenbar ein Fehler in der Matrix. Jetzt sagt ihr es auch. Er hat sich reingedrängt. Wäre er besser draußen geblieben.«

Das blonde Mädel spricht nicht vom Sixty, der sich unter allen Umständen an den Kodex halte. Ehre und Treue. Der für immer schweigen werde. Die nötigen Vorkehrungen sind längst getroffen, das weiß das blonde Mädel.

Landeskriminalamt / Kaffeeautomat

»Wo sind eigentlich die Christina und der Manfred?«

»Beim Tramec.«

»Wir brauchen die Spurensicherung, die sollen sich die Wohnung anschauen.«

Mateo nickt.

»Und die Mitbewohner und die Eltern will ich hierhaben.«

»Alle gleichzeitig?«

»Ja. Die sollen schön warten.«

Maya Kalina im Landeskriminalamt

Maya Kalina sitzt und schweigt weiter und erzählt nichts davon, wie sie den Moghaddam beobachtet und seine Routinen herausgefunden haben.

Sagt nicht: »Da war nicht viel zu holen, war ja eine faule Sau. Nach dem Kindergarten immer gleich heim, bloß keinen Sport.«

Manchmal hat sich der Vordränger in die U3 gedrängt und ist bis zur Rochusgasse gefahren.

Manchmal ist er zu Fuß gegangen. In letzter Zeit war er mit einem Fahrrad unterwegs, keine Ahnung, wo der das herhatte, wahrscheinlich gestohlen.

Maya Kalina verrät nicht, wer ihr von der geplanten Geburtstagsparty erzählt hat.

Sagt nichts davon, dass sie schnell heraushatte, dass die Familie Lasser eine Putzfrau hat, die mindestens zweimal die Woche kommt. Auch hier stellt man keine heimischen Leute an, die verzweifelt auf der Suche nach Arbeit sind. Aber bitte.

Erzählt nicht, wie sie alles vorbereitet haben. Handschuhe, Messer, Stofffetzen in den Rucksack.

Muss nicht erzählen, dass der Moghaddam am Vormittag im Kindergarten war – das weiß der Chefinspektor. Das blonde Mädel sagt nicht, dass er an diesem bestimmten Montag aufs Fahrrad gestiegen, aber nicht zu Hause angekommen ist, weil sie ihn vorher *abgeholt* haben.

Das blonde Mädel erzählt nicht, wie sie sich am Donaukanal auf den Weg gelegt hat und dass der Sixty, als der Moghaddam ihr helfen wollte, hinter ihm aufgetaucht ist und ihm den Schuss gegeben hat.

Erzählt nicht von Moghaddams erstauntem Gesicht und davon, wie er sich umgedreht hat, Hand am Arm, nicht, wie er dann weggelaufen ist, weglaufen wollte. Wie er was sagen wollte und nur gelallt hat.

Nicht, wie sie ihn schnell untergehakt und zum Auto gebracht haben. Nicht, wie der Sixty noch einmal zurückgelaufen ist und das Fahrrad aufgestellt hat.

Erzählt nicht, wie der Moghaddam wie besoffen im Auto gelehnt ist – auf der rechten Seite, damit ihn der Typ von der Crêperie später nicht sieht – und sie ihn angeschnallt hat.

Maya Kalina erzählt nicht, wie sie direkt vor der Tür der Frau Lasser stehen geblieben sind. Erzählt nichts von der dritten Person, die dort gewartet und genickt hat, die sich, kaum dass sie ausgestiegen sind, ins Auto gesetzt hat und weggefahren ist.

Erzählt nicht, wie schwer der Vordränger war. Wie sie sich vor dem geekelt hat, vor dessen Kontrollverlust, vor dessen Schweiß. Erzählt nicht, wie sie ihn stützen mussten, von beiden Seiten. Wie sie mit dem Lift raufgefahren sind, durchs stille Stiegenhaus.

Wie sie aufgesperrt hat. Wie sie dann dem Sixty helfen musste, die Stiegen rauf zum Dach. Wie sie fast das Gleichgewicht verloren hätten.

Erzählt nicht, wie sie ihn auf der Terrasse fallen gelassen haben. Und wie sie gerade ihr Messer auspacken wollte und wie sie dann so ein komisches Geräusch gehört hat, weil der Sixty längst zugestochen hat.

Wie sie dem Moghaddam das Handy aus der Tasche genommen haben. Wie sie dann auf einen Sessel gestiegen ist und ein Foto gemacht hat.

Erzählt nicht, wie sie, einer nach links, eine nach rechts, die Josefsgasse verlassen haben – noch bevor die Obfrau Stv. in der Garderobe allen Kindern die Schuhe angezogen hat.

Der Chefinspektor am Abend

»Du, Emmi, wie gefällt's dir eigentlich im Kindergarten?«

Emmi streicht ihre Decke glatt. »Gut, das weißt du eh.«

»Und dem Raphi? Glaubst du, wird's dem auch gefallen?«

Emmi legt den Kopf schief. »Nein, eigentlich nicht.«

»Was?«

Der Chefinspektor räuspert sich. »Aber, Emmi, wieso glaubst du das?«

Emmi hebt die Schultern und macht ein Doppelkinn. »So halt.«

Pause.

»Halt wegen der Bettina.«

Was mit der Bettina sei.

»Na, die ist immer so …« Emmi runzelt die Stirn. »Eben so … Man muss alles ganz schnell machen, sonst schimpft die immer.«

Aber bis der Raphi in den Kindergarten komme, vergehe ja noch ein Jahr. »Glaubst du nicht, dass der das bis dahin schafft?«

Emmi hebt die rechte Schulter. Warum er das eigentlich frage.

Der Chefinspektor atmet aus. »Nur so.«

Die Obfrau Stv. am Dach

Die Obfrau Stv. pflückt übrig gebliebene grüne Tomaten von den trockenen Sträuchern, richtet sich auf und schaut über die Dächer Richtung Kahlenberg. In der Ferne glänzt die Zwiebel der Müllverbrennungsanlage. Die Obfrau Stv. dreht sich um, vor ihr liegt ein letztes goldenes Konfetti, das das Orange des Himmels reflektiert, daneben noch immer der schreckliche Blutfleck, in der einsetzenden Dämmerung tiefschwarz. Die Obfrau Stv. seufzt. Sie werden die Holzfliesen austauschen müssen.

Die Obfrau Stv. geht erst die Wendeltreppe, dann die hölzernen Stiegen hinunter ins Wohnzimmer. Stephan liegt auf der Couch – Handy in der Hand – und liest. Franziska Lasser legt die grünen Tomaten auf den Esstisch und sich neben ihren Mann. Sie schaut hinauf zum Dachflächenfenster – aus dem dunklen Glas schaut ihr stumm ihr ernstes Gesicht entgegen.

Der Chefinspektor am Abend

Der Chefinspektor kommt aus dem abgedunkelten Kinderzimmer ins helle Wohnzimmer und blinzelt. »Muss der nicht auch ins Bett?«

Karin streichelt Raphis Rücken. »Der ist am Heimweg im

Wagerl eingeschlafen, der bleibt uns sicher noch bis elf erhalten.« Raphi hebt grinsend den Kopf.

»Die Emmi teilt im Übrigen deine Einschätzung.«

Karin runzelt die Stirn. »Welche?«

Der Chefinspektor deutet mit dem Kinn auf Raphi. »Na wegen Kindergarten oder Kindergruppe.«

Karin lacht. »Und da fragst du die Emmi?«

»Sicher. Die ist ja jeden Tag dort.«

Karin schaut lächelnd auf Raphis Kopf hinunter. »Na schau ma mal. Ich hab mit der Monika gesprochen, die hat gesagt, sie sieht da überhaupt kein Problem und freut sich schon auf den Raphi.«

Heidi

Heidi ist so müde, sie schläft und schläft. Das Brandschutzamt bringt das Menü aus dem Soul und sagt: »Heidi. Du bleibst, so lang du willst.«

Marcel bringt Obst und sagt: »Du spürst, wenn du weiterkannst.«

Heidi wird nicht mehr in ihr Kinderzimmer zurückkehren. Sie wird nicht nur die Wohnung, sondern die gesamte Stadt hinter sich lassen. Erst Jahre später wird sie die Fotos von der Wand über ihrem Bett nehmen und in einen Karton legen. Die blauen Wände, die Bücher, die Kleidungsstücke, die übrig gebliebenen Kuscheltiere werden ihr nichts mehr bedeuten. Um die Fische im Aquarium werden sich Hedda und Benni gekümmert haben. Danach wird ein Zwerghamster im mit Sand und Stroh gefüllten Aquarium Gänge bauen.

Heidi lehnt am Fensterbrett in des Brandschutzamts Stadtwohnung und schaut auf die Fassaden der Gründerzeithäuser gegenüber.

Unter Heidi fährt der 49er vorbei, hinter ihr setzen der Chor und danach die Gitarre ein.

I am not the only traveller
Who has not repaid his debt

Heidi

Betritt man die Kindergruppe, bemerkt man als Erstes den Geruch, eigentlich die Mischung aus mehreren Gerüchen. Neben dem Badezimmer riecht es immer ein bisschen nach Kinderscheiße, die zu lange im Klo gelegen ist. In der Garderobe: Socken, Schuhe, warme Nässe. Dann das Bio-Essen, das seinerseits wiederum leicht an Verdautes erinnert. Oder erahnen lässt, wie die Kacke nachher riechen wird.

I've been searching for a trail to follow
(Die kurze Pause vor:) again
Take me back to the night we met.

Und dann, an manchen Tagen, riecht es nach Maiglöckchen. Folgt man diesem Geruch, kommt man in die Küche und sieht Heidi.

And then I can tell myself
What the hell I'm supposed to do

Heidi zuerst immer in Rückenansicht, der dunkelblonde Zopf fällt über den Rücken. Heidi immer ruhig, konzentriert, nur die Arme bewegt, und wenn Kinder neben ihr sitzen, zuhörend nach rechts und links nickend.

And then I can tell myself
Not to ride along with you

Dann werden an ihrem Hals die vielen Muttermale sichtbar, die man unter anderem zum Sternbild Einhorn verbinden kann und die Heidi trotzdem nicht mag. Im Gegenlicht der Neonröhre außerdem erkennbar: die feinen Härchen in Heidis Nacken, die der Zopf nicht halten kann. Die Härchen über ihrer Oberlippe. Die hellen Wimpern.

I had all and then most of you
Some and now none of you
(Das Schlagzeug setzt ein.)
Take me back to the night we met.

Dann dreht Heidi sich um und lächelt. Wendet sich wieder der Arbeitsfläche zu und stellt Kinder auf den Boden, bevor sie die Küche verlässt.

Heidi versperrt die Kindergruppe, beugt sich nach links und rückt einen der bunten Roller gerade. Richtet sich auf und hebt den Blick: »Gin Tonic?«

Danksagung

Ich bedanke mich bei Elias, der mich von Anfang an ermutigt hat, der zugehört, überlegt, unwillkommene Einwände gebracht und mich mit Literatur versorgt hat. Bei Birgit, der allerersten Testleserin. Bei Hilde für eine erste Einschätzung. Bei Maria für den ständigen Austausch und zahlreiche weitergeleitete Artikel.

Ich bedanke mich bei Vera für die großartige Unterstützung. Bei Ursula für ein ausführliches Feedback. Bei Babak für seine Erinnerungen und bei Gregor für sein Spezialwissen. Bei Denise, meiner jahrelangen Begleiterin.

Dank aussprechen möchte ich Walter Bradl, über den ich erste Einblicke in den Alltag eines Kriminalpolizisten bekommen habe. Und nein, er schaut keine Krimis. Besonders hervorzuheben ist Helmut Bärtl, der mir unzählige Fragen zur Polizeiarbeit beantwortet hat.

Ich bedanke mich bei Ingrid, Gabi, Linda (gleichzeitig Testleserin) und Asimina für die exzellente Kinderbetreuung, ohne die keine Arbeit möglich wäre.

Hinter mir stehen auch meine Eltern, ob von Geburt an oder später hinzugekommen. Stefan, du kannst das hier nicht mehr lesen, deine Meinung hätte mich interessiert.

Ich bedanke mich bei Eleni und Wolfgang – für sehr vieles: Kinderbetreuung, Diskussionen, Rückhalt und Kaffee.

Ich bedanke mich bei meinem Lektor, Carlos Westerkamp, für den behutsamen Umgang mit meinem Text, den genauen Blick auf Details. Ich habe unsere Gespräche – ob am Telefon oder als Kommentare am Seitenrand – sehr genossen. Bei Frau Steinmetz, die mich während der Zusammenarbeit mit dem Verlag begleitet hat. Danke auch den vielen weiteren Mitarbeiterinnen und Mitarbeitern bei Emons, mit deren Hilfe aus meinem Manuskript ein Buch geworden ist.